# O OCTAVO DE ESTOCOLMO

# O OCTAVO DE ESTOCOLMO

CONSPIRAÇÃO E MISTÉRIO
NA ERA DE OURO DA SUÉCIA

# KAREN ENGELMANN

Tradução
ALEXANDRE D'ELIA

ROCCO

Título original
THE STOCKHOLM OCTAVO

*Copyright* © Karen Engelmann, 2012

O direito de Karen Engelmann ser identificada como
autora desta obra foi assegurado por ela em concordância
com o Copyright, Designs and Patents Act 1988.

Todos os direitos reservados. Nenhuma parte desta obra pode ser reproduzida ou transmitida por qualquer forma ou meio eletrônico ou mecânico, inclusive fotocópia, gravação ou sistema de armazenagem e recuperação de informação, sem a permissão escrita do editor.

Todos os personagens nesta obra são fictícios,
qualquer semelhança com pessoas reais, vivas ou não, é mera coincidência.

Letras de músicas, de Carl Michael Bellman, foram extraídas de
*Fredman's Epistles & Songs — A Selection in English with A Short Introduction*,
*by* Paul Britten Austin (tradução), usadas com a autorização de
Proprius Förlag AB, Estocolmo, Suécia.

Ilustração de miolo do jogo de cartas de *Charta lusoria*, 1588, *by* Jost Amman.
Cortesia de Beinecke Rare Book and Manuscript Library, Yale University,
exceto "The Under Knave of Books", cortesia
de Herzog August Bibliothek (ref: UK20), Wolfenbüttel, Alemanha.

Direitos para a língua portuguesa reservados com exclusividade para o Brasil à
EDITORA ROCCO LTDA.
Av. Presidente Wilson, 231 – 8º andar
20030-021 – Rio de Janeiro – RJ
Tel.: (21) 3525-2000 – Fax: (21) 3525-2001
rocco@rocco.com.br
www.rocco.com.br

*Printed in Brazil/* Impresso no Brasil

Revisão técnica
BRUNO GARCIA

Preparação de originais
VILMA HOMERO

Editoração eletrônica
SUSAN JOHNSON

CIP-Brasil. Catalogação na fonte.
Sindicato Nacional dos Editores de Livros, RJ.

E48o   Engelmann, Karen, 1954-
        O Octavo de Estocolmo: conspiração e mistério na Era de Ouro
      da Suécia/Karen Engelmann; tradução de Alexandre D'Elia. – Rio
      de Janeiro: Rocco, 2013.

        Tradução de: The Stockholm Octavo
        ISBN 978-85-325-2826-1

        1. Ficção norte-americana. I. D'Elia, Alexandre. II. Título.
                                         CDD – 813
13-0051                                          CDU – 821.111(73)-3

*Para Erik*

*1771* O príncipe regente Gustav recebe a notícia da morte de seu pai enquanto assiste à Ópera de Paris.

*1788* Gustav funda o Real Teatro Sueco de Artes Cênicas.

A guerra contra a Rússia é declarada.

*1772* Gustav III é coroado rei da Suécia e da Finlândia. Ele promove um golpe de Estado contra a aristocracia que estava no poder.

*1786* A Academia Sueca é fundada pelo rei Gustav.

*1782* Gustav inaugura a Ópera real numa casa de óperas em Estocolmo.

*1777* Gustav conhece sua prima, Catarina, imperatriz da Rússia, que vê a Suécia como uma potencial extensão de seu império.

*1789* O Ato de União e Segurança entra em vigor, dando direitos sem precedentes a plebeus e poder quase absoluto ao monarca. Os rivais Patriotas, apoiados pelo irmão mais jovem do rei, duque Karl, juntam forças contra Gustav. Dezenove de seus líderes são aprisionados.

## 1770

## 1780

*1770* O príncipe herdeiro da Coroa francesa, Luís Augusto, casa-se com Maria Antonieta da Áustria.

*1784* O rei e a rainha da França dão boas-vindas a Gustav III em sua corte. Axel von Fersen faz parte da entourage.

*1774* O conde Axel von Fersen, o Jovem, da Suécia, conhece a delfina Maria Antonieta num baile de máscaras em Paris. Há rumores de que se tornaram amantes.

Luís XVI é coroado rei da França.

*1789* Os Estados Gerais tornam-se a Assembleia Nacional. A Declaração dos Direitos do Homem é sancionada.

A Bastilha é tomada.

Versalhes é atacada por uma multidão de mulheres parisienses. O rei e a rainha se mudam para as Tulherias, em Paris.

**Fevereiro de 1790** Temendo o alastramento da Revolução, Gustav proíbe notícias da França na imprensa sueca.

Gustav planeja uma intervenção armada na França combinando forças europeias. Ele planeja liderar seu exército em pessoa.

**Agosto de 1790** Gustav III é declarado vencedor na guerra contra a Rússia, ao custo de 40 mil vidas e 23 milhões de riksdalers*.w

**Junho de 1791** Gustav viaja a Aix-la-Chapelle para saudar o rei e a rainha da França, que estão em fuga. Quando o plano fracassa, ele renova seus esforços para reunir uma força de invasão.

**Dezembro de 1791** Gustav convoca um Parlamento para 1792, como forma de lidar com a crise financeira da nação. Ele tem planos para modernizar ainda mais o governo.

**Fevereiro de 1792** O Parlamento é concluído como um triunfo político para Gustav, inflamando a oposição dos Patriotas.

**Março de 1792** Gustav III recebe um tiro no palco de sua casa de ópera durante um baile de máscaras, no dia 16 de março de 1792.

## 1790    1791    1792

**Junho de 1791** A família real francesa tenta escapar. O conde Axel von Fersen conduz a carruagem no primeiro trecho da jornada. São capturados em Varennes.

**Agosto de 1791** Áustria e Prússia solicitam intervenção para preservar a monarquia francesa, se as principais forças europeias estiverem de acordo.

**Setembro de 1791** Luís XVI aceita formalmente a nova Constituição francesa. A França torna-se uma monarquia constitucional.

**Fevereiro de 1792** O conde Axel von Fersen visita secretamente as Tulherias com planos para uma nova fuga. Luís XVI recusa.

**Abril de 1792** A Assembleia Francesa declara guerra contra a Áustria.

A guilhotina é introduzida.

Multidões atacam as Tulherias. O rei e a rainha são aprisionados na Torre do Templo.

**Setembro de 1792** 1.200 prisioneiros são sumariamente executados. (Os massacres de setembro.)

**Dezembro de 1792** Luís XVI vai a julgamento como "Cidadão Capeto" e, numa votação apertada, é condenado à morte. É executado em janeiro de 1793.

---

\* O *riksdaler*, criado originalmente em w1604, foi a moeda oficial da Suécia entre 1777 e 1873 (N. do R.T.).

# PERSONAGENS

EMIL LARSSON — Um *sekretaire* solteiro no Escritório de Aduana e Impostos em Estocolmo (a Cidade).

SRA. SOFIA SPARROW — A proprietária de uma casa de jogos na alameda dos Freis Grisalhos, onde também exerce a função de cartomante e vidente.

REI GUSTAV III — Governante da Suécia desde 1771. Cliente e amigo da sra. Sparrow.

DUQUE KARL — Irmão mais novo de Gustav e simpatizante dos Patriotas, um grupo opositor ao rei.

GENERAL CARL PECHLIN — Inimigo de longa data de Gustav III e líder dos Patriotas.

A UZANNE — Baronesa Kristina Elizabet Louisa Uzanne, colecionadora de leques, professora, defensora da aristocracia e do duque Karl.

CARLOTTA VINGSTRÖM — Filha preferida de um rico comerciante de vinho e protegida da Uzanne.

CAPITÃO HINKEN — Um contrabandista.

JOHANNA BLOOM (NASCIDA JOHANNA GREY) — Boticária aprendiz e fugitiva em direção à Cidade.

MESTRE FREDRIK LIND — O proeminente calígrafo da Cidade.

CHRISTIAN NORDÉN — Um produtor de leques sueco, com fluência em francês e refugiado da Paris revolucionária.

MARGOT NORDÉN — Esposa de Christian Nordén, nascida na França.

LARS NORDÉN — Irmão mais novo de Christian Nordén.

ANNA MARIA PLOMGREN — Viúva de guerra

*com*

VARIADOS E DIVERSOS CIDADÃOS DA CIDADE.

O Octavo de Estocolmo jamais aparecerá em documentos oficiais; a cartomancia não é assunto de arquivos, e seus principais participantes eram jogadores de cartas, comerciantes e mulheres – raramente foco de acadêmicos. Não possui menos valor por conta disso, assim como estas anotações. Montei a história a partir de fragmentos da memória – a maioria deles com tendência a bajular o memorialista. Esses fragmentos têm camadas de informações recolhidas em arquivos do governo, registros de igrejas, testemunhas não confiáveis, mentirosos contumazes e pessoas que "viram" coisas através dos olhos de criados ou conhecidos, tiveram sua veracidade jurada por familiares tão distantes quanto primos de quinto grau, que ouviram coisas de terceira ou quarta mão. Um corpo substancial de fontes empenhou-se em ser franco, já que não tinha nada a esconder – e, em determinados casos, derramou palavras na maior felicidade, caso a verdade afundasse uma reputação que sabiam haver sido construída no logro. Procurei por padrões e repetições sobrepostos e confirmadores e tomei nota das fontes que mereciam mérito. Mas às vezes não havia nenhuma, de modo que um pouco do que relatarei está baseado em especulação e em ouvir dizer. Isso é, sob outros aspectos, conhecido como história.

*Emil Larsson*
*1793*

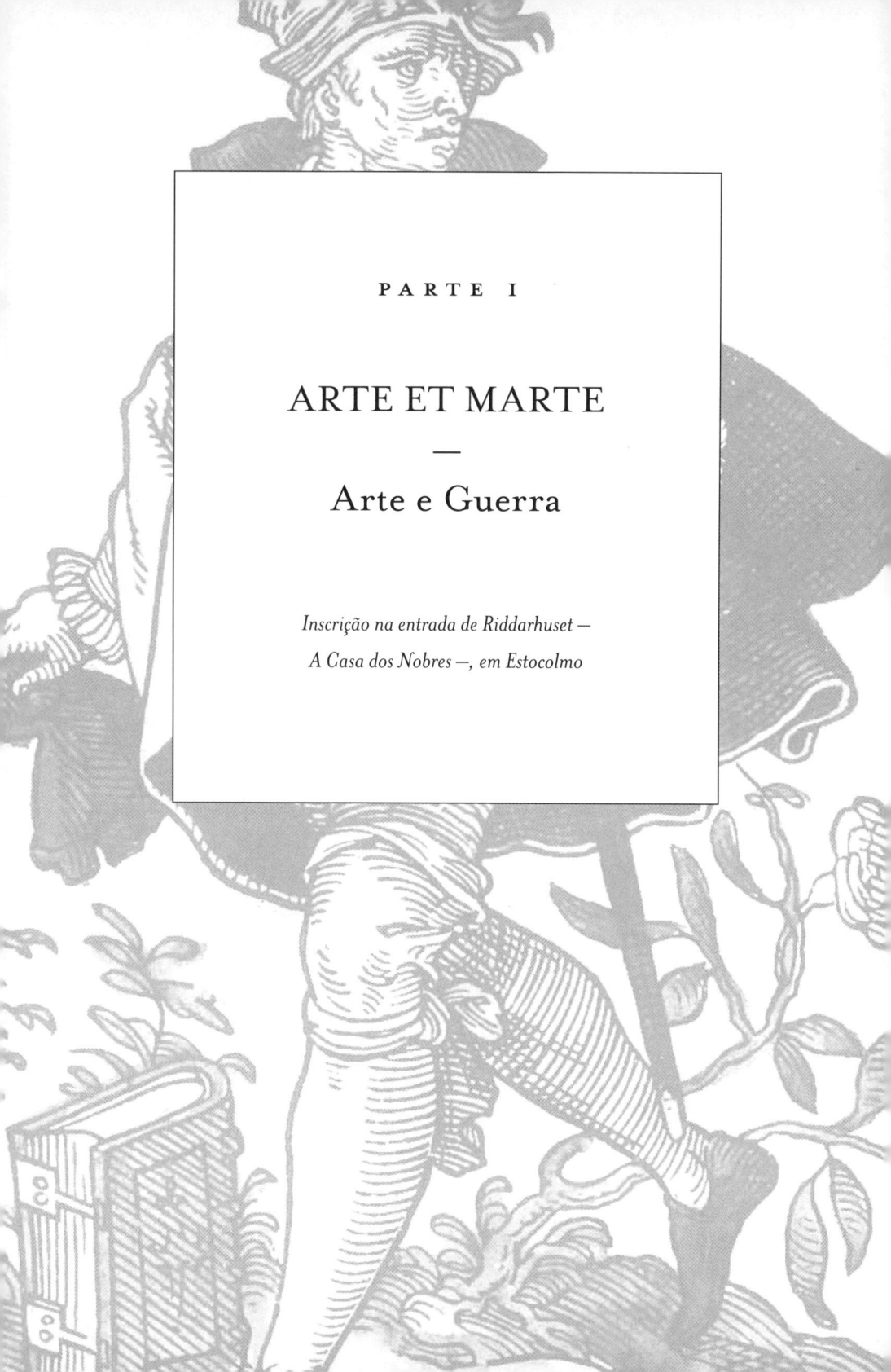

PARTE I

# ARTE ET MARTE

—

## Arte e Guerra

*Inscrição na entrada de Riddarhuset —
A Casa dos Nobres —, em Estocolmo*

*Capítulo Um*

## ESTOCOLMO — 1789

*Fontes: E.L., oficial de polícia X., sr. F., barão G\*\*\*,
sra.S., arquivista D.B. — Riddarhuset*

ESTOCOLMO É CHAMADA a Veneza do Norte, e por bons motivos. Viajantes afirmam que ela é tão complexa, tão grandiosa e tão misteriosa quanto sua irmã do sul. Refletidos no congelado lago Mälaren e nos intricados canais do mar Báltico encontram-se grandiosos palácios, residências em tom amarelo-palha, graciosas pontes e lépidos esquifes carregando a população pelas 14 ilhas que constituem a Cidade. Mas em vez de expandir-se para fora em direção a uma Itália ensolarada e cultivada, as densas florestas que cercam esse cintilante arquipélago criam uma fronteira verde, cheia de lobos e outros seres selvagens que marcam a entrada de um país ancestral e a brutal vida campesina que se encontra logo depois da Cidade. Mas, estando no limiar da última década do século, nos últimos anos do esclarecido reinado de Sua Majestade o rei Gustav III, eu raramente pensava no campo ou em sua espalhada população de carniceiros. A Cidade tinha muito a oferecer, e a vida parecia plena de oportunidades.

É verdade que, à primeira vista, aquela não parecia ser a melhor das épocas. Animais de fazenda residiam em muitas das casas, telhados de terra eram moldados de modo irregular, e ninguém passava despercebido às cicatrizes da varíola, às tosses fleumáticas ou a outras miríades de sinais das doenças que atormentavam o populacho. Os sinos dos funerais soavam a qualquer hora, já que a Morte estava mais em casa em Estocolmo do que em qualquer outra cidade da Europa. O fedor de esgoto a céu aberto, comida estragada e corpos sem banho empesteavam o ar. Mas, ao longo desse sombrio quadro, podia-se avistar uma casaca levemente azulada, bordada com pássaros dourados, ouvir o farfalhar de um vestido de tafetá e fragmentos de poesia francesa, inalar o aroma de pomada de rosas e água-de-colônia soprando na mesma brisa que levava uma melodia de Bach, Bellman ou Kraus: os verdadeiros carimbos da era gustavina. Queria que aquela era de ouro durasse para sempre.

Seu fim seria inesquecível, mas quase todo mundo deixou de perceber o começo do fim. O que não chegou a surpreender; as pessoas esperavam que a violência fosse servida com uma revolução – Estados Unidos, Holanda e França, como exemplos recentemente esculpidos em suas lembranças. Mas naquela noite de fevereiro, quando nossa própria revolução quieta teve início, a Cidade estava calma, as ruas quase desertas, e eu jogava cartas na casa da sra. Sparrow.

Eu adorava jogar cartas, assim como todo mundo na Cidade. Jogos de cartas estavam presentes em quaisquer reuniões, e se não participasse, não se era considerado grosseiro, mas um morto. As pessoas entretinham-se com qualquer jogo que houvesse sobre a mesa, mas o uíste era um jogo nacional. Apostar era uma profissão que, a exemplo da prostituição, só deixava de ter guilda e brasão, mas era reconhecido como um pilar da arquitetura social da cidade. Ela também construía uma espécie de corredor social: pessoas com quem você talvez jamais se associasse em outras circunstâncias poderiam estar sentadas à frente de suas cartas, principalmente se você fosse o tipo de jogador mais devoto, admitido nos salões de apostas da sra. Sofia Sparrow.

O acesso a esse estabelecimento era algo bastante ambicionado, pois embora a companhia fosse misturada – gente bem e malnascida, damas e cavalheiros –, exigia-se recomendação pessoal para a entrada, depois da qual a sra. Sparrow, nascida na França, tratava seus novos convidados a partir de um sistema que ninguém conseguia decifrar – nível de habilidade, charme, política, suas próprias sensibilidades ocultas. Se fracassasse em atingir os parâmetros por ela estabelecidos, não era readmitido. Meu convite veio do espião da polícia encarregado daquela rua, com quem eu forjara uma troca útil de informações e mercadorias em meu trabalho para o Escritório de Aduana e Impostos. Minha intenção era me tornar um conviva regular e confiável da casa da sra. Sparrow e fazer fortuna de todas as maneiras. De modo muito semelhante ao que nosso rei Gustav se utilizou para pegar um posto congelado e provinciano e transformá-lo num farol de cultura e refinamento, eu pretendia ascender de garoto de recados a um respeitado *sekretaire* trajando capa vermelha.

Os salões da sra. Sparrow ficavam no segundo andar de uma antiga casa de empenas, no número 35 da alameda dos Frades Grisalhos, pintada na característica cor amarela da Cidade. Da rua, entrávamos através de um portal de pedra arqueado com uma face observadora esculpida na pedra. Clientes afirmavam que os olhos se moviam, mas nada se moveu quando eu estava lá, exceto uma quantidade de dinheiro para dentro e para fora do meu bolso. Naquela primeira noite, admito que meu estômago se agitou de expectativa, mas assim que subimos a escada sinuosa e pisamos no saguão, eu me senti absolutamente tranquilo. A atmosfera era cálida e festiva, com luzes de vela em abundância e cadeiras confortáveis. O espião fez as apresentações adequadas à sra. Sparrow e uma serviçal entregou-me um copo de conhaque que trouxera numa bandeja. Os carpetes abafavam o ruído e as janelas contavam com damasquilhos escuros que mantinham o local na penumbra a qualquer hora do dia ou da noite. Era um clima que se encaixava bem não só aos apostadores que ocupavam as mesas como também aos que estavam à espera de uma consulta, já que, numa sala privada no alto de uma estreita escadaria, a sra. Sparrow também exercia a atividade de vidente. Dizia-se que ela aconselhava o rei Gustav; independentemente disso, suas habilidades duplas com as cartas lhe proporcionavam uma bela renda e davam à sua exclusiva multidão de apostadores um calafrio extra de prazer.

O espião encontrou uma mesa e uma terceira pessoa, um conhecido; eu estava em busca de uma quarta pessoa quando um homem com um risinho no rosto e as gengivas escurecidas apareceu e sussurrou no ouvido do espião, fazendo surgir um sorriso naquele rosto normalmente duro. Eu me sentei e peguei um baralho na caixa com dois, separando-o cuidadosamente.

— Boas notícias? — perguntei.

— Quem sabe? Depende — respondeu o homem.

O espião sentou-se e deu um tapinha na cadeira a seu lado.

— Você faz parte dos amigos do rei, hein, sr. Larsson? — Assenti com a cabeça; eu era um fervoroso defensor da realeza, assim como a sra. Sparrow, a se julgar pelos retratos de Gustav e de Luís XVI da França pendurados no saguão.

O homem me ofereceu a mão e disse seu nome – que esqueci de imediato –, e em seguida aproximou sua cadeira da mesa.

– A Casa dos Nobres está em pé de guerra. O rei Gustav prendeu vinte líderes Patriotas. O general Pechlin, o velho Von Fersen e até Henrik Uzanne.

– Eles devem ter feito algo sério dessa vez – comentei, embaralhando as cartas.

– O problema foi o que eles *não* fizeram, sr. Larsson. – O homem com o risinho peçonhento curvou-se para a frente e estendeu a mão para pedir silêncio. – A nobreza recusou-se a assinar o Ato de Unidade e Segurança proposto pelo rei. Eles ficaram enfurecidos com a ideia de dar aos plebeus direitos e privilégios reservados à aristocracia. O golpe de Estado de Gustav os deteve antes que a dissidência se espalhasse e interrompesse sua legislação esclarecida. Os três Estados mais baixos assinaram. Gustav assinou. O ato agora é lei.

Segurei as cartas por um momento e observei os outros três homens absorverem em suas mentes a imagem dessa nova Suécia.

– Tal gesto é o que alimenta a rebelião sangrenta que ocorre em outras plagas – disse o espião de modo reverente. – Gustav desarmou essa ameaça com uma caneta.

– Desarmou? – indagou o outro jogador, sorvendo todo o conteúdo de seu copo. – A nobreza se unirá e responderá com violência, assim como fizeram em 1743, assim como fazem em todas as partes. Há unidade nesse gesto.

– E onde está a segurança? – perguntei. Ninguém falou nada, de modo que levantei as cartas.

– Uíste?

A sra. Sparrow, escutando atentamente nossa conversa, assentiu para mim com um olhar aprovador: ela queria claramente que o tópico da política fosse adiado. Distribuí as cartas em quatro mãos, brancas em contraste com o forro verde da mesa.

– O irmão do rei foi preso? – perguntou o espião, curioso a respeito de uma de suas marcas principais. – Karl é o líder *de facto* dos Patriotas ultimamente.

— O duque Karl um líder? — replicou o homem, fazendo uma careta. — O duque Karl muda de lealdade como muda de mulher. E Gustav não pode acreditar que Karl conspiraria contra o trono e lhe dá a chance de prová-lo: nomeou seu querido irmão governante militar de Estocolmo.

— E todos nós dormiremos melhor hoje à noite por conta disso — falei, usando as cartas como se fosse um leque —, mas agora vocês devem fazer suas apostas. — A conversa foi interrompida. Os únicos sons eram o embaralhar das cartas, o tilintar das moedas e o farfalhar das notas. Eu fui extremamente bem no jogo naquela noite, já que apostar era um talento que eu não cansava de aprimorar. O mesmo acontecia com o espião, já que era do interesse da sra. Sparrow aprimorar a polícia — embora eu não pudesse dizer o quanto ela se intrometia no jogo, já que ele não era tão habilidoso.

Quando o relógio aproximou-se das três, eu me levantei para esticar o corpo e a sra. Sparrow apareceu, tomando a minha mão nas suas. Ela já passara há muito de seu auge e estava vestida de modo simples, mas na suave névoa proporcionada pela luz das velas e pela bebida, sua antiga radiância brilhou. A sra. Sparrow conteve a respiração e traçou uma linha na palma da minha mão com seu longo dedo delgado. Suas mãos eram frias e macias, e pareciam flutuar acima e ao mesmo tempo aconchegar as minhas. Tudo em que eu conseguia pensar naquele momento era que ela seria uma exímia punguista, mas que não estava interessada em ninharias — verifiquei meus bolsos mais tarde — e seu olhar estava cálido e calmo.

— Sr. Larsson, o senhor nasceu para as cartas, e é aqui nesses salões que terá as maiores vantagens no jogo. Acho que temos muitas e muitas partidas pela frente. — O calor daquele triunfo viajou de meus pés à minha cabeça, e me lembro de ter levado suas mãos até meus lábios para selar nossa ligação com um beijo.

Aquela noite de cartas deu início a dois anos de uma extraordinária boa sorte nas mesas e, com o tempo, levou-me ao Octavo — uma forma de adivinhação exclusiva da sra. Sparrow. Ele requeria a utilização de oito cartas de um velho e misterioso baralho, distinto de qualquer outro que eu tivesse visto antes. Diferentemente da vaga sinuosidade das ciganas da praça do mercado, a exatidão de seu método era inspirada em suas visões e revelava oito pessoas que proporcionariam o acontecimento transmitido por sua visão, um evento que orientaria uma transformação, um renascimento para o buscador. Evidentemente, renascimento implicava morte, mas isso jamais era mencionado quando as cartas eram distribuídas.

A noite terminou com um número de brindes inebriantes: ao rei Gustav, à Suécia e à cidade que eu amava.

— À Cidade — disse a sra. Sparrow, batendo seu copo de encontro ao meu, o líquido âmbar espirrando em minha mão.

— A Estocolmo — respondi, minha garganta espessa de emoção —, e à era gustavina.

## *Capítulo Dois*

## DOIS ANOS ESPLÊNDIDOS E UM DIA TERRÍVEL

*Fonte: E.L.*

DEPOIS DE SEIS MESES de minha visita inicial, meu desempenho nas partidas fez com que eu obtivesse a posição de parceiro da sra. Sparrow. Ela disse que conhecia apenas dois jogadores com a minha habilidade: um era ela própria e o outro estava morto. Isso era um elogio, não um alerta.

Se a sra. Sparrow praticava a trapaça vez por outra – e todos o faziam –, raramente utilizava-se de formas comuns de roubo, tais como marcar as cartas com A Curva ou A Espora, nem favorecia a casa de modo excessivo, de maneira que os jogadores pensavam que seu estabelecimento era dos mais elegantes e confiáveis. Ela tinha uma forma de embaralhar impossível de ser detectada, e um jeito de cortar, usando apenas uma das mãos, que fazia com a inocência de uma ordenhadora. Ela só usava um baralho novo, com as cartas já empilhadas, em situações as mais urgentes, e podia espalmar e substituir uma carta num piscar de olhos.

Às vezes, nossa trapaça não tinha a ver com vencer, mas com fazer com que um jogador indesejável deixasse o salão por vontade própria. Usávamos uma tática que ela chamava de pressão. A sra. Sparrow me fazia um sinal, indicando qual jogador era o nosso alvo. Eu apostava somas decentes e dispunha minhas cartas para fazer com que o jogador perdesse, independentemente do resultado do jogo para mim. Eu perdia muito mais do que vencia, e ninguém suspeitava que um perdedor pudesse estar trapaceando. Depois de uma ou, no máximo, duas noites nesse ritmo, os larápios entendiam a deixa e não voltavam. Os espiões levavam mais tempo, mas também eles por fim se afastavam. A sra. Sparrow recompensava a minha discreta cumplicidade mascarando as minhas perdas e compartilhando as garrafas exclusivas de sua adega.

Em pleno acordo com sua primeira predição, e depois de um ano submetido aos ternos cuidados da sra. Sparrow, eu ganhara dinheiro suficiente para comprar uma posição como *sekretaire* no Escritório de Aduana e Impostos, uma ascensão quase impossível para alguém que veio do nada. Tinha como família apenas alguns lavradores cruéis e hipócritas em Småland, mas havíamos nos separado em definitivo havia muito tempo. O único grupo com quem eu lidava era aquela irmandade não oficial, conhecida na Cidade como a Ordem de Baco, uma turma generosa e vibrante que ia do riso às lágrimas e cujos membros frequentemente punham-se a cantar, apesar de estarem bêbados demais para se manter de pé e pobres demais para pagar pela bebida. Fazer parte desse grupo requeria uma grande dose de tempo nas setecentas tabernas de Estocolmo, e ser encontrado emborcado na sarjeta, bêbado, pelo menos duas vezes pelo alto sacerdote do grupo, o compositor e gênio Carl Michael Bellman. Por fim, essa irmandade provou-se excessivamente custosa não só à minha pessoa como também ao meu bolso, de modo que comecei a passar minhas noites livres jogando cartas. Quando não estava nas mesas, me sentava diante de um espelho em casa, praticando o manuseio do baralho. Minha dedicação criou laços fortes entre mim e a sra. Sparrow, e a minha sorte continuou a se aprimorar.

Na primavera de 1791, sentia que conhecia todos na Cidade, pelo menos de vista – das putas da rua Baggens à nobreza que constituía sua freguesia. Eles, entretanto, não me conheciam, pois eu me certificava de que isso não acontecesse. Era do meu interesse profissional e pessoal ser absolutamente esquecível – escapar de embaraços, obrigações e ocasionais vinganças. Minha casaca vermelha de *sekretaire* abria portas e carteiras, e um decente número de coxas macias e brancas. Além do salário, eu recebia uma porcentagem da venda de todas as mercadorias confiscadas e podia "importar" uma excelente coleção de vinhos, botas italianas extremamente finas e outras mercadorias domésticas para um novo conjunto de salas às quais me engajei para adquirir na alameda do Alfaiate, no centro da Cidade. Eu me apresentava no escritório ao meio-dia para arquivar documentos e receber tarefas, ia tomar café com meus colegas no Gato Preto às três, em seguida voltava para casa, onde tomava uma pequena ceia e tirava uma soneca antes de sair novamente. Minha principal tarefa era desmascarar contrabandistas e inspecionar remessas suspeitas, trabalho realizado principalmente à noite nas docas e nos armazéns. Eu passava um grande tempo reunindo informações nos cafés, nas estalagens e nas tavernas que apinhavam a Cidade, como lanternas esfuziantes, misturando-me às damas e aos cavalheiros de todos os estratos. Minhas habilidades interrogativas eram interpretadas como fascinação arrebatada. Era o trabalho perfeito para um solteiro, e ainda melhor para um jogador, astuto em ler rostos e gestos e farejar dissimulações.

Então, uma rachadura surgiu em minha vida perfeita.

Era uma adorável segunda-feira de junho, um dia depois do Pentecostes. O superior da aduana, um homem excessivamente zeloso e de mau hálito, chamou-me de imediato a seu escritório. Embora eu trabalhasse aos domingos (já que, do contrário, poderíamos ser multados), o superior afirmava que isso não era suficiente para um homem cujo tempo era gasto na companhia de beberrões, ladrões, apostadores e mulheres de vida fácil. Observei que isso fazia parte das minhas tarefas e acrescentei que o próprio Salvador convivia com esse tipo de gente. O superior franziu o cenho.

— Mas Ele não convivia apenas com esse tipo de gente — disse ele, dobrando as mãos em cima da escrivaninha. — Sr. Larsson, há um antídoto humano para o veneno que o cerca.

Fiquei absolutamente perplexo.

— Discípulos? — perguntei.

Seu rosto adquiriu um tom peculiarmente rubro.

— Não, sr. Larsson. O sagrado matrimônio. — Ele levantou-se e curvou-se sobre a escrivaninha, entregando-me um folheto intitulado *Um Argumento para os Laços Sagrados*. — O governo estimula jovens meninas através da Loteria da Virgem. Farei a minha parte nesse escritório por meio de uma nova exigência para a função de *sekretaire*: casamento. O bispo Celsius deu cem por cento de aprovação. Sr. Larsson, você é o único *sekretaire* sem ao menos uma pretendente. Solicito o anúncio público de seu casamento em meados do verão.

Abri o folheto e fingi lê-lo, avaliando a possibilidade de uma rápida demissão. Mas apesar de estar lucrando com as cartas, os ganhos feitos poderiam reverter-se em perdas numa partida desafortunada, e a prisão estava à espera de trapaceiros que perdiam o rumo, o que ocorria com todos os trapaceiros. Não, eu não ia abandonar a minha casaca vermelha, meu título, meu conforto recém-conquistado, minhas salas no coração da Cidade. Com sorte, ganharia um dote decente e também uma dona de casa em caráter permanente. No mínimo, no mínimo, os laços matrimoniais me prenderiam à vida que eu ambicionava ter.

## Capítulo Três

## O OCTAVO

*Fontes: E.L., sra. S., A. Vingström, Lady N\*\*\*, Lady C. Kallingbad*

EM TODAS AS RUAS havia relojoeiros e vizinhos intrometidos que podiam nomear uma dúzia de meninas elegíveis, todas pobres ou já a caminho de se tornarem solteironas. Compilei zelosamente uma lista para mostrar ao superior, mas ganhei tempo manifestando receio de um casamento em que estariam ausentes sentimentos verdadeiros. Ele se ofereceu para inquirir em meu benefício em seus círculos mais "exclusivos", mas eu não tinha dúvidas de que essas donzelas seriam castas e desimpedidas, bem como entediantes. Quando parecia que eu teria mesmo que escolher dentre esse grupo sofrível, Carlotta Vingström apareceu. Foi um encontro casual enquanto eu tratava de negócios com seu pai, um bem-sucedido comerciante de vinhos que estava comprando uma remessa confiscada, vinda da Espanha. Seus cabelos eram da cor do mel, sua pele um pêssego cálido, e ela tinha as feições voluptuosas provenientes de uma mesa indulgente. A visão de Carlotta cercada por todas aquelas garrafas e barris inspirou-me a vontade de comprar um buquê de flores naquele mesmo dia. Eu bem que poderia continuar com a minha casaca vermelha e, além disso, encontrar felicidade no casamento!

A mãe de Carlotta estava, sem dúvida nenhuma, preparando a filha para ascender um ou dois degraus na escada social, mas Carlotta ofereceu-me um olhar de flerte poucos minutos depois de sermos apresentados. Corri para casa para começar uma correspondência, mas nenhuma palavra me vinha à mente: eu não fazia a menor ideia de como fazer a corte. De modo que dirigi-me à casa da Sparrow naquela noite de verão para um jogo de uíste e algumas doses decentes de Porto, pensando que as cartas talvez pudessem me inspirar. Era domingo, uma noite popular para bailes e festas, eu podia ouvir o barulho distante de uma trombeta de caça sinalizando um bacanal. O som elevou o meu ânimo, e subi os sinuosos degraus de pedra de dois em dois. A mocinha da casa da sra. Sparrow, Katarina, recebeu-me com a gélida neutralidade apropriada aos apostadores, e eu me juntei a uma mesa fervilhando de jogadores ricos e inexperientes. Estava prestes a descartar uma rainha vencedora quando a sra. Sparrow aproximou-se e sussurrou:

— Uma palavrinha, sr. Larsson. É de importância. — Levantei da cadeira de acordo com os bons modos e a segui até o corredor.

— O que há de errado? — sussurrei, reparando as mãos dela, firmemente atadas uma à outra.

— Não há nada de errado. Tive uma visão, e quando ela diz respeito a uma outra pessoa, tenho obrigação de contar de imediato. — A sra. Sparrow parou, tomou-me a mão e mirou intensamente a palma. — As indicações também estão presentes aqui. — Ela levantou os olhos e sorriu. — Amor e contatos.

— Verdade? — perguntei, totalmente pego de surpresa.

— Verdade é o que eu encaro em minha visões. Nem sempre é tão suave. Venha. — Ela se virou para subir a escada e eu a segui até a sala de cima. A exemplo do salão de jogos, as cortinas eram pesadas, e o carpete grosso, mas o local cheirava menos a tabaco e mais a lavanda, e a temperatura mantinha-se deliberadamente fria. O recinto era mobiliado de maneira intimista e simples, com apenas uma mesa redonda de madeira e quatro cadeiras, um aparador com conhaque e água e duas poltronas dispostas ao lado de um fogareiro de cerâmica com tijolos verde-musgo. Eu estivera presente em meia dúzia de suas sessões de cartomancia, normalmente quando algum solitário e tímido buscador desejava ter a presença de mais um mortal. Todas as sessões das quais participei pareceram-me frívolas, com exceção de uma. Daquela vez, a sra. Sparrow anunciou que havia uma visão diante dela, e pediu que não a olhássemos. Eu fechara bem os olhos, mas sentira uma energia na sala e uma gravidade na voz da sra. Sparrow que fizeram com que os meus pelos se eriçassem de alarme em meus braços. Uma certa Lady N*** foi informada de seu destino da maneira mais horripilante e bíblica possível. Ela estava trêmula e pálida quando saíra do recinto, sem jamais retornar. Eu ficara convencido de que tudo aquilo não passara de encenação, mas, não muito tempo depois, as duras predições vieram a se confirmar. Depois disso, fiquei mais cauteloso em relação às habilidades da sra. Sparrow (e menos inclinado a tomar parte em suas sessões). Mas uma visão de amor e contatos era um presságio inegavelmente positivo.

— Sua visão, então... — comecei. — O que foi?

— *Sua visão*, sr. Larsson. Ela chegou essa tarde. — A sra. Sparrow tomou um gole do copo de água no aparador. — Nunca sei quando uma visão vai surgir, mas depois de todos esses anos eu consigo sentir os sinais de sua chegada. Um curioso gosto metálico começa no fundo da minha garganta e rasteja até a minha língua como se fosse uma cobra. — Nós nos sentamos à mesa e ela colocou as mãos nas coxas, fechou os olhos por um momento e, então, abriu-os e sorriu. — Vi uma extensão de ouro reluzente, como se fossem moedas que dançavam uma música celestial. Então, muitas moedas moldaram-se umas nas outras e transformaram-se em uma única, criando uma trilha dourada. Era nessa estrada que você viajava. — Ela recostou-se na cadeira. — Você tem sorte, sr. Larsson. Amor e contatos surgem para poucos. — Senti a agradável tensão que vem com a convergência de perguntas e respostas e contei-lhe o decreto do superior: que eu devia me tornar um respeitável homem casado para poder manter meu posto na aduana. — Então, essa visão não é nenhuma coincidência — disse ela.

— No entanto, não tenho desejo algum de envolvimentos sérios.

Ela se aproximou e pôs a mão sobre a minha.

— Pode ser que seja difícil evitá-los. As pessoas aparecem em nossas vidas sem a nossa ordem e ficam sem que as convidemos. Elas nos trazem conhecimentos que não buscamos, dádivas que não queremos. Mas ainda assim precisamos delas. — Ela curvou-se para uma gaveta estreita escondida abaixo da borda da mesa e tirou de lá um baralho e um tecido de musselina enrolado. — Essas cartas são usadas para a minha mais elevada forma de adivinhação: o Octavo. Devido ao brilho da sua visão, essas são as cartas que quero dispor para você. — Ela embaralhou cuidadosamente, cortou o baralho em três pilhas e em seguida juntou as cartas, formando uma única pilha. Perguntei à sra. Sparrow por que ela precisava de cartas; certamente sua visão era suficiente. Ela virou o baralho e, com um único movimento, espalhou as cartas num amplo arco sobre a mesa. — As cartas estão enraizadas nesta terra, mas elas falam a língua do mundo desconhecido. Funcionam como tradutoras e guias e podem nos mostrar como perceber a sua visão. — Ela curvou-se na minha direção e falou num sussurro: — Comecei vendo padrões em minhas leituras, e padrões na minha própria vida que envolviam o número oito. Passei a acreditar que somos governados por números, sr. Larsson. Não acredito que Deus seja um pai, mas uma cifra infinita, e que isso é melhor expresso no oito. Oito é o símbolo ancestral da eternidade. Deitado, ele é o sinal que os matemáticos chamam lemniscata. Em pé, é um homem, destinado a cair novamente no infinito. Existe uma expressão matemática dessa filosofia, chamada Geometria Divina. — Ela desenrolou o tecido. No centro, havia um quadrado vermelho cercado por oito retângulos do tamanho exato de uma carta de baralho, formando um octógono. O quadrado e o retângulo estavam numerados e rotulados. Por sobre esse diagrama havia precisas formas geométricas desenhadas em linhas finíssimas. A sra. Sparrow percorreu a forma do círculo e do quadrado centrais com a ponta do dedo indicador. — O círculo central é o céu, o quadrado dentro dele é a Terra. Eles estão cortados pela cruz, formada pelos quatro elementos. Os pontos de intersecção formam o octógono, a forma sagrada.

— Qual é a fonte dessa geometria? — perguntei. Matemática e magia estavam bastante em voga.

— Você não vai encontrar a resposta num folheto vendido em feira livre. Esse é o conhecimento das sociedades secretas, conhecimento ancestral reservado a uma elite. Estou proibida de lhe contar a minha fonte, mas vez por outra encontra-se por aí algum cavalheiro disposto a educar uma mulher. Nunca recebi mais do que instruções básicas, mas essa filosofia está escrita em todos os lugares para nosso próprio estudo. Vá à igreja de Katarina, no bairro sul; sua torre fornece uma mensagem importante. Vá a qualquer igreja, sr. Larsson. A pia batismal quase sempre é um octógono. Essa forma representa o oitavo dia depois da Criação, quando o ciclo da vida começa novamente. É o oitavo dia depois de Jesus entrar em Jerusalém. O Octavo é a ressurreição espalhada.

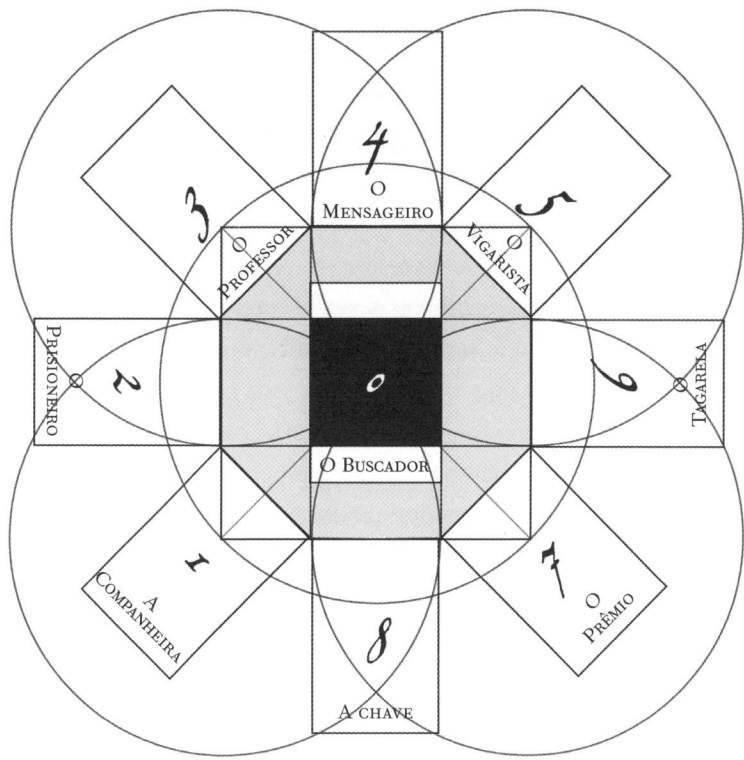

— E o que é o pequeno quadrado bem no meio? — perguntei.

— Isso representa sua alma esperando pelo renascimento. Você não tem como evitar ser absolutamente mudado pelo evento que inspira um Octavo. — A sra. Sparrow aproximou-se da mesa e pôs dois dedos no meio do meu peito. Senti os dois círculos conectados ao osso do meu peitoral. — Você precisa atravessar o circuito do oito para chegar ao fim — falou.

Minha boca subitamente ficou seca como palha.

— Mas o oito não tem fim.

Ela olhou para mim com um sorriso deslumbrante e afastou a mão.

— Como a alma também não tem. — A sra. Sparrow continuou:

— As cartas que dispomos representam oito pessoas. — Ela tocou cada um dos retângulos sobre o tecido. — Qualquer evento que venha a ocorrer ao Buscador... *qualquer* evento... pode ser conectado a um conjunto de oito pessoas. E o oito deve estar no lugar para que o evento transcorra.

— Nunca gosto de mais do que três pessoas por vez, sra. Sparrow, e são aqueles que estão diante de mim numa mesa de apostas — disse.

— Você não pode ter menos e não encontrará mais. Os oito podem facilmente ser vistos em retrospecto, mas, dispondo o Octavo, você pode identificar os oito antes que o evento ocorra. O Buscador pode então manipular o evento na direção que escolher. Você precisa apenas empurrar os oito. Pense nisso como destino, associar-se ao livre-arbítrio.

— E que tipo de evento inspira esse seu Octavo?

— Um evento de grande significância, um momento de transformação. A maioria possui um ou dois em suas vidas, mas conheci pessoas que chegaram a ter quatro. O amor e os contatos que vi para você representam um evento desse tipo. Uma visão é frequentemente a catalisadora.

— Isso me dá esperanças de que talvez eu possa verdadeiramente percorrer essa trilha dourada! Mas estive presente em suas leituras e jamais a vi dispor as cartas num octógono.

— Correto, sr. Larsson; isso não é para todos. Preciso fazer uma oferta para dispor o Octavo e o Buscador precisa aceitar. Ele precisa fazer um juramento de que acompanhará todo o processo até o fim.

— Esses Buscadores foram capazes de influenciar os eventos que lhes foram previstos?

— Somente aqueles que honraram o juramento que assumiram. Para cada um deles, o mundo mudou, e eu ousaria dizer que a mudança foi a seu favor. O restante foi arruinado pela tempestade que escolheram ignorar. Posso lhe dizer que o conhecimento do meu último Octavo trouxe-me grande segurança e conforto.

— Segurança e conforto... — Fiz um gesto na direção do conhaque que estava na mesinha de apoio. A sra. Sparrow assentiu com a cabeça, e me servi de um copo. Eu podia usar o Octavo para trazer Carlotta Vingström para meu leito nupcial. Isso asseguraria minha posição na aduana e, sem dúvida nenhuma, traria um generoso dote, sem mencionar os prazeres proporcionados pela excelente adega do sr. Vingström. Uma trilha dourada, certamente! Sentei-me novamente e esfreguei as mãos uma na outra para aquecê-las, como costumo fazer antes de uma mão de cartas. — Eu gostaria de jogar esse Octavo – falei.

— Então, você está pedindo? Isso não é um jogo.

— Estou — concordei, dobrando as mãos no colo.

— E você jura completá-lo?

Tomei um outro gole do conhaque e pus o copo de lado.

— Juro.

Fiquei subitamente imóvel como uma pedra. A sra. Sparrow apertou o baralho entre as palmas das mãos e o entregou para mim.

— Escolha uma carta – disse. – A que mais se parece com você.

Era desse modo que todas as suas sessões começavam: quando um Buscador tinha uma questão, a sra. Sparrow lhe pedia para que escolhesse a carta que mais o representava à luz da questão que estava propondo. Não é preciso dizer que a maioria escolhia reis, rainhas e eventualmente um valete, e durante as leituras padrão da sra. Sparrow, mal se conseguia ver as cartas, quanto mais com a semiescuridão das velas tremeluzindo e os arquejos dispersivos dos Buscadores. Mas aquele não era seu baralho habitual. As cartas eram velhas, mas não estavam totalmente gastas, eram impressas em tinta preta e coloridas a mão. Eram alemãs, e em vez das costumeiras séries de copas, espadas, paus e ouros, essas eram marcadas com copos, livros, taças de vinho e o que pareciam ser cogumelos, mas eram na verdade almofadas de impressão. As cartas com as figuras eram constituídas por dois valetes, o Abaixo e o Acima, e um rei. A rainha estava relegada ao número 10. Não só as cartas com figuras, mas também as cartas com pontos eram decoradas com intricados desenhos da flora, fauna e figuras humanas de todas as formas. Eu tentava puxar uma carta que mostrava três homens fartando-se num gigantesco tonel de vinho, pensando com carinho na Ordem de Baco.

— Lembre-se, sr. Larsson, não seja bajulador nem detrator nesse jogo. Use o seu tempo. Encontre-se.

Examinei todo o baralho três vezes antes de escolher. A carta exibia a figura de um jovem caminhando, mas

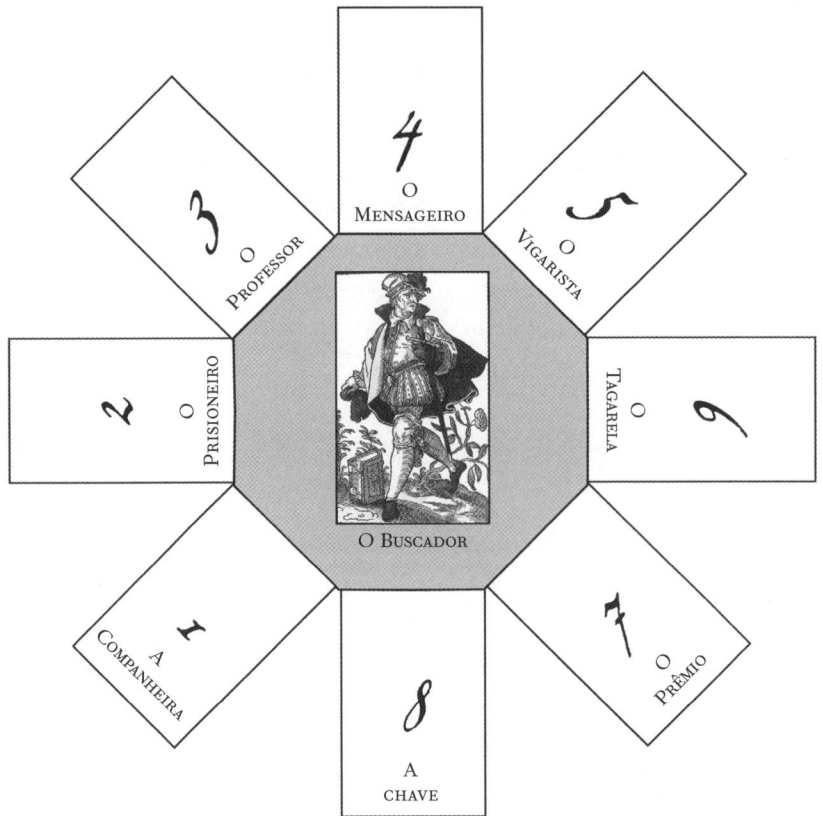

olhando para trás, como se alguém, ou algo, o estivesse seguindo. Um livro estava no chão à sua frente, mas ele não lhe dava atenção. Uma flor brotava em um dos lados, mas também era por ele ignorada. O que verdadeiramente chamou minha atenção foi o fato de ele estar trajando uma capa vermelha, como a de um *sekretaire*. A sra. Sparrow pegou a carta e sorriu ao colocá-la no centro do diagrama.

— O Valete Abaixo dos Livros. Acho que você fez uma boa escolha. Livros são sinal de esforço e sei que você trabalhou duro para conseguir sua capa. Mas esse homem possui recursos ao seu redor... o livro, a espada, a flor... e, no entanto, não os utiliza. — Senti um pinicar em meu pescoço. Ela fez um movimento com a cabeça, indicando o diagrama. — O mapa mostra os papéis que os seus oito desempenharão. Pode ser que eles não apareçam na ordem exata, e seus papéis nem sempre são evidentes a princípio; o Professor pode parecer um bufão, o Prisioneiro pode não demonstrar nenhuma necessidade de ser solto. O Octavo requer que você dê uma terceira, ou mesmo uma quarta olhada, nas pessoas ao seu redor, e que seja cauteloso em relação a julgamentos apressados. – Ela embaralhou novamente as cartas e me pediu para cortar. Em seguida, fechou os olhos e apertou o baralho entre as palmas das mãos, como anteriormente. Colocou cuidadosamente uma carta embaixo e à esquerda do Buscador. – Carta um. A Companheira. – Então, ela dispôs ao redor sete outras cartas, em sentido horário, para formar um octógono:

2 – O Prisioneiro
3 – O Professor
4 – O Mensageiro
5 – O Vigarista
6 – O Tagarela
7 – O Prêmio
8 – A Chave

Mirou as cartas por um longo tempo, murmurando o nome de todos os oito.

– Então, quem são eles? – perguntei finalmente, meus olhos atraídos pela adorável Rainha das Taças de Vinho. Carlotta?

– Não sei ainda. Repetimos o espalhar das cartas, até que uma delas se mostre duas vezes; esse é o sinal de que elas vieram para ficar. Em seguida, elas são colocadas na primeira posição aberta no mapa. – Ela me deu um tempo para memorizar a disposição das cartas, e então reuniu todas elas, com exceção do Valete de Livros, e começou a embaralhar. – Segunda rodada. Preste atenção. – Ela dispôs um outro conjunto de oito cartas.

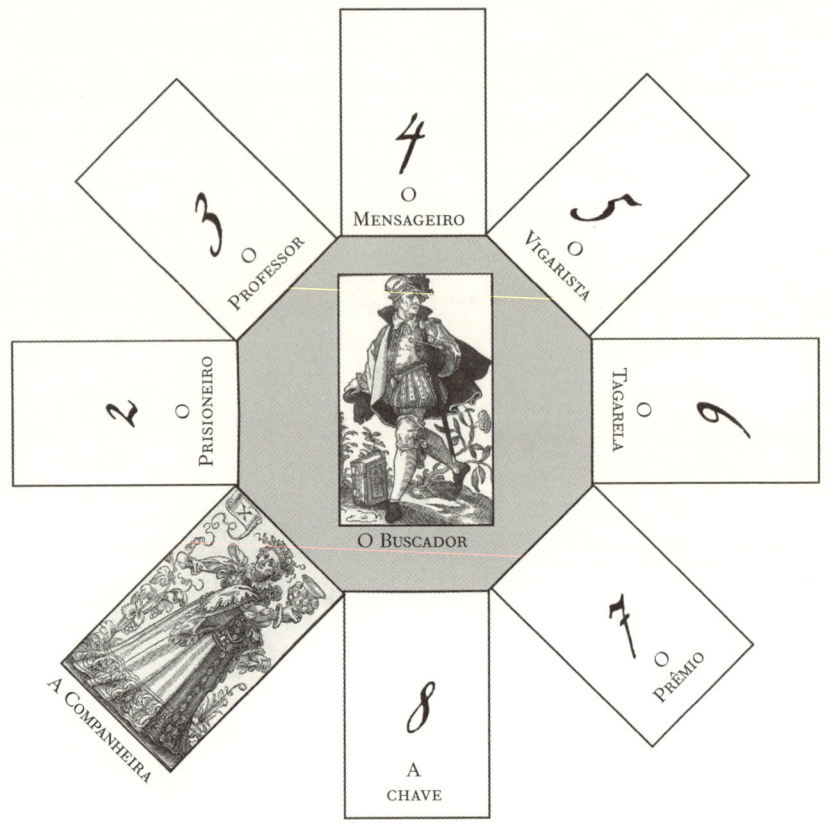

Eu observava atentamente a Rainha, mas aquele era um agrupamento completamente diferente.

— Onde está a minha amada dama? — perguntei.

Ela deslizou as oito cartas de volta ao baralho e começou o processo mais uma vez.

— Se ninguém voltar nessa rodada, usarei um giz e uma pedra para fazer uma anotação. — Dessa vez, a sra. Sparrow levou um bom tempo apertando as cartas entre as palmas das mãos antes de dispô-las. Observei atentamente, mas não detectei nada de estranho, exceto que o recinto estava bastante abafado.

— Posso abrir um pouquinho a janela? — sussurrei.

— Shhhhhhh! — sibilou ela, e então dispôs a terceira rodada de cartas.

— Lá está ela! — Senti o calafrio que todo jogador conhece quando a carta que está esperando aparece.

— Sua Companheira. — A sra. Sparrow colocou a Rainha das Taças de Vinho na primeira posição do diagrama e, então, recostou-se na cadeira.

Ela não estava sorrindo do jeito que sorria para meninas inocentes em busca de romance. — A Companheira é de crucial importância, pois os oito se reunirão em sua órbita. Ela aparecerá na sua vida, nas suas conversas, nos seus sonhos. Ela será atraída a você, e você a ela. Talvez vocês joguem juntos, ou pode ser que estejam em lados opostos.

— Tenho certeza de que seremos um par harmonioso — afirmei.

A Rainha das Taças de Vinho é uma mulher de meios e de poder... as taças de vinho representam abundância. Normalmente dinheiro. Mas qualquer carta pode desempenhar o papel de benfeitora ou adversária. Vê a manga falsa? As luvas que foram removidas? Existe a vinha retorcida indicando o emaranhado. Em outras palavras, seja cuidadoso.

— Eu me sinto bastante seguro, sra. Sparrow. A manga não poderia ser meramente em função da moda, e as luvas removidas para que eu pudesse tomar sua mão cálida na minha? A vinha retorcida é a colheita fértil, e a taça leva um vinho embriagante à minha mesa, indubitavelmente proveniente da adega de Vingström — disse, imaginando a boca macia e carnuda de Carlotta.

— Não seja tão arrogante, sr. Larsson — rebateu. — Isso aqui não é nenhum jogo de cartas que você já tenha jogado antes. A Companheira pode levá-lo ao amor, e simplesmente não ser a amante. Ainda há sete pessoas a serem conhecidas.

— Mas ela poderia ser — insisti.

— Poderia, sim — admitiu a sra. Sparrow, mal-humorada. Ela reuniu todo o baralho e colocou-o de cabeça para baixo no centro do diagrama.

— O que é isso? Já está encerrando a sessão? — perguntei, a voz alta demais para uma cena tão íntima.

— O ritual está montado. Uma vez que uma posição é preenchida, as cartas se ausentam até o dia seguinte.

— Mas você inventou isso; você pode mudar o ritual, se for do seu agrado.

— O ritual vem através de mim, não de mim. Ele vem do Divino. Ou, quem sabe, das próprias cartas. Eu não sei. O Octavo requer oito noites consecutivas. Nós nos encontraremos novamente amanhã, e nas próximas seis noites. — Ela pegou uma pena e tinta na gaveta da mesa e tomou nota da

minha carta e da carta da minha companheira numa agenda fina de couro.
— Esteja aqui às 11 — falou, secando a página com areia.

— A senhora realmente quer dizer que tenho de voltar aqui todas as noites? — perguntei.

— Sim, sr. Larsson. Você fez um juramento.

— Certamente, sua clientela regular não terá paciência para um jogo tão arrastado, estou certo?

Ela riu e foi pegar seu cachimbo de cerâmica e sua pedra de isqueiro no aparador.

— Jamais disponho o Octavo para os meramente curiosos. Seria como pedir a uma taverneira para pensar como uma alquimista. O que temos aqui é sério demais. E há muitas coisas em jogo.

— O que, por exemplo?

Ela acendeu uma vela e levou-a até o cachimbo, sugando a ponta para puxar a chama para o vaso. Absorveu uma quantidade de fumaça e em seguida exalou um único anel.

— Amor, sr. Larsson — disse, com um meio sorriso nos lábios. — Amor e contatos.

*Capítulo Quatro*

## A MAIS ALTA RECOMENDAÇÃO

*Fontes: E.L., sra. S., Katarina E.*

**INSPIRADO PELA APARIÇÃO** da Rainha das Taças de Vinho, escrevi para Carlotta na manhã seguinte e recebi resposta no correio da tarde. Ela escreveu que achara a minha misteriosa história das cartas do octógono atraente e minhas palavras convincentes, e que entraria em contato comigo, indicando quando e onde poderíamos nos encontrar. Progresso na direção da trilha dourada já em andamento! Relatei ao superior e a meus colegas na aduana que estava com um compromisso matrimonial marcado e que logo estaríamos comemorando com um ponche inebriante. As 11 horas não chegavam, de modo que me pus cedo a caminho da alameda dos Frades Grisalhos, planejando passar o tempo jogando uíste. Bati na porta da casa da sra. Sparrow e depois de algum tempo Katarina abriu uma fresta e disse:

— *Sekretaire*. A sra. Sparrow disse que o senhor viria às 11.

Espiei por sobre seu ombro. O corredor estava vazio e os salões de jogos, escuros.

— Onde estão os jogadores?

— O senhor vai ter de esperar. — Katarina conduziu-me ao vestíbulo dos Buscadores, uma pequena câmara lateral perto da escada que levava à sala de cima. Estava iluminada por uma única vela num castiçal de vidro redondo, e três cadeiras de madeira encontravam-se encostadas em uma parede. Esperei quase uma hora e, então, finalmente escutei passos na escadaria. Dirigi-me ao corredor para ver quem deixara as mesas em silêncio e ouvi a voz da sra. Sparrow, cheia de urgência:

— Não, Gustav, essa visão era um alerta para você.

Então, era verdade! Afastei-me até a sala de espera e observei o rei por detrás da porta. A primeira vez que avistara Gustav fora em sua coroação, quando eu tinha 8 anos e ele 25, então um jovem herói. Quando Gustav passou por mim cavalgando naquela adorável manhã de maio, havia uma cintilância dourada em contraste com o intenso azul do céu. Vislumbrei uma das moedas que ele jogou, certamente não destinada a mim. Nas duas décadas que se passaram desde então, Gustav estabeleceu uma corte resplandecente, o Teatro Real, a Ópera e a Academia Sueca. Voltaire o chamara de monarca esclarecido.

Gustav puxou uma luva branca de couro com fiozinhos prateados, que cintilaram à luz do castiçal solitário.

— Não vejo sua visão como algo sombrio, Sofia. — A sra. Sparrow emitiu um ruído de irritação a suas palavras, e ele virou-se, de modo que pude finalmente ver seu rosto. Gustav ficara pançudo, postura curvada, como se o peso de seus anos o estivesse desintegrando lentamente. Ele se parecia com qualquer homem no fim da meia-idade, em busca de respostas como qualquer Buscador. — Isso me pareceu grosseiro, Sofia, e você sabe que não estou sendo desrespeitoso. Conte-me novamente a visão, e eu lhe direi o que *eu* adivinho dela.

A sra. Sparrow fechou os olhos.

— O sol está se pondo, o céu indo do azul a um tom alaranjado abrasador a oeste, com arcos de nuvens subindo ao paraíso. Há uma casa grande e elegante, como um palácio, e uma grande carruagem preta de viagem está à espera do lado de fora, os cavalos resfolegando e recuando, desesperados para escapar. Um vento sopra, um possante vendaval. A carruagem, os cavalos e o elegante palácio se desfazem como se fossem de areia e vagam na direção da Cidade como diamantes, como estrelas, e então caem na profundeza azulada da baía do Cavaleiro e somem. Tudo perdido, Gustav. Tudo.

— Ela agarrou-lhe o braço. — É esse vento que eu acho alarmante. Ele não pode ser detido.

— Não podemos deter o vento, cara amiga, e eu pretendo velejar nele. — Gustav pegou a mão da sra. Sparrow e manteve-a presa à sua. — Estou deliciado com essa visão, Sofia. Você não compreende o significado; não por lhe faltar habilidade, mas informações. Tente vê-la a partir da minha perspectiva: um pôr do sol flamejante, uma casa da realeza, vazia, atingida por uma violenta ventania – isso aponta para a revolução na França, o rei e a rainha mantidos erroneamente presos contra sua vontade. – Gustav baixou o tom de voz, mas seu entusiasmo transparecia. – Essa visão confirma o sucesso do plano de resgate já em curso, e no centro dessa fuga existe uma carruagem de viagem preta, exatamente como você descreveu. A família real viajará disfarçada para uma fortaleza perto da fronteira de Luxemburgo. O jovem conde Von Fersen está em Paris agora mesmo, supervisionando a operação. Ele é leal à Coroa, ao contrário de seu pai, o Patriota. Perto de meados do verão, a carruagem partirá, a casa será salva e os traidores revolucionários se espalharão pelo Sena como poeira.

– Você conhece os meus sentimentos pela França. Eu ficaria imensamente satisfeita com o seu sucesso – retrucou a sra. Sparrow. – Mas essa é a *sua* visão, e o vento... o vento é um sinal terrível. Você deve voltar seus olhos para sua própria casa.

– Verdade, a minha casa parece estar vazia. – Gustav soltou a mão dela e puxou um fio solto de sua luva. – Permitir que plebeus tenham alguns privilégios revelou as verdadeiras lealdades à minha corte. Mas devo apoiar as monarquias de todas as nações para que a nobreza possa sobreviver. – Gustav fez um sinal com a mão e um oficial apareceu de algum lugar no corredor escuro. – Nasci para a tarefa de governar, assim como você nasceu para a Visão. Não podemos baixar esses fardos, por mais que desejemos fazê-lo.

– Por favor, fique. Poderíamos começar o Octavo esta noite – pediu ela.

– Por mais que quisesse, não disponho de oito noites para lhe dar. Estou partindo para Aix-la-Chapelle em algumas horas. Estarei lá para receber a família real francesa. – Ele vestiu uma capa de seda azul entregue pelo oficial e entregou um saquinho de couro à sra. Sparrow. – Obrigado por sua preocupação, Sofia.

– Somos velhos amigos, Gustav – disse ela, suavemente.

– Estou contando com os poucos que me restam – respondeu ele. – O chefe de polícia está disponível, se precisar dele. E o bispo Celsius está cumprindo penitência; ele e seu clero não mais a incomodarão. – O rei curvou-se e deu-lhe um beijo em cada uma das bochechas. – Voltarei a entrar em contato depois que o rei da França estiver em segurança. Nessa ocasião, você terá que me pagar para interpretar os sinais. — Ela riu das palavras dele, e ouvi seus passos sumirem. Não havia ruído de carruagem do lado de fora; eles tinham pela frente apenas uma curta caminhada no sereno pela alameda dos Frades Grisalhos até alcançarem a Grande Igreja. Logo depois estava o palácio.

— Sra. Sparrow — sussurrei da sala de espera. Ela girou o corpo num sobressalto. — Sou eu, Larsson.

Seus ombros relaxaram, mas sua voz estava áspera:

— Gustav não vê com bons olhos espiões que não estão a seu serviço.

— Por sorte, Katarina deixou-me entrar — expliquei, ainda impressionado com aquele íntimo vislumbre do rei. — Ele fica com frequência em sua companhia?

— Não com a frequência que eu gostaria. Somos amigos há mais de vinte anos, sr. Larsson.

— Como poderia ter conhecido o rei? Você não devia passar de uma criança.

— Gustav estava indo para a França com seu irmão mais novo, Frederik Adolph... o duque Karl não foi convidado. Sua mãe achava que ele não merecia.

— E os príncipes precisavam de uma vidente?

Ela riu e sentou-se em uma das cadeiras da sala de espera.

— Eles precisavam de uma lavadeira com excelente francês. Meu pai era um mestre artesão, trabalhando no Palácio Drottningholm. Ele soube disso e ofereceu meus serviços, pensando que seria minha chance em servir ao monarca e assegurar um emprego. Os pretendentes evitavam uma menina com a Visão, de modo que essa foi a nossa grande esperança em relação ao meu futuro. Papai queria desesperadamente que eu visitasse minha terra natal... ele temia que eu me esquecesse dela. Meu francês era impecável, e minha mãe me ensinara muito bem os segredos de lavar e passar. Acompanhei a feliz *entourage* na condição de criada, mas minha clarividência despertou o interesse do príncipe regente, de modo que fui muito bem tratada. Gustav e Frederik, seu jovem irmão, viraram Paris pelo avesso... bailes e caçadas com o rei Luís e Maria Antonieta, encontros com os Montgolfier e seu balão gigantesco, participação nos mais exclusivos salões. Karl ainda hoje tem raiva disso.

— Você leu as cartas para Gustav em Paris?

— Eu ainda não aprendera a lê-las; eram as visões que eu transmitia. A coroa pairava cada vez mais próxima de sua cabeça, e eu lhe disse isso. Havia uns poucos que debochavam de mim e me chamavam de puta do diabo e coisas piores. Mas Gustav era meu leal protetor, e eu estava certa; o velho rei morreu enquanto estávamos em Paris, e Gustav foi coroado em maio seguinte, em 1772. Ele ainda dá valor à intuição e procura muitos dos que praticam as artes: mágicos, astrólogos, geomantes. Há pouco, ele contratou um alquimista para preencher os cofres reais.

Sentei-me na cadeira a seu lado.

— E que necessidades a senhora preenche?

— A necessidade da amizade e verdade genuínas. Nada mais. — Ela olhou para mim de relance por entre os olhos apertados. — Poucos são os que ousam oferecer tais coisas, e ainda menos estão atentos a isso, como você observou. Mas ele é um grande rei, sr. Larsson.

— Um grande rei — ecoei. — E não há dúvidas de que ele está certo, sra. Sparrow. Eu me refiro à visão. A maneira como ele apreende o mundo está muito além das nossas possibilidades.

— Mas ele ainda é um homem, sr. Larsson. Ele vê o que quer ver. — Ela recostou-se em sua cadeira, os olhos fechados, como se talvez pudesse adormecer. — Melhor passarmos para o senhor — resmungou, esfregando os olhos. Subimos a escada e nos sentamos. Uma chuva de verão fazia barulho contra a janela, e a sala estava mais fria do que na noite anterior. Ela pegou as duas cartas que conhecíamos do baralho, embaralhou-as por um longo tempo e então colocou-as no centro da mesa.

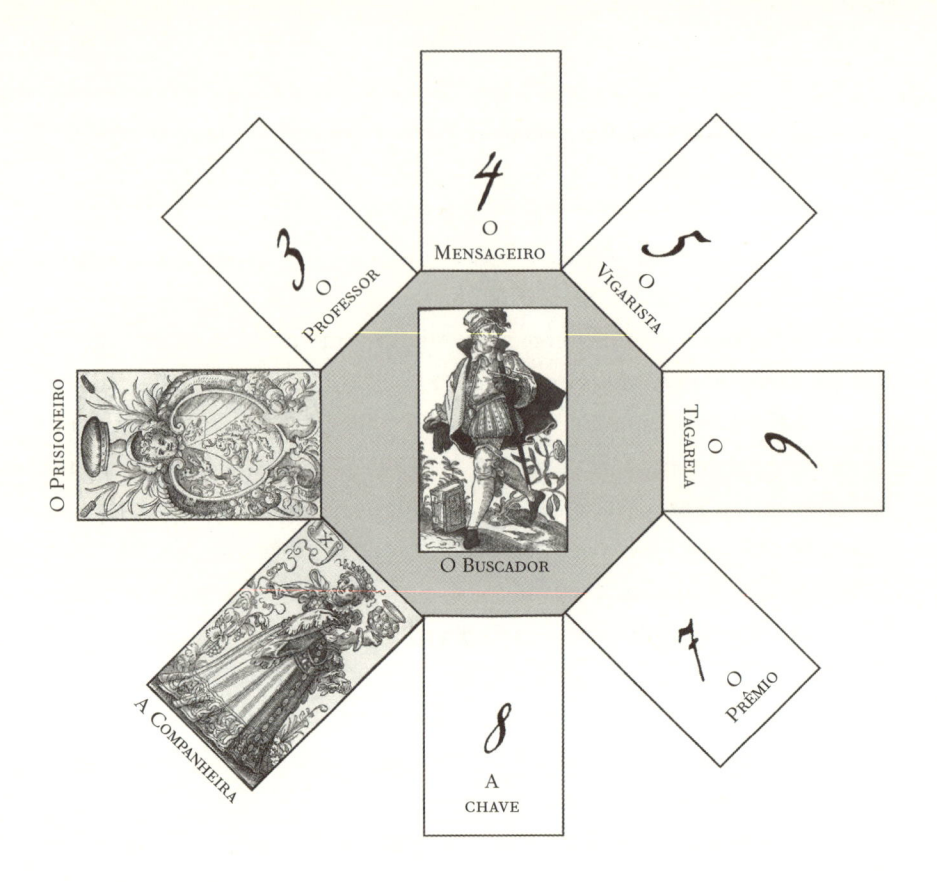

Cortei o baralho, e ela distribuiu as cartas. Depois de quatro rodadas, a segunda carta de meu Octavo emergiu: o Prisioneiro – Ás de Almofada de Impressão. Nos aproximamos para estudar a carta.

O rosto de um querubim estava centralizado no topo de um escudo heráldico. Um pássaro pairava logo abaixo de seu queixo. Abaixo, dois leões estavam frente a frente, em campos separados, um deles segurando uma semente que brotava ou um rizoma.

— O Ás é alguém jovem, ou alguém com limitada experiência e mente impressionável. Isso significa novos começos. Pode ser masculino ou feminino – disse ela.

— Amentilho. Eles certamente serão pobres – falei, reparando as duas florescências em cada lado da Almofada de Impressão pairando acima da cabeça do anjo. Pensei em meus empobrecidos primos, que usavam a cabeça dos amentilhos que não comiam como velas, mergulhando-os em cera e acendendo o talo como se fosse um pavio.

— Não necessariamente. A Almofada de Impressão é sinal de negócios e comércio, de modo que talvez represente alguém que consegue se virar com parcos meios. Eles estarão intimamente ligados à sua Companheira, e a Rainha das Taças de Vinho é uma carta de riqueza, de modo que podem prosperar a partir da amizade dela. Mas esse é seu Prisioneiro.

Dei uma espiada no adorável querubim.

— Poderia tratar-se de Carlotta?

— Talvez, mas as cartas só chamam suas contrapartes vivas quando todas as oito estão no lugar.

— Não posso esperar, sra. Sparrow!

— Mas você deve. Faltam apenas seis dias. — Ela sorriu diante da minha impaciência. — Você não vai sair às pressas para se encontrar com a família real na companhia de Gustav, vai, sr. Larsson?

— Minha Rainha está aqui na Cidade.

— Quando tiver certeza, poderá manter seu Prisioneiro atado ou livre, seja qual for a melhor opção para seu verdadeiro objetivo.

— A senhora sabe qual é o meu verdadeiro objetivo — respondi.

## *Capítulo Cinco*

## UM JOGO DE AZAR

*Fontes: E.L., sra. S., Katarina E., Lady C. Kallingbad, porteiro E., A. Nordell*, med mera

É RAZOÁVEL AFIRMAR que todos perdem nas cartas. O interessante é como, o que se perde e o que acontece como consequência disso. O conde Oxenstierna comportava-se como um perfeito cavalheiro quando perdeu enormes porções de terra jogando La Belle. A companhia ficou aturdida diante de sua civilidade, mas a tempestade que se seguiu em sua casa tornou-se um suculento tópico de conversas por meses a fio. Aparentemente, a história envolvia sua esposa, seus filhos crescidos, inúmeros serviçais e os *setter* irlandeses. Mas insinuações e boatos são refrescos insípidos quando comparados ao emocionante festim de uma significativa perda na carne. E assim foi quando acompanhei duas mulheres ricas para apostarem seus mais valiosos leques. Ouvi, com toda distinção, o som de uma jogadora sendo atraída para a armadilha e, naquele momento, comecei a prestar atenção ao jogo em vez de concentrar todo o meu ser nos belos seios de Carlotta Vingström. A jogadora engajada naquela aventura era uma baronesa, conhecida por todos como a Uzanne, uma mulher que jamais perdia.

PERMITA-ME FALAR A respeito da Uzanne. Ela havia sido batizada como Kristina Elizabet Louisa Gyllenpalm e, apesar das implicações nobres de todos esses nomes, jamais eram usados. Quando era criança, dirigiam-se a ela como a jovem senhora. Depois de seu casamento, madame. Mas nas conversas ela era chamada a Uzanne – talvez porque só poderia haver uma. Uzanne era uma colecionadora de leques. Ela se deixara inicialmente fascinar pelos leques com a idade de 15 anos, quando testemunhara uma prima exatamente da sua idade, porém não tão rica nem tão bela, cativar todo um salão com o manuseio artístico do objeto. A Uzanne, ainda conhecida na época como a jovem senhora, convenceu a prima a instruí-la naquela arrebatadora linguagem. Os sinais eram de conhecimento não só dos homens como também das mulheres e, como em qualquer linguagem, quanto mais você pratica, mais consegue exprimir. Logo, as habilidades da aluna excederam as da professora. Estalos, quedas, viradas de punho, batidinhas, agitações e golpes longos e langorosos preenchiam os hiatos deixados pelas inequívocas palavras de amor. A Uzanne sabia em que ângulo devia segurar o leque por sobre os seios se quisesse, ou não, ser considerada uma cortesã, e como um determinado olhar lançado por sobre um leque parcialmente dobrado podia trazer qualquer homem para seu lado. A sociedade clamava pela presença da Uzanne em salões e bailes. A prima ciumenta tentou uma vingança, colocando a Uzanne na companhia de um toleirão simplório no cotilhão da primavera. Então, a Uzanne assumiu a personagem de uma terna casamenteira, sinalizando o status de sua prima como uma virgem ansiosa a um conde finlandês epilético, pronto a preencher o espaço vazio de seu leito conjugal. A Uzanne derramou as mais belas lágrimas de crocodilo enquanto balançava a mão para dar adeus à prima, que partia de barco para Åbo – a aldeia hedionda que funcionava como capital da Finlândia.

A Uzanne encontrara sua arma. Durante vários anos, praticou sem cessar, viajando a Paris e Viena para aprender com amantes e rainhas que governavam por trás do trono, visitando fabricantes de leques e solicitando dicas e truques. Aos 19 anos, ela teve seu grande triunfo: atrair o jovem barão Henrik Uzanne para seus braços, e depois para sua cama. Em três meses, estavam casados. Apenas sua irmã mais velha, que fora noiva desse nobre, ficou arrasada. A jovem senhora orgulhosamente assumiu o antigo sobrenome francês, que viera para a Suécia um século antes. Ela nunca falava sobre o fato de que o sobrenome Uzanne chegara com um ambicioso mercenário que ascendera socialmente por meios violentos.

Henrik era a conquista perfeita: altamente cobiçado, aristocrático, de boa aparência, agradável companhia e com dinheiro suficiente para permitir que ela fizesse o que bem lhe aprouvesse. Com o passar do tempo, descobriu que Henrik era mais do que apenas um troféu que ela recebera por suas exemplares habilidades. Ele a amava, e ela encontrou nele a paixão de sua vida. Henrik era profundamente engajado na política, e introduziu a Uzanne nos jogos políticos, bem mais intrigantes do que os do romance e da corte. Primeiro a deixou à vontade para se mostrar interessada, e em seguida descobriu nela uma astuta observadora e analista. A Uzanne e seu Henrik conspiravam com os Patriotas pelo retorno a um governo controlado pela nobreza, com o duque Karl na figura de rei. O esquema os aproximou mais do que a maioria dos casais; ninguém conseguia entender a ausência de encontros casuais de ambas as partes. Henrik realmente suspirava para o fato de o casal não ter filhos, mas a Uzanne não tinha ambições de tornar-se mãe de imediato. Além da vaidade e dos riscos do parto, ela considerava crianças como o maior inconveniente que podia existir. Permitia que Henrik reinasse com suas amas, com quem ele teve diversos bastardos encantadores, removendo esse pequeno atrito. Infelizmente, quando ela decidiu que seria sábio produzir um herdeiro, já era tarde demais.

Henrik também incentivava a paixão da Uzanne por leques e, com o tempo, sua coleção tornou-se inigualável. Abarcava todas as cores, todos os países, todos os tipos. Sândalo italiano, renda espanhola, velino russo, prata inglesa, seda japonesa e qualquer coisa francesa. Mas a Uzanne não media esforços para conseguir os leques que rotulava Distintos e Novos. Os Distintos portavam uma emoção singular, e sua coleção incluía Saudade, Melancolia, Fúria, Tédio, Desejo, Romance e diversas formas de Loucura. Os leques Novos incluíam os telescópicos *duplo feitio*, que se abriam nas duas direções e revelavam duas faces diferentes (Henrik gostava particularmente da variedade pornográfica), folha articulada, em forma de quebra-cabeça, lâminas com buraquinhos de todo tipo, hastes com relógios, proteções com termômetros e até mesmo um leque cuja gema de rebite escondia uma pitada de rapé ou arsênico. Quando Henrik lhe deu o Cassiopeia como presente de aniversário, ela o viu como a joia da coroa de sua coleção. O Cassiopeia combinava a distinção da irresistível autoridade à novidade de um veio secreto ao longo da haste central, exibindo lindo artesanato, beleza e uma misteriosa conexão entre um artista e seu instrumento. A Uzanne e o Cassiopeia encaixavam-se perfeitamente, como dois amantes num canapé pequeno, que sabem exatamente como se movimentar para causar o máximo de efeito.

Com o tempo, as damas da Cidade começaram a implorar que a Uzanne revelasse seus segredos, mas ela sabia que conhecimento era algo valioso. Logo, todas as filhas da aristocracia, de perto e de longe, estavam pagando religiosamente pelas instruções da Uzanne. Sob sua tutela, as mães dessas debutantes viram suas filhas se tornarem refinadas e inteligentes, capazes de brilhar inclusive em meio às mais cintilantes companhias do continente e, frequentemente, contraírem núpcias. As próprias meninas viam uma longa fila de pretendentes, oficiais cheirando a colônia e pressionando seus uniformes azul-escuros de encontro a elas, diplomatas sussurrando palavras intraduzíveis em seus ouvidos, nobres ousando tocar suas mãos, seus seios, suas coxas, separando seus lábios com a língua, abri-los como se fossem um leque manuseado por especialista: lentamente, lentamente, até que eles estivessem tão abertos que correriam o risco de se partir. Mas um batalhão de pretendentes era ninharia. A Uzanne sabia que o leque possuía poderes infinitamente maiores.

Depois de anos de estudo e prática, a Uzanne podia dirigir o fluxo de informação em qualquer salão com seu leque. Podia enviar palavras a ouvidos desatentos, trazê-las para seus próprios ouvidos e guiar a atenção de uma ou muitas pessoas através do éter com um ligeiro ajuste de ângulo, velocidade e intenção. Era uma combinação assombrosa de arte e habilidades manuais, que funcionava como um cartão de visita, uma amarra social e um indicador de status. Mas também era a ferramenta perfeita para uma mulher que desejava participar dos jogos normalmente reservados aos homens poderosos. E ninguém jamais suspeitaria que um leque pudesse ser essa arma.

Em 1789, a Uzanne e Henrik já sentiam seus objetivos políticos ao alcance das mãos: a Suécia estava destroçada por conta da desastrosa guerra contra a Rússia empreendida por Gustav, o conselho era suspeito de crimes financeiros, e o medo da revolução funcionava como combustível para um disseminado desejo de retorno às tradições. Mas ela e Henrik não previram o Ato de União e Segurança, que era ao mesmo tempo um golpe de Estado e uma revolução sem sangue. Quando Gustav mandou prender os líderes Patriotas, tudo se perdeu. Henrik jamais se recuperou dessa penosa experiência, apesar da civilidade que caracterizou seu confinamento no castelo de Fredrikshovs. Quando ele morreu, de pneumonia, em novembro daquele ano, a Uzanne acreditou que sua própria vida chegara ao fim. Por quase um ano, permanecera na cama, até que o duque Karl a convencesse a participar da cerimônia de Natal com ele e com a pequena duquesa. Durante o ano seguinte, ela usou apenas preto, recebeu poucas visitas, recusou-se a participar dos afazeres da corte e cancelou para sempre sua aula para as jovens damas. Mas uma crescente frustração com a aparente invencibilidade de Gustav, a contínua ambivalência de Karl diante do irmão e um súbito desejo insaciável por vingança fizeram com que ela saísse de seu isolamento a serviço da nação.

Em 1791, a Uzanne já fazia parte novamente dos muitos eventos e intrigas da Cidade. Em 20 de junho daquele ano – meados do verão –, a Uzanne e seu Cassiopeia participaram de uma festa improvisada que prometia tanto política quanto os habituais jogos de cartas, fofocas e folguedos. Era, para a Uzanne, a mistura perfeita, e ela insistiu para que sua nova protegida, Carlotta Vingström, a acompanhasse. Carlotta e eu trocamos uma série de bilhetes urgentes sobre a noite, pois já havíamos feito planos para sairmos juntos. Mas a posição de Carlotta junto à baronesa era uma honra e uma obrigação irrecusáveis. E era precisamente o tipo de abertura de que eu precisava. Carlotta e eu mantínhamos correspondência diária há quase duas semanas, e eu visitava a loja de vinhos com certa frequência, embora não houvéssemos tocado em nenhum tema sério. Silenciei as investidas do superior com uma garrafa de excelente Tempranillo, prometendo que aquela era a primeira de muitas a sair da adega de meu futuro sogro: na noite que marca o meio do verão, eu expressaria minhas intenções e pressionaria Carlotta por uma resposta.

Propus um plano ousado para, na condição de intruso, abrir uma brecha na porta – tudo para estar com ela. Sabia que entrar na festa seria simples, embora não o houvesse mencionado a Carlotta, já que o endereço no convite era alameda dos Frades Grisalhos, 35. Eu era esperado às 11 para dispor a terceira carta em meu Octavo, e a sra. Sparrow jamais me pediria para quebrar um juramento.

A noite começou bem: às sete, minha senhoria, a sra. Murbeck, entregou-me um último bilhete de Carlotta, reconhecendo o grande risco que eu assumia por ela, sua crença de que eu me encaixaria nessa ilustre companhia com facilidade e sua ânsia para estar comigo assim que a festa se encerrasse. Com um elegante conjunto de roupas recentemente passadas e um borrifo de colônia, corri para a alameda dos Frades Grisalhos. Os sinos da Grande Igreja soavam oito horas, mas o céu estava claro como se fosse meio-dia. As ruas e casas da Cidade estavam decoradas com galhos de bétula e flores formando guirlandas. Aqui e ali, mastros representando o meio do verão marcavam o dia, encimados por grinaldas e envoltos por folhas e flores, as fitas adejando à brisa que vinha da baía. Os convidados chegavam ruidosamente, as rodas de suas carruagens batendo nas pedras do calçamento, vozes chamando umas às outras em saudação. Então, uma carruagem preta particularmente elegante, com um penacho baronial, diminuiu a velocidade até parar, o ruído dos cascos acompanhado pela inequívoca torrente de conversação que apenas uma entusiasmada Carlotta podia produzir.

— Madame, tenho muito a lhe dizer sobre esta casa — disse Carlotta, avançando numa agitação de seda cor de limão —, mas esperei até que chegássemos para que a senhora pudesse experimentar o mistério em primeira mão. Se puder, madame, olhe a pedra no arco. Está vendo o rosto? Dizem que se move. — A Uzanne espiou. — Essa aí, madame, é uma casa dos espíritos.

— Essa não é uma informação útil, Carlotta. Quero saber por que o duque Karl trouxe todos nós para o meio do nada — retrucou a Uzanne, a voz surpreendentemente melódica. Eu esperava uma matrona lenta, lembrando um bolo grande e comido pela metade, que sobrara da festa anterior. Emergindo da carruagem, a Uzanne mal tocou a mão do lacaio, seu vestido claro cintilando em contraste com o preto lustroso da porta da coche. O capuz que usava era fino, no novo estilo *à l'anglaise*, e a faixa verde-mar em sua cintura acentuava bastante sua bela figura. Seus cabelos escuros não estavam empoados e tinham um penteado simples. Ela tocou neles uma vez, como se para para se certificar de que estavam no lugar. No jogo de luz e sombra, ela parecia ter a idade de Carlotta.

— O duque Karl deseja uma audiência com o oráculo daqui — falou Carlotta, mordendo o lábio, mas sem deixar de mirar o rosto de pedra. — Madame, investiguei as fontes mais confiáveis, e elas me asseguraram que essa vidente é infalível.

— Ninguém é infalível, Carlotta, apesar do que o papa possa desejar. — A Uzanne abriu um leque com tamanha velocidade que fiquei petrificado. — E por que o duque Karl está encantado por essa charlatã em particular?

— Ela é conselheira do rei Gustav. — A Uzanne parou seu leque na metade do movimento, o silêncio de uma arrogante demonstração de desinteresse. Carlotta continuou: — O duque Karl compartilha muitos interesses ocultos com o irmão e busca confirmação e orientação; quem melhor do que uma fonte da boa sorte de seu irmão? O duque insistiu para que a vidente deixasse, sem demora, a si própria e seus salões disponíveis.

— E Gustav está disposto a compartilhar?

— Ah, não. Gustav não faz ideia. Ele está viajando. — Carlotta baixou o tom de voz: — A mulher é uma monarquista fervorosa, madame. Ela recusou-se a ver o duque. Naturalmente, o interesse do duque inflamou-se com as desculpas dela. Ele deixou bem claro que não seria recusado. — As damas passaram por uma escadaria. — O que não consigo entender é por que o duque Karl não veio sozinho. Por que visitar um oráculo no meio de uma festa de meio do verão?

A Uzanne girou o leque ociosamente.

— O duque Karl é um homem que deseja mudança, mas que requer uma grande quantidade de confiança renovada. Ele precisa de companhia.

Eu as observei pisar nos degraus, as saias levantadas para revelar meias brancas, sapatos de seda com saltos curvados, o suave girar de tornozelos iluminado pelas pequeninas lanternas de latão dispostas a cada lance da escada. Carlotta era um delicioso pêssego, com o andar gingado e saltitante de uma menina. A Uzanne movia-se com a graciosidade que só pode ser adquirida em anos de treinamento aristocrático, o que só amplificava sua beleza — uma mulher que você queria tocar, sabia que não deveria, mas podia muito bem ser ousado o bastante para tentar. Eu seguia a uma distância respeitosa, observando o esplêndido traseiro de Carlotta elevando-se majestosamente diante de meus olhos.

Katarina ergueu uma sobrancelha, mas não impediu que me juntasse aos convidados. No saguão, a Uzanne parou de súbito, virou-se na direção dos quadros das monarquias sueca e francesa.

— Está faltando um retrato real na galeria dos reis — disse a Uzanne. — O retrato do duque Karl. A menos que essa galeria contemple apenas aqueles cujo tempo já passou. — Houve um átimo de puro silêncio, e em seguida uma salva de palmas e um zum-zum-zum de comentários.

A sra. Sparrow observava da extremidade oposta do corredor. Usava um vestido verde-claro e um xale de *paisley* mais adequado ao dia. Seus cabelos castanhos estavam puxados para trás, formando um rolo na altura da nuca, não empoados, sem peruca ou mesmo um gorro. Seu rosto era uma máscara. Apenas suas mãos traíam a raiva, os dedos apertados nas mãos fechadas nas laterais do corpo. Ao lado da sra. Sparrow estava um homem franzino em uniforme militar do mais elegante corte e tecido. Ele deu um passo à frente com treinada desenvoltura e pespegou um beijo demorado na mão enluvada da Uzanne enquanto olhava de relance para Carlotta, que permanecia vários passos atrás.

Katarina surgiu atrás de mim e beliscou-me o braço.

— É ele. O duque Karl. — Minha expectativa era de que esse herói militar e Casanova real fosse mais imponente do ponto de vista físico. — Ele abandonou a mulher no lago Mälaren e a amante na ilha do Rei — sussurrou.

— Insisto que olhemos apenas para o futuro esta noite, madame Uzanne — disse o duque Karl, e então aproximou-se para sussurrar algo em seu ouvido. Um sorriso de deboche apareceu nos lábios da Uzanne, que olhou na direção da sra. Sparrow, fixando os olhos nela e os mantendo assim. Se o duque Karl não tivesse conduzido a Uzanne na direção das salas de jogos, talvez ficassem desse jeito por algum tempo.

— O duque pensa que, só porque veio sozinho, a sra. Sparrow vai achá-lo mais purificado para essa sessão com os espíritos, mas ele pode subir a escada maculado, afinal de contas — comentou Katarina. Ela engoliu um riso, e eu cobri o meu com uma tosse. Observei quando o duque Karl foi apresentado a Carlotta. Ele segurou-lhe a mão nas suas por um longo tempo, o que fez com que meu rosto ficasse ruborizado; então, desculpou-se e seguiu a sra. Sparrow, que o levou até a escadaria e ao salão superior. Um oficial militar encontrava-se ali barrando a passagem.

Segui Carlotta e a Uzanne até o salão de jogos. Quase quarenta convidados haviam se reunido, os rostos e vestidos claros das mulheres no interior escuro, os cavalheiros usando tons mais neutros, evanescendo como espíritos. A atmosfera cálida e próxima tinha aroma de perfume, tabaco e suor. As gargalhadas eram ligeiramente forçadas, e as mesas estavam vazias, um ar de expectativa restringindo a costumeira ânsia pela jogatina e pela glutonice.

— Não consigo acreditar que tenha conhecido sua graça — falou Carlotta de modo reverente. — Conheci o duque. Ah, madame, a senhora acha que as indicações são favoráveis?

— Essa fascinação pela magia é uma fraqueza. O duque deve empregar meios mais confiáveis — disse a Uzanne à medida que abria seu leque lentamente.

— Mas o duque...

— Estou com sede, Carlotta. Tome você mesma algum refresco para desanuviar a mente. E pare de morder o lábio — ordenou a Uzanne. Carlotta correu para longe. Sua formidável benfeitora começou a agitar o leque num ritmo constante, mais lento nos golpes externos, seguido por um rápido golpe em sua direção. A Uzanne parecia concentrar sua atenção nas damas da sala ou, melhor ainda, nos leques que elas portavam — aquela noite era uma oportunidade tranquila para observar os leques que haviam chegado recentemente à Cidade, e também uma chance de expandir seu conhecimento e sua coleção. A Uzanne esperou pacientemente, esperando um vislumbre de algum modelo novo ou raro. Se algo desejável aparecesse, ela se engajaria numa conversa com a proprietária, extrairia o valor e a proveniência, e então decidiria se o leque valia a pena ser comprado. Depois de uns poucos minutos, ela pegou um suvenir de marfim e um lápis no bolso interno de sua saia e fez diversos apontamentos. Em seguida, voltou a atenção para os cavalheiros e começou a circular pelo salão, juntando as palavras ditas. Captei pedaços e fragmentos enquanto a seguia: Gustav daria as rédeas do Parlamento e o trabalho dos ministros para lojistas ignorantes e camponeses abrutalhados. A Suécia estava em meio ao mais grave perigo e precisava da estabilidade e da tradição que somente os Patriotas poderiam fornecer. O tirano devia ser removido, e seu herdeiro bastardo controlado.

O duque Karl *devia* ascender ao trono. Se ao menos a vidente fornecesse um sinal, ele o faria!

O fervor daquelas conversas traiçoeiras crescia, com a velocidade do leque da Uzanne em perfeita combinação, até que as cabeças se viraram e as vozes se calaram. O duque Karl estava ao pé da escada com a sra. Sparrow em seu braço. Ele sorria acolhedoramente, um olhar de admiração no rosto. A sra. Sparrow parecia pálida, o olhar fixo no chão.

— Aquele Gustav a manteve para si desde que Paris acrescenta injúria ao antigo insulto de ser deixado para trás. Estou embevecido em conhecê-la afinal. — O duque pegou a mão da sra. Sparrow e beijou-a num gesto de gratidão. A multidão aplaudiu e aglomerou-se perto dele, as vozes elevando-se em entusiasmo; as indicações haviam sido claramente favoráveis. A sra. Sparrow fez uma rápida mesura, e então apressou-se na direção do salão dos fundos, passando a mão pela saia. Toquei sua manga enquanto ela passava por mim às pressas. Ela parou e mirou:

— Você?

— Sra. Sparrow! — sibilei. — Uma reunião de Patriotas? Aqui?

— Não foi por solicitação minha. Deus sabe que não foi. Mas por que diabos *você* está aqui, sr. Larsson? — perguntou, com o olhar alarmado.

— Estou aqui por causa do meu Octavo. E por Carlotta — sussurrei. — Carlotta Vingström, ela está acompanhando a Uzanne.

— Você deve entrar e ouvir — sussurrou ela, fazendo um gesto na direção do duque. — Sou obrigada, por juramento, a contar as minhas visões, e temo que ele tenha intenção de agir de acordo com elas. Vá, e rápido, mas seja discreto — disse, correndo antes que eu pudesse protestar.

Curiosidade e agora uma dose de cuidado mantinham-me nos limites da sala. Dirigi-me ao saguão, onde o duque Karl e a Uzanne conversavam com o general Carl Pechlin, um inimigo de longa data de Gustav. Pechlin mudava de filiação política mais do que um homem mudava de meias, sempre colocando-se ao lado dos inimigos mais poderosos do rei. Dizia-se que Pechlin vivia como um homem livre porque ninguém testemunhava suas conversas traiçoeiras. Juntei-me sem estardalhaço a um grupo próximo de convidados para ouvir, certificando-me de que meu rosto permanecia na sombra.

— Duque Karl, o senhor dificilmente precisa da confirmação de um baralho — disse a Uzanne.

O duque enrubesceu, e esticou os punhos da camisa em nervosa excitação.

— Não havia cartas, madame. A Sparrow entrou em uma espécie de estado alterado. Ela se recusava a permitir que eu observasse sua transformação. — O duque Karl mirou a escada que levava aos salões superiores. — Ela disse duas coroas. E falou que eu usaria duas.

— Então, somos duplamente afortunados — comentou Pechlin, suas mãos com manchinhas pretas agarrando a cabeça de marfim de sua bengala. — Ela lhe deu mais algum conselho?

— Eu a pressionei, mas ela recusou-se a falar. — O duque Karl estava zangado, como se tivesse sido, de algum modo, ludibriado. — Vocês precisam me aconselhar, caros amigos. Não tenho certeza de qual o caminho que tomarei em direção a essa gloriosa visão.

— Existe apenas um caminho — disse Pechlin —, e, apesar de parecer escuro, levará todos nós à luz. Ele deve desaparecer. Para sempre.

— Escuro demais, senhor, escuro demais. — O duque Karl franziu o cenho para olhar para a Uzanne. — Você parece um anjo esta noite, Kristina. É esplêndido poder vê-la sem o luto. Talvez você possa oferecer uma sabedoria mais delicada sobre o assunto.

— Eu diria que existem muitos caminhos que levam à vitória, e os mais óbvios nem sempre são os melhores — retrucou ela. — Um desaparecimento, sim, mas que não seja para sempre. Apenas distante em corpo ou mesmo em alma. Prefiro um engajamento mais refinado.

— Não há lugar para mulher nas batalhas, duque Karl — falou Pechlin.

O duque Karl ignorou Pechlin, deslizando a mão ao redor da faixa de seda na cintura da Uzanne, seus olhos e seu hálito em seus seios.

— Que armas a senhora carregaria?

— As que os homens não carregam — respondeu ela com um sorriso, levando a cabeça do duque Karl até a dela com a ponta do leque.

O duque Karl aproximou-se bastante, seus lábios tocando o lóbulo de sua orelha.

— Um inglês disse certa vez: "As mulheres estão armadas com leques do mesmo modo que os homens com as espadas, mas às vezes fazem mais execuções."

— O farfalhar e o levantar da barra de uma saia, um suspiro, um leque. Acha que esses são os meios de se derrubar uma Coroa? — indagou Pechlin.

— O senhor tentou por vinte anos, sem sucesso, general Pechlin, e por todos os meios disponíveis aos homens — argumentou a Uzanne, suas bochechas tornando-se mais rosadas por baixo da camada de pó branco.

Pechlin olhou para o teto.

— Conhece a fábula do sol e do vento, duque Karl? Eles apostam sobre quem poderia fazer o viajante tirar a capa das costas. Não é o ar, mas sim o fogo que prevalece. Tenho cuidado dessa chama desde o golpe de Estado de Gustav, em 1772.

— Eu tenho ambos, senhor: vento e fogo. E meu fogo é recente. Acabo de sair do luto — falou a Uzanne, fechando o leque com um estalo.

— Fui aprisionado por Gustav junto com seu marido, madame, e mais 18 nobres. A senhora acha que o calor me abandonou por causa disso?

O duque Karl deslizou lentamente a mão da cintura da Uzanne e meneou a cabeça para Pechlin.

— Por acaso já houve general mais inabalável? — Ele beijou a mão da Uzanne. — Por acaso já houve uma amazona mais atraente?

— Senhor. — A Uzanne balançou a cabeça friamente para Pechlin.

— Madame. — Pechlin fez uma ligeira mesura.

— Madame! — Aparentemente aliviada por encontrar a Uzanne, Carlotta aproximou-se. — Oooh! — Ela parou e fez uma graciosa mesura para o duque enquanto segurava copos de ponche de menta diante de si em oferecimento, as folhas murchas grudadas no vidro suado.

— A magia da noite continua! Você chega no momento perfeito, cara ninfa. — O duque Karl pegou os copos oferecidos e entregou um a Uzanne e outro a Pechlin. — Terei duas coroas: uma para o ar, outra para o fogo. Vocês devem brindar uns aos outros, como o sol e o vento, que existem no céu em perfeita harmonia. — Houve um tênue e relutante tilintar e um engolir de orgulho. — Que os jogos comecem e boa sorte a todos! — anunciou o duque em voz alta e entusiasmada. Ele virou-se para Pechlin. — Você disse que tinha uma mesa reservada, general?

Pechlin pegou o duque pelo braço e afastou-o da Uzanne.

— Uma excelente mesa de canto, onde talvez possamos discutir essa visão de duas coroas em companhia *séria*. Meus homens cuidarão para que não sejamos interrompidos em hipótese alguma.

— Preciso relatar a boa-nova dessa visão à pequena duquesa... E à minha amante, evidentemente. É uma boa coisa eu ter duas coroas, hein? — falou o duque Karl a Pechlin.

— Acho que talvez devêssemos manter as especificidades em sigilo até que tenhamos um plano. — A Uzanne observou-os se afastarem de braços dados, seu leque abrindo e fechando pela metade seguidamente. — Desfrute do lazer, madame — falou Pechlin por sobre o ombro.

Carlotta esperou até que o duque estivesse a uma distância respeitosa.

— Imaginava que ele fosse mais alto — comentou ela.

— A coroa adiciona altura a qualquer homem — respondeu a Uzanne. — Até mesmo o parasita que se encontra pendurado em seu braço acaba sendo elevado.

Tirei um momento para transmitir essas conversas à sra. Sparrow, que conduzia um criado carregando um engradado de vinho à escada dos fundos. Ela virou-se com um sobressalto, alisando a saia.

— Você pode se sentar com o duque?

— Fora de questão — respondi.

— Não, é claro que não. E eles vão reparar se você ficar pairando por perto. — Ela apertou os lábios, pensando. — Então, você precisa ficar perto da Uzanne e observar cada sinal.

— Sinal de quê? — perguntei.

— Não sei — respondeu ela, com frustração na voz. — Encontre-me no salão superior quando todos os convidados tiverem partido.

— Mas tenho planos de...

— Temos nossa terceira carta esta noite, mesmo que isso deva ser feito muito depois das 11. Agora vá, sr. Larsson, vá!

Não discuti mais; simplesmente levaria Carlotta comigo. Ela ficaria encantada em conhecer o novo oráculo do duque Karl.

Uma conduta calma é a primeira regra básica do profissional, de modo que deixei o tempo passar e tomei apenas meio copo de ponche antes de me encaminhar para o salão de jogos. Carlotta e a Uzanne navegavam seus vestidos entre os aglomerados de mesas cobertas com panos verdes e cadeiras pesadas. A Uzanne seguia atrás de Carlotta, deixando-a abrir uma trilha por entre a multidão, mas seus olhos estavam postos sobre a mesa do duque, nas proximidades, que já estava cheia de jogadores. Ela aproximou-se e falou brevemente com o duque Karl, mas não foi convidada a se sentar. Continuou seguindo Carlotta, até o lado oposto do salão, o leque balançando perto de uma orelha, levando consigo as palavras do duque Karl o máximo possível.

Carlotta tomara seu refresco rápido demais e suas bochechas estavam em fogo.

– Madame, tenho a mesa perfeita: podemos observar e ser observadas por todos, não perto demais da música, mas perto do bufê que, oh, madame, está disposto com a mais adorável porcelana da Bavária e morangos empilhados até o teto em tigelas de cristal, caviar russo, framboesas, salmão escaldado em *aspic*, aspargos brancos, pêssegos apimentados e...

– No futuro, tente nos acomodar de acordo com a cabeça ou pelo menos com o coração, e não com o estômago.

Carlotta fez uma mesura lateral, reconhecendo a provocação.

– Ah, aqui está a nossa mesa de jogo. E... nossa cara amiga, a sra. Von Hälsen. – Carlotta parou para ajustar sua trajetória diante daquele inesperado objeto em seu caminho. – É magnífico que a senhora possa juntar-se a nós nas cartas, sra. Von Hälsen. Veja, lá está a minha faixa, espalhada em cima das cadeiras, para reservar nossos lugares e, é claro, certamente esperamos que a senhora permaneça conosco para uma partidinha amistosa – convidou Carlotta, com uma impecável falta de sinceridade. O que conhecia sobre a sra. Von Hälsen era baseado em diversos parágrafos da sórdida fofoca que aparecera em *Que Notícias?*, sob a manchete UMA VIDA DE APOSTAS. – Madame? – Carlotta virou-se para a Uzanne em busca de uma palavra definitiva.

Estava claro pelas sobrancelhas da sra. Von Hälsen que não era de sua intenção compartilhar a mesa com Carlotta e a Uzanne, mas agora se via numa armadilha: seria séria falta de educação sair, mas ela também devia confirmar se poderia ficar. Na condição de socialmente superior, a Uzanne fez um gesto de concordância com a cabeça e sentou-se na cadeira à direita da sra. Von Hälsen, dedicando-lhe então as esperadas amabilidades. Mas o rosto da Uzanne assumiu uma curiosa intensidade quando a sra. Von Hälsen abriu seu leque.

— Que beleza extraordinária, sra. Von Hälsen. Diga-me... — começou a Uzanne, sua voz suave e cálida.

A sra. Von Hälsen depositou delicadamente o leque em cima da mesa.

— Seu nome é Eva. — Eva era feito de varinhas de ébano enfeitadas, e sua lâmina era da mais fina pele de cisne branco, esplendidamente pintada com uma grande cártula que emoldurava um suntuoso jardim. Densas árvores tropicais com frutas maduras pendentes em tons de vermelho e púrpura sombreavam leitos de flores numa infinidade de cores. O céu era sem nuvens, de um azul cintilante. Um pavão encontrava-se no centro, a cauda desfraldada para revelar uma infinidade de olhos. Na sombra do bosque, mal era perceptível a silhueta de uma mulher, de pé próxima a um galho do qual pendia um emaranhado de espessas trepadeiras. Não apenas Eva era um belo exemplar do artesanato parisiense de meados do século, como também possuía a distinção que talvez um conhecedor pudesse definir como Tentação. A Uzanne não tinha leques dessa exata natureza em sua vasta coleção.

— Eu daria muito para ter um leque como esse — disse a Uzanne.

— Eu mesma já dei muito por ele — concordou a sra. Von Hälsen, fechando lentamente o leque e colocando-o em seu colo.

— Que jogo prefere, sra. Von Hälsen? — perguntou a Uzanne educadamente.

— Uíste, madame. Existe outro? — indagou a sra. Von Hälsen, pegando um dos dois baralhos em cima da mesa e estendendo as cartas à Uzanne. — A madame distribui.

— Temos a nossa quarta pessoa? — quis saber Carlotta, virando-se para olhar para mim. Eu conseguira um lugar próximo, numa cadeira à janela, de onde podia assistir ao jogo, e balancei a cabeça em negativa. Não queria chamar a atenção para a minha condição de intruso.

— Minha jovem sobrinha, srta. Fläder. — A sra. Von Hälsen acenou para uma menina bonitinha de cabelos cor de linho, rosto redondo e rosado, devido ao calor e ao ponche, que se juntou à mesa, sentando-se em frente à Uzanne. Ela nunca abria mais do que uma fresta na boca ou, se o fazia, mantinha a mão na frente para bloquear a visão – talvez lhe faltasse algum dente.

Todas as 52 cartas foram distribuídas, fazendo quatro mãos de 13. A jogadora à esquerda da banca abriria; as restantes seguiriam a ordem. Carta alta vencia; a jogadora que tivesse mais cartas altas vencia o jogo. Embora a etiqueta do uíste exigisse que nenhuma palavra fosse proferida durante a partida, era risível a quantidade de pessoas cujo rosto funcionava como uma língua substituta. Carlotta era um exemplo perfeito: suas narinas tremiam da maneira mais enganadora quando ela imaginava ter cartas excelentes e, apesar de esse ser raramente o caso, ela era uma otimista inveterada. As sobrancelhas da sra. Von Hälsen eram flâmulas sinalizadoras, acentuadas pela linha de carvão que ela aplicara para a noite. A srta. Fläder teve um terrível acesso de riso inebriante, combinado com soluços, que tentou suprimir apertando os lábios. Ela perdeu uma decente soma de dinheiro e não pareceu se importar nem um pouco. Mas, quando a Uzanne colocou a última carta de suas 13 originais em cima da mesa, ela manteve seu adorável rosto imóvel como um mármore grego.

– Perdi mais uma vez – suspirou. A Uzanne estava perdendo consistentemente. Não enormes somas, mas o suficiente para garantir que a sra. Von Hälsen se sentisse confiante de sua boa sorte, o que me fez perceber que a Uzanne era uma jogadora genuína, montando sua vitória.

Para começo de conversa, a Uzanne tinha mente para as mesas, já que todo jogo é político. Sua habilidade com leques significava que ela manuseava as cartas com destreza e graça. Ela estava concentrada em levar para a mesa todos os seus talentos, pois, naquele momento, desejava apenas o leque da sra. Von Hälsen. E ela o pegaria. As damas pararam apenas uma vez para tomar alguns refrescos, e a sra. Von Hälsen não queria saber de mudança de jogadores ou de desmantelar o jogo. Disse que fazia muito tempo desde a última vez em que sentira a Fortuna tão quente e próxima.

Às 10 da noite, cada mesa já estava imersa em seu próprio mundo particular. A sra. Sparrow circulava entre elas como normalmente fazia, uma silenciosa observadora, que trazia baralhos novos ou sinalizava para que trouxessem uma garrafa. Ela não se aproximava da mesa do duque Karl; os jogadores afugentavam qualquer pessoa que se aproximasse. Mas circulava frequentemente pela mesa da Uzanne e sentiu no ar um truque sendo montado.

A Uzanne empurrou sua pilha de cartas para longe.

— A senhora me venceu, sra. Von Hälsen. Vou acabar na prisão da Casa Redonda, em Långholmen, se apostar um centavo a mais.

A sra. Von Hälsen parecia cabisbaixa, suas sobrancelhas tentando alcançar uma à outra em busca de consolo. Ela cutucou a extremidade do belo Eva em cima da mesa.

— Mais uma partida, com certeza...

A Uzanne tamborilou os dedos, e então resplandeceu.

— Não é algo sem precedentes apostar tudo numa mesa de jogo. Poderíamos apostar nossos leques. O meu é tão ultrapassado... olhe como é comprido. — Mas as perdedoras podem ter o consolo de um novo.

— Ah, madame, eu adoraria ter um novo leque — disse Carlotta, colocando um medíocre modelo de suvenir italiano em cima da mesa. Portando um leque inglês de terceira linha com uma lâmina de papel prensado, a srta.Fläder bateu palmas e colocou seu leque ao lado do italiano. A sra. Von Hälsen, entretanto, parecia chateada e franziu o cenho. — Estabeleçam valores às suas mercadorias, senhoras, e eu oferecerei dinheiro. Meu leque é fora de moda, mas sou bastante ligada a ele.

A Uzanne esperou um momento, e então pegou seu próprio leque, dedilhando as cálidas proteções de marfim.

— Como você, eu sentiria muito se perdesse um velho amigo, mas o duque ordenou que olhássemos para o futuro esta noite — falou, e abriu o seu com o dedo mindinho da mão esquerda, revelando lentamente a face de seda pintada. — Ofereço a vocês o Cassiopeia — disse, suavemente. — Foi um presente de Henrik, meu falecido marido. — O Cassiopeia era alto, do tamanho de duas mãos abertas. As proteções e as hastes eram apenas marfim, o rebite um ornamento de prata montado com uma pedra azul. A garganta era apertada e a face da lâmina de seda tinha a melancólica pintura de uma paisagem, o céu profundamente violeta na parte superior, depois cobalto, evanescendo para um pôr do sol alaranjado, com fiapos de nuvens criando longos rabos vermelhos, um arco de pássaros voando. Curvei-me para a frente para obter melhor visão daquela cena estranhamente familiar. Uma carruagem preta esperava ansiosamente diante de uma imponente herdade, pronta para transportar alguém para o domínio dos sentidos.

Carlotta inclinou a cabeça para estudar o leque aberto.

— Perdoe-me, madame, mas por que ele se chama Cassiopeia? A senhora deveria chamá-lo Viajante, ou Hóspede Temporário, ainda mais com a carruagem.

— Nunca mudo o nome pelo qual o leque já responde, principalmente quando ele foi batizado por uma mulher de tamanha habilidade e notoriedade.

— E quem seria ela? — perguntou a sra. Von Hälsen.

— Henrik jura... jurava... que ele pertenceu a Madame de Montespan, a primeira amante de Luís XIV. A imagem na face faz menção a um antigo ponto de encontro no castelo de campo de seu amante, o rei. — A Uzanne fechou o leque, revelando uma seda índigo tingida, salpicada de lantejoulas e pequeninas continhas de cristal. — As constelações no verso fazem menção aos misteriosos prazeres da noite. E a seus muitos segredos. O nome de Madame de Montespan está para sempre ligado ao amor e a um grande charme, mas também à magia negra e ao *Affaire des Poisons*. Gostariam que eu lhes contasse o segredo do leque? — As damas assentiram com a cabeça, ansiosas, curvando-se para a frente. — Se olharem atentamente, verão que, no verso, o Cassiopeia possui uma manga de seda por sobre a haste central. Dentro da manga existe uma pena que segura um pedaço de papel contendo uma mensagem secreta, ou um fino pedaço de madeira saturado de inebriante perfume, ou algo... bem, talvez algo mais perigoso. — As damas riram nervosamente. A Uzanne sorriu para a sra. Von Hälsen e colocou o Cassiopeia em cima da mesa com a face virada para cima. — Vamos jogar?

A sra. Von Hälsen sentiu a pressão em satisfazer a Uzanne, mas também a falsa confiança de sua onda de vitórias lubrificadas pelo ponche. Ela pegou o segundo baralho com as mãos rechonchudas e distribuiu as cartas. Elas jogaram ao redor da mesa apenas uma única vez, a Uzanne detendo o trunfo, quando a srta. Fläder ficou subitamente imóvel e todo o tom róseo desapareceu de suas bochechas. Ela pediu desculpas e saiu abruptamente.

— E agora? — disse Carlotta. — Temos mais 12 rodadas pela frente e as apostas foram feitas!

— Eu odiaria ver o jogo de vocês terminar antes mesmo de começar. — A sra. Sparrow saiu das sombras na lateral da sala e postou-se ao lado da mesa. — Posso? — Não era nem um pouco incomum a sra. Sparrow jogar, mas sentar-se com alguém do estrato da Uzanne, que também era uma inimiga política, era algo ousado. A princípio, pensei que a sra. Sparrow estivesse simplesmente tentando deixar suas convidadas contentes, mas ela tramava algo, pois suas mãos estavam presas uma à outra como se temesse pela vida de alguém.

— Nossa anfitriã — entoou a sra. Von Hälsen com falso entusiasmo. Carlotta ficou imediatamente sóbria e segurou as cartas como se fossem um escudo. Ambas as damas esperavam a Uzanne, que olhou brevemente para o alto, o rosto desprovido de qualquer expressão.

A sra. Sparrow enfiou a mão no bolso na altura da cintura e puxou um leque de marfim, colocando-o aberto no centro da mesa. O marfim tinha uma suave pátina amarelada devido aos muitos anos de manuseio, e, apesar de ser um leque tão pequeno a ponto de poder ter pertencido a uma criança, as perfurações eram de qualidade digna de uma princesa, e sua longa borla de seda vermelha continha fios de ouro.

— Um tesouro do Oriente. Dará mais sabor às apostas.

O rosto da Uzanne iluminou-se com uma espécie de lascívia. Leques de criança eram extremamente raros.

— Sente-se, por favor.

As jogadoras pegaram suas mãos e prepararam-se para retomar a partida. Ninguém reparou o imperceptível balançar lateral de cabeça que a sra. Sparrow fez na minha direção por sobre a cabeça das outras jogadoras. Ela estava me pedindo para interferir no jogo. Observei os dedos da sra. Sparrow: os primeiros dois dedos de sua mão esquerda cruzaram o verso das cartas. Duas jogadoras ao redor da mesa: ela queria que a Uzanne perdesse. A Uzanne vinha perdendo consistentemente a noite inteira, mas agora havia uma chama elevando-se dela, que um jogador experiente sabia como sentir: aquele era o jogo que a Uzanne vinha esperando para vencer. Levantei-me de meu assento e me aproximei.

A sra. Sparrow captou meu olhar e inclinou a cabeça na direção do leque disposto sobre a mesa. Se possível, ela não apenas forçaria a Uzanne a perder, como conduziria as apostas numa direção específica. Ela levou as cartas até os lábios. Eu vira aquele sinal apenas uma vez antes: a sra. Sparrow queria vencer. Aquilo era duplamente perigoso: em qualquer jogo, trapaça era algo suspeito para ela, mas a Uzanne estava afiada e sóbria. A sra. Sparrow dispôs suas cartas com a face voltada para baixo em cima da mesa.

— Um jogador pode ver o último trunfo pego, é o que dizem as regras, não é mesmo? — A Uzanne entregou-lhe as quatro cartas, e a sra. Sparrow estudou-as atentamente por um minuto. Em seguida, devolveu-as. — Posso ver as apostas? — pediu a sra. Sparrow polidamente. Ela primeiro olhou para o leque de papel inglês e o entregou à sra. Von Hälsen. — Peguei o lugar de sua sobrinha e substituí a aposta dela pela minha, de modo que ela não está mais participando do jogo. Essas são as regras da casa, e espero que todas vocês concordem com elas. — A sra. Von Hälsen assentiu com a cabeça. A sra. Sparrow olhou de relance para o leque italiano e em seguida pegou o Eva da sra. Von Hälsen. — Como a primeira noite quente de junho num jardim secreto. A perda da inocência – disse. A sra. Von Hälsen assentiu com a cabeça e um leve traço de preocupação franziu-lhe a testa. Então a sra. Sparrow pegou o Cassiopeia e mirou a imagem da carruagem de viagem. — Conheço isso – falou suavemente para si mesma.

— Conhece? — indagou a Uzanne com desdenhoso ceticismo. — Ele é velho, e francês.

— Como eu – disse a sra. Sparrow, com leveza, colocando cuidadosamente o leque aberto no centro com os outros.

— Prosseguimos? — perguntou a sra. Von Hälsen, ansiosa para recuperar seu Eva.

O jogo recomeçou. A sra. Sparrow permanecia sentada, imóvel como uma pedra, os olhos parcialmente fechados. Apenas suas mãos se moviam enquanto ela jogava as cartas. Precisaria de toda a sua habilidade, já que não tinha chance de espalmar uma carta ou fazer brincadeiras com o baralho enquanto cortava. Os dois descartes seguintes pertenciam à Uzanne, e o quarto à sra. Sparrow. A sra. Von Hälsen estava molhada de suor, sentindo que sua onda de vitórias começava a escapar. Suas sobrancelhas demonstravam firme preocupação. Dois descartes foram para a sra. Von Hälsen, mas seu rosto ainda era o retrato da preocupação. A Uzanne mantinha o olhar desprovido de qualquer emoção, segura em sua superioridade. Enquanto isso, Carlotta tentava conter os bocejos, balançando as cartas como se fossem um leque em miniatura; todos podiam vê-las. Ela conseguiu, de algum modo, um descarte, mas, não muito tempo depois, a sra. Sparrow e a Uzanne obtiveram quatro descartes cada uma.

— Sra. Sparrow, a senhora joga como se o seu futuro dependesse dessa partida — comentou a Uzanne com um indício de surpresa, esperando que a anfitriã perdesse graciosamente para sua superior.

A sra. Sparrow não olhou para ela, mas para a face aberta do Cassiopeia.

— Não apenas o meu futuro, madame, mas o de todas nós.

— Pensei que a cartomancia estivesse encerrada por esta noite — disse a Uzanne friamente. — Talvez a senhora também esteja lendo as nossas cartas.

— Ooooh, isho é tão misterioso — engrolou Carlotta.

— Silêncio, vaca bêbada — ordenou a Uzanne.

O choque de sua observação reverberou pela sala e trouxe novos espectadores até a mesa. O olhar horrorizado no rosto de Carlotta desapareceu de imediato, ciente de que não havia sentido em dar uma resposta. Eu, entretanto, determinei que a Uzanne não devia ter permissão para vencer aquele jogo, independentemente de qualquer coisa. Restando apenas dois descartes, havia poucas opções. Dirigi-me a uma mesa vazia e peguei um baralho que não estava sendo usado, não de todo certo de que teria tempo de encontrar a carta de que precisava, muito menos de que a conseguiria fazer passar. Circundando cuidadosamente a mesa, concentrei-me nas cartas que permaneciam nas mãos das damas. Carlotta não tinha nada. A sra. Von Hälsen talvez pudesse pegar mais uma, mas a Uzanne poderia obter um trunfo, se as cartas certas caíssem, e lançar uma carta de figura em seu último descarte. A sra. Sparrow não estava bem posicionada. Eu teria que incluir a sra. Von Hälsen para ajudar a pressionar e ainda ter esperança de passar a carta. Fiz um sinal à sra. Sparrow, indicando que ela devia liderar com o naipe de espadas.

A sra. Sparrow colocou a melhor carta que lhe sobrara, um valete de espadas. Carlotta colocou o três de copas. A Uzanne sorriu e colocou a rainha de espadas. A sra. Von Hälsen recostou-se na cadeira; eu podia ver a luta que se desenrolava em seu rosto. Ela podia pegar o trunfo se assim desejasse, mas podia obter privilégio, lançando "acidentalmente" uma carta de outro naipe e dando o jogo à Uzanne. Caminhei até os fundos da sala e comecei a cantar (muito mal) algumas estrofes alteradas da "Elegia sobre a Luta na Taverna de Gröna Lund" como um desesperado sinal para que a sra. Von Hälsen pusesse a Uzanne e ela própria na mesma condição de perdedoras:

*Um jogo muito acirrado*
*Deixa irmãs arrependidas.*
*Tut-tut-tut, minhas costas ardidas!*
*Esse golpe será melhor pensado*
*Quando outra ocasião for definida,*
*Tut-tut-tut, ah, chega dessa partida!*

Muitos espectadores riram e se juntaram, e logo o duque Karl em pessoa e sua *entourage* estavam de pé. A Uzanne fechou os olhos, irritada, e comentou:

— Essa canção foi roubada de Handel.

Fui até a sra. Sparrow e rocei-lhe o ombro enquanto apertava a mão de um companheiro de folgança. Naquele momento, encostei uma carta entre as costelas e o braço dela, um truque desajeitado que somente a confusão do momento podia esconder. Se alguém podia extrair aquela carta sem ser percebida era a sra. Sparrow.

Voltei-me novamente para a mesa, rindo e gracejando com os outros enquanto continuávamos a cantar. A sra. Von Hälsen olhou na minha direção com o rosto estampando felicidade. Inclinei a cabeça na direção da sra. Sparrow com um sorriso e um sinal de assentimento, antes de afundar novamente na sombra da cadeira próxima à janela. Se a Uzanne caísse nesse truque, o jogo terminaria empatado, mas não havia mais nada que eu pudesse fazer.

A sra. Von Hälsen olhou para a Uzanne; ela estava com uma das mãos em cima das cartas que lhe restavam, os dedos da outra batendo incessantemente na mesa, cada vez mais perto dos leques. Seus olhos concentravam-se no jardim escuro de Eva e na perfeição de marfim da Princessa Chinesa, espalhados desamparadamente no centro da mesa. A sra. Von Hälsen olhou para a sra. Sparrow, que retribuiu com um olhar de simpática preocupação. A sra. Von Hälsen colocou delicadamente o rei de espadas em cima da rainha da Uzanne e puxou as cartas para si com um floreio, fazendo seu último descarte com o oito de ouros, uma carta perdedora. Suas feições estavam serenas. A Uzanne olhou para a sra. Von Hälsen, e os cantos de seus lábios levantaram-se ligeiramente. Mas então a sra. Sparrow colocou o rei de ouros em cima da mesa. Carlotta lançou o quatro de paus com um suspiro. A Uzanne depositou a rainha, seu rosto imóvel como mármore. A sra. Von Hälsen virou-se e pôs a mão no braço da sra. Sparrow.

— Estou muito satisfeita — disse. As mulheres são as mais estranhas apostadoras.

Os espectadores começaram a aplaudir, e Carlotta juntou-se a eles, até que a Uzanne agarrou-a pelo pulso e bateu com uma das mãos na mesa.

— Pensei que o rei já tivesse sido usado nesse jogo — falou.

— Aquilo era um valete que foi com o meu ás, quarto descarte — disse a sra. Sparrow, puxando o ás e o valete de ouros da pilha de cartas e então reunindo todo o baralho. — Os jogadores frequentemente confundem o valete com o rei. — A sra. Sparrow pegou o Cassiopeia e fechou-o. Em seguida, fez o mesmo com os outros três leques. Levantou-se da mesa, agarrando os quatro leques como se fossem iscas em suas mãos trêmulas, e virou-se para a sra. Von Hälsen. — Tive sorte com as cartas da sua sobrinha e a boa sorte deve ser compartilhada. Por favor, traga-a aqui e entre em contato comigo qualquer dia desses. — A sra. Sparrow fez uma mesura com a cabeça e desapareceu no corredor escuro na direção de seus aposentos.

Eu não conseguia ver o rosto da Uzanne, mas Carlotta curvou-se para beijar-lhe a bochecha.

— Pronto, pronto, madame. A senhora mesma disse que devemos cuidar do futuro. — Carlotta hesitou, e eu observei seu rosto exibir o triunfo de seu coração generoso sobre o status social. — Ouvi boatos de um grupo entusiasmado saindo para encarar a manhã em Djurgården. Vamos nos juntar a eles? — Deslizei de minha cadeira e tentei fazer um sinal a Carlotta, indicando que isso simplesmente não podia acontecer: queria declarar as minhas intenções assim que estivéssemos a sós. Mas os olhos de Carlotta não abandonavam sua arrasada benfeitora.

A Uzanne pegou seu suvenir de marfim e o lápis e escreveu a palavra SPARROW com mão trêmula. Havia círculos úmidos debaixo de seus braços e seios, aguando as flores bordadas em seu vestido. Ela virou-se para sua terna companheira e disse:

— Sim, Carlotta, devemos cuidar de nosso futuro. Mas eu já tenho planos, assim como você. — Carlotta parecia estar confusa. — Arranjei um encontro para você com o tenente Halland. Ele é próximo ao duque Karl e aparentado aos De Geer.

— Os De Geer? — Carlotta colocou uma das mãos no colo. A família era nobre, e sua fortuna lendária. — Onde ele está? — perguntou ela, olhando de relance ao redor do recinto com o mais encantador dos sorrisos.

As duas damas encaminharam-se para a *entourage* do duque Karl, e a Uzanne entregou Carlotta a um oficial embriagado, com pelos faciais desalinhados. Uma intervenção da minha parte causaria, na melhor das hipóteses, um constrangimento e, na pior, um duelo, de modo que permaneci rígido nas proximidades, observando o palerma beijar a mão desenluvada de Carlotta enquanto ela admirava seu uniforme. Não houve nem uma olhadela em minha direção à medida que o fervor proporcionado pelo intercâmbio entre os dois se intensificava. Quando Carlotta enlaçou o braço do oficial e encostou-se nele, levando seus lábios macios até os dele, convenci a mim mesmo de que ela estava meramente fazendo um jogo e agradando não só a Uzanne como também sua mãe, mas o óbvio prazer que ela demonstrava era doloroso de ver.

A Uzanne parecia querer mais do que trocar algumas palavras com o duque Karl, curvando-se na direção dele na mais sedutora das posturas, mas Pechlin levantou-se repentinamente, chamando em altos brados a carruagem do duque. Os convidados restantes começaram a sair, os criados da casa fazendo mesuras e pegando taças vazias no caminho. Desapareci no meio da multidão e voltei para o pátio sombreado. A luz do céu finalmente se aproximava da noite e as horas de melancolia estavam à espera onde por horas o sol paira no horizonte e apenas as mais possantes das estrelas se mostram. Fica-se preso entre noite e dia, num raro mundo azulado, exatamente como eu me sentia pego entre os estímulos iniciais de Carlotta e seu desaparecimento. Esperei até que todos tivessem partido e então subi a escada dos criados e me sentei no salão superior até que a sra. Sparrow pudesse pôr as cartas.

# *Capítulo Seis*

## CASSIOPEIA

*Fontes: E.L., sra. S.*

A SRA. SPARROW PARECIA abatida e cansada, a pele abaixo de seus olhos um pouco mais flácida do que o habitual. Ela depositou na mesa uma bandeja com dois copos e uma garrafa, e então sentou-se na minha frente, numa postura tão rígida quanto sua cadeira de madeira de costas retas.

— Uma noite de verão bem movimentada, sr. Larsson.

Passei as mãos pelos cabelos e pela barba incipiente que brotava em meu queixo.

— Verdade. E nada transcorreu como eu havia planejado. A senhora viu Carlotta sair com aquele... com aquele imbecil? Meu futuro foi roubado de mim! — A sra. Sparrow tirou um objeto longo e delgado enrolado em seda azul da bandeja, as mãos tremendo ligeiramente enquanto ela desenrolava e abria o Cassiopeia. — E isso aí! Uma trapaça com tamanha falta de cuidado para uma aposta tão sem valor.

— Não é uma aposta sem valor. A Uzanne me deu um objeto incalculável, principalmente se a história de sua obscura origem provar-se verdadeira. Vou interrogar o fabricante do leque, Christian Nordén. Ele saberá quem e o que ele é.

— Sei que ele vale pelo menos um mês do meu salário. — Servi-me de Armagnac, o ruído dos pratos e das vozes dos criados subindo pela escada. — A propósito, espero uma parte.

— Não tenho intenção de vendê-lo, mas certamente o recompensarei. — Ela segurou o Cassiopeia em frente ao rosto. — Você o reconhece? — A sra.

Sparrow virou o leque e olhou a paisagem pintada. — O pôr do sol evanescendo de um tom azulado a alaranjado, as nuvens fazendo um arco em direção aos céus. A casa elegante, a carruagem de viagem preta... essa é a visão que tive para Gustav.

— Certamente! — Aproximei-me para estudar a cena sedutora, imaginei-me pisando no interior da carruagem, transportado a um destino de inimagináveis prazeres. — Tive uma estranha sensação quando o vi em cima da mesa...

O rosto da sra. Sparrow exibia um misto de alarme e deslumbramento.

— Gustav insistia que a visão apontava para a França, mas é sua própria casa que se encontra em risco. Isso ficou claro esta noite. — Ela passou o dedo ao longo do leque. — Preciso dispor um Octavo.

— Mas eu ouvi Gustav dizer que não tinha tempo.

— Não, sr. Larsson. Refiro-me a dispor o Octavo para o senhor. — Ela dobrou o Cassiopeia e começou a guardá-lo em seu casulo de seda. — É verdade que Gustav está ligado a essa visão, mas eu estava enganada ao imaginar que ela era para ele. A visão é para mim. Estou encarregada de proteger a casa dele. — A sra. Sparrow colocou o Cassiopeia no bolso, dando-lhe vários tapinhas, como se o leque pudesse desaparecer.

— Com todo o respeito, não imagino o que a senhora poderia oferecer como proteção ao rei — ponderei, a título de indagação.

— Meu Octavo. O conhecimento que meu Octavo me dará pode impedir a traição antes que ela ocorra.

— Gustav suportou vinte anos de intrigas, sra. Sparrow. E quanto aos Patriotas que testemunhamos esta noite? O duque Karl odeia seu irmão num dia e chora lágrimas de amor e devoção no outro. Pechlin está com o pé na cova, e a Uzanne é... uma colecionadora de leques.

— Uma colecionadora bastante criteriosa. O Cassiopeia é um objeto de poder e eu planejo usá-la. Pode ser que necessitemos desarmá-la ou encantá-la. Talvez precisemos destruí-la.

— *Nós?* Por que a senhora diz nós?

Ela pegou seu cachimbo na mesa lateral e acendeu-o com uma vela.

— Somos parceiros, sr. Larsson. Posso me engajar com o duque Karl; ele é crédulo e me procurará. Mas quero que você aprenda mais a respeito da Uzanne: quem são seus aliados, quais são suas fraquezas, como ela pretende levar Karl ao trono. Na verdade, por acaso a Rainha das Taças de Vinho não se encaixa muito bem na Uzanne? A sua Companheira.

— Não a vejo nesse papel. E como eu me aproximaria? Da Uzanne? Com as cartas?

— Use a porta fornecida por sua Carlotta.

— Carlotta? Carlotta saiu daqui aos tropeções com aquele soldado bobalhão, sem me dirigir sequer uma piscadela. — Terminei meu drinque com um gole. — Mas também a pobre menina não tinha escolha. Ela é... uma prisioneira! — Depositei o copo vazio e estiquei o corpo na cadeira. — Meu Octavo, sra. Sparrow. Já é quase meia-noite!

Ela assentiu com a cabeça e preparou rapidamente a mesa para as cartas.

— Esta noite, estamos à cata de um Professor para instruí-lo. — Não nos falamos mais enquanto as cartas eram distribuídas. Depois de cinco rodadas, o terceiro dos meus oito chegou.

— O Professor... oito de Livros. Livros são o naipe da contenda.

— Imaginei que houvesse dito que era o naipe do esforço.

— Cada naipe possui a parte boa e a parte má. Determinados esforços são de natureza negativa. Aprender é sagrado, eleva o homem aos céus, mas pessoas são conquistadas e escravizadas por dogmas e por leis cruéis. Novas ideias competem com as velhas; a ciência enaltece e vira o mundo de cabeça para baixo. — Ela estudou detidamente a imagem por um minuto. — Com base nessa carta, seu Professor pode ser um homem ou uma mulher. Duas flores florescem, uma branca e uma vermelha. Oposição de alguma espécie. Mas o número oito significa renascimento; talvez seu Professor também anseie por isso. Trata-se de alguém que deseja ascender... talvez a árvore do conhecimento, talvez a árvore do sucesso. Mas, embora inteligente, seu Professor é inclinado à adulação e à imitação; está vendo o papagaio?

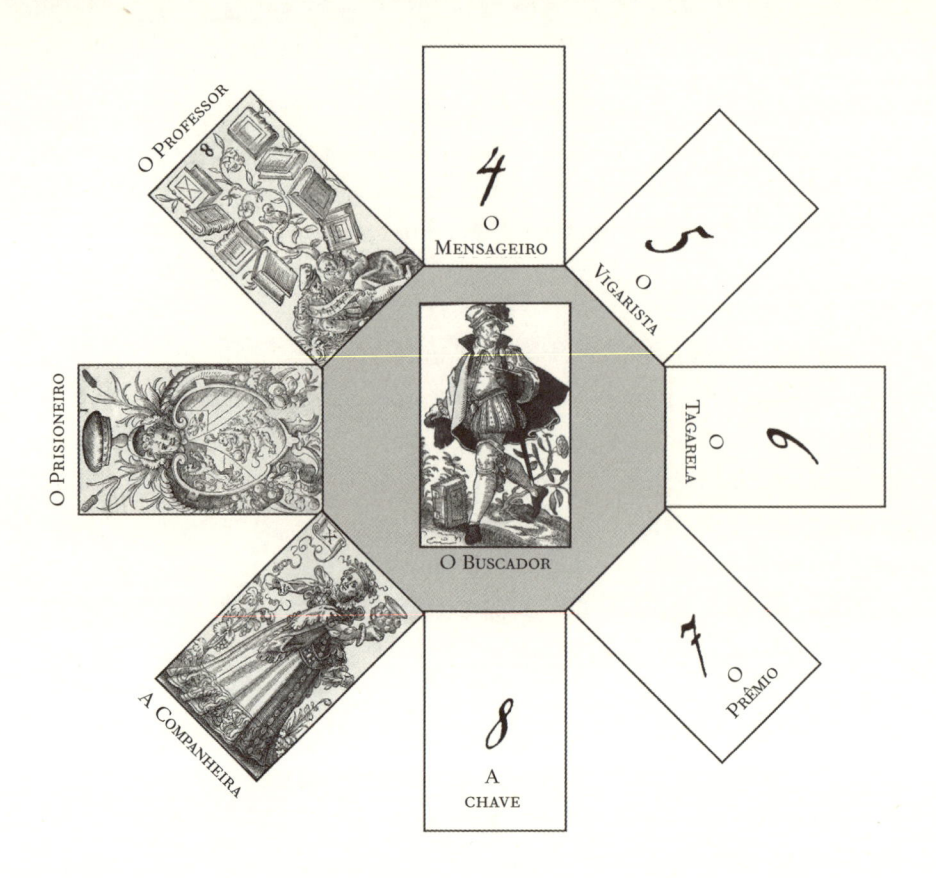

— Penso de imediato no meu superior na aduana. Ele constantemente berra versos bíblicos e conselhos sobre a mulher que devo escolher.

— Hummm. — Ela sugou seu cachimbo. — Mas a música que esses dois compartilham tão casualmente não lhe traz hinos à memória?

— Pensei em cantar um hino a Eros esta noite com Carlotta — disse, mirando o casal disposto na carta.

## Capítulo Sete

INSPIRAÇÃO DE O PORCO

*Fontes: E.L., C. Hinken, J. Bloom*

APESAR DA NOITE CURTA e sem descanso, eu me levantei cedo no dia seguinte e escrevi um bilhete fervilhante para Carlotta. Era uma folha inteira de elogios, seguida por outra de desânimo por sua partida, meu perdão por isso e a certeza de que a própria vidente que aconselhara o duque Karl me havia dado o conhecimento prévio de nosso amor e contato. O fato de o Octavo ainda não estar completo não importava; eu tinha plena confiança de que o resultado que ele traria seria de felicidade. Quando desci a escada com a carta, minha senhoria, a sra. Murbeck (uma mulher que eu geralmente tentava evitar a todo custo), começou o costumeiro sermão a respeito de meus horários tardios e minhas ocasionais ressacas, até eu lhe comunicar que o meu noivado estava próximo. Essa notícia transformou-a na mais terna das amigas. Ela chamou de imediato seu filho, a quem estava sempre repreendendo por alguma falta, e ofereceu seus serviços como mensageiro do amor. Mas à hora da ceia ainda não havia resposta de Carlotta, fato que me enervou como uma mosca, até eu perceber que esse era o jogo da corte, e que ela tinha o poder de me fazer sofrer.

MEU COMPROMISSO NAQUELA mísera noite levou-me a patinhar nas poças e sulcos deixados pelas rodas em direção a uma das muitas docas de Skeppsholmen, uma ilha situada a leste da Cidade. Protegido por um casaco espesso e botas altas, olhei para um barco à deriva que parecia ter mais horas de balanço do que uma prostituta idosa. Tais embarcações eram alvo de investidas frequentes da aduana, barcos destroçados navegados como último recurso, por desesperados ou por criminosos que podiam abandoná-los sem sentir uma perda muito forte. A embarcação havia saído de Riga e estava repleta de contrabando. Uma viagem bem-sucedida valia o grande risco; com a França banida de sua posição como centro do mundo civilizado pela Revolução, os luxos tornavam-se escassos, as taxas de importação elevavam-se e aquele barco estava cheio de artigos de renda. Cara para produzir e indumentária popular em homens, mulheres e crianças – e ocasionalmente até em cachorrinhos de colo –, a carga proporcionaria uma pequena fortuna. O tempo ruim e o adiantado da hora não eram empecilhos para mim; eu tinha direito a compartilhar uma parte das mercadorias confiscadas.

Dois policiais já haviam chegado e um marinheiro estava em pé no local, envolto pela luz das lanternas. O preso era um homem rijo com o rosto cheio de rugas, que carregava uma pequena concertina. Ele fez uma educada mesura com a cabeça quando avistou minha casaca vermelha.

— Uma noite terrível, *sekretaire*, e eu caindo nas ilhas Feather por acidente – disse o capitão, apertando a minha mão. – Vamos nos acomodar na estalagem mais próxima para que eu possa lhe contar minha história numa sala seca, acompanhado de uma bebida acolhedora. Por minha conta, é claro.

Disse aos policiais que aquilo era claramente um assunto da aduana e que eu cuidaria pessoalmente daquele salafrário. O capitão e eu nos dirigimos ao Rabo do Porco, onde uma lanterna piscava uma saudação na chuva. O tempo aterrador mantivera todos em suas casas, exceto os bebedores mais dedicados.

— Eu preferiria não saber seu nome, caso haja perguntas mais tarde – disse ele.

— A maioria das pessoas não sabe – retruquei –, embora eu saiba o seu. Muito se fala do senhor na aduana, capitão Hinken.

Ele balançou a mão como se aquele fosse um elogio que tivesse ouvido diversas vezes.

— Sou um homem útil para se conhecer, porque posso transportar quase qualquer coisa... ou qualquer um... do ponto A para o ponto Ö sem que o restante do alfabeto fique sabendo. – Dirigindo-se ao estalajadeiro, ele pediu vinho adocicado e sentou-se. – O senhor incorpora a imagem de um oficial da aduana, *sekretaire* – começou Hinken. – A altura e o peso de um soldado, o rosto equilibrado. Talvez o senhor seja qualquer um e sem dúvida esteja inclinado a ser reconhecido como uma outra pessoa. À primeira vista, agradável e confiável na aparência. Avaliando-se mais de perto...

– O senhor está me bajulando, capitão.

– Nem um pouco, *sekretaire*. Qualquer jovem concordaria comigo. – Ele pediu novamente nossos drinques e o estalajadeiro veio correndo com as canecas. Hinken esperou até que o homem estivesse distante o bastante para continuar: – Eu sou um homem do mar, *sekretaire*, de modo que a prisão é o que pode existir de mais próximo ao inferno para mim nesta terra. Talvez possamos chegar a um entendimento. – Assenti com a cabeça, mas não de maneira exageradamente entusiástica. Hinken ofereceu-me uma caixa de vodca russa e uma dúzia de carretéis de renda como parte do pagamento se eu oficializasse um relatório afirmando seu total cumprimento da lei e o deixasse seguir para São Petersburgo. Chegamos a um acordo de três caixas de bebida e metade de um engradado de mercadorias, mais a promessa de algum transporte discreto no futuro, caso eu viesse a precisar. Hinken mandou o menino da cozinha até seu barco com uma mensagem para o primeiro imediato e, antes de a primeira rodada de bebidas se encerrar, a mercadoria apareceu. Coloquei um carretel de renda em minha sacola e cuidei para que o restante fosse entregue em meus aposentos. Era um pagamento bastante barato para o capitão – a renda provou ser um material fibroso que talvez uma vendedora de peixe pudesse usar para decorar o corpete e a vodca era medíocre –, mas ainda assim a transação era adequada às minhas necessidades. Podiam-se vender bebidas de todo tipo na Cidade e novidades tais como renda vinham a calhar quando era necessário ser persuasivo. No final, minha arrecadação seria total.

Hinken tinha algo a mais a oferecer: ele trouxe notícias das revoluções na Europa. A Inglaterra ainda lambia as feridas dos estragos causados em suas colônias. O levante republicano na Holanda havia sido esmagado pelas botinas prussianas. A França apenas começava a vomitar o conteúdo de sua doença. O rei Gustav censurara as notícias vindas da França por medo de incitar tais ações em casa, de modo que os residentes do Porco estavam extasiados.

— Os franceses estão cantando *Ah! Ça ira!*, inspirados por um revolucionário americano chamado Franklin. Mas duvido que seja algo bom. As filas de emigrantes franceses tornaram-se turbas, ratos que sabem que o barco está afundando rapidamente. Os sinais apontam para uma tempestade feia, *sekretaire* — contou Hinken —, e tudo relacionado à França começa a soprar na direção do norte.

— Já tivemos nossa própria revolução, sem nenhuma tempestade, cortesia do rei — disse.

Hinken franziu os lábios e balançou a cabeça solenemente.

— Não. A tempestade ainda está por vir.

As notícias espalharam um tom lúgubre na taverna, de modo que pedi que Hinken pegasse sua concertina e tocasse alguma coisa alegre. Fiz um gesto para a menina que servia as mesas pedindo uma nova rodada de bebidas, na esperança de que um rosto bonito acabasse por elevar ainda mais o meu espírito. A menina veio rapidamente, mas a princípio não posso dizer que algo tenha se elevado. Ela era extremamente magra, tinha o rosto macilento, olhos azul-claros sob sobrancelhas esparsas, nariz curto, lábios finos e esquecíveis cabelos castanhos presos atrás da cabeça com um nó. Seu traje era malfeito e de uma cor cinza tão triste que anunciava sua recente chegada de algum local dos mais afastados. Mas sua pele me chamou a atenção; era lisa e branca como leite, as sombras ao redor de seus olhos de um tom lavanda. Não havia nenhuma sarda ou marca que pudesse ser vista, nem mesmo em suas mãos — algo surpreendente para uma menina que tinha de trabalhar para se manter.

— Pobrezinha — disse para Hinken —, ela não vai durar muito aqui no Porco.

— Espero que não, senhor — retrucou ela prontamente enquanto depositava a bandeja. — O senhor tem alguma reclamação em relação ao meu serviço?

— Nem um pouco, senhorita — respondi, pegando a bebida.

— Nós mal a notamos — acrescentou Hinken, pegando a sua.

— E estou feliz por ouvir que você tem ambições mais elevadas — falei —, mas seu traje vai marcá-la como pertencente ao...

— Cemitério? — interrompeu ela, segurando a bandeja vazia de encontro ao peito. — O senhor está correto, pois ressurgi recentemente e estou bastante necessitada de roupas melhores. O que o senhor mandaria suas serviçais vestirem, sr. *sekretaire*? Talvez mangas que terminem em rendas branquíssimas. Se não for branca, cor de linho servirá perfeitamente. — Ela balançou a cabeça na direção de meus engradados com os tecidos de Hinken. — Talvez o senhor pudesse me ajudar a preencher suas mais altas exigências, *sekretaire*. Eu não precisaria de muito para manter a boca fechada.

Não era do meu interesse que minha transação com Hinken fosse divulgada e, devemos admitir, ela fizera uma investida astuta. Dei-lhe um carretel do engradado e me sentei, resmungando:

— Pode nos trazer um pouco de pão e salsicha seca, senhorita...

— Srta. Grey — disse ela, encaminhando-se para a sala dos fundos.

Hinken e eu caímos na gargalhada, mas Hinken parou abruptamente quando a srta. Grey virou-se para nos olhar, seu rosto encharcado de lágrimas.

— Há uma história — falou. E eu levei quase um ano para conhecê-la.

GREY ERA REALMENTE seu sobrenome, e quando ela chegou na Cidade, vinda de Gefle, um pequeno lugarejo a dois dias de viagem ao norte, ele se adequou perfeitamente, já que Johanna Grey e toda a família Grey usavam roupas cinza. A mãe de Johanna, excepcionalmente devota, declarou que se enfeitar com adornos coloridos era uma afronta ao Todo-Poderoso. Seres humanos eram nascidos sem cor, com o objetivo de passarem a vida em orações até cruzarem a ponte da morte em direção a um brilhante Paraíso. A cor específica do traje que a sra. Grey escolhia para viver na Terra era a cor da penitência e uma lembrança da miséria — um céu em novembro, cheio de chuva fria e cortante. Como a sra. Grey via a ausência de cor como um sinal de pureza, ela enchia a pele de Johanna com cremes para evitar que bronzeasse e produzisse sardas em contato com o sol. A pele de Johanna permanecia com a brancura translúcida que as outras pessoas só conseguiam com o uso de pós de arsênico. Além de sua palidez etérea, o trabalho de Johanna a colocava ainda mais separada das ourtas meninas da aldeia. Seus dois irmãos mais velhos haviam morrido de cólera, e o sr. Grey necessitara de auxílio no boticário da família. Quando tinha 14 anos, Johanna já aprendera a ler e escrever, sabia algum latim, francês, botânica e conhecia medicamentos. Mas sua principal tarefa era cultivar, encontrar e preparar os ingredientes que compunham muitos dos remédios mais simples: dente-de-leão, junípero, camomila, fruto da roseira, estramônio, flor de sabugueiro, uva-ursina, acônito. Uma ou duas vezes por mês, nas estações temperadas, ela juntava sanguessugas, permanecendo em pé, descalça, na fonte até que houvessem várias em suas pernas. Essa coleta de flora e fauna ajudaria a pagar pelos condimentos e medicamentos que não conseguiam cultivar, juntar ou preparar eles mesmos.

Johanna descobriu um arco-íris nessas flores e plantas, e começou a produzir pigmentos e infusões para poder manter essas cores próximas. Ela estudou as tinturas das raízes, sementes, flores e cascas de árvores que juntava, em seguida as secava e moía para transformá-las em pó. Adicionar os pigmentos ao óleo de linhaça e álcool produzia resultados brilhantes. Ela disse a seu pai que aquela era uma maneira de estudar botânica e farmácia, e para sua mãe afirmou que era uma forma de oração pessoal. Algumas das combinações possuíam propriedades medicinais, e Johanna propôs a seus pais que seus tônicos poderiam incrementavar a renda da família. Essas bebidas saborosas provaram-se populares e reconfortantes, especialmente a que o sr. Grey apelidou de Tônico da Hiperindulgência. Feito de gengibre, cardamomo e genebra, tinha pequeninas flores brancas de milefólio suspensas no líquido límpido, e curou muitas intemperanças nos condados circunvizinhos enquanto proporcionava a entrada de uma decente soma de dinheiro na gaveta.

A família Grey teve um ano de prosperidade e relativa tranquilidade, até que Johanna finalmente teve seus ciclos, aos 16 anos. A sra. Grey viu aquilo como a entrada de sua filha nos perigosos baixios da feminilidade, e apresentava longos sermões diários contra o pecado mortal da luxúria. Mandava o sr. Grey ler histórias aterradoras de prostitutas desmembradas do Velho Testamento, e pegou a fita de cabelo verde que Johanna mantinha escondida em sua camisola e queimou-a como se fosse a semente da licenciosidade. Mas eles não precisariam ter se preocupado com isso, já que

Johanna não tinha apetites carnais, nem recebera a mais leve atenção que fosse do sexo oposto. Era como se a química neutra que governava sua aparência houvesse sido misturada com uma dose do anjo da castidade. Johanna jamais sonhara em passar a própria mão pela pele macia de seus seios, ou pelo ventre para explorar o que havia entre suas pernas. A única coisa que sua maturidade lhe inspirava era o desejo por banhos frequentes. Quando a sra. Grey reconheceu as inerentes virtudes de sua filha, viu nisso uma bênção do Todo-Poderoso e começou a procurar um par adequado. O sr. Grey passou a buscar um novo aprendiz. Mas as coisas não seguiram o curso do Senhor, nem os planos dos Grey. Ou os da jovem Johanna.

HINKEN PEGOU O pulso de Johanna e encostou uma moeda em sua mão.

— Não estávamos com más intenções, srta. Grey.

— O senhor tem o coração mole, capitão – disse, desejando subitamente que o generoso tivesse sido eu.

— Ele amolece com a prática, *sekretaire* – replicou Johanna.

Pesquei uma moeda em meu bolso e entreguei-a a ela.

— Posso começar aos pouquinhos, suponho.

— Uma pequena chave pode abrir uma grande porta – disse ela, e afastou-se.

Hinken e eu batemos nossas canecas e em seguida voltamos a atenção para uma barulhenta mesa de apostadores. Eles estavam bem no meio de uma partida de Poch, um jogo de cartas alemão disputado em um tabuleiro cercado, com oito compartimentos ao redor de um fosso central. Acompanhei as apostas por alguns minutos, mas então comecei a estudar o tabuleiro em si e seus oito compartimentos, que me lembraram de meu compromisso com a sra. Sparrow. Os compartimentos eram rotulados com palavras, como casamento, rei e bode. Já passava das 11, e eu franzi o cenho ao pensar que tinha de me encaminhar à alameda dos Frades Grisalhos numa escuridão chuvosa. Mas o bode seria *eu*, se não aparecesse.

Hinken me cutucou as costelas.

— Que rosto tão amargo, *sekretaire*. Uma canção mudará isso. Aqui está, finalmente, a música que o senhor pediu. – Ele pegou sua concertina no banquinho ao lado e aqueceu o instrumento com uma escala simples: Dó, Ré, Mi, Fá, Sol, Lá, Si, Dó.

— Isso é chamado de oitava, não é? — perguntei. — A primeira e a última notas são as mesmas. — Hinken assentiu com a cabeça. — E por que essa repetição de notas é necessária? Por que não podem ser apenas sete? Por que é necessário que sejam oito?

Hinken franziu a testa diante dessa pergunta enigmática, e então tocou uma escala ascendente e descendente diversas vezes, deixando a última nota. Ele baixou a concertina e deu de ombros:

— Não soa bem. É preciso ter todas as oito.

— Então... então, essa é a verdade? — perguntei baixinho. — Num sentido mais amplo?

Hinken deu de ombros e recomeçou a tocar, mas, depois de duas baladas soturnas e fora de tom, o estalajadeiro, já com a paciência esgotada, insistiu para que ele parasse. O fechamento da taverna foi anunciado e o arrastar de cadeiras e banquinhos, que foram sendo colocados em cima das mesas de madeira, misturou-se ao ruído da sala dos fundos começando a ser lavada. Johanna começou a lançar uma mistura de serragem e areia no piso, preparando-se para varrer.

— O que mais o senhor sabe sobre oitavas e oitos? — perguntei a Hinken. Johanna aproximou-se, varrendo tão lentamente que pouco som saía da vassoura.

— Oito sempre me deu sorte, sr. *sekretaire*. Existem apenas sete mares, mas o meu barco é chamado *O Oito*. Eu o chamo de *Henry*. Não é comum um barco com nome masculino, mas o meu é.

Johanna curvou-se sobre a vassoura.

— Meu pai é *apothicaire*,* e comprou ervas de um chinês que tinha uma tatuagem no formato de um número oito. Ela começava acima de seu dedo médio e percorria seu antebraço até chegar no cotovelo. O chinês adorava os Oito Gênios, que traziam fortuna e vida longa. Ele contou ao meu pai que o oito era o número que mais dava sorte.

Hinken assentiu com a cabeça.

---

* Trata-se do boticário, o indivíduo que preparava os medicamentos. O termo resiste até o início do século XIX, quando é regulamentado o ofício de farmacêutico. (N. do R.T.)

— E os orientais são os bastardos mais sortudos do mundo. Todos os que conheci tinham todos os dentes — falou. — Mas por que a pergunta?

— Uma cartomante começou a pôr oito cartas para mim. Isso se chama o Octavo — disse. — Eu devia estar lá agora para dispor a carta seguinte. — Olhei para a mesa vizinha e para o tabuleiro de Poch, abandonado com seu círculo de oito buracos ao redor do centro vazio. — A vidente me fez jurar que eu terminaria o jogo e me disse que isso levaria ao meu renascimento — contei.

— E que espécie de renascimento esse Octavo vai proporcionar ao senhor? Riqueza e vida longa, como os gênios do chinês? — perguntou Johanna.

— Ela disse que me proporcionaria amor e contatos, mas terei isso de um jeito ou de outro, com ou sem cartas. Estou quase noivo.

— Congratulações — cumprimentou Hinken, dando-me um tapa nas costas. — E minhas condolências.

Estiquei os braços acima da cabeça, ouvindo os ossos de meus ombros estalarem.

— Talvez eu possa ir lá amanhã à noite, em vez de agora.

Hinken levantou-se abruptamente, agarrando o meu braço para impedir a minha queda.

— É perigoso voltar atrás num juramento, principalmente se a vidente tiver uma dádiva. Pode ser que ela o amaldiçoe.

Apesar de a sra. Sparrow não querer perder seu brilhante companheiro, ela *tinha* dito que buscadores negligentes com o Octavo perdiam o rumo. Melhor assegurar o rico barco chamado Carlotta por quaisquer meios necessários.

— O senhor tem razão, sr. Hinken. Seria mais sábio da minha parte seguir o combinado. Uma espécie de segurança extra para o meu sucesso.

— Siga seu curso e o senhor chegará ao destino de sua escolha — aconselhou Hinken enquanto vestia o sobretudo. — Eu o acompanharia até essa cartomante, mas o senhor compreeende que é melhor para nós dois nos separarmos aqui.

— E como posso encontrá-lo para recolher o que o senhor me deve? — indaguei, pegando minha casaca vermelha do chão.

O capitão Hinken abriu a porta e a chuva fria atingiu o meu rosto.

— Minha prima, tia Von Platen, cuida da casa laranja na rua Baggens. Eu me enfurno no sótão entre uma viagem e outra, e durante os meses de neve. Ela saberá onde me encontrar.

Assoviei e assenti com a cabeça. Johanna pegou sua vassoura com excitação; até mesmo ela conhecia a infame casa laranja na rua das putas.

— Espero ter o prazer — falei.

# Capítulo Oito

## MARCAS DE DENTES

*Fontes: E.L., sra. S.*

UM BARCO TERIA SIDO o transporte mais rápido para voltar à Cidade, mas, mesmo que eu tivesse encontrado um, a maré teria me deixado encharcado e enjoado, a madame do barco a remos me amaldiçoando até o inferno enquanto avançava contra o vento. Por sorte, eu estava sentado no interior escuro de uma carruagem, tendo apenas o cheiro de mofo, o som da chuva intermitente e o barulho dos cascos como companhia, esperando não estar atrasado demais e que a sra. Sparrow me fizesse um café forte com um torrão de açúcar e creme.

Saltei perto da Grande Igreja para tomar um pouco de ar fresco e comecei a descer a alameda dos Frades Grisalhos toda em sombras e neblina. Havia um receptivo fragmento de luz nas janelas da frente da sra. Sparrow, de modo que subi a escada e bati na porta. Katarina abriu uma fresta, mas não falou nada, as olheiras debaixo de seus olhos cansados formavam uma mancha azulada.

— Katarina, eu era esperado às 11, mas lamentavelmente acabei me atrasando.

— A senhora está numa conversa particular, sr. Larsson, e a hora é bem tardia. — Ela estava prestes a me enxotar, mas puxei o carretel de renda da minha sacola de couro e entreguei-lhe. Olhos arregalados de descrença, ela pegou o carretel e me disse para seguir até o vestíbulo dos Buscadores. Ela caminhava na pontinha dos pés, e eu a imitei em meu andar bêbado, sem querer perturbar minha anfitriã, certamente engajada em *spiritus* de negócios.

Sentia-me molhado e pegajoso devido à caminhada, de modo que tirei a capa e as botas, colocando-as perto do fogareiro para secar. Meus pés exalavam um odor horrendo, de modo que resolvi abrir a janela para arejar o recinto e logo estava tremendo sob o friorento ar noturno. O desconforto me fez andar de um lado para outro, enfiando a cabeça no corredor vez por outra para ver se o cliente noturno da sra. Sparrow saía. Por fim, ouvi seus passos na escada e o ranger da porta se abrindo.

— O senhor está demasiadamente atrasado — disse a sra. Sparrow.

— Mas eu fiz um juramento.

Ela olhou meus pés descalços e franziu o nariz. Em seguida, acompanhou seu cliente até a porta. Corri para pegar minhas botas. Quando voltou, a sra. Sparrow parou de braços cruzados no umbral.

— Alguma desculpa?

— Eu me atrasei por conta de um trabalho em Skeppsholmen. A senhora sabe que a minha posição na aduana está em perigo e eu não posso ser negligente, nem mesmo por causa do Octavo — disse. Ela sacudiu a cabeça, exasperada, e nós dois subimos até a sala superior.

— O Mensageiro chega esta noite. Espero que ele esteja perto, porque estou muito cansada — disse ela, bocejando enquanto dispunha o diagrama e o baralho.

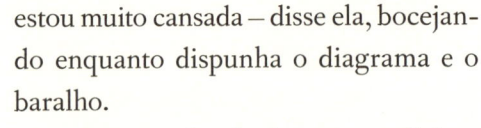

O Mensageiro devia estar em Skåne; ele levou quase nove rodadas para aparecer.

— Olhe para isso... mais Almofadas de Impressão, mas em cima do pacote que ele carrega há uma taça de vinho, o sinal de sua Companheira — disse a sra. Sparrow.

— Eu enviei um bilhete a Carlotta hoje — contei, tentando freneticamente lembrar os detalhes daquela manhã. — Foi o menino da cozinha da minha senhoria que levou o bilhete!

O Mensageiro

O Professor

O Vigarista — 5

O Prisioneiro

O Tagarela — 6

O Buscador

O Prêmio — 7

A Companheira

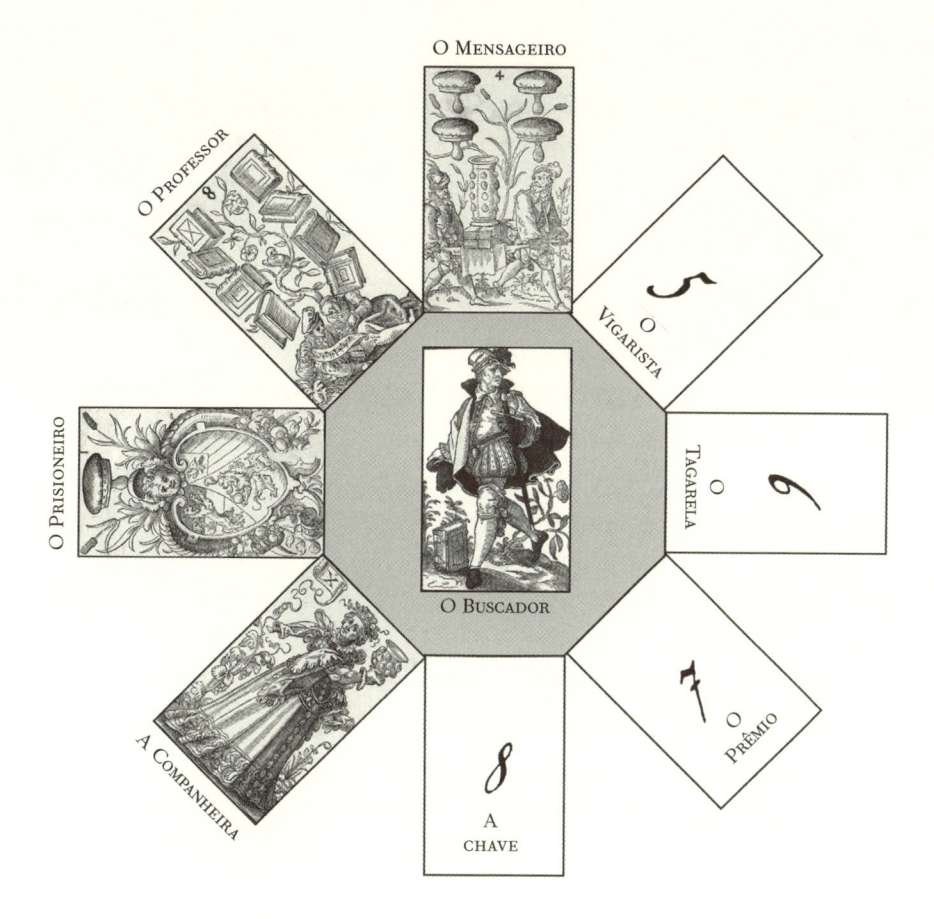

A Chave — 8

A sra. Sparrow ignorou minha agitação.

— Seu Mensageiro funcionará como um estafeta confiável, trazendo uma carta ou entregando uma para você. Isso pode ocorrer uma ou muitas vezes. Pense quantas vidas foram alteradas por uma carta perdida, ou notícias que chegaram justamente na hora da necessidade.

— Preciso ter certeza de que o bilhete foi entregue — falei, quase me levantando do assento.

A sra. Sparrow me deu um tapinha no braço.

— Preste atenção aqui. O número quatro está enraizado, de modo que será sólido e verdadeiro. Um homem prático que lida com mercadorias valiosas. Diligente também... lá estão novamente os amentilhos. Bem-sucedido, a julgar pelas roupas finas. Mas ele está olhando para algo atrás de si, e não é para seu ajudante. Um homem ansioso por estar sendo seguido. Ou um homem com arrependimentos, quem sabe.

— Não poderia haver mais do que um Vingström comerciante de vinhos — falei, virando-me para a porta.

— Você ouviu algo do que eu disse? — perguntou ela.

A chuvarada começou novamente do lado de fora. Eu me mexi no assento e olhei para a sra. Sparrow.

— Talvez a senhora esteja enganada. Em relação a minha visão. Jamais tive boa sorte em toda a minha vida.

— Não há erro. A visão era sua. E a maior parte das grandes fortunas é construída com trabalho duro — falou, uma pontinha de cansaço na voz.

Assenti com a cabeça e brinquei com a cera derretida que formava uma poça na vela que se apagara.

— Emil, o que o está fazendo parar? — indagou ela, suavemente.

— Sra. Sparrow, é que... é que uma vez me disseram que eu era amaldiçoado.

— Considero isso improvável. — A sra. Sparrow acendeu novamente o pavio da vida, mas, em vez de voltar à mesa, postou-se em uma das poltronas dispostas perto do fogareiro. — Mas, diga-me. Você jamais encontrará ouvidos mais solidários.

— Eu tinha quase 12 anos e minha mãe estava grávida de um filho bastardo. Ela sentiu que provavelmente não sobreviveria e disse que precisava me contar algo sobre o meu próprio nascimento. Parece que eu nasci com dois dentinhos plantados na frente da minha rosada gengiva inferior. Mamãe afirmou que isso significava que eu tinha uma dádiva, mas a velha parteira correu para falar com o padre, dizendo que aquilo era o sinal da Besta. A parteira espalhou a notícia, e as velhas da igreja de Katarina cuspiram no chão e fizeram sinais com as mãos contra o mau-olhado quando mamãe apareceu para o batizado. Logo, todo o bairro sul sussurrava. A vizinha do andar de baixo sugeriu que talvez eu fosse um *troll* e que deveria ser levado para as montanhas e devolvido. Outros diziam que mamãe devia me levar a um barbeiro para que os dentes fossem arrancados; melhor eu não ter nenhum dente do que crescer e me transformar em um filho de Satanás, mordendo a mão dos abençoados. Mamãe recusou-se, e os vizinhos jamais esqueceram. — Atravessei a sala e me sentei no braço da cadeira oposta à da sra. Sparrow. — À medida que eu crescia, mamãe cuidou para que eu estivesse sempre perto dela e desaparecesse para os outros, enfiando-me entre as dobras de suas saias. Ela me ensinou a ficar calado e a nunca chamar a atenção para mim mesmo. Assim, aprendi a observar e a escutar. Aprendi a ser anônimo. Quando perguntei a minha mãe o que acontecera àqueles dentes de bebê, ela contou que, duas semanas depois do meu nascimento, eles sumiram milagrosamente.

O rosto da sra. Sparrow ficara vermelho de raiva com a minha descrição.
— E como foi isso?
— Mamãe, acho, os sacudiu até que eles se soltassem. Ou pode ser que eles tenham caído. Mas meu pai, minha mãe e minha irmã natimorta foram todos parar no túmulo. Às vezes, fico imaginando se fui mesmo amaldiçoado. — Engoli em seco e finalmente olhei-a nos olhos. — Olhe só como as coisas ocorrem agora com Carlotta. Como poderei encontrar amor e contatos, se o diabo me marcou como sendo dele?
— Bobagem. O diabo não pode marcá-lo. Mas muita gente fica ansiosa para ver a marca dele em qualquer pessoa, principalmente quando os tempos são incertos. Então, o medo triunfa sobre a razão, e as pessoas encontram o diabo antes mesmo de procurarem coisas boas. — Ela se levantou e dirigiu-se à mesa, curvando-se sobre as cinco cartas. — Você está marcado para algo bastante diferente, sr. Larsson. Quando o Octavo estiver no lugar, o senhor verá.

## Capítulo Nove

## AS CARTAS DO DIABO

*Fontes: E.L., sra. S., A. Vingström*

NO DIA SEGUINTE, depois de tomar café no Gato Preto, passei pela loja de vinhos de Vingström para ver se conseguia encontrar Carlotta e me certificar de que meu bilhete havia chegado. As boas-vindas do sr. Vingström deixaram-me consideravelmente entusiasmado, mas sua mulher alvejou-me com uma sentença quando lhe perguntei pela saúde da filha:

— Carlotta está noiva, sr. Larsson.

Engoli um gole do *crianza* — o vinho espanhol envelhecido — com pressa, nervoso.

— De quem?

— Mas, Magda, por favor, ainda não podemos contar — opôs-se o sr. Vingström. A sra. Vingström levantou a mão para silenciar o marido e em seguida girou nos calcanhares, batendo com força a porta do depósito atrás de si.

— Isso é verdade, sr. Vingström? — perguntei, dedilhando minha taça nervosamente.

O sr. Vingström abriu uma frestinha na porta para certificar-se de que a mulher havia realmente saído.

— A benfeitora de Carlotta apresentou um par em potencial: um tenente com algumas ligações com a nobreza. A sra. Vingström espera por notícias de um noivado a qualquer momento. — Ele serviu vinho numa taça e girou-a. — Quanto a mim, o considero um jovem desviado, desprovido de força para enfrentar as tempestades do matrimônio. Principalmente com a minha

Carlotta. — Ele girou o vinho na boca e em seguida cuspiu-o num copinho de estanho. — Gostaria de experimentar? — perguntou ele, sorrindo.

Bebi uma taça com o sr. Vingström, glorificando Carlotta, imaginando o tempo todo como seria chamá-lo de pai. Não era um pensamento desagradável, mas estranho, já que ele era um cliente de minhas mercadorias confiscadas e eu jamais chamara ninguém de pai em toda a minha vida.

— Por favor, transmita as minhas mais sinceras lembranças à sua adorável filha. Ela merece a felicidade acima de tudo.

Vaguei, desanimado, até o Pavão para cear e então me dirigi à alameda dos Frades Grisalhos para jogar, até que Katarina me deu um tapinha no ombro. A sra. Sparrow estava pronta e esperando à mesa do andar de cima.

— Fique confortável, sr. Larsson. O Vigarista normalmente demora.

A sra. Sparrow olhou para a carta que chegou depois de uma dúzia de rodadas exaustivas.

— Almofadas de Impressão mais uma vez. Aqui está outra pessoa diligente, mas eles podem não ser o que aparentam. O Vigarista pode desempenhar o papel do bobo da corte e é frequentemente seu melhor conselheiro. Ou, então... bem, Vigarista é um dos nomes de Satanás, não é? — Ela me entregou a carta.

— Ela me lembra a sra. Murbeck. — Vi a interrogação em suas sobrancelhas arqueadas. — A minha senhoria. Ela está constantemente repreendendo o filho.

— Não se apresse, sr. Larsson. Seu Vigarista pode aparecer de um modo, mas ser de outro, como a história da velha megera que se torna uma adorável dama quando lhe demonstram respeito e verdadeiro afeto. Ou o feiticeiro disfarçado de pateta, cujo único propósito é capturá-lo. O Vigarista é uma carta com a qual você deve ter cuidado, principalmente um sete. Esse é o número do abracadabra.

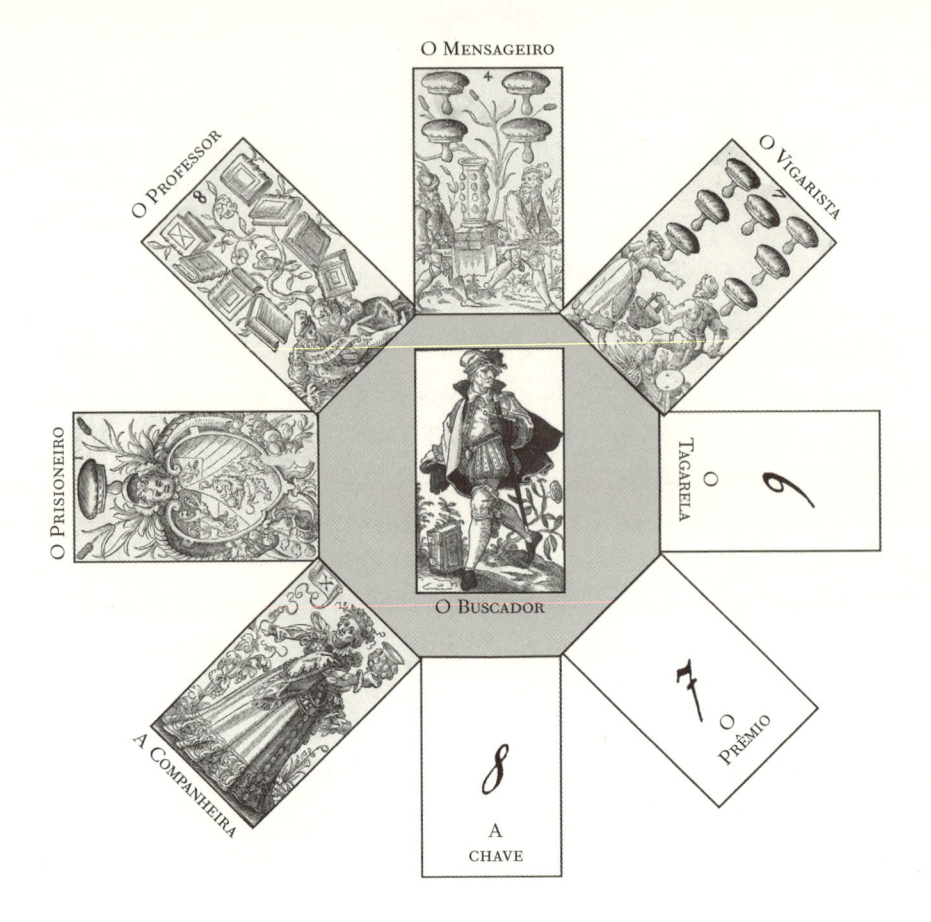

Observei mais detidamente.

— O homem parece estúpido demais para ser um mágico. Mas a mulher significa negócios. Olhe como ela lança uma maldição.

— Tem certeza de que se trata de uma maldição e não de uma bênção?

— Oh! — Senti o sangue correr em direção à minha cabeça. — Esses são os Vingström! Eu os vi hoje; o pai de Carlotta estava receptivo, mas a mãe saiu trovejando depois de levantar a mão para o marido. E a cesta virada deve significar que Carlotta está perdida para mim; ela não deu notícias, e a mãe afirma que ela logo, logo estará noiva.

— Você está tirando conclusões apressadas em todos os sentidos. Os oito ainda não estão completos. E famílias são complicadas. Digo isso, na verdade, mais a partir de observações do que de experiências recentes. — Ela se levantou e serviu-se de um copo d'água. — E a sua família? Se eu souber mais sobre você, terei mais capacidade de ler seu Octavo.

Eu me levantei e me aproximei da janela aberta, deixando que a cortina macia roçasse o meu rosto.

— A Cidade é a minha família.

— Mas você teve pais, talvez irmãos e irmãs e primos?

— Disseram-me que meu pai era músico. Ele morreu antes que eu o conhecesse. Meu nome é uma homenagem a seu melhor amigo, um violinista francês, mas Emil é um nome elegante demais para mim. Todos me chamam simplesmente de Larsson ou, ultimamente, de *sekretaire*.

— Gosto do nome Emil. Talvez você ainda tenha que aprender a conviver com ele — ponderou ela. — Como Sofia.

Dei de ombros.

— Depois da morte da minha mãe, enviaram-me para morar com primos distantes, já que ninguém mais queria ficar comigo... uma família extensa de nove pessoas, que raspava o solo em Småland e chamava isso de lavrar a terra. Por dois anos, tirei pedras do chão, mirei escuras florestas de pinheiros e comi pão rústico e carne salgada de qualquer animal morto que meu tio levava para casa. Num inverno particularmente severo, comemos apenas texugo e mingau aguado. — A sra. Sparrow fez uma careta ao ouvir isso. — Mas foi lá que aprendi com um vizinho, a única pessoa gentil e decente que conheci, a deliciosa distração de jogar cartas. Ele me deu um baralho no Dia de Reis... uma generosidade nascida, quem sabe, da pena. Quando meu zeloso tio descobriu as cartas, ele as queimou e em seguida me bateu até tirar sangue. Ele anunciou no culto de domingo que eu lidava com as cartas do diabo e que não era mais apto à companhia dos seres humanos. E me obrigou a morar no estábulo.

— Conheço bem os infortúnios de um foragido — comentou a sra. Sparrow.

— Fugi, voltei para a Cidade e fui levando a vida, trabalhando como acendedor de lampiões, passarinheiro e, por fim, estivador. Sabe o que comprei com os primeiros xelins que tive de sobra?

— Uma refeição decente, espero.

— Comprei 52 cartas do diabo, sra. Sparrow, e elas me levaram bem longe: comecei no cais, onde os estivadores preenchem as horas vagas com apostas de baixo valor. Foi o suficiente para eu me manter, até que conheci

Rasmus Bleking, um *sekretaire* no Escritório de Aduana e Impostos. Ele precisava de um garoto que conhecesse a Cidade de cima a baixo e pudesse ficar de boca calada. Esse garoto devia fazer o que quer que Bleking pedisse, o que por fim acabou sendo o emprego deste. Ele ofereceu um salário baixo, uma refeição por dia e o quarto do sótão acima dele num barracão no bairro sul, perto do lago Fatburs, uma lagoa fedorenta, cheia de merda, lixo e cadáveres. — A sra. Sparrow respirou fundo. — Mas eu tinha as minhas cartas e a minha jornada apenas começara. Bleking era um asno no jogo e eu me ofereci para ensinar-lhe o que sabia. Nunca o deixei vencer por pura subserviência, mas tomei seu dinheiro de todas as maneiras. Jogamos dia e noite, até ele se transformar num oponente decente. Em retribuição, ele me ensinou a ler e escrever... uma boa troca para ele; eu podia cuidar de toda a papelada da aduana para ele. Mas a troca foi ainda melhor para mim. Quando ele morreu, eu fiquei com o trabalho e com a sala dele e agarrei-me à vida, até que as cartas me levaram à alameda dos Frades Grisalhos e à senhora. Ano passado, comprei de Bleking o título de *sekretaire* e me mudei com a família para a Cidade.

— E agora? — perguntou a sra. Sparrow.

— Cheguei ao meu destino, sra. Sparrow. Ficarei na Cidade trabalhando na aduana até vender meu posto ou morrer. Presumindo-se que meu Octavo se forme com rapidez suficiente para se adequar ao superior. Ele está disposto a esperar até o dia do santo de seu nome, em agosto, mas só porque ele odeia De Geer.

## Capítulo Dez

## O COZINHEIRO DE SERPENTES

*Fontes: E.L., sra. S.*

NÃO PODERIA HAVER um dia mais horrível na aduana do que aquele. A interminável organização de documentos oficiais e a cantilena do superior foram suficientes para me proporcionar uma dor de cabeça de rachar o crânio. Até o Gato Preto me deixou irritado, com o café preparado com chicória na tentativa de poupar algumas moedas. Pior de tudo, não ouvi uma palavra de Carlotta. O tenente estaria no controle da situação, mas então me lembrei da vantagem dos meus oito. Naquela noite uma leve neblina podia ser vista pelas ruas, mas a lua cheia brilhava nos céus, criando uma nuvem iridescente que envelopava a Cidade. Havia magia no ar, e a minha esperança fora reacesa.

— O tenente julgou mal seu rival — disse, sentando-me no local habitual na sala do andar de cima. — Eu a ganharei, sra. Sparrow.

— Essa é a sua noção de amor e contatos? — A sra. Sparrow olhou para mim de soslaio enquanto embaralhava as cartas. — É um privilégio profundo e misterioso, significativo o bastante para dispor o Octavo, e, no entanto, você fala como se essa menina fosse o prêmio de um jogo que estivesse transcorrendo lá embaixo.

— Gosto de vencer, assim como a senhora. — Tirei a casaca. — Por acaso não é esse o motivo do jogo? Carlotta é o prêmio definitivo: um pássaro raro, um ninho de penas, segurança no lar e um futuro na aduana.

— Isso me soa como uma jaula. — Ela colocou as seis cartas que já conhecíamos de lado e embaralhou as demais. A Tagarela devia estar ansiosa para falar, pois a carta chegou em duas rodadas.

— Sexta posição. A Tagarela. Almofadas de Impressão mais uma vez! Há muitas pessoas da indústria e do comércio ao seu redor. A Tagarela fala e fala... ou com você ou sobre você. Aqui, a conversa tem muitas fontes e assuntos possíveis. Uma carta difícil de decifrar. Mas uma carta bonita. Gosto da dama que se encontra nela. E do braço de seu cavalheiro tão ternamente em seu ombro. Cinco é um número de mudança e movimento. Eles parecem estar gostando disso.

Tomei um gole do copo de cerveja que Katarina me trouxera.
— Desconfio que o tenente terá algo a dizer quando me vir com o braço no ombro de Carlotta. — A sra. Sparrow revirou os olhos. — Não consigo evitar ser inspirado por seu dom. A senhora traz as cartas na alma, sra. Sparrow.
— Só porque eu as coloco. Por conta da Visão, porque descobri que precisava das cartas tanto quanto qualquer Buscador. — Por alguns momentos, houve apenas o som de uma vela queimando. — Eu não nasci para a Visão, apesar do nome que me foi dado, Sofia, que significa "sabedoria". E não foi nenhuma dádiva. — Ela pegou o baralho e juntou as cartas. — Quando eu era menina, adorava ver os espetáculos itinerantes, e meu doce pai me levava sempre que podia: comedores de fogo, equilibristas, acrobatas e ciganos. Uma vez, num verão, meu pai e eu queríamos muito ver um encantador de serpentes que viera do Extremo Oriente. O porão fechado da taverna, onde os entretenimentos eram encenados, estava lotado e havia um enorme burburinho. Meu pai empurrou-me para um espaço vazio bem na frente e encontrou um lugar para ele, diversas fileiras atrás. Houve o som esganiçado de um instrumento de sopro e, então, o soar de um tambor de pele. Do umbral de acesso à cozinha surgiu o manipulador de serpentes. Marrom como uma noz, sua cabeça estava enrolada por um turbante cor de açafrão e sua túnica era de um belo tecido que cintilava na penumbra. O Homem da Serpente falava um francês estropiado que era traduzido com dificuldade pelo estalajadeiro. Mas o francês era a minha língua materna. O Homem da Serpente explicou que música era a língua comum a todas as criaturas, e que agora chamaria o rei das serpentes. *"Le Roi"*, falou suavemente, e começou a tocar uma trompa comprida e fina. De uma cesta preta de vime, ergueu-se uma grande serpente albina.

"Naquele momento, o porão já estava asfixiante com a quantidade de corpos e com o terror que as serpentes inspiravam, embora eu não sentisse nada disso. O Homem da Serpente podia ver que eu o compreendia e sabia que havia me conquistado para seu ramo de negócios. Ele perguntou se eu desejava segurar o rei das serpentes, e assenti com a cabeça. Ele levantou o albino com delicadeza, deu-lhe um beijinho na cabeça e entregou-o a mim. Era luxuriantemente liso, e eu podia sentir a força da criatura enrolando-se em meu braço magricela. A serpente ficou calma e imóvel, e então, como uma encantadora de serpentes, dei um beijo na cabeça da adorável coisa.

"Alguém gritou do meio da multidão reunida, chamando-me de Eva, e diversos jovens falaram que eu devia reencenar a história. Todos riram e bateram palmas, talvez aliviados por terem uma menção do Livro Sagrado. Alguém jogou uma maçã murcha, que aterrissou na mesa, e um mascate bêbado berrou que eu devia estar nua. Meu pai foi até ele enfurecido. Uma velha começou a falar o nome de Jesus e o de Satanás, apontando para o estrangeiro, e a taverna virou um campo de batalha. O Homem da Serpente juntou rapidamente suas cestas e saiu pela cozinha, sem ser notado em meio ao tumulto.

"Eu o segui, com a intenção de lhe devolver a serpente, mas ele já havia ido embora. Havia apenas o corpulento cozinheiro na cozinha, preparando tortas. Ele olhou rapidamente em minha direção e berrou para que eu saísse de lá, voltando às suas massas. Mas, então, ele parou e olhou novamente, dessa vez reparando a serpente albina em minhas mãos. Ele contornou a mesa lentamente, as mãos enluvadas de farinha, e fechou a porta que dava para o porão sem fazer barulho. 'Já ouvi essa história, jovenzinha, e sempre imaginei se era verdade.'

"Pensei que ele estivesse falando sobre o Jardim de Eva e queria ter uma chance de ver a serpente de perto. Estendi a albina para que ele a tocasse. 'Não tenha medo', falei. Com isso, o cozinheiro saltou na minha direção, arrancou a serpente das minhas mãos e jogou a pobre criatura num caldeirão em cima da grelha. O barulho do vapor e a serpente branca se debatendo na água fervente assombram meus sonhos até hoje.

"'Vamos mergulhá-la no caldo quando estiver cozida', sussurrou ele, cheio de entusiasmo, 'e depois nós teremos visões. Minha avó jurava que isso era verdade. Veremos, jovenzinha, veremos!'

"A serpente agora estava morta, boiando no líquido borbulhante. O cozinheiro gordo pegou um pedaço de pão preto, mergulhou-o no caldo e o deu a mim. A porta do porão estava bloqueada por sua cintura pronunciada e pelo olhar sombrio que seu rosto exibia; eu não podia sair da cozinha sem provar seus produtos.

"'Mas você também não quer ter visões?', perguntei, na esperança de escapar. Ele sorriu e fez uma mesura, como se fosse o mais elegante dos cavalheiros e estivesse esperando que eu pusesse o pão entre os lábios e mastigasse. O sabor não era quente como o fogo de Satanás nem gelado como o além. Era apenas um pedaço de pão preto úmido. Forcei um sorriso e dei de ombros, desesperada para ir embora. O cozinheiro deu um passo para o lado e começou a rir. 'Maldito folclore', bufou, enfiando um pedaço de massa de torta crua em minha boca. 'Eu só queria ver se era verdade.' Corri na direção da porta, coloquei a mão na fechadura de ferro e, então, tudo no porão, tudo no mundo, ficou branco."

A sala de cima da sra. Sparrow estava agora iluminada apenas por um único castiçal, que queimava na parede próxima à mesa, e pela tênue luminosidade alaranjada que vazava pela portinhola do fogareiro. Terminei minha bebida com um gole.

— O mundo branco, foi essa a sua primeira visão? — perguntei.

— Aquele branco que eu vi é o que sempre vem primeiro, antes da visão — respondeu ela, agarrando as mãos em angústia diante da lembrança. — Quando recobrei os sentidos, meu pai me segurava e a moça da casa umedecia a minha testa com um paninho imerso em água fria. O cozinheiro estava em pé, afastado de mim o máximo que conseguia, e suas mãos tremiam enquanto ele enrolava as massas e cuidava de seus assados. Ele não se aproximou em momento algum, nem mesmo quando meu pai lhe pediu para ajudá-lo a me levar escada acima. Embora eu me sentisse tonta, disse a meu pai que conseguia andar e enchi os pulmões de ar fresco. Meu pai tinha certeza de que eu apenas desmaiara devido ao entusiasmo, mas, quando nos aproximamos da baía do Cavaleiro, a coisa voltou, a brancura cegante. Dessa vez, seguiu-se uma visão. Vi água, brilhando numa negritude purpúrea, e um grupo de barcos partindo com a maré. Os altos mastros escuros formavam silhuetas contra o céu da madrugada e as telas batendo à medida que as velas eram soltas fizeram com que um bando de gaivotas voasse de seu poleiro com o mais pesaroso dos gemidos. O voo dos pássaros formou um longo arco em meio às nuvens rosadas, e suas asas sopraram uma ventania, um vento que me jogou no chão. Meu pai me chamava do deque do barco mais distante, mas o vento soprou-o para longe da vista e também soprou pelas ruas da Cidade, como um furacão. Em seguida, houve apenas silêncio. — Ela cruzou as mãos em cima da mesa e estudou-as atentamente.

— Quando recobrei os sentidos, contei a meu pai o que havia visto, mas ele apenas me puxou para perto dele e me disse para não me queixar; não havia como parar o vento. Naquele ano, no Dia de São Martinho, meu pai afogou-se. Ele estava trabalhando num reboco, em Drottningholm, para onde foi de barco. Ele caiu, foi empurrado ou jogado pelo vento, ninguém sabe... e foi pego por uma correnteza forte. Esses ventos são um terrível sinal. É por isso que temo por Gustav.

Naquele momento, desviei o olhar dela e concentrei-me no canto escuro da sala.

— Sinto muito, sra. Sparrow.

— Sou-lhe grata por compreender. Não são muitos os que o fazem. Frequentemente desejei ser uma charlatã, em vez de fazer um trabalho sério.

— Mas por causa da Visão... a senhora passou a jogar? — perguntei.

— Sim e não. A Visão não ajuda a vencer nas cartas, mas as cartas eram uma maneira de lidar com ela. Depois de algum tempo, as visões não paravam. Procurei outras pessoas, mulheres sobrecarregadas com uma dádiva como a minha, para aprender o que podia fazer para me livrar dela. Algumas eram fraudes, outras, lunáticas. As verdadeiras diziam que não havia volta, mas todas tinham meios para lidar com a situação. Tricotavam ou faziam renda, serviam em cafés e tavernas... todo o tipo de trabalho que mantivesse a mente e as mãos ocupadas. Trabalhei como lavadeira e aprendi a jogar cartas. Jogava em qualquer lugar, com qualquer pessoa. Jogar funcionava como a melhor distração, e eu descobri que, na calma que as cartas me proporcionavam, o cavalo indomável da Visão podia ser controlado. — Ela recostou-se na cadeira e colocou as mãos no colo. — Então, encontrei por acaso um livro quando viajei para Paris: *Etteilla — ou uma maneira de entreter-se com um baralho, pelo sr.\*\*\**. Tratava-se de filosofia e de instrução completa sobre a cartomancia, a adivinhação pelo jogo comum de cartas. Minha vida foi mudada por esse livro, ou salva, eu diria. Não apenas descobri um modo de controlar e decifrar o que via, como também encontrei uma atividade lucrativa que podia ter uma clientela que ia dos cozinheiros ao rei. Não fosse isso, talvez eu tivesse acabado como uma dessas meninas que trabalham nos barcos ou uma das almas penadas da fábrica de pólvora do sr. Lalin... depois de meu corpo ter sido destruído pela prostituição. Além do mais – ela curvou-se para a frente, virando-se para mim com um sorriso triste no rosto –, eu dominara as ferramentas. Só precisava aprender o que podia fazer com elas.

– E agora está construindo uma trilha dourada para mim – falei.

– Como o do feliz casal aqui na sua Tagarela. – Ela pegou as cartas, juntando-as no baralho e colocando-as de cabeça para baixo. – Faltam somente duas cartas, sr. Larsson.

# Capítulo Onze

## O PRÊMIO

*Fontes: E.L., sra. S., Lady Kallingbad*

**FINALMENTE, CARLOTTA RESPONDEU!** Parece que o tenente não era próximo o bastante dos De Geer a ponto de garantir-lhe o acesso a seus bolsos. Encontrei-me com ela para um rápido piquenique em Djugården, onde ela me beijou apaixonadamente perto da cerca azul e me chamou de meu querido. Carlotta estava a meu alcance, e o Octavo a traria para mim se eu empurrasse meus oito naquela direção. Ela estava triste por eu ter que deixar o piquenique por causa do Octavo, mas assegurei-lhe que isso era crucial para nossa felicidade futura. Havia uma doçura em seu abraço nas docas, que me dava a sensação de ser absolutamente sincero, sensação que permaneceu comigo durante todo o percurso até a alameda dos Frades Grisalhos. A temperatura estava perfeita, bem como a energia sem fronteiras do amor em meus passos, enquanto eu preparava na cabeça uma proposta de casamento. Assim que entrei no número 35, Katarina avisou que a senhora já estava no andar de cima e lá estivera a noite toda.

— Ela está ansiosa para colocar a carta do Prêmio — contei —, e eu estou pronto para pegá-la!

— Ela preferiria não vê-lo — respondeu Katarina solenemente atrás de mim enquanto eu subia a escada de dois em dois degraus.

Sentei-me em frente à sra. Sparrow, esfregando as mãos antes de embaralhar e distribuir. Havia uma planta de lavanda num vaso na janela, e seu perfume era intenso.

— Sinto cheiro de... sucesso.

— Sente? — A sra. Sparrow finalmente levantou os olhos para mim, olhos vermelhos e rosto borrado. — Então, você não tem bom faro para notícias. — Ela me contou que o chefe de polícia aparecera com uma mensagem de Gustav: o resgate da família real francesa fracassara. Eles foram capturados em Varennes, e os desdobramentos seriam ruins para todos. Gustav permaneceria em Aix-la-Chapelle por algum tempo para consolar os emigrantes franceses que esperavam por seus soberanos e para traçar um novo plano.

O Mensageiro

O Professor

O Vigarista

O Prisioneiro

O Buscador

O Tagarela

A Companheira

O Prêmio

*8*
A CHAVE

— O que vai acontecer agora? — perguntei, todo o meu entusiasmo acabado. Não conseguia parar de pensar nos filhos do rei e da rainha da França.

— Se ao menos eu pudesse ver tão longe, sr. Larsson. Nesse exato momento, jogaremos nossas cartas. — Ela as distribuiu em silêncio por cinco rodadas, o zumbido das conversas vazando do salão abaixo. A distração parecia ajudar a sra. Sparrow, e quando meu Prêmio apareceu, ela estava toda concentrada na carta, o Valete Acima de Copas.

— Um *homem* como meu Prêmio? — exclamei, sentindo-me ludibriado.

A sra. Sparrow assegurou-me que aquela era uma carta boa para se ter na posição de Prêmio.

— Copas apoiam a visão de amor e contatos. E o Valete Acima é uma pessoa de méritos. Ele segura a paleta do pintor, indicando refinamento e cultura. Quem quer que ele seja, o auxiliará em sua corte, lhe dará algo de valor. Talvez seja um pai oferecendo seu trabalho mais importante: a mão de sua filha. E, veja, há um lírio. A flor da França. — Ela então olhou para mim, e a minha tristeza estava refletida em seu rosto. — Mas o lírio também cresce no Getsêmani na manhã da Páscoa. Ressurreição. Uma excelente carta. — Ela pegou seu caderno e preencheu o sétimo retângulo em meu gráfico. — Deve ir embora agora, sr. Larsson. Eu não tenho coração para jogos esta noite.

Cambaleei pelos sinuosos degraus da escada que levava à rua, como se os tremores da Revolução na França tivessem aportado no coração da Cidade. Estava tarde demais para retornar ao macio conforto de Carlotta naquela noite, mas no dia seguinte eu pediria a mão dela ao sr. Vingström. Repentinamente, os laços matrimoniais davam a impressão de ser o mais seguro dos portos.

## *Capítulo Doze*

## A CHAVE

*Fontes: E.L., sra. S., A. Vingström*

ÀS TRÊS DA tarde, pedi licença na hora do café e atravessei a Grande Praça a caminho da loja de vinhos Vingström. Finalmente, estava pronto para enunciar meu amor por Carlotta. Mas, quando cheguei, a loja estava fechada e trancada, deixando-me não só arrasado, mas também estranhamente aliviado. Uma criada saindo do pátio parou para amarrar a botina e lhe perguntei o que causara aquele fechamento precoce.

– Nesse exato momento, senhor, os Vingström estão se despedindo da filha. Ela está de partida para a Finlândia.

– Finlândia! – As pedras debaixo de meus pés pareciam estar a ponto de se soltar do chão, e me aproximei da casa em busca de apoio. – Havia um tenente com eles?

A menina enrubesceu e deu-me as costas.

– Não. E não vi nem ouvi falar de nenhum oficial.

A menina mirava os pés.

– Parece que a srta. Vingström necessita fazer penitência por suas maneiras licensiosas de conduzir a vida, e deve ser retirada das tentações da Cidade. – Ela fez uma mesura e correu antes que eu pudesse responder. Inquiri o vendedor de tabaco da esquina, o açougueiro, diversas pessoas na rua, mas não descobri mais nada. Fui para casa em estado de descrença e fiquei deitado na cama até quase 11 horas.

Naquela noite, quando cheguei na casa da sra. Sparrow, a sala do andar de cima ainda tinha um leve cheiro de água-de-colônia masculina, e um copo cheio pela metade com um líquido claro permanecia no aparador.

— É vodca? — perguntei. — Posso tomar?

— O senhor está num estado — comentou ela.

— Ela partiu, sra. Sparrow. — Sentei-me numa poltrona, farejei o conteúdo do copo e o recoloquei no lugar. Era água.

— Quem partiu?

— Carlotta! Sumiu, assim. — Estalei os dedos. — E não consigo descobrir o motivo, fora uma história difamatória sobre sua licenciosidade. Juro à senhora que não foi nada comigo. Recebi apenas um beijo. — A sra. Sparrow me deu um tapinha no ombro e mandou trazer uma garrafa. Em seguida, nos sentamos em silêncio, até que Katarina chegou com vodca e um copo. Servi três dedos e bebi. — Ela foi enviada à Finlândia. Finlândia! E o que eu vou dizer ao superior? Que ele precisa esperar que eu decifre meus oito novamente? Ele vai me tirar a capa e me expulsar de lá amanhã ao meio-dia! Não há mais sentido no Octavo.

A sra. Sparrow levantou-se e dirigiu-se à mesa, onde as cartas permaneciam intactas desde a noite anterior.

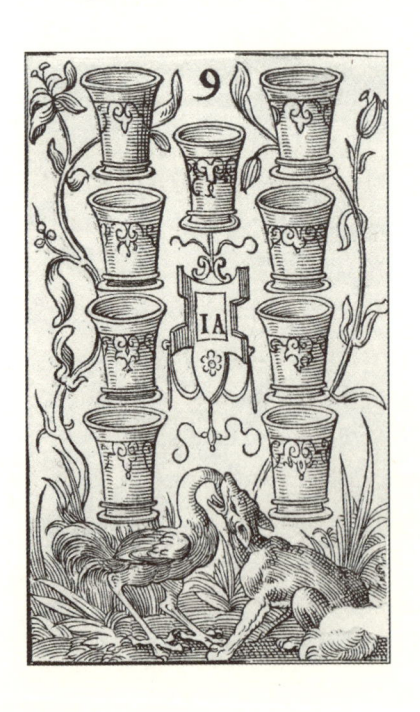

— Vi uma trilha dourada para você e ainda acredito nela. Tenha em mente que Carlotta pode simplesmente não fazer parte de seus oito. O papel dela pode ter sido acompanhar você ao lugar do Buscador e depois partir. — Apenas grunhi ao ouvir essas palavras. A sra. Sparrow colocou o Buscador e as sete cartas de lado, e então começou a embaralhar as cartas que restavam. — Não devemos desistir. Olhe o rei e a rainha da França: tão próximos de suas metas, e então... Mas eles continuam. Novos planos já estão em ação. O jovem Von Fersen é inabalável e ousado. Gustav não os deixará sofrer. Nós prosseguimos. — Servi-me de outra dose e mirei a bebida sem cor. — Falta apenas uma carta. Venha. — A sra. Sparrow embaralhou por um longo tempo e então entregou-me o baralho para que eu fizesse o corte de cada rodada. Observei-a detidamente; as cartas representavam a mais clara das distribuições. Dispusemos o círculo de cartas, até que a Chave chegou – o nove de copas.

– Copas novamente. Isso é bom, certo? – aventurei-me a dizer. – Interpretarei isso como um bom sinal.

A sra. Sparrow não disse nada, mas dispôs cuidadosamente sobre a mesa o meu Octavo completo, as mãos tremendo ligeiramente. Certamente ela estava tão aliviada quanto eu por nós termos finalmente completado o processo. Ela colocou a minha carta no centro, depois de todas as outras. Seus olhos se fecharam por alguns minutos e ficamos sentados em silêncio. Os sinos da Grande Igreja soaram 12 vezes e pude ouvir os passos de Katarina no andar de baixo e em seguida a voz do porteiro. Então, tudo ficou em silêncio. A sra. Sparrow abriu os olhos e cruzou as mãos sobre o colo.

— Agora que o Octavo está completo, os oito vão começar a aparecer, pois as cartas os convocaram. Eles virão como pedaços de ferro atraídos por um ímã. Encontre-os e poderá mudar o resultado de seu evento significativo.

— Talvez eles me levem a Carlotta ou a tragam de volta. — Estudei aquela roda da fortuna, cheia de estranhos e esperança. — Mas como exatamente eu os reconhecerei?

— Seja vigilante, e mantenha as cartas em mente todas as vezes. Você descobrirá seus olhos pousando na mesma pessoa seguidas vezes, seus ouvidos acostumando-se a seus nomes. Elas vão aparecer em sonhos ou em devaneios, em conversas, encontros casuais que se repetem com estranha regularidade. Conecte-as às pistas que as cartas lhe deram. E me peça ajuda.

— Nós não discutimos a última carta, sra. Sparrow — falei. — Preciso entender o nove de copas para poder encontrar a Chave.

Ela me olhou, seu sorriso genuíno e cálido.

— Você tem razão a respeito de copas; um excelente naipe nessa posição, já que é amor o que está sendo previsto. E há novamente o lírio. Ressurreição. França. — Ela curvou-se sobre a arrumação das cartas, as pontas de seus dedos pousadas na borda da mesa. — Olhe a posição do nove de copas: o oito que cerca o um... um eco do próprio Octavo. Nove é o último número simples, portanto é o número da completude, da realização e da influência universal também. Auspicioso, eu diria. Excelente para você. — Ela pegou as cartas restantes do baralho, passando o dedo indicador nas bordas, criando inconscientemente um intervalo com o dedo mindinho. — Como a Companheira, essa pessoa possui laços cruciais com seu evento significativo.

— Mas não há pessoas nessa carta. — Eu me aproximei para estudá-la. — É um pássaro com a cabeça na boca de uma fera — disse, subitamente temeroso de que aquela carta pudesse ser o símbolo da verdade sobre o matrimônio.

A sra. Sparrow pôs o baralho em cima da mesa e cobriu minha mão com a dela.

— Essa é a minha carta, sr. Larsson. Eu sou a sua Chave.

*Capítulo Treze*

## ARTE E GUERRA

*Fontes: M.F.L., Louisa G.*

— ELE SEMPRE se atrasa? — indagou a Uzanne, irritada, a sua própria imagem no vidro da janela. Por entre o emaranhado formado pelos galhos de faia, ela viu a silhueta preta da carruagem rastejar como um besouro gigante, tendo como pano de fundo o azul do lago Mälaren. — E por que aquele idiota não pode pegar um barco como todas as outras pessoas? — Ela sabia muito bem que ele odiava a ideia de ter as roupas molhadas e o penteado desfeito. Também sabia que ele costumava chegar ligeiramente atrasado em todos os encontros, o que era ofensivo, exceto pelo fato de que ela admirava sua audácia. Mestre Fredrik Lind era o primeiro visitante que ela permitira desde que o Cassiopeia fora roubado, realmente a primeira pessoa acima da condição social de criado que ela escolhera ver. Não que Mestre Fredrik tivesse alguma condição social; Mestre era um título honorífico autoconcedido. Mas ela jamais colocaria em discussão esse título. Suas habilidades como calígrafo, sua coleção de fofocas e a inquestionável lealdade à sua benfeitora eram incomparáveis.

A Uzanne fechou os olhos e tentou rememorar o peso do Cassiopeia em sua mão, o marfim liso de suas proteções, o aroma de jasmim que escapava de seu verso. Agora ela segurava um leque cabriolé, com gemas incrustadas, que havia sido feito para Catarina, a Grande. Mas nada podia substituir seu favorito. Escrevera para a Sparrow com o intuito de negociar a compra. Não houvera resposta. Ela escrevera novamente, oferecendo uma troca: um leque belga de renda para ocasiões fúnebres e um leque inglês de carnaval, com uma máscara de Pierrô na face, representavam uma troca mais do que generosa. Uma semana mais tarde, chegou um bilhete curto afirmando que o Cassiopeia não mais se encontrava na casa da alameda dos Frades Grisalhos. Ou a mulher estava mentindo ou já havia vendido o leque; de uma forma ou de outra, o Cassiopeia seria encontrado. Enquanto isso, a Uzanne mencionou numa carta ao duque Karl que desconfiava da existência de trapaça nos salões de jogo de sua cartomante, imaginando que talvez ele pudesse desempenhar o papel de cavalheiro para sua dama aturdida. Claramente, ela não chegara perto o bastante do duque, pois a garatuja incisiva de sua resposta refletia seu temperamento rude:

> *Se deseja engajar-se nos assuntos sérios de Estado, a madame não pode se distrair por uma bagatela perdida num jogo de cartas. E como não possui provas de algum comportamento ilícito, é de muito mau tom insistir na devolução dos itens apostados. Disputas de jogo verdadeiramente notórias são dirimidas por meio de duelos, não por intervenção real.*

A reprimenda veio com um bom sinal: como "consolo", o duque enviou um leque de seda translúcido do Japão, com pássaros pintados. Infelizmente, os pássaros só atiçaram sua fúria. Um jardineiro disse que ela atirou o leque no lago, de onde mais tarde ele o retirou e o vendeu por uma boa quantia.

Para a Uzanne, o roubo do Cassiopeia representava todos os males da nação: a ascensão das classes baixas, a erosão da autoridade, a fraqueza daqueles no poder, o desaparecimento da ordem. Encontrar o Cassiopeia era o primeiro passo na direção de curar esses males, uma noção que nenhum homem além de Henrik jamais poderia compreender. Mas seu desejo de reconquistar o Cassiopeia vestia o rico traje da avareza e da vingança? Seria fácil encontrar defensores dessa ideia.

A Uzanne ouviu a porta da frente se abrir e a aia, Louisa, rir. Então, uma fina voz de barítono ecoou pelas paredes cinza do saguão:

> *Espanha, Portugal,*
> *Ah, lá fui rei e maioral,*
> *Vesti as duas coroas, e também a inglesa,*

*Essa noite eu vos digo*
*Uma princesa devia dormir comigo*
*Como uma donzela plena de beleza.*

A Uzanne fez uma careta; odiava as canções de taverna daquele Bellman, habitante das sarjetas e defensor da realeza de parca sabedoria. Mas a familiaridade de Mestre Fredrik com o cânone da baixeza lhe permitia acesso a um nível da sociedade que a Uzanne só vira a distância. Mestre Fredrik tinha a poesia dos esgotos em suas veias, o que era útil vez por outra; ele podia expressar-se com uma mordacidade que porejava das maneiras mais inventivas. Certa vez, ele desonrara um banqueiro insolente, publicando anonimamente no *Stockholm Post* uma estarrecedora ode que retratava as escapadas devassas de sua esposa, usando rimas como *pudendum/stupendum*. Um soneto em *Que Notícias?* revelou as aflições que sofria um ministro em função das hemorroidas.

Ela substituiu a careta por um olhar de serenidade e foi encontrar-se com Mestre Fredrik. Ele estava com o rosto vermelho por conta da cantoria, suado devido à longa viagem de carruagem e sorrindo por sua própria performance.

— Não há princesas aqui, senhor, apenas essa matrona à beira da velhice, que necessita de sua *expertise*. — A Uzanne esperou os violentos protestos a seu comentário e prosseguiu: — Você pode vir a se incomodar mais frequentemente com a viagem até Gullenborg nos meses que se seguem.

— *Enchanté*, madame — respondeu ele, fazendo uma graciosa mesura para um homem de seu porte. O corte simples de sua roupa camuflava sua preferência por tecidos caros e por alfaiates renomados. Seu casaco marrom era de seda italiana, e as costuras estavam viradas com cordões listrados no mesmo tom. Os botões eram de chifre preto entalhado, e a renda que escapava de suas mangas era belga. Os sapatos pretos estavam meticulosamente engraxados: a peruca, bem ajustada e empoada à perfeição. Ele carregava consigo o tênue aroma de *eau de cologne* com um leve acento de tabaco. Mestre Fredrik usava luvas em todas as estações; ele afirmava que era para proteger suas ferramentas, mas era também para manter as mãos macias e sem marcas, as mãos de um aristocrata. Apenas as pontas de seus dedos entregavam sua condição social comum, já que, apesar das incessantes esfregadas, retinham tênues manchas de tinta. — Talvez eu possa, nesse caso, satisfazer minha ânsia por esplêndida companhia. Tenho estado no campo, lá pelas bandas do norte, nesses meses de verão e venho sentindo uma absoluta falta de alimentação adequada.

A Uzanne seguiu na frente, em direção a um espaçoso salão, vazio, a não ser por um canapé com listras cinza e brancas, uma cadeira de madeira marrom com encosto estofado e assento em tecido de mesmo padrão e uma mesa redonda lateral para café. Ela fez um gesto indicando que ele devia se sentar na cadeira; ela ocupou o canapé. Serviu duas xícaras, ofereceu uma a Mestre Fredrik e então começou a enumerar as tarefas que queria que ele realizasse: ela precisaria de uma boa quantidade de convites e cartas para a estação que se avizinhava. A Uzanne estava reinstaurando a escola para jovens damas e abrindo inscrições para membros de fora da aristocracia.

— Uma posição ousada e moderna, madame — comentou Mestre Fredrik, a admiração revestindo cada sílaba.

— Você acha? — indagou ela. Esse movimento era parte de sua agenda mais ampla que tinha como objetivo insuflar em mais meninas os sentimentos patrióticos, as mães acenando em concordância, as irmãs mais jovens seguindo as mais velhas, pais e irmãos trazidos para o pacote. Qualquer apoio que Gustav porventura tivesse dado à classe burguesa poderia ser erodido pela atitude das mulheres. E as aulas permitiriam à Uzanne convidar a quantidade que quisesse de cavalheiros e oficiais para observar, e assim manter-se lado a lado com o governo e com as informações militares. — Estou avaliando a possibilidade de uma mudança de local para a inauguração. Não pode ser na corte; jurei jamais voltar a pisar naquele local até que a antiga Constituição fosse restaurada. — Mestre Fredrik assentiu com a cabeça e suspirou. — Mas a inauguração precisa de um cunho real. Estou avaliando a possibilidade de realizar um baile de máscaras na Ópera Real.

Aspirante à nobreza, Mestre Fredrik não conseguiu esconder sua preocupação em perder uma apresentação na corte, mas então percebeu a vantagem de uma mascarada.

— Uma mascarada! Meu evento favorito! Plebeus e reis poderão misturar-se livremente.

E uma mascarada prometia anonimato.

— Exato. O rei atende a todos e o duque Karl estará presente. Cada um deles trará uma *entourage* digna de nota, mas minhas jovens damas serão os fiéis da balança.

— Em direção a que, madame? — perguntou Mestre Fredrik.

— Em direção ao retorno à ordem social — respondeu ela. — E será o Quinto Estado... as mulheres de minha classe... que liderarão. — O rosto de Mestre Fredrik tornou-se inexpressivo. Ela imaginou que, tendo ambição em ascender ao escalão da pequena nobreza, ele na certa conseguiria perceber aquele sinal dos mais simples. Naturalmente, ela não podia compartilhar sequer algum indício sobre o plano patriótico que apresentaria ao duque Karl. A Uzanne suspirou e ofereceu-lhe seu mais sedutor sorriso. — Você participará como um de meus acompanhantes. Teremos trajes magníficos, eu prometo.

O rosto de Mestre Fredrik iluminou-se novamente.

— Haverá um amplo regozijo, madame, não apenas entre as jovens damas e suas mães, como também para costureiros, cabeleireiros, luveiros, chapeleiros e perfumistas da Cidade! E os cavalheiros começarão a fazer fila semanas antes! — Mestre Fredrik podia imaginar o aumento de sua receita, já que as jovens damas queriam superar-se umas às outras, organizando chás e festas antes de sua estreia na sociedade, todas exigindo as mais refinadas e custosas extravagâncias. — E como eu poderia lhe ser útil?

Aquilo era bem mais fácil de ser explicado. A Uzanne foi precisa sobre os papéis que gostaria de ter, a cor da tinta, como os papéis deveriam ser dobrados, a cera, os envelopes, os selos e o tempo e a ordem exatos em que deveriam ser entregues. Mestre Fredrik adorava tais atenções aos detalhes e fazia copiosas anotações num livrinho que carregava no bolso. Quando os negócios estavam terminados, Mestre Fredrik levantou-se e caminhou até a parede de portas envidraçadas, que se abriam para um terraço sombreado, dando para um gramado, com um ligeiro declive em direção ao lago.

— Seu esplendor está refletido pelas cercanias, madame. Não falta verdadeiramente nada nessa perfeição. — A Uzanne suspirou e disse que, apesar de isso ser verdade em muitos aspectos, ainda assim tinha três desejos não realizados. — Permita-me agir como seu gênio e providenciá-los — ofereceu ele, ansioso.

A Uzanne fechou o leque e colocou-o no colo.

— Providencie-os, e se tornará meu amigo mais dileto. — Ela deu um tapinha no assento a seu lado. Mestre Fredrik sentou-se. — Meu primeiro pedido é por repouso. Não durmo bem há mais de um mês. Gostaria que um discreto *apothicaire* me pudesse criar um sonífero, alguém familiar com ingredientes mais... incomuns e potentes — disse ela.

— O Leão é o farmacêutico a ser escolhido para isso. Excelente serviço. Discrição absoluta, ampla variedade de compostos raros: eu mesmo comprei pó de múmia egípcia não faz muito tempo. — Ele fez uma pausa, deixando-a respirar com o nome desse curativo exótico e caro. — Darei uma palavrinha com o *apothicaire* bem rápido. Seu segundo desejo?

— Solicito uma nova companhia, de preferência alguém que não tenha familiaridade com as sórdidas maneiras da Cidade. — A Uzanne permitiu que seu leque adquirisse alta velocidade. — A srta. Carlotta Vingström era adorável no aspecto externo, mas a podridão abaixo era...

— Como foi isso? — perguntou Mestre Fredrik ansioso, chegando-se para a beirada do canapé.

— A srta. Vingström acompanhou-me a uma festa dada por ninguém menos do que o duque Karl. Era uma oportunidade sem paralelos. Imaginei que ficaria grata por isso, e seus pais pensaram que ela estaria segura aos meus cuidados. Mas a srta. Vingström engajou-se com outras pessoas numa cruel pilhéria contra a minha pessoa no jogo de cartas, depois passou todo o mês de julho em escapadas com um sátiro bêbado, passando as noites em indescritível depravação.

Mestre Fredrik aproximou-se.

— Pode falar comigo sobre isso.

A Uzanne bateu ligeiramente com o leque em seu punho.

— Escrevi aos pais dela, sugerindo que fariam bem em retirar a filha da Cidade imediatamente. É evidente que a menina chorou e jurou inocência; na realidade, ela jurou que a responsável era *eu*.

— Descarada. — Mestre Fredrik mordeu um biscoito doce com geleia.

— Por sorte, encontrei uma posição para ela em Åbo. — Mestre Fredrik resfolegou em cruel regozijo diante da menção da patética capital da Finlândia. — Então, necessito de uma moça. Uma que não seja tão tentadora, nem propensa à tentação. Uma que faça o que eu mandar e que seja grata pela chance.

— E quem não seria? As buscas serão iniciadas de imediato — disse ele. Não havia melhor maneira de fazer com que pais ricos ficassem em dívida do que expandindo o status de suas filhas. — E seu terceiro pedido, madame? Se bem conheço os contos de fada, esse é sempre o mais desafiador.

— Sim. — A Uzanne levantou-se do canapé e caminhou até a janela, para em seguida retornar. — Você pode ter ouvido falar da minha ausência da Cidade desde meados do verão. Você é o primeiro visitante que admito.

— Uma honra não merecida, madame. E fique certa de que sua ausência foi notada e lamentada — falou Mestre Fredrik. — Mas o que tanto a aborrece, se me permite a pergunta?

A Uzanne parou de balançar o leque e enrijeceu-se em seu assento, e até mesmo a mosca zunindo perto do alto de sua cabeça pousou na curva de um cacho de seus cabelos e ficou quieta. Ela colocou a mão delicadamente na coxa de Mestre Fredrik.

— Fui vítima de um crime. — Mestre Fredrik inalou de modo audível. A Uzanne descreveu o Cassiopeia, os eventos da festa do duque Karl, a recusa da Sparrow em negociar e seu desejo de que Mestre Fredrik não medisse esforços para ajudá-la.

— Posso, em primeiro lugar, oferecer algum consolo, madame, na forma de uma substituição? Seria uma honra.

A Uzanne apertou o leque agora fechado que segurava.

— Não há substituição para o Cassiopeia.

Mestre Fredrik fez uma mesura.

— E nem há como esconder tal tesouro muito tempo, madame. — Ele tamborilou os dedos no braço do canapé. — O artesão de leques Nordén, na alameda do Cozinheiro, lida com leques finos e trata-se provavelmente de um comprador. Vou fazer contato com ele. Todos têm um preço. E um calcanhar de aquiles.

— É o artesão sueco? Questionei o benefício de contatá-lo, já que seu trabalho mal chegava aos pés do francês — retrucou ela.

— Ele é sueco de nascimento, mas praticou dez anos com Tellier, em Paris. Agora é um refugiado, e ansioso em fazer sucesso. Esposa papista, infelizmente, mas ambos possuem excelentes maneiras e uma aparência agradável. Dizem que ele é um artista do mais alto calibre.

A Uzanne levantou-se e caminhou lentamente até a janela.

— Talvez *monsieur*...

— Nordén.

— Talvez *monsieur* Nordén possa me oferecer uma prova, um exemplo de sua *expertise* — disse ela.

— Sem dúvida nenhuma ele o fará, madame, embora sua situação financeira seja bastante precária.

Ela considerou aquilo uma vantagem a mais.

— Talvez ele veja essa dádiva como um convite e, se tiver qualidade suficiente, se for tão refinado quanto você sugere, nós lhe ofereceremos clientes. Apenas a minha recomendação já lhe valeria uma dúzia de fãs. Na realidade, talvez ele pudesse ser um convidado interessante na minha palestra inaugural. Mas primeiro o meu Cassiopeia.

— Considere feito. — Mestre Fredrik pegou-lhe a mão e deu-lhe um beijo demorado. — E o que a senhora fará quando o Cassiopeia estiver novamente em suas mãos?

— Soprar os ventos da mudança, Mestre Fredrik — respondeu ela, e sorriu. — Existem pessoas que talvez protestem, dizendo que um pouco de pele e algumas hastes nas mãos de uma dama mimada dificilmente alcançariam tamanho feito, mas imagine o impacto de um pergaminho pregado numa porta por Martinho Lutero. O menor dos gestos pode, com o tempo, transformar o mundo.

— Em suas mãos, essa brisa se transformará em tempestade — bajulou Fredrik —, mas espero que isso não diga respeito a nenhuma espécie de reforma moral.

— Jamais, Mestre Fredrik. — A Uzanne sorriu e recostou-se na seda listrada em tons de cinza e branco do canapé. — Diga-me, o que você sabe a respeito da atual amante do duque Karl?

## Capítulo Catorze

### PRESTES A FLORESCER

*Fontes: M.F.L., J. Bloom, o Esqueleto, padre Berg, Louisa G., diversos membros do staff em Gullenborg*

ALGUMAS SEMANAS DEPOIS de conhecê-la em O Porco, Johanna estava em pé no fim de uma estreita alameda que dava na praça do Mercador. Ela havia memorizado o endereço muito tempo antes, mas baixou sua valise e verificou o cartão de visita amassado mais uma vez. Averiguou os edifícios, que formavam um borrão em vários tons dourados. Uma vez, quando ela era mais jovem, seu pai a levara a Estocolmo durante sua estada anual para comprar remédios raros para o boticário. A lembrança mais indelével que Johanna guardava dessa viagem eram as roupas brilhantemente coloridas que as pessoas da Cidade trajavam, tão sedutoras que ela precisou se esforçar ao máximo para não tocar, cheirar ou mesmo saborear as espumosas rendas, os esfumaçados veludos castanhos, as sedas em tom de framboesa. Esse banquete de moda não conhecia fronteiras — até mesmo os vendedores das barraquinhas de bugigangas vestiam-se num arco-íris de sedas.

Quando Johanna finalmente encontrasse seu caminho, quando se estabelecesse como uma *apothicaire*, ela mudaria tudo em si mesma: suas roupas seriam feitas a partir de tecidos finos encharcados de cor e perfume. Comeria o suficiente para ter curvas. Falaria com as inflexões de alguém nascida na Cidade e aperfeiçoaria seu francês, melhoraria seu latim, aprenderia inglês. E mudaria seu nome, mas não da maneira que seu pais haviam pretendido.

No fim da primavera, ela foi abruptamente substituída no boticário e atada a um compromisso matrimonial com Jakob Stenhammar, um viúvo com quase 47 anos, proprietário do único moinho em Gefle. Ele tinha cinco filhos com idade abaixo de 7 anos, incluindo o bebê de colo que mandara a sra. Stenhammar para o túmulo. Mas circulavam rumores de que Jakob Stenhammar contribuíra para sua partida com seus cabeludos punhos vermelhos. A sra. Grey viu aquela família pesarosa como uma oportunidade para Johanna fazer Bons Trabalhos no Mundo. Johanna vira tudo isso como o Fim do Mundo. Rezou em busca de redenção, em busca de liberdade, em busca de um sinal. E Deus enviou-o na forma de um homem da Cidade, chamado Mestre Fredrik Lind.

Talvez houvesse um ou outro forasteiro que ainda planejasse dançar em seu casamento, mas, naquele momento, a maioria já sabia que ela fugira com o dote. Johanna forjou um passe de viagem, que sabia que a maioria dos soldados não conseguia ler, andou durante quatro dias até Uppsala e então comprou uma passagem de carruagem para a Cidade. Procurou certificar-se de que ninguém a encontraria, e a Cidade era o local perfeito para desaparecer completamente, pois embora houvesse a possibilidade de que uma centena de pessoas visse seu rosto em determinado dia, ninguém a via efetivamente. Johanna passou correndo por lojas que vendiam mercadorias de porcelana e tecidos; ambulantes com comida, vassouras, pássaros, potes e panelas; um boticário, que causou-lhe um momentâneo espasmo de saudade de casa; passou por pelo menos seis tavernas bramindo de clientes; e um café num segundo andar, o murmúrio das conversas e o aroma de feijão frito tomando conta da praça. Então, ela espionou: uma casa de cinco pavimentos da cor de vara-de-ouro, míseros dois quartos de largura. Número 11. Ela baixou a valise e o estojo de *apothicaire*, alisou a capa cinza e enfiou uma mecha de cabelo no gorro – gestos fúteis de asseio depois de uma noite passada na Grande Igreja.

Um homem pálido com um longo rosto sombrio atendeu a porta. Ele a avaliou da cabeça aos pés através da porta parcialmente aberta e disse quase num sussurro:

— Serviçais pelos fundos.

Em seguida, bateu-lhe a porta na cara. Ela apressou-se por uma estreita passagem que dava nos fundos do edifício. O mesmo criado a esperava, um olhar de amolação tentando espalhar-se por seu rosto; ele não tinha como saber o propósito de sua viagem. Era tão magro que os pulsos brancos visíveis sob as mangas do casaco podiam muito bem ser elegantes hastes de marfim.

— Como posso ajudar a jovem? — perguntou ele. Ela estendeu o cartão de Mestre Fredrik àquele espectro sem dizer uma palavra. — Muito bem. Mas posso dizer quem o procura? — perguntou.

Johanna fez uma mesura ensaiada:

— Srta. Grey, a *apothicaire*.

— Entre e espere aqui, por obséquio. — Com isso, ele se virou e desapareceu por uma porta azul-clara que parecia fechar-se por si só, deixando Johanna num corredor entre duas salas abertas, tão limpas e organizadas quanto um boticário — grandes gabinetes e gavetas cheios de vidrinhos e trancados, caixas e potes de barro alinhados nas paredes. As garrafas em tom azul-escuro exibiam rótulos bem arrumados: cerúleo, cinabre, ocre, cromo. Aquele tesouro de cores fez com que Johanna sentisse uma tonteira momentânea, e ela encostou-se à parede, até ouvir passos no corredor. Johanna endireitou a postura e esperou para cumprimentar o homem que prometera ajudá-la.

— Srta. Grey! Que divindade a mandou? — falou Mestre Fredrik ao passar como um tufão pela porta azul. — Estou arrasado por uma dor de cabeça de três andares, meu estômago está embolado como um redemoinho e minhas mãos tremem tanto que nem consigo levar o copo até a boca. A noite de ontem foi um bacanal ardente, e o que restava de seu tônico foi consumido há muito tempo.

Johanna ficou parada com a boca aberta por um instante, e então abriu apressadamente o estojo de viagem de *apothicaire* que levara de seu pai e retirou uma garrafa de seu tônico da hiperindulgência. Mestre Fredrik pegou uma faca e cortou a cera da tampa, puxou a rolha e bebeu diretamente da garrafa.

— Um milagre — disse ele, com um sorriso que arrefeceu tão rapidamente quanto a luz da tarde de setembro. — Tais milagres são frequentemente acompanhados de sofrimento. — Ele a olhou, um dos olhos fechado. — Você não parece estar grávida. Está ou não?

Johanna sacudiu violentamente a cabeça, enrubescendo de raiva.

— Eu não estou grávida. Estou aqui para fazer negócios, não por caridade, Mestre Lind.

— Cara senhorita, quando uma jovem que eu mal posso afirmar conhecer aparece sozinha na minha porta com um saco de pertences e o meu cartão na mão, começa-se a especular. Talvez você me diga brevemente que negócios a trazem aqui, já que as minhas tarefas são urgentes. — Johanna não lhe contou que fugira de suas núpcias em setembro, e que tinha esperanças de melhorar sua situação de vida na Cidade, inspirada pela visita de Mestre Fredrik ao boticário de seu pai na última primavera.

O SÁBADO DE INÍCIO de abril estava fresco, já passado do meio-dia, e todas as lojas estavam fechando. A sra. Grey estava na igreja. O sr. Grey recebera um pedido urgente para entregar um composto à base de *digitalis* e saíra às pressas. Johanna suspirou de alívio quando ouviu a porta do boticário fechar-se atrás de seu pai. Era a hora abençoada de seu banho semanal. A chaleira estava chiando no fogão e havia água quente na grande bacia de cobre colocada na *officin*. Johanna afundou na água morna, agradecendo aos céus; seus braços e pernas ainda pinicavam devido às agulhas que andara coletando naquela manhã. Ela fechou os olhos e, no conforto fumegante, caiu num leve sono. Sonhou que ouvira uma voz, um agradável tom de barítono, bem ao longe, cantando uma alegre canção de verão.

O cavalheiro entrou na loja imersa na penumbra e a canção obscena que ele cantarolava evanesceu. O boticário estava impregnado com um odor de especiarias exóticas que induziam uma placidez, e as fileiras de gavetas e vasilhas de porcelana nas prateleiras castanhas atrás do balcão, cada uma delas com uma inscrição em latim com os nomes de seus respectivos conteúdos, o distraíram por um momento. Mas depois de algumas inalações daquele ar sério, o homem limpou a garganta diversas vezes, e como ninguém aparecesse, falou:

— Ei! Aqui encontra-se um devoto de Baco em apuros!

Num sobressalto, Johanna abandonou seu devaneio flutuante e tentou ficar quieta o máximo possível, mas a água espirrou ruidosamente no chão.

— O que foi isso? A fonte da juventude, quem sabe, sendo engarrafada em segredo — gritou o cavalheiro. Antes que Johanna pudesse falar, ele já se postara atrás do balcão. Em seguida, abriu a porta da *officin* e viu-a levantando-se da banheira, suas nádegas extremamente brancas com uma coloração intensamente vermelha devido ao calor da banheira.

— Meu Deus! Um babuíno saindo de uma banheira! Saudações, deusa-babuíno, pois vejo por suas formas tratar-se de uma fêmea. — Johanna enrolou-se com uma toalha encharcada, sem saber se corria, gritava ou se sentava. Apenas o respingar da água podia ser ouvido, até que o cavalheiro limpou a garganta mais uma vez e falou:

— Suas nádegas escarlates em contraste com o branco do lençol... uma mancha de tinta da paixão derramada, no açodamento de um amante, sobre um delicado papel de linho. Deusa, você me inspira algumas estrofes de Bellman:

*O matiz de um anjo, dois lábios e um seio*
*Tão perigosamente à mostra...*

Ele fez uma mesura e virou-se.

— Mas não vim aqui cantar poesias para uma ninfa gotejante. Vim para ser curado e vou esperar por você no balcão.

Com isso, ele saiu, e Johanna, enxugando-se apressadamente, imaginou o que seria exatamente um babuíno, se isso significava que o cavalheiro a achara atraente. Vestiu-se e correu para a frente da loja.

— Mestre Fredrik Lind, da Cidade — apresentou-se. Ele era um homem corpulento, de meia-idade, bem-vestido, com o rosto suave e manchado, que indicava muito tempo gasto nas tavernas. — Por favor, perdoe-me a natureza de nosso primeiro encontro, mas o sino da igreja estava batendo meio-dia e o desespero tomou conta dos meus sentidos. Disseram-me que encontraria aqui o famoso tônico da hiperindulgência do boticário da Coroa — disse.

Johanna fez nova mesura e pegou uma das garrafas de vidro claro cheias de um líquido dourado-avermelhado, na saliência da janela. Ela cortou o selo de cera da tampa, puxou a rolha e serviu cuidadosamente uma dose num copo de porcelana para medicamentos. Ele bebeu o conteúdo, estremeceu e então sorriu.

— Impressionante. Já me sinto melhor. — Deu uma espiada na coleção de garrafas. — Vou levar essa garrafa e mais umas seis outras. Na vida, o preparo é tudo.

Johanna sentiu o calor do prazer subir-lhe ao rosto, e foi pegar as garrafas. Enquanto arrumava os frascos numa caixa de madeira, os embrulhava e amarrava com barbante, Mestre Fredrik observava intensamente as pontas de seus dedos.

— Bom Deus, menina, você também tem essa cor carmesim aí?

Johanna juntou as mãos e murmurou que elas estavam manchadas por causa dos estames dos lírios do campo ressecados que ela estava moendo para fazer pigmentos.

— Sou o calígrafo preeminente na Cidade, conhecido pelas cores da minha tinta. Se o pigmento carmesim que você faz for tão bom quanto seu tônico vermelho, seria melhor eu comprar um pouco dele.

As mãos de Johanna tremiam enquanto ela pegava um vidrinho para pós medicinais, o enchia com pigmento, tampava com uma rolha e o colocava no balcão. Mestre Fredrik colocou a garrafa aberta com o tônico que estava segurando no balcão e pegou uma das mãos dela. Abriu seus dedos curvados e beijou-lhe as pontas de modo reverente.

— O fato de Gefle conter tantos tesouros jamais teria ocorrido a uma única alma sequer da Cidade. Você precisa ir para lá! Uma mulher no papel hipocrático seria algo revolucionário, e a população clamaria por suas habilidades. — Ele colocou um cartão bege em cima do balcão e grudou uma cédula bancária em sua mão. — Caso você decida melhorar sua situação e ir para Estocolmo, a sra. Lind e eu estamos a seu dispor. — Ele inclinou a cabeça para ela e saiu da loja. Sem dúvida nenhuma, ele estava equivocado em relação àquela generosa cédula, mas Johanna não falou coisa alguma. Olhou a fortuna na palma de sua mão e soube que acabara de receber um sinal.

— ACABOU DE CHEGAR, srta. Grey? — Johanna saiu assustada de seu devaneio pela voz de Mestre Fredrik.

— Cheguei, sim — respondeu, pois era verdade que acabara de entrar na Casa Lind. Ela não dissera que estava na Cidade desde junho e encontrara trabalho no Rabo de Porco. Usara o tempo para aprender o dialeto e observar os modos da Cidade. Também gastara alguns de seus ganhos num decente vestido cor de centáurea com listras bege e numa respeitável touca de renda, comprados ambos na feira. Não queria parecer uma camponesa quando fosse se encontrar com Mestre Fredrik. O trabalho no Porco fora simples no início, mas logo o proprietário passou a querer mais do que ter o jantar servido. Percebendo que trocara uma prisão por outra, ela pôs um punhado de sementes de estramônio em seu rum e foi ter com Mestre Lind. As sementes não causariam a morte, mas podiam muito bem levar a uma diminuição de visão e uma medonha mania na clientela do Porco, fazendo com que o lugar perdesse os poucos comensais que tinha. Agora o refúgio com Mestre Fredrik tornara-se crucial. — Vim em busca de emprego.

Ele estudou Johanna por um momento, o dedo indicador pressionado aos lábios.

— Uma jovem, nem muito tentadora ou propensa à tentação... Você tem conhecimento de francês?

— *Oui, monsieur.* Um pouco de latim também. Tenho prática em botânica e em compostos medicinais. Gostaria de trabalhar como *apothicaire*, como o senhor me sugeriu.

Os olhos dele esbugalharam e um sorriso maroto formou-se nos cantos de seus lábios.

— O momento de sua chegada não poderia ter sido mais auspicioso, srta. Grey. — Foi até o corredor e falou: — Sra. Lind, minha pombinha, destranque o armário especial. Temos aqui uma jovem necessitada de novas roupas.

A sra. Lind arrulhou. À tarde, Johanna já ganhara bolos e chá, fora lavada, vestida e penteada de modo adequado a uma jovem dama de berço, se não de posses. Mestre Fredrik, que deixara as moças sozinhas para essa transformação, retornou em um novo traje — uma jaqueta listrada em tom azul-escuro e seda verde, culotes pretos e um colete preto bordado com peônias cor de marfim, que subiam pela frente e contornavam os botões de prata. Ele fechou um dos olhos e espiou-a.

— Srta. Grey... Essa não pode ser a srta. Grey. Você é agora e para sempre... a srta. Bloom, a filha da nobreza empobrecida das províncias do Norte, e uma rara flor de Upland, na verdade. — Ele pegou um chapéu e uma capa pendurados num cabide e chamou seu esquelético criado para que levasse para cima as valises de Johanna. — Ponha alguma ênfase em seu dialeto nortista, srta. Bloom. Maravilhe-se diante do esplendor que logo encontraremos, assim como qualquer menina do interior faria, mesmo uma com o seu *pedigree*.

— Nós vamos sair? — indagou Johanna, subitamente tomada de inquietação. Ela imaginara que seria abrigada por Mestre Fredrik e por sua delicada esposa.

— Tenha certeza, srta. Bloom, de que as acomodações da madame serão mais do seu agrado. E o potencial para o sucesso, mil vezes maior. — Ele acompanhou Johanna até o pátio dos fundos em direção a uma caleche. Mestre Fredrik entrou, sacudindo a estrutura com sua formidável corpulência, e em seguida estendeu uma das mãos para auxiliar Johanna. Ela tocou a mão dele levemente, e então encostou-se no canto extremo do assento. O cavalo atravessou o portão em direção à praça do Mercador. Mestre Fredrik agarrou as rédeas e começou a cantar:

> *Para longe nós trotamos*
> *Desse nosso ruidoso bacanal,*
> *Quando a morte clama: "Bom vizinho te chamamos",*
> *Amigo, está cheia sua ampulheta!*
> *Companheiro, pegue essa muleta.*
> *Você mais jovem, também, obedeça a minha lei,*
> *A mais doce das ninfas que sorri para você*
> *Tomará seu braço hoje, eu sei.*

— Vocês no campo conhecem a música de Bellman? — perguntou ele. Johanna sacudiu a cabeça e ele interrompeu a marcha da caleche. — Não? Oh, minha jovem, se quiser conhecer a Cidade, ele é o verdadeiro Mestre!

— Com isso, estalou o chicote e o cavalo avançou ao som de outro verso. Seguiram pela abarrotada parte central da cidade, passaram por torres de igreja e vielas apinhadas de gente e de animais, por sobre uma ponte, em direção à ilha do Rei, e desceram uma estrada bastante trafegada ao longo do lago Mälaren. Florestas e campos verdes rolavam de um dos lados, com relva recente até os mais altos pinheiros. Do outro, a cintilante superfície azul do lago estava salpicada de cristas de espuma e pássaros. O ar tinha aroma de abetos e de mar, e Johanna sentiu um agudo prazer com esse perfume, o vento deixando seus braços arrepiados.

— Então, srta. Bloom, o que exatamente a fez deixar Gefle? — perguntou Mestre Fredrik, quebrando o silêncio.

Johanna baixou os olhos em direção às mãos e em seguida levantou a cabeça para encarar Mestre Fredrik.

— Vim em busca de um futuro, senhor, e gostaria muito que meu passado permanecesse onde eu o deixei.

Mestre Fredrik puxou as rédeas para parar a carruagem.

— Estamos nos dirigindo ao futuro nesse exato momento, ao seu e ao meu também, se você for mesmo o prêmio que acredito que seja: uma menina modesta, porém prendada, que consegue ler e escrever, preparar remédios... Se pudesse tocar cítara e cantar, eu a manteria para mim e para a sra. Lind. — Johanna enrubesceu diante do elogio, desacostumada que era a elogios de qualquer espécie. — Lembre-se apenas de que discrição é uma admirável característica, srta. Bloom. Deixe-me relatar sua história e suavizar seu caminho em direção ao coração da dama. — Mestre Fredrik estalou as rédeas e o veículo avançou. Após um último aclive, duas precisas fileiras de salgueiros escuros, encimados por resplandecentes folhas verdes, formavam uma aleia numa vereda à esquerda, flanqueada por campos de colza. Gullenborg revelou-se ao fim da estrada. — Veja a esplêndida residência que acena para nós — indicou Mestre Fredrik. Johanna aprumou-se em seu assento, curvando-se para a frente para ter melhor visão. — Os bem-vindos tons dourados, os remates em cinza. E cascalho: rosado. Cascalho rosado! Não as cores enlameadas que se veem na tundra, hein, srta. Bloom. — Mestre Fredrik desceu por uma viela estreita antes de alcançarem a casa principal e se encaminharem para um estábulo de estuque branco. —

Entraremos em contato com madame em boa hora, mas primeiro devemos discutir meus negócios — avisou ele, puxando as rédeas e fazendo o cavalo parar com uma última chicotada.

— Entendi que o senhor era um calígrafo preeminente da Cidade — disse Johanna.

— Efetivamente. Mas madame pediu minha assistência em outro assunto. Ela pediu um leque novo e parece que o artesão parisiense, *monsieur* Nordén, considera inferiores os materiais disponíveis na Cidade. Demonstrarei que esse não é o caso. — Mestre Fredrik desceu da carruagem e segurou a mão de Johanna. — A dama insiste em ter pele de galinha. É uma sublime superfície para pintar: leve, forte, translúcida. Uma textura ligeiramente enrugada, mas tão lisa que pena e escova movem-se nela como se dirigidas por Deus em pessoa. E poucos além de Deus conseguem tal proeza — acrescentou ele, mexendo a cabeça na direção da casa. — Você já teve um leque?

— Não, senhor. Nunca tive dinheiro para algo assim — respondeu Johanna.

— Pode ser que venha a ter um em pouco tempo. — Mestre Fredrik colocou a capa sobre os ombros e tirou do bolso uma caixa de rapé, inalou uma generosa dose e foi andando. Johanna não se mexeu. — Vamos, srta. Bloom, isso aqui não é uma loja de leques, mas é onde o leque se inicia. Não está curiosa?

Johanna desceu e perguntou se eles grelhariam a galinha depois de tirarem a pele; ela não comia bem há um bom tempo. Mestre Fredrik riu alegremente e abriu a porta do estábulo com uma exagerada mesura. Um cavalariço e um jovem saudaram Mestre Fredrik enquanto lançavam olhares furtivos na direção de Johanna.

— Trouxe hoje para madame uma menina inteligente — disse Mestre Fredrik.

— Oh, madame vai gostar muito da sua aparência, senhorita. Reta como uma tábua, de modo a não causar problema — aprovou pai Berg. — O jovem Per logo, logo vai se mudar para a casa grande; talvez você seja um bom par. Você vai ser enlaçado, garoto, em vez de enlaçar. — Deu um tapinha no lado da cabeça de Per e soltou uma gargalhada. Johanna virou a cabeça, como se para olhar pela janela.

Mestre Fredrik esfregou as mãos em expectativa.

— E então, pai Berg, e então jovem Per! Onde está a doce Clover? — O homem mais velho abriu o portão de uma baia e entrou. — Venha, srta. Bloom. — Johanna curvou-se sobre a metade da parede de madeira para ver. Pai Berg ajoelhou-se ao lado de uma vaca de pelagem suavemente marrom, pesada com um bezerro. Ela mastigava feno e dirigia o olhar vazio para um fardo próximo. O jovem Per colocou uma focinheira a redor da cabeça da vaca e amarrou-a a um aro no chão. Ele amarrou suas pernas com tiras de couro e deu-lhe dois tapas. Ela emitiu um som baixo e então um lampejo prateado surgiu na barriga inchada da vaca e um rio de sangue manchou a palha amarela embaixo dela. Johanna sentiu seus joelhos fraquejarem. Ela agarrou com tanta força o topo da porta do estábulo que farpas entraram em suas mãos. Mestre Fredrik deu mais uma fungadela no rapé de sua caixinha de prata.

— Bem, Mestre Fredrik, você tem uma sorte dos diabos — tripudiou pai Berg. — Parece que são gêmeos! — Puxou dois bezerros do útero ainda pulsante e depositou-os lado a lado numa espessa camada de palha. — Não precisa choramingar, mocinha, vamos costurar Clover e ela vai ficar novinha em folha, mas os bezerros têm um futuro diferente, hein, Mestre Fredrik? Vou limpá-los antes de o senhor partir, de modo que o senhor e a mocinha possam dar uma olhada na pelagem. — Ele piscou para Johanna, que ainda segurava a parede para não cair.

Mestre Fredrik olhou para a menina pálida e trêmula.

— Você sabia, é claro, que pele de galinha era apenas um modo de dizer, estou certo? — Johanna sacudiu a cabeça em negativa. — Um termo de comerciante, minha cara. Uma galinha não daria um leque grande o bastante para um bebê. Poderia ser couro de cabra, mas a Uzanne não as cria; ela não gosta do cheiro. — Virou-se para pai Berg. — Um trago antes de esfolá-los, senhor? E por acaso o jovem Per aqui tem idade suficiente para tomar um gole? — Ambos responderam com animação. Ele tirou um frasco de prata do bolso da jaqueta e entregou-o ao homem mais velho. — Venha, srta. Bloom, vamos nos informar acerca de seu emprego. — Mestre Fredrik recebeu de volta seu frasco e guiou-a porta afora até a entrada da casa.

A aia cumprimentou Mestre Fredrik na entrada destinada aos comerciantes, pegando seu chapéu e sua capa.

— Nenhuma canção para mim hoje, Mestre Fredrik? — indagou ela.

— Não, Louisa, minha garganta está inflamada de tanta serenata que fiz para a srta. Bloom — respondeu ele, mexendo a cabeça na direção de Johanna.

Louisa olhou para Johanna com desdém.

— Um buquê incomum — falou, farejando o ar.

— Recém-colhida em Upland — respondeu ele. — Informe a madame que eu trouxe para ela um raro espécime, com toda a certeza.

A aia desapareceu no longo corredor cinza, e Mestre Fredrik sentou-se com um resmungo em um banquinho estofado. Johanna permaneceu de pé, braços rígidos nas laterais do corpo, notando o piso de parquete extremamente polido e a abundância de vidros.

— Certifique-se de não morder o lábio — disse Mestre Fredrik a Johanna. — Madame uma vez teve uma criada que não conseguia parar e foi forçada a curá-la, retirando diversos dentes da menina.

Louisa retornou e conduziu-os até uma sala de estar. Um mural cobria três paredes, uma elaborada cena de motivos chineses em verde-esmeralda e ouro, pontuada por estranhos pássaros e flores. Madame estava sentada no centro, em uma secretária de ébano, debruçada sobre um enorme livro de couro. Ela poderia muito bem ser a imperatriz de algum reino mítico, com seu vestido verde adornado de joias, a perfeição de seu penteado, a postura e a graça com as quais ela se virou na direção do umbral.

— Mestre Fredrik, o que me trouxe?

Ele correu para tomar-lhe a mão esticada, mas o olhar da Uzanne estava posto em Johanna.

— Uma jovem elegante para estar em sua companhia, exatamente como o requisitado. Ela veio até mim em busca de emprego, mas pensei primeiro na senhora. — Mestre Fredrik fez uma mesura.

Johanna hesitou por apenas um instante e então aproximou-se da escrivaninha e fez uma mesura como se estivesse acostumada a fazer algo assim todos os dias. A Uzanne levantou-se e contornou Johanna como uma compradora num leilão de gado, fazendo um lento inventário: a textura e a cor dos cabelos, a largura dos ombros, os seios, o torso, quadris, pernas, pés, mãos. Ela segurou o braço de Johanna e apertou-o delicadamente. Em seguida, olhou bem seu rosto.

— Sua pele é perfeita, mas foram negligentes com você em alguns outros aspectos, srta. Bloom. Imagino quem escolheria deixar um puro-sangue morrer de fome.

— Oh, ela vem de boa cepa, madame, um pai letrado e nobre, uma mãe devotada. Sua estrutura franzina é em decorrência de uma negação da carne, parte das crenças religiosas da mãe, podemos dizer.

— De onde você vem, srta. Bloom?

Mestre Fredrik respondeu apressadamente:

— Do norte, madame, uma cidade com apenas...

A Uzanne levantou a mão.

— Eu gostaria de ouvir a jovem falar.

— Sou mesmo de Upland, madame — respondeu ela, mudando as inflexões para fazer com que sua voz tivesse um acento mais nortista. — Meus pais tiveram uma reversão de fortuna, como tem ocorrido com muitas famílias nobres ultimamente. Tenho muito pouco além de meu nome, e isso significa menos e menos.

— Sei exatamente do que você está falando, srta. Bloom. — A Uzanne abriu o leque lentamente, agitando o ar ao redor da menina.

— Papai e mamãe desesperam-se frequentemente com o meu futuro. A esperança deles residia no fato de que talvez eu pudesse obter sucesso nos serviços.

— Você lê e escreve? — A Uzanne aproximou-se de Johanna, o aroma de seu perfume misturando-se com o leve cheiro do estábulo que ainda permanecia nos sapatos de Johanna.

— Certamente, madame — respondeu Johanna. — Não só sueco, como francês. E meu latim é superior ao de qualquer menino de minha idade.

— Bom. — A Uzanne assentiu com a cabeça, uma crista montada com citrinos brilhando em seus cabelos. — Você estudou o uso dos leques?

Johanna respondeu sinceramente, pois essa não era uma habilidade que pudesse fingir:

— Não, madame. Não tivemos oportunidade para tais refinamentos.

— A menina é muito modesta, madame. — Mestre Fredrik postou-se ao lado de Johanna. — Ela á uma *apothicaire* experiente. Eu mesmo sou um de seus pacientes.

— Então, você tem prática em preparar remédios e curas? — perguntou a Uzanne, agora sorrindo amavelmente, colocando a mão embaixo do queixo de Johanna e olhando seus olhos azul-claros.

— Sim, madame. Fui ensinada por meu pai, que é um homem letrado em tudo o que diz respeito a botânica e compostos. Tenho um estojo de viagem à minha disposição.

— Isso poderia ser útil — falou a Uzanne suavemente, levando a mão até a bochecha de Johanna e deixando-a lá por um momento. — Gostaria que você me contasse mais.

Johanna sentiu a rigidez em seus braços, a tensão em seu pescoço.

— Conheço todos os remédios comuns feitos a partir de plantas, mas também tenho conhecimento sobre compostos bem mais potentes: *digitalis*, arnica, beladona florentina, láudano persa, pós moídos de valeriana e lúpulo, que proporcionam o mais profundo dos sonos. Também tenho prática de cozinha — acrescentou, embora Johanna duvidasse de que madame quisesse comer as coisas que ela sabia preparar: pão rústico, rena salgada, sopa suave de ervilha amarela.

— Não, querida; a cozinheira cuida da minha cozinha como se fosse um *troll*. Tenho outros planos para você — disse a Uzanne com suavidade. — Você será bem recompensada, eu prometo. — Virou-se para um radiante Mestre Fredrik. — Assim como você.

Johanna olhou detidamente o vestido que sua senhora vestia, cor de esmeralda, de seda adamascada, com sulcos costurados com pequeninas pérolas que desciam do pescoço até o alto da cintura, e com vinhas bordadas, serpenteando pela costura da saia simples e espalhando-se ao redor da barra. No final de cada vinha havia uma flor fantástica esperando para ser aberta. Era como se o vestido contivesse as sementes do futuro de Johanna, e ela fez uma nova mesura para a Uzanne, dessa vez com mais sentimento e graça.

— Olhe só para isso — murmurou Mestre Fredrik. — Talvez eu *devesse* tê-la mantido comigo mesmo!

*Capítulo Quinze*

## AS VASTAS CAMADAS

*Fontes: E.L., M.F.L.*

É CLARO QUE eu ouvira durante anos o nome de Mestre Fredrik Lind, mas jamais tivera alguma necessidade de ir em busca de seus serviços ou de sua companhia. Eu o conheci na loja maçônica. Numa inesperada demonstração de humanidade, o superior teve pena de mim em relação à minha súbita perda de Carlotta. Ele sugeriu que sua loja seria um lugar onde eu poderia fazer contatos com pais ansiosos em casar suas filhas com um homem de crenças comuns. Isso me deu uma prorrogação até a chegada do outono.

Os maçons se encontravam no Palácio Bååtska, situado na ilha Blasie, uma formidável casa de linhas rígidas e colunas brancas, com um relógio simples bem no alto do telhado de cobre, acima da entrada, fazendo-me lembrar que eu estava atrasado para o meu primeiríssimo encontro. Mestre Fredrik, um camarada já avançado alguns anos na maturidade, estava com o mesmo apuro. Corremos juntos para realizar os procedimentos necessários, no que ele me tomou como seu pupilo.

Numa tarde do início do outono, Mestre Fredrik e eu estávamos perambulando na direção da Cidade depois de um conclave na loja. Discutíamos as obrigações tributárias da aduana, sobre os pequenos itens que proporcionam muito prazer, e ambos concordávamos que eles deviam poder entrar livremente em nosso país. Ele parou e espiou seu reflexo no vidro da janela de uma padaria. À luz correta e à distância correta, Mestre Fredrik parecia estar vistosamente imóvel.

— Os habitantes dos países do Norte têm um humor melancólico e necessitam amargamente de entusiasmo — declarou Fredrik. Ele estudou o

estado de seus cabelos, que haviam sofrido um pouco com o vento forte.
— O socorro vem na brisa delicada dos pequenos luxos.

Mencionei a recente captura e queima de diversos engradados de leques chineses, e Mestre Fredrik foi rápido em expor sua condição de amigo íntimo da Uzanne. Pegou-me pelo braço, levando-me pela rua do Porto na direção do Jardim do Rei. — Madame possui um conhecimento enciclopédico sobre leques que rivalizaria com Diderot, e uma coleção sem paralelos, sr. Larsson — disse Mestre Fredrik, ajustando a gola do casaco para bloquear o vento. Alcançamos o topo do parque, com suas aleias de árvores, emoldurando o palácio real do outro lado da água. — Madame é de um refinamento sublime. Seus vestidos, seus acessórios, sua hospitalidade! A juíza da elegância. Você a consideraria uma alma gêmea, sendo também um homem de tamanho refinamento.

— Não sou refinado em hipótese alguma, Mestre Fredrik. Você tem o terrível costume da bajulação.

— Identifico coisas finas quando as vejo — insistiu ele. Mestre Fredrik baixou o tom de voz: — Madame e eu nos tornamos confidentes. Ela me procura para realizar seus mais profundos desejos.

Tive que rir, tão ardente era sua entrega.

— Está se declarando, Mestre Fredrik?

— Declarando-me? Deus meu, não. Você é testemunha de alguma calúnia, sr. Larsson, maledicências relacionadas a mim e a madame?

— Nada, coisa alguma, Mestre Fredrik. Não que alguém pudesse duvidar de sua capacidade de sedução — acrescentei.

— Madame oferece sua mão em amizade e em assistência. Quando o momento chegar, ela levará minha causa à corte. E receberei um título.

— Um título? Isso é tudo o que ela lhe dará?

Ele riu dessa vez e começou a cantar a variação de uma canção de Bellman, cantarolando as partes da clarineta:

> *Toot toot toot to — a Uzanne, ela é assim*
> *Toot toot toot to — Sorri para mim,*
> *O chapéu em sua mão*
> *Enlaçado com fita rosa;*

> *Em seu seio um buquê;*
> *Saias rodadas são o porquê!*
> *Toot toot toot to – a Uzanne vem!*
> *Toot toot toot to – Alguns a têm,*
> *... Ela desliza na areia e cai de bunda no chão!*

Fingi um olhar chocado, e então harmonizei no coro.

– Você conhece bem a música – disse ele com genuína admiração.

– Eu também me dirigiria a Bellman como *Mestre* – falei seriamente.

Mestre Fredrik deu-me um tapinha nas costas.

– Estamos nos tornando amigos, sr. Larsson.

Caminhamos em silêncio pelo caminho de cascalho, na direção do porto, o sol baixo de fim de tarde dando aos troncos dos salgueiros-anões um tom dourado. O palácio real espalhava-se pelo canto nordeste da Cidade, uma massa escura em contraste com o céu ainda mais escuro atrás. Senti a pontada da chuva no vento.

– Parece que temos diversos pontos de contato, sr. Larsson. Posso convidá-lo para um refresco? Uma *supé* mais cedo, quem sabe?

Eu devia estar nas docas em menos de uma hora, de modo que jantar estava fora de questão. Mas eu normalmente tomava café adoçado e forte antes de começar meus turnos da noite, de modo que sugeri que parássemos no Perambulador, um café no segundo andar da rua da Pequena Água. Seguimos o aroma dos feijões grelhados no andar de cima e encontramos uma mesa perto de uma janela, por onde entrava o ar fresco. O lugar estava extremamente iluminado e repleto de cavalheiros prestes a voltar a ficar sóbrios ou a fazer alguma diabrura, dando ao café um ar festivo. Pedimos, e Mestre Fredrik retornou ao que era visivelmente seu assunto favorito:

– Madame Uzanne possui raros talentos e não deve ser subestimada em hipótese alguma. É algo que você consegue sentir, se for uma pessoa disposta a aceitar a existência de um magnetismo tão pessoal. Eu, por exemplo, jamais aceitei que apenas o racional nos governa; ao contrário, isso parece estar colocado em nós como uma vestimenta, que se coloca e se tira, dependendo do momento.

— Você é um filósofo dos mais eloquentes — disse, mexendo três torrões de açúcar.

Ele dispensou meu comentário, balançando a mão.

— Agora, quem é que está sendo o bajulador? Não, sr. Larsson, madame é uma filósofa ilustrada e você *precisa* conhecê-la. Sem dúvida alguma, ela ficaria empolgada em travar contato com alguém que viaja pelos caminhos pelos quais as beldades dela entram na Cidade. — Agora eu começava a entender o motivo de sua generosidade. Eu evitava esse tipo de embaraço e disse isso com todas as letras, mas Mestre Fredrik era persistente. — As jovens mais qualificadas da Cidade se reúnem no salão da Uzanne. Talvez você possa negociar o acesso de uma espécie de beldade por outra — sugeriu.

O nome da Uzanne estava surgindo para mim como a lua, às vezes cheia e proeminente e às vezes apenas uma tirinha, escondida entre as nuvens da conversa. Talvez, como a sra. Sparrow acreditava, a Uzanne fosse a minha Companheira — um contato útil na busca pelo meu Octavo. Talvez eu também pudesse saber mais a respeito dos apuros de Carlotta, ou defender seu caso eu mesmo.

— Madame está apresentando uma nova temporada de aulas, e expandiu seu grupo de pupilas para incluir a nata dos estados mais baixos. — Ele encarou-me nos olhos. — Riqueza, sr. Larsson. É um bálsamo para a gente comum. — Ele tomou um longo gole de seu café. — Estou começando a trabalhar agora nos anúncios: papel bege de Praga com a borda não cortada, salpicado de pétalas lilases, a borda mergulhada em folha dourada, suntuosa tinta verde. Vou me certificar de que o senhor receba um exemplar. Grátis, é claro. — Ele me olhou para fazer um comentário. — Fazer convites extras é de *rigueur* em qualquer trabalho... uma anfitriã frequentemente descobre que negligenciou um importante personagem, ou deseja adular alguém. Fico com o extra, e eles são bastante procurados ultimamente.

— Acho que esse é um procedimento paralelo bastante sagaz — admiti.

Mestre Fredrik deu de ombros.

— Você ficaria impressionado com as solicitações que recebo. A prática começou como presentes bem situados e favores, e descobri que gratidão era normalmente expressa em dinheiro. A sra. Lind está encantada com o evento, que requer o que há de mais refinado nela. E os rapazes também.

Seus uniformes custam um mês de salário. Limito essa prática cuidadosamente e agrupo o convidado e o evento com muita consideração.

— Estou honrado de ser ao menos considerado — falei.

— Há um modo indolor pelo qual você talvez possa me retribuir o favor. — Esperei enquanto Mestre Fredrik bebericava seu café. — Por acaso eu o ouvi mencionar a alameda dos Frades Grisalhos? — Mexi a cabeça, indicando ao mesmo tempo sim e não. — Houve uma festa de meados de verão nos salões de jogos de lá, administrados por uma sra... Raven? Blackbird?

— Ouvi falar desses salões — disse. — Bastante exclusivos.

Mestre Fredrik curvou-se sobre a mesa.

— A festa foi dada pelo duque Karl. Ele é um Buscador, sr. Larsson, e bem íntimo de madame. — Mestre Fredrik deu uma piscadela, como se tivesse estado ele próprio no local.

— Imagine ser convidado para um evento dessa magnitude? — comentei.

— Meu propósito em relatar-lhe não é estimular inveja, mas escancarar os portais das oportunidades. Madame acredita ter sido ludibriada nesse evento único, durante um acalorado jogo de cartas, fato que resultou na perda de um de seus leques mais importantes. E ela está decidida a ter de volta seu tesouro. É um caso para que você resolva.

— Sou oficial da aduana, não da polícia.

— Se eu lhe oferecesse uma chance de conhecer madame, de servi-la, você ficaria inspirado em reconquistar-lhe o leque por quaisquer meios necessários. E isso seria vantajoso não só para você, como também para mim.

Antes que ele pudesse dizer mais, uma briga teve início na outra extremidade do salão, e porcelana esfacelou-se nas tábuas.

— Estou mais acostumado às multidões inferiores, Mestre Fredrik. Duvido muito que me encaixe nesse tipo de companhia.

— Existem vastas camadas acima de cada um de nós. Precisamos apenas nos impelir para o alto — disse ele, puxando suas luvas de couro de cabra castanhas. — Mas cooperação é essencial. Para usar o vernáculo comum, se você me der um empurrãozinho, eu te dou uma puxadinha. É assim que as fortunas são feitas. — Ele estendeu a mão e eu a apertei. — Tenho muito o que lhe ensinar nesse assunto, já que subi mais alto do que qualquer um jamais teria sonhado.

— Eu, sem dúvida, desfrutaria bastante de suas instruções — falei, a imagem do Oito de Livros subitamente aparecendo em minha mente... um homem e uma mulher estudando música juntos, talvez ele e a Uzanne, examinando as *Epístolas* de Bellman. E Livros era o naipe de esforços; Mestre Fredrik era claramente um campeão em escalar a escada social. Ele também podia conversar como o papagaio nos galhos acima do homem e da mulher. Eu estava certo de que encontrara o Professor em meu Octavo.

## *Capítulo Dezesseis*

## A INCUMBÊNCIA DA SRA. SPARROW

*Fontes: E.L., sra. S., Katarina E.*

COMEMOREI O DIA de São Martinho naquele novembro com uma estrepitosa noitada de cartas, que terminou com minha ébria insistência sobre uma consulta na sala de cima. O Octavo estava se tornando novamente urgente, o superior impaciente diante da falta de progresso da minha parte. Eu tinha muitas questões para a minha Chave. Por volta das duas da manhã, a sra. Sparrow conduziu-me amavelmente ao andar de cima, e o que me lembro depois disso foi ela me despertando de meu cochilo. As cortinas haviam sido puxadas de volta e os caixilhos abertos para uma brisa fresca e um límpido céu outonal. Estremeci debaixo do cobertor colocado sobre meu corpo durante a noite, e senti-me grato por tomar a fumegante xícara de café que ela me ofereceu. Com o aroma do café forte trazendo-me de volta de meu sono, estudei a sala de cima onde passara a noite. Todas as minhas visitas prévias haviam sido no lusco-fusco perpétuo, criado para a clientela. Na aguda luminosidade do dia, não havia como se esconder nada – as amplas tábuas do piso queriam ser areadas e enceradas, as paredes brancas como marfim estavam arranhadas e manchadas, marcadas pelos fantasmas de molduras de quadros ausentes. As cortinas azuis, luxuosas no passado, estavam puídas nos puxadores, e as cadeiras estofadas tinham visíveis pontos gastos nos braços. O fogareiro de cerâmica era o único objeto na sala que envelhecera bem. Tinha uma bela coloração verde-musgo com detalhes em ouro e uma porta de bronze. Seus ladrilhos ainda mantinham o calor dos carvões da noite anterior e puxei a minha cadeira para perto.

– Que horas são? – perguntei.

— Hora do café da manhã, e posso dizer que estou faminta. Pegue seu café e vamos descer. Nunca como na sala de cima e preciso lhe mostrar uma coisa – disse a sra. Sparrow. Entramos no salão de jogos deserto, iluminado pelo que restava nos candelabros das velas da noite anterior. Os fogareiros estavam frios e o piso ainda não havia sido varrido, como se estivéssemos num sábado e não houvesse carteado à noite, quando as pessoas não saíam, cientes de que deveriam estar com sua melhor aparência na manhã seguinte ao entrarem na igreja. Havia um par de pincenês de ouro e uma solitária luva amarela em cima de uma mesa. Em outra, a sapatilha de uma mulher. Eu não era o único farrista com dor de cabeça, a se julgar pelo número de garrafas de vinho e de champanhe vazias, espalhadas pelo salão. Sentamos a uma mesa limpa, coberta com uma toalha de linho branco e posta com o café da manhã: uma tigela de maçãs, pão duro, um prato de queijo e um pote de cerâmica com arenque e cebola, pãezinhos de trigo macios, manteiga e geleia. A sra. Sparrow fez um movimento de cabeça indicando que Katarina deveria fechar as portas. Apenas frestas de luz do sol vazavam pelas fendas das cortinas.

— Katarina adora limpar a casa depois dessas noitadas mais turbulentas; há muitos achados e perdidos, que ela vende numa barraquinha na praça do Ferro e faz um bom dinheiro – disse a sra. Sparrow. — Ela está economizando para o casamento, você sabe, com o porteiro. — Estremeci diante da palavra *casamento*, e ela me deu um tapinha na mão. — Paciência, sr. Larsson. Paciência e vigilância. — Ela encheu novamente nossas xícaras com café e então bebericou o dela como se saboreasse conhaque da melhor qualidade. Vários minutos se passaram, até que ela finalmente baixou a xícara. — Decifrei meu Octavo. Gostaria de compartilhá-lo com você.

Ela enfiou a mão no bolso da saia e tirou um baralho de cartas alemãs. Em seguida, distribuiu-as na mesa no padrão agora familiar, entre os pratos e as xícaras. Fiquei alarmado ao ver cartas familiares, incluindo o Valete Abaixo de Livros, meu próprio Buscador.

— Quem são eles? — perguntei.

— Os oito não estão todos confirmados. Tenho procurado decifrá-los nas últimas semanas, tentando observar sinais e confirmações. Uma coisa é certa: estou cercada de poder.

*O Professor* — *O Mensageiro* — *O Vigarista*

*O Prisioneiro* — *O Buscador* — *O Tagarela*

*A Companheira* — *A Chave* — *O Prêmio*

    Ri de alívio e passei uma densa camada de geleia de morango num pãozinho.

    — Então, estou desculpado, sra. Sparrow, já que aquele valete com capa vermelha não pode ser eu.

    — Ao contrário; é você — respondeu ela, erguendo os olhos num sobressalto. — Por que outro motivo você acha que eu compartilharia isso?

    — A senhora disse que estava cercada de nobres. Eu sou plebeu — protestei.

    — Eu disse poder, sr. Larsson, não nobres. É poder o que me interessa. — Ela voltou sua atenção ao Octavo. — Aqui está meu Companheiro, o Rei de Livros. O mais nobre dos reis do baralho, um homem letrado e refinado. Um homem poderoso que se engaja completamente na vida... esforçar-se é sua natureza. Ele também é um guerreiro... está vendo o elmo embaixo da coroa? E ele carrega um cetro encimado por uma flor de lis, certamente uma conexão com a França. – Ela tocou a carta delicadamente. – Existem muitos homens que se encaixam nessa descrição e, em uma outra época, em outro Octavo, eu olharia além da escolha óbvia. Mas desta vez, é ele... o homem que tem sido meu amigo durante todos esses anos.

– O rei Gustav? – perguntei, sabendo muito bem que ela não estaria vendo nenhum outro.

– E próximo a ele, o Rei das Taças de Vinho, o duque Karl.

– O duque Karl não é rei – falei, mordendo um pãozinho.

– Mas está ansioso para tornar-se um. Ele tem entrado em contato comigo muitas vezes desde meados do verão.

– Estou surpreso pelo fato de a senhora permitir que ele tenha novamente acesso a sua casa, tendo em vista suas inclinações traiçoeiras.

– O duque Karl é irmão do rei e governador militar de Estocolmo – respondeu ela. – Além disso, ele me paga sobejamente para relatar a visão de suas duas coroas vezes e vezes seguidas, como se fosse a historinha predileta de uma criança mimada.

– E a senhora dispôs o Octavo para Karl? A senhora teve de fato uma visão para ele.

– Eu pedi. Uma vez. Ele não tem paciência. – Ela deu um tapinha na face do Rei das Taças de Vinho com o dedo indicador. – No meu Octavo, o duque Karl é o Prisioneiro, e tenho intenção de prendê-lo o mais rápido possível. Eu o alertei para que não fizesse nenhum mal a Gustav ou suas duas coroas desapareceriam. – Olhei para ela de soslaio. – Toda boa cartomante exagera – disse ela.

– E a Rainha das Taças de Vinho? A mesmíssima carta da minha Companheira. – Esperei que ela dissesse o nome, mas ela não o fez. – A Uzanne.

– A Uzanne no papel de Professora? Não. Não há nada que eu gostaria de aprender com ela. Existem 52 cartas no baralho e dezenas de milhares de pessoas apenas na Cidade. Temos apenas uma carta em comum. Mas fico contente que a tenha finalmente colocado em seu próprio Octavo, sr. Larsson. Ela lhe será útil em sua busca pelo amor, tenho certeza disso. – A sra. Sparrow pegou uma maçã e começou a descascá-la com uma faca. – A Rainha das Taças de Vinho aqui, minha Professora, é a mulher do duque Karl, a Pequena Duquesa. Uma mulher inteligente, traiçoeira o bastante e próxima ao trono; os dois se colocam em oposição ao Rei. Olhe, ela está ao lado do duque Karl na distribuição, embora pelo que tenha ouvido ela raramente faz a mesma coisa na vida real. – A sra. Sparrow percebeu minhas sobrancelhas arqueadas. – As cartas confirmam muita coisa, até mesmo coisas escandalosas. Está vendo como o duque Karl olha para o outro lado? – Ela cortou uma fatia da maçã e enfiou-a na boca.

– E o Mensageiro? Sra. Sparrow, o fato é que não consigo ver como me encaixo aqui. Se isso realmente diz respeito a levar bilhetes e pacotes pela Cidade, bem, qualquer um...

– Não para o evento que o meu Octavo pressagia. – Ela colocou a mão em cima da minha, e os pelos de meu braço se eriçaram. – Meu Mensageiro deve circular por lugares altos e baixos sem que seja minimanente notado. Ele requer habilidades de observação, conversação e discrição. Deve ser do tipo de gente que consegue se misturar na multidão, com roupas bem-feitas, mas não chamativas. Deve ser um homem que consegue segurar sua bebida e conversar educadamente, mesmo que superficialmente, com quase todo mundo. Eu já o vi fazer isso nas mesas. Você sabe como mentir e como identificar quando alguém está lhe mentindo. Seu ofício permite que tenha acesso a qualquer negócio, e seu sexo permite que você tenha acesso a qualquer outro lugar. Resumindo: você é perfeito.

Não pude evitar; enrubesci diante de seus elogios.

– E o seu Vigarista, então, o Valete Acima de Copas? Ele também está entre os meus oito, como o Prêmio.

– Quem é o seu Prêmio, sr. Larsson? – perguntou ela. Admiti que, até aquele momento, não sabia, mas que imaginava que um rico companheiro maçônico com uma filha elegante parecia provável. Ela inclinou a cabeça para o lado e estudou as cartas. – Meu Vigarista não é alguém com quem você pudesse ter tido muito contato, embora talvez você o encontrasse como meu Mensageiro. Já fizemos negócios juntos de maneiras as mais satisfatórias. O artesão de leques Nordén.

– Conheço o nome... ele é novo na nossa loja maçônica, foi convidado por Mestre Fredrik – contei.

– Nordén é estudante dos mistérios e um monarquista de quatro costados. Somos almas gêmeas sob muitos aspectos. – Ela continuou em torno

do Octavo e afirmou que a Tagarela provavelmente era a sra. Von Hälsen.
— Ela tem sido um manancial de informações desde que devolvi seu leque Eva. Não consigo fazê-la parar de falar.

— Quem é o Rei de Copas, o seu Prêmio? — perguntei. — E sua Chave?

— Tenho uma vaga ideia, mas preciso que meu Companheiro confirme as últimas duas cartas. Estou esperando que Gustav me procure. Ou pelo menos que responda minhas cartas. Ele tem estado... ocupado. — Ela terminou de comer a maçã, com caroços e tudo, e limpou as mãos num guardanapo de linho. — Quanto ao meu Prêmio, as indicações de Copas são amor e afeição, graça, refinamento. Repare a esplêndida vestimenta estrangeira. Isso é França, ou não é? Há quatro Copas na distribuição, e cada uma delas tem laços com a França. Nordén voltando de Paris, o trágico caso de amor da sra. Von Hälsen teve início na Bretanha, e eu nasci em Reims. A catedral de Reims é onde os reis da França são coroados. Eu ia todos os domingos à catedral, até completar 9 anos de idade. No chão dessa igreja existe um labirinto na forma de um octógono.

— Então, o Rei de Copas... é o embaixador da França? — perguntei.

— Não. Acredito que seja o rei francês. — Ela viu a dúvida estampada em meu rosto e pegou sua Chave, o Valete de Almofadas de Impressão, segurando-o diante de meu rosto. — Deve-se ler a distribuição das cartas como um todo. Olhe a Chave. Aqui está um valete entre dois Reis, uma das mãos em seu mosquete, a outra prestes a sacar a espada. Alinhado a ambos, corajoso, disposto a sacrificar-se. Ele usa uma rica vestimenta, um homem de posses. Esse é o conde Axel von Fersen, evidentemente. Lembra-se da visão?

— Mas a fuga fracassou, sra. Sparrow.

— A primeira tentativa fracassou. Mas Gustav tem intenção de salvar o rei francês, pois não apenas sabe que a monarquia é sagrada, como também que a França e a Suécia têm sido aliadas há dois séculos e meio. O Sol e a Estrela do Norte estão reunidos por laços sagrados, que não podem ser rompidos. — Ela bateu as pontas dos dedos e sorriu. — Qual tem sido o progresso com seus oito?

Comecei com a novidade de que a Uzanne havia sido a responsável por dispensar Carlotta.

— Isso não seria uma conexão com a minha Companheira? — perguntei.

— Certamente que é. E uma conexão forte. Talvez a Uzanne tenha outra pessoa para você.

— Ainda não perdi totalmente as esperanças — insisti, apesar de ouvir que Carlotta pousara numa elegante mansão na Finlândia e já estava conquistando a simpatia de um cavalheiro.

— E nem deveria — ela disse —, até começar a esperar por algo melhor. E, então, o que mais? — Descrevi a incessante pressão exercida pelo superior, sua insistência para que eu me juntasse aos maçons com o intuito de pescar filhas, minha recém-formada ligação com Mestre Fredrik e seu convite para frequentar as aulas da Uzanne.

— Excelente! Você precisa participar e prestar muita atenção a todos os que estão em contato com a Uzanne. Os oito serão atraídos para ela, assim como meus oito são atraídos para Gustav.

— Mais uma coisa sobre Mestre Fredrik — falei. — Ele me pediu para procurar o leque da Uzanne, sugerindo que eu começasse a busca na alameda dos Frades Grisalhos. Com a senhora.

— Ele disse isso? — A sra. Sparrow depositou sua xícara com força na mesa. — Pode ser que precisemos ajustar nossa estratégia.

— *Nossa* estratégia? Preciso mesmo me imiscuir nessas questões? — perguntei. Ela se levantou e saiu da sala, retornando com um estojo de escrita. — O que *realmente* aconteceu com o leque da Uzanne? — indaguei.

Ela rabiscou dois bilhetes, soprou a tinta para que secasse e dobrou um bilhete dentro do outro.

— O Cassiopeia não está aqui, isso eu posso dizer com certeza. Mas nesse exato momento você deve cuidar de minha mensagem, Mensageiro. — Ela levantou-se da cadeira, sua voz subitamente alta e rápida: — A loja de Nordén fica na alameda do Cozinheiro, do outro lado da antiga Ponte do Norte e perto da Casa de Ópera; ela é tão francesa que dá até para sentir o perfume a duas ruas de distância. Na manhã de segunda-feira você levará essa carta ao sr. Nordén. — Ela pegou um envelope não selado que estava aguardando numa cadeira próxima. Dele, retirou uma carta, rasgou-a em pedacinhos e substituiu-a pelos bilhetes que acabara de escrever. Então, selou o envelope com cera. — Somos amigos, sr. Larsson. Não existe mais ninguém em quem eu possa confiar. — Peguei o envelope espesso, dolorosamente ciente do fato de que aquela era a primeira vez em muitos anos que alguém me chamava de amigo sem que bebida ou empréstimo estivessem envolvidos. — Mas tenha cuidado. Existe sempre o risco de traição — disse.

— Uma loja de leques me parece um lugar improvável para traições — retruquei, colocando o envelope em minha sacola.

A sra. Sparrow levantou-se da mesa e caminhou até a janela cortinada, seu rosto um marfim oval em contraste com a cortina intensamente azul, suas roupas escuras misturando-se às dobras. Ela puxou a cortina para o lado e procurou algo no céu durante algum tempo.

— A escuridão surge cada vez mais cedo, não é mesmo? — comentou.

## Capítulo Dezessete

### TENTAÇÃO

*Fontes: J. Bloom, diversos membros do* staff *em Gullenborg, R. Stutén*

— SRTA. BLOOM, onde estão os tecidos de Stutén? — Johanna não escutou a pergunta, tamanho o transe em que se encontrava em função dos pontos prateados no sapato de seda creme que limpava.

Os fios faziam um padrão de iniciais, *KEU*, perto dos dedos, serpenteando em arabescos ao redor dos botões cobertos que margeavam a abertura para o pé. O bordado era áspero ao toque, metal raro, forçado a servir uma agulha simples e dar substância à sedutora concha de tecido liso e fosco. O calcanhar era curvado para fora, e pintado de forma a lembrar o tom róseo de uma concha, lustrosa e cálida ao mesmo tempo. O interior do sapato era revestido de couro de cabra da cor de cera de abelha, tão macio e maleável quanto as outras partes. Johanna esfregou um paninho úmido pelo interior do sapato com lenta reverência. Esperou sentir cheiro de suor acre ou de bolor quando segurou a sapatilha na frente do rosto, mas, ao contrário, ela exalava perfume de cedro.

— Srta. Bloom! — A Uzanne mandara Johanna comprar "uma quantidade satisfatória" de tecido para vestido, enviando um bilhete aos comerciantes, dizendo que eles não deveriam interferir nas escolhas de Johanna. Talvez uma atitude como essa fosse arriscada com várias meninas que empregara, mas Johanna retornara com tecidos e cores impecáveis, no tamanho perfeito. Nem um vintém havia sido roubado. Até o presente momento, Johanna resistira às tentações propositalmente colocadas em seu caminho: um anel de prata deixado em cima de um aparador, meia dúzia de bolinhos de cardamomo recentemente assados em um prato, um lenço de renda nos jardins. Lentamente, ela se engajava ao *staff*, sugerindo tisanas medicinais para o jardineiro, amolecendo a espinhosa Louisa com suas maneiras e até mesmo começando a dar ao cavalariço, o jovem Per, suas primeiras noções do alfabeto. Apenas a velha cozinheira permanecia insensível.

— Os tecidos, srta. Bloom!

— Sim, madame. — Johanna levantou-se e correu em direção ao gabinete onde colocara os cortes de tecido. Levou-os para a sala e os dispôs num assento perto da janela, onde havia maior luminosidade.

— Desfrutou de seu passeio pela Cidade?

— Oh, madame, acho a Cidade encantadora. Não consigo pensar como alguém poderia viver em outro lugar. — A mercearia era uma paleta de cores, as sedas derramando-se sobre os balcões, com dobras ondulantes de brocados empurrando ondas de linho rígido, flanelas empilhadas nas bordas para impedir que as fitas se afogassem. O próprio sr. Stutén a segurara pelo cotovelo para mantê-la equilibrada.

— Você visitará a Cidade com frequência, srta. Bloom, recolhendo objetos os mais diversos que nos serão úteis — disse a Uzanne.

Johanna sorriu para o uso da palavra *nos*.

— Estabelecer mais amizades me daria muito prazer.

A Uzanne andou até os cortes de tecido.

— Qual desses três daria o vestido mais sedutor, srta. Bloom?

Johanna tocou cada extremidade com delicadeza. Levantou um verde da cor de uma folha de salgueiro no mês de maio e depois uma seda listrada em tons de amarelo e creme, e um rosa que combinava com o calcanhar dos sapatos que ela estivera limpando. A Uzanne avaliou suas escolhas, pegou cada pedaço de tecido e estendeu-os no chão, uma corrente de folhas em botão e primavera.

— Uma adorável combinação, srta. Bloom. Está pensando na estação do final do ano. E meus sapatos — elogiou a Uzanne. Johanna fez uma graciosa mesura que andara aperfeiçoando em seu quarto. — Quem nesta casa poderia usar tais cores? Louisa? — A Uzanne observava atentamente o rosto de Johanna, reparando os mínimos movimentos entre as sobrancelhas, único sinal de seu descontentamento.

— Não, madame, Louisa tem um tom amarelado. Talvez se adequasse melhor à menina da cozinha, aquela cuja pele é como uma casca de ovo.

— Talvez — replicou a Uzanne —, mas a menina da cozinha é toda angulosa e tem pés grandes. Quem mais? — Johanna não respondeu. — Posso ouvir seus pensamentos, srta. Bloom. A cozinheira é velha e tem papada, as aias que lavam louça são gêmeas com horríveis marcas de varíola, e a menina que leva os potes dos quartos e derrama a sujeira fedorenta não serviria porque o mau cheiro entraria na roupa e jamais sairia. — Johanna pressionou os lábios para evitar o riso. — Talvez você possa usar essas cores.

— Madame? — A cabeça de Johanna virou-se com a surpresa.

A Uzanne sentou-se a uma penteadeira marquetada diante de um espelho dourado tripartite, de modo a poder observar o rosto da menina. Tinha diante de si uma coleção de escovas de prata e de chifre, ornamentos para os cabelos cravejados de joias, uma jarra de alabastro com cochinilha pulverizada para lhe avermelhar os lábios, um pote de porcelana cheio de pó de arsênico branco para o rosto, um frasco de beladona, outro de cristal, com perfume de Paris. Passou o dedo num medalhão e abriu-o para revelar uma imagem em miniatura de seu falecido marido, Henrik.

— Falamos sobre suas habilidades no preparo de remédios e tinturas.

— Certamente! Mestre Fredrik sente-se muito aliviado com meus tônicos.

— Não posso tomar tônicos muito fortes, e é a insônia que me atormenta, não o álcool. — A Uzanne esperou.

Johanna olhou de relance para o emaranhado serpeante de tecidos espalhados pelo chão lustroso.

— Talvez eu pudesse fazer um pó calmante, madame. Algo que a senhora pudesse inalar do tecido de seu travesseiro, algo que perfumaria o próprio ar e proporcionaria um sono delicioso. Meu pai falava de tal cura usada pelos faraós do Egito. Valeriana. Lúpulo. E jasmim.

— Os faraós? — As sobrancelhas da Uzanne ergueram-se de contentamento com a sagacidade demonstrada pela menina.

— Tenho um kit, mas serão necessários mais ingredientes. Alguns implementos. E um local para trabalhar com uma fonte de calor.

A Uzanne levantou-se, indicando que Johanna devia segui-la. Pegaram a escada dos fundos em direção à cozinha do porão, um espaço cheio de fumaça das sopas fumegantes, que cheirava a alecrim e a carne grelhada. O alarido cessou quando elas entraram, tornando-se audível apenas o chiado de uma chaleira no fogo.

— A srta. Bloom trabalhará aqui para mim. Ela deve ser tratada com respeito. — O *staff* doméstico baixou a cabeça bruscamente; elas toleravam as transviadas que madame adotava apenas para serem chutadas em seu devido tempo, imaginando que tal prática mitigava a frustração da Uzanne por sua condição de mulher sem filhos. — A srta. Bloom é conhecedora das artes boticárias. Ela vai preparar remédios para nós. — A Uzanne deu ordens para que fornecessem a Johanna o que quer que ela solicitasse.

A velha cozinheira resmungou um sim relutante.

— Tenha em mente, mocinha, que ouço cada palavra e sei cada coisa feita nesta casa.

— Cozinheira, dependemos de você para manter a reputação de Gullenborg — assegurou-lhe a Uzanne —, e você me ensinou a importância de saciar todos os desejos.

A velha cozinheira não se submetia facilmente pela bajulação.

— A senhorita pode ser uma dama, mas, entenda bem, vai lavar seus pratos, mocinha.

— Posso muito bem cuidar de mim mesma, cozinheira — respondeu Johanna, fitando o pilão de granito preto que ela segurava.

— Aqui também não haverá roubo nem delação. — A velha cozinheira balançou o dedo, cuja extremidade era achatada devido a um corte mal dado. — Eu te pego na despensa, como fiz com a última...

— Não sou ladra — retrucou Johanna friamente.

— E mantenha suas mãos longe das minhas panelas — grunhiu a velha, sua tosse suplantando a repreenda.

Johanna colocou as palmas das mãos na bancada da cozinha e fitou com dureza a velha cozinheira.

— E mantenha as suas longe das minhas — disse.

A velha cozinheira ficou em silêncio por um momento, mas então começou a tossir, cruzando os braços sobre o peito arfante. A Uzanne tranquilamente sussurrou no ouvido de Johanna:

— Não ligue para a cozinheira; ela é uma cadela velha e fiel à sua ama. Logo, vai amar você como a uma amiga.

A velha cozinheira observou essa terna troca de palavras com certo divertimento; já vira isso antes. A velha assentiu com a cabeça e, então, ela e a menina da cozinha voltaram ao trabalho e às conversas. A Uzanne pegou o braço de Johanna enquanto atravessavam a cozinha em direção à escada.

— Por favor, note que a audição dela é excelente. — Baixou o tom de voz para um genuíno sussurro: — Amanhã você visitará o boticário Leão, na alameda do Cozinheiro, perto da Igreja de Jakob. Gullenborg tem conta lá. Pegue os ingredientes de que necessita. E comece aquietando a tosse da cozinheira, srta. Bloom. Toda a casa a amará por isso.

## Capítulo Dezoito

# JOHANNA NA COVA DO LEÃO

*Fontes: J. Bloom, um empregado anônimo do Leão*

O LEÃO ERA MAIS uma imunda loja de penhores do que algum boticário que Johanna jamais vira na vida. Frascos e caixas estavam empilhados precariamente, e o cheiro amargo de pasta de ópio sobre bálsamo e murta impregnava o ar. Apesar da desordem, o Leão inspirou uma inesperada pontada de saudade de Gefle, e medo, ao pensar que faria compostos sérios sem o aconselhamento e a orientação do pai. Sabia que os ingredientes estavam corretos, mas teria que testar as quantidades.

Os cabelos oleosos do *apothicaire* escapavam por debaixo da peruca, e seu nariz estava vermelho e inchado. Ele estudou o pedaço de papel com a lista dela, coçando a testa com a mão livre.

— Olmo pegajoso, alteia, alcaçuz. Alguém está tossindo. — Ele levantou os olhos para Johanna. — Então, você escreveu essa lista sozinha? — ele perguntou. Johanna assentiu com a cabeça. O *apothicaire* voltou à lista e continuou: — Raízes de valeriana, lúpulo, flores de camomila, musgo ressecado, erva-de-são-joão, beladona, meimendro negro, pó de pedra-sabão, óleo de jasmim. Quem a senhorita está enviando de volta ao Criador? Porque isso aqui vai produzir uma mistura errática.

— Nenhum mal advirá a ninguém — retrucou Johanna. — Estou compondo um remédio de dormir para a minha ama.

— Uma mulher sábia, hein? Uma dose de láudano seria mais simples. — Ele levantou um frasco de cobalto com tampa de rolha. — Só uma gota e ela vai ter uma longa noite de sono delicioso. Uma noite muito longa, se colocar gotas suficientes no copo. — Ele riu, algo entre o riso e a gargalhada, diante da própria piada.

— Ingredientes secos apenas. Pós, se o senhor os tiver, mas eu posso moer se for necessário.

— Não duvido, senhorita... Tenho algo que talvez você pudesse moer. — Ele fez uma pausa por um momento e sorriu para ela. — *Amanita pantherina*. — Ele pronunciou cada sílaba em voz alta e de modo exagerado, como se Johanna tivesse dificuldades auditivas. — É uma raridade e não muito conhecido.

— O cogumelo vermelho falso — falou Johanna sem pestanejar.

— Bom, bom, srta. Versada em Latim. Os indianos o chamam de corpo divino: o narcótico de Deus. Também é conhecido como assistente de herdeiros; se desejar oferecer o sono perpétuo, precisa apenas ser generosa em suas porções.

— Meu desejo é curar, não fazer mal — disse ela. O *apothicaire* deu de ombros e juntou os ingredientes em saquinhos e frascos, colocando-os em cima do balcão. Johanna pôs, um a um, numa cesta de mercado e cobriu-os com um pano. — Onde está o óleo de jasmim?

— Isso aqui é um boticário, não uma perfumaria. Lá na rua do Mestre Samuel, você vai encontrar a perfumaria Cronstedt. — Deu o que imaginava ser um sorriso sedutor. — Você sabe que jasmim também potencializa sonhos, sonhos de uma natureza específica. Titia Von Platen usa apenas o melhor óleo de jasmim da Cronstedt para suas ninfas, mas talvez você também já saiba disso, hein, srta. Corneteira?

— Não, eu não sabia — disse Johanna, entregando-lhe uma nota de crédito. Ele olhou para a nota e em seguida para ela.

— Gullenborg, hein? Então, você é a nova protegida da Uzanne? Ela as coleciona como se fossem gatos de rua, sabia? Veste-as e cuida delas durante um tempo e, então, as deixa ir — contou, a luz do lampião com lente de aumento oscilando para cima e para baixo em seu rosto malicioso. — Mas você me parece ter *pedigree*, alguém que ela pode querer reproduzir. Eu me esqueci de seu nome, minha querida. Pode repetir, por favor?

— Eu não disse o meu nome. — Johanna, as mãos trêmulas, recompôs-se, juntou suas compras e virou-se para sair. Fez uma pausa no umbral para olhar com raiva para o homem. — Não vou me esquecer de contar à madame que o senhor sugeriu o Assistente de Herdeiros — falou.

— Ela vai ficar emocionada com sua preocupação, mas não surpresa com a minha pilhéria. O Leão tem sua reputação. *Au revoir, mademoiselle.*

Uma vez do lado de fora, Johanna encostou-se à fachada, respirando profundamente, aliviada por haver escapado do Leão. Endireitou a postura, agarrou a cesta de mercado ainda com mais força e caminhou na direção da rua do Jardim para esperar a carruagem, sentindo-se mais confiante a cada passo, a barra de sua saia de lã verde roçando o topo de seus elegantes sapatos novos. Ela viajaria numa bela carruagem. Era um membro valioso de uma casa elegante. Não era mais uma criada.

O ritmo de suas passadas diminuiu quando ela passou por uma loja de leques; certamente a Uzanne a conhecia bem, já que era um estabelecimento refinado e belo como ela própria. Havia dois leques expostos numa vitrine e uma prateleira vazia onde antes estivera outro. Johanna pensou no leque perdido de madame, o Cassiopeia, e deu uma espiada no interior da loja. Viu um homem, um leque de cor escura diante dele numa escrivaninha, uma jaqueta vermelha disposta na cadeira atrás. Era o *sekretaire* de O Porco, o das rendas e da moeda, e ela parou para observar.

## *Capítulo Dezenove*

## LIÇÃO DE FRANCÊS

*Fontes: Diversas, incluindo E.L., M. Nordén, J. Bloom, sra. Plomgren, vizinhos da alameda do Cozinheiro, oficiais e balconistas do Escritório de Aduana e Impostos*

NA SEGUNDA-FEIRA, ÀS 11, encaminhei-me para a alameda do Cozinheiro disposto a entregar a mensagem da sra. Sparrow e voltar prontamente ao trabalho ao meio-dia; o superior queria uma conferência particular e eu preparara uma lista de filhas de maçons. Aquele bairro, próximo à Casa de Ópera, era uma sopa fumegante de estabelecimentos, que variavam de um boticário anunciando cremes de arsênico para branqueamento até uma barraquinha de fitas alvoroçada em cores, que atraíam as damas como se fossem abelhas. Era uma rua que promovia a vaidade, mas eu não estava preparado para a expressão completa desse adorável vício na loja de Nordén, artesão de leques. A fachada tinha uma extravagante quantidade de vidraças e era construída a partir de madeira entalhada num tom levemente cinza-esverdeado. As janelas com verga de bandeira eram emolduradas em fitas curvas de madeira com buquês de flores entalhados. Não se tratava apenas de afetação feminina, pois os painéis abaixo das vitrines eram simples e sóbrios, e as colunas que flanqueavam a entrada de clientes eram em estilo grego clássico, com capitéis jônicos. Indubitavelmente, muita gente vinha olhar a entrada da loja, maravilhada, e saía às pressas, sentindo-se indigna de segurar a maçaneta. Nunca me assustei com coisas finas, ciente de como elas são frequentemente obtidas, mas aquele lugar esplêndido fez com que eu parasse.

Atravessei a rua e parei diante da vitrine. As três prateleiras atrás do vidro estavam alinhadas com belbutinas cinza, pontilhadas por pequeninos flocos de neve de papel cortado. É claro que qualquer dama saberia que a mudança de estação exigiria uma mudança de vestuário, e aqueles flocos de neve eram uma lembrança de que seu leque precisaria seguir a tendência. Havia um único leque em cada prateleira, cada um mais adorável do que o outro. Os dois leques mais ao alto retratavam o campo imaginário de uma determinada terra idílica, onde árvores adquiriam seu tom outonal e pontinhos de ouro verdadeiro tornavam a luz do sol pintada ainda mais cálida. Dariam a qualquer um que os visse a sensação de uma fecunda generosidade: o leque perfeito para a donzela em busca, ela própria, de sua colheita. O terceiro leque, colocado na prateleira de baixo, estava exposto num estande deitado, em vez de em pé. Parecia que havia sido colocado ali às pressas, a ampla borda na direção da rua. A lâmina era no tom azul-índigo da noite, com lantejoulas espalhadas, e um estremecimento, fruto do reconhecimento, me percorreu a espinha. Eu ainda me curvava, espiando a vitrine para certificar-me de que aquilo não era um truque de luz e sombra, quando reparei que alguém no interior da loja me observava. Encaminhei-me à entrada com aparente indiferença e entrei.

— *Bonjour* — cumprimentei. — Procuro o sr. Nordén.

—*Bonjour* ao cavalheiro de casaca vermelha. Permita-me dar-lhe as boas-vindas, *sekretaire*. Sou a sra. Margot Nordén. Peço desculpas ao senhor por meu marido estar ausente, mas terei o maior prazer em lhe ser útil. — Margot ofereceu-me a mão, e só pude pensar em beijá-la. Ela não tinha uma beleza clássica, mas possuía feições interessantes, a mais notável das quais era um nariz deveras atraente. Ela lembrava um pássaro, mas um pássaro bonito, com seus cabelos escuros e olhos azuis de porcelana. Sua voz e porte sugeriam um comportamento cortesão, de modo que fiz uma mesura antes de falar, e olhei para o chão enquanto lhe dizia meu nome, constrangido por meu pobre domínio do francês. Não obstante, ela parecia deliciada e sorriu ainda com mais simpatia.

— Por favor — disse, fazendo um gesto para indicar uma cadeira numa pequena escrivaninha feminina —, sente-se que já lhe trago um refresco. O senhor provavelmente está perdendo seu jantar vindo a essa hora. A visita deve ser de grande urgência.

— Tenho obrigações na aduana, mas trata-se de uma tarefa que estou ansioso para completar. — Ela deu um sorriso compreensivo e saiu pelo umbral cortinado em direção aos fundos da loja. Se alguém fosse forçado a perder seu jantar, ou a se atrasar para o trabalho como eu tinha certeza de que estava acontecendo comigo naquele momento, não poderia estar cercado por coisas mais agradáveis. A sala era pintada com largas listras horizontais em tons cereja, limão e creme, e as cornijas em formato de coroa branca eram como merengues esculpidos, evaporando-se de encontro ao teto. O teto em si era drapejado em seda de listras amarelas e pretas, puxada para o centro e amarrada com largas fitas de gorgorão, que sustentavam um grande cadelabro de cristal. A loja cheirava a verbena, óleo de limão e cera de abelha. Castiçais de bronze com globos de vidro amparavam grossas velas amarelas, iluminando os pratos emoldurados, segundo a tendência da última moda parisiense. Havia um gabinete alto trancado a chave e encostado à parede dos fundos, lindamente pintado com cenas pastorais, uma escrivaninha idêntica àquela na qual eu estava sentado, e quatro cadeiras adicionais, todas elas entalhadas e douradas. O mobiliário era certamente francês, tão delicado quanto a própria Margot, e sem dúvida nenhuma servia para indicar o compromisso financeiro exigido para se possuir tais obras de arte.

Tirei minha casaca escarlate e pendurei-a nas costas da cadeira. Em seguida, sentei-me para observar os passantes na rua, colocando minha sacola no colo. Logo Margot retornou, um sorriso em seus belos lábios, carregando uma bandeja com um bule de chá de porcelana, xícara e pires combinando, um prato com pãezinhos brancos crocantes, uma fatia de patê e diversos triângulos de queijo aromático. Havia uma ameixa madura, brilhando como a rara gema que era. Ela acendeu as lamparinas e ocupou-se com a loja enquanto eu desfrutava do repasto. Só quando ela mordeu o lábio, enquanto eu saboreava a fruta, pude compreender que, provavelmente, havia acabado de comer sua refeição do meio-dia. Tais são as impecáveis maneiras dos franceses. Eu me senti não somente encantado, como também em débito naquele momento, e não tinha certeza de como fazer para lhe contar que só estava ali para entregar uma carta a seu marido.

— Sra. Nordén, a senhora é certamente uma dama graciosa. Devo dizer-lhe que estou aqui...

Margot estava esperando a deixa:

— ... para escolher um leque para uma dama especial, evidentemente. Um leque é um presente para a realeza, senhor, um presente de rainhas. Talvez o senhor tenha uma dama a quem considere sua rainha? — Permiti que meus pensamentos vagassem brevemente para Carlotta, mas talvez alguém ainda mais adorável estivesse à minha espera, e meu Octavo me levaria até ela. Isso me trouxe um rubor às bochechas, e Margot riu alegremente. — Que tipo de dama seria ela, então? Namoradeira? Letrada? Tímida? Tenho certeza de que ela é tão encantadora e bem-apessoada quanto o senhor, certo?

Minhas bochechas estavam agora vermelhas como a crista de um galo, e eu balancei a cabeça. Ela riu novamente e pegou uma chave pendurada em seu pescoço por um cordão preto. Destrancou o gabinete encostado à parede, expondo ao mesmo tempo modas, novas cores e formatos, enquanto passava o dedo pelas fileiras. Parou no meio do caminho, abriu uma gaveta e puxou meia dúzia de caixas, que trouxe para a escrivaninha.

— Esses são perfeitos para a nova estação: o círculo em três-quartos *à l'espagnol*. O comprimento é também vários dedos mais curto, de modo que é fácil de manusear e a sua amiga descobrirá que as mensagens que ela desejar lhe transmitir voarão ainda com mais rapidez.

Uma a uma, ela abriu as caixas e espalhou o conteúdo diante de mim. Eu estava acostumado a leques a distância, mas, de perto, tais delicadas belezas, fruto de trabalho manual, me deixavam quase com medo de tocá-las. E, no entanto, eu já os vira lançados, fechados, jogados para o lado e usados para dar um tapa nervoso.

— Esses são notáveis e posso ver que os Nordén são efetivamente artistas consumados. Mas fiquei muito tocado por um leque que a senhora colocou na vitrine: azul-escuro com lantejoulas.

Ela franziu o cenho por uma fração de segundos e então suavizou a expressão, abrindo um sorriso.

— *Sekretaire*, o senhor exibe um perspicaz gosto pessoal. Que pena, ele já está reservado. Provavelmente, nem devia estar mais na vitrine, mas não pude evitar. Um leque tão elegante merece ser visto.

— E o que faz com que ele seja tão elegante? — perguntei.

— Ele é francês, e é do final do século passado. Mas foi muito bem cuidado; a pele está notavelmente elástica, a face sem vincos, todas as hastes de marfim estão inteiras, os cristais e lantejoulas no verso estão dispostos com a precisão de um mapa.

— Então, por que está aqui? — Eu tinha muita curiosidade em saber se a sra. Sparrow o havia vendido, porque, se ela o tivesse feito, eu tinha direito a uma porcentagem. Caso contrário, Mestre Fredrik levara o Cassiopeia por meios ilícitos, e eu precisaria jogar o mesmo jogo se tivesse intenção de conseguir o que quer que fosse.

— Ele nos foi trazido para reparos. — Margot curvou-se na minha direção e baixou a voz: — Vou compartilhar um segredinho com o senhor: na verdade, foi uma alteração. A cliente desejava que as lantejoulas fossem rearranjadas. Eu mesma as costurei — disse. — O senhor não tem como ver, mas tem como sentir.

— Como mágica — elogiei.

— Como amor — respondeu Margot.

— Mas por que alguém se incomodaria com um trabalho tão invisível? — quis saber, esperando entender as intenções da sra. Sparrow.

— Pode ser alguma espécie de pilhéria, ou talvez algum mistério mais sutil... — Sua voz adquiriu um tom rígido e masculino. — Entenda, *sekretaire*, detalhes minuciosos afetam a geometria e, por conseguinte, a personalidade e as habilidades de um leque. A mais leve alteração pode causar uma mudança no poder inato que ele carrega consigo e, assim, a mão que o segura perde ou ganha poder do mesmo modo. — Ela deu de ombros e exibiu um sorriso culpado. — Meu marido é um artista apaixonado e estuda ciências de todo o tipo. Ele afirma que um leque bem-feito pode ser muito mais do que uma bela quinquilharia, que a geometria pode alinhar-se à mão para fazer.. algo perfeito. Algo poderoso.

Não era de estranhar que a sra. Sparrow tivesse tanta consideração pelo sr. Nordén: eles eram realmente almas gêmeas.

— Então, tem a ver *mesmo* com mágica. A senhora acredita nisso?

— De verdade? Não estou certa. O que o senhor acha? Já não foi encantado por algum leque na mão de uma dama?

— Adoraria ver isso, ver o leque — corrigi a mim mesmo. Margot destrancou a vitrine e trouxe-me o leque. Meus dedos mais pareciam salsichas quando me pus a levantar o delicado objeto para olhá-lo mais de perto.

A cena na face do leque pareceu-me subitamente sombria; uma carruagem funerária e uma mansão vazia que não estavam em sintonia com a agradável atmosfera da loja. Virei o leque para examinar a parte com as lantejoulas. — Fico maravilhado diante de um padrão tão casual, devido aos detalhes da face — disse.

— Perdoe-me, senhor. Não há nada casual em um leque verdadeiramente fino. O artista não deixa nada ao acaso — explicou Margot, um indício de orgulho em sua voz. — Isso é um mapa do céu, e a origem do nome do leque. O foco de nossa cliente estava aqui.

Espiei a peça e, realmente, havia uma lantejoula maior do que as outras, a estrela polar, vários dedos abaixo a partir do centro superior da lâmina. Acima e à direita de Polaris havia a Ursa Menor, e abaixo e à esquerda, a rainha sentada.

— Cassiopeia, o *W* Celestial. Embora aqui seja o *M* Celestial.

Margot franziu os lábios e fez uma pausa.

— Cassiopeia está sentada em seu trono nos céus por todos os tempos. Mas o senhor pode ver como ela está pendurada de cabeça para baixo no leque que tem seu nome? É um destino bastante indigno.

— A quem ele pertence? Talvez a alguém cujo nome comece com *M* e que desejava ver sua inicial escrita nos céus, como uma rainha.

— Isso não posso lhe dizer. O sr. Nordén mantém estrita confidencialidade acerca de sua clientela. O senhor pode compreender por que, tenho certeza. — Ela observou o meu rosto em busca de uma exibição de compreensão. — Amantes ciumentas, rivais sociais, matronas fofoqueiras, maridos traídos... — Acontecia o mesmo na casa da sra. Sparrow. Margot veio pegar o leque, mas eu ainda não estava pronto para desistir dele. Aproximei-me para olhar mais detidamente as estrelas e fui recompensado com o aroma de flores.

— Como é possível que eu esteja sentindo cheiro de jasmim? — perguntei.

— Todo leque tem pelo menos um segredo.

— E tenho certeza de que seu marido também não gostaria que a senhora me dissesse qual é o desse aqui — falei, entregando-lhe o leque. — Trata-se de um notável trabalho, sra. Nordén. Não existe um único pontinho preto que possa ser visto nesse firmamento.

Seu rosto deixou claro que estava satisfeita com o meu elogio, e que provavelmente recebia poucos assim. Margot fechou o leque com um estalo de especialista e me olhou fixamente.

— Vejo que o senhor se sente atraído por esse leque, e ligação é importante quando se considera a possibilidade de uma compra. Retornemos ao senhor e a sua amiga. — Ela levou o Cassiopeia e colocou-o dentro do gabinete. Em seguida, retornou com um punhado de leques em diversos tons outonais de castanho-avermelhado, castanho-amarelado e ocre. Colocou-os na escrivaninha e trouxe uma cadeira para sentar-se a minha frente, abrindo os leques, um a um. — Felicidade é o significado de nosso negócio aqui, senhor, felicidade, beleza e romance. Para que mais servem os leques, se não puderem lhe dar isso?

— Não consigo imaginar o quê — concordei, assentindo com a cabeça para que ela prosseguisse. Estava desconfiando de que era o primeiro cliente a conversar com ela em um bom tempo.

— Quando estávamos em Paris, jamais houve algum questionamento desses motivos, até que, de repente, nosso trabalho tornou-se um símbolo de injustiça. — O rosto de Margot tornou-se vermelho.

— Cara dama, a senhora fugiu da Revolução? — perguntei suavemente. Ela fechou os olhos com força. — E vocês ficaram em grave perigo ou houve tempo suficiente para que se preparassem para percorrer... tamanha distância?

— A mim me pareceu uma partida apressada. Mas tivemos a sorte de o sr. Nordén ter um país para onde retornar. — Ela olhou para mim e deu de ombros fazendo beicinho daquele jeito encantador, típico dos franceses, e suspirou. — Vamos ver se isso redundará em felicidade.

Ela parecia estar tão perdida que precisei me esforçar ao máximo para não lhe segurar as mãos em apoio.

— Por favor, madame, se houver algum modo que eu possa ajudá-la, espero que a senhora me procure. E seu marido, é claro — acrescentei rapidamente.

Ela sorriu com simpatia.

— Eu lhe agradeço, *sekretaire*, por suas ternas palavras. O senhor é um cavalheiro incomum nessa Cidade, que é bonita, mas... com uma vida muito distante da que eu levava. — Ela deu de ombros novamente e fechou o grupo de leques de outono. — Eu lhe agradeço a gentileza com toda a sinceridade — disse, olhando-me bem nos olhos. — É uma felicidade para mim e me ajuda a acreditar que eu possa algum dia me sentir em casa.

Levantei-me e fiz uma mesura atrapalhada, a sacola caindo de meu colo. Então, peguei-lhe a mão.

— Estou a seus serviços, sra. Nordén, e posso começar a demonstrar minha sinceridade comprando um leque. Dará felicidade a nós dois e à destinatária, é claro. — Isso logo me pareceu o auge da loucura e o mais nobre dos atos que eu podia encenar. Racionalizei esse desperdício com o conhecimento de que logo estaria me encaminhando a um salão cheio de ansiosas donzelas, e um leque francês como presente faria com que uma delas se abrisse agradavelmente para mim.

— Como pudemos nos esquecer de sua amiga? — Margot aparentemente parecia aturdida com os meus galanteios. — Essas belezas outonais em cima da mesa são bastante escuras, como é a moda, mas uma personalidade mais leve talvez caísse melhor. Talvez algo com azul. Tenho a sensação de que sua dama é loura.

— De fato, ela tem extraordinários... olhos azuis — admiti, olhando bem fundo nos olhos azuis de Margot. — Talvez a senhora possa escolher um para mim; acho que isso garantiria o meu sucesso.

— Desejo-lhe todo sucesso, sr... Desculpe-me, mas me esqueci.

— Larsson — falei. — Emil.

— Emil. Um lindo nome — disse ela, e então escolheu um leque com hastes de sândalo entalhado, que exalava um misterioso perfume. A face da lâmina de seda branca estava coberta de borboletas, em tons brancos e azuis. No centro havia um grande espécime em amarelo-claro. O reverso trazia a pintura de uma única borboleta azul, prestes a bater asas e sair voando pela margem superior do leque. — Essas são as cores de seu país. E a imagem é de mudança e transformação. Tenho certeza de que sua amiga achará o leque bastante inspirador.

Assenti minha aprovação, uma mera formalidade àquela altura. Margot puxou uma caixa azul-escura da gaveta de baixo do gabinete. Deslizou o Borboleta cuidadosamente para dentro dela, dia dentro da noite, e colocou a caixa com o leque em cima da escrivaninha. A tampa era adornada com uma única e diminuta semente de cristal, Polaris, brilhando acima de uma barreira de nuvens *cumulus nimbus* sumindo no céu. Parecia que elas desejavam abandonar seus problemas franceses e abraçar por completo a Estrela do Norte.

Margot sentou-se e escreveu o preço num pedacinho de papel, entregando-o a mim, um valor que eu jamais teria imaginado e que jamais revelarei. Percebendo que não tinha sequer uma fração daquela soma nos bolsos, parei por um momento para organizar os pensamentos e permitir que o sangue latejando em meus ouvidos se aquietasse. Foi necessária toda a minha habilidade de jogador para que meu rosto se mantivesse sereno. Graças a Deus, o relógio da Igreja de Jakob estava badalando a hora.

— Já são duas da tarde? Oh, sra. Nordén, sinto-me constrangido em dizer que me esqueci por completo da hora e precisava me encontrar com um colega para uma troca de documentos. Retornarei em um quarto de hora, meia hora no máximo. Queira me perdoar, por gentileza. — Vi o olhar de desalento mal disfarçado em seu rosto; ela me considerou alguém que foge de seus compromissos, e em qualquer outro momento ela estaria correta. — Não precisa tirá-lo da caixa — disse, delicadamente.

Ela enrubesceu e desviou o olhar.

— O senhor é rápido na leitura de fisionomias, *monsieur*. Os negócios andam lentos, e a clientela que esperávamos não apareceu até agora. Os clientes que efetivamente aparecem não se sentem inclinados pelos objetos artísticos que produzimos. Os leques são custosos, é verdade, mas não se trata apenas disso. Não temos... contatos. Talvez sejamos franceses demais.

Balancei a cabeça em discordância.

— Ninguém pode ser francês demais na Estocolmo do rei Gustav. A senhora verá. — Levantei-me e peguei minha casaca, tomando todo o cuidado para não sair correndo e, naquele momento de calma, lembrei-me do motivo pelo qual havia ido até lá. — Confesso que estou aqui com mais de um propósito e, apesar de estar satisfeito com esse esplêndido leque e com a mensagem que ele levará à minha pretendente, eu estava na realidade imbuído da incumbência de entregar-lhe isso. — Puxei a carta, endereçada simplesmente a M. Nordén, e a coloquei em cima da escrivaninha, ao lado de minha recente compra.

Margot olhou-me de modo interrogativo e dedilhou a carta, mas não a pegou.

— *Monsieur* Nordén estará de volta no fim do dia.

— Espero que ele esteja aqui quando de meu retorno. Ficaria honrado em conhecer um artista dessa magnitude — falei, fazendo uma mesura e saindo. Parei duas lojas depois para inalar profundamente o ar gelado; a atmosfera íntima da loja me deixara, de certa maneira, confuso. O sol fazia uma corajosa tentativa de brilhar, e então, em meio ao brilho, pensei ter visto a menina Grey, de O Porco. Ela estava parada a vinte passos de mim, e parecia que me observava. Se fosse de fato a criada, ela havia melhorado bastante, preenchida com melhores rações, os cabelos penteados no estilo da moda. Suas roupas, apesar de não serem extravagantes, não lembravam em nada seus miseráveis trajes originais. Levantei uma mão em saudação e a outra para proteger os olhos e poder vislumbrá-la melhor, mas ela virou-se rapidamente e subiu numa carruagem com timbre baronial. — Pequenas chaves realmente abrem grandes portas! — Chamei-a, imaginando o que ela havia aberto para reivindicar assento tão elegante.

O ESCRITÓRIO DE um banqueiro que eu conhecia ficava apenas alguns quarteirões acima da rua do Governo. Ele foi solidário à minha situação e escreveu uma nota promissória para a soma total, chamando-a de Loucura de Afrodite e o Resgate de Vênus. Era um dia para as mulheres, disso tenho plena certeza, pois, quando retornei à alameda do Cozinheiro, duas animadas damas do lado de fora da loja de Nordén cativaram a minha atenção. Eram mãe e filha, vestidas em cores um pouquinho chamativas demais, o tecido com certo exagero no brilho, suas vozes excessivamente agudas para uma visita a um estabelecimento tão elegante. No entanto, eram duas beldades, a mãe em seu crepúsculo e a filha em plena florescência — meu tipo predileto de flor. Corri na direção delas, planejando abrir-lhes a porta galantemente.

— Acabo de ter o prazer de fazer negócio aqui — disse, sentindo a atração da adorável filha. Ela me estudava com algum interesse, e juro que seus lábios se separaram, como se ela tivesse tido a intenção de me cumprimentar.

Mas, então, a mãe interferiu, seus lábios estalando de entusiasmo enquanto falava:

— O jovem sr. Nordén está presente hoje? — perguntou.

— Só mais tarde, mas a sra. Nordén está disponível e trata-se de uma encantadora proprietária — ofereci. Elas não pareceram ter ficado particularmente satisfeitas com a notícia e pairaram a vários passos da entrada, consultando-se mutuamente em sussurros. Quando estavam prestes a se virar para ir embora, avistaram um sujeito bem-apessoado caminhando em direção à loja, vindo da rua do Jardim. Um som de excitação escapou das mulheres enquanto elas ajustavam os xales e suas saias, sacavam os leques e começavam a criar um verdadeiro ciclone.

— Aqui está o sr. Nordén — falou reverentemente a mais velha. — E ele não é a própria imagem de um cavalheiro? — Tive que admitir que ele era o retrato da moda, subindo o quarteirão com passadas firmes e objetivas, de capa castanha e botas pretas de cano alto. Ele fez uma mesura e tirou o chapéu, revelando não uma peruca ou um penteado, mas a cabeça elegante, com cabelos castanhos que lhe caíam pelos ombros, em sintonia com o novo e revolucionário estilo. Isso fazia com que minha cabeça, curvada e saturada de pó, desse a sensação de conter um animal morto. Prometi a mim mesmo falar com meu cabeleireiro sobre a possibilidade de uma atualização em minha aparência, o máximo possível em conformidade com minha função de *sekretaire* governamental.

— Sr. Nordén, eu admiro muitíssimo o trabalho de seu estabelecimento. Acabo de fechar negócio com a sra. Nordén e estou aqui para completar a transação. — Ofereci-lhe a mão, mas a mais velha das damas pulou entre nós antes que ele pudesse responder.

— Quanta honra em conhecê-lo, senhor. Sou a sra. Plomgren. E essa é minha filha, srta. Anna Maria Plomgren. Estamos aqui, vindas do ateliê da Ópera, para inquirir a respeito da compra de diversos leques. — Nordén fez uma elaborada demonstração, beijando-lhes as mãos e tecendo comentários sobre seus trajes coloridos. Visivelmente, novos negócios tinham precedência sobre dinheiro já garantido. Nordén ofereceu seu braço, e mamãe Plomgren deu um empurrãozinho na filha para que o pegasse. Senti uma pontinha de ciúme, mas isso foi rapidamente substituído por confiança:

eu tinha o Octavo, e os contatos que se formavam entre a Uzanne e aquela confluência de damas deixavam-me em vantagem.

— Sr. Nordén, tenho uma carta para o senhor — falei, mais para chamar a atenção de Anna Maria. Ela parou e olhou para mim antes de ser acompanhada ao interior da loja; seus olhos também eram azuis! Ouvi resmungos impacientes e me virei para ver mamãe Plomgren esperando que eu lhe tomasse o braço, mas, assim que o fiz, a porta da loja se abriu e Margot saiu com um pacote na mão.

— *Sekretaire!* — chamou ela. — Das duas, uma: ou sua expectativa o deixou perturbado ou as adoráveis damas representaram uma tentação. — Virei-me um pouco rápido demais e soltei mamãe Plomgren, que quase tombou sobre o pavimento. Margot entregou-me a caixa azul-escura e balançou o dedo para mim em sinal de pilhéria. — Sua amiga ficaria tremendamente desapontada. Mas pode ser que talvez eu esteja ansiosa em excesso. Um oficial da aduana como o senhor jamais perderia um prêmio verdadeiro.

Enrubesci e lhe agradeci, desculpando-me por minha estupidez. Coloquei a caixa com o leque na sacola, entregando a nota bancária a Margot. Ela a enfiou discretamente para dentro do corpete e virou-se para mamãe Plomgren, dirigindo-se a ela em francês. Pega de surpresa, mamãe Plomgren juntou os lábios em desalento e sacudiu a cabeça.

— A senhora vai achar a loja encantadora — falei para mamãe Plomgren. — E o sueco da sra. Nordén é excelente, mas talvez a senhora possa ajudá-la a aprender melhor o sotaque da Cidade. Eu a ouvi mencionar a Ópera, o que, sem dúvida alguma, significa que a senhora é uma perita em elocução. — Fiz uma mesura e em seguida observei Margot conduzir mamãe Plomgren, orgulho intacto, até o interior da loja para comprar leques.

Agora eram quase três horas. Eu perdera o encontro com o superior, e meus colegas estariam com certeza na hora do café, de modo que atravessei a ponte, passei por uma multidão barulhenta do lado de fora da entrada do palácio e virei na rua Oeste Longa até o Gato Preto, imaginando que desculpa poderia dar.

Um dos três *sekretaires* lamentava os hábitos caros de sua mulher, que insistia em manter-se estritamente na moda.

— Pelo menos — gracejou — até ela começar a florescer. — E fez um movimento sobre a própria barriga, bastante substancial, indicando algo redondo. Todos riram. Disse-lhe que, independentemente do tamanho de sua barriga, o desejo que tinha de estar na moda poderia arruiná-lo de um jeito ou de outro. Não admiti a extensão da minha própria extravagância, mas contei que fizera uma visita à loja de Nordén, onde a compra de um único leque talvez me roubasse o equivalente a um mês de salário. Todos expressaram desdém diante de tais indulgências francesas, até eu mencionar que uma loja de leques era um lugar para se conhecer damas elegantes. Isso abriu uma discussão sobre os Nordén e se revelou que dois senhores Nordén mantinham a loja. Depositei o copo na mesa com tanta rapidez que o líquido derramou. O irmão mais velho era o artista. O mais jovem era um almofadinha, o vendedor bem-apessoado que as damas se juntavam para conhecer. Talvez, se eles fossem irmãos e sócios no negócio, não faria diferença quem recebesse o bilhete da sra. Sparrow. Eu tinha que confiar no julgamento de Margot e notificaria a sra. Sparrow de que a incumbência estava concluída.

— Os irmãos Nordén formam uma excelente equipe — disse o *sekretaire* Sandell —, e provavelmente uma ótima equipe com a esposa bonita, uma verdadeira Françoise. — Apupos altissonantes ecoaram do grupo; eu enrubesci furiosamente. — O que foi isso, sr. Larsson, o que fez com que ficasse parecido com uma rosa? Imaginei que já tivesse visto e ouvido grande parte do que acabei de contar, incluindo a Santíssima Trindade.

Comecei a tossir, sinalizando que um pouco de massa de bolo descera pelo caminho errado em minha garganta, o que apenas aumentou a implicância geral. Comecei a me sentir como se houvesse *realmente* algo preso em minha garganta, mas não era um pedaço de bolo.

— A sra. Nordén não é uma mulher que mereça ser insultada. Vocês são um bando de grosseirões — falei com raiva e me levantei para voltar ao escritório. Eles riram de mim por todo o caminho até a porta e pela rua afora, mas andei como um capitão da Guarda Real, até o escritório da rua Blackman. O fato de ter sentido necessidade de defender Margot era absurdo, mas havia algo agradável nisso, até mesmo honroso. As palavras da sra. Sparrow me vieram à mente: haveria atração de alguma espécie, um magnetismo que indicaria a presença dos oito. Mas esfreguei o rosto com as mãos para apagar essa ideia; eu precisava de uma esposa, não de uma amante. E apesar de seu charme, o que faria com uma papista?

De volta à aduana, sentei-me à minha escrivaninha para dar conta de cumprir as tarefas adiadas daquela manhã, mas, antes que pudesse começar, o superior apareceu. Ele não falou nada, mas sua testa levantava a questão. Abri a sacola e puxei a caixa da loja Nordén.

— Comprei um presente de noivado — contei. Ele assentiu com a cabeça em aprovação e disse que estava feliz por ser poupado da inconveniência de ter que encontrar um substituto para mim, acrescentando que esperava ver o mais rápido possível o anúncio dos proclamas de casamento no *Diário de Estocolmo*. Eu me sentei tamborilando os dedos sobre a caixa durante alguns minutos depois que ele saiu, imaginando como poderia me aproximar de Anna Maria, quando reparei que a caixa era maior e mais profunda do que o que eu me lembrava. Dentro, aninhado num forro de veludo azul-marinho, encontrava-se o Borboleta, uma fita de seda azul indo do aro de prata até o rebite. Margot adicionara aquele toque festivo — felicidade, beleza e romance. Mas suas palavras me voltaram à mente: *Um oficial da aduana como o senhor jamais perderia o verdadeiro prêmio.* Se eu não estivesse a par dos modos dos contrabandistas, talvez não tivesse pensado em passar o abridor de cartas da escrivaninha de Sandell entre o forro e a caixa. Abaixo do Borboleta, em seu casulo, estava o Cassiopeia e um pedaço de papel com duas linhas escritas pela mão irritadiça da sra. Sparrow:

*Mantenha-o bem escondido.*
*Eu lhe direi quando enviá-lo.*

*Capítulo Vinte*

## UMA TRIANGULAÇÃO
## NA LOJA DE LEQUES

*Fontes: Diversas, incluindo: M. Nordén, L. Nordén, sra. S.,
funcionários da loja de leques; padre Johan D\*\*, R.C.*

OS DIAS ESTAVAM agora curtos demais e as lamparinas a óleo eram bastante custosas para continuar trabalhando muito além das seis horas, de modo que apenas Margot continuava nos fundos da loja. No teto, estavam penduradas fôrmas de madeira em semicírculo, as marretas e as impressoras bem arrumadas em cima da mesa, o fogareiro no canto, espalhando seu brilho vermelho pela portinhola gradeada. A sala cálida era um bônus para os trabalhadores; os materiais não podiam ser usados no frio. Margot levantou os olhos da impressora com lâmina em tom castanho que estava polindo quando ouviu a porta da oficina sendo aberta.

— Pode me congratular. — Lars esticou as mangas pregueadas da camisa de linho que escapavam das mangas da casaca. — Fiz, na mesma tarde, três vendas para a Ópera Real e um desafio artístico ao meu irmão.

As sobrancelhas de Margot vincaram-se de irritação; cada dobra do leque era crucial e um grãozinho de sujeira ou uma gotinha de óleo poderiam arruinar uma lâmina adorável. Mas então as boas notícias iluminaram-lhe as feições:

— Três vendas? Para a Ópera Real?

Lars empoleirou-se no banquinho de pintor.

— Veremos se meu irmão conseguirá ficar à altura do elogio que lhe fiz. Três novos leques. Idênticos. O que acha, sra. Nordén?

O sorriso de Margot evaporou.

— Christian não faz duplicatas. E nós temos um gabinete cheio de leques que precisam ser vendidos!

— Certamente. Mas a trinca vai nos ajudar a fazer isso, já que irão propagandear a nossa existência ainda com mais força. Acho que esses serão os primeiros de muitos grupos. Na realidade, nosso futuro reside em números: produzir leques da mesma maneira que as fábricas produzem porcelana.

Margot apertou o pano de limpeza, liberando o aroma de óleo de limão.

— Nenhuma mulher de estilo vai usar um chapéu ou um vestido que seja duplicata de outro pertencente a uma vizinha. Por que ela usaria tal leque?

Lars brincava com um pincel fino de pintura, com quatro pelos de zibelina.

— Cópias são muito menos custosas para se fazer e para se comprar. Mas os principais motivos? — Ele fez um gesto na direção do pequenino rosto de uma dama, pintado numa lâmina do leque. — Moda e sua irmã, Inveja. Elas inspiram gastos.

— Os Nordén esforçam-se pela arte, não pela inveja.

— Os Nordén deveriam esforçar-se pelo lucro. — Lars soltou o pincel e girou o corpo para encarar Margot. — Sei que a loja está lutando, mas não era para ser assim. Precisamos nos adaptar aos tempos: leques feitos com mais rapidez, materiais mais baratos, duplicatas. Há um novo século chegando. Você acha que consegue interromper a marcha do progresso?

— Testemunhei o que os homens chamam de marcha do progresso, caro irmão. — Margot voltou a trabalhar em seu polimento com fúria. — Isso devia ser interrompido.

Lars caminhou lentamente pela sala até parar ao lado de Margot.

— Um cavalheiro numa casaca vermelha, um *sekretaire*, parou-me em frente à loja, mas eu estava ocupado com as damas Plomgren. Ele disse que deixou uma carta para o sr. Nordén.

— A carta era para o meu marido — disse Margot, ajustando a lamparina.

Lars aproximou-se dela de modo intimidador.

— *Eu* sou o sr. Nordén.

Margot levantou-se e esticou-se o mais alto que podia.

— *Non*. Meu marido é o mestre da loja. E você não se importaria com a cliente que escreveu a carta; ela é uma senhora idosa de poucos meios, cujo leque foi consertado.

— *Você* a leu? Como ousa?

— É claro que a li. Christian e eu somos casados. Não temos segredos. — Lars pegou-lhe o pulso, mas os olhos dela permaneceram calmos. — Se você acha que consegue ler essa carta, *voilà*. – Margot tirou a carta do bolso da saia. Lars abriu lentamente a pequena folha quadrada de papel, coberta de palavras escritas de forma alongada em tinta preta. Ele a estudou cuidadosamente, segurando-a perto do rosto. Em seguida, colocou a carta em cima do balcão com estudada indiferença e encaminhou-se para a saída que dava para o pátio.

– É uma pena você jamais ter se dedicado ao estudo do francês, *monsieur* – disse Margot em voz baixa para as costas do casaco verde de veludo do rapaz. Ela esfregou as mãos num pano limpo e dispôs a carta aberta em cima da mesa, onde a luz da lamparina formava um círculo cálido.

*M. Nordén,*
   *O mensageiro desta carta, M. Larsson, é um amigo e parceiro, solidário à nossa causa. Ele deve receber o leque da constelação que o senhor alterou tão habilidosamente. Por favor, inclua o bilhete anexo no pacote do leque. É imperativo que esse assunto e o paradeiro do leque permaneçam totalmente em segredo. Suas habilidades de artista, sua discrição e conhecimento não deixarão de ser recompensados. Como medida de minha gratidão, anexei o dobro da quantia que havíamos combinado para os seus serviços.*
   *Saudações, S.*

Margot dobrou a carta num quadrado do tamanho da palma de sua mão e enfiou-a de volta no bolso, onde ela permaneceu como uma brasa ardente. Ela amava Christian e não podia culpá-lo pela marcha da insensatez que os fizera aterrissar na Cidade. A vida dele desdobrava-se ao redor de leques, o que o levara à França na adolescência para servir como aprendiz de um grande mestre: Tellier. Christian compreendia o refinamento até todos os detalhes da exata rigidez do rebite cravejado de joias que sustentava as hastes para que estas se movimentassem. Ele rejeitava um pedaço de velino por inconsistências que nenhuma outra mão poderia perceber. Podia pintar miniaturas que dariam inveja até mesmo aos mestres artesãos de leques da realeza. Mas ele não tinha o charme crucial a seu negócio. Quando na companhia de uma mulher, se imaginaria que Christian estaria se encontrando com velhos amigos que não via havia muito tempo – os leques, não as damas. Ele travaria contato com a proprietária de uma peça e seu deleite começaria a jorrar, infelizmente dirigido ao leque.

Talvez ele interrompesse a conversa para anotar uma fórmula de cola em que estivesse trabalhando. No meio de um jogo de cartas, se levantaria desculpando-se para dirigir-se ao píer e esperar a chegada de uma remessa de hastes de marfim da China. Se, num baile, encontrasse o mais incomum dos leques, faria pressão para ser apresentado à dona, independentemente de sua idade ou de sua situação conjugal.

Foi numa dessas ocasiões que ele conheceu Margot. Christian estava no meio de uma frase com uma viúva gorda e velha que por acaso portava um raro cabriolé – bastante fora de moda, mas de excelente qualidade – quando uma jovem dama deu-lhe uma cutucada com seu leque. Pequena e de tez escura, com o nariz pontudo, ela o chamou para dançar em função de uma aposta com sua ama. Margot não abriu o leque durante toda a noite, embora o tivesse tomado emprestado como parte da aposta e soubesse que ele possuía um valor incomum. Christian nem perguntou. Por uma única vez, sua atenção afastou-se de lâminas, hastes, proteções e remates.

Sua apressada união provou-se feliz e, com a ajuda de Margot, Christian aprendeu a falar, com algum grau de concentração, com clientes da loja de Tellier, e encontrou amigos com quem passou noites perdendo nas cartas e discutindo o mundo raivoso que serpeava por baixo da deslumbrantemente decorada superfície de Paris, em 1789. Então, num certo dia de verão, a loja de Tellier foi visitada por uma turba barulhenta que queria leques impressos. Cópias! Impressas em papel!, que serviriam para educar o povo. M. Tellier foi cortês, embora furioso; disse que não sabia de nada a respeito de impressão em papel; sabia apenas o que dizia respeito à sua arte. Ele cuspiu na calçada depois que a choldra foi embora, mas sua testa estava franzida e suas mãos agarravam-se uma a outra em busca de conforto. Quando isso começou a acontecer com regularidade cada vez maior, Tellier disse a Christian que estava indo à Bélgica para uma longa visita. Talvez Christian também devesse planejar sua saída. Haveria um momento em que a vida voltaria ao normal. Até lá, o ateliê Tellier ficaria fechado.

Quando Versalhes foi saqueada e a Bastilha tomada, em julho de 1789, a empregadora de Margot, uma rica aristocrata de Hesse, anunciou que estava voltando para casa e que o *staff* seria dispensado em outubro. A dama lhes deu os salários referentes à metade de um ano de trabalho, e a Margot, sua favorita, deu diversas joias e um leque barroco italiano *découpé* digno de ser usado por uma rainha. Margot prontamente costurou esses itens valiosos no interior do forro de uma das casacas de Christian, ciente de que precisariam deles mais tarde. Discutiram, relutantemente, uma mudança para a cidade natal de Christian: Estocolmo. No outono de 1790, sem trabalho nem perspectivas, eles finalmente seguiram a Estrela do Norte.

A Cidade não era nem de longe tão bárbara quanto Margot temera; os cidadãos eram corteses e bem-vestidos. Muitos deles falavam francês. O teatro Bollhus encenava peças francesas. O rei era de fato ilustrado, permitindo até mesmo que católicos romanos praticassem sua fé. Margot chorou de felicidade quando assistiu à missa, pela primeira vez, nos salões da maçonaria no bairro sul. Christian, que retomou a religião luterana por motivos práticos, tornou-se favoravelmente inclinado na direção dos maçons, um grupo tão esclarecido que permitia inclusive a utilização de seus domínios. Ele juntou-se à loja não muito tempo mais tarde, e foi ali que conheceu Mestre Fredrik. Na condição de artista, como ele próprio, Mestre Fredrik instou Christian a fazer de sua loja um farol da cultura francesa, prometendo ajudá-lo a fazer contatos proveitosos.

Toda a poupança da família Nordén foi canalizada para a restauração de sua loja na alameda do Cozinheiro. Não se tratava do endereço mais desejável, mas era o que eles podiam ter, e havia acomodações decentes no andar de cima. Lars, o irmão mais novo que permanecera na Cidade enquanto Christian fora para Paris, foi empregado para encantar as mulheres. Os Nordén rezavam para que o deleite que Gustav demonstrava ter para com todas as coisas finas e francesas fizesse com que eles prosperassem, mas, mais de um ano mais tarde, eles ainda esperavam que suas preces fossem atendidas.

Os sinos da igreja batiam oito horas quando Christian finalmente voltou para casa. Ele beijou Margot e em seguida segurou-a com os braços esticados.

— O que foi? — perguntou, olhando para ela de soslaio.

— Eu não disse nada. — Margot deu de ombros.

— Mas parece ter havido algo — insistiu ele, retirando a capa e esfregando as mãos para aquecê-las. — Sinto muito ter chegado tão tarde. Estive na loja maçônica e tive excelentes notícias. Mas primeiro conte-me o que a está incomodando.

Margot encontrou a carta em seu bolso, entregou-a a Christian e então sentou-se no banquinho de pintor.

— Seu irmão insistiu que era para ele, mas eu me recusei a traduzir.

— Correto, correto. É assunto nosso. E nós juramos manter sigilo. — Ele desdobrou o papel e aproximou-se da luz.

— Seu irmão não gosta de mim.

— Tolice, Margot. Lars não tem nada contra você; ele é apenas exageradamente encantado por si mesmo. — Christian leu a carta e levantou os olhos quando terminou. — Pagamento em dobro! Esse Cassiopeia nos trouxe grande sorte, Margot.

— Isso é propina, meu querido.

— Não, não, isso é gratidão! A sra. S. tem seus motivos.

— E o que significa *"ele é solidário à nossa causa?"*?

— Ah, nossa sra. S. é uma filha de Reims. Conversamos sobre a França e sobre os esforços de Gustav em salvar o rei. — Christian olhou para o teto, como se lembrasse da apressada fuga para o Norte, mas Margot pegou-lhe o rosto entre as mãos e fez com que ele olhasse fixamente para ela.

— A política jamais deve ser assunto seu. Nosso assunto é romance e arte.

— Estou ansioso para ser seu cliente no romance, e nós agora temos uma cliente na arte. — Christian pegou-lhe a mão. — Margot, fui convidado para fazer palestras sobre leques — contou, a voz aguda de excitação — na casa de madame Uzanne, *o farol* das artes, da *minha* arte, na Cidade. Vou direcionar minhas aulas para jovens damas. Nós lhes venderemos centenas de leques!

Margot afastou a mão do O formado por seus próprios lábios e o beijou.

— Como foi que esse milagre aconteceu?

— Através de meu irmão — continuou Christian. Margot franziu o cenho. — Não meu irmão Lars, mas um irmão da loja maçônica: Mestre Fredrik Lind. Ele é o braço direito de madame Uzanne e prometeu estabelecer um contato entre nós. É o nosso momento, Margot. Finalmente, abriremos nosso caminho. Mestre Fredrik sugeriu enviarmos a ela um presente. Pensei talvez no Borboleta.

— Mas eu o vendi hoje. Para o mensageiro. Totalmente pago.

Christian olhou para a frente da loja e para o gabinete cheio de leques dispostos.

— Que tristeza. Vou sentir falta dele.

— Tristeza? Sr. Nordén, finalmente esse é um dia cheio de boas notícias. — Margot endireitou o colarinho de Christian e em seguida pôs as mãos em seus ombros. — Apareceram duas damas da Ópera hoje na loja. Elas pediram três leques. Três leques idênticos.

O rosto de Christian ficou vazio.

— Meu Deus! Não tenho o que vestir.

— Você ouviu o que acabei de dizer? — perguntou Margot.

— Talvez eu possa pegar emprestada uma casaca de Lars; ultimamente, ele se tornou o próprio almofadinha. As clientes ficam bastante entusiasmadas. Ele tem uma casaca curta escarlate, com debruns pretos, muito nobre. Pode ser que madame se encante com o traje.

— Christian.

Ele puxou-a para um abraço e beijou-lhe o topo da cabeça.

— Bem, talvez se eu pegasse emprestado com Lars a casaca verde da última estação seria elegante o suficiente para que eu ingressasse nos salões de madame, mas não a ponto de provocar um *frisson* entre as damas. — Ele a soltou lentamente, e seu rosto perdera toda a luz. — Ouvi você, Margot. Estou hesitante. — Começou a arrumar os pincéis em cima da mesa.

Margot acendeu um círio e apagou a lamparina a óleo.

— Temos realmente alguma chance? — Ela trancou a porta dos fundos, e Christian fechou as venezianas. Eles se dirigiram à frente da loja para verificar as fechaduras, as listras amarelas nas paredes agora estavam escuras, tremeluzindo à chama do círio. — Talvez seja um sinal. Boas notícias em três: contatos, uma encomenda e o Borboleta ter voado — sussurrou Margot.

Christian pressionou-a de encontro a seu corpo e soprou a vela.

— Boas notícias finalmente.

## *Capítulo Vinte e Um*

O PROGRESSO DO PEREGRINO

*Fontes: E.L., clientes de O Porco*

A LUZ DE NOVEMBRO era apenas uma camada cinzenta e o ar estava úmido, de modo que acendi a lamparina para dar um tom de manhã e emprestar algum calor visual ao domingo. Acordei com uma dor de cabeça de rachar por conta do copo de um estranho rum que tomei em O Porco. Ninguém por ali sabia do paradeiro da menina Grey, embora o estalajadeiro lhe lançasse vitupérios como se ela fosse a filha do diabo e dissesse que me daria metade de seu barril de rum se eu a trouxesse de volta para que fosse surrada.

O superior ficara novamente impaciente e me esperava para me agarrar pela gola depois do culto de domingo, uma ou outra velha solteirona cheia de rugas a tiracolo. Minha falta de progresso estava se tornando desconfortável e as esquivas contínuas, uma tarefa árdua. A determinação do superior em seguir com as ameaças de me substituir agora já tinham data: 5 de janeiro – a Epifania. De modo que tornei pública, durante o café de sábado, a notícia de que estaria ausente para me encontrar com uma pretendente e com sua família e que não seria visto em meu costumeiro lugar na igreja. Eu queria, em vez disso, trabalhar em meu Octavo. O som da sra. Murbeck castigando verbalmente seu filho no andar de baixo enquanto se encaminhavam para a igreja era um sinal feliz: eu seria deixado em paz por pelo menos três horas.

A pilha de papel almaço que eu "resgatara" do escritório estava pronta em cima da mesa para pena e tinta. Peguei uma única folha e desenhei os oito retângulos do Octavo ao redor de um quadrado central. A Uzanne foi grifada como a minha Companheira, nossas conexões crescendo. Seu estimado leque estava em meu quarto, uma ficha de grande valor para lançar na mesa de jogo quando as cartas estivessem certas. A palestra que seria realizada em Gullenborg prometia possibilidades, senão respostas diretas.

A Prisioneira. Anna Maria estava presa numa armadilha por sua mãe e esperando ser solta. Nada me daria mais prazer do que libertá-la, ou mantê-la sob meu próprio jugo. O fato de termos nos conhecido na frente da loja de leques, o Cassiopeia prestes a vir parar em minhas mãos, era conexão suficiente com a Uzanne. Seu nome estava sublinhado com um floreio recurvado e diversos longos travessões.

Professor – o instrutivo Mestre Fredrik. Ponderei acerca da possibilidade de o menino Murbeck ser o Mensageiro, mas decidi deixar o espaço em branco.

A Vigarista? Mesmo sem uma ligação com a Uzanne, ela aparecia com clareza o bastante na imagem que estava na carta. Não aguentei ter que escrever isso, de modo que coloquei simplesmente Sra. M. Mas como poderia vir a usá-la para ampliar minhas metas?

Estudando o trio na carta da Tagarela, subitamente vi Margot com os irmãos Nordén! Certamente havia uma linha reta até a Uzanne, vinda de uma loja como aquela. Margot devia conhecer todas as damas na Cidade, suas filhas e sobrinhas debutantes – sua clientela era representada apenas por mulheres com recursos substanciais. E Margot certamente falaria em minha causa. Escrevi seu nome completo no diagrama, seguido por um ponto de exclamação. Ela saberia onde as Plomgren moravam!

O Prêmio ainda era uma irritação; os homens na loja maçônica pareciam desconfiados das minhas perguntas sobre suas filhas solteiras. E nenhuma delas parecia ser nem remotamente artística. Eu perguntaria a Mestre Fredrik; afinal de contas, esse era o trabalho dele como Professor.

A Chave. A sra. Sparrow estava abrindo um novo mundo para mim com o Octavo. Com seus laços com o rei e a linhagem aristocrática de minha Companheira, talvez eu pudesse me alçar ainda mais alto do que jamais sonhara em toda a minha vida. Exatamente como dissera a menina Grey: pequenas chaves abrem grandes portas. Ela já atravessara o umbral e encontrava-se numa trilha dourada. Logo, eu estaria lá também, pensei.

*Capítulo Vinte e Dois*

## UM DEGRAU ACIMA NA ESCADA

*Fontes: Diversas, incluindo L. Nordén, sr. e sra. Plomgren, G. Tavlan, Brita Ruiva, dois alfaiates, um soldado não identificado, vizinhos da alameda Ferken*

**MAMÃE PLOMGREN BATEU** palmas.

— Parece adorável, meu docinho, adorável. O principal é semana que vem, e temos um belo trio a ser encaixado. Um cabo, um homem do departamento de justiça e um cantor que trabalha na brigada de iluminação de rua no bairro sul. — Ela beliscou a bochecha da filha. — Aplique um pouco de ruge, querida. O acendedor de lampiões você pode esquecer, mas os outros dois... quem sabe se talvez eles não tenham interesse em uma esposa, quem sabe?

— Eu sei, e a resposta é definitivamente não — respondeu Anna Maria, enrolando as mangas da camisa e prendendo novamente o cabelo. A Casa de Ópera não era lugar para noivos. Naquele exato momento, ela podia ver as calças amassadas e as pernas nuas do chefe dos pintores de cena, Gösta Tavlan, atrás da grande gota pendente de um lago encantado, a água pintada tremendo a cada golpe de seu traseiro.

Casamento. Ela fizera isso antes e não dera muito certo. Mamãe Plomgren parecia pensar que com o próximo seria diferente.

Anna Maria trabalhava com a mãe e o pai no ateliê da Ópera, fazendo costumes e pequenos acessórios. Também adquirira as habilidades de atriz, estudando o jeito e as falas dos patrões, dos atores e dos ricos membros da audiência que se sentavam nos camarotes. Ela desejava nada menos do que se sentar no Camarote 3 da fileira principal e sabia que essas habilidades seriam a chave para sua ascensão. Quando tivesse o uso exclusivo do Camarote 3, sentando-se numa cadeira dourada coberta de brocados brancos, bem acima da turba suada da plateia que já se encontraria esmagada de encontro ao palco no fim do primeiro ato, ela saberia exatamente como sorrir serenamente na direção deles e fazer um comentário que implicaria não só companheirismo, como também condescendência. Teria um guarda-roupa que não seria um bricabraque teatral, colado num vestido alterado e tingido, comprado de uma mulher morta. Ela estaria a alguns passos do rei e retribuiria sua graciosa atenção com um sorriso bem estudado e uma mesura humilde que continha o sabor de seu ódio.

EM SUA JUVENTUDE, Anna Maria imaginou que talvez pudesse conquistar seus objetivos da maneira convencional, através de uma íntima ligação estratégica; estudou cuidadosamente Sophie Hagman, uma linda dançarina que, com graça, caiu nos braços do irmão mais novo do rei, Fredrik Adolf. A srta. Hagman levava uma vida perfeita: apartamento luxuoso, meios mais do que adequados e era livre para ser solista do corpo de baile, para socializar com todos os tipos de pessoas – da realeza aos artistas. Sophie Hagman era respeitada, até mesmo na corte, sem ter sido obrigada a casar-se com ninguém. Como bônus, parecia que o belo duque Fredrik a amava de fato; um arranjo ideal, sob qualquer ponto de vista. Infelizmente para Anna Maria, embora o desfile de possíveis amores que entravam e saíam pelas elaboradas portas da Casa de Ópera fosse atordoante, ninguém parecia interessado em mais do que um refresco para o momento do intervalo ou algum alívio físico. Em vez disso, ela casou-se com um soldado e ficou ciente do drama da guerra.

Quando Anna Maria tinha 17 anos, o sobrinho de mamãe Plomgren aparecera em companhia de um bem-apessoado camarada de seu regimento – Magnus Wallander. Anna Maria reconheceu nele um homem que poderia absorver sua paixão, e tornaram-se inseparáveis; ninguém podia dizer que chama queimava com mais intensidade. Um casamento às pressas foi realizado, e eles pegaram um pequeno conjunto de salas virando a esquina da alameda Ferken. Os vizinhos riam de seus joguinhos lascivos, mas então os joguinhos tornaram-se menos alegres. *Eles não usam nenhuma palavra de língua cristã*, comentou Brita Ruiva, uma vizinha, com mamãe Plomgren, *apenas gritinhos e uivos, como se quisessem trazer o Chifrudo para dentro de casa. Temo por sua jovem, mamãe P., ela tem o temperamento de um beduíno assolado pelo calor. Alguém vai ficar bem machucado, como ficou a minha própria sobrinha em Norrköping, que está agora deitada sob a terra e deixou suas três meninas novas na casa dos pobres.*

Quando Magnus Wallander foi chamado para a guerra do rei na Finlândia, em 1789, o casal e sua filha recém-nascida mudaram-se para os aposentos dos pais dela na rua Longa do Leste. Anna Maria ficou feliz com a perspectiva da saída de Magnus, feliz pela segurança e pela proximidade da casa dos pais. Seria uma economia nos gastos, e haveria ajuda e proteção. Magnus ficou menos cativado pelo arranjo, que colocou obstáculos a seu estilo, suas brigas e suas trepadas, e seu temperamento tornou-se ainda mais propenso a causar estragos no novo local. De Anna Maria, dando de mamar a um bebê de dois meses, mal se podia esperar que controlasse o marido. Ela tentou, por tudo o que é sagrado, ela tentou... Mas, quando ele começou a usar o bebê como um peão em seus joguinhos, apenas as ordens do rei conclamando à batalha a impediram de cometer assassinato.

— Que algum russo faça o serviço, ou o tiro caprichoso de algum camarada zangado — disse ela à mãe. — Afogamento, mordida de rato, cólera, de qualquer forma que acontecer, será satisfatório. Rezo para que isso aconteça logo e bem distante daqui, de modo que nunca precise voltar a vê-lo.

Um ano mais tarde, ela estava sentada na quietude pouco natural da casa de seus pais, as janelas, o espelho e todos os móveis cobertos por grosso tecido preto. O local parecia pequeno demais até mesmo para uma família de minhocas — sem ar e escuro, apenas com o brilho das velas brancas para iluminar o caminho até a sala de estar. Não havia nenhum dos sons que antes preenchiam a casa — os gritos, os tapas, a suave expulsão de ar de um estômago socado.

Lembrando as tradições de sua juventude no campo, o pai de Anna Maria insistiu para que figueiras fossem trazidas para decorar os batentes das portas. E então lá elas ficaram, serradas no topo, os galhos cortados espalhados pela calçada até o interior da casa, produzindo um carpete fragrante que mantinha o mal distante e abafava o som do arrastar de pés.

— Desse jeito a vizinhança não terá como confundir a ocasião e não poderá fazer fofocas. Vão saber com certeza que a coisa finalmente aconteceu – disse à filha. Eles já sabiam. Anna Maria abominava a suspensão das conversas no mercado, o rubor na barraquinha do padeiro, os olhares baixos nos açougues onde um bezerro abatido encontra-se pendurado atrás do balcão de bordo. Mas todos eles viriam, vizinhos, amigos e também estranhos, para dentro da casa com figueiras, subindo os três andares até as salas escuras que cheiravam a cadáver, pinheiro e açafrão *kringlor* – os imensos pães em formato de *pretzel* que sempre eram servidos nos velórios. As pessoas raramente abdicavam de um convite saturado de coisas macabras, com comida e bebida à vontade, embora o calor e o fedor pudessem encurtar a estada.

Anna Maria observava enquanto mamãe Plomgren arrumava copos e pratos emprestados de amigos, já que ela quebrara a maior parte da louça da família atirando os utensílios no marido. Isso também era um jogo que eles desfrutavam no passado. Os olhos dele brilhavam de prazer diante do bombardeio, furioso e inútil, até que ela se apropriava de munições mais perigosas. Ele era militar e sabia golpear quando o inimigo se cansava e antes que ficasse desesperado. Ele a superaria, e a foderia implacavelmente, um fim para o conflito que era, na verdade, seu principal propósito. Bastava eles se engajarem numa batalha e a hostilidade de ambos desencadeava uma irresistível explosão.

Um prato escorregou, espatifando-se no chão, e mamãe Plomgren praguejou num suave sussurro. Anna Maria estava sentada imóvel na ampla bancada da cozinha que fazia as vezes de sua cama, as bochechas bem coradas e os lábios excessivamente vermelhos para uma ocasião como aquela. Não seria correto aparecer tão pouco alterada por aquele evento, mas ela jamais conseguia evitar sua beleza.

– O trabalho é uma cura, meu docinho, trabalho honesto. – Mamãe Plomgren tocou o braço da filha com delicadeza. – Vá comprar um pouco de água fresca da carroça na praça. A criada foi à padaria e haverá uma multidão de gargantas sedentas.

Anna Maria assentiu com a cabeça e levantou-se para pegar os baldes no jardim dos fundos. Ao sair para o brilho do dia, seus olhos semicerravam-se devido às horas trancada nas salas escuras. As galinhas cacarejavam por causa de um gato, e ela podia ver um ou dois vizinhos espionando-a por detrás das cortinas. Ela os encarou desafiadora, os punhos cerrados, como se fosse socá-los se pronunciassem uma palavra sequer.

Ela pegou o jugo e os baldes e percorreu o curto caminho até a praça do Mercador, onde a vida seguia da mesma maneira. Um grupo de militares bebia cerveja nas mesas externas. Eles riam e cantavam, contentes por estarem em casa, até que um deles a viu.

— Sra. Wallander? — chamou. Ela seguiu em frente, e encheu os baldes na carroça de água. — Sra. Wallander? — chamou, dessa vez mais alto.

Era inútil fingir. Ela sentiu a raiva inflamada subir-lhe pelo rosto, mas controlou-se e permaneceu tão fria quanto as pedras a seus pés.

— Se quiser se dirigir a mim, agora sou a srta. Plomgren. Não sou mais a sra. Wallander. Mas eu a conhecia. E ela diz que é para você dizer ao homem de mesmo nome que ele é um demônio rastejante dos diabos e que seu peru coberto de pústulas é o cajado pestilento de Satanás. Que ele apodreça no inferno, com a cabeça esmagada, mil vezes que seja. — Ela cuspiu, e esperou, pois aqueles eram homens que defenderiam Lúcifer em pessoa, caso ele vestisse as cores de seu regimento. A única resposta foi a brisa que balançou as roupas penduradas do outro lado da alameda e uma gaivota fazendo ruído no céu. Anna Maria sentiu suor na testa, sentiu-se viva pela primeira vez em dias.

Um homem se levantou, um capitão parrudo, o uniforme molhado de cerveja. Ele fez uma desajeitada mesura pela metade.

— Seria melhor não falar nele, sra., srta. Wall... gren. Ele se foi, o capitão Wallander, mas como herói. O rei o premiou com o título de major. Estamos bebendo a ele agora, e depois tínhamos a intenção de ir até a senhorita com a notícia e a insígnia que ele ganhou a um custo tão elevado.

— Tudo o que me importa é a pensão dele.

O capitão olhou para as botas.

— Quando as pensões entrarem novamente em vigor, quem sabe. Dinheiro para tais luxos foi parar no fundo do golfo da Finlândia, onde seu herói agora reside.

— E nem um xelim para mim? Nem mesmo os botões dele? — O sol, o calor, a notícia e a gaivota grasnando e grasnando, as figueiras cortadas em duas e o *kringlor* de açafrão, serpeando formas que se voltavam para si mesmas, como oitos oblíquos, a porcelana, o conhaque que ela bebera no café da manhã, tudo isso combinou para fazer Anna Maria rir. O riso de uma bruxa ou de um *troll* de pesadelos disfarçado de beldade, o riso daqueles no fim do mundo. – Herói, foi o que você disse? Herói? Furúnculos cheios de pus no cu de um herói! – Anna Maria soltou os baldes e correu para o capitão bêbado, agarrando-lhe as mãos e puxando-o para si. – Você precisa ir de imediato até a casa dele com essa notícia maravilhosa. Nós o esperamos com refrescos e boas-vindas, um espaço fresco e sombreado para descansar e narrar as bravuras dele na guerra. Em seguida, eu lhe contarei histórias de como ele explorava o seio de sua própria família. – Os homens se levantaram e a seguiram, sombrios e cautelosos. Um deles pegou os baldes. Anna Maria contornou a esquina na frente daquele desfile e parou diante das figueiras pendentes, o umbral saturado de gente para o velório. – Isso aqui é trabalho pessoal do capitão Wallander – disse, fazendo, com um floreio, um gesto para o andar de cima da casa. – Sua garotinha de 4 meses de vida, o crânio esmagado por sua mão enfurecida e deixada para que eu a amamentasse até ela subir aos céus. – Voltou-se para os marinheiros na porta. – Se ele já não estivesse morto, seria chicoteado na praça do Ferro, grelhado no Jardim do Rei e lançado num fosso desconhecido em Rullbacken, com o resto da escumalha da terra. Herói. Cuspo nessa palavra e cuspo no rei demente que o chamaria de herói sem deixar nada para a viúva. Que Sua Majestade Sodomita Fodida dos Quintos dos Infernos se apresse em se juntar a seu herói, primeiro nas águas pretas e mortíferas do oceano e depois nos fossos sem fundo das fornalhas do inferno. – Ela cuspiu nas botas do capitão, em seguida virou-se e deu um passo na soleira para subir os degraus, limpando saliva da bochecha. – Entrem, senhores, e deem uma boa olhada no heroísmo do companheiro de vocês. Ela era um bebezinho lindo, a minha Annika, pelo menos era, antes que o herói de vocês a jogasse no chão porque eu me recusava a chupar o peru dele.

    Os homens se enfileiraram ao lado da caixinha branca decorada com estrelas de ouro para olharem a pequenina forma, o rosto coberto com tecido de linho branco e cercado por galhos de murta e buxo. Eles não se serviram de nenhum refresco e saíram em silêncio.

Anna Maria foi sentar-se no banquinho da frente, com as mãos na cabeça e cantando para si mesma, até que a sra. Plomgren a levou para as despedidas, pois nenhuma mulher ia até o cemitério. O bebê deveria ser enterrado na Igreja de Jakob, onde eles compraram 1/4 de um lote de terra de uma família que também perdera a filha, e tiveram sorte de conseguir o lugar.

O sr. Plomgren pregou a parte de cima do caixão branco e fechou-o, colocando murta sobre a tampa. Anna Maria levantou-se e ficou a seu lado.

— As pernas dela estavam amarradas? — O sr. Plomgren assentiu com a cabeça; ninguém queria que a morta caminhasse novamente, nem mesmo uma morta que jamais engatinhara. — E ela estava deitada para que lado, pai? Onde está a cabeça dela? — O pai apontou para a extremidade mais próxima de si, e Anna Maria fechou os olhos em alívio por ele ter tanta certeza. — Certifique-se de que ela saia dessa casa com os pés para a frente, pai, senão ela pode voltar. Pés para a frente. — Ele assentiu com a cabeça, pois conhecia muito bem as assombrações que frequentavam uma casa cujos mortos saíam com a cabeça na frente. Eles não teriam sossego, e já havia problemas suficientes naquela casa sem o espectro de um bebê destruído pela violência. Muito já havia sido destruído.

Mamãe Plomgren segurou a filha bem perto de si.

— Você vai superar, docinho. Cuidarei para que você volte a ser feliz.

E, então, o sr. Plomgren e um alfaiate da Ópera carregaram o caixão, mais leve do que poeira, branco como leite, colocaram-no sobre os ombros e saíram em direção ao brilhante dia de céu azul. Passaram lentamente pelo castelo, atravessaram as ilhas do Espírito Santo, seguiram pela ponte e pela Ópera até chegarem à Igreja de Jakob, onde o depositaram no chão. O ar era desagradável devido aos vapores dos corpos que apodreciam, e os homens seguraram pequenos borrifadores de juníparo junto ao nariz enquanto o padre recitava as orações fúnebres. Isso se dera havia dois anos. Agora havia o futuro a se considerar.

NO SEGUNDO ANDAR do ateliê da Ópera, Anna Maria sentou-se de frente para uma penteadeira com um pequeno espelho, pegou no bolso um estojo redondo, tirou dele o enchimento de algodão avermelhado, cuspiu em cima e aplicou nos lábios. Praticou diversas expressões diante do espelho até ver um cavalheiro de pé atrás dela, segurando uma caixinha azul-escura e olhando fixamente para seu reflexo. Pelo espelho, estudou Lars por um momento. Corpo bem constituído, rosto bonito. Seus cabelos seguiam o estilo mais recente, suas roupas eram elegantes e bem-feitas: casaco de lã e calças azuis, meias creme inteiras e sem um rasgo sequer e um fino chapéu de pele debaixo do braço. Ela levantou-se lentamente da cadeira e se virou.

— Posso lhe oferecer alguma ajuda? — perguntou, inclinando a cabeça com um sorriso.

Lars fez uma mesura com um floreio, depositou a caixa em cima de uma mesa próxima e pegou a mão da moça com o intuito de beijá-la.

— Uma entrega, adorável senhorita. Do ateliê Nordén.

— O sr. Nordén? É o senhor? — indagou, recatadamente, deixando a mão apenas por alguns segundos a mais.

— Sou sim. — Ele fez uma nova mesura. — O feio.

— Nesse caso, gostaria de conhecer o bonito, já que o senhor já é bastante agradável aos olhos.

— O bonito é casado, e bem casado, sinto informar-lhe. Mas um sujeito desprezível e uma princesa também fazem um belo par.

— Não sou nenhuma princesa e já tive um sujeito desprezível — disse Anna Maria. — O veneno acabou de sair de mim. Estou *atrás* de um príncipe, mas, como cortesia, sr. Desprezível, talvez o senhor pudesse me dizer seu nome de batismo.

— Não, não, cara senhorita. Nome cristão tem meu irmão bonito, que se chama Christian. Eu me chamo Lars.

Anna Maria sentiu um calor subir-lhe pelo pescoço em direção às bochechas, e embora tentasse controlar-se para manter a palidez no rosto, não obteve sucesso.

— *Enchanté* — cumprimentou. Ao estender a mão para pegar o pacote, Lars segurou-lhe a mão.

— E a senhorita ainda não me disse seu nome, o que é bastante injusto.

Mamãe Plomgren chegou atarantada, parecendo agradavelmente alarmada.

— O que temos aqui, minha querida menina... senhor, em que poderíamos lhe ser úteis? Oh! Sr. Nordén!

Lars soltou relutantemente a mão de Anna Maria e pegou a da mãe para beijá-la.

— É para sua mão experiente que estou instruído a entregar o pacote, sra. Plomgren. — Os lábios de mamãe Plomgren franziram deixando escapar um guincho. Ela puxou a mão e juntou-a à filha. — O pacote, então, o pacote, sim! Raridades se encontram em seu interior. — Ela apertou o pacote junto ao peito, como se fosse uma boneca, e conduziu Lars e Anna Maria a uma mesa de trabalho perto da janela, onde eles teriam a luminosidade adequada.

— Temos esperado ansiosamente a chegada dessas belezas, não é, docinho? Pedido especial do duque Karl em pessoa para a apresentação. Sob recomendação de uma dama muito fina, que conhece tudo acerca de leques — sussurrou, cuidadosamente retirando a tampa e dando uma espiada no interior da caixa. Um perfume de verbena de limão subiu ao ar. Havia três caixas azuis idênticas repousando sobre o revestimento de veludo azul, cada qual com uma diminuta pedra de cristal piscando para eles. Mamãe Plomgren piscou para a filha. — Venha, querida, e mostre ao sr. Nordén sua arte.

Anna Maria escolheu uma caixa e retirou o leque de dentro, aquecendo-o em sua mão. Era deliciosamente sinistro. Fechado, ele lembrava uma pequena cimitarra, pois as proteções eram curvas e formavam uma ponta, cobertas por uma folha prateada lustrada. O pivô de parada estava montado com uma gaxeta.

— Eu me esqueço, mamãe. Tem um assassinato nessa ópera?

— Sempre tem um assassinato, bobinha, sempre — repreendeu a mãe.

Anna Maria abriu o leque sem fazer barulho, dobra por dobra, um truque que ela praticara meses, antes de dominá-lo. Quando puxou a última dobra com a força do dedo mindinho, segurou o leque com a face para fora de modo que a mãe pudesse vê-lo. Mantinha os olhos na expressão da mãe, ciente de que os olhos de Lars estavam sobre ela. Mamãe Plomgren curvou-se sobre o leque, um sorriso formando-se em seus lábios. Estava diante de algo tão bem-feito que seus olhos se estreitaram para melhorar o foco, tornando-se brilhantes por causa das lágrimas.

— Exatamente o que esperávamos, sr. Nordén, exatamente — elogiou mamãe Plomgren. — O que me diz, docinho?

Anna Maria trouxe o leque para o nível dos olhos. Ele havia sido feito para dar a impressão de que era antigo, abrindo-se inteiro a 180 graus. As hastes eram de marfim, bem apertadas umas nas outras, e visíveis apenas por 1/4 da extensão. O foco do leque era a folha. Tinha uma face dupla e o verso era pintado para lembrar uma partitura, lantejoulas de prata marcando as notas. Ela virou o leque para estudar-lhe a face, pintada com uma grotesca máscara de pedra envelhecida. A boca estava aberta em estado de horror e os olhos eram aberturas ovais, alinhadas por uma rede preta, buraquinhos através dos quais se poderia observar mantendo-se o anonimato.

— Sua face é a de um monstro, sr. Nordén — disse Anna Maria, e, por um momento, perdeu seu charme sedutor.

— É *Orfeo*, minha querida. Ela é uma das três Fúrias que guardam os portões do Hades — explicou mamãe Plomgren. — Vamos ficar com o trio, não vamos?

Anna Maria abriu o gêmeo e em seguida a trinca, colocando-os em cima da mesa. Pegou-os, um de cada vez, abrindo cada leque sem parecer estar movendo a mão um centímetro sequer, cutucando as dobras, torcendo o rebite.

— Um está com o peso ligeiramente descentralizado, e o pino está apertado demais, de modo que o movimento não está como eu gostaria que estivesse. Mas, fora isso, eles são adoráveis de segurar e têm um ótimo tamanho. — A boca de Lars abriu-se ligeiramente diante daquela exibição de *expertise*. — Diga a seu irmão bonito que ele é um grande artista e que as damas da Ópera Real o aplaudem.

— E quanto ao irmão feioso do artista? Ele pode receber um pouquinho de aplauso pelo competente serviço de entrega?

Anna Maria e a mãe bateram palmas obedientemente, e então mamãe Plomgren virou-se mais uma vez para os leques.

— Vamos colocar essas belezinhas para dormir onde poderão ficar guardadas e seguras. — Mamãe Plomgren pegou o último leque e fechou-o com desenvoltura num estalo. Colocou todos os três em suas caixas e embrulhou o estojo com um tecido.

— Lembre-se, sr. Nordén, daremos uma olhada mais demorada nos três mais tarde e os levaremos pessoalmente caso necessitem de algum ajuste — avisou Anna Maria a Lars, seus lábios formando um sorriso idêntico ao da mãe, porém bem mais jovem, bem mais úmido e bem mais vermelho.

— A loja Nordén fica a apenas uma agradável caminhada daqui. Ficaríamos honrados em receber a visita de vocês.

— Na próxima segunda-feira, então, para o chá — soltou mamãe Plomgren.

Lars fez uma mesura às damas e saiu, parando na porta para uma última olhada.

— Um segundo ato, minha querida, e bem-apessoado também. — Mamãe Plomgren cutucou a filha na altura das costelas.

## Capítulo Vinte e Três

## EN GARDE

*Fontes: M. Nordén, L. Nordén, mamãe Plomgren (inebriada)*

AS DAMAS PLOMGREN dirigiram-se à rua do Governo, cada uma agarrada à manga da outra e abraçando os edifícios, tentando desesperadamente encontrar um modo de passar pela camada de gelo que se formara durante a noite. Quando alcançaram a loja Nordén, velas iluminavam a vitrine com leques de seda em vermelho e dourado, ornados com pequeninas penas inseridas nas dobras. Mamãe Plomgren apertou o braço da filha e disse:

— Ele bateu as asinhas para você. Bateu, sim. Seja simpática, seja simpática.

— Meus lábios estão com ruge em excesso? — perguntou Anna. — Não quero parecer uma vadia.

— Um delicioso docinho de ameixa é o que você é, minha querida, e não há nada de errado nisso. Você também está cheirando muito bem. Lírios do campo. Muito inocente — acrescentou mamãe Plomgren, batendo discretamente no vidro da porta de entrada. Lars as recebeu com mesuras e saudações cheias de floreios, e com o aroma de limão e de guloseimas sendo assadas no ar quente da loja. Ele as instou a entrar e pegou-lhes os capotes e os chapéus, tomando todo o cuidado para sacudir a neve. A sala com listras amarelas estava parcamente iluminada àquela hora do dia, o teto perdido na penumbra. As sombras deles saltaram na parede quando as lamparinas balançaram ao vento que entrou por uma porta sendo aberta e fechada silenciosamente. E lá estavam Margot e Christian, bandejas de chá na mão.

— Já chegaram? — perguntou Christian.

— Ah, ele quer dizer é que vocês são muito bem-vindas em nossa loja, senhoras, e pedimos desculpas por sermos negligentes em nossos preparativos para a visita de vocês. Estamos encantados — disse Margot em francês. Os rostos das damas Plomgren exibiam sorrisos congelados.

— As senhoras se importariam terrivelmente se conversássemos em sueco? A sra. Nordén precisa praticar. Não é verdade, amor? — indagou Christian, depositando a bandeja de chá e esfregando as mãos nas calças. — Como disse a sra. Nordén, pedimos desculpas, pois estamos atrasados. — Ele dirigiu-se à mamãe Plomgren, beijou-lhe a mão e apresentou-se.

— Então, o senhor é o maestro? — perguntou ela.

— Sim, sim, e essa aqui é a sra. Nordén — respondeu Christian. — Estivemos na França por algum tempo, de modo que nem sempre temos certeza de que maneiras ou de qual linguagem deveríamos usar. Espero não tê-las ofendido.

— Oh, não, trabalhamos no teatro, de modo que estamos bem acostumadas a maneiras e linguagens dos tipos mais sórdidos, não estamos, docinho? — falou mamãe Plomgren, entusiasticamente.

— Nós somos grandes admiradoras de seus leques, sr. Nordén — disse Anna Maria. — Queríamos ver com nossos próprios olhos a fonte de sua magia. — Christian e Lars fizeram uma mesura em retribuição ao elogio, para grande espanto de Margot, que acabou derramando uma gota de leite enquanto preparava o chá.

Lars foi pegar a mão de Anna Maria.

— Já contei a meu irmão a *sua* magia, srta. Plomgren. Não vemos com frequência nossos leques sendo manipulados com tamanha destreza. Para nós, é doloroso quando nossa arte encontra-se morta nas mãos de alguém. Talvez você pudesse fazer uma demonstração a meu irmão e a sua esposa.

Mamãe Plomgren arrulhou em aprovação. Christian tirou um leque do estojo e entregou-o a Anna Maria.

— Ele se chama Diana. Foi feito para a rapidez.

Anna Maria abriu-o lentamente, notando o peso das proteções e a lâmina de pergaminho com inserções de renda. A face trazia a pintura de uma cena de caça, uma arqueira preparada para atirar. Ela fechou o leque pela metade, em seguida um quarto e depois um oitavo. Sua audiência esperava o derradeiro estalar indicando o fechamento, mas, em vez disso, ela o abriu inteiramente, com um suspiro de ar, como um pássaro abrindo as asas. Então, Anna Maria abanou-se com uma velocidade atordoante, criando uma brisa que fez oscilar a lamparina, parou, e estendeu o leque a Margot.

— Renda é uma escolha desafortunada para uma caçadora — falou —, mas Diana pode abater qualquer veado, mesmo cercada por redes. — Mamãe Plomgren e Lars aplaudiram, mas Christian levantou-se e olhou para o teto.

— Quem é seu professor? — perguntou Christian por fim.

— Aprendi sozinha — respondeu Anna Maria.

— Aprendeu na Ópera — corrigiu mamãe Plomgren, sentando-se ruidosamente e servindo-se de um *petit four*.

— Existe uma professora renomada aqui na Cidade. Madame Uzanne. — Christian continuou estudando o candelabro. — Fui contratado para dar uma palestra em sua casa em meados de dezembro.

— Tive o mesmíssimo pensamento, Christian! — Lars postou-se próximo ao irmão, também voltando o olhar para o candelabro. — Imagino que madame Uzanne se interessaria por alguém com as habilidades da srta. Plomgren. Imagino que a srta. Plomgren daria à sua palestra o tom dramático que atrairia ainda mais as jovens damas.

Margot virou-se para Lars totalmente descrente.

— Não partilhamos a mesma ideia.

Christian pareceu perplexo. — Falarei sobre a geometria do leque e pensei perguntar à srta. Plomgren quais são suas teorias a respeito.

— Pfff! — Mamãe Plomgren balançou a mão no ar, dispensando o plano dele. — Mocinhas querem Vênus, não Apolo.

— Talvez a srta. Plomgren possa acompanhá-lo nessa empreitada, imagino — sugeriu Lars.

Os olhos de mamãe Plomgren se arregalaram, como se as portas do futuro houvessem sido destrancadas por aquelas palavras.

— Sim — sussurrou ela. — Meu docinho será uma maravilhosa contribuição. Ela fará tudo o que lhe disserem.

Anna Maria virou-se para Lars.

— Se for em benefício para o ateliê Nordén...

Margot observou as duas com olhos estreitos.

— Não estou certa sobre o que diz a etiqueta em relação a esse convite. Apenas Christian foi convidado.

— A Cidade lembra Paris no sentido de que a presença de artistas é sempre estimulada, sra. Nordén — disse Anna Maria. — Uma *entourage* seria bem-vinda. Até mesmo esperada. Temos *égalité*, sem tumultos e sangue.

— É assim mesmo, Christian? — perguntou Margot.

— Creia-me, sr. Nordén. Minha menina é bem versada nas maneiras da Cidade — assegurou mamãe Plomgren, e então franziu o cenho. — Oh, minha querida, teremos a despesa de um trenó.

— Evidentemente, as sras. Plomgren viajarão conosco — disse Lars.

— Você também irá? — perguntou Margot.

— Naturalmente! E a sra. Nordén lhe fará companhia — falou Lars para mamãe Plomgren.

— Eu não estava planejando comparecer — hesitou Margot, lançando um olhar de pânico ao marido.

Christian deu de ombros e sorriu, como se houvesse perdido uma aposta que poderia alçá-lo a ganhos maiores no futuro.

— Madame Uzanne não vai gostar disso — murmurou Margot, balançando a cabeça. — Eu não gosto disso.

— E por que não? — Lars puxou uma cadeira para Anna Maria. — Traga-me uma xícara, sra. Nordén. As Plomgren e eu precisamos nos conhecer melhor.

## *Capítulo Vinte e Quatro*

## UM CONVITE ACEITO

*Fontes: E.L., M.F.L.*

MESTRE FREDRIK BAIXOU apressadamente os papéis que estava segurando e contornou a escrivaninha para apertar a minha mão.

— Madame vai ficar satisfeita por sua presença na palestra!

— Palavras não podem exprimir minha gratidão, Mestre Fredrik — respondi. — Sinto que essa visita terá enormes consequências para mim.

— Para nós dois, sr. Larsson. — Mestre Fredrik recebeu-me em sua sala de trabalho, uma rara intimidade, e apresentou-me à sra. Lind como seu irmão.

Ele parecia sem fôlego e desgrenhado quando entrei, mas, quando fiz um comentário, ele afirmou que estava sempre "absolutamente transportado" por seu trabalho. Eu esperara mais refinamentos naquele espaço, mas os únicos objetos que denunciavam um comerciante sério eram um bonito espelho com uma pomposa moldura de ouro, pendurado do lado oposto à sua escrivaninha, e um armário grande ao lado dele. Nas prateleiras, encontravam-se bem-arrumadas pilhas de caixas de papel de fina qualidade, vidros de tinta, penas, remígios, facas, cera de selar de todas as cores, dobradores de osso e diversos intrumentos de seu campo de atuação. A sala cheirava vagamente a *eau de lavande*.

— Você será um inestimável ativo para madame, estou convencido disso. Tomarei todas as precauções para que você seja adequadamente apresentado, mas deixe-me falar primeiro, para suavizar o caminho. — Mestre Fredrik curvou-se sobre a escrivaninha e suspirou: — Ela é como o sol no firmamento de verão, verdade, de maneira que compreendo o seu temor em ser queimado por aquele fulgor. Mas não tema coisa alguma, sr. Larsson. Serei seu guia celestial. — Ele tirou uma faca da gaveta, pegou uma pena branca e começou a raspar o remígio. — Eu lhe contei? Madame aceitou minha proposta de que sua primeira reunião iluminasse a misteriosa geometria do leque, guiada por nosso Irmão Sirius. — Mestre Fredrik reparou meu olhar confuso; eu era terrível com esses pseudônimos maçônicos. Ele revirou os olhos diante de minha ignorância. — Sr. Nordén, da alameda do Cozinheiro. Um artesão do ramo de leques. Um maçom de terceiro ou quarto nível também. Bastante bem-sucedido. Mas o colóquio de madame conduzido por um comerciante... não se trata de algo ousado? Sim! Por acaso isso não capta o espírito de nossa época? Sim! Você acha que a reunião de jovens damas precipitaria essa erudição? Não! Elas estarão esperando a linguagem do leque, todo Eros e Afrodite, mas madame tem como meta Palas Atena e Apolo. Isso devia apenas aumentar nossa ansiedade em participar.

Confessei haver comprado roupas novas. Ele riu jubilosamente.

— E para coroar tudo isso, muito provavelmente haverá carteado!

— Bolo sobre bolo! — falei.

— De fato, as jovens criaturas jamais se sentariam para estudos a tarde toda... isso também seria apostar muito alto. Essas meninas possuem traseiros generosos e carteiras gordas. — Ele aproximou-se de mim por cima da escrivaninha e fez cócegas em meu queixo com a extremidade da pena. — Madame monta uma mesa de maneira raramente vista por pessoas de sua classe. — Mestre Fredrik ofereceu compartilhar seu trenó para Gullenborg. Jamais houve um primeiro dia de aula como aquele.

## *Capítulo Vinte e Cinco*

## GELO FINO

*Fontes: Diversas, fundamentalmente: M. Nordén, Louisa G.*

TRÊS NORDÉN E duas Plomgren apertaram-se para entrar no trenó contratado para o trajeto até Gullenborg. O céu era de um azul cristalino e uma nova camada de brancura poeirenta cobria a paisagem. A temperatura tornara-se frígida duas semanas atrás e o gelo agora estava da espessura da cabeça de um cavalo, mas mesmo assim Christian implorou para que utilizassem o caminho terrestre. O hábito daquele inverno de se utilizar as vias navegáveis congeladas lhe era alarmante, mas o tempo que as damas levaram se preparando para o evento ocasionara um atraso, e o lago passou a ser o caminho mais rápido. Os cavalos empacaram quando o gelo emitiu um ruído aterrador proveniente de alguma invisível agitação abaixo da superfície, levando Christian e as damas a exclamações de medo. Lars riu. As histórias contadas pelo cocheiro sobre afogamentos no gelo, inclusive de cavalos, ocorridos no inverno anterior, não ajudaram muito. Margot segurava a mão de Christian, e eles se distraíam cantando canções que seguiam o ritmo dos sininhos dos arreios. Quando isso deixou de surtir efeito, Anna Maria falou:

— Sr. Nordén, por que o senhor não ensaia sua palestra conosco? — sugeriu.

— Sim, talvez eu devesse mesmo — respondeu Christian, de olhos bem fechados. — É uma visão geral dos elementos geométricos do leque, começando com o círculo, e requer uma compreensão matemática que...

— Sr. Nordén, com o devido respeito, mocinhas não se interessam por matemática — interrompeu Anna Maria.

Margot surpreendeu-se com a franqueza de Anna Maria, mas manteve o semblante sereno.

— E o que sugeriria, srta. Plomgren?

— Só existe uma coisa no que diz respeito ao uso do leque — começou ela.

— Está se referindo ao amor? — indagou Margot.

— Não, sra. Nordén. Refiro-me ao artifício.

— E quanto à beleza? — quis saber Christian, esquecendo o gelo por um momento. — E quanto à felicidade e à arte?

— Esses são elementos do leque, mas não são seu objetivo principal — respondeu Anna Maria.

— Imaginava que o objetivo do leque fosse espantar as moscas — comentou Lars.

Mamãe Plomgren fingiu dar-lhe um soco na cabeça.

— Você é a única pessoa prática do grupo.

O trenó parou diante da humilhante magnificência de Gullenborg. Os postes de pedra que flanqueavam os degraus que se erguiam do lago em direção à propriedade eram encimados por tocheiros, e lanternas enterradas nos bancos de neve brilhavam à margem do caminho, do qual todo e qualquer indício de inverno havia sido retirado e substituído por cascalho rosado recentemente espalhado.

— É melhor o senhor dirigir-se à entrada da frente, sr. Nordén, já que é o convidado de honra. Nós, os não convidados, devemos entrar pelos fundos e esperar que tenhamos direito a algum assento. Venha, docinho, venha, mas cuidado com o gelo — disse mamãe Plomgren, esfuziante, fazendo um gesto para que os outros a seguissem.

Christian seguiu o caminho de lanternas em direção à entrada da frente e hesitou por um momento antes de levantar a aldrava de bronze. Ele cutucou a sacola e rezou agradecendo a seu irmão da loja maçônica, Mestre Fredrik. Não somente ele tornara aquela visita possível, como também inspirara o bilhete formal de apresentação e agradecimento à anfitriã. O bilhete desempenharia diversas tarefas, Mestre Fredrik instruíra: honraria madame Uzanne, que deseja homenagens acima de tudo; forneceria fatos interessantes às damas, que podem dormir ou conversar durante a palestra; e daria a localização de seu estabelecimento, levando clientes à sua porta. Mestre

Fredrik, aparentemente, tinha senso prático e artístico, uma dupla natureza, raramente encontrada em homens comuns. Ele escrevera duas dúzias de bilhetes numa caligrafia masculina simples em uma folha de papel branca.

UMA PALESTRA

*A geometria do leque*
*Christian Nordén*
*Alameda do Cozinheiro, Ilha do Norte, Estocolmo.*

16 DE DEZEMBRO DE 1791

*Dedicada à baronesa Kristina Elizabet Louisa Uzanne*
*Inspirada pela Ordem do Leque,*
*Fundada por Sua Majestade Louisa Ulruka no ano de 1744.*

*Caras damas,*
*A presente companhia é afortunada por ser a beneficiária*
*da incomparável* **expertise** *de Madame Uzanne através*
*dessa instrução privada. Afortunada de fato!*
*Anfitriã encantadora, elegante beldade, estimada dama da corte*
*e uma das maiores conhecedoras e colecionadoras de leques do mundo.*
*Empenhar-me-ei em ser um instrutor valoroso.*
*C.N., Artesão de Leques*

Christian levantou a aldrava e deixou-a cair.

— ESTA SALA está positivamente sepulcral. — As palavras da Uzanne ecoaram pelo salão vazio, e Louisa, a aia, foi iluminar de imediato os castiçais e os fogareiros de cerâmica. A Uzanne estabelecera o horário da palestra de modo tal que a luz surgiria exatamente quando ela necessitasse, mas, naquele momento, o sol ainda não entrara na casa, e toda exalação de ar produzia uma nuvenzinha congelada. A Uzanne avaliou as dez mesas brancas laqueadas, de pernas graciosamente entalhadas, cada qual com quatro cadeiras de costas arredondadas. Havia cadeiras adicionais e banquinhos acolchoados ao redor do salão, permitindo a presença dos inevitáveis extras que estariam ansiosos em assistir à palestra. Aquela disposição acomodaria os convidados e em seguida se transformaria quase que por encanto em um local onde seriam servidos refrescos e onde teriam lugar os jogos de faro e de uíste que porventura se realizariam caso a palestra estivesse excessivamente entediante ou as mocinhas fossem idiotas demais para entendê-la. O *staff* doméstico reparara o intenso aumento do interesse de madame nas cartas desde o último verão — intermináveis partidas e lições particulares com personagens questionáveis, que avançavam noite adentro.

— É bom para as meninas, pois as cartas devem ser manuseadas com o mesmo cuidado dedicado a qualquer leque — explicara a Uzanne a Johanna.

Uma aia correndo com um balde e uma escova para esfregar o hall de entrada uma última vez parou e fez uma mesura, mas recebeu um gesto de dispensa. A Uzanne avistou um homem, remexendo o casaco elegante embora mal-ajustado ao corpo, aproximando-se da entrada da frente. Ela conhecia muito bem as roupas alugadas e a correria para atender os muito ricos.

— A porta, Louisa. O artesão de leques chegou — falou. Ela alisou os cabelos diante do vidro desnivelado do espelho, puxou um fio prateado do meio da testa e então abriu o leque, posicionando-se no mais vistoso ponto do salão.

Christian fez uma mesura profunda para esconder o rubor em suas faces. Os cabelos escuros da Uzanne eram encorpados, anelados ao redor da coroa e seguros por um pente cintilante, que dava a aparência de que se soltariam a qualquer momento. Seu vestido era de um raro tom verde-claro, que é às vezes visto no horizonte durante o pôr do sol, seda adornada com rosetas de brocado, um corpete de corte baixo e justo, com fileiras de renda em tom cinza enevoado nas bordas. As mangas em três-quartos exibiam à perfeição seus braços delgados, a mesma renda cinza quase alcançando os punhos. Suas mãos eram perfeitas, unhas rosa e polidas, os dedos apenas um pouquinho esticados. Na mão esquerda, ela brincava com o leque aberto, o que significava que ele poderia aproximar-se para cumprimentá-la.

— Madame, estou muito honrado por estar em sua presença. — Christian tentou beijar-lhe a mão, mas assim que ele encostou seus lábios secos, ela puxou-a delicadamente, afastando-a de seu contato. Ele esticou o corpo. — Estava convicto de que somente a senhora poderia dominar o leque de ouro em semicírculo com elegância tão notável.

A Uzanne assentiu com a cabeça, satisfeita.

— Foi o presente perfeito, sr. Nordén. Amo uma gola curta, e a folha larga com rosas em relevo me faz lembrar um luxuoso jardim. Este é um leque feito para o verão, mas que também aquecerá um salão em pleno inverno. Eu lhe dei um nome, que reluto em dizer em voz alta. — Christian abriu a boca para falar. — Agora, sr. Nordén, tenha o obséquio de esperar no corredor dos criados até que as jovens damas tenham chegado. — Christian sentiu o rosto enrubescer e fez uma mesura até seu nariz praticamente tocar os joelhos. Ele sustentou essa posição até os passos dela estarem a uma distância segura.

Louisa fez um gesto para que ele passasse pela porta que dava acesso ao corredor dos criados, onde havia uma única cadeira estreita de madeira. O ar cheirava a alcatrão de pinheiro e a rato morto. Durante a meia hora seguinte, a enorme casa ficou em silêncio, exceto pelos passos apressados.

*Capítulo Vinte e Seis*

## A GEOMETRIA DO CORPO

*Fontes: E.L., diversos convidados e serviçais em Gullenborg, M. Nordén, L. Nordén, srta. Bloom, tenente R.J., sr. V\*\*\*, M.F.L., sra. Beech*

MESTRE FREDRIK E eu chegamos pontualmente à uma da tarde. Ele afirmou ter negócios a tratar, mas assegurou-me que saberia o momento perfeito de efetuar a apresentação. Eu lhe disse que ele não precisava se estorvar por minha causa, e posicionei-me a um canto para observar. Admito: Gullenborg era um cenário intimidador. A luz do sol criava retângulos langorosos na extensão do piso de parquete a partir das janelas de norte e de oeste. A luz das velas cintilava nos castiçais espelhados e no grande candelabro que pendia em gotas de cristal do centro do salão. Em alguns breves minutos, o salão transformou-se de um suave tom de cinza em um jardim estontente à medida que os grupos de jovens damas rodopiavam por ele, seus vestidos recatados formando um artístico buquê em tons pastel, o aroma pronunciado de seus leves perfumes e corpos jovens impregnando o ar. Elas falavam, sussurravam e exibiam os vestidos. Todas, com exceção de uma. Trajando um sofisticado vestido de brocado verde adornado com fitas cor de vinho. O vestido era ligeiramente grande, como se tivesse sido apressadamente emprestado de uma irmã mais velha, mas a forma da jovem era suave e elegante. De pé, ligeiramente separada, e sem conversar com ninguém, apenas observando atentamente o rodopiar das debutantes, que pareciam todas ingênuas em comparação, ela era atraente. Virou-se na minha direção; sua pele de alabastro era digna de pinturas e poemas. Mas quando um rubor rosado surgiu naquelas faces pálidas e seus olhos se arregalaram ao me avistar, tive certeza absoluta de que já estivera com ela antes. Encontrei Mestre Fredrik engajado em alguma intriga acerca dos cartões de visita dos convidados, e lhe perguntei se sabia o nome dela.

— Ela tem uma notável semelhança com alguém que conheci na primavera passada. Numa taverna em Skeppsholmen.

— Impossível, sr. Larsson — disse ele, embolsando um punhado dos ditos cartões. — Ela procede do Norte distante, de uma nobre família de significativa linhagem. Trata-se da srta. Bloom.

— Srta. Bloom? Tem certeza?

— Duvida de mim? — Mestre Fredrik lançou-me um olhar de alerta. — A srta. Bloom é a nova protegida de madame. Eu mesmo fiquei encarregado da jovem dama.

— Então, eu a vi na ilha do Rei, perto da rua do Governador. Tenho certeza disso.

— Bem, é possível. — Mestre Fredrik baixou um pouco a voz: — Madame ocasionalmente a manda à Cidade misturar-se aos cidadãos; madame está preparando a menina para algum propósito especial. Não fico surpreso por você se sentir atraído por ela: a velha cozinheira acredita que ela é uma feiticeira, e está claro que madame está encantada.

A sensação de que eu conhecia aquela menina, combinada à sua proximidade de minha Companheira, fez minha nuca comichar.

— Talvez você possa nos apresentar — pedi.

Ele pôs um braço paternal em meu ombro e me conduziu na direção oposta de onde estava Johanna.

— Vou investigar, mas madame costuma proteger bastante suas companheiras. Esforça-se para que elas tenham os melhores pares possíveis, se é nisso que está pensando. Trata-se de um bom pensamento, sr. Làrsson. Gosto de sua ambição — falou, apertando-me de modo um tanto quanto exagerado. — Mas sem o consentimento de madame você não pode incitar a srta. Bloom a passear em sua companhia. Que infortúnio para ela! Havia uma menina aqui, não faz muito tempo, uma criatura deliciosa, que caiu em... ah, madame está me chamando. Mais tarde revelo os detalhes impróprios.

— Aguardo ansiosamente — disse. Ele estava falando de Carlotta, é claro... senti meus punhos se cerrarem e em seguida relaxarem; já ficara bem para trás o tempo em que eu talvez defendesse sua honra. Havia rumores de que ela estava sobejamente feliz e que se apaixonara. Na Finlândia! Embora fosse claro que Carlotta não fazia parte de meu Octavo, meus pensamentos saltaram para os oito; eu tinha lugares a preencher e um evento significativo para promover. A sra. Sparrow dissera que eles se reuniriam ao redor da Uzanne, e o salão estava agora repleto de membros da elite da Cidade. Misturados entre o redemoinho de jovens damas elegíveis, encontravam-se diversas mães e damas de companhia vestidas em tons mais soturnos, pelo menos uma dúzia de cavalheiros e um igual número de jovens oficiais "emprestados" do regimento do duque Karl para seduzir as jovens damas. A Uzanne acrescentou uma roda seleta de atores franceses do teatro Bollhus, que podiam garantir conversas entusiasmadas e charmosas, e diversos diplomatas russos, de modo que assim ela poderia muito bem descobrir os últimos planos que a imperatriz Catarina tinha para a Suécia.

Reunidas à parte, perto do umbral mais distante do corredor, encontrava-se um grupo aparentemente inseguro do que devia fazer em seguida. Levei alguns momentos para reconhecê-los. Era mais ou menos como ver a família do vendedor de peixe em uma apresentação de balé: Margot Nordén, o irmão bem-apessoado e as Plomgren. Margot parecia cansada e nervosa; não havia sinal de seu marido. O irmão bem-apessoado, por outro lado, lembrava um galo empertigado, com sua casaca vermelha e olhos cintilantes. Mestre Fredrik sem dúvida nenhuma jogara aquele osso carnudo para os Nordén, mas a presença das Plomgren era um mistério. A bela Anna Maria parecia tímida e perdida em meio àquele grupo estonteante, sem sair um instante sequer do controle da mãe. Senti um pequeno sobressalto em meu coração: A Prisioneira. Lá estava o meu Octavo, reunido.

Houve o estalo agudo de um leque sendo aberto. Todos os olhos foram atraídos para a Uzanne, sua silhueta uma fina pincelada em contraste com as paredes cinza.

— Honrados convidados, são todos alunos muito bem-vindos. Sentem-se, por favor. — Como uma correnteza, a multidão caminhou na direção dos assentos, os mais ambiciosos disputando uma posição na frente. A claque dos Nordén sabiamente pegou um banquinho próximo às portas francesas e deixou as mesas para os convidados. Mestre Fredrik retornou a meu lado e descobrimos um ponto em meio aos atores, numa mesa reservada aos cavalheiros. O salão caiu em silêncio, exceto pelo balançar constante de dezenas de leques. A voz da Uzanne derramou-se sobre nós como mel morno, destacando as jovens damas de todos os estratos da sociedade, cumprimentando suas acompanhantes, reverenciando os corajosos oficiais e os distintos cavalheiros. Então, ela agradeceu os convidados "surpresa", que adicionariam malícia ao encontro. Pela postura intimidada de Margot, estava claro que o grupo dos Nordén não era esperado.

— Estou especialmente honrada em ver o general Pechlin entre nós — disse a Uzanne. As acompanhantes e os soldados assentiram com a cabeça e bateram palmas, satisfeitos por estarem na presença do lendário político; as meninas não olharam nem de relance em sua direção; elas não faziam a menor ideia do motivo pelo qual deveriam. — Espero que o general não ache a nossa lição... entediante. O senhor me deixou bem claro que não tem muita consideração pelas armas das mulheres.

— Nosso amigo mútuo, o duque Karl, insiste que eu reconsidere minha posição — retrucou Pechlin.

— Comecemos, então. — A Uzanne fechou o leque, formando uma varinha dourada. — O primeiro movimento que vocês devem entender é a importância da soltura.

A atmosfera no salão iluminou-se quando as jovens damas levantaram-se para praticar o abrir e fechar de seus leques. Houve risadinhas abafadas e exclamações frustradas quando a Uzanne as contornou, ajustando, cumprimentando, observando. As meninas eram adoráveis e vinham em todas as formas e tons, como a exibição do dia da coroação nas vitrines do confeiteiro. Reparei Johanna misturar-se entre as meninas, praticando a soltura de modo bem suave. A pobre Anna Maria permanecia presa ao lado da mãe, guardada pelo irmão Nordén. Ela não soltara seu leque nem por um segundo. A Uzanne parou para conversar com as acompanhantes, de rostos brilhando pelo calor das atenções. Durante esse exercício, bebidas foram servidas nas mesas dos cavalheiros, enquanto uma conversa alegre girava em torno do Parlamento que estava a caminho e o deplorável estado da nação. Outro estalo trouxe a ordem de volta ao salão.

— Sentem-se, moças. — A Uzanne pareceu satisfeita com a instantânea obediência, mas não tão satisfeita a ponto de permitir que suas alunas relaxassem. — Vocês devem aprender que cada movimento cria uma forma e cada forma cria um significado. Ter em mente esses detalhes é o primeiro passo na direção do domínio do leque. E, então, vamos ao sr. Christian Nordén e a palestra de hoje.

A palavra *palestra* fez as expressões murcharem, o sutil bater de leques e suspiros criou uma onda baixa de protesto, circulando pouco acima do piso, praticamente inaudível sob o estrepitoso aplauso. Uma aia abriu a porta almofadada nos fundos do salão, deixando escapar um súbito sopro de ar, e fez um gesto para alguém entrar. Um homem de traços finos, na flor da idade, emergiu, caminhou até a frente do salão e colocou uma pilha de papéis em cima de uma cadeira próxima. Pude ver que as costas de sua casaca verde-garrafa tinham uma mancha de suor. Ele esperou que madame lhe fizesse sinal para começar. Em vez disso, ela voltou-se para ele com o cenho franzido.

— Estava agora mesmo engajada numa acalorada conversa, sr. Nordén, na esperança de que talvez pudesse arbitrar a disputa. — Christian assentiu com a cabeça e esperou. — Acredito que o uso de um leque exija conhecimentos e estudos rigorosos. Até mesmo sua linguagem básica consiste em movimentos estritamente estabelecidos, de modo que não somente as damas como também os cavalheiros possam entendê-la. Mas minha amiga, a sra. Beech, sugere que se consegue manusear um leque com a mesma facilidade, usando os princípios fluidos da inspiração. Qual é a sua opinião?

Curvei-me na direção de Mestre Fredrik.

— Quem é a sra. Beech? — perguntei.

— Ela serve na casa da pequena duquesa, a esposa do duque Karl — sussurrou ele com conhecimento de causa. — Aquela é a filha da sra. Beech, a menina com espinhas no rosto e vestido lavanda.

— Claramente, as Beech possuem algum outro propósito além de adicionar graça e beleza.

— Beech é uma peça chave no maquinário do amor. Ela mantém a pequena duquesa fora do caminho. — Ele piscou. — Observe como madame azeita a roda.

Rememorei a delicada política em jogo diante de nós. Os músculos no rosto de Christian tremiam enquanto ele lutava com seus pensamentos; sua resposta poderia talvez significar um avanço na condição de abastecedor da aristocracia, ou seu declínio em direção ao comércio de rua.

— Temo ser obrigado a concordar com ambas — falou. Madame fechou o leque. A sra. Beech franziu o nariz. O jardim das adoráveis permaneceu imóvel, como um leito de rosas numa noite quente de verão antes de uma violenta tempestade. — Penso no manuseio correto de um leque como um ramo da matemática. Da geometria, para ser preciso — continuou Christian. A Uzanne ergueu lentamente o leque e pousou-o delicadamente sobre a face direita: sim. Christian abandonou a expressão de estudante nervoso e exibiu a máscara solene e calma do mestre-artesão de leques que era. — A geometria é um ramo dos estudos matemáticos, com regras às quais se deve aderir — prosseguiu, assentindo com a cabeça para madame —, mas requer saltos de imaginação. — Christian assentiu para a sra. Beech, cujo queixo balançou em concordância. Houve uma agitação no ar quando os leques foram soltos e colocados em posição de atento movimento. — Duas formas básicas são o cerne de um leque: o quadrado e o círculo. Trata-se do masculino e do feminino, o material e o eterno. Com o círculo e o quadrado, qualquer forma é possível: retângulo, triângulo, octógono, espiral e, a partir delas, uma infinidade de deslumbrantes combinações.

Pensei de imediato na sra. Sparrow e em sua Geometria Divina, imaginando se Christian também era estudioso dessa ciência. Seria interessante questioná-lo mais tarde acerca do octógono e do significado do oito. Christian continuou:

— Tenho sorte de estar engajado no estudo dos segredos da geometria antiga. Li os trabalhos acadêmicos de... — A expectativa nos olhares das meninas foi substituída por um absoluto vazio. — Como vocês talvez saibam, o grande quebra-cabeça da quadratura do círculo tem sido pensado ao longo de séculos. Existe uma teoria que diz que a procriação... — Risos. Risinhos contidos. Sshhhhh. Christian agora suava profusamente. Ele pegou um lenço para enxugar a testa.

Apenas a Uzanne parecia verdadeiramente concentrada em suas palavras.

— Será que não daria para explicar de uma maneira mais elementar às jovens damas? — Ela virou o corpo lentamente na direção das alunas, que imediatamente se aquietaram.

Christian deu uma olhada geral nos rostos vagos das meninas, em seguida olhou para Margot, seu rosto uma máscara de desespero. Sua esposa o fitou com tamanha doçura, com tanto amor, que até eu me lembrei de sua filosofia: os leques deviam trazer felicidade, beleza e romance. Christian limpou a garganta e forçou-se a sorrir.

— Toda essa teoria leva apenas ao instrumento finalizado, cujo único propósito é trazer felicidade, beleza e romance. O poder reside na moça que domina seu uso – prosseguiu, fazendo uma mesura na direção da Uzanne –, pois essa é a geometria que construirá o Templo de Eros. – Com esse anúncio, as posturas melhoraram e os vestidos farfalharam em aprovação. – Vocês aprenderão facilmente os movimentos que constituem a linguagem do leque, mas acredito que a verdadeira instrução seguirá bem adiante: essa é a geometria de que falo. Não se trata de algo rígido, como a geometria nas páginas de um livro escolar, mas é incrivelmente correta e tão fluida quanto a realidade que nos circunda. Aqueles que praticam essa geometria aprendem a sentir o círculo perfeito. Conseguem desenhar uma linha reta de qualquer ponto A a qualquer ponto B com um gesto. Triângulos de todos os tipos são dispostos frequentemente e com muita facilidade. Paralelas, intersecções e figuras complexas... todas essas coisas são possíveis. Essa é a geometria do corpo.

— E o que essa geometria pode fazer por nós, sr. Nordén? – perguntou a Uzanne.

— Madame Uzanne, compartilho a crença de que essa geometria pode criar qualquer coisa que a senhora possa imaginar. Qualquer coisa – repetiu. – Em suma, a senhora pode construir o edifício de sua escolha, seja um palácio ou uma prisão.

A Uzanne sorriu para ele de tal forma que um observador casual talvez pensasse que um apaixonado caso de amor fosse iminente entre os dois.

— Planejo um de cada. – Houve uma pausa estranha, e então os convidados aplaudiram com educado entusiasmo. Nordén parecia bastante aliviado, fazendo mesuras em todas as direções. Mas seu momento de glória foi interrompido quando uma das jovens damas, um suculento damasco de menina com cabelos cor de linho penteados de modo impossível, levantou o leque no ar.

— Madame Uzanne, por favor, quando iremos aprender a linguagem do leque? — Houve um murmúrio de urgentes concordâncias vindo da parte das meninas.

Madame Uzanne fechou o leque e puxou-o pela mão, fazendo com que diversas damas mais velhas arquejassem. Esse gesto, obviamente, não era nenhum elogio.

— Perdoe-me se imaginei que vocês fossem mais avançadas do que realmente são. Nós precisaremos começar do começo. Certamente existirá aqui uma jovem dama que tenha dominado esses conceitos básicos e que possa se juntar a mim na demonstração.

Nenhuma das meninas se moveu. Então, houve uma agitação vinda da lateral do salão, próximo às janelas, mais farfalhar de tecidos, estímulos sussurrados e, em seguida, do banquinho, a voz de mamãe Plomgren:

— Aqui está alguém que pode se juntar à senhora, madame, uma mão com um leque que serviu na Ópera Real. Srta. Anna Maria Plomgren, minha filha, tenho orgulho em dizer, e um tesouro. — Anna Maria já estava de pé. O rosto queimando de excitação, os olhos brilhantes sob os cílios baixos. Eu subestimara seu fogo.

Anna Maria juntou-se à Uzanne, fez uma mesura e esperou, a expectativa fazendo com que oscilasse nos calcanhares até receber o olhar desaprovador da Uzanne. Permaneceu imóvel como um lago congelado. Imóvel, exceto pelos dedos, que ansiosamente apertavam as proteções lisas de seu leque.

— Srta. Plomgren, gostaria de vê-la abrir seu leque e em seguida indicar-me que está pronta para receber minha mensagem — instruiu a Uzanne. Era o mais simples dos pedidos, uma manobra básica que lhe diria tudo. Anna Maria abriu o leque com um estalo de *expert* e então passou-o para a mão esquerda, segurando-o aberto e imóvel exatamente em cima do coração. Todos os cavalheiros no salão haviam subitamente se postado tão extasiados pela lição quanto as meninas, mas não havia necessidade de intérprete. Anna Maria era sua própria linguagem. Fiz um impulso para a frente, arranhando o chão com a cadeira na esperança de que ela olhasse em minha direção, mas Anna Maria estava concentrada no rosto da Uzanne.

— Em que momento a senhora imagina que os refrescos serão servidos?

Anna Maria fechou o leque até que apenas três hastes ficaram à mostra. Ela não baixou os olhos para o leque, mas fixou o olhar na Uzanne, um leve sorriso pairando sobre os lábios.

— E como indicaria que gostaria de ser acomodada perto de mim? — perguntou a Uzanne.

Anna Maria levantou parcialmente o leque aberto, ainda seguro na mão esquerda, para cobrir a metade inferior do rosto, o sorriso ainda visível em seus olhos.

— Agora, eu acharia apropriado que nos dissesse adeus — pediu a Uzanne. Anna Maria fechou lentamente o leque, segurou-o pela extremidade da lâmina e encostou o rebite nos lábios. Não foi um gesto que a Uzanne tivesse antecipado, nem um gesto que ela jamais tivesse recebido de uma mulher: *beije-me*. Os olhos da Uzanne arregalaram-se ligeiramente e um tênue rubor brotou sob suas faces empoadas. Ela pareceu totalmente paralisada. O salão irrompeu em aplausos. Dentre as manifestações mais entusiasmadas, ouvia-se Lars gritando *brava*. A Uzanne recobrou os sentidos.
— Jovens damas, reparem as recompensas de uma prática diligente e o efeito de um golpe que nos deixa desarmadas. Srta. Plomgren, por favor, siga com suas demonstrações enquanto eu observo — disse a Uzanne.

As meninas mexeram-se nas cadeiras e empinaram o pescoço para seguir melhor todos os movimentos de Anna Maria. Ela caminhava serenamente entre elas, respondendo as perguntas com um quê de desdém, ajustando os dedos com certa força. Lars a seguia como um lacaio, pronto para servir. Logo as alunas estavam de pé, praticando, conversando, direcionando mensagens a vários homens. Johanna apareceu entre elas, um olhar cauteloso no rosto e o leque agarrado à mão como um porrete; sabia reconhecer essa rival quando avistava alguma, mesmo que a dita rival viesse de um estrato inferior. A Uzanne observava Anna Maria detidamente.

— Srta. Plomgren, está em casa em Gullenborg. Gostaria de contratar seus serviços como minha assistente para as sessões práticas semanais, que serão realizadas entre nossas palestras formais — convidou a Uzanne, estendendo a mão. Anna Maria fez uma mesura digna de uma atriz recebendo os aplausos no palco. Eu podia ouvir mamãe Plomgren, de seu lugar no banquinho, deleitando-se diante daquele inesperado progresso da filha, progresso do qual ela própria se aproveitaria. — Continuem — disse a Uzanne, no que foi seguida por um coro de leques e conversas animadas.

Voltei minhas atenções para Christian; tinha um favor a lhe pedir à luz de meus oito emergentes. Com a palestra concluída, Christian entendeu que estava dispensado e juntava suas extravagantes cartas de apresentação. A Uzanne abordou-o, pegou uma delas e leu-a. Ele esperou rigidamente a resposta.

— Estou satisfeita em saber que honrou a mãe do rei Gustav, a falecida rainha Louisa. Ela foi uma regente que aprendeu apropriadamente seu papel no final: farol de cultura, serviçal da nobreza, governante simbólica. Seu tempo foi chamado de Era da Liberdade, sr. Nordén. Era da Liberdade. Ela desprezava o filho Gustav — disse.

Margot alertara Christian para que deixasse de lado a política. Ele assentiu com a cabeça educadamente.

— Sinto muito por desconhecer tal fato, madame. Passei muitos anos na França.

A Uzanne aceitou sua esquiva e tomou-lhe o braço.

— Estou intrigada com suas teorias, sr. Nordén. Não apenas os alquimistas como também os filósofos afirmaram que a geometria era o ponto de junção entre a arte e a ciência. Acho que isso é o leque resumido em uma palavra, não é? — Christian concordou com entusiasmo. — Diga-me, acha que o poder do leque reside no instrumento ou na mão que o manuseia?

— Uma mulher com suas habilidades e o leque perfeito seria a combinação ideal.

Ela deu um suspiro capcioso e soltou-lhe o braço.

— Meu leque perfeito está perdido. — Ela observou o rosto dele em busca do mais leve tremer da boca, do mais ligeiro franzir da testa. As investigações de Mestre Fredrik pelas lojas de leques haviam tido resultados nulos, mas ela poderia pressionar um ponto em que ele não podia. — Em sua face havia uma cena de pôr do sol com uma carruagem preta, tão sedutora que tirava um rei da cama de sua própria rainha. Eu daria tudo para tê-lo de volta.

— Compreendo bem sua paixão, madame — falou Christian com a mais cabal sinceridade. — Cada leque que deixa a loja é como se fosse uma morte para mim. É uma terrível filosofia para os negócios, infelizmente. – Christian olhou para o teto, pensando, e deu um encontrão numa mesa. – O que havia em seu leque que dá ensejo a tanta saudade?

– Fala de meu leque no passado, mas ele está meramente desaparecido, e eu o encontrarei. Seu nome é Cassiopeia e pertenceu no passado a uma mulher de grande influência, cuja trilha planejo seguir. – Christian olhou-a, confuso. – Madame de Montespan, primeira amante do Rei Sol. Ela lhe deu diversos filhos, se me lembro bem, mas alguns dizem que os verdadeiros poderes de Montespan eram de natureza mais obscura.

– A escuridão jamais poderia ser um aspecto de sua natureza, madame.

– Às vezes, somos forçadas à escuridão, sr. Nordén. – A Uzanne parou e estendeu a mão, dessa vez permitindo que os lábios de Nordén permanecessem sobre sua pele. – É crucial que meu artesão de leques tenha perfeita compreensão de meus desejos. Espero formar uma associação longa e significativa. – A Uzanne virou-se e caminhou em direção ao embaixador russo, profundamente absorto numa conversa com o general Pechlin.

Christian sentou-se em uma das cadeiras e fechou os olhos por um momento para impedir que lágrimas de pura alegria escorressem deles. Aproximei-me dele, que, bastante distraído, olhava ao redor do salão em busca da mulher.

– Posso ajudar-lhe em algo? – perguntei. – Não fomos apresentados, mas sou cliente de sua loja, onde conheci a sra. Nordén. Sou o *sekretaire* Larsson.

– Obrigado, *sekretaire*, por ser meu cliente e por sua preocupação. É um prazer conhecê-lo – respondeu ele, tomando-me a mão num caloroso aperto –, e queira perdoar meu comportamento. Estou ansioso para compartilhar boas notícias com a sra. Nordén.

– Temos várias coisas em comum, senhor. Fazemos parte da mesma loja maçônica, e eu também sou amigo de Mestre Fredrik. Também conheço uma certa sra. S. – O rosto dele adquiriu uma expressão cautelosa; eu conhecia sua estrita regra de confidencialidade. – Estava imaginando que talvez o senhor pudesse me dar o prazer de uma apresentação. A outra cliente sua, srta. Plomgren. – Antes que ele pudesse responder, a Uzanne fez um sinal, indicando que queria atenção, sua forma escura em contraste com o brilho da neve além do vidro das portas francesas. O salão aquietou-se, os convidados voltaram lentamente a seus lugares. — Falo com o senhor quando a aula tiver acabado — sussurrei.

— Agradecemos a demonstração da srta. Plomgren sobre a linguagem do leque — disse a Uzanne. Ouviram-se alguns aplausos espalhados. — Ela vai compartilhar suas habilidades e seu conhecimento com todas vocês nos meses vindouros. Quando o tempo de vocês em Gullenborg estiver terminado, terão dominado completamente a linguagem. Mas isso é discurso de criança em comparação ao que se segue. Estão aqui para aprender muito mais. — Ela curvou-se para a frente ao dizer essas palavras, como se estivesse compartilhando um segredo. — Estou falando de engajamento. — As jovens damas assentiram com a cabeça, como se já soubessem. Os homens conseguiram apenas conter a respiração e olhar.

A Uzanne permaneceu imóvel, o leque batendo no nível das costelas.

— Engajamento é a primeira fase da batalha e, em suas mãos, jovens damas, encontra-se uma das armas mais úteis à disposição. E uma das poucas. — Ela caminhou até uma mesa de cavalheiros à minha direita. Pechlin e três outros homens estavam encostados uns nos outros, vozes abafadas e insistentes, profundamente imersas numa apaixonada conversa que não conseguiam abandonar. — Engajamento é uma habilidade que transcende qualquer linguagem, controlar o poder de atração. O verdadeiro domínio do engajamento pode parecer inconsequente, mas, se desejam triunfar, vocês devem dominar a atenção daqueles que desejam conquistar.

Agora a mesa de Pechlin tornava-se vítima de um encantamento, exceto por um jovem arrebatador, num longo casaco preto e branco, que continuava a falar. Mestre Fredrik curvou-se para a frente, sempre a fonte de conhecimento.

— Aquele é Adolph Ribbing, um impetuoso inimigo do rei, cortejado por Pechlin. Ribbing atirou no palafreneiro de Gustav em um duelo por causa de uma mulher, e madame o quer a seu lado.

A Uzanne fechou o leque e colocou-o de encontro ao rosto de Ribbing, virando delicadamente a cabeça dele em sua direção. Ele ficou em silêncio.

— Atenção não pode ser forçada, mas pode ser estimulada. — O rosto dele nivelava-se à curva da barriga dela, e ele levantou os olhos para ela.

— Cativar é o primeiro passo na comunicação. — Ela não piscou e puxou o leque pela lateral do pescoço dele. Então, curvou-se sobre ele, seus seios pressionando a renda. — Ofereça algo de interesse e obterá algo em retribuição. — Ela puxou o leque e deu início a um balançar ritmado e vertical, abanando o rosto dele. As faces e os lábios dela tornaram-se rubros. Uma mecha de cabelo soltou-se e caiu de encontro à pele perfeita de seu pescoço.

— Que serviços posso lhe oferecer, madame? — perguntou ele.

— Deve-se sempre falar sobre esse tipo de coisa em particular — respondeu ela —, mas, por causa de minhas alunas, direi em voz alta. Engajamento.

Suspiros escaparam das jovens damas. O jovem deu um tapinha no casaco.

— Casamento é assunto sério, madame — disse ele, rígido.

— Então, nosso engajamento será de natureza diferente da questão matrimonial — retrucou ela, abanando-lhe o rosto em langorosos números oito. Ela encostou os lábios na orelha dele e preencheu-a com uma mensagem particular. O salão estava enfeitiçado, somente o tênue tique-taque do relógio fazia com que sentíssemos que o tempo estava passando. A Uzanne virou a cabeça e assentiu para suas alunas. As jovens damas morderam o lábio, frustradas com a falta de conhecimento e de experiência. Não obstante, pegaram seus leques, lançando olhares e as mais básicas mensagens aos oficiais e cavalheiros. As mães e acompanhantes acrescentaram sua aprovação, fazendo gestos para incentivar ações mais ousadas. As meninas aceitaram o desafio, virando-se para exibir seus números em vantagem própria, permitindo um antebraço nu ao tocar o colo, dedos arqueando-se sobre as proteções dos leques. Os murmúrios e sussurros dos mensageiros, destinatários e observadores eram sublinhados por profundas gargalhadas. Adicionados a fragmentos de canções obscenas, gemidos e suspiros eram ouvidos. Leques eram estalados, largados e jogados. Tudo aumentou em volume e em ritmo, até que o salão foi preenchido por um zumbido, um ruído do qual nem uma única palavra sequer podia ser tirada. Havia apenas o som do desejo.

— Madame, que serviço *eu* posso oferecer? — gemeu suavemente Mestre Fredrik, começando a cantarolar uma canção obscena com sua voz de barítono. Christian foi em busca de Margot. Lars pendurava-se em Anna

Maria como uma sombra, mamãe Plomgren dava risinhos ensandecidos. Johanna encostou-se na parede, um olhar quase que de pânico no rosto. Eu estava contente por estar sentado, pois minhas calças estavam inflando e eu suava profusamente.

Louisa permanecia de pé na porta dos criados, esperando a ordem.

— Meus convidados estão visivelmente esfaimados. Acho que está na hora de trazer os refrescos — ordenou a Uzanne. Quando os criados entraram com bandejas de prata cheias, a fome tomou conta da multidão. Eles pediam champanhe e morangos gelados esmagados, e chocolate batido. Garçons corriam para atender os pedidos, sustentando pratos de bolos molhados, frutas maduras, tortas de limão e trufas de chocolate. As meninas da cozinha saíam sorrateiramente do porão para adicionar calor à cena. Até a velha cozinheira espiava pelo portal a multidão voraz, entontecida de prazer. A Uzanne, uma das mãos pousada levemente no ombro de Ribbing, observava os acontecimentos com o olhar de uma cientista e o sorriso de uma cortesã bem-sucedida.

Quando a turba ficou completamente saciada, a Uzanne estalou seu leque e mais uma vez o recinto tornou-se um salão cinza-pérola, nos últimos resquícios de uma tarde de inverno, cheio de convidados educados e atentos. Somente Pechlin parecia totalmente insensível, porque bocejou e se levantou para verificar as horas.

— Vocês viram como o Engajamento pode mudar tudo? — indagou a Uzanne. — Vocês podem mudar o curso da história. Fazer, inclusive, com que o maior dos homens fique... desarmado. — Ribbing tomou-lhe a mão e beijou-a. Ela retirou a mão lentamente e voltou a atenção para a frente do salão. — Engajamento é como a soltura de seus leques: oferece muitos prazeres, mas é apenas o primeiro passo — disse a Uzanne. — Se fracassarem em dominar o fechamento, tudo o que desejarem pode ser tomado de vocês. O resultado pode ser... doloroso. — Ela virou a cabeça, exibindo o perfil, o longo pescoço curvado em decorrência de algum pesar rememorado. Um coro de sussurros baixos tomou conta do salão, olhares de solidariedade passaram entre as mães e cavalheiros mais velhos que haviam conhecido Henrik. — Em março, vocês já estarão prontas para ser debutantes. Falarão a língua do leque como se fosse sua língua materna. Serão capazes de efetivar um Engajamento, e de um clímax vitorioso. Mas devem se dedicar integralmente às instruções. Nós nos encontraremos semanalmente aqui, em circunstâncias menos formais, sem esses belos cavalheiros para distraí-las ou uma palestra que... lhes escapa. Nesse meio-tempo, devem praticar sem pausa, observar seus superiores, pedir ajuda quando for necessário. E então praticar ainda mais, até não conseguirem fechar a mão sobre a guarda do leque. Vocês receberão uma lista, definindo habilidades que deverão dominar a cada semana. Sugiro também que pensem em como devem se apresentar; vocês não são mais meninas. São mulheres e devem reivindicar seus poderes. – Um vozerio entusiasmado ecoou das meninas, e então cessou quando a Uzanne continuou: – Prometo que a estreia de vocês será inesquecível, mas devo lhes dizer agora que ela não se realizará na corte. A corte é uma concha vazia. – Fez uma pausa, mas não houve sussurros de desalento. – A estreia de vocês terá lugar no último baile de máscaras antes da temporada da Quaresma. A estreia será o passo inicial de uma nova vida para todas nós.

— Do que ela está falando? Por acaso ela está atrás de um novo marido? – sussurrei para Mestre Fredrik.

Ele deu de ombros e sussurrou de volta:

— Isso importa?

— Talvez não. – Confesso que estava absolutamente extasiado. A Uzanne havia feito do embaraço um jogo em que se devia manter um engajamento, engajamento esse que era uma busca mais ampla do que a que o superior tinha em mente para mim. Uma vez que ela tivesse terminado de treinar aquelas meninas, qualquer uma delas poderia se transformar na mais desgarrada e interessante das companheiras. Rezei em silêncio, agradecendo à sra. Sparrow, ao Octavo e à minha Companheira, a Rainha das Taças de Vinho.

A Uzanne fechou o leque resplandecente e baixou-o, seu braço uma curva sinuosa.

— Cavalheiros, sinto muito pelo fato de não termos tido tempo para as cartas, mas as jovens damas estão aqui para aprender, não para jogar. Estão convidados a participar novamente de um encontro aqui no dia 16 de janeiro, ocasião em que talvez possam observar a transformação de minhas alunas e sua introdução nas cruciais habilidades do fechamento do leque. Alunas e estimados convidados, a lição de hoje está terminada. – A Uzanne fez um gesto com a cabeça em direção a um lacaio, que começou a abrir as portas que davam para o hall.

Mestre Fredrik escapou de imediato de sua cadeira, pondo-se de pé.

– Venha, sr. Larsson. – Ele me puxou, pegando-me pelo braço e me levando para a frente do salão, onde a Uzanne recebia homenagens e despedia-se de seus convidados. O jovem e arrojado Ribbing era o primeiro da fila, mas estranhamente sua fisionomia denotava um tom bem mais para diplomata do que para amante. Ele balançou vigorosamente a cabeça e colocou a mão em cima do coração, uma promessa de fidelidade. Mestre Fredrik virou-se e sussurrou: – Ela arranjou outro aliado na batalha pela dominação. Pechlin não está contente com a deserção de Ribbing, está vendo? – Mestre Fredrik inclinou a cabeça na direção de Pechlin, que fazia uma retirada apressada. – Ela ama o jogo, sr. Larsson.

Enquanto nos aproximávamos, pude ver que a Uzanne era flanqueada pelas senhoritas Plomgren e Bloom. Elas se fitavam ocasionalmente, como se uma delas houvesse roubado os talheres das mesas. Anna Maria estava emparedada entre sua mãe radiante e um Lars quase arfante. Fiz uma tentativa de captar o olhar de Johanna, mas ela não olhava na minha direção.

– Madame, sublime – elogiou Mestre Fredrik, com uma elaborada mesura, digna de um ator. – Permita-me apresentar-lhe meu amigo e irmão de loja maçônica...

– *Enchanté*. – A Uzanne me estendeu a mão, mas olhava para a sra. Beech, que retornava do duque Karl. Tomei sua mão lisa e suave na minha, surpreso por estar tão quente, e esperei, incerto em relação ao que aconteceria em seguida. Mestre Fredrik virou a cabeça e franziu o rosto. Beijei-lhe a mão, absorvendo um tênue aroma de jasmim enquanto ela se soltava de mim.

Mestre Fredrik pegou o meu braço e fez com que eu me aproximasse dela.

– O *sekretaire* Larsson trabalha no Escritório de Aduana e Impostos, madame. Tem um tremendo conhecimento sobre despachos e, além disso, uma impecável discrição.

— Tenho como colocar a mão nas mercadorias mais incomuns — falei. Meu olhar retornou a Johanna, que finalmente retribuía minha atenção. Não era um olhar de alegre reconhecimento. Ao contrário. Vi uma diminuta fagulha de temor e senti-me subitamente impelido a considerar que talvez ela fosse *de fato* Johanna Grey. Se isso fosse realmente verdade, eu não estaria interessado em lhe fazer a corte, mas ficaria ansioso em saber como ela dera aquele salto de O Porco, passando por Mestre Fredrik e aterrissando na casa da baronesa. Aquela era uma habilidade que eu poderia utilizar.

— Mercadorias incomuns? O *sekretaire* é... — A Uzanne virou-se para me olhar, seu interesse finalmente aguçado. Ela reparou onde meus olhos haviam aportado.

— ... íntimo também da polícia, com quem trabalha de mãos dadas para assegurar que criminosos sejam levados à justiça — acrescentou Mestre Fredrik.

— Um excelente contato para se ter — disse ela. — E por que o senhor está hoje aqui em Gullenborg? Por acaso cometi algum crime?

Fiz uma mesura, sem conseguir pronunciar uma palavra sequer, minha língua presa no céu da boca.

— Rá-rá-rá, madame. Seu único crime é sua perfeição. — Mestre Fredrik veio em meu auxílio, aproximando-se com palavras suaves na boca. — O *sekretaire* está aqui a meu convite. Ao que parece, ele ouviu falar da gaiola na alameda dos Frades Grisalhos e nos ajudará a recuperar seus bens roubados.

Os lábios de Madame Uzanne franziram-se ligeiramente.

— Mestre Fredrik, o senhor é *realmente* o gênio da lâmpada. Fique tranquilo que também terá direito a seus três desejos. — Ela voltou-se para mim. — E o senhor, *sekretaire*. Que desejo seu eu poderia realizar?

— O *sekretaire* não é casado, madame — sussurrou Mestre Fredrik.

— O senhor vem em busca de Engajamento. — Ela agora sorria amavelmente. — Então, espero vê-lo em nossa segunda palestra pública, se não antes.

## Capítulo Vinte e Sete

## A DIVINA GEOMETRIA

*Fontes: E.L., M. Nordén, M.F.L.*

CHRISTIAN ESTAVA PARADO com Margot na entrada de Gullenborg transbordando de esperança, distribuindo os cartões antes desprezados que agora voavam de suas mãos. Um clamor de protesto surgiu quando os cartões se esgotaram: apenas os leques de um mestre agora serviriam às jovens damas. Fiquei esperando nas proximidades, observando o desfile de potenciais parceiras saindo em atraentes grupos de três e quatro.

— Pode partir no meu trenó quando quiser, sr. Larsson — disse Mestre Fredrik, postando-se a meu lado, o rosto resplandecente. — Tenho de trocar algumas palavras com a madame.

— Certifique-se de ficar com as calças — falei. Ele me deu um soco amigável e se afastou. Ao ouvir essas palavras, Christian lançou-me um olhar confuso. — Não faço a menor ideia do que ele pretende fazer. Ele coleciona palavras impossíveis.

— *Sekretaire* Larsson! Encantada de vê-lo novamente. — Margot virou-se para mim com um sorriso. — Sinto muito não ter sido capaz de cumprimentá-lo lá dentro! Estamos necessitadas de sua ajuda.

Christian franziu o cenho e assentiu com a cabeça.

— Se não for nenhuma inconveniência.

— Parece que nosso transporte de volta à Cidade desapareceu. Podemos viajar juntos? — perguntou ela.

— E de preferência por terra — acrescentou Christian, obviamente constrangido. — Já tive excitação suficiente para um único dia. — Assegurei-lhe que pegaríamos a estrada e que a companhia deles tornaria a viagem um prazer. O ar do lado de fora era um choque frio depois do calor do salão e o céu exibia apenas um fulgor azulado, as nuvens já acinzentadas devido ao cair da noite. Lars e as Plomgren subiam em um trenó com a sra. Beech, que solicitara instruções adicionais de Anna Maria para sua filha. Mamãe Plomgren estava rubra de felicidade diante do sucesso da filha.

— Que ascensão rápida para a srta. Plomgren — disse eu tristemente. — Jamais a pegarei agora.

Margot inclinou a cabeça enquanto observávamos o vistoso trenó deslizar para longe.

— Melhor não pegar algo que não conseguirá jogar fora depois.

— Margot! — repreendeu Christian.

— Quer dizer então que a senhora acredita que eu miro mais alto, sra. Nordén? — perguntei. Ela respondeu com um único e sério assentir de cabeça. Corremos para o trenó de Mestre Fredrik e puxamos as cobertas de pele que esperavam por nós nos assentos. O cheiro de palha seca ascendeu do chão e misturou-se ao perfume da sra. Nordén. O trenó avançou com o tilintar de sininhos de metal e logo entramos na floresta. — Meus parabéns pela palestra, sr. Nordén. Um excelente dia de trabalho e, ao que parece, o senhor se beneficiará bastante com isso.

— Esperamos sinceramente que isso aconteça. O futuro de nosso negócio repousa no patrocínio da Uzanne.

A sra. Nordén encostou no marido.

— Isso acontecerá. Eu sinto.

— Devo lhes perguntar, na condição de especialistas em leques, como a Uzanne consegue deixar o salão inteiro tão... — comecei.

— Geométrico? — sugeriu Christian. Isso fez Margot rir, e ela imitou a Uzanne à perfeição, colocando Christian no papel do homem de colete listrado. Compartilhamos o bom humor de Margot, embora Christian insistisse que a geometria ainda era a razão pela qual a lição havia sido tão completa.

— Pensei que talvez fosse uma forma de magia — admiti. — Certamente, vocês viram que o cavalheiro, o salão inteiro, ficou enfeitiçado. Em determinado momento, ninguém se mexeu; no momento seguinte, mal era possível impedir que fossem em busca de algum desejo.

Christian puxou Margot um pouco mais para perto de si, ajustando a coberta embaixo de seu queixo.

— Ciência e magia estão sempre próximas, sr. Larsson, uma caçando a outra. O mal do ano passado é agora propriedade da física. Os céus que antes eram o reino dos deuses são revelados como planetas e estrelas, movendo-se em perfeitas órbitas matemáticas. E, ainda assim, as pessoas realizam feitos que não podem ser explicados: curam contágios mortíferos, levantam árvores caídas de cima de seus companheiros de batalha, têm visões do futuro, morrem e ascendem novamente. Somos sábios em manter a mente aberta a ambas. — Caímos então em silêncio, a floresta como dois paredões pretos de cada lado da estrada cintilante, os tocheiros na traseira do trenó deixando um rastro de fumaça azul. Fora os gemidos das árvores, escutávamos apenas as batidas dos cascos abafadas pela neve e o leve estalar do chicote do cocheiro.

Descemos do trenó perto da Casa de Ópera, e Margot perguntou se eu desejava cear com eles. Isso me pegou de surpresa, mas como não tinha planos, fui com eles até a alameda do Cozinheiro. Abaixei-me para tirar a neve das botas e entrei na loja escura. Margot acendeu os castiçais, lançando sombras por sobre as paredes listradas e no teto em formato de tenda. Ela colocou uma toalha sobre uma das escrivaninhas para fazer de mesa de jantar e trouxe três velas lisas de cera, acendendo-as. Comemos o ragu de carneiro que ela preparara anteriormente, servido com pão encorpado e maçãs condimentadas. Conversamos sobre Paris e sobre os tumultos que pipocavam por lá, o potencial de progresso e ruína. Eles me contaram sobre seus empregadores e amigos, e as reuniões que faziam: piqueniques, festas de gala, jantares no terraço da loja de M. Tellier. E admitiram que eram solitários na Cidade, e que eu era um de seus novos fios de contato: eu, Mestre Fredrik e agora a Uzanne. Contei as oito cartas em minha mente. Um dos Nordén certamente era uma peça de meu Octavo.

— Não consigo deixar de pensar em sua geometria, sr. Nordén – disse, entregando meu prato a Margot, que começou a tirar a mesa. — Acredita verdadeiramente que ela seja a base da vida?

— A matemática como um todo. — Christian limpou o canto da boca. — Eu vi isso. Senti isso.

— Nossa amiga mútua, a sra. S., compartilha de seu interesse. Ela é particularmente cativada pelo octógono.

À menção da figura de oito lados, ele recostou-se na cadeira.

— Qualquer um ficaria cativado se olhasse atentamente, sr. Larsson. Ele pertence a uma série de formas geométricas que compõem um alfabeto maçônico de estrutura. Existe um método para desenhar o octógono chamado Geometria Divina.

— Ouvi falar.

— Pelos maçons? — perguntou ele, surpreso.

Balancei a cabeça em negativa.

— Não ascendi tão alto quanto você. Soube a partir de nossa amiga, a sra. S. Ela o utiliza como uma base para adivinhação a partir das cartas, chamada Octavo.

— O Octavo é um bonito nome para o empreendimento — observou Christian —, pois faz lembrar os pequenos livros italianos do mesmo nome. Cada Octavo contém uma história.

— Qual é a natureza de seu questionamento, sr. Larsson? — perguntou Margot.

— Amor. E contatos — respondi, enrubescendo.

— A preocupação mais comum dos Buscadores em todas as partes. — Margot levantou-se com um sorriso e saiu da sala com a bandeja cheia de pratos.

O rosto de Christian abriu-se e suavizou-se à medida que a seguia com o olhar. Então, sua atenção se voltou para mim.

— O número oito tem profunda ressonância em muitas áreas: música, poesia, religião. Quase toda pia batismal, em todas as igrejas, tem a forma de um octógono; vá ver com seus próprios olhos.

— Eu já fui batizado, lhe asseguro — disse.

— Claro, claro! Mas um bebê choramingando, mergulhado na água do octógono, é apenas o início. A forma da qual ele brota é infinita em todas as direções. Renascimento está sempre próximo a nós. — Ele se levantou da mesa. — Precisa ver isso, sr. Larsson! — Ele foi até a sala de trabalho e voltou, apresentando-me uma página de um caderno de anotações de couro bastante folheado.

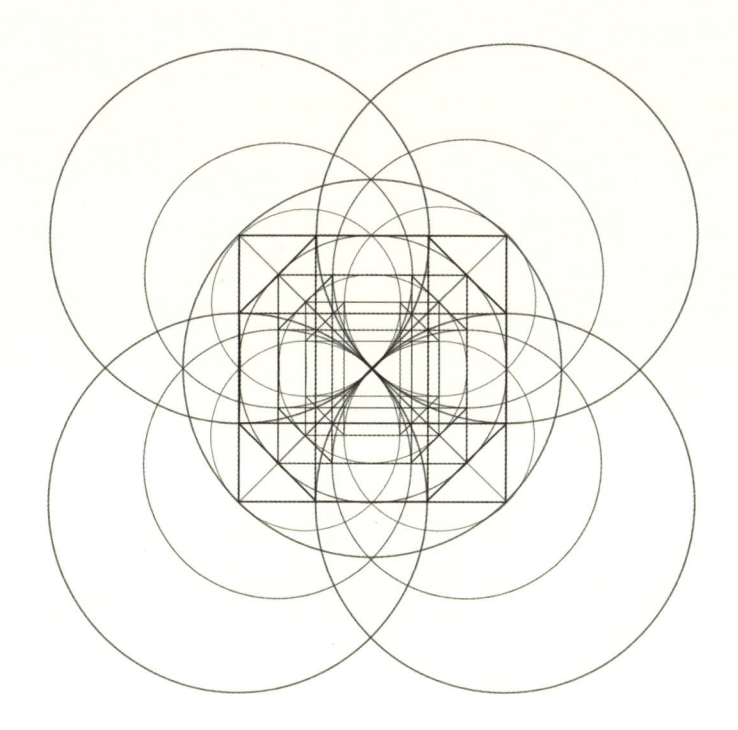

— A forma pode se expandir dela própria, conexões concêntricas que se tornam cada vez maiores ou menores... um universo micro e macro, dependendo da natureza de seu questionamento. Encontro nessa forma a assinatura do Supremo Ser. — O rosto de Christian iluminou-se de alegria diante daquele prova matemática do Divino. — E nossa amiga sabe que a Geometria Divina está no cerne de muitas estruturas complexas? — Ele folheou rapidamente as páginas para achar uma série de desenhos. — Existe uma teoria que afirma que muitas estruturas sagradas ascendem do octógono. Análises de templos, bibliotecas e catedrais ancestrais exibem essa forma como a fundação de seu projeto. Se prestar atenção, verá o octógono combinado em todos os lugares. Com a Geometria Divina pode-se, quem sabe, construir uma cidade, sr. Larsson. Uma cidade sagrada, na verdade.

Olhei o caderno e percebi que estava prendendo a respiração. Ali estava uma expansão das teorias da sra. Sparrow, apresentada à luz límpida da ciência.

— Seria possível pegar esse livro emprestado? Acho que a sra. S. ficaria encantada com as informações aqui contidas.

Christian hesitou, baixando a cabeça e fechando bem os olhos, como se tentasse discernir uma mensagem celeste escrita atrás de suas pálpebras. Finalmente, ele levantou os olhos para mim e disse:

— Poucos conhecem verdadeiramente o poder dessa ciência — falou ele suavemente. — A sra. Sparrow não deve compartilhar essas informações com ninguém além do senhor. Aceita fazer um juramento solene?

— Sobre o Livro Sagrado e sobre o *Céu e inferno*, de Swedenborg, se você quiser — disse, erguendo a mão direita.

Nordén colocou a mão em meu ombro.

— Você é um receptáculo de conhecimento divino. Espero que esteja preparado para as consequências.

Eu me levantei parcialmente do assento para pegar o livro, sentindo que botara a mão num prêmio importante.

— Esse é um gesto extraordinariamente generoso da sua parte, sr. Nordén.

— Diga à sua amiga que quando ela tiver estudado o assunto, gostaria de discuti-lo pormenorizadamente, pois não resta dúvida de que ela tem teorias próprias a compartilhar — ele disse, fechando o livro com seu cordão de seda.

— Certamente que sim — disse eu.

Nordén entregou-me o livro.

— Ninguém mais deve ver isso.

Segurei o livro de encontro ao coração, deslizando-o para o bolso da jaqueta. Margot retornara à mesa, mas seu rosto parecia pálido e abatido.

— Não está com fome, amor? — perguntou Nordén, sentando-se a seu lado. Ela olhou para o prato, ainda cheio de comida, e sacudiu a cabeça.

— Está se sentindo bem, sra. Nordén? — perguntei.

— Eu me sentiria melhor se me chamasse de Margot e a meu marido de Christian. Somos amigos, *non*? — Ela encostou no marido e fechou os olhos, um sorriso nos lábios. — Estou me sentindo bem, Emil, mas confesso que estou bem cansada.

— Mas não cansada demais para fazer um brinde a nosso novo amigo — disse Christian. Ele foi novamente até a sala de trabalho e voltou com uma faca afiada, três taças e uma garrafa de champanhe verdadeiro que disse estarem guardando. – Um brinde, então, à arte e à felicidade – falou Christian.

– E ao romance – acrescentou Margot.

– Sinto-me honrado por compartilhar esta ocasião. – Levantei a taça. – A Uzanne certamente mandará muitos clientes à sua esplêndida loja.

Eles olharam um para o outro com jubilosa intensidade.

– Verdade, Emil, mas isso é mera nota de pé de página em direção a uma felicidade maior. Seremos uma família – revelou Christian. Eu me levantei, a boca aberta, a taça inclinada à altura do queixo. – Um bebê. Com chegada marcada para a próxima primavera. Estamos esperando há um bom tempo.

Bebemos, o líquido efervescente quase raro demais para ser engolido, tal como aquela emoção. Guardo na memória esse exato momento: o aroma de óleo de limão, o calor da sala em listras amarelas à luz das velas, o delicioso vinho, adoráveis maneiras e a imagem daqueles dois apontando para um contato profundo com o mundo, com tudo e todos dentro dele – o Octavo adquirindo uma proporção infinita. Aquilo me deixou não só com uma leveza no coração, como também com um profundo pesar. Talvez porque fosse algo indescritivelmente maravilhoso, algo que eu não tinha. E talvez jamais tivesse, se não conseguisse dispor meus oito a tempo. Terminei minha taça e me levantei, pegando minha casaca escarlate pendurada na cadeira.

– Oh, Christian, você ficou excessivamente filosófico. Agora Emil está partindo – disse Margot.

– Ao contrário, Margot – falei. – É apenas para me lembrar desta noite perfeita em todos os esplêndidos detalhes que os deixo nesse terno momento. A companhia de vocês deu-me muito em que pensar. Eu lhes agradeço e lhes desejo uma boa noite.

– Então, você precisa voltar novamente na semana que vem, e muitas outras semanas mais – disse Margot.

Eu os deixei e atravessei a ponte de volta à Cidade. Na alameda dos Frades Grisalhos, virei sem pensar, encaminhando-me para a casa da sra. Sparrow, mas a porta estava bem trancada e todas as janelas escuras.

## Capítulo Vinte e Oito

## REPOUSO PERTURBADO

*Fontes: Diversos* apothicaires, *srta. Bloom, Louisa G., M.F.L.*

DEPOIS QUE O Cassiopeia foi levado, os sonhos da Uzanne foram preenchidos pelo caos e assombrados pelo espectro de uma nação arruinada, devastada por ignorantes e desclassificados. Dormir tornou-se impossível à medida que o verão se transformava em outono e o fervor de seu patriotismo tomava impulso, com longos e acalorados monólogos levados a cabo em sua penteadeira, tarde da noite. Ela compreendeu que, se quisesse que a nação reconquistasse a sanidade, teria de entrar em ação. Começou com um engajamento do mais alto nível, quando as tempestades de novembro estavam em seu auge: o duque Karl veio até sua cama. Mas ele solicitava mais da noite, e aquele estado de exaustão cada vez maior estava se tornando uma inconveniência. Ela precisava estar no auge, precisava dormir. Em dezembro, ela já era dependente de sua nova protegida.

— Srta. Bloom — chamou a Uzanne, uma noite logo depois de sua primeira palestra. — O pó.

Johanna correu em direção à cama escura, onde apenas as lamparinas noturnas estavam acesas. O vento uivante fazia zunir as venezianas da casa. Ela segurava um pote de cerâmica azul, em que o conteúdo era o refinado resultado de diversas semanas de trabalho. Johanna jamais havia feito um pó sonífero antes, mas observara seu pai prepará-lo, e sabia quais ingredientes eram efetivos. Testou várias versões em Sylten, o gato amarelado da velha cozinheira, salpicando um pouquinho em seu focinho. O preparado cobriu-lhe o nariz e os bigodes apenas um momento antes de desaparecer. A quarta versão fez com que, em questão de minutos, Sylten adormecesse atrás da caixa de madeira. No final do dia, a velha cozinheira reparou sua ausência das tarefas de caçar camundongos e tentou despertá-lo quando um pedaço de pão recém-assado foi arruinado pelos roedores. Mas Sylten não pôde ser acordado; estava mole como um travesseiro molhado e levou mais dois dias até que recuperasse inteiramente os sentidos. Na vez seguinte em que Johanna testou Sylten, ele acordou em oito horas, bem a tempo para o café da manhã.

Mas Johanna sabia que um gato era um objeto pobre para testes. Sozinha em seu quarto, ela salpicou um pouquinho do pó fino na palma da mão. Quando inclinou a cabeça na direção da mão e respirou bem fundo, o aroma de jasmim envelopou seu rosto. Depois de um ou dois minutos, os músculos rígidos de suas costas relaxaram, sua visão suavizou-se e o acolchoado da cama acenou para ela. Quando acordou, o quarto estava imerso em noite densa, e ela sentiu uma calma que não sentia desde a infância em Gefle, antes da morte de seus irmãos, antes do fervor religioso da sra. Grey.

Durante várias semanas, Johanna visitou os serviçais da casa, e perguntou se gostariam de experimentar seu pó. Anotou os ingredientes e as quantidades, o método de administração, o tamanho do voluntário, a natureza e a duração de seu sono. Fez ajustes, até que todos os que haviam experimentado o preparo demonstraram querer mais. Louisa disse que era como o raro sabor da laranja: assim que come, você sente falta de mais uma fatia. O desejo da Uzanne era saciado todas as noites: ela não dormia tão bem desde as deliciosas noites antes da prisão de Henrik. Ela cuidou para que Louisa ocupasse um quarto no terceiro andar, para que Johanna pudesse dormir no amplo banquinho estofado ao pé de sua cama, administrando o pó toda vez que lhe fosse solicitado.

— Deixe o pote em cima da mesinha de cabeceira, srta. Bloom, caso eu acorde no meio da noite — pediu a Uzanne, observando Johanna salpicar os travesseiros com o pó aromatizado com jasmim. — Ou se aquele visitante regular da minha cama vier e provar ser mais um problema do que um prazer. Seu temperamento é curto, e seus atributos mais curtos ainda.

Johanna vira a linda carruagem entrar e sair, e avistara a figura encapuzada do duque Karl, às vezes bêbado demais para esconder o rosto.

— Talvez eu pudesse preparar um pó ainda mais forte, caso a senhora o solicite — comentou Johanna com um riso, esfregando os dedos na saia para retirar os traços do pó.

— Um pensamento inspirador, Johanna. — A Uzanne pegou uma das lamparinas na mesinha de cabeceira e sentou-se à penteadeira, tirando os grampos dos cabelos. — Preciso de algo forte o suficiente para induzir o sono por 12 horas completas. Você pode fazer isso para mim? — A Uzanne passou um creme no rosto e começou a espalhá-lo com os dedos.

— Sim, madame — respondeu Johanna. — Eu acrescentaria *Amanita pantherina* — continuou, ansiosa para parecer competente. — É um cogumelo às vezes chamado de cogumelo vermelho falso.

— O nome é sedutor.

— Ele é conhecido na Índia como o corpo divino. Proporciona um sono similar à morte e visões de natureza erótica, madame — explicou Johanna, tentando lembrar o que mais o *apothicaire* Leão dissera.

— Parece perfeito. — A Uzanne estendeu a escova de marfim.

— Mas o cogumelo vermelho é venenoso, madame, e deve ser usado com grande cuidado. Só conheço suas propriedades quando ingerido. Um pó feito com ele pode não ter o mesmo efeito.

— Tenho confiança de que descobrirá imediatamente, Johanna. Isso é importante para mim.

Johanna pegou a escova e ergueu a farta cabeleira da Uzanne, expondo-lhe a nuca.

— Irei amanhã mesmo ao Leão, mas insisto em testar o cogumelo vermelho eu mesma antes de usá-lo, madame.

— Não, não, você é valiosa demais. E esse pó não é para mim.

Johanna sentiu os ombros relaxarem e escovou os cabelos da Uzanne em golpes longos e equilibrados. Obviamente, o duque Karl estava se tornando uma inconveniência real.

— Concordo que a senhora necessita descansar, madame, e pode ser que ajude o fato de que aqueles a seu lado durmam profundamente.

A Uzanne riu.

— Não, Johanna, isso é para outro homem. Um homem que planejo dominar ainda mais completamente. — A Uzanne observou sua protegida no espelho. Apenas uma momentânea pausa nas escovadas exibiu a preocupação de Johanna. Ela esperou a pergunta, mas ela não veio, o que a deixou satisfeita. — Tenho outro desafio para sua *expertise* boticária, srta. Bloom. O duque Karl não tem herdeiros. Ele se submeteu a toda espécie de tratamento, mágicos ou de outra natureza, mas desconfio que a pequena duquesa seja estéril e que as meninas do balé não queiram crianças e se dirijam ao Leão em busca de ajuda. Conceber o filho do duque seria... um sacrifício que estou preparada para fazer. Isso é algo que o general Pechlin não pode dar a ele.

— Madame? — sussurrou Johanna, parando as escovadas por completo.

A Uzanne girou no banquinho e segurou a mão de Johanna, apertando-a com força.

— Vejo seu olhar de descrença. Você me considera velha demais.

— Não, madame, não. A senhora é, sem dúvida nenhuma, bem capaz de ter um filho... mas talvez o duque não seja... a senhora e seu marido jamais... — Ela baixou a mão; aquele era um tópico íntimo demais para uma criada, e as consequências, extremamente voláteis.

— Henrik e eu não nos preocupávamos com o fato de não termos tido filhos; sentíamos que tínhamos muito tempo para isso. Toda a alegria possível, toda ela, me foi tomada por Gustav. — Ela soltou a mão de Johanna. — Quanto ao duque Karl, existem remédios, não existem? — Johanna assentiu com a cabeça, mas não sabia nada a respeito dessas curas além de pedaços de conversas entreouvidas na *officin* em Gefle. Ela imaginava como evitar uma discussão sinistra com o *apothicaire* do Leão. — Bom, então você os preparará. — A Uzanne aplicou o creme branqueador na mão direita, tomando um cuidado extra com a pequena mancha marrom que surgira inesperadamente o verão passado. — Srta. Bloom, você seria muito útil para mim se fizesse outras pesquisas enquanto estiver na Cidade.

Johanna recomeçou a escovar.

— Fico mais contente quando sou útil, madame.

— Mestre Fredrik trouxe um *sekretaire* à palestra. Acho que você também o notou.

Johanna curvou a cabeça para esconder um inesperado sorriso, fingindo inspecionar um inexistente emaranhado nos cabelos da Uzanne.

— Eu não o teria notado, caso não o tivesse visto na Cidade, madame. Ele tinha assuntos a tratar com Nordén, o artesão de leques.

— Eu ficaria satisfeita se soubesse mais sobre esse *sekretaire*. Mas você deve reunir essas informações discretamente.

— Madame, posso me tornar invisível se a senhora assim o desejar.

— A todos, menos a mim. — A Uzanne mirou seu reflexo no espelho. — Você está parecendo bastante uma dama, Johanna. Ocorreu-me a ideia de que talvez possamos preparar suas bodas.

— Eu... Sinto-me despreparada para dar esse passo — disse Johanna, agora tomando cuidado para manter as escovadas longas e equilibradas e o rosto indecifrável. — Ainda há tantas coisas a aprender.

— Você deve aprender que ligações estratégicas são cruciais. Necessitaremos do consentimento de seus pais.

Johanna colocou a escova em cima do toucador e trançou silenciosamente e prendeu com uma fita os cabelos escuros da Uzanne.

— Madame, o que a senhora decidir os satisfaria imensamente. Escreverei pedindo-lhes a aprovação.

A Uzanne se levantou, beijando Johanna levemente na testa.

— E eu também.

Johanna juntou as mãos nas costas para impedi-las de tremer.

— Posso perguntar quem a madame tem em mente para mim?

— Você pode perguntar, mas ainda não lhe direi. Enquanto isso, você ficará contente em saber que sua irmã ficará em Gullenborg até a estreia.

— Eu não tenho irmã — falou Johanna suavemente.

A Uzanne subiu na cama, uma tênue nuvem de pó aromatizado erguendo-se em volta de sua cabeça à medida que ela recostava no travesseiro.

— Refiro-me à srta. Plomgren. Ela ficará aqui a semana toda para instruir as jovens damas, e eu a considero bem... fascinante. Talvez você aprenda algo com ela.

## Capítulo Vinte e Nove

## O OCTAVO DE ESTOCOLMO

*Fontes: E.L., sra. S.*

DEZEMBRO NORMALMENTE ERA um mês melancólico para mim, com a escuridão se acentuando, o falso entusiasmo das festas e os longos meses de inverno ainda pela frente. As águas negras de Norrströmmen corriam abaixo do gelo como o próprio Styx, e as colinas da Cidade estavam quase intransitáveis. Minhas atividades diminuíram o ritmo na aduana, com pouco tráfego nos portos e os armazéns vazios e frios. Mas à medida que 1791 se avizinhava, senti um vigor e um entusiasmo genuínos com os oito entrando em ação. Mestre Fredrik compartilhara generosamente seu conhecimento acerca da lista de convidadas da Uzanne, e eu estava preparando várias cartas de apresentação com o intuito de selecionar umas poucas. Eu podia questionar Margot para saber quais seriam as minhas escolhas; suas feições de pássaro faziam com que eu tivesse certeza de que ela era a Tagarela. Eu precisava de um Mensageiro para levar os bilhetes – talvez ele fosse realmente o menino Murbeck, se sua mãe, minha Vigarista, não interferisse. Eu também tinha planos de entrar em contato com as Plomgren, onde sentia um calor genuíno, porém altamente desprovido de qualquer possibilidade prática, devido à falta de riqueza ou de títulos na família. Anna Maria encaixava-se perfeitamente como a Prisioneira em meus oito, e imaginei a mim mesmo o herói que a libertaria. Ou talvez seu pai fosse o Prêmio e me oferecesse a filha. Independentemente disso, Anna Maria tinha ambição e beleza, e talvez ascendesse bem alto nos braços da minha Companheira.

E havia Johanna, cujo mistério implorava para ser resolvido. Suas feições pálidas surgiam frequentemente em meus pensamentos, e, caso ela fosse de fato a filha de uma nobre casa, talvez valesse a pena ser cortejada. Do contrário, ela tinha algo a esconder, e nós tínhamos algo a trocar. A experiência me mostrara que tais acepipes podiam ser transformados em banquetes se usados corretamente. Ocorreu-me que essa troca de informações talvez colocasse Johanna como a Tagarela, em vez de Margot. Havia uma jovem naquela carta, atendida por dois cavalheiros. Talvez eu fosse um deles.

Tais pensamentos rodopiavam em minha mente quando saí da aduana numa tarde de dezembro. Percorria a rua do Preto, passando pela Grande Praça, quando avistei a sra. Sparrow às pressas, um xale marrom-escuro balançando pelo ar atrás dela. Segui-a por entre as barraquinhas da feira e pelo Trångsund, a estreita passagem em frente à Grande Igreja. Suas salas na alameda dos Frades Grisalhos haviam permanecido estranhamente escuras na semana anterior, até mesmo o portão para o pátio encontrara-se trancado, e eu estava ansioso para vê-la. Queria relatar a deleitável aula da Uzanne, compartilhar o caderno de Nordén e, mais do que qualquer outra coisa, obter algum conselho dela no que dizia respeito ao meu Octavo. Mas, quando dobrei na Colina da Grande Igreja, ela havia desaparecido. Eu podia apenas adivinhar que ela havia entrado na catedral e dirigi-me à porta.

A igreja estava amargamente fria, cheirando a pedra úmida e a velas apagadas. Havia pouca luz do sol no interior, e lamparinas a óleo crepitavam a intervalos regulares ao longo da nave central. Caminhei lentamente em direção ao corredor central, atraído pelo fulgor do altar prateado. A magnífica imagem de São Jorge e o dragão davam coices nas sombras, as maciças coroas entalhadas em ouro penduradas nos púlpitos como se fossem suportes numa encenação teatral palaciana. Uma chama dançava no topo dos candelabros de bronze, como ocorria havia mais de quatro centenas de anos. Não havia ninguém na igreja. Minha respiração era o único som, até que um ruído de passos e um estalar de gelo ecoaram pela nave.

Dirigi-me ao ruído, fazendo uma pausa em cada um dos maciços pilares para escutar. O som de pingos conduziu-me ao nártex, onde a sra. Sparrow curvava-se sobre a pia batismal de pedra, as mãos no rosto, quase tocando a água.

— Tenho andado atrás da senhora — sussurrei. Ela segurou com firmeza a pia, com medo, mas seu olhar sobressaltado foi substituído por alívio. —

Os aposentos de sua casa estão escuros há mais de uma semana. A senhora anda doente? – Ela balançou a cabeça em negativa. – E por que está na igreja? – perguntei.

– Não sou nenhuma estranha à igreja, sr. Larsson, e acredito em espaços sagrados. Fiquei confusa com meu Octavo e vim até aqui em busca de orientação – sussurrou ela, e esfregou os olhos com a ponta do xale. – Até agora não recebi nenhuma.

– Talvez eu tenha recebido alguma. Para lhe dar. – Tirei do bolso da casaca o caderno de Nordén e lhe entreguei. A sra. Sparrow abriu o livro e estudou os diagramas enquanto eu relatava as teorias de Nordén sobre geometria e contatos, as várias e infinitas formas do Octavo e a construção da cidade sagrada. – Existem aspectos da Geometria Divina que a senhora não teve permissão para aprender.

– Até agora – disse a sra. Sparrow. Seus olhos cintilaram e havia um ligeiro tremor em seus lábios quando ela finalmente levantou os olhos. – Você é um Mensageiro excepcional, Emil.

– A senhora me chamou por meu nome de batismo – percebi, com surpresa.

Uma porta próxima ao altar se abriu e um diácono emaciado dirigiu-se ao corredor central. Ele olhou fixamente a penumbra, como se fôssemos aparições, e, então, acelerou o passo, parando na última fileira de bancos. Ele segurou a grade lateral, como se ela lhe pudesse servir como escudo, e falou:

– Eu a conheço, mulher. Você é a cartomante do rei, e não é bem-vinda aqui – sibilou. Logo, o diácono voltou-se para mim. – E quem é você nessa casaca vermelha? Um *sekretaire* do escritório de Satanás?

– Somos ambos estudantes do divino, senhor. – A sra. Sparrow aproximou-se do diácono, que deu um passo para trás.

– Duvido que vocês possam saber qualquer coisa a respeito do Pai Todo-Poderoso – disse, a nuvem quente de sua respiração escapando-lhe dos lábios.

– É melhor irmos embora – falei para a sra. Sparrow com calma. Mas ela estava rígida de raiva, suas mãos como pesos ao lado do corpo. Ela fez uma careta quando a toquei. Totalmente imóvel, apenas sua boca se movia, como se ela tivesse comido um pedaço de carne estragada. Seus olhos estavam bem fechados, os músculos de sua mandíbula cerrados. Então adivinhei. — Sra. Sparrow — sussurrei, segurando-lhe o braço com firmeza e conduzindo-a a um banco, onde nos sentamos bem juntos um do outro.

— Não olhe para mim — sussurrou ela.

— O que houve? — indagou o diácono, seu rosto pálido em meio à penumbra.

— Ela está doente e precisa se sentar — respondi.

— Eu não estou doente. — A sra. Sparrow livrou-se de mim e se levantou para encarar o diácono. — Venha observar uma alma dominada pelo conhecimento da Cifra Eterna. — Ela se sentou mais uma vez e juntou as mãos com firmeza sobre o colo, o corpo rígido e completamente imóvel, os olhos fechados.

— O que ela está fazendo? — sibilou o diácono.

Girei no assento para encará-lo.

— O senhor não consegue ver que ela está doente?

— Isso não é doença, mas sim malignidade! — gritou ele, aproximando-se do banco e agarrando a minha casaca. Mas os olhos da sra. Sparrow agora estavam arregalados, vesgos, olhando para o teto. Sua boca estava aberta e a língua para fora pendia em direção do queixo, como se desejasse se livrar da garganta. Sua cabeça sacudiu com a força de seja lá que visão lhe estivesse preenchendo o crânio, e um gemido estrangulado escapou-lhe dos lábios. O som era o pior de tudo: semelhante a alguém atormentado em seus sonhos pela bruxa do pesadelo, sem qualquer esperança de jamais voltar a acordar. Eu não poderia dizer quanto tempo durou a convulsão, mas finalmente seus olhos se fecharam e sua cabeça tombou para a frente, com o queixo sobre o peito. O diácono levantou-se em estado de choque. O silêncio do santuário era puro alívio quando peguei a mão inerte da sra. Sparrow, molhada de suor. Ela ergueu a cabeça e abriu os olhos, as pupilas pretas e brilhantes.

— A senhora está bem? — perguntei.

— Vou compartilhar minha visão. — Ela virou de lado para encarar o diácono e a mim. — Um homem apareceu, afirmando ter conhecimento da sabedoria universal. Era Hermes Trimegisto.

— Como ousa pronunciar aqui o nome de um mágico pagão? — sussurrou o diácono.

A sra. Sparrow colocou-se de pé e o fitou.

— Ele afirmou conhecer as verdadeiras lições da Geometria Divina e as manifestou para mim aqui na Grande Igreja: os anéis concêntricos do quadro do parélio, o triângulo acima da entrada e, mais especificamente, o octógono. E não apenas na pia. — Ela apontou, e o diácono e eu seguimos a linha de seu dedo em direção ao teto. — Tanto acima quanto abaixo — falou.

O diácono olhava como se algum demônio tivesse esculpido uma indelével blasfêmia no edifício. Levantei-me para ter melhor visão. Acima de nossas cabeças, as arestas de cada uma das altíssimas abóbadas se juntavam para formar os esporões de uma roda de oito lados, criando uma linha de octógonos conexos que erguia o peso das paredes e sustentava o próprio teto.

— O senhor vai ficar aqui, *sekretaire* quem quer que seja, e vigiará essa feiticeira até que as autoridades cheguem — sussurrou o diácono.

Normalmente, eu não teria temido uma visita da polícia do bairro, principalmente tendo em vista que não havíamos feito nada de errado, mas nunca é uma postura sábia envolvê-la em assuntos da Igreja; os policiais normalmente se mantinham do lado de Deus.

— Nós estamos indo embora — falei, levantando-me e puxando a sra. Sparrow para o corredor, um de seus pés prendendo-se no banco. O diácono correu na direção do campanário para soar o alarme para a polícia. A sra. Sparrow recobrou a atenção quando os sinos começaram a soar, corremos para a saída e alcançamos a rua estreita.

— Acompanhe-me até a minha casa, Emil. Devo lhe explicar o que essa visão significa verdadeiramente. — Ela não parecia nem um pouco assustada. Na verdade, parecia alguém que acabara de chegar de uma partida excitante. — E vire sua casaca do avesso; a linha escura não vai ser fácil de ser vista. — Virei a casaca do avesso e enrolei o cachecol com mais firmeza no pescoço.

A luz do dia desaparecera, e a impressão era de que estávamos à meia-noite, muito embora não passasse das cinco da tarde. A neve caía, em flocos grandes e suaves, e nós descemos correndo a Colina da Grande Igreja em direção à alameda dos Frades Grisalhos, cheia de gente a caminho de casa para tomar a ceia. Nenhum de nós proferiu uma palavra sequer enquanto caminhávamos. A cortina de neve impedia que fôssemos vistos, mas só pude respirar novamente por completo quando estávamos em segurança no interior do número 35. Meu conforto durou pouco.

— O que aconteceu aqui, sra. Sparrow? — perguntei, olhando o salão vazio e a desordem das cadeiras, vidro quebrado no chão, uma mesa completamente revirada. Katarina não estava em parte alguma.

— Tenho estado no escuro há uma semana para deixar as coisas esfriarem — respondeu ela, sacudindo a neve do xale. — As visitas do duque abriram a porta para uma clientela raivosa — Patriotas, em sua maior parte. A polícia não mais intervém.

— Mas a senhora tem a proteção de Gustav.

— Minha lealdade ao rei está sendo questionada. — Ela acendeu as lamparinas, e vi que seu rosto estava triste. — A ligação do duque Karl com esta casa vem sendo notada, bem como a quantidade de Patriotas que frequentam meus salões. Pensei em bancar a carcereira com o duque e, desse modo, servir ao rei, mas os conselheiros de Gustav interpretaram os acontecimentos de outra maneira. Eu me recuso a acreditar que Gustav pessoalmente trataria sua amiga de modo tão ruim. — Então, um sorrisinho maroto surgiu nos cantos de sua boca. — Mas mudaremos isso, Emil, porque agora eu vejo — disse, e correu pelo corredor. — Prepare uma mesa. Vou pegar as cartas.

Endireitei minha mesa de canto favorita, colocando as cadeiras ao redor e dispondo almofadas para dois. Migalhas de bolo e folhas de tabaco estavam espalhadas pelo tecido verde e eu as espanei com a mão da melhor maneira possível. Em seguida, acendi as lamparinas na parede próxima. A sra. Sparrow voltou e dispôs um Octavo na mesa, em sua ansiedade as cartas caindo da pilha.

— Você já viu o meu Octavo antes. O evento no centro está protegendo meu Companheiro e instando o resgate do rei francês. — Ela passou rapidamente o baralho, puxou mais cinco cartas e rearrumou a disposição delas. – E aqui está você. Amor e contatos permanecem como seu evento central.

Ela empurrou as cinco cartas que sobraram da disposição de seu Octavo para se encontrarem com as minhas.

– O sr. Nordén disse que a Geometria Divina poderia construir a cidade sagrada, mas Jerusalém é muito distante. O que vejo aqui é a Cidade, e seu futuro depende de nós dois – sussurrou ela. – Nós compomos um Octavo maior, Emil. O Octavo de Estocolmo.

Olhei fixamente para o lugar onde as duas disposições de cartas se sobrepunham.

– Então, a senhora está dizendo que nós dois *realmente* compartilhamos três de nossos oito – retruquei. – A senhora não achava isso antes.

– Antes, eu não compreendia inteiramente. Os dois se encaixam como as abóbadas da Grande Igreja, ou melhor ainda, como as engrenagens de um grande relógio. – Seu rosto estava iluminado pela emoção da revelação. – Olhe aqui: Nordén é meu leal Vigarista, alterando perfeitamente o Cassiopeia no mais completo sigilo. Mas, como qualquer bom Vigarista, ele manteve algo escondido de mim, até que, *voilá*! – Ela abriu o caderno de Nordén numa página onde se encontravam octógonos conectados uns aos outros. – Nordén revela-se a si mesmo como o seu Prêmio. Ele lhe deu suas anotações de um segredo muito bem guardado. Esse foi prêmio o bastante para nós dois.

– Ele me deu mais do que isso – admiti, pensando na maneira simpática como me recebeu e em sua generosa amizade. – Mas e a Rainha das Taças de Vinho? Pensei que a senhora havia dito que sua Professora fosse a pequena duquesa.

A sra. Sparrow tamborilou os dedos em cima do caderno de Nordén.

– A pequena duquesa era um modo de evitar uma verdade que eu não queria admitir: a Uzanne tem algo a me ensinar. – Seus dedos pararam abruptamente. – Você foi até Gullenborg para a palestra dela? – Assenti. – Comece do começo. Preciso aprender tudo o que puder.

Tentei transmitir-lhe a beleza do cenário, a indulgência do que foi servido, o sensual rodopio das meninas em flor e dos homens bem-apessoados, assim como a esplêndida orquestração de desejo que a Uzanne conduzira com seu leque.

— Foi algo... mágico — disse.

— Realmente, Emil, você se colocou sob a influência dela por intermédio de seu pênis? Qualquer um pode invocar desejo. — Ela resmungou. — Criar esse pecado cardeal não requer nenhuma ajuda do diabo, nenhum encantamento, nem mesmo uma sala escura. — Ela recostou-se na cadeira com a testa franzida. — É claro que se trata de um mero exercício para os pecados mais significativos que eu desconfio que ela tenha em mente. Imagine o que ela teria feito se tivesse em mãos o Cassiopeia — sussurrou a sra. Sparrow.

Ponderei sobre isso por um momento e não pude evitar o sorriso maldoso que surgiu no canto dos meus lábios.

— Gostaria muito de poder estar presente nessa ocasião — disse.

— Pense com a cabeça dessa vez, por favor. Todos sabem que a Uzanne e seu falecido marido trabalhavam secretamente para tirar Gustav do poder, mas Henrik tombou em batalha. A vingança pode acender o estopim, e *engajamento* é um termo militar.

— Admito que as jovens damas nos desarmaram — falei.

— O duque Karl estava presente? — continuou ela, me ignorando.

— Não, mas a sra. Beech, integrante da casa do duque, foi apresentada como sendo ela própria uma nobre, inspirando especulações. A Uzanne sente desejo pelo marido da vizinha dela. Há aí um pecado significativo.

A sra. Sparrow recostou-se na cadeira.

— Aqui está mais uma confirmação de meus oito, e da natureza política do evento.

— A senhora devia abandonar suas teorias de traição — disse. — O general Pechlin estava lá e parecia totalmente entediado com a falta de intrigas políticas. A Uzanne está interessada apenas nas batalhas femininas.

— As verdadeiras batalhas femininas nunca são mencionadas nos livros e raramente são discutidas pelos homens, de modo que você não faz a menor ideia do que elas são — comentou a sra. Sparrow. — A Uzanne não está interessada nas diminutas habilidades sexuais do duque Karl, e ela tem seu próprio dinheiro; ela está interessada no poder, o mais embriagante dos desejos. Ela está se colocando perto do trono... o trono do duque Karl. Ela pretende dar a coroa a Karl.

— Abanando com o leque a cabeça de Gustav para longe? — gracejei.

A sra. Sparrow alisou a saia e me olhou com raiva.

— Olhe as cartas. Isso aqui não é um jogo de ligações casuais para ninguém.

Em vez disso, fui até a janela e abri a cortina. Um acendedor de lampiões de rua deu vida a uma lanterna do outro lado, fazendo com que uma faixa de ouro percorresse a lateral da casa até a rua cheia de neve.

— O que a senhora sugere que eu faça? — perguntei.

Ela curvou-se sobre a mesa e pegou novamente a Rainha das Taças de Vinho.

— Você precisa se aproximar de sua Companheira de modo a encontrar o mais rápido possível seus oito. A palestra seguinte da Uzanne será realizada em duas semanas. Observe cada encontro, anote cada convidado, escute as conversas sussurradas. Enquanto isso, coloque-se firmemente ao lado dela. Balance a chave para as mercadorias contrabandeadas. Ofereça seus serviços para investigar a ladra sra. Sparrow. Prometa-lhe encontrar seu leque. E certifique-se de manter o Cassiopeia em segurança. Quando chegar o momento do retorno do leque, já que ele *de fato* voltará à sua dona, só poderemos esperar que a alteração seja suficiente para neutralizar sua força. — Ela reparou minha expressão e sacudiu a cabeça. — Você ainda está cético, mas a magia sombria do Cassiopeia pode ir bem mais longe do que truques de salão. Fiz estudos. Muito estrago foi feito pela proprietária original do leque: rituais de magia negra, envenenamento, prisão, morte. A Uzanne é cheia de uma energia que complementa a proveniência sombria do Cassiopeia. Será mais do mesmo. Ela tem intenção de derrubar o rei.

Estava claro que aquele leque possuía mais significado e poder do que eu imaginava.

— Eu mantenho o Cassiopeia bem escondido, sra. Sparrow — falei, voltando à mesa. Na verdade, a caixa encontrava-se bem visível. A sra. Murbeck a abrira uma vez, quando eu estava ausente para pegar o Borboleta, embora jamais tenha mencionado a presença do Cassiopeia preso abaixo dele.

A sra. Sparrow franziu os lábios, desapontada.

— Você perdeu a figura da sua carta. É melhor prestar atenção em sua mão, pois você se encontra num jogo maior, goste disso ou não. E as apostas são mais altas do que está disposto a admitir. — Observei os octógonos intercalados e vi minha terna previsão de amor e contatos sobrepujada, como as ondas de uma tempestade se levantando para esmagar um pequeno barco. — Emil, você parece alguém sentenciado à forca — disse ela.

— Eu só tinha intenção de assegurar uma aliança que me trouxesse benefícios, não de me engajar em traições políticas.

— Por acaso, não se trata da mesma coisa? — Ela indagou isso de maneira jocosa, mas reparou minha inquietação. — Você terá o seu Octavo. A visão de amor e contatos era real.

— Mas essa combinação dos dois... O seu evento é de tal magnitude...

— Você considera amor e contatos algo pequeno? Precisa expandir seu pensamento, Emil. Esses são os maiores tesouros da vida. — Ela pegou as duas cartas dos Buscadores, a dela e a minha. — Você não vê? Um Octavo não anula o outro. Muito pelo contrário; nós reforçamos as metas um do outro. Exatamente como o teto da Grande Igreja. Ou, se preferir um exemplo mais secular, como a nossa parceria na trapaça. Obtemos êxito juntos, ou não obtemos nada.

Do lado de fora, na rua, um vigia gritou as oito horas, sua voz desaparecendo colina acima na direção da Grande Igreja. Eu me levantei para ir embora, afirmando ter negócios a tratar no bairro sul.

— Posso visitá-la no Natal? — perguntei, imaginando que ela estaria sozinha como eu.

— Muito gentil da sua parte, mas não. Os dias que giram em torno do solstício são repletos de orientação. Katarina lhe dirá quando poderá vir. — Ela juntou as cartas com dois golpes rápidos e arrumou-as no baralho. — Feliz Natal, Emil. Mas tenha em mente que é o Ano-Novo o motivo da celebração: protegeremos o nosso rei e também a casa real da França. E você encontrará a trilha dourada!

— Maravilhoso — concordei, com o falso entusiasmo que exibia durante as festas. Passei pela porta da frente e desci lentamente os degraus para a rua deserta, coberta de branco. As lanternas de inverno crepitavam, levando-me de uma poça de luz a outra durante todo o trajeto até a alameda do Alfaiate. Os salões dos Murbeck estavam escuros e apenas o gato da casa miou uma saudação. No andar de cima, pus lenha no fogareiro para espantar a umidade que envolvia a sala como um manto, e me sentei. Uma camada de poeira tomara conta da mesa; nela, desenhei os Octavos sobrepostos da melhor maneira possível. Parecia improvável que amor e contatos surgissem a partir daquela estrutura, independentemente do quanto a inspiração fosse divina. Limpei uma camada larga de poeira no centro da mesa com a lateral da mão e fui sozinho para a cama.

## PARTE II

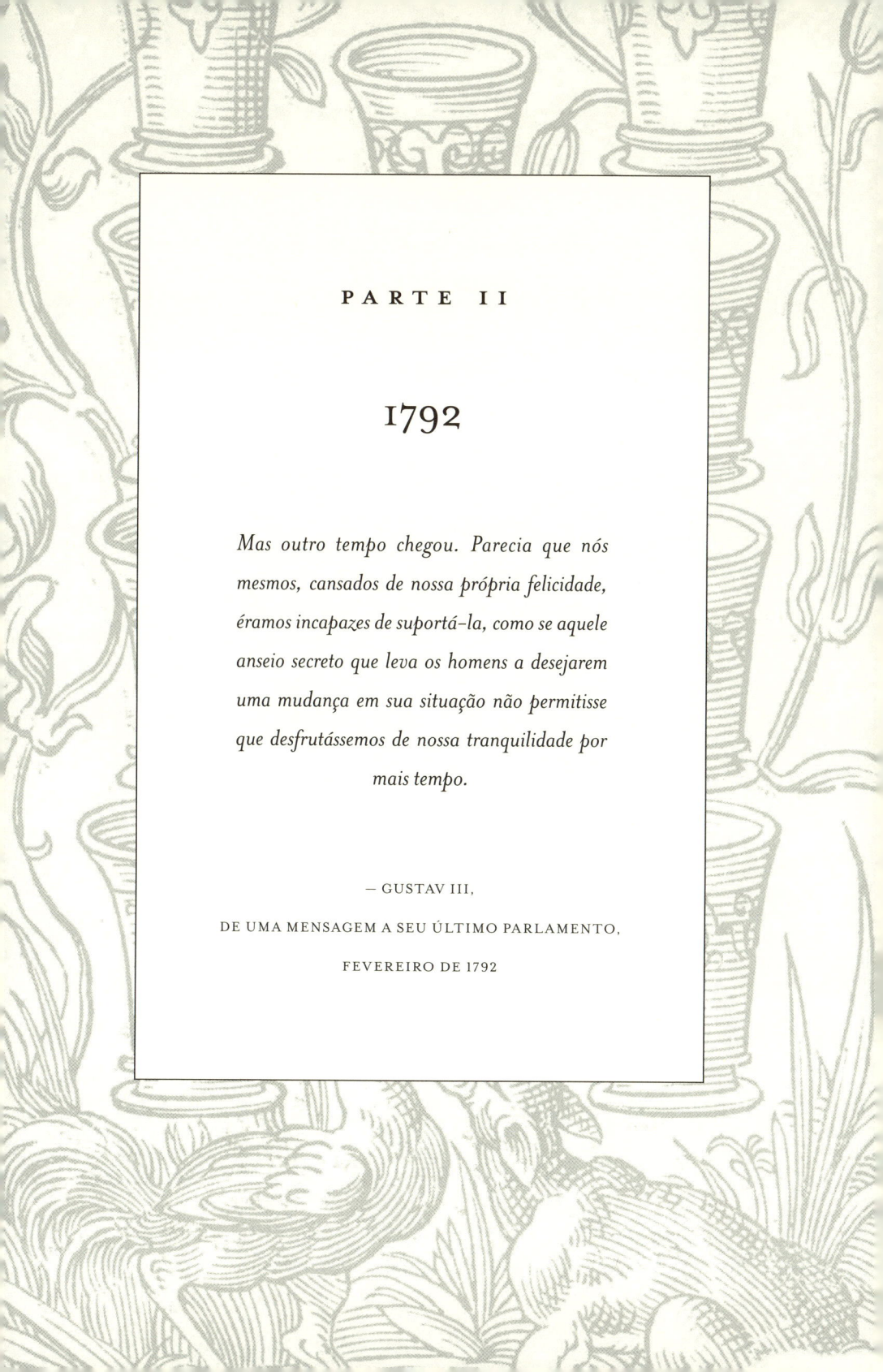

# 1792

*Mas outro tempo chegou. Parecia que nós mesmos, cansados de nossa própria felicidade, éramos incapazes de suportá-la, como se aquele anseio secreto que leva os homens a desejarem uma mudança em sua situação não permitisse que desfrutássemos de nossa tranquilidade por mais tempo.*

— GUSTAV III,
DE UMA MENSAGEM A SEU ÚLTIMO PARLAMENTO,
FEVEREIRO DE 1792

## Capítulo Trinta

EPIFANIA

*Fontes: E.L., sra. S., Katarina E., sra. M.*

JANEIRO DE 1792 queimava como uma vela romana num céu negro de Ano-Novo. Minha lembrança desse tempo é intensificada – talvez gostemos de nos orgulhar de termos um conhecimento presciente –, mas eu juro, não houve mês em minhas lembranças que tivesse tido uma tensão tão espetacular. O gelo nas muitas colinas era igualmente traiçoeiro; a neve pisada e espalhada com refugos; as tosses, os espirros e as febres eram do mesmo modo incessantes. Mas havia mudança no ar e, para o bem ou para o mal, a mudança sempre acelera a pulsação e deixa os sentidos afiados. Para muitos de nós, era a última brasa acesa de uma época antes de se transformar em cinzas – a carruagem vazia diante da casa elegante, a poeira resplandecente espalhada.

A nação estava partida em duas, Realistas e Patriotas cerrando fileiras, o fervor se elevando com a aproximação do Parlamento, que se reuniria na distante Gefle. Cidadãos da Cidade estavam perplexos diante da escolha dessa cidade menor, mas, ao retirar o Parlamento do território dos Patriotas, o rei conseguiria controlar a participação e garantir sua supremacia. Viajar era oneroso e terrível em janeiro. E metade dos membros da Casa dos Nobres teve os passes de viagem negados por motivos questionáveis.

Nas tavernas e cafés, as conversas sugeriam que Gustav pretendia reestruturar o governo, restringindo a nobreza a 24 assentos e dando aos comuns uma maioria genuína. Os Realistas decretaram essa liderança esclarecida, mas os Patriotas se enfureceram. Eles agora viam Gustav como uma ameaça fatal à estabilidade da Suécia, a ser removido por quaisquer meios necessários. Boatos traiçoeiros voavam.

Os cidadãos da Cidade esperavam que houvesse revolução ou repressão nos engolfando, e a visão da borda do abismo era de tirar o fôlego. A Cidade cintilava ainda mais por causa do perigo, e os jogos de cartas, bailes, partidas de bilhar, concertos, danças e jantares assumiam uma atmosfera ainda mais frenética – como se cada um deles fosse o último.

Eram três da manhã do dia 4 de janeiro, véspera do Dia de Reis, o fim das festividades de Natal e uma última noite de folgança antes do solene ritual da Epifania. Uma tênue luz azul grudava-se ao céu a ocidente, o menor indício de mudança de estação ainda vários meses à frente. O dia em que eu devia falar com o superior sobre meu casamento estava próximo, e provavelmente seria meu último dia como *sekretaire*. Abri uma fresta na janela para deixar entrar um pouco de ar fresco, sentindo o sopro do vento ao meu redor, quando ouvi a voz de Katarina no corredor do térreo. Ela discutia com a sra. Murbeck, dizendo que o bilhete só poderia ser entregue em minhas mãos. Abri a porta da frente e desci a escada.

– Não posso permitir que jovens entrem e saiam de seus aposentos, sr. Larsson – disse a sra. Murbeck, os braços cruzados sobre o peito.

– Sra. Murbeck, a senhora é o último baluarte da minha decrépita reputação, mas lhe asseguro que essa jovem é meramente uma mensageira a serviço de uma amiga idosa.

A sra. Murbeck resmungou de um jeito escandalizado e bateu a porta atrás de si. Katarina pôs a mão na frente da boca, acometida de tosse. Seus olhos estavam velados de preocupação, e ela apertou os lábios.

– A senhora pede que o senhor venha vestido como cidadão, não como *sekretaire* – sussurrou, entregando-me um pequeno envelope. Em seguida, fez uma mesura e saiu. No bilhete estava escrito: *6 horas*.

Meus cabelos estavam simplesmente penteados e eu vestia uma jaqueta cinza esfarrapada, de colarinho alto, um velho sobretudo de lã azul-marinho e um cachecol de tricô enrolado ao rosto para me proteger do frio. As ruas da Cidade estavam cheias de gente para aquela noite festiva, mas senti os ombros enrijecerem à medida que me aproximava da alameda dos Frades Grisalhos. A arcada estava silenciosa e a escadaria ecoava apenas os meus passos. Não havia nenhum farrista por ali.

Katarina abriu uma pequena fresta na porta quando bati, e teve que olhar duas vezes.

— Sr. Larsson? — sussurrou. — Assenti com a cabeça e a porta foi puxada para trás apenas o suficiente para que eu pudesse deslizar o corpo, antes dela trancá-la novamente. No corredor frio e vazio, havia um tênue fulgor vindo do grande salão de jogos.

— Nenhum jogador esta noite? — perguntei, minha voz ecoando na escuridão.

— Madame diz que só voltaremos a ter jogos de cartas na primavera, o que é bom. Os companheiros do duque mudaram totalmente o clima aqui. Mais ameaças do que apostas — explicou ela, parando para assoar o nariz. — A senhora diz, entretanto, que receberemos os Buscadores, e eu fico contente por isso. Sem clientes, não terei trabalho.

Dirigimo-nos ao umbral que dava acesso ao salão, e Katarina acenou com a cabeça, indicando que eu devia entrar. Sentada a uma das mesas, uma mulher olhava pela janela em direção à torre da Grande Igreja, onde os sinos soavam as seis horas. Ela estava de costas para mim, e as velas em cima da mesa refletiam sua silhueta. Sua peruca estava penteada num estilo que eu não via desde a minha infância, ridiculamente alta e branca. Seu vestido creme também era antigo, um elaborado *robe à la française* complementado por ampla crinolina e um drapeado plissado que caía da nuca até o chão. Sobre a mesa, havia um leque aberto ao lado de um copo de cristal vazio e de uma pilha de cartas. Pensei que talvez uma atriz abandonada do teatro Bollhus esperasse uma audiência com a sra. Sparrow entre o primeiro e o segundo atos.

— *Pardon... Mademoiselle?* — disse. Na penumbra, era impossível saber a idade da moça. A mulher virou-se com o corpo retesado nos movimentos lentos que espartilhos e peitilhos exigem. Ela usava um cachecol branco sobre o peito e o colo. Seu rosto estava pesadamente empoado, as bochechas brilhantemente avermelhadas com excesso de ruge.

— Por favor, sente-se, Emil. Temos pouco tempo — disse a sra. Sparrow, os dentes cintilando dentro do oval formado por seus lábios vermelhos.

Olhei fixamente para aquele rosto, procurando minha amiga por baixo daquela máscara. Ela lembrava uma cortesã envelhecida, cujo vestido e maneiras encontravam-se presos a uma época passada; ou à época de sua glória ou à época de sua ruína. Finalmente, eu me sentei.

— Confesso que estou surpreso, sra. Sparrow, de vê-la nesses trajes... pouco comuns.

— Não duvido. Katarina ajudou a me preparar e ainda não consegue me reconhecer. — Ela tirou uma migalha do corpete, as camadas de renda das mangas seguindo os movimentos de suas mãos. — Vou me encontrar com meu Companheiro.

— Então, Gustav finalmente respondeu suas cartas — falei, curvando-me com um sorriso.

— Não. Ele não respondeu. Mas eu recebi uma lição da minha Professora, a Uzanne. Vou usar as armas femininas e procurá-lo na Ópera. O rei está lá quase todas as noites, e se uma dama conhecida dele se aproxima, as boas maneiras exigem que ele a cumprimente. Ele sempre se deixou levar pelo charme, ainda mais pelo sexo feminino. Vou precisar apenas de alguns momentos para apresentar meu ponto de vista.

Assenti a minha aprovação a sua estratégia.

— Que ponto de vista é esse que a senhora apresentará? — perguntei.

Ela se levantou da cadeira, notavelmente graciosa para uma mulher desacostumada a roupas tão extravagantes e apertadas, e começou a abrir caminho entre as mesas.

— Que ele deve agir de imediato para salvar o rei francês. Tenho escutado meus clientes e aqueles amigos que ainda possuo na polícia. Gustav trabalha incansavelmente para montar um exército de toda a Europa e planeja marchar sobre Paris na primavera; Áustria e Prússia assinaram acordos agosto passado para se juntar a ele. Gustav enviou espiões para mapear possíveis rotas até o ponto de invasão na Normandia. Mas pode ser que ele não viva para ver isso acontecer. As forças de oposição na Cidade ficam mais fortes e mais desesperadas a cada dia. — A sra. Sparrow agarrou as costas de sua cadeira. — Se tem intenção de sobreviver, ele não pode esperar até a primavera. Axel von Fersen está pronto para agir, assombrado pelo fracasso em Varennes no verão passado; ele está em Bruxelas e conta com meios e maneiras de entrar nas Tulherias e libertar os cativos. Gustav deve sancionar esse plano *antes* de partir para Gefle, enviar Von Fersen a Paris de imediato e resgatar o rei francês antes que o Parlamento se encerre.

— Mas como isso salva Gustav do perigo?

— Tal ato heroico fará de Gustav uma lenda, seu nome se tornará imortal. Seus inimigos encolherão sob a chama de sua glória. A Europa será estabilizada, a monarquia e a ordem serão restauradas. E milhões de francos franceses rolarão em direção à Cidade como forma de agradecimento. É esse último ponto que será o óleo sobre as águas, que fará com que Gustav restabeleça seus laços com a nobreza.

— Ah – disse. – Então, no fundo, trata-se de dinheiro. – A sra. Sparrow deu de ombros fazendo beicinho, o que me fez lembrar de Margot. Ela se sentou mais uma vez. – Então, agora o evento no centro de seu Octavo é... salvar a monarquia francesa? – Senti meu rosto acalorar enquanto falava, tornando-se tão acalorado quanto a frase que eu pronunciava.

— O evento central de meu Octavo é o mesmo de antes: salvar meu querido amigo Gustav. O resgate de Luís XVI é um glorioso meio para esse fim, não é? – Ela pegou o leque. – Até que isso aconteça, nós dois devemos proteger Gustav do perigo.

— Mas por que eu?

— Porque nossos Octavos estão interconectados; um evento mudará o outro. Não há como ser de outra forma. Você tem a trilha dourada à sua frente e chegará lá mais rápido se trabalharmos em dupla.

De repente, me senti tonto – a grandiosa ambição da sra. Sparrow parecia fazer mover o próprio chão embaixo de meus pés, e a doença arrepiante que me assombrara durante dias envolveu meu corpo por completo.

— Acho que preciso de um copo de conhaque – falei, segurando o colarinho.

— Sim, um conhaque. Você pigarreou a noite toda, Emil; pode ser que sua garganta esteja inflamada. – Ela chamou Katarina, que trouxe dois copos limpos, uma garrafa d'água e uma garrafa empoeirada de conhaque.

— Posso ir agora, sra. Sparrow? – perguntou Katarina.

— Ainda não. – Ela observou Katarina fazer uma mesura e correr de volta à cozinha. – Ela está com medo. E não é para menos. Salões vazios e bolsos vazios não são nada em comparação ao que virá, caso a monarquia caia. — A sra. Sparrow serviu-se de um copo d'água. — Você está curioso em relação ao meu fervor pela monarquia, Emil, mas eu nasci para ela. — Ela deu um longo gole. — Nosso nome de família era, na verdade, Roitelet, que significa "garriça". A garriça é conhecida como o rei dos pássaros, o pequeno rei. Eu teria gostado que meu nome fosse pássaro-rei também aqui na Suécia, mas um burocrata descuidado fez uma má tradução quando chegamos da França e, então, ele se tornou Sparrow. Mas sempre serei garriça em meu coração. — Ela fechou os olhos. — Meu pai acreditava na monarquia acima de qualquer outra coisa, mais até do que na Igreja, e me passou essa crença. Ele dizia que tudo de bom que acontecera conosco neste mundo viera de dois reis: Luís XVI e Gustav II, o Sol e a Estrela do Norte, as luzes de orientação do nosso mundo. Esses vinte anos do reinado de Gustav viram florescer coisas que talvez jamais voltemos a ver. Ele merece vivenciar sua visão, e seu legado não pode representar a queda da grande Casa de Wasa. E o meu legado não pode ser o de uma charlatã. — Ela abriu os olhos e pegou a carta que estava entre nós, virando-a lentamente entre os dedos. — Gustav prometeu proteger-me sempre, mas parece que ultimamente ele tem se esquecido disso. Preciso lembrar-lhe que é má sorte fazer mal a uma garriça; você sabe disso, não sabe? Infortúnios acontecem, com certeza. Todos sabem que a garriça do Dia de Santo Estêvão abençoa o Ano-Novo.

— Mas no Dia de Santo Estêvão os meninos matam as garriças, e as levam, de casa em casa, presas em estacas, com as asas abertas. O rei é sacrificado pelo bem comum.

— O Octavo de Estocolmo muda isso. Manteremos a garriça *e* o rei vivos neste novo ano.

Terminei meu conhaque com um grande gole. Via uma gaiola, ou pior, um manicômio para a garriça. Mas a sra. Sparrow não pareceu ter percebido o meu silêncio. Ao contrário, ela se levantou e pegou um círio, fazendo um gesto para que eu a seguisse pelo corredor principal. Ela acendeu um castiçal espelhado de parede, do lado oposto a uma mesa lateral, coberta com pesado damasquino que chegava até o chão. Puxou o tecido com um floreio, revelando uma escrivaninha de madeira, marchetada de carvalho e bordo e encimada por mármore. Ela retirou a chave que trazia pendurada no pescoço por uma corrente e destrancou a gaveta de baixo. Dei uma olhada e vi pedaços de linho bem arrumados e o que havia embaixo deles.

— Quanto dinheiro!

A sra. Sparrow segurou o meu queixo, e aproximando o rosto do meu, seus olhos cintilando como as moedas na gaveta.

— É verdade. Trabalhei duro durante toda a vida e tenho a intenção de manter tudo isso bem guardado. Quando Gustav estiver no Parlamento, os Patriotas estarão dispostos a destroçar a Cidade. Eles vão caçar todos os aliados do rei, inclusive um pequeno pássaro.

— Mas você pode jogar dos dois lados — disse. — Peça proteção ao duque Karl.

— O duque Karl me pregaria num poste se isso acelerasse sua coroação. — Ela puxou uma cadeira para perto de um dos lados da escrivaninha e retirou os panos de linho da gaveta. Eles eram, na verdade, saquinhos com fecho de corda. Ela se sentou e começou a encher um deles. — Vai me ajudar ou não?

Mais de uma dúzia de saquinhos cheios, uma fortuna em moedas e notas, foi encaminhada para um baú de madeira que puxamos de um alçapão no corredor dos fundos. A sra. Sparrow colocou em cima uma espessa bata de viagem com revestimento de peles para camuflar e em seguida fechou a tampa.

— O que eu faço com todo esse dinheiro?

— Por favor, Emil, você imaginou que *ficaria* com ele? Já basta o fato de manter o Cassiopeia em seus aposentos. — Ela fechou a gaveta vazia e trancou-a. Em seguida, dispôs o pano sobre a escrivaninha. — Logo, logo você vai acabar se transformando também em alvo de inquérito. Seus aposentos não serão mais seguros do que os meus.

— Alvo de inquérito? Com base em quê?

— Você é meu amigo. E tem a questão do leque.

— Ninguém sabe nada a respeito do leque — falei, lembrando da bisbilhoteira sra. Murbeck. — Sabe?

Ela olhou fixamente para mim.

— O Cassiopeia sabe e achará uma maneira de retornar à sua mestra, se puder. É assim que as coisas mágicas funcionam. Veja o que transcorreu desde que o peguei.

Transportamos a caixa para a porta da escada dos criados e a sra. Sparrow chamou Katarina para ir atrás de uma carruagem para mim. Esperamos por alguns minutos, escutando o batucar abafado das pedras de granizo sobre as venezianas. Finalmente, ouvi o trenó se aproximar.

— Preciso que entregue esse baú e cuide para que ele fique em segurança — sussurrou ela, e então me entregou um saquinho de moedas. — Pagamento para a carruagem e um pouco por seus percalços.

— Para onde estou indo? — perguntei.

— Para a alameda do Cozinheiro, para o meu Vigarista. — Eu podia sentir as perguntas seguindo seu percurso em direção ao meu rosto. — Os Nordén são minha melhor escolha, além de ser a única. Eles moram no andar de cima, em cima da loja, e manterão meu dinheiro em segurança até que Gustav tenha retornado.

— Mas todos sabem que eles são defensores da realeza e, além disso, Margot é estrangeira e ainda por cima católica.

— Os Nordén por enquanto estão nas boas graças da Uzanne, de modo que o duque Karl vai cuidar para que eles não sejam perseguidos. Christian e Margot são meus amigos. E são seus amigos também. Nós estamos com sorte. — A sra. Sparrow olhou para mim com um sorriso deslumbrante estampado no rosto, cheio de esperança e entusiasmo. Lembro bem disso porque foi um dos últimos que testemunhei por um longo tempo. — Vamos ganhar esse jogo. Nós vamos. As apostas são altas, as cartas vitoriosas farão o mapa do mundo, agora e para sempre. Parou para pensar sobre isso, Emil? Estamos jogando para o reino dos céus! — Nós dois rimos estrepitosamente, mas, relembrando a ocasião, havia um sutil subtom no som de nossa gargalhada: a minha era alta e nervosa; a dela possuía o timbre sombrio da demência.

— Agora, precisamos nos apressar — disse ela. — A cortina se ergue às nove em ponto.

Nós nos dirigimos ao hall frontal, onde peguei meu manto e minhas luvas com Katarina. O porteiro chamou o cocheiro para ajudá-lo com o baú.

— Pode ir, Katarina — disse a sra. Sparrow. O alívio transformou o rosto da criada, e nós esperamos até que a escuridão engolisse seus apressados passos em direção ao porteiro. A sra. Sparrow pegou o meu ombro, apertando os meus braços com surpreendente força. — Não estou certa de quando o verei novamente. Meus salões não são mais seguros. Devo desaparecer até que o Parlamento termine.

— Isso pode levar meses — falei, sentindo a minha garganta se contrair com uma estranha sensação de perda.

Ela assentiu com a cabeça.

— É maravilhoso receber de presente um Mensageiro que representa muito mais do que jamais imaginei. — Ela me beijou o rosto com ternura. — Um filho, na verdade. Adeus, Emil.

## Capítulo Trinta e Um

O MENSAGEIRO

*Fontes: E.L., M. Nordén, cocheiro anônimo*

EM FEBRIL AGITAÇÃO, eu entrei no trenó que estava à minha espera e falei meu destino ao condutor. A carruagem cheirava a lã úmida, água de colônia masculina e um aroma de pinheiro, que subia do carpete de ramos que havia sido colocado no chão para embeber a neve e a lama. Pus os pés em cima do baú; perdera a fivela de prata de meu sapato esquerdo. Rendimentos para sustentar anos de fivelas de prata estavam acondicionados no interior daquele baú.

Seria simples redirecionar o cocheiro para Stavsnäs. De lá, poderia seguir para a ilha de Areia, entrar em contato com o capitão Hinken, embarcar no *Henry* e zarpar com uma pequena fortuna. Fechei os olhos e tentei imaginar uma vida de conforto em Copenhague, ou talvez mais ao sul, em Frankfurt. Mas eu sabia que não iria além da alameda do Cozinheiro. Era um homem da Cidade e sempre seria, especialmente agora que a sra. Sparrow me prendera com seu beijo maternal. Talvez aquilo fosse o que ela quisesse dizer com amor e contatos.

O condutor fez um ruído com a boca, deu um leve estalar nas rédeas, e logo cortamos a neve e o gelo em direção à rua Longa do Oeste, repleta de celebrantes da Epifania. Mas em Brinken, na subida íngreme que levava ao palácio real, a multidão pareceu menor e mais espalhada. Passamos pela maciça e imponente estrutura da Grande Igreja, e então viramos em direção à praça no Jardim do Castelo.

— Nenhuma luz nos aposentos de Sua Majestade, está vendo? — comentou o cocheiro. — Talvez o rei já tenha partido para Gefle. Ele enviou seu trono de prata com antecedência, num trenó puxado por seis cavalos. Vai ficar longe três ou quatro semanas, no mínimo. Ou para sempre, se as conversas que tenho ouvido por aí forem verdadeiras – acrescentou.

— Que tipo de conversas é esse, cocheiro?

— Ah, conversas de todo tipo. Alguns dizem que Pechlin planeja uma revolta dos Patriotas e fará com que a rainha assuma o lugar de Gustav na condição de marionete de rosto bonito...

— Uma rainha dinamarquesa? Jamais. E quanto ao duque Karl?

— É verdade. O duque gostaria de ter o trono para si mesmo, mas não pode arrancar o irmão de lá. Dizem que ele vai mandar a marinha sumir com Gustav. Outros acham que os plebeus vão tomar o poder e que não teremos mais nenhum rei e ponto final.

— E o que você acha?

Ele cuspiu um chumaço de tabaco na rua, mostrando-se subitamente cauteloso com todas as minhas perguntas.

— Gustav ainda é o rei, hein?

Seguimos até a alameda do Cozinheiro em silêncio, até que o cocheiro puxou as rédeas com força, fazendo com que os cavalos parassem abruptamente.

— Excelente tempo e uma condução bastante habilidosa nesse maldito gelo – elogiei, pagando a corrida com uma gorjeta ridícula. Ele fisgou a isca com um balançar de cabeça, os cantos de sua boca virando-se ligeiramente para cima.

— Imagino se você não faria a gentileza de me ajudar a levar esse baú até a casa de minha tia idosa no último andar desse prédio. Ela anda adoentada e precisa desses medicamentos e livros para sua convalescença. – Chacoalhei as moedas no bolso, e ele desceu com um baque, agarrando o baú para puxá-lo.

— Livros e medicamentos? Isso aí deve estar cheio de pedras para rechear os bolsos de sua tia e jogá-la ao mar – reclamou ele.

Lutamos para tirar o baú da carruagem e caminhamos desajeitadamente até o interior do edifício. A escadaria estava escura, um cheiro forte de comida e sons abafados de conversas, um riso de criança e o tilintar de porcelanas percorriam a escadaria. No quarto andar, eu já estava bastante sem fôlego. Baixamos o baú.

— Nada como trabalho honesto! — exclamou o cocheiro, mexendo nos dentes com a unha do polegar. — É tudo de que os figurões e poderosos precisam, o senhor não concorda? — Assenti com a cabeça, já que não tinha mais fôlego para falar. — Os que trabalham duro, esses merecem dar sua opinião sobre as coisas, serem recompensados, certo? — Eu não tinha certeza se a intenção dele era entrar numa discussão política ou reclamar sua gorjeta, portanto não respondi. Ele olhou para o alto da escada. Não havia o menor indício de vida lá em cima. — Sua tia pode não estar mais precisando dessas pedras; parece que ela se cansou de esperar por você e já voltou para o Criador. Será que não dá para deixar o baú aqui até depois do funeral? Ele é pesado à beça.

Chacoalhei as moedas suavemente de encontro às pernas, como se avaliasse a sugestão, e então lhe sorri com tristeza.

— Ela desejaria que levássemos o baú lá para cima. — Levamos o baú até o último andar, dei a ele moedas demais, e o cocheiro desceu correndo a escada. Fiquei parado num retalho de iluminação que entrava pela janela do jardim, escutando pequenos ruídos atrás da porta dos Nordén... sussurros e o suave bater de pés descalços em chão de madeira. Pensando que talvez a sra. Nordén pudesse atender, endireitei minhas luvas e ajustei a cintura das calças. A seguir, passei os dedos nos cabelos no instante em que a porta se abriu com uma pancada que quase me fez cair escada abaixo. Lá estava Margot, segurando uma faca entalhada. — Margot! — berrei, o coração acelerado. — É seu amigo Emil!

Ela olhou em meio à escuridão, a mão ainda segurando a faca.

— Deus do céu, Emil! Peço-lhe as mais sinceras desculpas. Estou *en garde* depois das conversas que tenho ouvido ultimamente! — Respondi também com um pedido de desculpas esfarrapado, porém floreado, mencionando diversas vezes a sra. Sparrow e o baú que ela insistira que eu levasse de imediato, sem sequer um bilhete de aviso, o que era tão típico da barbárie de meu país etc. etc. Finalmente, Margot depositou a faca em cima de uma bancada no hall de entrada e acendeu uma lamparina, pedindo-me para entrar. À luz da lamparina, pude ver que seu rosto estava mais cheio e reparei que a curva de sua barriga pronunciava-se por baixo do corpete. O hall de entrada recendia a um leve cheiro de peixe frito e de lavanda. Suas paredes eram de argamassa branca e sobre um amplo piso de tábuas encontrava-se disposta uma passadeira trançada. Em uma das paredes estava pendurada uma cruz de metal como as que se encontram em todas as casas luteranas, a não ser pelo corpo torturado de Jesus, que marcava as cruzes católicas.

— Christian está terminando um leque que precisa ficar absolutamente perfeito. Pode ser que ele se comporte de modo rude. O senhor entende, não entende? – perguntou ela.

Assenti com a cabeça.

— Talvez eu pudesse falar com ele através da porta apenas por um instante...

— Eu não quis dizer que ele vai morder o senhor. — Ela riu. — Venha.

Carregamos o baú pelo hall e pelo corredor adentro até a sala mais ao fundo. A porta estava apenas entreaberta e uma luminosidade cálida escapava em direção à penumbra. Margot bateu suavemente e emitiu um olá cantarolado, enfiando a cabeça pela fresta da porta.

— O que é? – falou baixinho uma voz irritada do interior do recinto.

— Temos visita – avisou Margot, e puxou sua extremidade do baú para indicar que podíamos entrar. Ela abriu bem a porta com o quadril, permitindo que a luminosidade da sala se espalhasse. Eu raramente vira tantas velas acesas em uma pequena câmara, e fui obrigado a fechar os olhos por um momento para me proteger da intensa luminosidade. A cor de limão nas paredes era a mesma das listras nas paredes da loja no térreo. Parecia que meia dúzia de espelhos em cada uma das outras três paredes refletiam a luz infinitamente, em todas as direções. Havia três ou quatro gabinetes diferentes uns dos outros; encostada a uma das paredes, havia uma cama com cortinado.

Puxamos o baú para o centro do quarto, para o pé da pequena escrivaninha de viagem onde Christian estava sentado, apertando o rebite de um leque sob uma lente de aumento. As hastes eram de ébano e simples, a lâmina cinza tinha tiras finas de prata ao longo da extremidade superior, percorrendo cada dobra. O efeito era o de raios de luar sendo emitidos da mão que o segurava.

— Que dama da Cidade possui um gosto tão simples e elegante? – perguntei.

— Ah, ele é elegante, mas apenas parece ser simples. O segredo é revelado na mão de sua dona.

— A Uzanne? — indaguei. Ele assentiu com a cabeça. — E qual é o segredo? Sua mulher me disse que todo leque possui um.

Christian levantou os olhos por um instante, seu rosto abrindo-se ao tópico de seu trabalho.

— Isso é a dama que deve revelar, mas vou lhe dar uma pista... — concedeu ele. — A pena de asa que esse leque contém permitirá que suas habilidades alcem voo *e* segurem com rapidez e firmeza aquele que ela deseja.

Examinei detidamente o leque. Não havia nenhuma pena visível.

— Uma bela charada, Christian. Mas eu me preocuparia em dar à Uzanne uma arma tão poderosa. Depois da demonstração que ela deu, está claro que poderia se apoderar da guarda real e do próprio rei, nocauteando-os com facilidade.

— A Uzanne certamente poderia nocautear um regimento, e haveria uma longa fileira de roupas de cama quentes e desarrumadas ao longo do caminho — concordou Christian, abrindo e fechando o leque para testá-lo.

— Ela é um soldado de Eros, não é?

Margot levantou-se atrás do marido, tomando cuidado para não esbarrar nele.

— Lembre-se de que nosso negócio é arte, marido, não guerra — disse.

— Tenho certeza de que a Uzanne enviou seu regimento feminino até aqui para que elas se armassem — falei. — As jovens damas pareciam muito ansiosas em aperfeiçoar suas habilidades técnicas.

O sorriso de Christian pareceu forçado, e ele olhou para Margot em busca de palavras.

— Negócios não era tudo o que esperávamos, mas acreditamos que as jovens damas acabarão vendo o benefício de serem donas de um leque Nordén, e sua estreia em sociedade, o que se avizinha, nos carregará do inverno em direção a uma época ensolarada. — Ele ergueu os olhos, dessa vez com um sorriso genuíno. — Há uma criança a caminho, sabia?

— Ele sabe, Christian. Foi o primeiro a saber! — lembrou Margot. Pude ver a combinação de júbilo e temor em seus rostos.

Christian fechou o leque cinza e em seguida se levantou e apertou a minha mão.

— O que o traz a nós durante a Epifania? Eu o imaginaria reunido com os celebrantes, jovem solteiro que é.

— Ainda posso celebrar, mas recebi um pedido para servir de mensageiro a nossa amiga mútua — contei.

— Ele está aqui com o baú de madame Sparrow — sussurrou Margot.

— Ah! — Christian intensificou seu aperto em minha mão. — Então, chegou à Cidade.

— O que é que chegou? — perguntei.

Ele soltou a minha mão, mas permaneceu imóvel.

— Foi assim que começou na França, Emil. A sra. Sparrow entrou em contato conosco logo após o Natal, no Dia de Santo Estêvão. Conversamos longamente acerca da geometria, de nossos dois reis, das maneiras através das quais nossos países se alinhavam, da escuridão que está caindo sobre a França. E discutimos um plano para a eventualidade de tais coisas ocorrerem aqui na Cidade.

— Que plano? — indaguei. Margot e Christian trocaram olhares. Nenhum dos dois falou nada. O fato de que a sra. Sparrow havia, não fazia mais do que uma hora, me beijado como a um filho, ainda assim me mantendo seus verdadeiros planos em sigilo, fez a minha garganta apertar como se eu estivesse sendo laçado. Todavia, forcei um riso. — Bem, ela o chama de seu Vigarista, Christian, e contar arruinaria a pilhéria.

— Isso não é pilhéria, *sekretaire* — disse Margot. — É guerra.

Ouvi a palavra e senti o meu corpo enrijecer, como se estivesse prevendo um golpe. Quando abri a boca para negar seus temores, pude apenas me concentrar nos sapatos molhados me apertando os pés.

— Por favor, perdoe-me — disse. — Meus sapatos deviam ter sido deixados na porta.

Eles olharam para mim com um misto de perplexidade e pena.

— O senhor está perturbado — falou Margot. — Vou lhe trazer um pouco d'água. — Ela saiu do recinto, os olhos de Christian seguindo-a, e voltou com um copo com água tão gelada que me doeu a garganta engoli-la. A irritação em minha garganta transformara-se num latejar, e enrolei o cachecol com mais firmeza ao pescoço. — Você é muito bem-vindo para cear conosco, Emil — convidou Margot.

— Não, obrigado — respondi rapidamente; estava muito confuso para comer e não queria conversar mais sobre essa tempestade que se anunciava. — Amanhã é a Epifania e eu pretendo celebrar essa noite como se fosse a última.

— Bom, Emil. A Quaresma logo chegará. — Christian apertou a minha mão. — Nos encontraremos novamente na casa da Uzanne na próxima palestra. — Ele fez um gesto na direção da escrivaninha, onde a extremidade prateada do leque cinza cintilava. — Você vai ver que ele não é nem um pouco simples.

Fiz uma mesura para ele e beijei a pequena mão cálida de Margot, tentando não demonstrar minha ansiedade para escapar dali. Eu lutava para permanecer à tona naquela imensa onda de eventos além do meu conhecimento, experiência ou desejo. Desci a escada às pressas em direção à rua, na esperança de encontrar um trenó que me transportasse à rua Baggens, onde eu poderia foder até me esquecer de tudo.

## Capítulo Trinta e Dois

## CAMAROTE DA ÓPERA NÚMERO 3

*Fonte: J. Bloom*

— GUSTAV AINDA não está aqui, madame, e o camarote real permanece vazio. — Johanna baixou os óculos de ópera.

A Uzanne fechou o leque no braço da cadeira. A orquestra começou a afinação. A audiência retornou a seus assentos, reanimada pelas conversas e pelas bebidas do intervalo.

— Ninguém de mérito compareceu esta noite. Ninguém, a não ser plebeus — sibilou a Uzanne.

— Se apenas a plebe comparece, então por que a senhora está aqui, madame? — perguntou Anna Maria.

— Até mesmo a mais amarga das meretrizes vai atrair a atenção de homens famintos, srta. Plomgren. Eu tinha a esperança de atrair os olhares de Sua Majestade. Ele veria a minha presença como uma oferta de reconciliação e se tornaria ainda mais faminto.

— Um pensamento horrível — comentou Anna Maria, curvando-se para a frente e afastando-se da sombra de seu assento na segunda fileira. — Devemos ficar para o último ato?

— O último ato é sempre o mais dramático. E se realmente aparecer, Gustav também reparará em você. Beldades mais modestas conseguiram atrair seus favores.

— Não tenho nenhum desejo por seus favores, apenas por sua abdicação — sussurrou Anna Maria.

— Srta. Plomgren, deve aprender que engajamento é um estágio crucial em qualquer batalha. Se você se aproximar e estiver em sua forma mais atraente, poderá extrair a pensão de seu marido antes de realizar sua vingança.

— Vingança contra quem? — indagou Johanna. Houve um silêncio desconfortável. — Dizem que Sua Majestade possui um charme sobrepujante — acrescentou finalmente Johanna.

— Charme é para serpentes. Eu já fui picada — disse Anna Maria, aparecendo entre as cadeiras e agarrando a mão livre da Uzanne.

— A srta. Bloom está certa em observar a habilidade de Gustav. Você deve estar sempre ciente das vantagens de seu oponente, e o charme é um elemento crucial em qualquer arsenal, principalmente em relação a mulheres e serpentes. Agora solte-me, srta. Plomgren; está me machucando.

Johanna colocou a mão delicadamente em cima do braço da cadeira da Uzanne, tomando todo o cuidado para não tocá-la.

— Madame prometeu abstrair-se da política esta noite. A senhora sabe que isso perturba seu sono. — Johanna vasculhou a audiência com seus óculos de ópera. — Eis algo mais divertido, madame, lá embaixo na plateia — uma senhora idosa vestindo um *robe à la française*, como se estivéssemos em 1772! — Johanna estendeu os binóculos à Uzanne. — Ela está nos olhando como se conhecesse a senhora.

Lacaios de libré abafaram as velas dos candelabros do teatro e acenderam as do palco. A audiência foi lançada nas sombras. A Uzanne estudou a silhueta escura da sra. Sparrow pelo que pareceu um minuto inteiro.

— Uma idosa francesa emigrada, sem dúvida nenhuma, que está aqui para implorar abrigo. *Pathétique* — comentou, e então baixou lentamente os óculos de ópera e pousou-os no colo. — Mas aquela velha poderia ser uma visão de meu futuro: a aristocracia perdida, defenestrada pelo populacho.

O candelabro escurecido estalou em seu caminho até o teto, seguro por mãos de luvas brancas puxando grossas cordas douradas. A audiência ocupou seus assentos, sussurrando e lutando com seus vestidos e casacos rígidos, esperando que o drama começasse.

— Não podemos esperar o baile de máscaras — continuou a Uzanne. — Agiremos em Gefle quando Gustav convocar o Parlamento.

— Agir como? — perguntou Johanna, suavemente.

A Uzanne dirigiu os óculos de ópera para o camarote real vazio.

— A serpente deve ser encantada e trancada em algum lugar distante e seguro.

— Eu faria isso — sussurrou Anna Maria.

Os óculos de ópera saíram de seus olhos, e a Uzanne girou na cadeira para fitar Anna Maria.

— Faria mesmo?

— A senhora sabe que sim. Com prazer.

— Essa é a melhor maneira — retrucou a Uzanne. Ela aproximou-se e tocou Johanna, seus cálidos dedos brancos quase roçando seu pulso.

— Você preparou os cogumelos vermelhos falsos, como pedi? — Johanna assentiu com a cabeça; ela estivera no Leão e moera os cogumelos secos para fazer um pó fino. — Excelente. E você o testou?

— Ainda não, madame.

— Mas deve fazê-lo.

— É... o general Pechlin que a senhora deseja subjugar? — perguntou Johanna, sentindo que não era aquele o caso, mas esperando estar enganada.

— Gosto tanto de você, minha ingênua nortista. — A Uzanne sorriu e voltou a atenção para a cortina que se elevava para o ato final. — Mas isso não será necessário. Pechlin vai se enforcar quando eu tiver terminado tudo.

## Capítulo Trinta e Três

## RUA BAGGENS

*Fontes: E.L., Hans, o Alto, capitão H.*

QUANDO SAÍ DA casa dos Nordén, a alameda do Cozinheiro estava deserta, com exceção de um solitário vagabundo encolhido num umbral, abrigando-se da borrasca de granizos afiados. Seria uma caminhada desafortunada de pelo menos meia hora até a rua Baggens. Cobri o rosto com o capote e segurei o chapéu. O sino da torre da Igreja de Jakob soava 21:30. Devo ter dado coragem ao vagabundo, pois ele me seguiu até a ponte, as tábuas escorregadias e pretas por sobre o gelo. Curvei o corpo em função do vendaval, fechei os olhos e segurei o parapeito como se fosse meu guia. Contornei o palácio no cais e dobrei na Colina do Castelo em direção ao Gabinete das Moedas. Em seguida, atravessei a alameda da Casa de Bailes rumo à praça do Mercador e finalmente dobrei na rua Baggens. A mais famosa casa da ruela estreita era bem disfarçada: um prédio sóbrio de estuque, com três pavimentos e telhado marrom pintado num laranja enferrujado.

Era ali que titia Von Platen tocava uma casa de *Freia* com as putas mais adoráveis de toda a Escandinávia. A porta simples de madeira tinha uma aldrava no formato de um *putto*\* espiando por cima do ombro, seu traseiro redondo arqueado para que o visitante o agarrasse — a única indicação do paraíso que se escondia no interior da casa. Segurei o anjo, dei três sólidas batidas e esperei. A cobertura do olho mágico emitiu um som áspero ao deslizar; eu estava sendo medido de alto a baixo em busca de sinais de riqueza, armas e sífilis. Embora a noite estivesse apenas começando, e titia só

---

\* Termo latino referente à figura de uma criança nua em uma escultura ou obra de arte sacra. (N. do R.T.)

começasse a operar a todo vapor bem mais tarde, um bom estabelecimento está sempre pronto para receber clientes, e a porta me foi aberta.

— *Sekretaire!* Quase não o reconheci. O que aconteceu com sua casaca escarlate? — Dei um passo para trás, surpreso; eu não era um cliente assim tão assíduo da titia a ponto de ser reconhecido, e levei um momento para situar aquela sentinela. O capitão Hinken surgiu do umbral e olhou a rua de alto a baixo, até que algo chamou-lhe a atenção. Segui seu olhar para ver uma figura desaparecendo pela alameda da Escola Alemã. — Está bem escuro, e ainda assim você tem uma sombra.

— Eu não tenho status suficiente para ter sombra, Hinken, nem mesmo no mais brilhante dos dias.

Ele riu e fez um gesto para que eu entrasse. O saguão dava a sensação de um palácio turco, com paredes brancas e lisas onde estavam penduradas miniaturas representando diversos prazeres. O chão era de ladrilhos com figuras em azul e ouro, e o candelabro e os acessórios de parede em metal martelado da Arábia. Havia um narguilé e uma almofada de couro gravado a ferro sobre a qual titia sentaria a mais jovem das putas, trajando véus, durante os momentos de maior movimento da noite. O ar estava pesado com o entontecedor aroma de jasmim.

— Não o vejo desde O Porco! Tinha certeza de que você apareceria antes dessa noite para o pagamento — disse Hinken.

Olhei de relance para a almofada vaga.

— Eu só apareci agora para...

— Finalizar negócios inconclusos e beber entre amigos! — Ele segurou o meu braço com firmeza, mas, em vez de atravessar o umbral acortinado para a alegria, ele abriu uma porta na parede dos fundos do corredor. — Entre em meu escritório, senhor. — Dentro, havia uma cadeira e uma garrafa d'água, uma vassoura, um bastão de madeira liso e uma barra de ferro. Hinken conduziu-me por um corredor sem iluminação, onde demos de cara com uma escada íngreme e desnivelada. Três andares acima, a escadaria finalmente nos derramou no interior de um corredor parcamente iluminado por um castiçal a óleo e duas trapeiras. Hinken pegou uma argola de chaves em seu cinto, destrancou a sala mais ao fundo e acendeu uma vela. — Esta é a suíte real, embora poucos membros da realeza tenham intenção de vir aqui algum dia. De uma forma ou de outra, preciso estar preparado para desocupar o lugar num piscar de olhos. — Hinken fez um gesto na direção de seu baú e de seus apetrechos num dos cantos. O recinto era espaçoso, mas o teto possuía declives em ângulos desconfortáveis. O ambiente vazio me fez lembrar meu próprio quarto. Hinken fez um gesto para que eu me sentasse numa grande e surrada poltrona.

— Seus aposentos são mais espaçosos do que os das putas — observei.

Ele serviu dois copos de *aquavit*.

— Titia é de opinião que a gruta de Vênus deve ser o mais íntimo possível — retrucou Hinken —, e separar os cômodos em dois e três... bem, faça os cálculos você mesmo. Segui o exemplo dela com os beliches a bordo do *Henry* para a viagem de primavera; há tal demanda que a tripulação vai dormir por turnos e tampouco alguém ficará em situação desvantajosa.

— Para onde, capitão? À Terra da Cocanha?

— De certo modo, sim! Na próxima primavera, estarei me encaminhando para oeste, para a nova república da América. Existem oportunidades por lá. E também para nossos negócios. Há um beliche para você, se quiser ir conosco. Tenho planos de sair da Cidade com as dívidas pagas, porque não haverá chance de se olhar para trás. Vejo isso como um ressarcimento total do favor que me fez.

— Jamais sairei da Cidade, capitão, mas vamos dizer que o beliche é meu para que eu o barganhe. Quanto eu posso amealhar pela passagem para o oeste?

— Para alguém como você? Quinhentos *riksdaler*. Para um marinheiro habilitado ou uma mulher bonita, eu mesmo lhe pagaria quinhentos. Mas deixe-me dar-lhe alguns conselhos gratuitos, motivo pelo qual estamos aqui na suíte real e não lá embaixo. — Ele curvou o corpo para a frente. — Não visite as putas — sussurrou. — Há um hediondo contágio que já levou duas delas para o túmulo, e outras estão a caminho. Titia não quer que os clientes saibam, mas nós somos amigos, sr. Larsson, não somos?

— Você sabe o meu nome — surpreendi-me.

— Um passarinho me contou... a sra. Sparrow me procurou, seguindo uma recomendação sua — disse.

Eu não conseguia me lembrar de ter recomendado Hinken a quem quer que fosse, nem mesmo à sra. Sparrow.

— Ela gosta de ter em casa um bom estoque de destilados — falei. — Melhor ser honesto, senão ela enviará os seres mais sombrios atrás de você. Ela é vidente, sabia?

— Sei disso, com certeza, mas ela não veio dispor as cartas para mim *nem* comprar bebida contrabandeada. Ela veio me perguntar sobre uma passagem para o norte, para Gefle. Disse que ela teria de ir por terra nessa época do ano. Mas a sua Sparrow fez uma oferta muito generosa. Talvez ela esteja perdendo uma carta ou outra, seria isso? — Hinken esperou por meu comentário, mas não lhe ofereci nenhum. — E como foi para você?

— O quê? — perguntei.

— A cartomancia da Sparrow espalhou que foi urgente demais no verão passado? Foi o oito do chinês, não foi? Você devia se casar! — Hinken serviu-nos mais duas doses.

— Foi o oito, sim, mas a sra. Sparrow chama isso de Octavo. Estou agora no meio dele — concordei —, mas não estou casado. Ainda não.

— Então, *esse* é o futuro que você vê na Cidade! Qual é o nome dela, para que eu possa lhe propor um brinde? — perguntou ele.

— Não tenho permissão para dizê-lo; ela não concordou. — Eu mal podia acreditar em minhas próprias palavras; não havia necessidade de mentir para Hinken, mas aquela meta de amor e contatos assumira uma estranha vida própria. — Meu Octavo não está completo.

— Então, ao seu Octavo. — Hinken enxugou o copo. — Seja lá o que isso for.

— Aos oito. — Engoli a bebida, a garganta em chamas, pousei o copo e me levantei para partir, batendo a cabeça no declive do teto.

Hinken riu.

— Cuidado para não perder a cabeça, sr. Larsson!

Apertei-lhe a mão e desci a escada, os sons da casa despertando para os negócios a meu redor: alguém pedindo uma bacia, uma discussão acerca de chinelas sumidas, uma canção de amor. Agora havia uma jovem sentada no saguão, à espera, seu vestido intensamente branco caindo do ombro para revelar um seio redondo, mas o aviso de Hinken apagara meu desejo; em vez disso, ele me inspirara vontade de fugir e ânsia pela embriaguez que leva à escuridão e ao esquecimento.

## *Capítulo Trinta e Quatro*

## SEDIÇÃO

*Fontes: E.L., M.F.L., estalajadeira no Pavão*

ACOMODEI-ME NO PAVÃO, uma pequenina estalagem para os lados da Colina Alemã, administrada por uma viúva idosa de vista ruim e audição pior ainda. O local havia sido meu refúgio e esconderijo durante uma semana inteira, desde a Epifania. Meu plano naquela noite, como havia sido nas últimas sete, era beber até perder os sentidos e passar a manhã na cama, mandando avisar na aduana que estava doente. Até o momento, o superior não vira motivos para me despedir. Mal pedira meu segundo grogue quente quando dei uma espiada em meio à penumbra fumarenta para ver Mestre Fredrik passar pela porta.

— Tempinho dos diabos, e eu devia estar em casa com a sra. Lind. Ela vai ficar encrespada — disse ele com um surpreendente equilíbrio, enquanto sacudia o capote e se sentava à minha mesa.

Eu pedi um outro grogue quente.

— Mestre Fredrik, que surpresa.

— De fato, esse é um local que não frequento com assiduidade. — Ele retirou as luvas e afastou o cabelo do rosto. — O que não é o seu caso, ultimamente.

Lembrei a figura sombreada do lado fora da casa dos Nordén e novamente na rua Baggens. Na realidade, sentira olhos sobre mim durante a semana inteira, mas dera pouca importância ao fato, tratando-o como o medo irracional proporcionado pelo alto consumo de bebida e de discussões políticas.

— Você tem me seguido... tem me seguido desde a véspera da Epifania.

Pude ver em seu rosto que acertara em cheio. Ele bebericou seu grogue, sentindo-se restaurado.

— Você tinha diversas sombras nesses últimos dias, e seu constante estado de embriaguez tornou-o um estudo fácil.

— Não há nada de interessante a desvendar, Mestre Fredrik. E quem poderia se importar?

— Ao contrário, há diversos itens de interesse. Madame instigou determinados inquéritos. — Ele fitou um nó no veio de madeira da mesa e então esvaziou o conteúdo de sua caneca. — Alguém descobriu sua associação bastante íntima com o estabelecimento de jogos de uma certa sra. Sparrow, onde uma vergonhosa incidência de roubos teve lugar no verão passado. Francamente, estou surpreso com o fato de você não ter me revelado sua familiaridade com essa casa de passarinhos. Somos irmãos maçons, e estabelecemos mais ou menos uma aliança, não é?

— Uma omissão de derrota, não de culpa. Não me pareceu correto revelar segredos íntimos a alguém que eu estava apenas aprendendo a conhecer. Isso poderia tê-lo feito se voltar contra mim desde o início. — Ergui os olhos, na esperança de que ele engolisse essa untuosa confissão. — Todos temos nossas fraquezas.

— Certamente. — Mestre Fredrik me olhou e depois desviou o olhar. — E, aparentemente, você tem uma fraqueza por leques. Você tem sido observado diversas vezes na loja dos Nordén, na alameda do Cozinheiro. — Ele tirou do bolso um pequeno frasco de pomada e começou a passar nas mãos, esperando que eu o esclarecesse a respeito.

Meu rosto ficou rosado como o de um porco na grelha.

— Era para uma mulher — murmurei.

— Seu interesse apenas o recomenda ainda mais. — Ele se levantou e vestiu o sobretudo e o cachecol. — Venha, sr. Larsson. Vamos dar uma voltinha.

— Agora? — perguntei.

Ele já estava na porta, de modo que vesti meu capote e nos dirijimos para o norte, ao longo da Nova Rua Pequena numa passada tranquila. A noite estava calma, e o frio agradável, com o brilho das estrelas. Um trenó tilintou numa praça distante, o som dos cascos dos cavalos abafado pela neve. Em seguida, tudo ficou em silêncio.

— Ao que parece, eu era o menos importante dos espiões de madame; recebi tarefa de mensageiro. A srta. Bloom agora é convidada para a Ópera em meu lugar – comentou Mestre Fredrik.

— A srta. Bloom? – Senti o meu rosto queimar. – Ela também tem me seguido?

— Ela parece bastante ansiosa para mergulhar em sua vida.

— Não consigo imaginar o que a srta. Bloom poderia querer de mim. – A protegida de minha Companheira, tão pálida e quieta, talvez fosse mais perigosa do que aparentava, o que me levou a pensar que ela poderia ter um lugar em meu oito. – O que diz a pequena tagarela?

— Você pode perguntar pessoalmente à adorável e inteligente srta. Bloom, já que madame Uzanne solicita sua presença em Gullenborg. Dezesseis de janeiro. Uma da tarde. Sua segunda palestra sobre o uso do leque. Madame indicou que ficaria bastante sentida, *bastante* sentida, se eu deixasse de convencê-lo da... urgência em relação à sua participação.

— *Urgência?* – perguntei, parando de súbito. – Essa é uma palavra forte. Já estava planejando ir; ela mesma me convidou.

— Madame tem mais usos para seus talentos e gostaria de se certificar de sua participação.

— Devo instruir as jovens damas nas artes do jogo? – indaguei, perplexo diante daquele súbito e inoportuno interesse em minhas ações. – Devo ensinar-lhes a prestidigitação?

— Certamente, a prestidigitação é exatamente o que madame solicita, mas não das meninas. – Mestre Fredrik pegou o meu braço e me conduziu na direção da Ponte do Frei. – Madame procura um homem que possa talvez entrar nos salões de jogo da Sparrow e fazer algo desaparecer.

— E o que seria isso? – perguntei, embora já soubesse.

— Um leque que madame chama de Cassiopeia – respondeu.

— Mas o leque foi perdido meses atrás! – falei, retirando o braço.

— Madame quer o leque de volta. Por quaisquer meios necessários.

— Não consigo entender por que uma mulher que é dona de dezenas de leques...

— Centenas... – corrigiu Mestre Fredrik.

— ... Por que uma mulher com uma infinidade de leques se engajaria em tamanho esforço para reconquistar um que ela própria apostou e perdeu.

Mestre Fredrik cruzou as mãos nas costas, como se fosse um grande filósofo saindo para dar uma caminhada inspiradora.

— Madame Uzanne é uma artista, sr. Larsson. O conteúdo da caixa de ferramentas de um artista é difícil de se justificar com qualquer lógica, mas ela necessita de seu leque para realizar seu trabalho. Segurar o Cassiopeia dá a ela uma confiança misteriosa, um fluxo de energia. Não faz sentido aos que não possuem tal prática. Mas se alguém levasse as ferramentas do meu ramo de trabalho, eu me sentiria absolutamente violado e também procuraria fazer com que elas retornassem às minhas mãos por quaisquer meios necessários. Madame fez repetidamente ofertas mais do que generosas à Sparrow. Escreveu cartas do fundo do coração, reconhecendo a natureza ilógica do laço que a une ao leque, esperando que a Sparrow se comovesse. Ameaçou entrar em contato com autoridades de escalão mais elevado; na realidade, ela pleiteou junto ao duque Karl e conferiu junto ao bispo Celsius em pessoa, mas a sra. Sparrow tem sido protegida. Em resumo, madame tem recebido recusas constantes.

— Mais cedo ou mais tarde, todos acabam perdendo no jogo — afirmei.

— Madame *nunca* perde. Nunca. Se você não conseguir recuperar o Cassiopeia em sigilo, as asas do pássaro serão cortadas. Madame o instruirá a respeito das especificidades da questão.

— Então, ela fará tudo para conquistar — falei.

— Ela fará qualquer coisa para isso. — Mestre Fredrik colocou as mãos nos bolsos e continuamos ao longo da rua deserta. — Posso falar com sinceridade? — Assenti com a cabeça. — Madame levantou seu leque para o ramo da política, um interesse ao qual havia renunciado depois que Henrik, seu marido, morreu... para grande alívio de muitos, eu poderia acrescentar. Esperava-se que ela se concentrasse em diversões mais... apropriadas. Mas ela voltou a ser novamente consumida pela política desde o verão. Cartas seguem entre Gullenborg e a casa do duque Karl, em Rosersberg, duas vezes ao dia, e uma carruagem viaja entre as duas casas pelo menos duas noites por semana. Existe um retrato em miniatura do duque Karl na escrivaninha dela.

— Isso parece uma diversão apropriada.

— Mas não é o mero jogo de copas que se desconfiaria ser. Sou chamado a Gullenborg quase diariamente desde que voltei à Cidade, em agosto.

O grupo de lá é todo composto de Patriotas raivosos. As conversas são... alarmantes no que tange às invectivas contra o rei Gustav. Ela compõe panfletos sediciosos e paga para que sejam distribuídos. Está obcecada pela revolução que se espalha, vinda da França, e diariamente recebe as últimas notícias. Ela engajou espiões para participar do Parlamento, em Gefle, disfarçados de membros votantes do clero. Ela se corresponde com o embaixador russo, implorando pela intervenção armada da imperatriz Catarina.

Parei nas sombras profundas entre as lâmpadas de rua do quarteirão dos correios e procurei me certificar de que estávamos sozinhos.

— Isso é traição. Como sabe dessas coisas?

— Sou a mão dela — sussurrou. — Eu escrevo para ela.

— E por que está me contando? — perguntei.

— Somos amigos, sr. Larsson, e sou pouco familiarizado com esses jogos de apostas altas.

Caminhamos em silêncio.

— Nas cartas — disse —, todos os jogadores sentem que há algo que podem ganhar. Se não for copas, então o que ela quer? Ouros?

— Espadas, acho, da mais violenta natureza — respondeu. — Madame está lidando com um jogo traiçoeiro, e pondo as cartas em seus devidos lugares. Desgraça para aquelas que não se submeterem.

— Quem vai levar o primeiro golpe? — perguntei.

— Eu. — Ele curvou-se em minha direção, o rosto pálido e suado. — Quando sugeri que talvez você não estivesse inclinado a desempenhar tarefas de ladrão e rufião comum, madame *me ameaçou*. Ameaçou *a mim*, Mestre Fredrik Lind, que serviu a ela de todo o coração e de toda a alma durante todos esses anos, que se tornou sua própria essência em tinta! Ela ameaçou me dispensar caso eu fracassasse em recrutar seus serviços. Boatos de seu desfavorecimento se espalharão, e prejudicarão o meu empreendimento. — Os olhos de Mestre Fredrik estavam súplices. — Tenho esposa e dois filhos.

Vi o medo e a mágoa, e confesso que quase senti pena ao ver a fenda em sua armadura normalmente resplandecente. Mas nós éramos amigos? Até aquele momento, tínhamos apenas um desconfortável compromisso de fidelidade, baseado em ganhos pessoais. Mas se eu quisesse colocar meu evento em prática, precisava de todas as cartas em meu Octavo.

— Então, a carta-trunfo é um leque? Parece uma ninharia no jogo maior que você acaba de descrever.

— Madame vê o Cassiopeia como um prisioneiro aristocrático nas mãos da choldra, a própria nobreza ameaçada de extinção. Ela vê sua restituição como necessária ao futuro bem-estar da nação.

— Então, a Uzanne vê o leque como algo... mágico?

— Ah, não, sr. Larsson. Ela vê o leque como ela própria. — Mestre Fredrik puxou o colarinho para a altura das orelhas.

E eu o tinha em meus aposentos. Senti o súbito acúmulo de energia antes de uma aposta de alto risco. Se o fim estivesse se aproximando, eu podia muito bem estar presente. Dei um tapinha no ombro de Mestre Fredrik. — Não consigo resistir a um bom jogo. Diga à sua madame que estou a seus serviços.

Mestre Fredrik agarrou a minha mão livre entre as suas e disse:

— Maravilhoso, maravilhoso. Isso é uma verdadeira irmandade! — Ele inspirou de maneira sonora, expirou com alívio e enterrou-se num banquinho de pedra que dava para o canal da ilha do Cavaleiro, uma trilha de gelo preto, marcada com os cortes das lâminas e dos patins dos trenós.

Eu me sentei a seu lado, a parte de trás das coxas flexionadas contra o frio, o fundo da minha garganta queimando, como o estopim aceso de uma vela romana.

— Não posso lhe prometer que vou me submeter a tudo para ela, mas sou um jogador e posso prometer que talvez minta — disse.

## Capítulo Trinta e Cinco

PACIENTE

*Fontes: E.L., sra. Murbeck, M. Murbeck, sr. Pilo, diversos* apothicaires *e médicos da Cidade*

— PELA ENCICLOPÉDIA Brunoniana, isso é pestilência estênica — proclamou Pilo, estreitando os olhos na luz vinda da lamparina a óleo que segurava, a lente de aumento lisa e estranhamente fria em contato com minha bochecha em fogo. — Uma temível infecção pustulenta que pode muito bem, pode facilmente, viajar até o canal auditivo, tomar conta da região e, posteriormente, causar uma ruptura em direção ao cérebro.

A sra. Murbeck arquejou atrás de seu novelo e se afastou, evitando contato visual, como se o simples ato de olhar para mim pudesse ser contagioso. O sr. Pilo (não vejo possibilidade de chamá-lo de doutor) tinha o nariz comprido e bulboso, que fazia lembrar um réptil vermelho e venenoso, e a criatura contorceu-se diante de meus olhos enquanto se aproximava, ajustando a lente de aumento no interior de minha cavidade oral. Eu podia sentir o cheiro de álcool sob o aroma de menta de seu hálito, pois ele chupava constantemente as pastilhas inglesas que pegava, uma após a outra, de uma latinha.

— Devemos agir de imediato — disse ele — e obter meu raro elixir tonsural.

— Sim — crocitei, já que a minha voz quase desaparecera. — Sou esperado em Gullenborg daqui a três dias e preciso me recuperar. — Eu suava, febril e miserável, desejando apenas que algum bálsamo apascentador envolvesse a minha garganta em fogo e esfriasse a minha febre. Raramente eu tivera necessidade de cuidados médicos, mas a minha aparência, a minha voz e minha queda num desmaio na porta da sra. Murbeck a deixaram alarmada. Ela e seu filho, Mikael, haviam me carregado escada acima até meus aposentos.

Eu lhe disse para me deixar sozinho, que ela e sua família se lamentariam de sua delicadeza, mas ela me repreendeu alto e bom som e mandou o filho ir atrás do médico da família.

— Nada de noitadas para o senhor. Nem daqui a três dias. Quem sabe nunca mais — disse Pilo entusiasticamente, e então pediu pena e papel, sobre o qual escreveria uma receita que deveria ser encaminhada de imediato ao Leão. A sra. Murbeck franziu o nariz à menção desse estabelecimento, mas não era de seu costume questionar aquele homem de ciência que, por acaso, também era seu cunhado. Apesar do adiantado da hora e do fato de que se tratava de um domingo, o Leão abriria a loja assim que ouvisse o bater de uma sólida moeda contra o vidro da janela.

— Um elixir milagroso esse aí — disse Pilo, assinando a folha com um floreio. — Você vai dormir bastante, mas vai acordar curado e restaurado, a infecção em sua garganta banida enquanto a erva-moura acalma seus humores e dores. E tem o benefício adicional de encolher quaisquer tumores presentes no baço. — Ele entregou a receita à sra. Murbeck e lhe disse que não havia tempo a perder. — Enquanto isso — falou-me ele —, você deve gargarejar de hora em hora com a água salgada mais quente que puder tolerar. Tome chá com conhaque e mel... o máximo que conseguir engolir. Você não deve sair da cama para nada que não seja esvaziar a bexiga e os intestinos, e troque a roupa de cama quando estiver toda encharcada. Mas é essa fórmula de minha autoria que fará a verdadeira cura. — Ele piscou enquanto me entregava uma exorbitante conta pelos serviços prestados, e, não estivesse eu deveras adoentado, teria protestado violentamente.

Pilo empacotou suas coisas e saiu com a sra. Murbeck. Pude ouvir as vozes dos dois ecoando na sala da frente enquanto ele lhe contava a aterrorizante história de um paciente recente, com enfermidade similar, puxado do abraço da morte por seu terno socorro. Logo o sono tomou conta de mim, uma espécie de cochilo serpeante, com a roupa de cama se contorcendo como laços e assustadores momentos de vigília no escuro, minha garganta em fogo, cada fio de cabelo em minha cabeça doendo. Estava grato pelo fato de a sra. Murbeck haver deixado um cotoquinho de vela queimando num vidro azul em cima da mesinha de cabeceira; era não só votivo, como também funcionava como um farol, caso eu despertasse, pensasse que havia morrido e tivesse sido consignado a um solitário inferno, decorado para lembrar a minha cama.

Algum tempo mais tarde, ouvi a porta ranger e vi a sombria forma da sra. Murbeck pairar por sobre o quarto, resmungando consigo mesma acerca do preço dos remédios e da pouco generosa cortesia do *apothicaire* do Leão. Ela carregava uma bandeja com um copo e uma garrafa alta marrom, servindo-me uma dose de um xarope escuro. Eu não conseguia segurar o copo com firmeza, de modo que ela o segurou para mim.

— Beba tudo e durma, sr. Larsson. O senhor não tem como saber qual é o plano de Nosso Senhor para você além do dia de hoje, e parece que o plano Dele neste exato momento é que o senhor descanse e reze. Se tiver de ser o descanso eterno, saberemos em um ou dois dias. — Ela me levantou com um braço para que o precioso remédio não fosse desperdiçado, caso derramasse. O cheiro do presunto que ela fritara para o jantar grudara-se a seu vestido, misturando agradavelmente com o aroma de conhaque e de anis do elixir. Seu delicado cuidado para comigo reconfortou-me além de minhas dores físicas, fazendo com que eu chorasse.

— Sra. Murbeck, durante todos esses anos imaginei que a senhora tivesse algo contra mim. Mas a senhora me enganou. Uma Vigarista benevolente. A senhora conhece a Uzanne, a minha Companheira?

— Vamos, vamos, o senhor não está falando coisa com coisa. Beba seu remédio. Seja um bom menino.

Era uma bebida doce, enjoativa e dolorosa de engolir, mas eu me esforcei ao máximo. A sra. Murbeck me deixou com um pano molhado na testa e, enquanto saía do quarto, recomeçou a resmungar.

— Pobre coitado, sozinho até a alma, sozinho até a alma — disse seguidamente, até eu só conseguir ouvir o zumbido de febre em meus ouvidos e depois absolutamente mais nada.

*Capítulo Trinta e Seis*

DOMINAÇÃO

*Fontes: M.F.L., J. Bloom, M. Nordén, L. Nordén, mamãe P., Louisa G., diversos cavalheiros e oficiais, criados de Gullenborg, jovens damas anônimas da Cidade*

— NÃO COMPREENDO... — disse ela. Houve uma longa pausa. Mestre Fredrik olhou para seus sapatos de couro preto engraxados, brilhando de felicidade mesmo naquele momento de desgraça — ... *senhor* Lind — concluiu a Uzanne. Aquele título honorífico de estrato mais baixo caiu como a última martelada do juiz no julgamento de um homem condenado.

Mestre Fredrik optou por uma meia verdade.

— Madame, eu lhe asseguro que conversei com o sr. Larsson não faz mais do que três dias. Ele estava extasiado com a oportunidade de servi-la, madame, extasiado. Proclamou sua participação como a mais alta honra de sua singela...

— Pensei contar com a participação do sr. Larsson na demonstração de hoje da srta. Plomgren — interrompeu ela.

Mestre Fredrik sugeriu a segunda metade da verdade.

— Talvez ele tenha adoecido.

— Deixei claro que a presença dele aqui era de sua responsabilidade. Você arruinou os meus planos. — Ela deslizou seu leque pela mão direita, contornou Mestre Fredrik como se ele fosse uma pilha de excrementos em seu caminho e então fez uma pausa. — E, ainda por cima, tomei conhecimento de certas predileções pessoais suas. Temo que essas revelações repugnantes possam me impedir de recomendá-lo ao duque Karl para uma eventual promoção social.

— Que predileções? De quem a senhora recebeu tais informações falsas e vis?

— Da srta. Bloom — respondeu ela.

— A srta. Bloom não me conhece, madame — retrucou ele, a voz trêmula.

— Mas você afirmou conhecê-la; *você* me apresentou a ela. Também depositei confiança nesse conhecimento, sr. Lind. — Então, sem muito mais do que um olhar de relance na direção dele, a Uzanne foi dar boas-vindas a seus convidados.

Mestre Fredrik vasculhou o salão em busca de Johanna, as mãos fechadas em punhos ao pensar em seu fino pescoço branco, mas não conseguiu encontrá-la na multidão de mulheres voluptuosas. Tenras florações em dezembro, as jovens damas haviam amadurecido e se transformado em frutas tentadoras. Seus leques eram agora extensões das mãos e braços, que haviam assumido a graciosidade do treinamento aristocrático. As mensagens enviadas eram rápidas e certeiras. Os tecidos de seus vestidos eram brocados e veludos em tons escuros, cortados rente e mais baixos, pedindo para ser tocados. Os perfumes eram almiscarados e misteriosos, seus lábios e bochechas vermelhos pela expectativa e pelo ruge. Os cavalheiros que avançavam pelo salão tinham a energia de feras enjauladas. Dessa vez, os atores do teatro Bollhus estavam ausentes, considerados "excessivamente franceses". Mas seus lugares vazios haviam sido tomados por amigos de compleição escura do cônsul russo. Os oficiais suecos convidados já haviam começado a beber genebra. Mestre Fredrik correu para pegar um lugar entre os cavalheiros convidados e sentou-se assim que o agudo estalo do leque da Uzanne silenciou a turba e colocou todos rapidamente em seus assentos.

O céu baixo de inverno, visível através das janelas, estava apenas diversos tons mais escuro do que as paredes cinza-pérola do salão. O candelabro estava apagado. Criados corriam em meio ao salão, baixando pavios nos castiçais a óleo e puxando as cortinas; o salão transformou-se em noite. Todos os olhos se concentraram na Uzanne. Ela era uma coluna fina de veludo verde, um lenço de seda creme no corpete refletindo a luz do único círio que ela segurava. Naquela penumbra, na ligeira friagem do salão, ela poderia muito bem ser um anjo que surgia ao lado da cama do moribundo.

— Em nossa primeira lição formal, aprendemos a partir de um verdadeiro artista, sobre a geometria que existe por trás do leque. — Ela inclinou a cabeça na direção do enrubescido Christian. — Começamos aprendendo a linguagem do romance, presente no leque, com uma convidada surpresa com pendores naturais, que desde aquela ocasião tornou-se uma de nossas instrutoras favoritas. — Ela colocou seu leque próximo ao coração e olhou para Anna Maria, de pé nas proximidades e pronta. — E eu concluí a palestra com uma demonstração de Engajamento... o poder do leque para seduzir. Desde aquela oportunidade, vocês têm sido alunas diligentes, e está claro para mim que seu aprendizado está muito bem encaminhado. Mas não podemos parar com o Engajamento. Devemos passar para a Dominação.

Ouviram-se arquejos e risinhos, e um oficial confortavelmente sentado nos fundos do salão falou:

— E, por acaso, não é esse o progresso natural, madame? Do engajamento ao casamento? — Isso proporcionou um coro de chacotas e gargalhadas.

A Uzanne lançou na direção do oficial um sorriso indulgente, mas não ofereceu resposta.

— A meta de vocês é ir além da sedução. A meta de vocês é pegar seu cativo e fazer com ele o que bem quiserem. Hoje, demonstrarei uma forma de dominação que pode muito bem capturar um rei.

O salão ficou em silêncio. A Uzanne mexeu a cabeça quase que imperceptivelmente. Johanna, que estivera imóvel como se fosse parte do cenário, ganhou vida nervosamente. Ela levantou-se de sua cadeira e caminhou rapidamente até o gabinete sob um grande espelho, captando seu próprio reflexo. Seu rosto branco acima do vestido verde-mar estava marcado por rugas de preocupação e testa franzida. Ela controlou-se e livrou-se da tensão. A gaveta rangeu na quietude do recinto quando Johanna a abriu. Estava vazia, exceto por um único objeto: um leque curto, com lâmina dupla de pele de galinha, preparado a partir dos bezerros gêmeos que ela vira ser abatidos no curral, no verão passado. A pele havia sido tingida, adquirira o tom cinzento de uma pomba e fora adornada com fitinhas prateadas. As hastes eram simples e pretas, feitas de madeira laqueada, e a goela tinha apenas dois dedos de largura. O plissado central no lado reverso da lâmina havia sido finalizado com um bolso, uma malha ultrafina formando uma rede nas duas extremidades. A de baixo era fechada com uma aba e apertada com uma conta de marfim anelada. Dentro desse bolso havia a pena da asa de um cisne, despida e raspada, fornecida por Mestre Fredrik. Dessa pena específica era feito o rêmige do mestre calígrafo, e sua haste oca era o receptáculo perfeito para a tinta. Agora, ela entregaria uma mensagem com pó perfumado.

Christian produzira muitos leques com "refinamentos" em Paris e prometia que a atuação daquele exemplar seria impecável, o rêmige segurando seu conteúdo até que o ângulo da lâmina e a pressão da aragem estivessem corretos. O cheiro de jasmim escapava das pregas do leque, assim como o fino pó que empoeirava seus dedos. As mãos de Johanna haviam tremido quando ela preencheu o rêmige naquela manhã. A Uzanne queria que essa demonstração fosse perfeita: o pó sonífero deveria provocar uma reação instantânea de absoluto relaxamento e repouso. O falso cogumelo vermelho era uma adição perigosa. Pela primeira vez, Johanna estava verdadeiramente assustada.

Johanna testara o novo pó quatro vezes. A primeira fora em Sylten, o gato da velha cozinheira. Não houve quem pudesse consolar a velha quando o corpo rígido do felino foi encontrado debaixo de uma prateleira baixa da despensa, e ela fez para Johanna o sinal contra o mau-olhado. Johanna ajustou os ingredientes. O segundo e o terceiro teste haviam sido feitos nela mesma. Em um deles, ela vomitara e ficara desmaiada por três horas. No outro, dormiu por 12 horas, assolada por pesadelos e suores. O quarto teste foi feito em um voluntário: o jovem Per, o cavalariço, mudara-se para a herdade e estava ansioso em ajudar Johanna. Ela o estava ensinando a escrever cartas, e ele perguntara sobre seus remédios. Johanna ficara aliviada em poder escapar de mais um apuro, e ainda mais aliviada quando o jovem Per dormiu como um bebê por sete horas e então acordou, ávido e restaurado. Mas Johanna não conhecia a pessoa que seria alvo de sua mistura naquele dia e não conseguiu, portanto, medir a dose.

Johanna prendeu a respiração ao atravessar o salão, os saltos de seus sapatos novos fazendo ruído em meio ao silêncio. Ela entregou o leque à Uzanne, e não pôde evitar passar as mãos no tecido escuro de sua saia. Johanna esperou o olhar raivoso de repreensão, mas nada aconteceu; a Uzanne observava sua audiência, curvada para a frente em seu assento.

— O duque Karl uma vez me disse que as mulheres se armam com leques, assim como os homens se armam com espadas. Lembra-se disso, general Pechlin? — A expressão do velho era indecifrável. — Talvez sua memória esteja caducando — disse ela. — Mas o duque está aprendendo que isso é verdade, e eu gostaria de demonstrar um novo método que acabei de descobrir.

"Este é um teste para muitos de nós, hoje. Primeiro, vamos ver se o meu artesão de leques armou-me bem. — A Uzanne abriu e fechou o leque meia dúzia de vezes. — Peso ideal. Finalização esplêndida. Ação perfeita — elogiou. O alívio de Christian ficou visível na inclinação de seus ombros. — Ele está afiado, srta. Bloom? — Johanna, os olhos baixos, assentiu com a cabeça. — Então, às armas. Srta. Plomgren. Também testaremos a extensão de suas habilidades. A você pertencerá a vitória... ou a infâmia.

A Uzanne entregou a Anna Maria o leque cinza e esperou até que o salão estivesse mais uma vez em silêncio.

— Engajamento é a dança da atração — continuou a Uzanne. — A partir daí, nos movemos para a dominação. — Uma das meninas deixou escapar um risinho nervoso, mas foi logo silenciada pelos rígidos olhares de suas companheiras. — Infelizmente, o *sekretaire* Larsson está ausente hoje — falou a Uzanne, olhando ao redor do salão parcamente iluminado, como se ele pudesse aparecer motivado pela pura força de sua vontade. — Mas Nordén, o jovem, você me parece mais do que disposto a se colocar sob os poderes da srta. Plomgren. Está preparado? — Lars levantou-se ansiosamente. — Talvez você necessite permanecer aqui um pouco mais depois da lição. Talvez precise, inclusive, passar a noite aqui. — Essas palavras criaram risos contidos e sussurros. — Precisamos de um lugar confortável para o sr. Nordén se sentar. — Pechlin levantou-se e conduziu diversos oficiais à sala adjacente, e os homens transportaram uma cadeira estofada para o interior do salão. Pechlin permaneceu de pé no saguão.

A Uzanne indicou que Lars deveria se sentar. Anna Maria aproveitou a deixa, abrindo o leque com um lentidão quase dolorosa.

— Imagine que está comprometido com alguém que lhe desperta as mais profundas paixões... de amor e até mesmo de ódio. — A Uzanne mantinha em sua mente a imagem do rosto pastoso de Gustav. — Uma vez comprometidos, você deve assumir o controle. Pode atiçar o fogo ou enviar uma brisa refrescante que o extinguirá. Hoje, nós vamos observar a segunda característica. – Ela mexeu a cabeça, e Anna Maria aproximou-se de Lars. – É mais fácil com alguém que deseja ser subjugado. – Gustav estava desesperado pelas atenções de sua adorada aristocracia, principalmente das damas da corte, a quem ele adorava e que tanto o haviam repelido. – Aproximem-se o máximo que puderem do objeto de suas atenções. – A Uzanne viajaria até o Parlamento, onde sua própria presença seria uma sensação, um ramo de oliveira oferecido a seu rei. – Permitam uma inclinação para baixo em seus leques e revelem o íntimo reverso. Então, abaixem e levantem lentamente o leque, mantendo o contato visual, estabelecendo a confiança. – Ela iria até Gustav nos braços do duque Karl; Gustav acreditava que seu irmão era incapaz de traição. – Quando tiverem a fácil atenção dele, mandem um beijo suave e delicado ao longo da haste central para selar a promessa de um futuro fogo. – A Uzanne imaginou a cena: ela liberaria o pó e observaria Gustav cair. Ela gritaria alarmada e então os homens do duque Karl sairiam às pressas com o monarca adormecido até uma grande carruagem de viagem. Gustav nem sentiria a coroa sendo retirada de sua cabeça. – Sustentem o olhar até que ele parta e a dominação esteja completa. – A carruagem levaria Gustav para um barco com destino à Rússia. A imperatriz Catarina, sua prima e inimiga jurada, o manteria lá. O duque Karl seria nomeado regente. A Uzanne seria a primeira amante e salvadora da nação. – Agora – disse.

Anna Maria mirou o leque na direção de Lars, que permanecia sentado, rígido de atenção. Ela posicionou o leque para baixo, de forma oblíqua, e em seguida levantou-o na direção do rosto sorridente dele, seus lábios pintados soprando suavemente ao longo da prega central. Johanna prendeu a respiração e sentiu seu estômago dar um nó de pavor; ela podia ver o pó escapando do bolso da rede, formando uma leve nuvem bem no nível do nariz de Lars. Ele inalou e deu de ombros para indicar que ainda não se comovera. Mas então seu olhar começou a suavizar e todo o seu corpo começou a se curvar.

— Sou seu prisioneiro – admitiu a Anna Maria, suspirou e caiu para trás, uma das mãos pousando no centro de seu colo. As jovens damas tiveram que juntar os lábios para não rir; os oficiais escarneceram alto e bom som.

Os outros convidados conversavam entre si nervosamente em função daquela pantomima, certamente ensaiada de antemão. Mas os sorrisos e piscadelas desapareceram quando eles viram que Lars não se movia. Sua cabeça pendia para um dos lados e os olhos estavam revirados, deixando gretas brancas debaixo das pálpebras parcialmente abertas. Arquejos e sussurros erguiam-se acima de sua cabeça. Johanna encostou-se na parede, sentindo a náusea tomando conta de seu corpo. Até mesmo a Uzanne enrijeceu ligeiramente, afastando-se diante do olhar sem vida de Lars. Anna Maria fechou o leque e encostou o ouvido no peito dele. — Está adormecido — declarou, os olhos cintilando —, e no mais doce dos sonhos — acrescentou, acenando com a cabeça para indicar o colo dele.

A Uzanne bateu com o leque na palma da mão aberta.

— Srta. Plomgren: feito com maestria. Fico maravilhada diante de sua serenidade.

Anna Maria fez uma mesura.

— Obrigada, madame.

— Vamos deixar que nossos outros convidados vejam mais de perto a dominação. — A Uzanne estendeu a mão para pegar o leque cinza, e elas se puseram a circular pelo salão, umedecendo os fogos — se não os da paixão, então os do ceticismo e do medo — mesa a mesa, começando com os homens. O leve aroma de jasmim flutuava pelo ar. As jovens damas relaxaram em suas cadeiras, suas chinelas caindo de seus pés com delicadas batidas. Leques eram abertos sobre as mesas brancas, mãos acariciando as proteções. Até mesmo os cavalheiros empoleirados em banquinhos no perímetro do salão foram acalmados por essa manobra, encostando-se na parede, de olhos parcialmente fechados. A Uzanne, Anna Maria e Johanna reuniram-se perto do umbral que dava para o saguão, onde uma brisa fria entrava por uma janela aberta. O salão estava em silêncio, com exceção do ritmo de respirações suaves, os convidados se encostando uns nos outros, como se fossem bonecas, alguns pousando a cabeça em cima da mesa, os braços cruzados fazendo as vezes de travesseiro.

— Srta. Bloom, um composto excelente — elogiou a Uzanne.

— Então, *ela* está por trás da arte da dominação. — Anna Maria estudou Johanna detidamente.

— Mas, madame, é impossível fazer todo o salão adormecer com um único leque — sussurrou Johanna.

— Como *a senhora* conseguiu, madame? — perguntou Anna Maria, ansiosamente. — Eu gostaria muito de aprender.

— Você deveria conhecer isso através do teatro, srta. Plomgren. A verdadeira arte é fazer as pessoas acreditarem. O restante é arte cênica — falou a Uzanne, entusiasmo cintilando sob o pó em suas faces. Ela virou-se para Johanna. — O sr. Nordén *acordará* antes de amanhã, correto, srta. Bloom? — Johanna assentiu com a cabeça, olhos baixos. — Espero que sim. Agora, desça e diga à cozinheira para preparar uma quantidade extra de café forte para servir com os bolos. Não quero toda essa multidão aqui até o anoitecer, exigindo uma ceia. — A Uzanne pegou Anna Maria pelo braço e virou-se para o outro lado.

Apenas dois dos convidados haviam deixado de sucumbir à dominação. Pechlin viera observar sua rival nas atenções do duque Karl, e vira que ela era, de fato, uma oponente de peso. Mas ele não ficou para agradecer à anfitriã. Quando a Uzanne encaminhou-se para o saguão com Anna Maria pelo braço, ele girou nos calcanhares, pegou sua bengala e seu casaco das mãos de Louisa e saiu pela porta da frente.

Outro observador agitava-se no salão. Ela fechara os olhos e prendera a respiração quando a Uzanne passou com seu leque, embora a raiva fosse sua verdadeira defesa. Margot esperou até que o relógio soasse três suaves badaladas, levantou-se e seguiu Johanna pelo corredor dos criados em direção à cozinha.

## *Capítulo Trinta e Sete*

## CONVERSAS QUENTES

*Fontes: M. Nordén, J. Bloom, Lil Kvast (menina da cozinha), M.F.L., Louisa G.*

MARGOT PEGOU JOHANNA pela manga junto à escada do porão.

— Uma palavrinha, srta. Bloom.

Johanna puxou o braço, correndo em direção à cozinha.

— Preciso fazer o meu trabalho.

— É sobre o seu trabalho que desejo perguntar — insistiu Margot, agarrando Johanna pelo pulso. O rosto da velha cozinheira contorceu-se num sorriso diante do desconforto de Johanna.

— Cozinheira — disse Johanna com dureza —, talvez pudesse acompanhar a moça até a saída. Ela entrou na cozinha por engano.

— Você não me dá ordens. — A velha cozinheira virou-se para discutir com a menina da cozinha uma necessidade urgente de marzipã enrolado.

— Que pena que os convidados estão dormindo sob um encanto e não poderão saborear seus bolos perfeitos — disse Margot.

— Encantos soníferos! — A velha cozinheira ergueu os olhos alarmada. — Existe uma única pessoa nesta casa que sabe como lançar encantos, e agora o meu Sylten está dormindo para sempre. — Ela apontou na direção de Johanna, empurrando o polegar entre o indicador e o dedo médio para fazer o sinal de proteção. Johanna empalideceu. — Eu vi o pó nos bigodes dele, e foi você que fez aquilo — acusou a velha cozinheira.

— E quanto ao meu cunhado? Ele acordará? — perguntou Margot, recusando-se a soltá-la. Johanna assentiu com a cabeça. — Quando?

— Em algum momento desta noite. Amanhã de manhã o mais tardar.

— Ou quem sabe nunca — disse a velha cozinheira. — Se não fosse por causa da afeição de madame por ela, eu...

— Deixe que eu cuido dela, madame cozinheira. — Margot encostou Johanna contra a madeira áspera da porta do porão, um ponto da cozinha de onde não podiam ser ouvidas. — Em que espécie de maldade você e sua ama estão envolvidas?

Johanna engoliu em seco e desviou o olhar.

— Eu não sei... Não sei mesmo. É desejo de madame que eu prepare esses pós soníferos. O gato foi um erro — sussurrou ela.

Margot estudou o rosto de Johanna; a menina estava assustada e aborrecida.

— Então, que esse seja seu último erro, srta. Bloom. — Margot falava lentamente em seu sueco simples. — Meu marido é artesão de leques, um artista. Ele precisa de uma... *bienfaitrice*... — Oh, qual é a palavra... alguém que possa falar bem dele, que lhe dê suporte. Mas se houver algo maléfico acontecendo com os leques de madame, você precisa me contar agora. O nome Nordén não deve fazer parte disso. Você compreende?

Johanna baixou os olhos e assentiu com a cabeça novamente, puxando o braço.

— Não sei nada sobre os planos dela — sussurrou em francês.

— Melhor você descobrir — falou Margot, pegando o queixo de Johanna. — Se o meu cunhado lá em cima estiver em más condições de saúde, você irá para a prisão. E se arruinar o bom nome dos Nordén, você sofrerá muito mais. — Margot soltou-a e voltou-se para a velha cozinheira. — Madame Cozinheira, sua ama solicita café forte para o salão, para despertar o grupo. Precisamos contra-atacar o trabalho do diabo quando formos capazes. — Margot subiu os primeiros degraus e então virou-se mais uma vez para Johanna e disse: — *Réveillez-vous, mademoiselle*. Acorde.

O CHEIRO DE CAFÉ e o barulho da porcelana nos carrinhos de serviço despertaram os convidados, exceto Lars, que ressonava na mais completa paz em sua poltrona. Os criados seguiam de janela a janela, puxando para o lado as cortinas para revelar silhuetas negras de árvores contra o pano de fundo da luz baixa do pôr do sol de inverno. O grupo compartilhou o repasto sobre a mesa farta, mas as conversas eram baixas e pontuadas por pausas, olhares de preocupação sobre Lars. As mães temiam pelo bem-estar do rapaz, as jovens damas imaginavam se algum dia teriam aquelas habilidades, os cavalheiros asseguravam-se uns aos outros que jamais sofreriam uma queda tão dura. Mas o café forte e os doces logo despertaram a todos, e no decorrer da hora seguinte risos e ruídos de leques sendo abertos impuseram-se sobre a atmosfera solene. Mestre Fredrik observava quieto; ele esperou até que Johanna lhe trouxesse uma xícara de café, as mãos trêmulas enquanto mexia o açúcar.

— Srta. Bloom! — chamou Mestre Fredrik alto e bom som, e aproximando-se dela, os sapatos batendo sobre o parquete como se fossem besouros gêmeos. — Uma palavrinha, senhorita. — Mestre Fredrik guiou-a até duas cadeiras colocadas de encontro à parede. Eles se sentaram, mas ele não lhe soltou o braço. — Estou me referindo à srta. Grey — falou. Ela o olhou, sobressaltada. — Estou vendo que lembra de seu nome verdadeiro. — Mestre Fredrik agarrou-lhe a mão e apertou-a com força. — Circulam por aí fofocas vis a meu respeito, srta. Grey. É verdade, tão vis que podem colocar em risco o meu avanço. — Ele se aproximou e sibilou em seu ouvido: — Madame afirma que a informante é você!

Johanna ficou rígida na cadeira.

— Eu o vi na praça do Ferro muitas vezes, comprando vestidos de segunda mão, que, com toda a certeza, o senhor tinha intenção de usar. Seus interesses e seus prazeres são óbvios. As histórias foram contadas apenas como diversão.

O rosto de Mestre Fredrik tornou-se lívido, as veias em suas têmporas começando a inchar.

— Que interesse você pode ter nas coisas que eu compro? Tenho uma esposa, sua idiotazinha contadora de histórias! — Ele beliscou a pele em cima da mão dela. — Cuide de suas dívidas, srta. Grey. Você esqueceu do cavalheiro que a resgatou, primeiro de O Porco, e depois da viagem para casa que você tão desesperadamente queria evitar. Eu a resgatei, srta. Grey! Eu a resgatei!

— Estou ciente de minha dívida para com o senhor, Mestre Fredrik. — Johanna estremeceu com o cruel beliscão, sentindo que seu fino manto de segurança a desnudava a cada palavra.

— Não pense que me descuidei das minhas próprias investigações, srta. Grey — sibilou ele. — Existe um tal de sr. Stenhammar, que ainda está procurando sua noiva. Ao que parece, ele planeja puni-la exemplarmente depois de levá-la até sua cama imunda.

— O senhor é certamente um cavalheiro, sr. Lind, resgatando a senhorita... é isso mesmo? Srta. Grey... de uma união pecaminosa. — A Uzanne, de braços dados com Anna Maria, estava em pé diante deles. Ambas as mulheres resplandeciam de prazer por haver captado aquelas preciosas gemas de informação. — Mas, agora, ao que parece, vocês estão tendo uma briga.

— Eu certamente estou. — Mestre Fredrik levantou-se, intensificando ainda mais o aperto na mão de Johanna e puxando-a consigo. — Essa menina Grey maculou meu bom nome.

A Uzanne aproximou-se de seu ouvido, seus lábios separados num sorriso, como se lhe oferecesse a mais deliciosa fofoca.

— Todos já pecaram, sr. Lind. Alguns mais terrivelmente do que outros. Tenho certeza de que a srta. Bloom pode ser absolvida. Não tenho certeza quanto ao senhor. — A Uzanne tirou Johanna das garras de Mestre Fredrik. — Lembro ao senhor que a srta. Bloom é minha empregada e que o senhor não voltará a tocar nela. — Ela tomou o braço de Johanna e caminhou na direção da extremidade oposta da sala. Anna Maria as seguiu. Mestre Fredrik levantou-se. Suas mãos permaneciam trêmulas diante do rosto. Cheiravam a pomada de cera de abelha que usava para mantê-las macias. Permaneceu assim por alguns minutos, ciente de que a Uzanne o pendurava à beira de um abismo.

A Uzanne sentou Johanna num banquinho próximo à frente do salão e abriu o leque para obter atenção. O palavrório cessou, xícaras e garfos foram colocados de lado, e a resposta, na forma de leques sendo abertos em sucessivos estalos, foi audível.

— Nossa estreia pode parecer um sonho distante, mas eu lhes asseguro que esse é um sonho que veremos sendo realizado e que será uma noite que nenhuma de vocês jamais esquecerá. O Parlamento de Gustav, em Gefle, pode provar ser... excessivamente oneroso para permitir a presença de seus participantes em nosso evento, mas fiquem certas de que o duque Karl prometeu recebê-las. – Excitados comentários foram passados de leque a leque. Lars se mexeu em sua cadeira e gemeu, mas foi um gemido de prazer. Houve uma salva de palmas e gritos de hurra pelo bravo voluntário. – Já acordado, sr. Nordén? – perguntou a Uzanne, um tom de alarme em sua voz. Ele mexeu a cabeça em concordância e em seguida caiu de volta na cadeira, dando a entender que voltara a dormir. Ela lançou na direção de Johanna um olhar de reprovação.

– Mas, madame – perguntou uma aluna nervosa –, como podemos ter esperanças de já estar controlando a dominação nesse dia?

A Uzanne voltou-se para suas alunas.

– Jovens damas, vocês precisam praticar diligentemente nas semanas que se seguirão. E devem portar um leque que seja digno de seu treinamento. Nada de papel impresso, nada de lembrancinhas baratas de Pompeia; na realidade, os leques italianos geralmente são vulgares demais. Leques espanhóis são feitos na França, de modo que podem servir. Leques franceses são os melhores, e os Nordén são os melhores da França que a Cidade tem a oferecer. O leque cinza-pombo que vocês hoje viram conquistar o sr. Nordén foi um exemplo perfeito. Há de se pensar que os Nordén podem fornecer tal leque a cada uma das alunas. – Christian enrubesceu e fez uma mesura. Margot sentou-se ao lado dele, a testa franzida de perplexidade. As jovens damas deram gritinhos com suas próprias interpretações felizes dessa inesperada generosidade.

Lars estava grogue, mas já desperto o bastante para ouvir essa oportunidade para seu comércio.

– E que tipo de leque podemos fornecer à senhora, madame?

– Existe apenas um leque para mim, sr. Nordén, e o senhor não o possui: o Cassiopeia.

– E quem é o Cassiopeia? – perguntou Lars à medida que o alarido de conversas alegres ergueu-se novamente em torno deles. A Uzanne descreveu o leque detalhadamente, seu desaparecimento, o pesar e a raiva que sua ausência causou. Lars coçou o pescoço, seu rosto uma carranca imersa em pensamentos. Então, ele se virou para Christian, ainda parcialmente adormecido, e indagou: — Mas, irmão, por acaso não havia um leque exatamente assim em nossa loja no verão passado? Certamente você há de se lembrar.

Christian olhou de relance para Margot, que franziu os lábios e mexeu ligeiramente a cabeça. Ele limpou a garganta.

— Caro irmão, você deve estar sonhando.

A Uzanne precisou utilizar-se de toda a sua experiência para falar lenta e calmamente, e para caminhar com graça na direção de Lars.

— Você acha que o meu leque visitou sua loja? — Ele deu de ombros e assentiu sonolentamente. — Mas quem o levou até lá? E quem o levou de lá? — perguntou a Uzanne.

Margot se levantou e fez uma mesura.

— Madame, tenho uma vaga lembrança de um antigo leque francês, trazido por um mensageiro. Ele ficou conosco brevemente para um pequeno reparo e foi devolvido de imediato, acho que para uma dama na Alsácia. Não tenho como garantir que se tratava do seu Cassiopeia.

A Uzanne sentou-se ao lado de Lars, pegando-lhe a mão.

— Seria importante para sua loja que essa garantia existisse.

Lars olhou para a Uzanne, tensa de expectativa. Ele leu o terror no rosto de Christian, sentiu o olhar fixo de Margot sobre si. Então, ele viu Anna Maria, seus olhos brilhando de excitação, medindo-o de alto a baixo naquela batalha pela dominação familiar.

— De fato, madame, o leque que a senhora descreve *esteve* realmente na loja para um pequeno reparo. Eu não estava presente quando ele chegou, mas estava lá no dia em que foi retirado. O cliente era francês. Ele, ou talvez ela, enviou uma carta assinada apenas com a inicial *S*, mas a carta também mencionava um *monsieur...* Larsson.

A Uzanne fechou o leque, segurando-o com firmeza para controlar o tremor em sua mão.

— E você pode encontrar esse sr. Larsson para mim?

Lars tentou se levantar, mas não conseguiu.

— Madame, vou verificar os recibos para maiores informações — falou, fazendo uma mesura ao se sentar.

Ela bateu a extremidade do leque na face de Lars.

— A loja Nordén está, finalmente, com a mente voltada para os negócios — disse ela, e então levantou-se para caminhar até suas inquietas alunas. — A srta. Plomgren vai trabalhar com vocês na sequência da dominação até o momento de vocês partirem. — Anna Maria assentiu com a cabeça e estalou o leque para obter atenção. O ruído dos leques sendo abertos acompanhou a Uzanne enquanto ela percorria o salão com aparente indiferença. — *Senhor* Lind — chamou. Mestre Fredrik levantou os olhos de um prato cheio de migalhas que mantinha no colo, um pedaço de bolo grudado na garganta. A Uzanne parou em sua frente, e ele se levantou e fez uma mesura. — O sr. Nordén afirma que alguém chamado Larsson sabe o paradeiro de meu leque. Você imagina que seja o mesmo Larsson que me apresentou em dezembro? — O rosto empoado e sem cor da Uzanne era uma folha em branco sobre a qual estava escrita uma fúria gélida. — Um jogador inveterado que talvez possa ter adquirido um leque numa aposta com uma certa sra. S.? — O silêncio foi resposta suficiente. — Traga-o até a minha presença *agora*!

Mestre Fredrik limpou a boca com um guardanapo.

— Madame, temi dizer-lhe antes, mas está confirmado... enviei um mensageiro para me certificar... o sr. Larsson está em casa, gravemente enfermo com a pestilência de inverno. — Sua voz era alta e contida. — Sua vizinha, a sra. Murbeck, acredita que ele esteja pairando entre essa vida e a outra. Ela está em busca dos parentes mais próximos.

A Uzanne deu as costas a Mestre Fredrik, batendo de leve o leque na palma da mão.

— Ela os encontrou?

Ele sacudiu a cabeça, solene.

— O sr. Larsson possui apenas seus irmãos de loja maçônica: eu mesmo e o artesão de leques Nordén.

A Uzanne voltou-se para Mestre Fredrik, seu tênue sorriso dando a ele uma fagulha de esperança redentora. Ela deu um passo e ficou desconfortavelmente próxima. Ele podia sentir o hálito dela em seu rosto, sentir o aroma de jasmim misturado à pomada de rosa.

— Você deve dirigir-se a seu irmão de imediato. Se ele deu o meu leque a alguma amante, você o comprará de volta usando seus próprios fundos.

Se ele vendeu o leque, você o rastreará e o roubará. Se, por algum motivo, ele ainda estiver de posse do Cassiopeia, você deve recuperá-lo por quaisquer meios necessários. Estou sendo clara? – Mestre Fredrik assentiu com a cabeça. – Você só voltará a Gullenborg quando obtiver êxito nessa empreitada. – Mestre Fredrik assentiu mais uma vez, uma das mãos na garganta. – Você já tropeçou antes na execução de suas tarefas, sr. Lind, e a dor que sofre por ter caído com um vestido afrescalhado de mulher e saltos altos será fatal. – O rosto de Mestre Fredrik ficou pálido. – Ah, sei muito sobre o senhor, Mestre Lind. A srta. Bloom provou ser uma espiã bastante habilidosa. Mas há uma coisa que não descobri: o que acontece a jovens oficiais militares cujos pais nutrem segredos pervertidos? Pergunte a seus filhos, sr. Lind, ou a seus oficiais comandantes. Duvido que eles progridam muito mais do que o próprio pai pederasta.

O prato de porcelana escorregou dos dedos de Mestre Fredrik e espatifou-se no chão, mas nenhum dos presentes ouviu o barulho da porcelana quebrando; estavam todos completamente engajados em conversações, usando a linguagem do leque.

## *Capítulo Trinta e Oito*

## DELÍRIO E CONFISSÃO

*Fontes: E.L., M.F.L., sra. M, Mikael M., Pilo*

QUANDO MESTRE FREDRIK aproximou-se de minha cama, eu acabara de acordar de um delírio que durara 28 horas... o resultado de ter bebido meia xícara de chá do caldo de Pilo... repleto de espíritos violentos dos vivos e dos mortos. Em meio a tudo isso, estava a sra. Murbeck; ela entrava e saía de hora em hora com a terna delicadeza que se poderia exibir ao próprio filho. Foi durante uma de suas visitas que Mestre Fredrik chegou, apresentando-se como meu irmão.

— Oh, abençoado seja Nosso Senhor; finalmente alguém da família para cuidar da partida deste mundo do sr. Larsson. Tenho procurado por todos os cantos — disse a sra. Murbeck, agarrando a mão de Mestre Fredrik e puxando-o na direção da escada.

— Nós somos irmãos apenas de loja maçônica — corrigiu Mestre Fredrik, dando um tapinha na mão macia e cálida da sra. Murbeck —, mas parece que estou destinado a ficar aqui no momento de sua passagem.

A sra. Murbeck deu um suspiro de alívio.

— Eu temia que ele pudesse partir sem que ninguém, a não ser eu mesma e a Sociedade das Damas em Oração, que presido, ficássemos sabendo. Enviei uma mensagem ao lugar onde ele trabalha, mas apenas o superior respondeu e, quando descobriu acerca do contágio do sr. Larsson, não ousou visitá-lo.

— A senhora não temeu por sua própria segurança, sra. Murbeck? — perguntou.

Ela balançou a cabeça.

— Como o senhor, sinto que é meu dever como cristã. Se Deus desejar que a morte caia sobre todos nós, Ele cuidará para que isso aconteça.

Mestre Fredrik assentiu gravemente.

— Parece que Ele pode. — Ele retirou o sobretudo e as luvas. — Posso conversar em particular com o sr. Larsson?

A sra. Murbeck fez sinal para que Mestre Fredrik entrasse e ofereceu-se para trazer chá. Ele sentou-se na única cadeira perto da minha cama e da mesinha de cabeceira, que consistia em todo o mobiliário do segundo quarto. Estranhamente, não me recordo de nada em relação aos trajes de Mestre Fredrik naquele dia. Eu via apenas seu rosto, normalmente frio e bem definido, mas naquele dia vermelho de preocupação, suas sobrancelhas formando um arco de alarme. Ele esperou para falar depois que escutou os passos da sra. Murbeck na escada.

— Ela não é a mais entusiasmada das enfermeiras, mas pelo menos é bem dedicada — disse ele, rudemente, abandonando seu costumeiro discurso floreado. Simplesmente balancei a cabeça em concordância; falar causava-me dor. — Sr. Larsson, a situação parece sombria. Existe alguém a quem deveria procurar em seu nome? Algum pedido final? Negócios inacabados, quem sabe?

Indiquei que gostaria de me sentar, já que necessitava me mover, a sensação de rigidez em meus membros quase permanente. Mestre Fredrik levantou-se e pegou-me por debaixo dos braços, erguendo-me facilmente, suas mãos e braços notavelmente fortes para um homem de aparência tão mimada. Minhas axilas estavam doloridas, mas senti os pulmões encherem-se mais profundamente de ar naquela nova posição. Mestre Fredrik permaneceu na cadeira ao lado da cama.

— Devo abrir a cortina? Aqui dentro está escuro como um túmulo.

Tomei um gole da água para testar a condição de minha garganta. Estava bem melhor, de modo que bebi um copo inteiro e ousei pronunciar algumas palavras:

— Deixe escuro. Meus olhos latejam e não tenho necessidade de ver melhor o seu rosto. Eu o conheço suficientemente bem.

— Suficientemente bem? — Mestre Fredrik riu amargamente dessas palavras. — É o que nós imaginamos, sr. Larsson. É o que nós imaginamos.

Mas enquanto fazia o percurso até aqui, hoje, percebi que só estamos ligados por uma fina massa de circunstâncias e alguns rituais da loja maçônica.
— Ficamos sentados em silêncio por um momento, avaliando essa verdade.
— Estou ciente de seu grave estado de saúde desde ontem. Eu estava na loja de luvas alemãs e entreouvi a descrição que a sra. Murbeck fez sobre o duro apuro a que seu vizinho estava acometido, um cavalheiro solteiro do Escritório de Aduana e Impostos, um homem solitário que frequentemente saía à noite. Inquiri mais tarde acerca do nome do homem. Quando o artesão de luvas disse Emil Larsson, eu afirmei não conhecer tal pessoa.

Limpei a garganta.

— Eu teria feito o mesmo, tirando o inquérito. Mas você está aqui agora por algum motivo.

Mestre Fredrik olhou para o teto, como se algum espírito estivesse pairando acima de sua cabeça, instando-o a confessar algo.

— Vou falar com franqueza. A Uzanne acredita que você esteja de posse de algo que pertence a ela ou, no mínimo, que saiba de seu paradeiro. Cassiopeia. — Mestre Fredrik observou o meu rosto cuidadosamente, mas eu fechei os meus olhos e recostei-me na cabeceira.

— O que leva a Uzanne a achar que eu teria um leque? — perguntei.

— Nordén disse.

A imagem da carta, o cinco de Almofadas de Impressão, aportou em minha mente: dois homens e uma mulher. Os Nordén.

— O Tagarela! — sussurrei. Mestre Fredrik pareceu ter ficado alarmado, como se eu estivesse tendo algum delírio. — Christian Nordén.

— Não Christian. Foi o irmão, Lars. Ele desejava agradar a Uzanne. E impressionar a frutinha madura, sem dúvida nenhuma — contou.

Eu descobrira tarde demais e o Tagarela jogara contra mim.

— Nunca pensei em Lars Nordén — falei, desabando na cama.

— Ninguém jamais pensou em Lars Nordén. Até o presente momento — disse Mestre Fredrik. Ele passeou o olhar lentamente por meu quarto esparsamente mobiliado. — E, então, Emil, o que você sabe a respeito desse Cassiopeia?

Agora parecia tolice negar completamente algum conhecimento da história.

— O leque foi perdido num jogo de cartas na casa da sra. Sparrow. A história circula com uma boa dose de risos nos círculos de apostas, uma dama tão rica agindo como uma perdedora tão pobre.

— E a Sparrow ainda está de posse dele?

— Não. Ela achava que o leque estava, de algum modo, enfeitiçado. — Tossi e me servi de mais um copo d'água, percebendo que estava com a boca seca. — Mas pode ser que eu consiga rastrear o paradeiro para você.

— Seria vantajoso para nós dois. — A voz de Mestre Fredrik estava trêmula.

— Qual é a recompensa?

— A recompensa? A salvação de diversas vidas será a recompensa: a minha, para começo de conversa, assim como a de minha esposa e filhos.

— Ela vai matar a família Lind por conta de um leque? — Ri e fui mais uma vez acometido por um acesso de tosse.

— Se eu fracassar em recuperar o leque, ficarei exposto. Exposto e arruinado.

— Exposto como?

Mestre Fredrik levantou-se e olhou através da cortina para a rua, como se a Uzanne pudesse tê-lo seguido até lá.

— Sou um calígrafo preeminente na Cidade. Levei muitos anos para aperfeiçoar minha arte e meus métodos são heterodoxos. — Dei de ombros, pois aquilo não me parecia motivo para que alguém fosse arruinado. — Quando comecei a minha carreira, lutei para me manter consistente em meu trabalho, chegando às vezes a fazer duzentos convites. Enquanto os primeiros 12 poderiam ser perfeitamente femininos e leves, mais tarde a mão do homem poderia apossar-se do estilo e eu seria forçado a recomeçar do zero. De modo que desenvolvi uma estratégia, imaginando a mim mesmo como o autor... o anfitrião ou a anfitriã, como queira. Imaginei onde eles estariam sentados, pensando, comendo e o que estariam vestindo. Foi algo mágico, sr. Larsson, e minha arte floresceu.

— O uso da imaginação dificilmente pode ser considerado heterodoxo para um artista – argumentei.

— Verdade, mas em minha busca pela maestria adotei a prática de vestir o personagem. Isso, para começo de conversa, era uma questão bastante simples: eu usaria a minha melhor peruca e um belo colete para ser um cavalheiro, algumas joias da sra. Lind para uma dama. Mas, à medida que minha clientela se expandiu, esse processo tornou-se mais elaborado e mais importante para o meu sucesso. Tenho sido um servo dedicado da Uzanne há muitos anos. Eu traduzia seu ser em tinta e papel, perfumava as páginas e umedecia os envelopes, selava-os, entregava suas cartas eu mesmo se necessário fosse. Transformar-me nela tornou-se o meu negócio. A sra. Lind desfrutava de todos os frutos dessa paixão, e me estimulava a ser tão perfeito em minha aparência quanto cada letra em uma página. Adquiri um extenso guarda-roupa de camisas, espartilhos, crinolinas, anáguas, robes, vestidos, saias, casacos, coletes e diversos acessórios, que a sra. Lind alterava para que me servissem a contento. Eu os mantenho num armário em minha oficina, trancados a chave. – Ele agora caminhava pelo quarto, mãos nas costas, como se estivesse debatendo na Academia. – Agora, só trabalho com meus trajes. Uso uniformes e roupas masculinas da corte; até consegui botar as mãos em uma antiga beca do Senado. Mas também sou adepto de sapatos de dança com fitinhas e saltos vermelhos, passo ruge nos lábios e ponho marcas de beleza no queixo, coloco perucas e crinolinas, borrifo *eau de lavande* em meus aposentos. Trata-se de uma imersão do espírito.

A imagem da carta do Octavo que se referia a ele me veio à cabeça, o homem e a mulher sentados juntos embaixo da árvore florida.

– Imagino a presença de um elaborado armário numa oficina de trabalho – falei –, e o grande pilar de vidro.

– Você também tem um! – disse ele, fazendo um gesto na direção da sala da frente.

– O meu é usado para praticar o manuseio de cartas. É a melhor maneira de aprender – admiti.

– Está vendo? – Ele balançou um dedo para mim. – Você também tem uma ferramenta feminina para o seu trabalho. – Eu me sentia fraco demais para rir ou para parecer ofendido, mas, na verdade, senti um pouco de ambas as coisas, e ele viu isso em meu rosto. Já vira muitos homens dissolutos fazendo chacotas nas tavernas, representando "donzelas" do tipo mais improvável; nos bailes de máscaras mais refinados, essa prática era bem-vinda. Sem mencionar o que eu vira nos salões da rua Baggens. – Não é nenhuma perversão – protestou Mestre Fredrik com firmeza. – É o segredo da minha genialidade.

A meu ver, parecia um método particular e inofensivo, e até a sra. Lind participava de bom grado da brincadeira. No entanto, muitos ficariam horrorizados, principalmente aqueles que escondiam, eles próprios, tais práticas. As consequências seriam duríssimas.

– Não é problema meu a maneira como você leva a sua vida – disse. – Mas por que está me contando isso?

– Para que esteja ciente da base espúria sobre a qual se assentam as ameaças da Uzanne, que passa por mim e alcança a sra. Lind e nossos meninos, que desconhecem nossos métodos. – Ele se sentou mais uma vez e aproximou-se. – Eu lhe faço essa confissão porque pode-se dizer qualquer coisa a um moribundo.

Um calafrio arrepiou-me toda a pele dos braços, e eu observei a luz da vela votiva lançar sua sombra dançante pela parede. Não consegui tirar os olhos dessa sombra, que assumiu a forma de uma jovem dama, de movimentos ágeis e graciosos. A sombra parou ao lado da minha cama e se sentou, como se em alguma cadeira invisível, esperando que eu falasse. Recostei-me no travesseiro, assolado por um acesso de tremores. A figura sombria levantou-se da alarmada cadeira invisível, um enxame de sombras serpeantes erguendo-se para prendê-la. Eu havia demorado demais. Não descobrira os meus oito. Gritei e tentei me levantar da cama, mas estava dominado.

– Não me deixe, sr. Larsson! Não ainda! – gritou Mestre Fredrik, levantando-se em tal velocidade que a cadeira em que estava caiu para trás. – Vou chamar a sra. Murbeck e o médico.

– Não, não – falei, minhas extremidades tremendo. – Sente-se aqui comigo, por favor. Apenas sente-se.

Mestre Fredrik assentiu solenemente e endireitou a cadeira, mas não se sentou. Curvou-se sobre mim; não apenas medo, mas também preocupação estavam estampados em seu rosto.

– Você tem algum último desejo?

A sombra sentou-se mais uma vez, alisou a saia e começou a dissolver-se à medida que a vela iluminou subitamente o recinto.

— Diga a ela que fracassei em encontrar meus oito e que sinto muito — sussurrei.

— Dizer a quem? — perguntou ele.

— Sparrow.

Cochilei e despertei por várias horas. A faixa de luz atrás da cortina escureceu até desaparecer, para em seguida iluminar-se num tom azul, somente para desaparecer novamente. Houve um breve espaço de tempo no qual as janelas foram abertas para arejar o quarto e o penico foi esvaziado. A sra. Murbeck veio com chá e jantar e café da manhã, pois as bandejas estavam lá quando eu acordava. Uma tropa de acrobatas saltava do canto e se pendurava nos candelabros enquanto minha camisola de dormir era trocada. Um passarinho marrom voou em círculos ao redor da rosácea de estuque no centro do teto, que floresceu e se transformou num rosto pálido e vigilante. Então, essa visão mergulhou em si mesma e deixou um octógono escuro e espumante em seu rastro. A vela votiva em minha mesinha de cabeceira cresceu, se transformou numa lanterna e, logo em seguida, em um poste de luz. A sombra da jovem voltou e sentou-se embaixo dele, abanando-se com meu leque Borboleta. Vi que Mestre Fredrik estava de pé ao lado dela, e era ele quem segurava o leque. Tossi e chamei seu nome, mas tanto a sombra quanto o leque desapareceram. Ele voltou-se rapidamente para mim, seus olhos vermelhos e aguados... se era por alguma enfermidade ou por choro, eu não tinha como dizer.

— Que dia é hoje? — perguntei.

— Dezenove.

— Você está comigo há três dias?

Mestre Fredrik assoou o nariz com um barulho poderoso e sentou-se a meu lado mais uma vez.

— Você pode estar imaginando que a minha vigília aqui, Emil, não foi uma escolha prudente, mas me senti compelido a isso, primeiro pela esperança de que talvez pudesse recuperar o leque da Uzanne e me salvar. Depois pela percepção de que eu necessitava de um tempo para avaliar exatamente o que, ou quem, eu queria salvar. — Ele pegou um livro na mesinha de cabeceira.

— A sra. Murbeck deixou a Bíblia. Gostaria que eu lesse uma história? — perguntou ele.

Curvei-me para pegar um copo d'água, que bebi agradecidamente, e então fechei os olhos.

— Eu preferiria algo mais enaltecedor.

— Tudo bem, então. Confesso que pensei bastante sobre Carl Michael Bellman durante esses últimos três dias.

Eu me recostei no travesseiro. Uma canção obscena de taverna seria uma alternativa animada para "O Senhor é meu pastor".

— Numa noite de verão, muitos anos atrás, dois sujeitos que eu conhecera fazia pouco tempo me convidaram para uma farta ceia de meia-noite na Via da Margem, e eu estava ansioso para impressioná-los — começou Mestre Fredrik. — Esperamos uma hora por um barco no cais Skeppsbron e finalmente um barco a remo encostou, o casco balançando prazerosamente na água. A lanterna que estava pendurada no arco piscou para si mesma na água, e o ar estava fresco e refrescante. Estávamos prestes a zarpar quando um grupo de quatro homens gritou para ver, se, quem sabe, não podiam juntar-se a nós, já que estava tarde e os barcos eram poucos.

"A madame do barco a remos começou a praguejar, dizendo que a carga estava excessiva e que ela e dez demônios não teriam como remar para nos levar até o nosso destino. Eu não queria que meus elegantes amigos se juntassem àquele grupo de bêbados maltrapilhos e me coloquei do lado da remadora, utilizando-me dos termos mais insultuosos possíveis. Um dos intrusos, um sujeito embriagado de idade indeterminada, encostou o focinho em meu rosto, uma névoa de rum escapando pela boca aberta. Ele carregava uma cítara debaixo do braço e mantinha-se equilibrado segurando meu ombro. *'Eu sou o trovador pessoal do rei'*, disse, *'e vou compor uma canção para você como forma de pagamento.'*

"Meus companheiros eram ainda mais esnobes do que eu, mas pareciam se divertir com o músico embriagado. Eles encontraram dinheiro suficiente para deixar a madame feliz e nos empilhamos no interior do barco, que, a princípio, balançou a ponto de quase soçobrar. Logo, o barco equilibrou-se, e deslizamos por sobre as águas em silêncio, com exceção do respingar ritmado e do ranger dos remos. O homem encharcado de rum começou a afinar sua cítara, e quando as cordas vibrantes sustentaram as notas adequadas, ele começou a tocar e a cantar. Sua voz parecia ampliada pela água e pela umidade do ar; cada nota era como uma estrela na noite aveludada. Até a madame remadora parou para escutá-lo, enquanto nós seguimos viagem balançando ao ritmo de sua canção. Em determinado ponto, todos nos juntamos a ele, numa harmonia que jamais tive a oportunidade de ouvir desde então. Olhando para o alto, o céu azulado da madrugada e o sol de verão pairando no horizonte, o barco parecia suspenso em seu próprio universo, com uma música que estava sendo inscrita em algum lugar secreto de meu coração."

— Isso é bem melhor do que qualquer salmo — falei.

— Um de meus companheiros sussurrou-me que aquele homem era, de fato, o trovador pessoal do rei, o grande Bellman. Eu me levantei para apertar-lhe a mão e disse: *"Espero ouvir sua música em melhor companhia algum dia desses."* Ele olhou para mim inquisitivamente e retrucou: *"Você está entre amigos. Essa é a melhor companhia que existe."* Então, ele disse que executaria uma canção para mim, como havia prometido. — Mestre Fredrik limpou a garganta.

*Num barco um músico bêbado insinua:*
*Será que esse esnobe flutua?*
*Empurra-o e diz: Preste atenção*
*Na minha lição...*
*Se puder alcançar, agarre essa mão.*

Então, ele me empurrou para fora do barco. Tive certeza absoluta de que me afogaria, mas Bellman e seus companheiros me puxaram rapidamente das profundezas escuras. É sobre isso que venho pensando nesses últimos três dias.

— Afogamento? — indaguei, notando que meus lençóis estavam úmidos como se também eu tivesse caído do barco.

Mestre Fredrik tirou um fiapo de linho da barra de seu casaco.

— Eu havia acreditado que Bellman quisera dizer que eu devia agarrar a minha chance de avançar socialmente. Ele próprio era um modelo de seu comportamento, sempre à caça do rei Gustav e de diversos aristocratas em busca de favores e dinheiro. De modo que prestei atenção na lição, e passei a vida escalando a torre da superioridade social... de fora, infelizmente, já que não tinha acesso à escada. Talento era um calço na parede, assim como a utilidade, a bajulação, o verniz da educação, uma língua rápida, ouvidos grandes. Usava as ferramentas que podia afiar com facilidade e escalava bem alto também. Mas continuei seguindo Bellman desde aquele batismo. Para cima e para baixo pela Cidade, nas estalagens e nas tavernas com cheiro de mijo, garotas com marcas de varíola no rosto, pegajosas e de sexo rançoso, as multidões bêbadas e desregradas. Sentia que havia, talvez, algo que eu estava perdendo. Sempre que ouvia Bellman se apresentando, voltava novamente àquele mar, àquela noite de verão, e encontrava uma profunda conexão. Nesses últimos três dias ao lado de sua cama, percebi que essa era a mensagem que ele queria me transmitir.

— Amor e contatos — falei.

— Não tenho certeza de quais mãos ainda posso alcançar. Há as da sra. Lind e dos meninos, graças a Deus. Espero que as suas, Emil. — Reparei a caixa do leque azul, disposta em cima da mesinha de cabeceira. Mestre Fredrik seguiu o meu olhar e enrubesceu. — Não é esse o que a Uzanne procura. Você acha que fiz uma busca sem pesquisar antes? — Sacudi a cabeça, sabendo muito bem que eu teria feito o mesmo, mas provavelmente mais cedo. — Um leque não tem serventia para um homem morto, a menos que ele planeje dirigir-se ao inferno, e, ontem à noite, não só a sra. Murbeck como também eu mesmo pensamos que você estivesse perto da partida.

— Decidi colocar em prática outros planos — disse, os olhos fechados, pensando. — Mas, antes, preciso saber o que a Uzanne está planejando.

Mestre Fredrik curvou-se para a frente, falando baixo:

— A Uzanne está planejando algum evento sombrio, disso eu tenho plena certeza. Testemunhei o ensaio desse ato traiçoeiro em sua recente palestra; ela o chamou de dominação. Lars Nordén desempenhou um papel, mas a intenção dela era que você fosse o alvo. E a srta. Bloom usou suas habilidades de boticária na criação de um traiçoeiro pó feminino.

— Eu? E a srta. Bloom? — Senti uma pontada ao longo do couro cabeludo.

— Mais acerca da falsa Bloom dentro em pouco — prosseguiu Mestre Fredrik, o rosto obscuro de alarme. — Um potente inalador foi acondicionado no interior da manga de um leque e soprado no rosto da vítima, fazendo com que ela caísse em um sono mórbido. A Uzanne tem testado esse pó em seus serviçais e a cozinheira afirma que seu estimado Sylten foi morto no processo. Mas a Uzanne tem uma meta muito mais elevada do que um felino. – A voz dele baixou um tom. – Temo que ela queira aleijar o rei, alterar sua mente ou fazer com que ele fique dependente de alguma droga. O duque Karl está dob o domínio dela. Ela tomará as rédeas e é simpática ao chicote – falou.

– E ninguém chamou a polícia? – indaguei.

Ele revirou os olhos, como se eu fosse um idiota.

– Quem teria a ousadia? E ninguém acreditaria nisso, muito menos o rei. Gustav receberia a Uzanne de braços abertos, tão ansioso que está para reconciliar-se com sua aristocracia. Esse abraço seria o fim de Gustav e o fim da pouca estabilidade que temos atualmente na Suécia.

– Mas o que *nós* podemos fazer? – perguntei.

– Eu gostaria de fingir que não sei, de dizer que isso está nas mãos de Deus. Mas devemos escolher ser essas mãos, Emil. O diabo prospera em meio à nossa indiferença. – Mestre Fredrik se levantou, suas roupas manchadas e amarfanhadas. – Precisamos descobrir exatamente o que ela planeja fazer e quando. Talvez possamos continuar nossa aliança, mas agora ela terá uma meta a mais... nobre. – Ele sorriu para sua própria piada.

– É verdade que se tem melhores chances de vencer uma aposta com um parceiro – falei.

– Seria prudente ganhar tempo e favores, mas existe apenas uma moeda de troca que a Uzanne aceitará.

Senti a mesma necessidade de ganhar tempo; eu precisava de tempo para entrar em contato com a sra. Sparrow e perguntar quando o leque seria enviado e para onde. E a sinceridade de Mestre Fredrik parecia genuína, mas não havia garantia de que ela seria longeva. Talvez ele estivesse mais inclinado a seguir o ensinamento que diz: *Deus ajuda aqueles que se ajudam*.

– Uma nota promissória, quem sabe – sugeri a Mestre Fredrik. Ele franziu a testa. – Avisar a Uzanne que você se sentou comigo nesses últimos três dias, evidentemente correndo grande risco, e obteve minha promessa de garantir-lhe que seu leque estaria em segurança. Mas que, ao vê-lo ao lado de minha cama, o grande doutor Pilo impôs uma breve quarentena para nós dois, por temer que o contágio pudesse espalhar-se. Diga a ela que você irá a Gullenborg assim que estiver em condições. Enquanto isso, recuperarei o leque e você tentará descobrir mais acerca dos assuntos sombrios da Uzanne.

— Excelente! Nem mesmo a Uzanne romperá a quarentena nesse inverno; os mortos estão sendo empilhados como uma barreira de vermes gelados no bairro sul, à espera de enterro. — Ele pegou o sobretudo e as luvas, e enrolou um cachecol em volta do pescoço.

— Mais uma coisa — continuei, pegando-lhe a manga do casaco. — E quanto à srta. Bloom?

Ele me olhou de soslaio, como se a minha pergunta tivesse um tom que ele não ouvira de mim antes.

— Bem, ela não é Johanna Bloom, mas Johanna Grey, e, apesar de inteligente, não é nobre de modo algum; de modo algum um par possível. Admito que usei a inquietação dela em vantagem própria. A mãe é adepta de convicções religiosas das mais fanáticas e sacrificou a menina a um casamento hediondo. O noivo era um brutamontes violento, e os vizinhos pareciam ter ficado tristes por perderem as surras. — Ele estremeceu. — A srta. Grey fugiu e juntou-se a mim com o mais tênue dos contatos, em agosto último. Tenha pena dela, Emil; ela agora está escalando a torre como eu mesmo fiz no passado, e tem feito isso muito bem. Mas compreenda que não existe escapatória para uma mulher. — Mestre Fredrik levantou-se lentamente e esticou-se. — Agora preciso ir para casa ter com a sra. Lind. Faz muitos dias que lá não piso, e ela é a minha rocha. É crucial que eu permaneça atado a suas boas graças.

Ergui-me, apoiando-me em um antebraço.

— Mestre Fredrik, sou grato por sua visita.

— Fomos jogados juntos nesse evento por algum motivo, como se não tivéssemos escolha — disse ele. — Às vezes, as pessoas são empurradas a uma amizade pelas circunstâncias, mas isso não diminui essa amizade. — Com isso, Mestre Fredrik fez uma mesura e saiu, seus sapatos fazendo barulho no chão. Ele parou na sala em frente e voltou-se para mim. — Agarre a mão que puder alcançar, Emil Larsson.

## Capítulo Trinta e Nove

## FÉ

*Fontes: E.L., sra. M., Mikael M.*

UMA CONVALESCENÇA DE quase três semanas devolveu-me a melhor porção de minha saúde, mas temi uma recaída e por isso permaneci na cama. Acordei para um quadrado de céu azul na janela e para a visão da sra. Murbeck pairando sobre mim com um bilhete que chegara pelo correio da manhã.

— Isso devia selar a sua recuperação. Jamais vi tanto papel em minha vida, tanta cera! — exclamou ela.

— Vamos abrir — falei, sabendo que ela nunca sairia do quarto sem descobrir pelo menos o nome do remetente. Peguei o envelope para inspecionar a caligrafia. Minha esperança era de que o bilhete houvesse sido enviado pela sra. Sparrow, mas eu conhecia sua escrita intratável e não vira nada dela por semanas e semanas. Farejei o envelope para ver se algum perfume conhecido escapava, mas não havia nenhum aroma. Um sinete havia sido pressionado em cera postal verde-pera, exibindo apenas um rebordo ao redor de um círculo vazio. Puxei a aba, fazendo estalar a extremidade da cera, e tirei de dentro o cartão. O papel do bilhete era macio, neve salpicada de prata, e as extremidades haviam sido aparadas para formar conchas. Havia uma borda verde, mas nenhuma mensagem. — Em branco — disse, segurando o cartão. — *Está* em branco, não está, sra. Murbeck? Espero não estar mais propenso a alucinações!

Entreguei-lhe o bilhete, e ela o examinou detidamente, passando o dedo pelo papel.

— Alguma coisa afiada viajou por aqui — constatou. Ela pegou a vela votiva no vidro azul e aproximou-a do papel para ver melhor. — Certa vez fui ao teatro, apenas uma única vez, entenda bem, mas o que me lembro é de uma parede escura e nua que ganhou vida quando as lamparinas foram acesas atrás. – Ela observou o papel em sua mão. – Consigo distinguir uma linha. Não, duas linhas.

– E o que diz?

Ela encostou o papel na vela.

– Oh! O calor da chama está fazendo as letras aparecerem. Não muitas letras, sr. Larsson. Aqui diz: Visita. Um encontro, vamos ver, 8 de fevereiro. Hoje! Não consigo ler a hora marcada. Aqui está, aqui está... *Espere por mim*, diz aqui, em seguida... Não consigo ler as palavras seguintes. Em seguida, as iniciais. Acho que é um *C*, ou talvez um *G*. Não, um *C* com um floreio.

– Carlotta! – falei alegremente, e naquele momento o bilhete pegou fogo. A sra. Murbeck gritou e soltou o papel, que caiu no chão. Dei um salto da cama e, pegando a garrafa de xarope de Pilo, molhei as chamas, o denso elixir transformando em fumaça o pequeno incêndio. A sra. Murbeck arquejava em busca de ar, a mão na altura do coração.

– Você salvou a casa – disse ela, lágrimas nos olhos. – E acabou com seu precioso elixir para fazê-lo.

– Vamos lá, sra. Murbeck. – Recostei-me novamente na cama. – É um pequeno pagamento por tudo o que a senhora fez por mim.

Ela acalmou-se com uma potente respirada.

– Mas o bilhete se foi... – disse ela.

– Pouco importa – retruquei, tomando-lhe a mão e beijando-a galantemente. Senti o bilhete insuflar os pensamentos que haviam sido dispostos como espetos num braseiro. – O *C* me diz tudo; significa que renascerei!

– Mas por que essa Carlotta escolheria escrever em sigilo? – perguntou a sra. Murbeck, subitamente desconfiada.

– Ela foi enviada para longe da Cidade da forma mais cruel possível, e não deseja que seu torturador saiba de seu retorno. Talvez a notícia de meu quase abraço com a morte tenha chegado até ela em seu exílio – disse, e pensei em meu Octavo sendo preenchido. A sra. Sparrow havia me instado a ser paciente, e agora Carlotta era a tal, afinal de contas! Ela devolveria meu antigo eu: minha casaca vermelha assegurada, despreocupadas noitadas de carteado, cama e mesa gemendo. – Mande a criada limpar os meus aposentos imediatamente, sra. Murbeck. Ferva água para um banho... estou tão enferrujado quanto o caldeirão da semana passada e igualmente fedorento – comentei, deixando definitivamente a cama de enfermo. – Se houver narcisos à venda no mercado, mande a menina trazer uma grande quantidade. E um maço de galhos de salgueiro para reforçar. Trará a primavera para cá hoje mesmo.

Abri as janelas e arejei o quarto até o ambiente quase congelar, enquanto me preparava para a minha visitante. Havia a promessa de um céu límpido e uma tarde ensolarada. Os narcisos que a criada trouxe acrescentaram não apenas beleza, mas também frescura e um delicioso aroma ao ambiente. A sra. Murbeck entrava e saía do quarto atarantada, como se eu fosse seu segundo filho e ela fosse conhecer minha pretendente.

– Minha cadeira confortável parece muito bem aqui. Acho que você devia mantê-la para suas visitas, agora que tem algumas. Trouxe meu melhor xale de lã escocesa para cobri-la e uma almofada macia. Você tem sorte de ter um espelho. Uma dama sempre gosta de um espelho no quarto. Preparei um bolo às pressas e também temos creme pronto. Vou levar o creme para cima depois de acompanhá-la até seu quarto. Devo avisar o menino? Ele sobe três degraus de cada vez e pode se esconder na escada.

Sacudi a cabeça.

– Não há necessidade, não há necessidade, sra. Murbeck. Já estou bem preparado, e a senhora fez mais do que devia para me ajudar. – Fiz uma pausa. Talvez aquela fosse uma visita clandestina. Carlotta não ia querer que a Uzanne soubesse que ela havia retornado. – Na realidade, sra. Murbeck, talvez fosse melhor se a senhora batesse o creme e trouxesse a bandeja agora, de modo que eu pudesse ficar pronto para receber a minha visita sozinho e sem interrupção.

– Oh, entendo. – Ela parou e ficou tão imóvel por algum tempo que eu senti que ela havia sido atingida por uma maldição. – Ah! Está bem, sr. Larsson. – Ela piscou e virou-se para mim. – Acredito que seja um homem honrado, mas, na condição de senhoria, devo pedir que o senhor prometa solenemente que não tem a intenção de macular a reputação desta casa com relacionamentos ilícitos.

— Jamais, cara senhora. Tenho noção do propósito da visita de minha amiga. Não estamos ligados romanticamente desta vez — disse, ávido por um relacionamento ilícito.

— Bom, bom, pois eu não toleraria fofocas — falou ela com firmeza, e então um olhar de intenso desapontamento nublou seu rosto e ela suspirou. — Confesso que, baseado no lindo papel com essa cera verde primaveril, tive esperança de que Deus o pudesse estar agraciando com um romance.

— Em um momento devo ser casto, mas no outro devo receber a flechada de Cupido. O que a senhora preferiria, sra. Murbeck?

— O senhor está solteiro há muito tempo, e logo estará amargo demais para qualquer uma, exceto uma ama paga. Talvez sua visitante possa ajudá-lo a evitar esse pesaroso destino.

— Ela pode apenas desejar devolver-me a luva que um dia deixei na loja de seu pai.

— Ninguém manda um bilhete secreto por causa de uma luva — respondeu a sra. Murbeck, encaminhando-se para a escada. — Vou bater o creme quando ouvir a porta e me apresentarei quando trouxer a bandeja. Isso nos poupará a ambos das línguas soltas.

É claro que a língua da sra. Murbeck era a que mais provavelmente estaria solta, pensei, rindo. O relógio da Igreja Alemã já soara as 11 horas, e me sentei em minha poltrona para esperar, praticando diversas saudações em sussurros, imaginando como Carlotta estaria penteando os cabelos agora, se ainda usava aquela brilhantina que cheirava a laranja. Imaginei se alguma vez conseguiria voltar a comer uma laranja. Eu só comera uma: um presente de Natal da mesa do sr. Bleking. Eu mordera direto da casca, o sabor amargo fora uma supresa intensa, porém não desagradável. O sr. Bleking riu e descascou a fruta, formando uma longa tira. Comi a laranja e guardei a casca, pendurando-a numa janela. O aroma durou por muitos meses, até a casca virar apenas um rolo seco e marrom. Devo ter cochilado com a lembrança de laranjas, porque acordei com baba me escorrendo pelo canto da boca e uma delicada batida na porta. A luz no quarto mostrava que estávamos no fim da tarde, mas não era a sra. Murbeck que estava à porta, pois ela normalmente batia como se fosse um mordomo. Eu me levantei, esfreguei o rosto e fui cumprimentar a minha Carlotta.

## Capítulo Quarenta

## ESPERANÇA

*Fontes: M.F.L., Louisa G., menina da cozinha*

— E O SEU IRMÃO LARSSON? — A Uzanne estava sentada na extremidade oposta da sala, mexendo no leque cinza aberto em cima de sua escrivaninha. Ela estava de costas e tinha um lenço pressionado contra o nariz e a boca.

— Ele promete participar de suas palestras assim que as pústulas em seu rosto e pescoço tiverem sarado, já que existe grande probabilidade de elas estourarem a qualquer momento e espalharem a doença — respondeu Mestre Fredrik gravemente, debaixo de um grande chapéu de pelo, a parte inferior do rosto enrolada em seda escura.

— Ele procurou o meu Cassiopeia? — Ela virou a cabeça para poder olhar para ele.

Mestre Fredrik fechou os olhos, como se ela fosse a Górgona.

— Sim, temos boas esperanças a esse respeito.

— Esperança é para os fracos, sr. Lind. — A Uzanne virou-se para a escrivaninha. — Desconfiei que você sucumbiria e já decidi empregar algo mais forte. Você não está mais em quarentena, portanto faça algo de útil.

— O que eu poderia fazer... precisamente? — perguntou Mestre Fredrik.

— Quero que três amostras de convite para o *début* me sejam enviadas pelo correio da manhã — disse. Mestre Fredrik exalou de modo audível; papel e tinta eram inofensivos o bastante. — Preciso escolher de imediato, já que viajo daqui a poucos dias e eles devem estar prontos assim que eu estiver de volta.

— Para onde a senhora está planejando se aventurar nesse mês desolado, madame?

— Tenho negócios a tratar no Parlamento de Gefle — respondeu ela. Mestre Fredrik curvou a cabeça, como se não tivesse ouvido corretamente. — Agora vá, sr. Lind. E não precisa voltar a Gullenborg... até que eu necessite de seus serviços.

— Eu lhe desejo uma jornada segura e bem-sucedida, madame. — Ele fez uma nova mesura e saiu da sala, o estômago revirando de nervosismo.

Uma aia passou por ele com a bandeja do chá, deixando no ar o aroma de pudim de arroz quentinho.

— Melhor se encaminhar à cozinha para aquietar o estômago, Mestre Fredrik. A cozinheira não gosta de ver ninguém com fome nesta casa — disse ela enquanto desaparecia no interior do estúdio.

— Sim, é claro — concordou ele. — Cozinheira!

A cozinha cheirava a baunilha e leite, misturados com o pungente aroma de um coelho bem enganchado e esparramado em cima de um grande cepo de bordo. Junto ao cotovelo da velha cozinheira havia um copo com um dedo de líquido carmesim, uma única flor branca afogada e flutuando em direção à borda.

— Fui novamente enfeitiçado por suas habilidades culinárias, inebriado pelo perfume de seu pudim quando ele passou por mim no corredor. Será que faria o prazer de me oferecer uma porção de viajante para me sustentar durante a jornada de volta?

A velha cozinheira resfolegou um riso.

— Será que suas roupas têm costura suficiente para liberar? — Ela esfregou as mãos no avental e serviu-lhe uma grande tigela de pudim, enquanto lhe contava fofocas domésticas em troca das moedas que Mestre Fredrik sempre lhe dava. — Madame está furiosa como um *troll* desde que ouviu falar do Parlamento e cortou os lanchinhos, de modo que você pode ter alguns segundos, se quiser. Ela está num total frenesi, correndo para ver o duque e depois voltando em disparada para a casa a toda hora. Ela manda aquela Bloom preparar todo tipo de encantamento. — A velha cozinheira foi acometida de uma tosse intensa e cortante, e Mestre Fredrik pôs o pudim de lado, seu apetite subitamente desaparecido. Ela bebeu o conteúdo do copo e em seguida deu um suspiro de alívio. — Depois do que aconteceu com Sylten, ainda estou cautelosa em relação aos remédios da menina Bloom. Mas, entenda bem, madame não aceita calúnia e fez a menina provar esse último antes para mostrar que não havia perigo. O restante da casa toma qualquer coisa que ela oferece. Acho que ela deu ao jovem Per uma poção do amor; ele comeria merda de cavalo e pó de serragem se ela pedisse. — A velha cozinheira puxou uma garrafa transparente de tônico vermelho de trás do barril de água, encheu seu copo e deu mais um gole. — E a casa toda implora por seus pós noturnos. — A velha cozinheira olhou de relance em volta da cozinha mais uma vez e sussurrou:

— Eu sei onde uma ou outra das latas dela está escondida. — Piscou para Mestre Fredrik. — Se precisar de ajuda na cama, eu posso ser persuadida.

— Não, não, raramente tomo elixires e jamais inaladores, parei até com o rapé — disse Mestre Fredrik, levantando-se e se afastando. — Mas fico contente em ouvir que vai permanecer em boa saúde, cozinheira. Sou um devoto da sua comida. — Ele despejou seu pudim no balde de lixo enquanto ela se virava para procurar uma panela. — Onde está a nossa pequena *apothicaire* agora? A sra. Lind está acometida de cólicas intestinais e imaginei se ela não me prepararia uma tintura.

— Ah, a menina Bloom saiu faz uma hora com uma cesta. Para o sr. Larsson, da alameda do Alfaiate.

— Acredito que ele seja um irmão da minha loja maçônica — disse Mestre Fredrik, sua voz um tom mais alto.

A velha cozinheira reapareceu, cutelo à mão, e aproximou-se de Mestre Fredrik, seu hálito quente cheirando a genebra de sabugo.

— Confesso que a menina possui habilidades curadoras, mas é melhor ficar de olho em seu irmão. Nunca vi tamanha caridade com um doente: bolo, patê de qualidade, uma salsicha gorda, pãezinhos macios com crosta de manteiga... — Ela passou a língua pelos lábios. — Mas aí apareceram os remédios. A srta. Bloom levou duas garrafas; madame supervisionou a primeira, um fino xarope dourado num vidro azul. A segunda a srta. Bloom encheu sozinha, mas eu estava espionando. — A velha cozinheira baixou o cutelo e tirou uma panela de cobre da prateleira, enfiando dentro o coelho picado com uma única mão. — Parecia o meu próprio tônico vermelho, mas não temos como ter tanta certeza, não é verdade?

— Certamente que não — retrucou Mestre Fredrik, pegando seu casaco e o cachecol. — Obrigado, cozinheira. Estou em dívida com você, como sempre. — Ele deixou uma vistosa pilha de moedas e apressou-se em direção à carruagem que estava à sua espera. — Para a alameda do Alfaiate, a toda velocidade — ordenou Mestre Fredrik ao condutor, cobrindo-se com o casaco para proteger-se do ar úmido e gélido da carruagem.

O condutor virou-se para ele.

— Não é possível chegar de trenó na alameda do Alfaiate. A forja no topo da colina derrete toda a neve.

— Chegue o mais próximo que puder, então — falou Mestre Fredrik. Ele cobriu-se com o cobertor da carruagem, deixando que suas mãos se torcessem de preocupação, uma na outra por baixo. A mão direita insistia que ele devia ir de imediato até a casa de Emil Larsson, mas a esquerda empurrava-o para a papelaria. Olafsson trancaria a porta pontualmente às 16:30. Se ele chegasse um minuto depois, não poderia completar seu trabalho a tempo de pegar o correio da manhã; madame precisava de pouco estímulo para arruiná-lo. — Oh, sra. Lind, meus meninos, vocês não fizeram nada de errado! — gritou. Em seguida, curvou-se para a frente e falou com o condutor: — Se me levar até a rua da Rainha antes das 16:30 e entregar uma mensagem na casa Murbeck, na alameda do Alfaiate, lá pelas 17h, pagarei em dobro sua corrida. — Mestre Fredrik ouviu o chicote estalar e foi impelido contra o assento pela velocidade imposta aos cavalos.

## *Capítulo Quarenta e Um*

## CARIDADE

*Fontes: E.L., sra. M., Mikael M., J. Bloom*

HOUVE OUTRA BATIDINHA leve na porta, mas dessa vez mais urgente. O fato de que Carlotta houvesse passado pela sra. Murbeck era testemunho de seu desejo! Olhando primeiro no espelho para ajeitar o cabelo, fui até a porta e a abri lentamente, sorrindo de expectativa ao imaginar a deliciosa cor de mel de Carlotta, o cheiro da brilhantina à base de laranja, seus lábios de damasco implorando por um beijo. E lá estava ela... mas apenas na minha imaginação. Diante de mim, na escada, estava alguém completamente diferente: a menina de rosto pálido e oval, um fio de cabelo castanho-claro escapando da touca, suas bochechas coradas devido ao frio. Toda vestida de cinza, era muito mais a menina de O Porco do que a protegida aristocrática da Uzanne. Senti meu sorriso ansioso despencar para um "Oh!" de pura descrença.

— Você? — exclamei de modo rude. — Tenho pouco tempo, senhorita... Bloom. Estou esperando uma visita importante.

— Sr. Larsson — replicou Johanna calmamente —, eu sou a sua visita.

— Não, eu recebi um bilhete esta manhã mesmo, assinado com um "*C*". — Minha voz elevou-se, carregada de decepção.

— Eu enviei o bilhete.

Aproximei-me do rosto vermelho da menina.

— Ah, mas me disseram que você é a srta. Bloom. Talvez então tenha outro nome.

— O senhor já sabe, sr. Larsson. Meu nome é Johanna Grey, mas esse é um nome que deixei para trás por bons motivos. — Ela virou o rosto para o outro lado. — Imagino que o senhor não tenha comentado nada disso com ninguém.

— Não sou um mexeriqueiro ocioso, mas prático. — Curvei-me sobre a balaustrada para ver se havia mais alguém lá, mas tudo estava quieto. — Qual foi o propósito daquela mensagem secreta?

— Havia uma chance de que a entrega fosse feita por outra pessoa. Era crucial que o senhor esperasse por mim antes de saciar seus apetites, *sekretaire*. O bilhete foi assinado com um *G*, de Grey. Era melhor que o senhor não soubesse quem estava vindo, pois poderia se recusar a me receber — explicou.

— Eu ainda posso recusar — disse, colocando a mão na porta. — Qual é exatamente a natureza de sua visita?

— Ela diz respeito a um ato de caridade. — Johanna olhou de relance para a cesta de mercado que carregava, coberta com um tecido branco engomado, que não conseguia impedir que o aroma de guloseimas recentemente assadas escapasse. — A Uzanne ouviu falar de seus infortúnios e deseja... acabar com sua enfermidade.

— Oh. Muito bem. — Diante disso, parei para ajustar o curso das minhas ações. Talvez, inspirada pelo iminente retorno de seu leque, a Uzanne tivesse tido a intenção de apressar a minha convalescença. O plano de ganhar tempo estava funcionando. E Johanna talvez tivesse informações a trocar. Balancei ligeiramente a cabeça e dirigi-me à cesta, mas Johanna segurou-a com firmeza e não se moveu. Ouvi o tênue clique da porta da sra. Murbeck no andar de baixo; ela estava escutando. Johanna franziu o cenho.

— Preciso trocar umas palavrinhas com o senhor. Em particular — avisou Johanna.

— Consinto que sejam apenas umas palavrinhas, mas não mais do que isso. Você é uma pálida substituta da srta. C que eu esperava receber — falei, pegando-a pelo braço sem muita delicadeza e acompanhando-a até o interior de meus aposentos. Johanna esvaziou a cesta em cima de um aparador. Havia pequenos potes cheios de manteiga fresca e geleias, um patê encorpado e uma salsicha brilhante, dois pães saídos do forno e diversos bolos enrolados em tecido. Comecei a ficar com água na boca. — Agradeço a preocupação de madame em relação ao meu bem-estar.

Johanna tirou duas garrafas de vidro do fundo da cesta, tampadas com rolha e seladas com cera.

— Essa visita não diz respeito ao seu bem-estar. Diz respeito ao bem-estar dela.

— Ela enviou remédios — observei, pegando a garrafa azul. — Mas trata-se das artes curadoras que ela manda você praticar ou de magia negra?

Johanna parou diante da minha acusação, e colocou delicadamente a segunda garrafa em cima da mesa.

— Sou uma *apothicaire*. Se seguir minhas instruções, ficará bom. A garrafa clara contém um tônico amargo, mas que apressará a sua recuperação. O frasco azul foi preparado a pedido da Uzanne. É delicioso, tranquilizante e é o fim de todos os cuidados. Eu o aconselharia fervorosamente a não ingeri-lo em hipótese alguma.

Levantei a garrafa azul num brinde.

— Então, vou começar por ela — falei, pegando uma faca para cortar o selo. Cheirava a mel com uma pitada de noz-moscada, misturados a conhaque da melhor qualidade.

Johanna deteve o frasco enquanto eu o erguia em direção à boca.

— O senhor é conhecido na Cidade como um homem imprudente, frequentador assíduo das tavernas; ninguém acharia estranho que o senhor bebesse essa garrafa inteira. A Uzanne disse que ninguém ligaria para isso.

Sorri.

— Ninguém ligaria se eu ficasse bêbado?

— Ninguém ligaria se o senhor morresse.

Pus a garrafa de volta na mesa e dei um passo para trás.

— Queira por favor se sentar e tomar um café, srta. Bloom. — Fui até a porta e a abri para encontrar a sra. Murbeck tão encostada nela que quase caiu.

Ela baixou a bandeja e entregou-me um bilhete.

— Acabou de chegar de Fredrik, seu irmão maçônico — sussurrou —, e a jovem é ela mesma? — Sacudi a cabeça furiosamente e coloquei o bilhete no bolso. Fiz apresentações apressadas para, em seguida, indicar a porta à sra. Murbeck, com um rápido menear de cabeça. Ela ergueu as sobrancelhas em alarme, como se aquilo fosse um gesto absolutamente impróprio, e pôs-se a servir o café e a cortar o bolo, enquanto assentia com a cabeça e sorria para Johanna. Por fim, ela se retirou em direção a seu posto de escuta no corredor e eu fechei a pesada cortina na entrada para abafar a conversa.

— Existe algo que você e sua ama desejam, além de notícias da minha morte — falei.

Johanna mirava o nada. Eu podia ver que ela aprendera a disfarçar seus sentimentos muito bem.

— Madame afirma que o senhor está de posse de um objeto que lhe pertence — afirmou ela.

— Mestre Fredrik informou que eu o entregaria assim que estivesse recuperado da minha enfermidade — retruquei.

— Madame não deseja esperar.

— E como você me tiraria o leque, caso eu me recusasse a entregar?

— Seria apenas uma questão de tempo, tão logo o senhor ficasse bêbado. Seus aposentos não são tão grandes nem repletos de mobília.

— Uma missão estúpida, srta. Bloom. Você seria culpada por minha morte e mandada para a prisão.

Johanna olhou para mim, seu rosto calmo um verdadeiro enigma.

— Não haveria necessidade de culpa; o senhor teria proporcionado a morte a si mesmo. E a Uzanne me quer em Gullenborg, já que lhe sou útil. Mas posteriormente serei obrigada a partir. — Ela colocou um torrão de açúcar em seu café e mexeu lentamente, o chiado da colher na porcelana subitamente alto quando ela interrompeu o gesto.

— Por que deixar um ninho tão esplendidamente emplumado?

— Ainda assim é uma gaiola. — Ela olhou de relance para seu reflexo no espelho e tirou o cachecol de lã do pescoço.

— E o que dará para se ver livre?

— Acabo de lhe dar a vida, sr. Larsson. Acho que agora é a minha vez de lhe pedir um favor.

Olhei detidamente para Johanna. Ali estava um rosto que eu queria decifrar, mas não conseguia. Levantei-me e abri uma fresta na janela, pensando que um sopro do ar gélido de fevereiro ajudaria a clarear meus pensamentos.

— Então? Qual foi o preço que você estabeleceu?

Johanna foi até a janela e postou-se a meu lado. Ela cheirava a jasmim, e as pontas de seus dedos estavam levemente manchadas de vermelho. Sua respiração superficial finalmente traiu-lhe os nervos.

— Compreendo que o senhor trabalha na aduana e conhece bem o negócio das viagens de barco. Preciso de uma passagem para o exterior. Eu tenho dinheiro.

— Você mesma vai pagar a passagem? Minha vida está ficando barata.

— E posso precisar de um local para me esconder até que o barco zarpe em segurança.

— Isso é tudo? — Virei-me para descobrir que seu rosto estava próximo ao meu.

— O senhor está com o leque? — perguntou Johanna.

Hesitei, mas havia pouco perigo em lhe mostrar. Minha intenção continuava sendo a de conferir com a sra. Sparrow sobre o Cassiopeia antes que ela partisse para onde quer que fosse. Fui até o quarto e voltei com uma camisa de musselina dobrada desprovida de qualquer mérito particular e a entreguei a Johanna. Ela não se apressou, mas sentou-se e desdobrou-a cuidadosamente, como uma dona de casa inspecionando a roupa que havia sido passada. Quando a caixa de leque azul ficou exposta diante dela, esfregou as mãos na saia antes de retirar-lhe a tampa. Johanna abriu o Borboleta e o estudou, felicidade estampada no rosto. Em seguida, ergueu os olhos para mim e disse:

— Ele é lindo.

— O Borboleta. Foi adquirido para minha noiva.

Não disse mais nada, e ela não sondou nada, mas fechou o leque e o colocou em cima da mesa.

— Qualquer mulher ficaria encantada em possuir um leque como esse. Qualquer mulher, exceto uma.

Peguei a caixa e, com os dentes de um garfo, delicadamente liberei a cobertura de veludo ao longo de um dos lados, deixando que o Cassiopeia caísse na mão de Johanna. Ela o abriu, estudando a solene cena da carruagem vazia.

— Que coisa mais pesarosa — comentou Johanna, virando o leque para estudar-lhe o verso, a seda azul-índigo com suas lantejoulas cintilantes e as

continhas de cristal. Ela observou aquilo por algum tempo antes de falar:
— Aqui está Cassiopeia, debaixo da Estrela do Norte — disse, passando o dedo ao longo das cinco contas de cristal, um olhar de prazer estampado no rosto. — O artesão de leques foi bastante cuidadoso com as estrelas. Aqui está o marido de Cassiopeia, o rei Cepheus, e, bem embaixo, sua filha, Andrômeda. A barriga de Draco, Camelopardalis, Triangulum, e aqui está Perseu, o libertador da filha.

Seu olhar para os detalhes era impressionante.

— Nunca lidei muito bem com os clássicos — murmurei.

Ela riu.

— O senhor imagina que eu tenha estudado os clássicos, sr. Larsson? Meu pai era um *apothicaire* e precisava de uma assistente em quem pudesse confiar. A única preocupação de minha mãe eram as orações, e meus irmãos estavam mortos, de modo que fui a única que restou. — Ela fechou e abriu o leque. — Ele às vezes me contava as histórias dos antigos mitos gregos quando trabalhava na loja, e depois, à noite, me mostrava suas contrapartes no céu. — Johanna passou o dedo ao longo do W mais uma vez. — A rainha Cassiopeia sacrificou a filha Andrômeda a uma horrível serpente, acorrentando-a a uma rocha. — Johanna mexeu-se desconfortavelmente na cadeira. — A rainha era uma mãe cruel e o pai não fez coisa alguma.

— Não é uma coisa incomum — disse.

— Não — concordou ela, franzindo o cenho para o leque aberto, pousado em seu colo.

— E então você fugiu — falei.

— Fugi. Eu me recuso a ser sacrificada ou acorrentada.

— E como essa história termina? — perguntei.

— A filha foi resgatada.

— E a rainha Cassiopeia recebeu um trono no céu.

Johanna ergueu os olhos para mim, e a ruga em sua testa desapareceu.

— Muita gente acredita nisso porque os mapas das estrelas são estáticos. Mas a rainha foi punida por sua crueldade e arrogância, acorrentada à Estrela do Norte, onde ela circula indefinidamente ao redor do polo. Talvez haja esperança até mesmo para mim. — Ela olhou novamente para o leque estrelado, o prazer da descoberta mais uma vez iluminando-lhe o rosto. – Há um erro nesse céu. Deliberado, eu diria. Cassiopeia está ao contrário.

Eu agora percebia que a sra. Sparrow quisera que aquela reversão rompesse a magia do Cassiopeia e mostrasse a rainha pendurada de cabeça para baixo e desprovida de poder. Mas queria ouvir o que Johanna tinha a dizer.

– Por que isso ocorreria? – perguntei.

Ela pressionou os lábios da maneira mais encantadora, liberando-os lentamente num sorriso à medida que seus pensamentos se aclaravam. – Trata-se de um insulto sutil, eu diria, ter um leque homônimo, com a figura pendurada de cabeça para baixo. Talvez tenha sido um joguinho de moças.

– E é, mas não o tipo de jogo que imaginei. – Fui pegar o leque, mas Johanna não o soltou. – Não o tipo que eu teria concordado em jogar, se soubesse de antemão.

– Nem eu. – Ela simplesmente me olhou nos olhos.

– E a Uzanne? O que ela diz desse céu paradisíaco? – perguntei.

– Apenas que é azul e reluzente e que guarda um segredo obscuro. Ela também pode não ter se dado muito bem com os clássicos, sr. Larsson. – Johanna tocou o rêmige vazio que percorria a haste central. – Ela pretende fazer sua própria história; está viajando para o Parlamento de Gefle – contou, sua postura calma agora traída por uma sutil mexida nos ombros, que surgira com o medo. – Ela quer estar com o leque quando se encontrar com o rei.

– Testemunhei a palestra dela sobre engajamento. Parece que nada de mau adveio, exceto, quem sabe, conjurar pensamentos pecaminosos. E Mestre Fredrik descreveu a demonstração da semana passada. Ele também estava assustado, mas parecia mais a magia do espetáculo itinerante de um charlatão.

– Ela não vai agir de maneira tão espetaculosa em Gefle, sr. Larsson. Ainda desconheço os detalhes, mas ela é uma conspiradora com o disfarce perfeito: ninguém suspeitaria que uma dama da aristocracia pudesse estar envolvida em nada além de ninharias.

– E você pretende atuar como cúmplice?

– Atuar, sim – concordou ela. – Se não desempenhar o meu papel, como posso esperar descobrir mais? É por isso que o senhor precisa me dar o leque.

Eu podia ouvir o ruído dos sapatos da sra. Murbeck raspando o chão no corredor enquanto ela mudava de posição.

— E se você retornar sem o Cassiopeia, o que acontecerá? — perguntei.

Johanna mirou a carruagem pintada de preto, o céu alaranjado, e então fechou o leque.

— A serpente devorará a menina. A rainha virá atrás do senhor. E mortes certamente acontecerão, mortes com consequências bem maiores do que as nossas.

Pensei no Octavo de Estocolmo, a forma intercalada com que se transmutava a cada escolha, a cada empurrão de um lado e de outro.

— Existe alguma morte cuja consequência seja pequena? — perguntei. Ela não respondeu, mas colocou o leque de volta na caixa. — Srta. Bloom, se voltar de mãos vazias, o resultado com toda a certeza será sombrio — falei. — Poderíamos, quem sabe, concluir que o retorno de Cassiopeia causasse o efeito contrário?

Ela me olhou de modo inquisitivo, a cabeça inclinada de tal forma que o sol poente produziu uma linha dourada em seus cabelos.

— O que seria?

— Esperança — disse —, de renascimento.

— Há sempre esperança. — Johanna viu o pedacinho de papel embaixo do Cassiopeia, cor de creme sobre o revestimento de veludo azul. Ela o pegou e leu em voz alta: *"Mantenha-o em segurança. Eu lhe direi quando o enviar."* O que isso significa?

Subitamente, vi o ás de Almofadas de Impressão: um rosto de querubim acima de dois leões reais, pronto para entrar em batalha com sua cota de armas. E perto do rosto do anjo, um pequeno pássaro sussurrando uma mensagem. Um calor animador acometeu-me: minha Prisioneira!

— Significa que a Sparrow enviou uma mensagem urgente — contei. — Você é um dos meus oito.

— Que oito?

— Oito pessoas. É uma forma de adivinhação chamada Octavo.

— Eu me lembro dessa palavra. O senhor a mencionou naquela noite em O Porco — disse ela. — O senhor estava engajado para se casar.

Levei a xícara de café até a boca e bebi, apesar de estar frio e decepcionante.

— As coisas não saíram como o planejado.

— Que futuras consequências a vidente previu? — perguntou ela.

— Uma trilha dourada. — Não mencionei amor e contatos, pensando que soava tolo e temendo já ter dito demais. — O curioso é que o meu Octavo começou com a exigência de que eu me casasse, apesar dos meus desejos.

Ela se aproximou, assentindo com a cabeça, os olhos cheios de solidariedade.

— Assim como a minha fuga para a Cidade. Ao que parece, temos em comum a mesma ojeriza ao matrimônio.

— É verdade. Foi isso o que a trouxe até aqui?

Ela me contou acerca de sua vida cinza, em Gefle, de seu noivado com o viúvo Stenhammar, de seu encontro com Mestre Fredrik, do trabalho em O Porco e de tornar-se a srta. Bloom. Ela me contou como, a princípio, Gullenborg fora um paraíso de cor e prazer sensual, e então se tornara um lugar de trabalho e de proveito.

— Mas nada é o que parece ser, e logo eu estarei presa numa armadilha.

— Você é a Prisioneira do meu Octavo, e tenho como missão libertá-la — falei, pegando delicadamente sua mão cálida e levando-a aos lábios.

Ela enroscou os dedos na minha mão.

— Mas e quanto aos outros que a Uzanne logo, logo aprisionará?

— Vou precisar da sua ajuda, Johanna, mas, juntos, podemos mudar o curso de eventos maiores a nosso favor e tirar a Uzanne totalmente do jogo.

## *Capítulo Quarenta e Dois*

## UMA ALIANÇA DE ADVERSÁRIOS

*Fontes: M.F.L., J. Bloom*

*Agora ou nunca, sem mais delongas. ELE deve ser responsabilizado! ELE administrou equivocadamente a nação e deixou o povo ser destruído. O Primeiro da Realeza, que instigou uma guerra de ladrões e vendeu nosso povo aos turcos, acorrentou-o à ditadura, o salafrário covardemente arrogante!*

MESTRE FREDRIK PEGOU o bilhete amassado na calçada e em seguida soltou-o como se se tratasse de brasa incandescente.

— Deus do céu, a Uzanne está insuflando a sedição na Cidade por meio de bilhetes! — exclamou ele.

O papel traiçoeiro foi pego por um sopro de vento e lançado ao ar, em piruetas, para então vagar e queimar algum outro leitor em alguma outra rua. Mestre Fredrik correu com seu pacote de papéis e envelopes novinhos em folha, de afiadas abas triangulares, encaminhando-se para a alameda do Alfaiate, rezando para que o condutor tivesse cumprido sua tarefa com honestidade. Parou de súbito diante da vitrine de uma padaria, cheia de perfeitos pãezinhos de entrudo, domos dourados de pão doce com cardamomo salpicados de açúcar de confeiteiro. Mestre Fredrik apalpou o bolso em busca de uma moeda e já se movia para a porta da loja quando seu olho avistou o reflexo do vidro: uma menina em vestido cinza, carregando uma cesta de mercado.

— Fui tocaiado pelo diabo, disfarçado de torta com recheio de creme — disse para a imagem refletida no espelho. Então, virou-se e chamou a menina: — Srta. Bloom!

Johanna acelerou o passo e Mestre Fredrik correu atrás dela o mais rapidamente que conseguiu.

— É a srta. Bloom, não é? — chamou, sem fôlego, agarrando a capa da moça. — Entendo que esteve com o sr. Larsson. — Um olhar de medo iluminou brevemente o rosto da moça, e então ela assentiu com a cabeça. — Meu bilhete chegou?

— A senhoria entregou um bilhete a ele, sim senhor. — Johanna baixou o capuz.

Mestre Fredrik exalou alto e bom som, aliviado.

— Então, você esteve lá em missão de caridade? — Johanna assentiu em concordância, e Mestre Fredrik puxou-a para mais perto de si. — Ela a enviou até lá para pegar o leque. — Johanna não respondeu. — Eu mesmo deveria entregar o leque, junto com o sr. Larsson.

— Madame não podia esperar que um homem fizesse o trabalho de uma mulher. — Johanna tentou soltar-se.

— Suas luvas são adoráveis — disse Mestre Fredrik, soltando-lhe o vestido. — Práticas e belas. O verde-escuro esconde a sujeira, mas o bordado anuncia uma mão limpa. São dela, não são?

Johanna olhou-o como se ele estivesse louco.

— Preciso voltar a Gullenborg, Mestre Lind.

— Está cuidando de um doente, srta. Bloom. Isso leva tempo. — Ele segurou-lhe delicadamente a mão, traçando com o dedo a linha do bordado em sua luva. — Nossa ama coleciona não só o que é prático, como também o que é belo. Seus leques são o exemplo mais importante disso. Mas madame coleciona outras coisas também... pessoas não só úteis como belas, como nós. Bem, sou útil, mas dificilmente me consideraria bonito. O Senhor sabe que eu tento. — Ele riu, mas parou quando viu o olhar condoído no rosto de Johanna. — Mas eu *crio* coisas úteis e belas. E imagino que você também se sinta colecionada, vivendo naquela rica residência, usando lindas luvas, com a aparência cada vez mais bela e sendo de utilidade tão... crucial.

— Eu precisava de uma posição. Não era minha intenção ser colecionada.

— Ah, mas você está sendo. Sei que está, já que eu mesmo fiz parte durante muito tempo daquela coleção. — Mestre Fredrik aproximou-se de Johanna, falando num sussurro: — Nós nos tornamos uma parte tão integrante da coleção que acreditamos não ser mais capazes de agir como criaturas dotadas de vontade própria. Mas devemos. — Mestre Fredrik apertou-lhe a mão com mais força. — E quanto aos remédios que a Uzanne a mandou levar ao sr. Larsson?

— Como o senhor sabe o que me mandaram trazer? — indagou Johanna.

— A cozinha de uma casa grande é uma despensa de segredos, srta. Bloom — respondeu Mestre Fredrik —, e a cozinheira os libera em colheradas, de acordo com sua conveniência.

— Eu lhe prometo que ele se recuperará, apesar do que foi dito pela cozinheira. Eu jamais... — começou Johanna.

— Jamais o quê?

Johanna encarou Mestre Fredrik com honestidade.

— Jamais causaria mal a um inocente. Minha intenção é prevenir o mal. — Seu rosto começou a cobrir-se com as lágrimas que escorriam.

Mestre Fredrik diminuiu a intensidade do aperto de seus dedos insistentes, mas não lhe soltou a mão.

— Está um gelo, srta. Bloom, e estamos numa quarta-feira. A sra. Lind terá uma tigela de sopa quente de ervilhas e panquecas à espera para a ceia. Precisamos de uma chance para conversarmos em sigilo. Até os mais amargos inimigos podem formar alianças em tempos de guerra.

## Capítulo Quarenta e Três

## O CASSIOPEIA RETORNA

*Fontes: Louisa G., J. Bloom*

JOHANNA OUVIU A batida distante de saltos encaminhando-se para onde ela estava. Pelo modo de andar, quase uma gaivota, estava claro que a Uzanne sabia de seu sucesso. Johanna respirou fundo várias vezes e olhou para os sapatos, ainda úmidos devido à neve, até que ouviu a voz.

— Você está vestida de acordo com seu nome anterior. Tem intenção de reutilizá-lo? — A Uzanne riu do rosto magoado de Johanna.

— Espero que não, madame — respondeu, sorrindo com o que esperava fosse um brilho malicioso. — Tenho a intenção de desaparecer.

— Você devia florescer — retrucou a Uzanne, e se virou, indicando que Johanna devia segui-la. — Louisa, traga algo para comer. Algo delicioso — disse à criada enquanto passavam. A Uzanne parou diante de uma porta, pegou a chave pendurada em seu bracelete e a fechadura abriu-se com um clique. Era a primeira vez que Johanna entrava no coração da coleção; seu coração começou a disparar assim que ela pisou na sala abafada. Parecia mais o depósito de um dragão do que um arquivo para centenas de delicados leques: uma mixórdia de escrivaninhas, caixas de madeira e gabinetes, mapas, cartas e notas de vendas, empilhados em cada centímetro do ambiente. A metade inferior de três paredes continha gavetas estreitas, alinhadas, e, acima de cada conjunto de gavetas, havia um nicho em forma de semicírculo, onde um único leque fora pregado por trás de uma porta de vidro trancada. A vitrine do centro encontrava-se vazia, e foi ao lado desse espaço vago que a Uzanne parou. Suas mãos uniram-se e separaram-se em nervosa expectativa.

— Você está com ele?

Johanna fez uma mesura e estendeu-lhe a caixa, amarrada em seu xale.

— Confesso que estou feliz por entregá-lo à senhora. A vidente disse ao sr. Larsson que o leque era um objeto com poderes mágicos.

A Uzanne depositou o volume em cima da escrivaninha e desatou o nó como um amante ansioso diante de rendas e laços teimosos. Levou a proteção de marfim até os lábios e então olhou para Johanna, os olhos cintilando.

— Acredita em magia, srta. Bloom?

Johanna hesitou, imaginando se não seria mais um teste.

— De que tipo?

— De qualquer tipo. De um leque, por exemplo.

— Há certas coisas que não podem ser explicadas pela ciência. Ou pela Igreja — respondeu Johanna.

— Precisamente — disse a Uzanne, soltando o leque, dobrando-o e desdobrando-o seguidamente. — Eu não teria admitido isso há um ano, mas veja como o Cassiopeia encontrou seu caminho de volta às minhas mãos, exatamente quando eu mais precisava dele. Ele está ansioso para desempenhar a tarefa para a qual foi criado. Exatamente como nós. — Louisa bateu e entrou com uma bandeja repleta de bolos de amêndoas e fatias de laranja confeitadas, depositando-a e em seguida parando perto da porta para escutar.

— Foi difícil pegá-lo, Johanna? — perguntou a Uzanne.

— Nem um pouco, mas consumiu mais tempo do que eu teria desejado. Ele ficou tocado por sua caridade e acabou falando demais. Ele também parecia encantado pelo leque.

— E os remédios?

— O sr. Larsson levou uma faca até a garrafa azul de imediato, mas não bebeu na minha presença. Sentiu que poderia ser uma grosseria — contou Johanna.

— Ele tinha modos, o sr. Larsson, se bem me lembro, e uma aparência agradável. É realmente uma pena. Talvez ele tivesse se provado uma pessoa útil, e, por um breve período de tempo, o considerei um par.

Johanna estava grata pelo fato de que a vermelhidão provocada pelo vento frio em suas bochechas mascarava o rubor que tomou conta de seu rosto.

— Para quem, madame? Nenhuma de suas alunas se estabeleceria com um *sekretaire*.

— Não? Pensei que a srta. Plomgren preferiria um mercenário a um janota. E o jovem Nordén está salivando, mas não faz ideia de como aquela frutinha é ordinária. Ou de como sua idade é avançada. — Os olhos de Johanna esbugalharam de surpresa, e a Uzanne riu. Ela caminhou até a janela para examinar seu tesouro à luz que vinha das janelas de clerestório. Tocando ambos os lados do Cassiopeia, ela passava o indicador ao longo de cada haste, como uma mãe tateando as contusões feitas a um filho que estivera perdido durante muito tempo.

— Acredito que seu leque esteja em perfeitas condições, madame. Estou certa? — perguntou Johanna, uma gotinha de suor caindo-lhe pelos cabelos.

A Uzanne virou o verso em sua direção e as constelações resplandeceram ligeiramente, a rainha de cabeça para baixo parcamente visível na penumbra.

— Oh, o leque está como sempre esteve. A diferença está na minha falta de compreensão do quanto ele realmente é poderoso e em minha disposição para combinar esse poder com a minha decisão. É aí que reside a magia. — Ela colocou o Cassiopeia no nicho que o aguardava com a face voltada para fora, fechou a porta do estojo e trancou-o. A aia, que havia se encostado à parede para escutar, fracassou em seu propósito de suprimir uma tosse, e a Uzanne virou-se e encarou-a. — Louisa. Você, por acaso, engoliu a falta de senso da cozinheira e veio até aqui espionar? Vá lá para cima e comece a arrumar suas coisas para partir. — A Uzanne esperou até que a aia tivesse saído e fechou as portas do estúdio atrás dela. — E você deve se encaminhar para sua *officin* improvisada lá embaixo, Johanna. Quero um pó sonífero ainda mais potente do que o que eu havia imaginado: um que garanta um dia inteiro de repouso profundo a um viajante cujo destino encontra-se em ultramar. Possui suprimentos suficientes para a tarefa?

— Eu... não estou certa. É um longo tempo de sono e eu precisaria fazer alguns testes.

— Verdade. A soneca do sr. Nordén durante a nossa lição foi mais curta do que o que eu esperava.

— Me ajudaria muito saber o tamanho do viajante — argumentou Johanna.

A Uzanne fez uma careta.

— Ele é bem parecido com o duque Karl, porém mais velho e já com excesso de gordura.

Johanna hesitou.

— Madame, pode me contar. Certamente a senhora tem em mente o general Pechlin. A senhora há muito tem reclamado da interferência dele em seu relacionamento com o duque.

— Oh, não. Esse homem é bem mais perigoso do que Pechlin. — A Uzanne virou-se para sua escrivaninha e brincou com o leque cinza e prata. — Sua cabeça ficou grande demais para a coroa. Ele deve ser responsabilizado, Johanna. Ele deve ser mandado para longe.

Johanna apertou a mão uma na outra com firmeza para que parassem de tremer.

— Madame?

— O jovem Per não é o objeto perfeito, mas parece gostar muito de você. Ofereça-lhe uma dose generosa como recompensa por seus diligentes estudos. Quero o pó testado antes de partirmos.

— Para onde estamos indo? — perguntou Johanna.

A Uzanne fechou o leque e tocou o rosto de Johanna.

— Você irá comigo até Gefle. Será uma estreia para você, quase como se fosse... minha filha. Partimos depois de amanhã, ao nascer do sol. Certifique-se de levar suas roupas mais bonitas — disse a Uzanne, como se aquela extenuante viagem para engajar-se em alta traição fosse um piquenique na grama. — Mais uma coisinha, Johanna: a cozinheira preparou uma grande porção de injúrias, cujo principal ingrediente é você. O restante dos criados não merece confiança.

— NÃO CONSIGO escrever nem mais uma letra hoje, srta. Bloom — disse o jovem Per. Ele estava debruçado sobre a mesa na escura cozinha do porão, comendo sopa de ervilhas amarelas em uma tigela.

— Você trabalhou com afinco, jovem Per, e já são quase dez da noite. Merece um descanso longo e decente. — A voz era suave e encantadora.

— Madame! — exclamou Johanna, voltando-se rapidamente para a escada. O jovem Per deu um salto de seu assento e ficou em pé, rígido e atento.

— Srta. Bloom. — A Uzanne olhou ao redor e viu que estavam sozinhos. — Esperava vê-la trabalhando com seu aluno, mas, ao que parece, cheguei tarde demais. — O jovem Per apressou-se desajeitadamente para pegar sua lousa, mas a Uzanne balançou a cabeça. — Está na hora de dormir e a srta. Bloom tem um novo pó que gostaria de testar.

O jovem Per sorriu e assentiu com a cabeça.

— Tudo bem.

Johanna colocou seu livro em cima da mesa.

— Eu... ainda não estou totalmente pronta. As proporções estão....

— A cozinheira me disse onde o pote fica guardado, srta. Bloom. Traga-o para mim.

Johanna pegou o banquinho da fornalha e dirigiu-se à despensa. Aproximando-se da prateleira mais elevada, ela esticou o braço na direção da úmida parede de pedra até sentir a lateral lisa do pote. Esperou um momento e então deu um grito agudo, jogando-o no chão. Ela apareceu pálida e trêmula.

— Sinto muito, madame.

O menino deu um pulo.

— Vamos, vamos, eu a ajudo, srta. Bloom. Aqui está uma tigela limpa e uma faca para recolher o pó. Eu faço isso.

— Obrigada, jovem Per — disse a Uzanne. As duas mulheres ficaram paradas no umbral, observando Per limpar a bagunça, pegando cacos, peneirando o pó branco-acinzentado para o interior de outro pote, novo e limpo.

— Pronto. — Ele estendeu o pote à Uzanne.

— Pegue primeiro uma porção generosa para você mesmo. Você dormirá bem essa noite e estará dispensado de suas tarefas matinais. — O menino fez uma mesura e despejou um montinho de pó branco na mão.

— Madame, eu... — disse Johanna. — Isso ainda não foi totalmente testado.

— Esse é o ponto, não é?

Ele levou a mão ao nariz, aspirando profundamente.

— O cheiro é muito bom — disse ele. — Como o seu, srta. Bloom.

— Nem tanto, Per, por favor — implorou Johanna.

A Uzanne pôs a mão no braço de Johanna com um aperto firme.

— Deixe-o pegar o quanto quiser.

Em um quarto de hora, ele estava dormindo profundamente no chão. Quando a Uzanne e Johanna entraram na carruagem para Gefle, quase dois dias depois, o jovem Per era carregado em direção ao estábulo, inconsciente, porém vivo, suas feições inchadas além de qualquer possibilidade de reconhecimento. O médico não tinha certeza de como seria seu estado ao acordar, se é que ele realmente acordaria. A Uzanne sentou-se na carruagem e puxou o cobertor de pele.

— Bom trabalho, Johanna. Quase 36 horas! Talvez ele já esteja na metade do caminho para São Petersburgo a uma hora dessas.

*Capítulo Quarenta e Quatro*

## AMAR SEU TRABALHO

*Fontes: M. Nordén, L. Nordén*

— CHRISTIAN, DEIXE seus leques falarem pelos Nordén, não a Uzanne — implorou Margot.

Christian não olhou para ela. Ele pegou um pedaço de cristal cortado com uma pinça e aproximou-o da lente de aumento atada à lamparina.

— É defeituoso — declarou ele.

— Christian, não devemos ter nada a ver com os planos dela. Não devemos ter nada a ver com *ela*. — Margot levantou-se e observou-o ponderar acerca de uma substituição para a pedra defeituosa, e, então, bateu a porta ao sair da sala.

— É tarde demais para isso, amor. — Christian ergueu os olhos. — E olhe o trabalho que conseguimos como resultado.

— Trabalho em excesso? É isso que a está deixando nervosa? — perguntou Anna Maria enquanto abria a porta e entrava na oficina, Lars seguindo seus passos. Ela parou diante da fileira de leques de seda cinza, alinhados em cima de um leito de linho branco, bem presos atrás de proteções de ébano. — Cópias? Finalmente! — exclamou ela, feliz, para Lars.

— Todas as jovens damas da aula de dominação exigiram o mesmo leque, meu docinho.

— Cópias? Não, srta. Plomgren, nós não fazemos cópias — disse Christian. — Eles não são exatamente *idênticos*.

— Com mais três dúzias e um anúncio em *Que Notícias?* um dia depois do *début* e poderíamos cobrar três vezes o que eles custam para ser feitos — falou Anna Maria, segurando Lars pelos ombros.

Christian ergueu os olhos do trabalho, o rosto aborrecido pelo cravo imprestável na proteção do leque.

— Três dúzias mais! Já estou quase arruinado com esses aqui. Mestre Fredrik ficou rico só com as penas de ganso.

— Eliminaremos a *finesse*! — animou-se ela. — Cópias simples, porém bonitas causarão uma procura desenfreada.

— Uma procura desenfreada não é a meta do ateliê Nordén, srta. Plomgren — retrucou Christian, concentrando-se em encaixar um diminuto rebite precioso. — Nossa meta é a arte.

Anna Maria começou a abrir os leques de seda, um após o outro.

— Poucos merecem seu pendor artístico e muitos pagarão por menos. Essa é a arte de fazer dinheiro.

Christian depositou o último leque sobre o tecido, junto com os outros, esticando-o até que ficasse exatamente paralelo e suas mãos parassem de tremer.

— E quanto a alma que entra no trabalho?

Anna Maria abriu o leque que Christian acabara de finalizar, segurando-o perpendicular ao rosto, visualizando as hastes.

— A proteção esquerda possui um diminuto medalhão inserido nela. Isso dificilmente se qualificaria como alma, e nenhuma daquelas vacas tem alma suficiente para reparar nisso.

Christian dispôs suas ferramentas muito bem organizadas sobre a mesa, tomando cuidado extra com uma sovela afiada.

— Srta. Plomgren, você trabalha na Ópera. Já esteve em alguma apresentação?

— Semana passada, estive no Camarote 3. — Ela inclinou a cabeça, como se para receber o brilho das luzes de palco. — *Orfeo*. Com madame Uzanne.

— E pôde observar que todos os membros da audiência captavam as nuanças na música? Seguiam a partitura? Sentiam a paixão de Orfeu por sua Eurídice?

— Não... — Ela deu de ombros e riu. — Duas em cada três pessoas faziam isso. A maior parte da plateia estava dormindo. Olhando os relógios de bolso. Lendo o programa. Comendo doces. Conversando. O restante olhava uns para os outros. Olhava para mim!

— E por causa disso será que os cantores deviam ignorar a intenção do compositor, a poesia do libreto? Deixar que as notas altas passassem em branco? Abrir a boca e zurrar como burros?

Anna Maria voltou-se para Lars.

— No mais ardente dos infernos, o que macacos têm a ver com leques?

Lars viu a lâmina que Christian pintava para a sra. Von Hälsen.

— Isso aqui é pele de galinha? Christian, você está louco? Vamos ficar arruinados!

Anna Maria bateu com o punho na bancada.

— O que, em nome do rabo tisnado do diabo, isso tem a ver com galinhas?

## *Capítulo Quarenta e Cinco*

## O ÚLTIMO PARLAMENTO

*Fontes: Lacaios de Gullenborg, J. Bloom, sra. S., capitão J\*\*\*,
do portão norte da Cidade*

UMA CARRUAGEM DE viagem preta com patins de trenó encontrava-se no portão norte da Cidade, os cavalos expirando ondas de vapor sob os cobertores de lã. Um cocheiro gordo enrolado em um espesso casaco de inverno deu uma batidinha na janela, cuja vidraça ficaria enevoada e coberta de gelo devido à respiração dos passageiros no interior do veículo. Uma fresta da porta foi aberta e ele colocou a mão na abertura para pegar um pouco do ar mais quente.

— Madame Uzanne, estão dizendo que pode demorar horas até que recebam uma resposta oficial. É melhor voltarmos para a Cidade e esperarmos os documentos de viagem lá. — A porta foi fechada bruscamente e apenas a luva revestida de pele impediu que os dedos do cocheiro se quebrassem. Ele uivou uma saraivada de impropérios e então viu um rosto pálido na janela da carruagem, escutando. — Que essa vaca congele e depois derreta no inferno até morrer — murmurou o cocheiro, voltando para o abrigo dos soldados —, e que leve também a cadela que está com ela. — Já havia uma boa trilha aberta na neve, já que desde que o Parlamento havia sido convocado, trenós carregavam homens e itens luxuosos em direção ao norte. O cocheiro chutou a neve das botas e entrou, o abrigo fedendo a lã úmida e a soldados sem banho, repolho cozido e sementes de alcaravia. — Ela afirma que o duque Karl autorizou sua presença em Gefle e que os documentos deviam estar aqui.

— O duque passou por aqui há dois dias e a pequena duquesa estava com ele. — O capitão cuspiu no fogo, criando um ruído sobre o carvão. — Não haverá nenhum documento de Satanás. A pequena duquesa tolera as meninas do balé, mas não uma baronesa.

— Vá lá você dizer isso a ela, amigo. Quero manter a cabeça no lugar e voltar para casa — disse o cocheiro, aquecendo-se junto ao fogareiro. — Ela é feita de gelo e vai se demorar por aqui, sem uma mão quente e rígida para demovê-la dessa ideia.

Houve uma discussão entre os dois acerca de quem levaria a mensagem. A aposta estava sendo feita quando os sinos de um outro trenó assinalaram que mais viajantes precisavam passar.

— Deus do céu, quem será agora? — resmungou o capitão. Ele vestiu as luvas e o chapéu, e encaminhou-se para o pequeno trenó, mais útil para viagens curtas pela Cidade do que para uma jornada de 24 horas. Uma mão pálida e fina surgiu pela estreita abertura da porta e estendeu ao capitão uma carta, selada com cera vermelha. Ele a encarou por um momento e então abriu-a, a postura melhorando à medida que lia. Quando terminou, ergueu os olhos e devolveu a carta com uma mesura. — Pode seguir, sra. Sofia Sparrow. Tenha uma boa viagem.

O condutor da carruagem da sra. Sparrow sacudiu as rédeas e os cavalos, diferentes entre si — um preto e outro marrom —, dispararam em direção a Uppsala e depois a Gefle. O tilintar dos sininhos do arreio produzia um alegre eco em meio ao ar gelado, mas o grito que veio da porta aberta da carruagem preta da Uzanne foi o suficiente para fazer com que até o capitão e seus homens se virassem sobressaltados. A Uzanne estava de pé no degrau mais baixo da carruagem.

— Por que essa carruagem de plebeus tem permissão para passar e a minha não?

— A viajante tinha uma carta com o selo do próprio rei Gustav — falou o capitão, sem aproximar-se nem um passo.

— E qual era o nome da viajante?

— Isso é assunto do rei e não da senhora — respondeu ele. A Uzanne fitou-o como se não tivesse entendido a linguagem que ele utilizara. — É melhor a senhora retornar à sua elegante residência e a seus leques, madame Uzanne. O Parlamento não é lugar para uma dama.

## Capítulo Quarenta e Seis

### MÁSCARAS E VESTIDOS

*Fontes: L. Norden, M.F.L., Louisa G.*

LARS CORREU ATÉ a Uzanne e beijou-lhe a mão com os modos de um cortesão, embevecido por participar daquela reunião íntima em seu *boudoir*. Era um claro sinal de que sua ascendência estava se sobrepondo à de Christian. Ele estava satisfeito por trajar sua nova casaca de brocado e por ter polido suas botas até que estivessem cintilantes.

— Madame, sou seu mais devotado...

— Devotado — ecoou Anna Maria de seu lugar no canapé.

— ... Criado. Como foi sua viagem, madame? Imagino que tenha sido recompensadora? — indagou Lars.

— Recompensadora? Não, sr. Nordén, foi tudo, menos recompensadora. — Ela retirou a mão. — O duque Karl e eu montamos um plano corajoso e misericordioso para trazer a nação de volta à normalidade. Mas foi-me negado o direito de viajar. — Ela caminhou da penteadeira até a janela e parou para observar o jovem Per, mancando sobre o cascalho rosa, arrastando uma perna. — Ouvi muitos relatos de Gefle. Nobres vacilantes. Clérigos ímpios. Burgueses infantis. Camponeses bêbados, vomitando suborno a cada esquina. Gustav retornou à Cidade triunfante e planejando reformas ainda mais radicais, uma evisceração completa do Primeiro Estado. Será o fim da Suécia. — Ela caminhou lentamente até a penteadeira e pegou uma máscara branca com lantejoulas. — De modo que a minha viagem acabou sendo, em última análise... inspiradora. Estou pronta para agir decisivamente onde quatrocentos Patriotas e o duque Karl não puderam.

Mestre Fredrik parou de mexer na franja verde-clara da borla da cortina e fez uma mesura.

— Madame, imagino se a senhora nos contaria...

— Permaneça em silêncio, sr. Lind. Está aqui em caráter de teste – disse a Uzanne, sentando-se à penteadeira. — Sua oferta em fazer uma retribuição na forma de convites para o *début* não garante sua permanência aqui. — Os três visitantes observaram em silêncio a Uzanne colocar a máscara sobre o rosto e inspecionar a si mesma no espelho. — O *début* das jovens damas no baile de máscaras teria se tornado uma celebração de eventos históricos em Gefle, mas, em vez disso, o próprio *début* será o evento histórico, como foi a minha intenção inicial. E um evento mais dramático do que o originalmente planejado.

Anna Maria apertou com força a mão de Lars.

— Espero que possamos participar – disse ele.

A Uzanne levantou-se e se aproximou, apertando uma correia na manga da casaca de Lars.

— É precisamente esse o motivo pelo qual estão aqui. E temos mais um membro em nossa *entourage*. Srta. Plomgren, queira por favor chamar a srta. Bloom.

Anna Maria examinou a criada ociosa no corredor, mas deteve o borbulhar de protesto que estava prestes a escapar de sua boca e saiu. Foi impossível não ouvir sua voz trovejante, vinda do andar de baixo, e logo Johanna esgueirou-se sob o olhar conjunto do grupo.

— Estávamos discutindo o *début*. — A Uzanne colocou dois dedos ao redor do antebraço de Johanna e apertou. — Você afinou lindamente na cozinha da cozinheira, srta. Bloom. O vestido se encaixará perfeitamente em seu corpo. — Ela virou a cabeça para Louisa, que estava à espera. Deixou seu posto e voltou trazendo um vestido com os braços estendidos. — Experimente para nós. Tenho certeza de que os cavalheiros apreciarão bastante.

Quando Johanna reapareceu, vindo da sala no outro lado do corredor, o rosto corado e os cabelos recentemente presos, a conversa parou. Ela olhou, petrificada, para seu próprio reflexo no grande espelho. Era como se todos os suaves tons de primavera tivessem sido combinados sobre ela. Um novo verde-claro formava a base do vestido. O corpete rígido era um milagre de bordados: longos anéis rodopiantes de fios prateados continham botões de rosa e coral, prestes a desabrochar com a promessa de doces e macias framboesas. O decote era profundo o suficiente para exibir o volume dos seios, e o debrum, de renda creme, apenas escondia a borda dos mamilos rosados, empinados pelo rígido espartilho. A saia, flutuando em uma espuma de anáguas, ziguezagueava com fitinhas em tom creme. Nas interseções das fitinhas havia buquês de pequeninas flores em claros tons de lilás, rosa, coral, creme e púrpura. Uma faixa de quatro dedos de espessura, com as mesmas milagrosas flores, formava a borda da base do vestido. O sobretudo combinando encaixava-se perfeitamente do pescoço à cintura, e depois fluía para trás e para baixo, em direção ao chão, revelando o forro de seda listrada em tom amarelo e creme. Fitas de seda azul pendiam, a intervalos, na parte da frente, fazendo as vezes de fechos, que, visivelmente, em momento algum, foram pensados para ser amarrados. As mangas amplas do casaco paravam abaixo do cotovelo, de onde saíam cascatas de renda até pouco acima dos punhos. Johanna mirava o espelho, não a si mesma: o vestido era toda a cor que ela jamais sonhara ter. Ela tocou a borda da manga, como se para se certificar de que se tratava de algo real.

— Você... Você está transformada, srta. Bloom — gaguejou Lars. Mestre Fredrik aplaudia entusiasticamente.

— E então... — Anna Maria empinou a cabeça, afastando-se da rival — qual é o traje que vai escolher para mim, madame?

A Uzanne virou-se para Anna Maria.

— O dominó veneziano é o traje escolhido pelos Patriotas para esta estação.

A raiva de Anna Maria era quase visível.

— Eu serei... um MENINO?

— Não apenas um menino; um príncipe estudante. Você estará a meu lado para estudar e aprender. E Gustav tem olho para a beleza de ambos os sexos, de modo que você será notada com toda a certeza. — Ela ergueu o leque cinza-prateado. — Ele será seu esta noite. Se o seu desempenho for bom, você pode dar-lhe um nome e reivindicá-lo como seu.

— Oferta digna de uma rainha! — Lars deslizou para colocar-se ao lado da pacificada Anna Maria. — Mas se é para o docinho vestir-se como um cavalheiro, devem seus verdadeiros cavalheiros trajar vestidos?

— Gosto da ideia de vê-lo num vestido, sr. Nordén. É um homem bonito o bastante. O que diz, sr. Lind? Deve ser a realização de um sonho.

Mestre Fredrik respirou bem fundo e disse:

— Madame, espero que a senhora satisfaça a minha curiosi...

— Seus curiosos apetites, Mestre Lind? Certamente — respondeu a Uzanne com um debochado franzir de cenho. — Mas, quanto a sua glutonaria, é melhor começar o quanto antes a fazer seu jejum da Quaresma se deseja caber em um vestido.

— Suas jovens damas também estarão em trajes de dominó? — perguntou Lars. — Elas ficarão extremamente chateadas se não puderem exibir seus atributos, bem como todos os cavalheiros aqui presentes.

— Não, sr. Nordén. A tarefa delas é preparar a atmosfera no salão: cada uma delas recebeu a incumbência de entreter e dominar um dos homens de Gustav. Elas com certeza estarão vestidas como mulheres. — A Uzanne posicionou-se ao lado de Johanna, mirando o reflexo de ambas. — Você agora está em pleno desabrochar, Johanna, e terá um papel de estrela. Será a princesa sem máscara, caminhando um passo atrás de mim. Mas não dançará, não flertará com os cavalheiros que surgirão aos montes. Estará concentrada apenas em um único homem. — A Uzanne empurrou um fio solto do cabelo de Johanna para trás da orelha. — Você se encontrará com o rei, srta. Bloom. Se fizer bem seu trabalho, o vestido será seu.

— E onde deverei usá-lo, então? — perguntou Johanna, seu rosto desprovido de toda a cor.

A Uzanne puxou um fio solto do corpete de Johanna e alisou a renda da manga.

— Haverá um outro baile em algum momento. Mas, primeiro, o baile de máscaras. Gustav receberá a mensagem que tive a intenção de enviar em Gefle, mas dessa vez com mais paixão.

— Que mensagem seria essa? — perguntou Lars, a tolice irrefletida escrita em seu rosto.

A Uzanne se levantou, caminhou lentamente na direção das janelas, dobrando e desdobrando o Cassiopeia na volta.

— Que para os verdadeiros Patriotas não existe sacrifício grande demais para o amor. — O recinto caiu em silêncio, com exceção do sopro de vento que sacudia as janelas. Uma faísca de compreensão atravessou o rosto de Anna Maria. Ela enrubesceu e seus olhos estreitaram-se de prazer. — Srta. Bloom, o trenó estará aqui dentro de um quarto de hora. Vista novamente suas roupas habituais e vá para a Cidade em sua missão — ordenou a Uzanne. — Sr. Lind, os convites e entradas para o *début* devem ser postados em dois dias, e os cartões para a celebração pós-baile em uma semana. Não precisa retornar a Gullenborg até o término do evento. — Mestre Fredrik franziu o cenho, e então fez uma mesura e saiu. Sua aliança com Johanna seria difícil de sustentar a distância. — Sr. Nordén, gostaria que acompanhasse a srta. Bloom até a Cidade e garantisse que ela chegasse em segurança. — Lars pulou ansioso e fez uma mesura. — Acompanhe-a até os meus aposentos quando retornar e mande Louisa trancar a porta. Um cavalariço invadiu o meu estoque de remédios e sua voracidade quase lhe foi fatal. Os criados estão acusando a srta. Bloom, e a cozinheira quer a cabeça dela em cima de um cepo. — Anna Maria pulou ansiosamente e tomou a mão de Lars. — Srta. Plomgren, você deve permanecer aqui e experimentar suas calças. — Anna Maria desabou de volta no canapé, ainda como uma cobra ao sol, e observou Johanna sair, a cauda de seu vestido uma torrente de flores primaveris cortadas.

## Capítulo Quarenta e Sete

# JOHANNA NA COVA DO LEÃO — II

*Fontes: J. Bloom, L. Nordén, empregados anônimos de O Leão*

PARADA DIANTE DO balcão de O Leão, Johanna observava o empoeirado jarro de vidro do boticário, cheio de um líquido verde e brilhante. O proprietário saiu da *officin* e olhou-a de soslaio.

— Cresceu, srta. Bloom. Agora as cabeças se viram. Os negócios devem estar prosperando.

Johanna olhou para ele, o rosto sem expressão e branco como giz.

— Preciso de um potente sedativo que possa ser moído e transformado em pó. O mais potente que o senhor tiver.

— O cogumelo falso não foi suficiente? — perguntou ele. Johanna não respondeu. — Pó, pó... potente... — O homem bateu os dedos na bancada e parou para raspar a sujeira debaixo da unha do polegar.

— O senhor tem antimônio? — perguntou ela. O *apothicaire* não respondeu; apenas quem tinha o intuito de matar faria tal pergunta. — Há um lobo rondando a casa.

— Um lobo, é? Posso imaginar, amorzinho. — Ele deu um tapa na bancada e riu. — Bem, um lobo pode não ingerir antimônio, muito menos com sabor amargo. Mas tenho determinados cogumelos comestíveis que podem ser saborosos num cozido derradeiro.

— O senhor se refere aos turbantes? — perguntou Johanna. Ele assentiu com a cabeça. — Eles podem ser moídos?

O *apothicaire* deu de ombros.

— Nunca tentei, mas você pode testá-los em seu lobo.

Preparar o pó tóxico poderia ser perigoso; a simples inalação de seu vapor num espaço fechado causava efeitos maléficos. Mas a potência era certa: ingerir turbantes era fatal. Inalar o fino pó certamente também o seria. A Uzanne seria igualmente o experimento e a vítima dessa vez.

— O senhor os tem aqui na loja? — perguntou ela.

— Oh, sempre tenho turbantes prontos para uma mocinha como você — respondeu ele —, mas você vai precisar dar uma chegadinha lá nos fundos da loja e abrir bem a boca. — Ele virou a cabeça na direção da porta da oficina.

Johanna curvou-se sobre o balcão, olhando bem nos olhos dele.

— Estou com um acompanhante me esperando na carruagem. Ele seria tentado a espancá-lo antes de chamar a polícia. E madame Uzanne odiaria ser obrigada a participar o ocorrido à guilda.

O rosto do *apothicaire* assumiu uma expressão mais sóbria, as mãos num sincero aperto.

— Minhas desculpas, srta. Bloom. Imaginei que tivesse se mudado para a rua Baggens, o endereço costumeiro para onde vai a maioria das meninas que saem de Gullenborg. Diga à madame que estou a seus serviços, como sempre estive.

— Ponha os turbantes num jarro de cerâmica com uma tampa bem apertada e traga-os até aqui agora — ordenou Johanna. — Também levarei uma porção generosa de antimônio, para a eventualidade da fera não gostar de cogumelos.

## *Capítulo Quarenta e Oito*

# UMA CARTEIRA INCHADA

*Fonte: L. Nordén*

— EU ME RECUSO a usar vestido, *per se* — declarou Lars, sua estrutura avantajada sobrepujando a cadeira dourada na loja vazia dos Nordén. As venezianas estavam bem fechadas e apenas a luz de uma única vela brilhava na sala de listras amarelas. — Vou usar os trajes de um sultão, mandando seu harém desempenhar os atos mais indescritíveis.

Anna Maria abriu o gabinete de leques, puxando as gavetas e inspecionando as mercadorias.

— Ouvi falar que o dominó veneziano é o que mais está na moda e você ainda pode se favorecer por estar usando esse uniforme.

— Um traje entediante para o *Carnivale*, docinho. Prefiro cores — disse Lars, levantando-se e encostando-se em Anna Maria por trás.

— Quer dizer então que você acha que eu vou estar entediante?

— Você é atraente em qualquer traje. Ou em nenhum.

— Lars, onde está o último leque cinza-prateado? Eu o separei para mim. — Houve uma pausa suficiente para fazer com que ela girasse o corpo e se desviasse do avanço dele. — Você o vendeu? — Lars curvou-se para ajustar a meia. — Ou o deu de lembrança a alguém?

— Você não tinha avisado que havia separado o leque para você. Eu... o vendi.

— A quem? — Anna Maria passou a mão pelos cabelos dele e então apertou-os com força, puxando-o para que ficasse de pé. — Foi para sua nova amiga, a srta. Bloom? Você fez uma parada para lhe mostrar *seu* ateliê depois de visitarem o Leão? — Lars tentou virar o rosto, mas não conseguiu. Anna Maria aproximou-se ainda mais. — O que tem a dizer, sr. Nordén?

Ele apertou a mão dela com firmeza o bastante para sentir a pressão dos ossos finos.

— Era apenas um leque, docinho. Não fique tão zangada.

— Você nunca fica zangado? — perguntou ela.

— Não sou um homem inclinado à raiva, minha querida — disse ele, pegando-lhe o braço nas costas.

— Então, preciso lhe ensinar os benefícios dessa emoção elevada. — Ela puxou-lhe os cabelos com firmeza o bastante para que ele estremecesse. — Existe poder nisso.

— Prefiro o poder do dinheiro — retrucou Lars, prendendo-a de encontro à parede de modo a impedir que ela se mexesse.

— Que pena que você não tem nenhum, nem um meio para consegui-lo. Eu preferiria um homem com rendas, como um *sekretaire* bem situado. — Anna Maria sorriu e sentiu a respiração dele acelerando, em sintonia com a sua própria.

— Talvez eu a surpreenda, srta. Plomgren, com minhas emoções e minha carteira.

— Vamos ver essa carteira, então. — Ela puxou a faixa da cintura dele até que os botões caíssem no chão.

## *Capítulo Quarenta e Nove*

# UMA VERGONHOSA TRANSPOSIÇÃO

*Fontes: M.F.L., sra. Lind*

— ESSES SÃO OS MEUS melhores trabalhos, sra. Lind. Finalmente dominei a escrita da verdadeira personalidade dela — disse ele, olhando de relance para si mesmo no espelho.

— Sim, oh, sim, eles são belos, Freddie, e maléficos. — A sra. Lind aproximou-se dele, mas seus lábios não tocaram sua face impecavelmente empoada.

— Obrigado, minha pomba. — Ele verificou um a um os convites para o baile de máscaras: a hora, o local, o traje, a data. A data. — Como foi fácil transpor um seis e um nove. As jovens damas vão chegar um tantinho atrasadas.

— Três dias de atraso, sr. Lind!

— Isso não deterá a Uzanne, mas a distrairá, como uma picada de abelha.

— Pode-se morrer devido a uma picada, está ciente disso — advertiu a sra. Lind.

— Então, eu seria a abelha-rainha! — Ele beliscou-lhe a bochecha e começou a retirar o peitilho verde. — Os meninos estão fora?

— O dia inteiro, a noite inteira e o dia inteiro de novo. Partiram para a guarnição em Norrköping.

— Vamos brincar, então?

— Freddie, meu amor, você é o mais safado dos homens — disse, contornando a escrivaninha e sentando-se no colo dele.

## Capítulo Cinquenta

### ENTRUDO

*Fontes: E.L., M.F.L., o superior, Walldov, Sandell, Palsson*
*e diversos clientes de O Gato Preto*

EU VOLTARA a trabalhar na aduana em meados de fevereiro, magro e pálido, sentindo-me como os narcisos que decoravam meu quarto, as cabeças encolhidas e já sem nenhum perfume. Todas as tardes, às três, eu ia ao Gato Preto com meus colegas para um café, e estudava os cinco ou seis homens que se reuniam ali todos os dias, ano após ano. Não sabia quase nada sobre eles. Um ou dois haviam tentado fazer amizade comigo, e eu imaginava se havia desempenhado um papel no Octavo de algum deles, forçando os eventos com a minha indiferença. Já era tempo, eu percebia, de fazer mais do que isso. Descobri que a esposa de Palsson acabara de dar à luz gêmeos, que Walldov cantava ocasionalmente no coro da Ópera e que Sandell era um leitor voraz de romances ingleses. Quando chegou a minha hora de falar, em vez de me esquivar de suas perguntas, como costumava fazer, admiti que temia pelo retorno de minha querida amiga, a sra. Sparrow; seus salões estavam trancados. Falei de minha admiração pelo rei Gustav e de seus planos para reformar a nação, transformando-a numa potência moderna. E admiti meus sentimentos por uma menina que sabia estar sendo mantida em cativeiro por uma ama cruel; minhas noites dedicadas a tentativas de entrar sigilosamente em sua prisão. Até o momento, eu ainda não obtivera êxito em nenhuma oportunidade e não ousava enviar uma carta pelo correio por temer que pudéssemos, os dois, ser castigados. O superior assentiu com a cabeça em solidariedade e reparou as minhas mãos trêmulas. Disse que conhecia muito bem o meu pesar. As palavras de estímulo de meus colegas e os delicados tapinhas em minhas costas fizeram com que os meus olhos ardessem e se enchessem de lágrimas.

Voltei a meus aposentos sentindo-me estranhamente entusiasmado por tudo e subi na cama, planejando dormir por várias horas antes de minhas tarefas noturnas. Foi nesse estado entre a vigília e o cochilo que ouvi uma batida forte na porta. Saí da cama aos tropeções e destravei a porta.

— Está com uma aparência boa, Emil. Melhorou bastante, exatamente como a srta. Bloom havia sugerido. Gostaria de um pãozinho de entrudo? — Mestre Fredrik sentou-se para desenrolar o pacote da padaria que colocara em cima da mesa como se fosse um frágil tesouro.

— A sra. Murbeck não aprovaria. Ela se transformou numa rígida guardiã da minha dieta e, além do mais, tenho pouco apetite. — Juntei-me a ele. — Mas e a srta. Bloom?

— Uma boa mulher. Ela o salvou. Refiro-me à sra. Murbeck. E a srta. Bloom.

Sentei-me diante dele.

— Essa é a menina que você chamou de falsa floração não faz muito tempo.

— Ela é uma flor rara que não apreciei de todo. — Ele retirou o casaco e deixou-o pendurado nas costas da cadeira. — A srta. Bloom e eu formamos uma aliança.

— Que espécie de aliança?

O ótimo estado de espírito de Mestre Fredrik evanesceu.

— Uma aliança contra a Uzanne. A srta. Bloom e eu agora acreditamos que ela planeja fazer da dominação o clímax de seu *début*. Apesar de suspeitarmos que a dominação tivesse uma natureza mais sombria, não podíamos adivinhar o quanto sombria era essa natureza. A srta. Bloom insiste no fato de que a Uzanne tem como meta um assassinato.

— Ela deve estar querendo dizer que existem rumores sobre algo nesse sentido — disse. — Ouço esse tipo de coisa em todas as tavernas.

— Não, Emil. A Uzanne encarregou a srta. Bloom de preparar um pó mortífero. Será a ruína de Gustav.

— Se isso for verdade. — Eu não estava disposto a aceitar aquilo como uma verdadeira ameaça.

Mestre Fredrik balançou a cabeça diante da minha descrença.

— Devemos agir como se fosse e temos intenção de desmantelar o plano da Uzanne, usando quaisquer meios que pudermos, por menores que sejam. Certifiquei-me de que as jovens damas estarão ausentes, e pretendo causar outras distrações naquela noite. Quanto aos planos da srta. Bloom... — Mestre Fredrik deu de ombros. — Ela recusou-se a compartilhá-los comigo por temer que, ao fazê-lo, estaria me colocando na condição de seu cúmplice, ou talvez para impedir que eu os divulgasse em algum momento de fraqueza. Uma sábia estratégia, tenho certeza. A srta. Bloom salvará a todos nós, acredito. Ela está próxima demais para fazer algum mal. Concordou em compartilhar suas observações em Gullenborg. Infelizmente, estou banido de lá até o fim do baile de máscaras.

— Eu posso ir até ela — falei, erguendo-me da cadeira.

— Você não pode. — Ele pegou distraidamente um pãozinho de entrudo e abriu a boca para dar uma mordida, mas parou. — A Uzanne acredita que você esteja morto.

— Mas eu posso dizer que fui salvo milagrosamente... — retruquei.

— A sua salvação foi comprada... — Mestre Fredrik apontou o pãozinho de entrudo para mim — ... pelos remédios que ela enviou.

— ... Com um leque. — Ali a conversa parou. Mestre Fredrik deu uma grande mordida no pãozinho, sua língua lambendo o doce creme branco que lhe escapava pelos cantos da boca. — A srta. Bloom me contou a história. E eu o perdoo, Emil. As intenções foram as melhores. Se eu não tivesse ficado pendurado no abismo por tempo suficiente, talvez não tivesse voltado à realidade. E isso coloca a srta. Bloom em melhor posição para fazer a investida. — Ele tirou um lenço e limpou os lábios. — O retorno do Cassiopeia atou a menina com firmeza à sua ama. Elas possuem agora um indissolúvel laço de amor.

Peguei um doce e em seguida o recoloquei no papel.

— Amor?

— Certamente. A Uzanne ama a srta. Bloom como a uma filha. — Ele colocou o pãozinho parcialmente comido de volta ao papel de embrulho, olhando-me fixamente. — Oh! Você também sente algo por ela!

Senti-me preso numa armadilha e confuso por sua pergunta, já que não tinha certeza nenhuma do que estava sentindo.

— Ela é uma jovem sedutora — falei. Ele me olhou com uma solidariedade tão doce que me senti um tolo e tentei explicar que ela era meramente parte de um mecanismo maior que estava dirigindo a minha vida: o Octavo. — É o método da sra. Sparrow, mas talvez você o conheça por intermédio dos ensinamentos maçônicos, nos quais é chamado de Geometria Divina.

— Não conheço... Mas como a sra. Sparrow absorveu segredos da irmandade que nem eu ainda aprendi?

— Ela recrutou professores, mais recentemente Christian Nordén. Eles são amigos, e ele está diversos degraus acima de você na loja — contei.

— E você acredita nesse Octavo?

— Estou certo de sua existência, pois ele já alterou a minha vida por completo. O que ainda duvido é da minha habilidade em usá-lo a meu favor.

— E o que isso vai fazer por você?

Contei a Mestre Fredrik a respeito da busca pelos meus oito e de como, caso os encontrasse, eu teria condições de forçar, provavelmente para mim, o evento que se encontra em seu centro.

— Por exemplo, colocá-lo na posição de meu Professor fez com que eu prestasse muita atenção ao que você tinha a dizer. E você estaria inclinado a ajudar um aluno ansioso e que o admira a alcançar sua meta. Sem as pistas fornecidas pelo Octavo, talvez eu nem tivesse feito coisa alguma para estabelecer contato com você.

— Magia prática — disse ele. — Estou começando a me interessar pela teoria desse Octavo. E qual é o evento no centro?

— Amor e contatos.

— Daí a srta. Bloom. — Um risinho aflorou em seu rosto.

Para a minha surpresa, não fiz nenhum protesto diante daquela suposição, mas tampouco a confirmei, e ele continuou sorrindo para mim de um modo ridículo.

— É mais complicado do que isso. — Expliquei o Octavo de Estocolmo, meu contato com a sra. Sparrow e a agora bem real ameaça a Gustav. — Isso me dá esperança de que possamos de fato fazer alguma diferença na estrutura mais ampla de traição que está sendo montada pela Uzanne. Uma pequena guinada de eventos e a direção de tudo muda. E neste exato momento, exatamente aqui neste quarto, estamos forçando o evento juntos.

— Isso nos dá uma sensação quase entontecida de possibilidades! — disse Mestre Fredrik. O sol de inverno estreitou-se pela fresta da janela e iluminou meu pãozinho de entrudo intacto. Mestre Fredrik olhou para ele, seus dedos inquietos e grudados uns nos outros, como se estivessem desafiando uns aos outros a agarrá-lo.

Peguei o pão, aspirando o rico aroma de cardamomo, dando uma mordida, colocando o pãozinho na boca e sugando o centro para saborear o creme doce e o marzipã.

— Vou ao baile de máscaras.

— Mais uma forçadinha do Octavo! O que vai fazer lá? Gritar *Fogo!* ou me ajudar a dar um soco na Uzanne e derrubá-la no chão?

— Talvez eu faça algo — disse. — Mas uma coisa é certa: libertarei a minha Prisioneira, a srta. Bloom, e o Octavo estará em seu devido lugar.

## Capítulo Cinquenta e Um

O CUCO

*Fontes: E.L., sra. S., Katarina E., R. Ekblad*

NO SEXTO DIA de março, eu estava saindo de casa para o trabalho na aduana quando a sra. Murbeck surgiu no corredor.

— Chegou um bilhete ontem, mas você voltou tarde demais. Esteve em Gullenborg? — Ela emitiu um som como o de um cacarejo e sacudiu a cabeça tristemente. — Não acho prudente você ficar do lado de fora da casa da sua dama à noite, na esperança de entrar. Muito impróprio, sr. Larsson. Seria melhor se você fizesse um pedido honesto à guardiã da moça.

Havia ido a Gullenborg todas as noites durante semanas, usando todo tipo de disfarces, na esperança de encontrar algum egresso da casa ou alguém a quem pagar para me deixar entrar, sem nenhum sucesso até o momento. Mas as fofocas sobre Johanna vazavam pelas frestas: os criados agora temiam seus conhecimentos e apontavam para o jovem Per. A velha cozinheira a queria presa, o que, num certo sentido, já acontecia: a Uzanne mantinha Johanna próxima de si ou trancada em segurança em algum lugar. Estudei o rosto feio e gentil da sra. Murbeck, tão radiante de preocupação, tão absolutamente crível.

— Talvez a senhora pudesse fazer um pedido honesto em meu nome — falei.

— O quê? Eu?

— Pode ser que a ama da srta. Bloom veja algum benefício em cercar Johanna de um espírito dotado de contrição cristã — ponderei. — A Uzanne é bem próxima do bispo Celsius e a senhora traz consigo uma recomendação da Grande Igreja e da Sociedade das Damas em Oração.

A sra. Murbeck empinou a cabeça diante dessa menção de seu grupo da igreja.

— Sei todas as orações de cabeça.

— Sim, e a senhora poderia levar notícias minhas para ela. — A sra. Murbeck franziu o nariz diante dessa óbvia maquinação. — Se a senhora concordasse em atuar não só para o Senhor como também para mim, nossa dívida seria gigantesca. — Ela cruzou os braços, as mãos firmemente presas nas axilas, como se corressem o risco de agarrar o suborno que eu lhe oferecia sem a sua permissão. — Pensei que talvez pudesse ensiná-la a ler e escrever coisas além do catecismo que lhe era requerido. A seu filho também, embora para isso talvez eu precisasse usar romances para inspirá-lo. Era um pequeno preço a pagar para os Murbeck em troca de um mundo inteiro.

A princípio, pensei que ela não houvesse me ouvido, ou não passasse pela sua cabeça a intenção de aprender, mas então suas mãos libertaram-se de suas asas.

— Eu e meu menino letrados? Deus Todo-Poderoso! — Ela me abraçou efusivamente, o rosto saturado de lágrimas e gratidão. — Irei a Gullenborg todas as noites, se desejar. Salvaremos mais do que a srta. Bloom.

Estendi a mão para selar nosso acordo, mas ela me abraçou tão calorosamente que me fez rir. Ela esfregou os olhos e finalmente entregou-me o bilhete que havia chegado. Reconheci de imediato a caligrafia comprida e fina. Ela voltara de Gefle.

— Começamos nossa troca de serviços essa noite — disse, saindo correndo do recinto. A respiração aflita da sra. Murbeck indicava com toda a certeza um sim.

As ruas estavam livres de neve até onde o sol chegava, sinal de que havia mudança no ar. Subi correndo a escada da casa de empenas da alameda dos Frades Grisalhos, tomado de uma real expectativa, e fiquei parado na penumbra da entrada, tremendo de frio e cheio de coisas a dizer e questões a tratar. Bati na porta com entusiasmo. Ninguém apareceu, de modo que voltei a bater com o toque de alguém mais voltado a negócios do que a lazer. Ainda nenhuma resposta. Tentei mais uma vez, agora com uma insistência aguda e perturbadora, geralmente reservada àqueles que estão à margem da lei. As fechaduras finalmente cederam com uma série de cliques e a porta se abriu, mas não foi Katarina quem me cumprimentou.

A sra. Sparrow usava uma bata de veludo azul, comida pelas traças, e sobre ela uma coleção de xales. As roupas davam a impressão de estarem sendo usadas há uma semana, e seu odor maduro confirmou essa suspeita. Seus cabelos estavam presos atrás num coque, achatados de encontro à nuca e brilhantes de oleosidade, fios grisalhos aparecendo aqui e ali. Seu rosto havia afinado e parecia pálido como gesso, mas ela sorria amplamente, os olhos castanhos grandes e iluminados com um fogo fanático. Suas mãos sempre adoráveis estavam juntas à frente do peito.

— Emil! Você está magro como uma assombração! — exclamou; pelo menos sua voz continuava como antes.

— Sra. Sparrow, estive adoentado, à beira da morte, mas vou recuperar o peso. O que aconteceu com a senhora?

— Eu estava em uma peregrinação, Emil, uma peregrinação sagrada. E frutífera. Entre, entre! — Ela agarrou o meu braço puxando-me para dentro, minha respiração ainda formando nuvenzinhas no ar diante de mim. O hall sombrio era iluminado apenas pelo pouco de luz do sol que escapava pela espessa cortina que caíra em determinados pontos. Um leve aroma de comida estragada, meias usadas e penico impregnava o ar frio.

— Onde está Katarina? Ela foi para seu leito matrimonial e jamais voltou? — perguntei.

— O quê? Oh, Katarina. Sim, disse para ela se casar logo. Os oito estavam posicionados e eu a enviei para... eu a enviei para... Não me lembro para onde a enviei. Ela chorou, isso eu me lembro. E disse que voltaria. Só preciso mandar um recado.

— Talvez a senhora queira mandar esse recado o mais rápido possível, se conseguir lembrar-se do paradeiro dela; a senhora não pode receber convidados com a casa nesse estado.

— Não recebo mais convidados, Emil. Não preciso mais deles. — A sra. Sparrow pôs-se a percorrer o corredor, e eu a segui. Ela parou abruptamente em um aparador de nogueira e traçou um círculo na poeira, os grãos de pó dançando em meio a uma faixa de luz que iluminava o hall a partir da janela. Parada, olhando aquela forma por algum tempo, ela pareceu esquecer-se de que eu estava ali.

— Mas a senhora precisa de convidados para sobreviver — disse eu, por fim.

Ela me olhou com um regozijo lunático.

— Ouvir isso justamente de você! — Ela apagou o desenho e apertou a minha mão, como se estivéssemos nos encontrando pela primeira vez. — Gostaria de tomar uma dose de conhaque em minha companhia, senhor? — perguntou solene. — Pode ser que ainda haja uma garrafa aberta no salão principal — acrescentou.

— Pode ser que isso faça bem a nós dois — falei, encaminhando-me para o grande salão de jogos. Quando abri as portas, fui recebido por uma rajada de ar tão frio que os meus olhos se encharcaram e meus pulmões doeram. As janelas estavam escancaradas e havia entrado neve no recinto, deixando um rastro de pó branco ao longo das cornijas. Cadeiras haviam sido colocadas de cabeça para baixo sobre a mesa, viam-se copos quebrados e garrafas arrebentadas com água congelada. Alinhados perto da viga havia penicos com restos do equivalente a sete ou oito dias, cheios, porém congelados, com a graça de Deus, indicando que Katarina estava ausente havia uma semana e ninguém estivera no local desde então. Espiei uma garrafa de Armagnac em cima de um aparador, e usei um guardanapo de linho jogado no chão para pegá-la.

A sra. Sparrow não estava lá quando voltei, mas eu podia ver a luz tremeluzente vinda de sua câmara no fim do corredor. O fogareiro estava aceso e o quarto, quente, graças a Deus, cheirando forte a fécula e cânfora. Uma vela queimava sobre a mesinha de cabeceira, delicadamente iluminando um corpo deitado na cama. A cama ficava bem no alto em relação ao chão, o que exigia uma escadinha de biblioteca para se chegar a ela, de modo que a escalei para ver que se tratava da sra. Sparrow, à semelhança de um pálido bispo deitado e imóvel. Ela vestia uma camisola de linho branco limpa e um robe no mesmo padrão, extravagantemente adornado com renda. Usava um gorro ornado com fitinhas de seda e gotinhas de neve bordadas. Seus pés estavam cobertos com as mais esplêndidas chinelas de tricô brancas, orladas com fitinhas de gorgorão, pássaros e galhos bordados.

Puxei uma cadeira de espaldar reto para perto da cama e me sentei, mas ela permaneceu em silêncio.

— Que trajes de dormir mais esplêndidos — expressei-me finalmente.

— Muito tempo atrás, tive uma visão de que morreria na cama — disse ela de forma prosaica, os olhos ainda fechados. — Gostaria de estar bem-vestida quando o meu corpo fosse encontrado.

— A senhora está doente? Devo chamar um médico, sra. Sparrow? Ou um padre? — Subi na cama para sentir-lhe o pulso.

Ela sentou-se e agarrou a minha mão.

— Não estou doente, Emil. Eu me deito todas as noites assim, já que cada noite pode ser a última. Mas, na verdade, essa noite é *realmente* o fim de algo: meu Octavo está completo e o evento está em curso. — Ela me contou que seu Octavo começara a se encaixar no lugar na véspera da Noite de Reis, quando ela finalmente prestou atenção em seu Professor: sua ida à Ópera, ricamente vestida, abriu a porta para Gustav, que chegou para a cena final e a recebeu em seu camarote real. Gustav a convidou para o Parlamento, em Gefle, onde teriam uma reunião.

— A viagem de trenó durou dois dias, cortando a paisagem branca e nua que inspirou a Visão. Fui preenchida de visões; as Luzes do Norte dançando em padrões que eu decifrava a cada noite, o vento nos galhos pretos e vazios, sussurrando acerca do oito infinito. Mas, Emil, o que se seguiu a essa mística paisagem foi um teste de minha resolução em alcançar meu Companheiro. Eu ia diariamente às câmaras reservadas, onde os delegados se reuniam, passava por pingentes de vômito congelado pendurados nas janelas dos halls de hospitalidade. Havia poucas mulheres presentes, fora as prostitutas e as criadas. Fui ridicularizada e cuspida, recebi ameaças de ser presa. As ruas estavam repletas de soldados, tensos diante dos boatos de assassinato. Eu era suspeita e fui detida. Mas ele me viu, finalmente. Ele me viu. E fomos reunidos. — Ela ajeitou a touca e esfregou os olhos, lágrimas de felicidade escapando pelos cantos. — Gustav prometeu cuidar de tudo até o fim.

— Que fim? — perguntei.

— O fim do meu Octavo. Minha Chave está prestes a abrir a porta! Gustav ordenou que Axel von Fersen seguisse para Bruxelas, carregando os documentos de um diplomata a caminho de Portugal. Von Fersen entrará nas Tulherias e sairá com o rei e a rainha da França.

— A senhora faz tudo parecer brincadeira de criança — disse eu —, mesmo que Von Fersen seja forçado a dar a própria vida por isso.

— Von Fersen é a Chave perfeita. O amor abre todas as portas.

— Abre mesmo, sra. Sparrow? — Levantei-me e fechei a porta para manter o ar quente dentro. — E o que dizer das ameaças a Gustav aqui na Cidade: os Patriotas, o duque Karl, a Uzanne? Os rumores de assassinato são incessantes; sei de um complô que pode ter êxito antes mesmo de Von Fersen chegar a Paris.

— O que torna a urgência ainda mais necessária — sussurrou ela. — Você precisa encontrar o que resta de seus oito e posicioná-los adequadamente. Então, o todo maior será colocado em movimento. — Ela reclinou-se mais uma vez e fechou os olhos. — Você ainda não consegue enxergar como os nossos octavos estão conectados? O Octavo de Estocolmo mudará tudo.

Depois de alguns minutos de silêncio, assumi que ela estava dormindo. Cuidei da chama do fogareiro e em seguida dirigi-me ao estúdio, onde escrevi um bilhete para a sra. Murbeck, solicitando que a criada viesse imediatamente até a alameda dos Frades Grisalhos, trazendo uma sopa encorpada e pão preto da estalagem da esquina. Assoviei pela janela para um menino que caminhava pelo pátio e ele subiu num instante a escada dos criados, ansioso para entregar o bilhete em troca de um xelim. Em seguida, fui até a cozinha. O barril de água estava cheio e seu conteúdo tinha um cheiro fresco o bastante para ser consumido. Katarina deixara uma lamparina a óleo, uma pedra de fogo e alguma madeira para acender a lareira. Acendi a lamparina e a lareira e coloquei a chaleira para esquentar. O calor e a luz ajudaram a dissolver o medo que se acumulava em meus ombros e pescoço. Foi fácil encontrar um bule, xícaras, pires, colheres e pratos, já que a cozinha estava tão organizada quanto a cozinha de um barco. A porta da despensa estava destrancada, e encontrei folhas de chá, açúcar, um saquinho de musselina cheio de castanhas numa latinha, rodelas de pão preto enroladas em papel numa gaveta e um pote lacrado de geleia de amoras. Quando a infusão ficou pronta e as castanhas assadas, coloquei o café da manhã numa bandeja de prata que estava ficando manchada em uma prateleira e voltei à sra. Sparrow.

Parecia que um forte vendaval de inverno havia varrido o recinto na minha ausência e espalhado seus papéis para todos os lados. Ela descera de seu esquife e estava sentada perto de uma pequena mesa de cabeceira, curvada em direção ao círculo de luz. Sua atenção estava toda voltada para uma folha de papel coberta de desenhos, murmurando, com um excesso de suspiros e fungadas. Eu agora estava absolutamente enervado.

– Sra. Sparrow, a senhora precisa comer, ou então o Senhor Esmagador de Ossos se juntará à senhora em sua mesa – disse num tom de deboche que lembrava o utilizado pela sra. Murbeck com seu filho. Servi um pouco de chá com mãos trêmulas, sacolejando as xícaras e derramando o conteúdo nos pires. Então, coloquei cinco cubos de açúcar na xícara da sra. Sparrow e a entreguei a ela. – Os aparadores estão quase vazios; a senhora está jantando no Gato Preto?

A sra. Sparrow ergueu a xícara de chá na altura do rosto, aspirando o vapor.

– Não tenho comido nada. O infinito Octavo domina o corpo e suas necessidades. – Ela baixou a xícara, cujo conteúdo sequer provara. – Quero que você veja o Octavo como eu o vejo, Emil. Eu o tenho mapeado de todas as maneiras possíveis. – Ela se levantou e andou pelo quarto, juntando e soltando papéis, dando tapinhas aqui e ali nas pilhas em cima da mesa para deixá-las arrumadas. – Veja, Emil, o Octavo se conecta em muitas direções, mas, no centro de todas elas, encontra-se o rei da França. Olhe aqui, olhe – insistiu ela, jogando um punhado de papéis em cima de mim, embaralhando o restante seguidas vezes, como se fosse um grande baralho. As folhas estavam cobertas de octógonos em excêntricas combinações: quadrados, cruciformes, retângulos, pirâmides, toda a geometria reunida para interpretar os diagramas mais loucos. Enquanto eu folheava essa coleção, a sra. Sparrow retirou os papéis que restavam, falando excitadamente: – Não importa como você configure os Octavos. No cruciforme, você vê o rei francês no transepto. No círculo, ele é o ponto central. Todos os reinos irradiam-se dele. Ah, a espiral. A fonte. Oh, existem tantas formas, Emil! Como é possível que você não enxergue? Essa é a Geometria Divina, e seja lá que forma escolhermos, o rei francês permanece como a Chave. Ele é o centro do centro. Damos voltas ao redor dele como planetas ao redor do

Sol. E no centro do universo dos reis está o rei da França. Esse é o mundo. Esse é o mundo agora e para sempre. Se o rei francês partir, nosso mundo parte com ele. É o que parece estar acontecendo agora, ele parece estar fora da órbita traçada por Deus e todos nós perderemos o rumo. – Ela soltou os diagramas e começou a coçar o couro cabeludo com as duas mãos em uma súbita fúria... se em função de seus pensamentos enlouquecidos ou em função dos incontáveis piolhos, eu não saberia dizer.

– Quem sabe um dia não haverá mais nenhum monarca – falei, pegando as folhas.

Isso a deixou imóvel como uma pedra de gelo e ela pegou sua xícara, inclinando-a a ponto de permitir que um pouco de chá escorresse pela frente de sua camisola.

– O mundo não está preparado para governar a si mesmo.

– Então, a senhora tem pouca consideração pelo povo.

Ela avaliou as palavras e, por alguns momentos, mirou o azul evanescente do céu de março.

– Passei muito mais tempo sóbria na companhia do povo do que você. O povo quer líderes. Eles *precisam* de líderes. – Observei que o desejo por reformas invadia a Europa e que o próprio Gustav tinha intenção de mudar hábitos antigos. A sra. Sparrow sacudiu a cabeça. – Não importa o que qualquer um de nós pensa. O Octavo produz formas independentemente de tudo, e alguém governará, com ou sem coroa. A grande esperança da nação reside no rei francês. – Ela empurrou para o chão o restante dos papéis em seu colo, sussurrando para si mesma: – O rei francês. O rei francês.

Retirei a xícara de sua mão, enchendo-a novamente, soltando os torrões de açúcar lentamente, deixando que o movimento circular da colher nos acalmasse. Ela bebericou o chá e nós ficamos sentados em silêncio por um minuto ou dois.

– A senhora precisa comer, sra. Sparrow. A senhora vai precisar de suas forças, se é que pretende sustentar um trono – disse delicadamente.

Ela cacarejou da minha piada, como o mendigo da praça do Ferro, e então começou a tossir. Seus olhos ficaram úmidos devido ao esforço e ela os esfregou com a manga.

– Onde está o Cassiopeia?

— Devemos começar com isso agora? A senhora não está bem — implorei.

— Eu sou a sua Chave. Preciso saber. — Suas mãos agora estavam no ar, ao redor do rosto, tocando as faces e a boca. Então, contei à sra. Sparrow o que transcorrera durante sua ausência: minha enfermidade, a dominação, o blá-blá-blá do meu Tagarela Lars, a assistência de Christian e Margot; eu considerava a ambos meus Prêmios. Por último, contei-lhe sobre os esforços da minha Professora, e então da minha Prisioneira, em pegar o leque.

— E? — perguntou ela, aproximando-se ansiosa.

— A srta. Bloom tinha um argumento mais... atraente. Então, ela leu suas palavras para mim, e elas se encaixaram tão bem que eu lhe dei o leque. Senti que a senhora estava lá em espírito.

Ela levou a mão à boca, sussurrando para as pontas dos dedos, e, então, curvou-se para pegar alguns dos papéis e segurá-los próximos do rosto.

— O Cassiopeia voltou para a Uzanne. Oh, sim, oh, aqui está ele. Olhe! Aumentei o tamanho do nosso diagrama, Emil. Distribuí o restante das cartas do baralho ao nosso redor. Sua Prisioneira é Professora para a Uzanne — disse ela. — Trata-se de uma bela tapeçaria, não? Veja, aqui está sua Companheira. Sua Professora voltou-se contra ela, e sua Prisioneira será solta. — Ela ergueu subitamente os olhos e arquejou. — Você não nomeou seu Mensageiro, nem seu Vigarista.

— Tem alguém que pode ser um ou outro. — Expliquei o papel da sra. Murbeck em minha recente convalescença; que eu a considerara uma adversária, mas que ela provara ser, ao contrário, um anjo. E agora ela concordara em ser uma mensageira para mim. — Será que ela poderia ser ambas as coisas?

— Murbeck? — indagou a sra. Sparrow. — Sua carta do Vigarista mostra uma mulher impetuosa, de língua afiada, repreendendo um homem agachado. Essa é realmente a natureza dela? — Admiti que a sra. Murbeck era bastante gentil e que, apesar de ralhar com o menino, ela o amava e pretendia educá-lo muito bem. — E seu Mensageiro retrata um homem, com toda a certeza trata-se de um homem. Talvez a sra. Murbeck seja simplesmente sua amiga. — Ela segurou a minha manga, puxando-me para perto dela. Pude sentir o cheiro azedo de seu hálito e de seu corpo sem banho. — Você precisa encontrar esses dois últimos, e já! Uma escolha aparentemente insignificante por qualquer um de seus oito pode mudar toda a paisagem. Amor e contatos pendem na balança e a Coroa está em jogo. — Olhando para o alto de sua cabeça, vi um piolho cinza percorrer seu cabelo. — Precisamos do rei francês — murmurou ela —, e por acaso não pedi um conhaque?

Ouvi uma batida fraca, puxei a manga de seus dedos ossudos e caminhei até a porta de entrada. Era a sra. Murbeck em pessoa.

— Então esse é o covil da iniquidade a ser renovado — disse, um olhar de júbilo praticamente sem disfarce no rosto. — Onde está a cartomante?

Dirigi a sra. Murbeck primeiro à cozinha, onde ela colocou suas cestas e pacotes, e então apresentei-a à sra. Sparrow, que não lhe prestou a menor atenção. Quando voltamos à cozinha, a sra. Murbeck delineou seus planos, que teriam início com o tratamento dos piolhos e incluíam uma oração, cantar um hino e ensinar a sra. Sparrow a tricotar, de modo que ela encontrasse uma ocupação útil. Eu lhe dei dinheiro para refazer o estoque da despensa, e ela prometeu dirigir-se a mim mais tarde.

— Estarei em casa a tempo para receber minha lição, sr. Larsson, e para dar a boa notícia à sua amiga.

A sra. Sparrow não olhou quando eu disse adeus. Peguei minha capa escarlate da cadeira do corredor e estava colocando a mão sobre a maçaneta quando a voz da sra. Sparrow me alcançou:

— *Vive le roi!*

## PARTE III

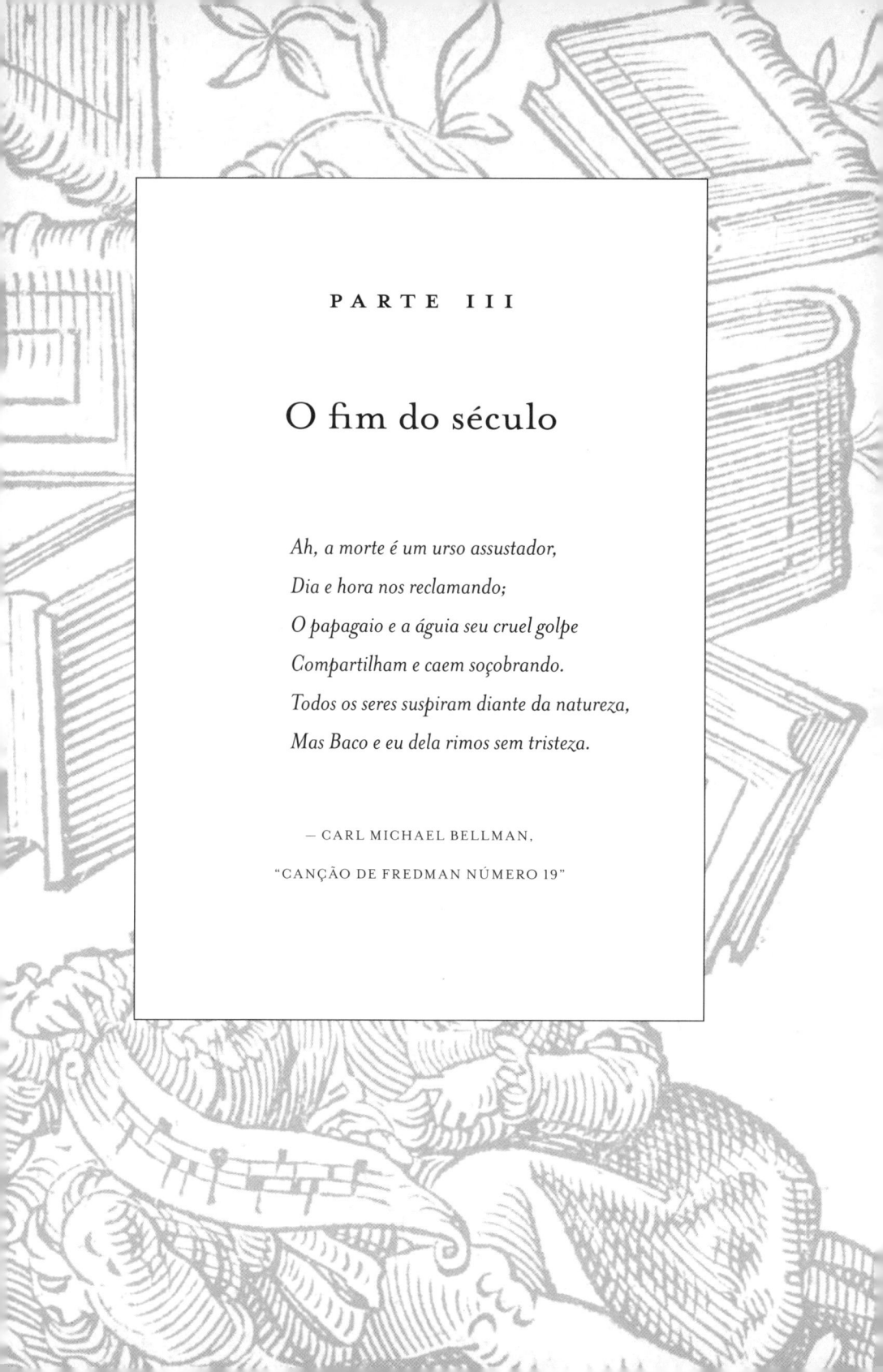

# O fim do século

*Ah, a morte é um urso assustador,*
*Dia e hora nos reclamando;*
*O papagaio e a águia seu cruel golpe*
*Compartilham e caem soçobrando.*
*Todos os seres suspiram diante da natureza,*
*Mas Baco e eu dela rimos sem tristeza.*

— CARL MICHAEL BELLMAN,
"CANÇÃO DE FREDMAN NÚMERO 19"

## *Capítulo Cinquenta e Dois*

## DIZ RESPEITO À SRTA. BLOOM

*Fontes: J. Bloom, Louisa G.*

A VELHA COZINHEIRA soltou o prato com o jantar intacto no chão do estúdio, a fina porcelana espatifando-se em finos cacos. Pedaços de carne e molho respingaram em seus sapatos e couves-de-bruxelas embebidas em bacon rolaram para dentro da fornalha.

— Oh, madame, peço desculpas, mas as minhas mãos me dizem para contar. — A cozinheira não se apressou em limpar a bagunça, mas torceu as mãos e em seguida limpou-as no avental. — Diz respeito à srta. Bloom.

— Sim, cozinheira — disse a Uzanne, levantando os olhos da carta.

— Sei que a senhora tem simpatia pela menina, e Louisa diz que ela fez coisas muito boas para nós em Gullenborg. Mas tenho dúvidas, madame. Sérias dúvidas.

— O que a faz pensar isso? — A Uzanne levantou-se e contornou a mesa do estúdio.

A cozinheira fez uma careta e ajoelhou-se para pegar os pedaços do prato quebrado.

— Primeiro tem o jovem Per. — Ela não ousou mencionar Sylten; um gato morto não significava nada para sua ama. Mas o garoto era outra questão; ele ainda não se recuperara por completo. — A menina vai ao Leão com muita frequência ultimamente e, de maldade, esconde seus embrulhos bem no fundo dos armários. Ela não permite que ninguém se aproxime quando está trabalhando. Eu a vi com um cachecol enrolado na frente do nariz e da boca de modo a não aspirar o que estava moendo.

— Quem sabe os pulmões dela estejam inflamados e sensíveis? Você sabe muito bem como esse tipo de coisa pode ser problemático. E o jovem

Per em pessoa lhe relatou sua falta de cuidado, e ainda assim você culpa a srta. Bloom.

— Madame, é só porque eu não quero que nada de mau aconteça à senhora ou a qualquer outra pessoa aqui em Gullenborg.

— Sua preocupação faz com que eu seja obrigada a entrar em ação. — A Uzanne colocou a mão no ombro da mulher. — Deixe essa bagunça. Vamos descer à cozinha e acabar com isso. Não quero mais discórdias.

A velha cozinheira levantou-se lentamente, sua pesada respiração agora semelhante a um chiado agudo. Os passos das duas mulheres ecoavam no corredor vazio enquanto elas se dirigiam à porta do porão. Gullenborg estava quieta; a maioria do pessoal já tinha ido para a cama. A velha cozinheira destrancou a porta e hesitou antes de abri-la.

— Por que outro motivo ela ficaria trancada aqui se não representasse perigo?

— Eu a tranco aqui porque acho que *ela* está em perigo. E você ajudou a deixá-la nessa situação. — A Uzanne pegou o cotovelo da mulher e a empurrou delicadamente na direção das escadas. A velha cozinheira por diversas vezes olhou de relance para a Uzanne enquanto desciam, mas não conseguia distinguir suas feições no escuro.

Johanna estava esperando, rigidamente postada ao lado do cepo de cortar carne. A lamparina acima da mesa estava acesa e a chaleira começava a ferver.

— Faça um pouco de chá para a velha cozinheira, srta. Bloom. Estou aqui para selar a paz entre vocês duas de uma vez por todas.

A cozinheira pegou sua cadeira ao lado do fogo, cautelosa, porém confortável em seu pequeno reino particular, onde ousava sentar-se enquanto sua ama permanecia de pé. Então, ela se inclinou.

— Por que passou a me chamar de *velha* cozinheira de repente?

— Traga o leque cinza-prateado, Johanna. Imagino que o tenha preparado da maneira como eu lhe pedi.

— E o chá? — sussurrou Johanna.

— Está vendo como a srta. Bloom é atenciosa, velha cozinheira? — indagou a Uzanne, acomodando-se no banquinho da cozinha. — Seu conforto vem em primeiro lugar.

O local estava absolutamente silencioso, exceto pelo som da água despejada do bule, o ruído de uma colher numa lata. O cheiro de camomila impregnou o ar. O preparo do chá forneceu o tempo exato para que Johanna ficasse frenética. Agora que o composto estava feito, Johanna era de pouco uso e transformava-se num verdadeiro risco. A Uzanne pretendia provar o pó, e trouxera a velha cozinheira para mantê-la sob controle. Não havia para onde correr. E se ela usasse o leque contra a Uzanne, como era sua intenção, a velha cozinheira estaria disposta a morrer por sua ama. Johanna estendeu as xícaras, e as três mulheres saborearam o chá quente, a velha cozinheira contendo a tosse persistente.

— Quero que diga à velha cozinheira o que está compondo para mim, srta. Bloom — ordenou a Uzanne. — Ela acredita que esteja preparando alguma maldade. — Johanna virou-se, os olhos esbugalhados. — Mais do que isso, eu gostaria de mostrar à velha cozinheira o que esse composto fará. — Johanna não se mexeu. — É crucial saber que podemos limpar o ar de uma vez por todas.

Johanna pôs a xícara em cima da mesa e pegou o leque em seu bolso, bem enrolado em um guardanapo.

— Esse é o meu melhor linho! — gritou a velha cozinheira.

A Uzanne se levantou e se juntou a Johanna.

— A velha cozinheira é um similar quase perfeito: idade, altura, peso... E possui uma absoluta falta de testículos — falou, sem elevar a voz. — Faça isso, Johanna. Você esteve em minha aula, e a srta. Plomgren afirma que você a imita de todas as maneiras. Sei que você tem praticado.

— Madame, eu... — Johanna desenrolou o leque lentamente, tomando cuidado para não derramar o pó. — É isso mesmo? Eu o seguro? — Ela abriu o leque desajeitadamente e colocou-o com a face voltada para cima, mantendo a proteção de cima presa às últimas três hastes.

— Essa é mais uma dose de suas poções soníferas? — A velha cozinheira pôs a xícara no chão e alçou-se da cadeira. — Não vou permitir mais suas feitiçarias em minha cozinha.

— A cozinha é *minha*. — A Uzanne arrancou o leque de Johanna. Em dois rápidos movimentos, ela virou o verso do leque para cima e soprou a parte inferior do rêmige oco, lançando o pó no rosto da velha cozinheira. Ela tossiu, cuspiu e balançou as mãos, então parou e esperou. Johanna prendeu a respiração, sem ter certeza do que os falsos cogumelos vermelhos inalados proporcionariam. Nada aconteceu. A Uzanne riu, como se se tratasse de uma brincadeira de Primeiro de Abril. — Está vendo, velha cozinheira? Trata-se simplesmente de um suave soporífero — disse a Uzanne, olhando de relance para Johanna. — Agora sente-se e tome o seu chá. A srta. Bloom ficará com você até que você esteja pronta para ir dormir. A guerra está encerrada.

Elas acompanharam com o olhar enquanto a Uzanne subia a escada, suas formas envoltas em um halo pelo brilho de uma vela. Ouviram a porta do porão sendo fechada com um clique. O sucessor de Sylten foi despertado de sua soneca e sentou-se no colo da velha cozinheira, ronronando. Além dos ocasionais acessos de tosse e da correria de um camundongo, não havia nenhum outro som. Em meia hora, a velha cozinheira estava roncando.

Johanna levantou-se e subiu a escada na pontinha dos pés, mas a porta no topo permanecia trancada. O leve bater de um relógio na viga soou 11 horas. Ela voltou à cozinha e deitou-se em cima do banquinho, seus pensamentos sobrepondo-se uns aos outros em busca de atenção. Talvez os turbantes já tivessem sido limpos quando fervidos, ou eram velhos demais, ou meramente desprovidos de efeito na condição de pó. Será que teria de usar antimônio? Mas como pegar a Uzanne sozinha? E o que a velha cozinheira faria quando acordasse? Ela observou as brasas pulsando, vermelhas em contraste com o negrume dos tijolos encardidos pela fuligem, e pensou pela primeira vez no inferno. Como chegara àquele local tão frio e frágil, que certamente era o portal do diabo, onde ela própria via a velha cozinheira como um teste, onde seu conhecimento e suas habilidades tinham como objetivo causar mal a outrem?

Com o tempo, o sono tomou conta de Johanna, mas algumas horas mais tarde ela acordou sobressaltada, o rosto da velha cozinheira próximo ao seu. Restavam na fornalha apenas brasas, mas Johanna podia ver os olhos esbugalhados e a boca entreaberta da mulher. Ela cheirava levemente a chocolate por causa dos cogumelos, uma cruel piada da natureza.

— Não estou me sentindo bem, srta. Bloom — sussurrou ela, estalou os lábios diversas vezes e levantou-se para tirar um canecão de água do barril. O gato, jogado rudemente de seu colo, esticou-se e saltou no peito de Johanna. A velha cozinheira bebeu e então soltou a concha, agarrando a barriga com ambas as mãos. Ela se virou e correu em direção ao balde de dejetos na salinha dos fundos, e, na calada da noite, o som de seu corpo expelindo seu conteúdo era ensurdecedor. Johanna ouviu um barulho de queda, de membros se debatendo, o ruído de um chiado de pulmões em pleno esforço. Não havia antídoto. Johanna levou o cálido gato até a altura do rosto e aspirou o aroma limpo de seu pelo até, mais uma vez, sobrar apenas o silêncio.

## Capítulo Cinquenta e Três

## OS IDOS DE MARÇO

*Fontes: E.L., J. Bloom, menina da cozinha*

A MENINA DA cozinha remexeu a argola de chaves, um criado silencioso a seu lado, para sua proteção.

— A Sociedade das Damas em Oração enviou um recado dizendo que o senhor estava a caminho — disse ela.

— É dever dos clérigos atender os pecadores e confrontar o rosto do diabo de frente. Agradeço a Deus pela oportunidade.

— Melhor me agradecer primeiro. — A menina da cozinha estendeu a mão, embolsou a moeda e desfez a tranca. — Sinto muito, diácono, mas o espírito da velha cozinheira ainda está preso dentro da sala de dejetos, de modo que não vou descer com o senhor. — Assim que entrei, ela trancou a porta novamente. Sua voz chegou abafada através da madeira. — Três batidas fortes quando o senhor quiser sair. O criado estará aqui esperando. A moça não tem permissão para subir sem a presença da Uzanne. — Ouvi a menina sair às pressas, como se temesse a possibilidade de ser sugada pela escada escura.

— Srta. Bloom — chamei suavemente. — Aqui está a redenção. — Havia silêncio lá embaixo, o chiado distante das chaleiras e panelas batendo umas nas outras no reino da velha cozinheira. A única luz era o tremeluzir que vinha da fornalha e que traçava longas sombras e faixas de luz sobre os ladrilhos. Dei um pulo quando a cabeça surgiu no canto do recinto.

— Suma daqui, padre — sussurrou ela. — É tarde demais para salvação.

— Paguei muito bem pela honra de salvá-la — falei, descendo a escada.

Johanna encarou-me como se eu fosse um fantasma, e, então, puxou-me para dentro da cozinha e falou suavemente em meu ouvido:

— Use uma voz tranquila. Eles ficam escutando atrás da porta. — A cozinha estava cálida e com pouca luz, os ladrilhos brancos da parede refletindo a luz do fogo aberto e da lamparina a óleo pendurada acima de uma longa mesa de carvalho. — Onde está a Uzanne?

— Ela está se reconfortando na cama do duque Karl. Ou reconfortando a ele. Todos os soberanos são cautelosos em relação aos idos de março — falei. Os ombros de Johanna relaxaram diante da notícia. — Gustav em especial abomina esse dia, mas é o dia de amanhã que ele deveria temer. — Retirei o chapéu e a batina de clérigo, e desenrolei o cachecol do rosto. — Estou temeroso.

O aroma de um rico e saboroso caldo de carne e cevada preenchia o ar. Johanna dirigiu-se à fornalha para dar uma mexida.

— Está com fome, sr. Larsson? — perguntou ela. Eu não respondi, mas ela me serviu uma tigela e em seguida sentou-se em um banquinho de três pernas ao lado do fogo. Sentei-me à mesa, de onde melhor podia vê-la.

— O que aconteceu com a velha cozinheira? — perguntei.

— Ela foi o ensaio para a tragédia de amanhã.

Olhei de relance para a porta da sala de dejetos.

— E como se desenrolará essa tragédia?

Um galho de pinheiro caiu estalando na fornalha e Johanna chutou-o de volta ao fogo. Fagulhas voaram para o alto com o sopro de vento, brilhante em contraste com os tijolos fuliginosos.

— O primeiro ato é o engajamento. Essa parte da noite será leve e divertida. A Uzanne e a srta. Plomgren estarão mascaradas e vestidas como cavalheiros. As jovens damas estarão com seus trajes mais sedutores. A Uzanne e a srta. Plomgren se concentrarão em Gustav, enquanto as moças de seu círculo cuidarão dos homens leais ao rei. Elas usarão a liberdade da mascarada como vantagem. O segundo ato é sombrio. Você perdeu a palestra sobre dominação, mas sei que Mestre Fredrik deu-lhe as explicações. As jovens damas inseriam em seus leques talcos perfumados ou afrodisíacos adquiridos no Leão, mas a srta. Plomgren carrega consigo o leque cinza-prateado, preparado aqui na cozinha de Gullenborg. O Cassiopeia estará pronto, como reserva, mas a Uzanne não sujará as mãos, se isso puder ser evitado. — Johanna girou o corpo no banquinho e me encarou. — Eu não usarei nenhum leque importante; a Uzanne me considera desajeitada demais depois da noite de ontem com a velha cozinheira. Mas estarei com elas no *finale*. Participarei na condição de donzela sem máscara, destinada ao sacrifício da Quaresma. Se o plano falhar ou se a traição for descoberta, a Uzanne apontará para mim, compreendendo subitamente o envenenamento do jovem Per e o assassinato da velha cozinheira. Ela afirmará desconhecer qualquer detalhe do mal causado. Eu a terei servido bem, não? – A voz de Johanna estava calma, como se ela descrevesse a cena em uma peça, mas então ela pôs as mãos no rosto.

– Talvez ainda possamos mudar esse fim – disse, pensando no Octavo. – Você consegue sair de Gullenborg? Tentei soltá-la, mas você está bem segura aqui.

– Minha participação aqui ainda não está terminada. Se ela me chamar tarde da noite, farei o que devo fazer e sairei pela porta da frente. Senão, sairei numa carruagem com quatro cavalos amanhã à noite em direção ao baile de máscaras. – Johanna atiçou a lenha com intensidade e as chamas subiram e desceram, lançando um brilho avermelhado em seu rosto. – A Uzanne me considera incapaz de engajamento e dominação, mas eu lhe provarei que sou sua aluna mais talentosa. Vou atraí-la e me oferecer, levando um leque mortal de minha propriedade: uma cópia cinza-prateada do leque dela, feito pelo *maestro* Nordén. De um jeito ou de outro, planejo mudar *esse* final. De um jeito ou de outro, serei pega. Meu fim ainda é incerto – respondeu ela.

Pus a tigela com o caldo que nem sequer tocara no chão, e o novo gato da cozinha avançou vorazmente nos pedaços de carne.

– A única coisa certa é que você precisa fugir.

– Não há necessidade. Não tenho mais nada a perder e estou como se estivesse morta.

Eu me levantei e me juntei a ela perto da fornalha.

– Você está bastante viva, Johanna.

Ela fitou as brasas que se mexiam e não deu nenhuma indicação de que me ouvira.

– Fui arrogante e estúpida, inflando a extensão de meus conhecimentos boticários, justificando a minha contribuição aos planos da Uzanne, acreditando ser inocente apenas porque fizera os pós mortíferos, mas não os utilizara em ninguém. Todas as escolhas que eu fazia imaginava estar fazendo sozinha. Mas se o rei cair, o duque Karl será nomeado regente. Todos os Realistas serão punidos. Então, a Uzanne tirará o filho de Gustav do caminho. Quem sabe onde isso vai terminar? Quantos serão arruinados? Você enxerga até onde vai a minha insensatez?

— Todos nós somos tolos, às vezes — disse —, mas nenhum de nós está sozinho. Sempre existem os oito. — Pensei em minha carta do Mensageiro, o homem bem-sucedido, segurando bens de valor, mas olhando para trás com preocupação. Naquele momento, finalmente soube quem ele era. — Eu tinha esperança de que você pudesse permanecer na Cidade. Isso não é mais possível, estou certo? — Ela sacudiu a cabeça. — Deixei de cuidar para que você tivesse sua passagem num barco, como prometera. Mas vou cuidar disso esta noite e também arranjarei uma casa segura. Você precisa ir ao baile de máscaras. *Depois*, estará livre.

Houve uma batida suave, porém urgente e a menina da cozinha falou num tom apressado e assustado:

— Haverá mais um diabo a confrontar, diácono. A Uzanne voltou para casa inesperadamente. Deixe um punhado de moedas em gratidão pelo meu aviso e parta já.

Lancei as moedas em cima da mesa, de modo que a menina da cozinha pudesse ouvi-las, e então virei-me para Johanna e sussurrei:

— Vou mandar notícias pela sra. Murbeck, amanhã, indicando quando e onde deveremos nos encontrar. No baile de máscaras, procure por Orfeu, que a tirará do inferno.

A silhueta de Johanna tornou-se nítida devido ao cálido fulgor da fornalha, seu rosto nas sombras. Mas senti seu desejo de ser tocada. E o fiz.

## *Capítulo Cinquenta e Quatro*

## PREPARATIVOS

*Fontes: E.L., M.F.L., sra. Murbeck, sra. Lind,
o Esqueleto, vendedores de quinquilharias*

PASSEI A MANHÃ do dia 16 na aduana, fingindo trabalhar e dando um jeito de ficar sem serviço naquela noite: disse ao superior que estava saindo com *a* menina e pretendia expressar minhas intenções. Quando a torre da Grande Igreja anunciou as cinco horas, pedi licença e saí correndo até a alameda do alfaiate. As ruas estavam escuras, já que nenhuma lanterna era acesa após o 15 de março, embora ainda houvesse uma leve luz no céu. A música do equinócio que se anunciava era tocada pelo gotejar constante sobre as pedras e na neve que caía ocasionalmente e deslizava dos telhados. Às seis horas, a sra. Murbeck finalmente bateu na minha porta com chá e notícias: ela estivera em Gullenborg.

— A casa está um tumulto — contou ela, entrando às pressas em meu quarto. — Ainda mais com a velha cozinheira indo dessa para a melhor de modo tão repentino... isso seria mesmo de esperar.

— E a minha carta para a srta. Bloom? — perguntei.

— A Uzanne não estava em parte alguma. Louisa afirmou que ela ainda estava arrasada com o que ocorrera à velha cozinheira. Não dormiu nada na noite passada, andando de um lado para outro.

— A minha carta, sra. Murbeck!

— Não obtive permissão para ver a srta. Bloom, mas deixei um bilhete com a menina da cozinha.

— Com a menina da cozinha! A senhora lhe deu dinheiro?

— Certamente que não! Eles estão de luto, não estão pensando em dinheiro! — disse a sra. Murbeck. — Ninguém participará de nenhum baile de máscaras.

— O quê?

— Bem, não posso dizer com certeza que não participarão, mas elas não deveriam. — Ela percebeu meu olhar de pânico. — Talvez elas encontrem as forças necessárias para participar, sr. Larsson. Vamos ver o seu traje. — Ergui várias peças para que ela inspecionasse. — É isso? A capa de lã é abominavelmente soturna, e o senhor terá coceiras a noite inteira com essa malha. A lira é a única parte decente do traje. E onde está a máscara? — perguntou.

— Não tenho máscara — respondi, surpreso diante de minha própria estupidez. Vesti no mesmo instante o meu casaco e corri para as barraquinhas de quinquilharias no Cais do Castelo, na esperança de ainda encontrar alguém por lá. — Uma máscara — pedi, sem fôlego devido à corrida.

— Quase não tenho mais nenhuma. De que cor? — A proprietária estava enrolada em um casaco diversos números maior do que ela e usava um gorro preto adornado com todos os tipos de penas coloridas.

— Cinza, acho. O traje é quase todo cinza.

— Cinza? Isso é um baile de máscaras, não uma procissão da Quaresma. Você vai preferir uma branca, com enfeites. Penas, lantejoulas ou tranças? Também tenho uma com asas dos dois lados. E uma bela máscara turca com um véu fino. — Ela remexeu sacolas e caixas.

— Nada sem enfeite?

— Uma moça não vai usar nada sem enfeites.

Mestre Fredrik apareceu subitamente em minha mente: em minha preocupação com Johanna, eu deixara de lhe comunicar o plano.

— Não, não, a máscara é para mim — expliquei. A vendedora de quinquilharias me entregou uma máscara branca sem enfeites, com um resmungo em troca de uma ridícula soma. Então, corri para a praça do Mercador na esperança de encontrar meu amigo em casa.

O criado esquelético abriu a porta e anunciou que os negócios estavam encerrados naquele dia, mas espiei a sra. Lind nas sombras, torcendo as extremidades do xale.

— Sra. Lind! É Emil Larsson, amigo de seu marido. Preciso falar com Mestre Fredrik agora mesmo. A respeito do evento dessa noite. — Ela avançou correndo e me puxou para dentro, fechando a porta com um baque.

Ela virou-se para mim, os olhos vermelhos, e levou os dedos à boca para morder as unhas.

— Eu lhe pedi para não ir, mas ele está insistindo — disse.

— Ele está fazendo isso pela senhora — falei. Ela assentiu com a cabeça, os olhos cheios de lágrimas. — E por muitas outras pessoas. A senhora não pode imaginar quantas.

Ela me conduziu até a oficina do marido e bateu na porta.

— Freddie? O sr. Larsson está aqui para vê-lo.

A porta se abriu, e o aroma de *eau de lavande* me envolveu. Entrei no vestíbulo de um profissional, fechando a porta atrás de mim.

## *Capítulo Cinquenta e Cinco*

## A CARRUAGEM PRETA

*Fontes: E.L., J. Bloom, lacaio de Gullenborg*

ÀS DEZ HORAS, eu atravessei a pé a Ponte Velha do Norte em direção à Ópera, sob o ar cristalino de uma noite de inverno. Mestre Fredrik encontrara um traje mais adequado, mas minha túnica de linho branco e meu manto grego dourado eram bastante leves, mesmo sob meu pesado capote de lã. Eu zanzava ao redor da praça do modo mais casual que conseguia e, na terceira volta, espiei uma imponente carruagem preta com penacho baronial. Os cavalos lançavam vapores pelas narinas, e o cocheiro os cobriu para a espera. A carruagem formava uma silhueta contra o pano de fundo de uma taverna, cujas janelas lançavam um fulgor alaranjado que se dissolvia no céu noturno salpicado de estrelas. A presença da carruagem significava que a Uzanne estava viva, mas não significava que Johanna estava com ela. Baixei a máscara e me aproximei, tentando escutar as vozes. O lacaio se levantou, os braços cruzados, olhando fixamente para a carruagem.

— E quem está aí? – perguntei.

— Madame Uzanne e as meninas.

— Filhas! Eu não sabia... – disse.

— Não são filhas. São mais seus bichinhos de estimação.

— E são louros ou morenos esses bichinhos de estimação?

— Um de cada, mas a morena... Um docinho. – Ele lambeu o polegar e enfiou-o na boca de modo absolutamente obsceno enquanto a porta da carruagem se abria. Dela desceu um príncipe jovem e magro, capa preta jogada para trás por sobre o ombro, chapéu preto redondo e uma máscara na mão. Pelo menos pareceu menino por um momento, mas era impossível esconder tais seios, e seus cabelos não estavam completamente presos de jeito masculino.

— Sabia que veria qual de nós a serviria melhor. Eu compartilho de seus sentimentos para com ele, madame. Seu leque está em mãos superiores — disse Anna Maria, a voz espessa de excitação. — E a srta. Bloom ainda estará lá, sem máscara, como o planejado?

— A srta. Bloom é a outra — sussurrou para mim o lacaio. — Não tão madura, mas vestida como a própria primavera. Uma trepada razoável, se não conseguir pôr as mãos no docinho.

— Vá, srta. Plomgren — disse a Uzanne calmamente. — Não haverá mais perguntas.

— Meu ingresso? — perguntou Anna Maria, estendendo a mão.

Um pedaço de papel flutuou até o chão. O docinho pegou-o e pôs-se a caminhar raivosamente na direção da Ópera. Segui vários passos atrás, pensando que talvez pudesse dirigir-lhe uma pergunta quando estivéssemos a uma distância razoável. Enquanto caminhávamos, eu a escutei xingar a Uzanne, xingar seu traje, xingar Lars por algo, xingar o homem em traje de urso que apareceu na sua frente. Justamente quando estava prestes a chamá-la, um sultão barbudo colocou-se entre nós dois, tomando-lhe o braço, e ela apontou para ele, xingando ainda mais. Aquela mulher tinha a língua mais afiada que existia e um homem acovardado, disposto a sentir seu ferrão. Era um *tableau vivant* da minha carta representando a Vigarista, com uma inequívoca ligação com a minha Companheira. Parei de pronto. Todos os oito estavam finalmente posicionados e meu Octavo estava completo.

Minha Mensageira estava pronta. Agora, era crucial dispor a minha Vigarista em posição vantajosa, mas o sultão já a conduzia para o interior da Ópera. Eu teria que me aproximar de Anna Maria a sós, mais tarde. Retornei à carruagem.

— Essa flor dentro da carruagem, será que ela se abrirá a um relacionamento com um cavalheiro? — indaguei, encontrando o que restava de dinheiro para entregar ao lacaio. Ele deu de ombros. — Fale para a menina encontrar-se com Orfeu, na casa laranja da rua Baggens, assim que estiver livre. Há um batedor de porta em forma de querubim e a senha é Hinken. Diga a ela que eu a tirarei do Hades.

O lacaio deu um risinho e jogou as moedas para o alto, deixando-as cair na palma da mão.

— E vai levá-la para o paraíso, não é mesmo? — gracejou. — Tudo bem, mas é melhor você sair logo daqui. A madame não gosta que seus bichinhos de estimação se distraiam.

Se a menina da cozinha tivesse entregue meu bilhete a Johanna, ela saberia que devia me encontrar no vestíbulo, antes de a dança ter início. Eu não havia escrito sobre o esconderijo, ciente de que o bilhete poderia ser interceptado. Mas tinha esperança de que Johanna correria para lá de imediato; que evitaria o baile de máscaras por completo; e que se esconderia na rua Baggens até a noite acabar.

Não havia nada que eu pudesse fazer naquele momento, exceto esperar por ela no baile. A Casa de Ópera estendia-se ao longo do lado leste da praça, suas imponentes colunas e precisas fileiras de janelas como um sóbrio pano de fundo para os foliões que avançavam na direção de suas portas de acesso. Bem no topo do edifício havia o brasão real, e logo abaixo as palavras *Gustavus III* em alto-relevo dourado. A entrada estava abarrotada de criaturas com fantasias de todos os tipos. Havia uma linha separada de espectadores, vestidos em roupas cotidianas, que haviam pago uma pequena soma de dinheiro para sentar-se na audiência e assistir ao espetáculo. Entreguei o meu ingresso a um porteiro e entrei.

## Capítulo Cinquenta e Seis

## UM BICHINHO
## DE ESTIMAÇÃO PERIGOSO

*Fontes: J. Bloom, lacaio de Gullenborg*

JOHANNA E A UZANNE estavam sentadas joelho com joelho na carruagem, suas respirações formando nuvenzinhas de vapor, as janelas abertas por plumas de gelo que bloqueavam toda a visão externa.

— Srta. Bloom, você parece uma jovem baronesa em todos os detalhes. — A Uzanne puxou para o lado o cobertor de viagem que mantinha Johanna aquecida.

— Madame é sempre muito gentil. — Johanna apertou o leque e sentiu o pacotinho de antimônio encostar na palma de sua mão, por baixo das luvas de couro creme.

— Não sou gentil, sou honesta. E espero que você seja honesta comigo. — A Uzanne puxou um envelope do bolso e abriu-o. — Essa carta chegou no correio da manhã. Fiquei imaginando o que você poderia pensar a respeito. — Johanna conseguiu apenas balançar a cabeça estupidamente em concordância, mas sentiu cada músculo se retesar. Ali estava o bilhete que Emil prometera enviar. — Trata-se apenas de uma sentença. Devo lê-la para você? — Joanna assentiu com a cabeça mais uma vez, pressionando nervosamente as palmas das mãos uma na outra. — *"A minuit il ne sera plus; arrangez vous sur cela"* — leu a Uzanne.

— À meia-noite ele não mais existirá; prepare-se para isso — traduziu Johanna, seus olhos arregalados de perplexidade.

— Aparentemente, muitos outros também receberam um bilhete idêntico. Você sabe quem o mandou? — perguntou a Uzanne.

— Não, madame, não — respondeu Johanna, ainda abalada de alívio em função das palavras explícitas.

— Eu sei — replicou a Uzanne, jogando o papel no chão da carruagem e amassando-o com a sola da bota. — O homem que se coloca como benfeitor. O homem que é covarde demais para estar presente ao assassinato do irmão, mesmo após desejar, rezar por isso, visitando charlatães em busca de confirmação. Ele deseja apenas anunciar o evento. — Ela bateu a mão de encontro à parede da carruagem, fazendo com que o lacaio abrisse a porta. — Feche-a, lacaio, e espere por duas batidas. Ainda não terminamos aqui — ordenou, recuperando a compostura. — Se eu não me sentisse tão ligada ao meu Henrik, se não tivesse em meu coração um ilimitado oceano de amor por ele e pela Suécia, talvez eu mesma chamasse o chefe de polícia Liljensparre. — A Uzanne ajustou seu chapéu de três bicos e colocou sobre a face uma meia máscara branca, adornada com lantejoulas. — Sempre soube que o duque Karl era um homem ganacioso e estúpido, mas tentava ter em mente que essas eram qualificações admiráveis para um rei testa de ferro. E ele é facilmente conduzido pelo pênis. — Ela franziu os lábios, como se tivesse comido carne estragada, mas então recostou-se no assento e sorriu. — Você já esteve com um homem, Johanna?

Johanna aproximou-se, pressionando o pacotinho na palma da mão.

— Não, não estive — sussurrou ela, tentando parecer cativada.

A Uzanne passou um dedo coberto de seda pela borda do corpete de Johanna, penetrando abaixo do tecido apenas o suficiente para roçar-lhe o mamilo.

— Pode ser um prazer genuíno, eu lhe asseguro, já que fui a mulher mais afortunada do mundo em meu casamento. Mas às vezes trata-se de uma tarefa repelente, que somos forçadas a desempenhar. Por Deus. Pelo país. Pelo amor. Não há maior sacrifício do que esse. — A Uzanne segurou as mãos de Johanna. — Seus pós soníferos salvaram-me em muitas noites com o duque Karl, Johanna. Sei que a testei e depois lhe prendi as asas, apesar de seus serviços e de sua lealdade para comigo. Mas isso aconteceu apenas para que você se mantivesse em segurança. — A Uzanne olhou bem fundo nos olhos de Johanna e deslizou os dedos pelas palmas de suas luvas. — Pretendo mantê-la em Gullenborg, Johanna. A srta. Plomgren será o sacrifício dessa noite, ela irá... O que é isso? — Johanna puxou a mão, mas não com rapidez suficiente. A Uzanne apertou com tanta força que as lágrimas escaparam dos olhos de Johanna. – Está escondendo algo, meu bichinho de estimação. – Ela tirou a luva de Johanna e abriu os dedos, pegando o pedaço de papel dobrado e abrindo-o cuidadosamente. A Uzanne olhou de relance para Johanna e fechou a mão de imediato. – O que é isso, *apothicaire?*

– Antinômio.

A Uzanne enfiou o pacotinho no bolso e então empurrou Johanna de encontro ao assento.

– E para quem está destinado?

– Para mim, caso eu fracassasse! – gritou Johanna, virando o rosto para o outro lado.

A Uzanne encostou os lábios em seu ouvido.

– Então, você é covarde e já fracassou. – Johanna relaxou, como se tivesse sido derrotada, e, então, afastou a Uzanne com toda a sua força. Mas a Uzanne bateu duas vezes no teto com as juntas dos dedos e o lacaio abriu a porta imediatamente. Johanna tentou se lançar para fora, mas a Uzanne a agarrou pelo vestido e puxou-a de volta.

– Segure-a com firmeza, lacaio. – O lacaio entrou e pressionou a estrutura corpulenta de encontro a Johanna enquanto a Uzanne retirava suas próprias luvas. Ela curvou-se sobre a menina e empurrou para o lado metros e metros de seda bordada, passando mãos frias pelo corpete e pela saia. – Aqui está! – A Uzanne puxou o leque cinza de um bolso interno. – A srta. Plomgren afirmou que você havia roubado um leque dos Nordén, e eu dispensei o comentário como fruto de inveja. Mas subestimei sua capacidade intelectual, srta. Bloom. – Ela recostou-se calmamente em frente a Johanna, que se contorcia sob o abraço rude do lacaio. – Lacaio! Cuidado com as mãos – disse finalmente a Uzanne, e esperou até que tudo estivesse quieto. – E pensar que nutri um certo carinho por você, que a salvaria do sacrifício que estou preparada a fazer, como faria uma mãe por sua filha. Mas você não é minha filha, Johanna Grey. Você agora é uma mulher e já devia estar casada há muito tempo. – Johanna estava rígida, o lacaio pressionando-a contra o canto da carruagem. – Você jamais imaginou como seria ter o sr. Stenhammar entre as pernas? Descobri que os citadinos o chamam de Minhoca Branca. Antes do fim de março, eu mesma a entregarei ao demônio, e, não fosse Gefle uma aldeia tão hedionda, eu ficaria

e dançaria em seu casamento. – Ela abriu a porta e desceu da carruagem.
– A menina permanece trancada aí dentro – ordenou, vestindo as luvas e apontando um dedo revestido de bordados brancos para o lacaio –, e você fica fora. Pretendo entregar uma virgem. – O lacaio desceu da carruagem e a porta foi trancada. Johanna encostou o rosto no vidro e observou a Uzanne, uma mão enluvada sobre o nariz e a boca, salpicar de antinômio os paralelepípedos sob seus pés. – Guarde o leque da menina para mim, lacaio. Vou querer tê-lo comigo mais tarde. Se ele tiver sumido ou se estiver com qualquer tipo de estrago, você vai implorar pelo bálsamo do túmulo.

O lacaio enfiou o leque num bolso interno e observou a Uzanne desaparecer no interior da Casa de Ópera. Em seguida, trancou a porta da carruagem e encostou-se nela. Johanna levantou-se parcialmente, esperando barganhar sua fuga de uma forma ou de outra, mas o lacaio jogou-a de volta ao assento.

– Tem um cavalheiro que já pagou por você – disse ele. – Falou que seu nome era Orfeu e que viera para tirá-la do inferno. – Johanna esticou o corpo, alisando os cabelos e o vestido verde. – Ele queria te levar para a casa laranja da rua Baggens e te foder como o chifrudo, ele e seu amigo Hinken. Bom, se eu não vou poder ter você, eles também não vão. – Ele bateu a porta e encostou o rosto no vidro, o nariz achatado e distorcido, os dentes afiados e pretos. – Você está bem no fundo do rio Styx agora, menina; pena que é virgem, mas a madame insiste. – Johanna sentiu os tremores começarem nos ombros e viajarem até seus pés. Ela virou o rosto, o corpo tremendo, e puxou o cobertor da carruagem para se cobrir. Ele afastou-se da porta e passou a mão pelo uniforme, pisando com força o chão gelado. – Que mulher maldita! Fica com tudo só para ela.

## *Capítulo Cinquenta e Sete*

## O BAILE DE MÁSCARAS,
## DEZ DA NOITE

*Fontes: M.F.L., L. Nordén, diversos convidados*

UM CINTILANTE VESTIDO de seda em tons de cobre, uma imensa peruca adornada com borboletas, luvas amarelo-limão, chinelas verdes com fitinhas em tons de cobre: era de longe o mais fino traje que Mestre Fredrik jamais vestira. Pena que os riscos inerentes à noite fizessem com que ele suasse como um marinheiro nos trópicos, produzindo manchas amarronzadas debaixo dos braços. Mantendo os braços grudados ao lado do corpo, ele mexia apenas os antebraços e os punhos, num esforço em aparentar leveza e alegria. Num robe azul de sultão e um turbante cravejado de joias, Lars caminhava ao lado de Mestre Fredrik, avaliando o palco repleto de gente. Os membros da orquestra, todos trajando dominós venezianos, montavam as estantes de partituras e limpavam os instrumentos. O salão estava apinhado de bufões e ordenhadoras, fadas e demônios, além de dezenas de dominós vestidos de preto, com chapéus redondos e máscaras. O ar tornou-se denso com punhos perfumados e seios empinados, faces e lábios pintados de vermelho, ondas de gargalhadas irreverentes, punhos de renda, sapatos envernizados, máscaras e a mesma pergunta em todas as línguas: *quem é você?*

— Já devemos ter aqui por volta de cem dominós venezianos. Não reconheço ninguém! — exclamou Lars através da falsa barba preta. — O quê? *Ele* está aqui? — Ele esticou-se e olhou para o irmão, Christian, avançando em sua direção em meio à multidão. — *Ele* não foi convidado!

— Qualquer um pode comprar ingresso, sr. Nordén, mas Christian devia ir para casa com sua Margot — disse Mestre Fredrik suavemente. — Isso aqui não é o *début* que ele imagina. Tentarei apressar-lhe a partida. – Um bem-apessoado jovem lorde aproximou-se e beliscou as generosas nádegas de Mestre Fredrik. – Queira, *por favor*... Oh, srta. Plomgren. Você! Onde está madame? E a srta. Bloom?

– Sr. Nordén. – Anna Maria ignorou Mestre Fredrik e encostou-se em Lars. – O senhor evoca *As mil e uma noites*. Eu gostaria de estar trancada num castelo com o senhor neste exato momento.

– Onde está madame? – insistiu Mestre Fredrik.

Anna Maria olhou para Mestre Fredrik por cima do ombro.

– Quem é você? Uma Montanha de Cobre? – Mestre Fredrik ergueu uma sobrancelha pesadamente delineada. Anna Maria ajustou o turbante de Lars. – Quando a música começar, você dançará comigo – disse ela. Ele respondeu com um longo beijo e passou a mão nas costas de seu casaco, pousando-a na curva de seu traseiro.

– Quem é você? – perguntou Mestre Fredrik a Christian, que conseguira finalmente se juntar ao grupo.

Christian levou sua máscara de cera até o alto da cabeça e olhou para a capa magenta, apressadamente adornada com cordões de ouro.

– Margot tinha feito uma mitra para mim e eu seria o papa, mas pensei que isso pudesse ser encarado da maneira errada.

– Decisão esperta. Nocivo aos negócios, o catolicismo – concordou Mestre Fredrik. – Estou perplexo com sua vinda ao baile, sr. Nordén. Madame pretendia que seu irmão representasse o ateliê.

– Os leques são meus. Eu queria estar presente na estreia deles. – Christian puxou o manto em torno de si e ergueu os olhos para o ático, um emaranhado de cordas e desníveis pintados. – Eles são tão leves quanto pombos e da mesma cor suave. Parecem perfeitos em suas duplicatas, não são cópias. – Ele sorriu para seu segredo comercial. – As jovens damas vão dominar... – Seu olhar voltou-se para Mestre Fredrik. – Onde estão as jovens damas? – perguntou Christian, vasculhando a multidão.

– Jovens damas sempre se atrasam, sr. Nordén. Às vezes horas e horas – respondeu Mestre Fredrik, com um riso bastante entusiástico. Ele pegou o braço de Christian. – Venha. Procuraremos indícios de seus leques perto das bebidas. Preciso encontrar a srta. Bloom.

Os dois cavalheiros caminharam de braços dados na direção dos bastidores e da escada que levava ao saguão.

— Confesso que estou numa missão menos elevada, Mestre Fredrik — admitiu Christian. — As jovens damas haviam entendido que a Uzanne subsidiaria seus leques para o *début*. Ainda não fomos pagos.

— Sr. Nordén, este não é lugar para negócios — avisou Mestre Fredrik. — Na realidade, seria bem melhor para os negócios se voltasse imediatamente para casa, ter com a sra. Nordén. — O relógio bateu dez e meia. O primeiro violino soou uma nota de afinamento. — Entendo que ela está à sua espera.

## *Capítulo Cinquenta e Oito*

## O BAILE DE MÁSCARAS, 11 DA NOITE

*Fontes: M.F.L., L. Nordén, H. von Essen, convidados mascarados, membros da orquestra, incluindo Örnberg, trompetista da corte, e o regente Kluth*

— EU JURO, madame, a senhora está um duque absolutamente impressionante — elogiou Mestre Fredrik, fazendo uma excessiva mesura para a Uzanne e tentando pegar-lhe a mão para beijá-la. — A transformação não é nem um pouco infeliz.

— Não posso dizer-lhe o mesmo, sr. Lind — retrucou ela, puxando a mão enluvada. — Onde está a srta. Plomgren?

Christian aproximou-se às pressas, parou e pôs a mão sobre o coração.

— Madame.

— Você? — surpreendeu-se ela.

— Foi meu entusiasmo por suas brilhantes alunas e seus leques, madame. Ardia de desejo de vê-las alçando voo. — Christian curvou-se. — As jovens damas chegarão logo? Ainda não vi nenhuma delas.

A Uzanne voltou-se para Mestre Fredrik.

— Só tenho estado à procura da senhora, madame. Não tenho nenhum interesse nas meninas — disse Mestre Fredrik.

— Eu preciso delas! Encontre-as e traga-as aqui imediatamente — ordenou a Uzanne.

— Madame, com relação aos leques das jovens... — começou Christian — esperava... estamos contando com o pagamento pelos... A sra. Nordén e eu estamos...

A Uzanne não ouviu. Ela enfiou a mão no bolso interno de sua jaqueta de brocado branca em busca do Cassiopeia, mas foi interrompida pelos dedos anelados de Mestre Fredrik.

— A senhora não pode ter leque, madame, a senhora veio como duque, não como duquesa. — A Uzanne estreitou os olhos. Mestre Fredrik abriu

seu próprio leque com um estalo e balançou-o rapidamente. — Vou olhar no vestíbulo para ver se encontro as debutantes — disse, esperando achar Orfeu.
— Devo trazer também a srta. Bloom? — perguntou Mestre Fredrik.

— A srta. Bloom não comparecerá ao baile. Ela está indisposta e esperando na carruagem.

Mestre Fredrik empalideceu por baixo da peruca empoada.

— Madame. — Ele fez uma mesura, disparando em direção ao saguão.

— Srta. Plomgren! — chamou a Uzanne. Flertando com um homem num traje feito para jogar baralho, Anna Maria levantou a cabeça. Ela não estava usando máscara. Suas faces estavam rosadas, seus lábios cheios e mordidos. — Venha. Agora! — ordenou-lhe a Uzanne, colocando-lhe a mão sobre o braço. — E você deve usar a sua máscara.

— Orfeu! — gritou a voz alta de Mestre Fredrik dos bastidores.

— Sultão — chamou Anna Maria, deslizando para se livrar da Uzanne e puxando Lars do abraço de uma pastora cheia de lantejoulas. — Dança.

— Não. Você fica — disse a Uzanne.

Anna Maria cruzou os braços e seus olhos estreitaram-se, mas, no mesmo instante em que o calor alcançava sua língua, um murmúrio percorreu a atmosfera do salão. A mão de alguém se levantou, apontando para a janela redonda na parede dos fundos, através da qual podiam ser vistos os rostos do rei Gustav e de Hans Henric von Essen, seu escudeiro real. Eles haviam terminado de cear nos apartamentos reais no andar de cima e espiavam a multidão abaixo por uma janela na escadaria particular.

— Ele está vindo. — A Uzanne enfiou a mão dentro da jaqueta, tirando o Cassiopeia do bolso. Ela não abriu o leque, mas o manteve fechado, apertando até que as proteções estivessem quentes ao toque, o marfim assumindo a temperatura da seda. — Nós vamos fazer, srta. Plomgren. Você e eu. Seremos heroínas. — Ela ajustou no rosto a máscara branca com lantejoulas.

Anna Maria olhou de esguelha para a Uzanne, com seu esplêndido conjunto de roupas masculinas, seu broche de diamantes, sua pele e seus cabelos empoados a ponto de quase parecerem fantasmagoricamente brancos.

— E onde está a srta. Bloom?

A Uzanne manteve o foco em seu alvo.

— Venha. Agora!

*Capítulo Cinquenta e Nove*

## A SRTA. BLOOM ESTÁ PERDIDA

*Fontes: J. Bloom, lacaio de Gullenborg*

— ESTOU QUASE CONGELANDO aqui nesta droga de carruagem. Vou sair para tomar um trago, mas você fica aí quietinha. A madame não gosta quando as piranhas dela fogem — avisou o lacaio através do vidro congelado. — Vou ser chicoteado, e depois vou descontar, chicoteando você. — Johanna encolhia-se sob a coberta da carruagem, os dentes batendo, os dedos dos pés e das mãos dormentes. Ela soprou no vidro e esfregou para desembaciá-lo. Em seguida, ficou observando até que a porta da taverna se fechasse atrás do lacaio. Não era difícil forçar a maçaneta; o lacaio era a verdadeira tranca. Johanna pegou o capote de lã embolorado embaixo do assento do cocheiro e correu, escorregando nos paralelepípedos cobertos de neve, até a porta da Casa de Ópera. Ainda havia retardatários chegando.

— Seu ingresso — pediu o recepcionista de peruca.

— Está lá dentro, de modo que eu... — Ela tentou passar pelo homem, mas ele estendeu a mão em alerta. — Madame Uzanne. Ela está lá dentro com o meu ingresso!

— E como eu poderia reconhecer sua madame nesse hospício? Suma daqui.

— Logo ali, estou vendo meu amigo, o sr. Larsson! Ali dentro. — Ela apontou freneticamente.

— Ah, estou vendo! É esse o tipo de madame! Você está vestida como uma menina das barcas? — perguntou ele, olhando para o casaco. Johanna deixou o casaco cair no chão, revelando seu esplêndido vestido. — Esse é um truque barato, vadiazinha. Volte lá para a rua Baggens, que é o seu lugar.

O recepcionista agarrou o braço de Johanna com uma das mãos e pegou o capote com a outra. Jogou a ambos sobre os paralelepípedos do lado de fora da Casa de Ópera, virou-se e fechou a porta.

## Capítulo Sessenta

## O BAILE DE MÁSCARAS, PERTO DE MEIA-NOITE

*Fontes: E.L., M.F.L., L. Nordén, Örnberg, trompetista da corte, regente Kluth, H. von Essen, F. Pollet, comandante Gedda, inúmeros convidados mascarados*

ESPEREI POR UMA hora no vestíbulo do andar de baixo, mas Johanna não apareceu, de modo que resolvi subir a grande escadaria que dava acesso à plateia e ao palco, na esperança de que ela estivesse lá, atada à Uzanne, em vez de onde havíamos combinado. Estava tudo um tumulto, um verdadeiro carnaval, muito embora estivéssemos bastante avançados na Quaresma. A música tocava *fortissimo*, as conversas seguiam o mesmo tom, quando uma interrupção audível, seguida por uma onda de murmúrios, desviou subitamente a atenção geral para os fundos do palco. O rei Gustav.

Foi então que observei a Uzanne, um vistoso duque todo de branco. A seu lado, um belo príncipe, o docinho moreno ainda sem máscara. Christian, vestido em tecido magenta, postava-se do outro lado, as mãos em posição de súplica ou de agradecimento, eu não saberia dizer. Fui, aos empurrões, na direção deles por entre as massas, colocando a minha máscara no rosto.

— Qual será o traje de Gustav? — quis saber Anna Maria. Ouvi dizer que uma vez ele veio com quatro ursos dançarinos, e que eles cagaram tanto que o baile acabou mais cedo.

— O ator virá vestido como um dominó, pois ele montou seu palco com eles — disse a Uzanne, apontando o leque na direção da orquestra. — Mas ele será o mais elegante dentre todos. Será fácil identificá-lo.

— Madame, mais uma vez ainda não fomos pagos... — recomeçou Christian.

A Uzanne virou a cabeça para o lado, como se tivesse sido ultrajada por essa grosseira menção a dinheiro.

— Elas deviam estar aqui esta noite para debutar. Onde estão? — A Uzanne virou-se. — Não vou pagar por algo que não está sendo útil... Terá que cobrar das jovens damas.

— Madame, elas acreditaram que os leques eram um presente e eu me recuso a... — começou Christian, seu rosto escuro de raiva.

— Como qualquer outra pessoa se recusaria a proceder de modo tão rude — retrucou a Uzanne sem olhar para ele. — Vá sentar-se entre os espectadores, sr. Nordén.

— Madame, minha esposa...

— Então, volte para casa e para ela, sr. Nordén, e prepare-se para o fechamento de sua loja.

Christian olhou para onde seu irmão troçava com uma condessa, distribuindo doces tirados de uma cesta de mercado.

— Lars! — gritou. — Ajude-me! — Lars virou-se, franziu o cenho e sacudiu a cabeça. Christian ficou imóvel por um momento e, então, encaminhou-se para os assentos dos espectadores, o rosto sombrio, o olhar cabisbaixo.

— Nord... — comecei a chamar, mas senti um beliscão no braço.

— Shhhhh — advertiu Mestre Fredrik, sussurrando em meu ouvido: — Não há tempo para reconfortá-lo agora. O momento chegou, e estamos por nossa conta. A srta. Bloom está aprisionada na carruagem. — Senti o estômago dar um nó e me virei para sair correndo até a praça, mas ele me pegou pelo braço num aperto determinado. — Ela está a salvo por enquanto, e esse é o seu Octavo, não é? Vou me ocupar da Uzanne. Você vai morder o docinho, mas seja cauteloso. — Ele me arrastou na direção das damas, fofocando e rindo, como se se tratasse da festa mais alegre de sua vida.

Monitoramos o progresso do rei Gustav, enquanto ele percorria lentamente o caminho em meio à multidão, braços dados com Von Essen. Gustav ria e sorria, relaxado. Vestido como um dominó, trazia uma capa preta, uma máscara branca e um chapéu de três bicos enfeitado com penas brancas. Presa ao peito, estava a Ordem do Serafim, um cintilante alvo acima de seu coração. Uma contradança fez os foliões girarem e girarem, e a multidão aglomerada, aquecida de prazer e de ponche, empurrou a

Uzanne e Anna Maria na direção da orquestra. Conversar era impossível. Apenas mímicas e olhares. Uma torrente de assuntos aflorava e fluía por entre a onda de dançarinos que seguia em direção ao monarca. A Uzanne começou a nadar lentamente na corrente, aproximando-se cada vez mais, mantendo Anna Maria a seu lado. Finalmente, nos postamos logo atrás da Uzanne. Houve uma pausa na música. Balancei a cabeça para Mestre Fredrik.

— MADAME UZANNE! — berrou Mestre Fredrik logo atrás dela. — O DUQUE KARL! ELE A ESTÁ CHAMANDO. — Ela parou e esperou durante vários segundos, então virou-se e bateu com força o Cassiopeia no rosto de Mestre Fredrik, fazendo surgir um vergão feio e vermelho. Ele pôs a mão sobre a face, seus olhos cintilando de lágrimas.

— O duque está em outra parte essa noite, seu homenzinho perverso — sibilou ela. — Você imagina que eu não saberia disso?

Mestre Fredrik segurou-lhe o punho com a mão livre e apertou até ela estremecer.

— NÃO, MADAME, ELE A ESTÁ CHAMANDO! — gritou ele. — ELE E CARL PECHLIN... — Houve sussurros ao redor, então a orquestra voltou a tocar, e o restante das palavras se perdeu na multidão. Diversos dominós surgiram de imediato e puxaram Mestre Fredrik para o lado com rudeza, derrubando sua peruca e rasgando uma de suas mangas. Ele foi empurrado para os bastidores, e eu o perdi de vista por completo. Um bem-apessoado dominó ajudou a Uzanne a sentar-se, apesar de seus protestos, pensando que ela estivesse abalada pelo ataque. Era Adolph Ribbing; ele não se esquecera de sua promessa de auxiliá-la.

Anna Maria foi deixada sozinha. Encostei-me nela, pedindo desculpas delicadamente em meio ao perfume de seus cabelos. Ela parou e permitiu que eu me encostasse ainda mais; não era difícil ser íntimo na massa anônima de corpos.

— Quem é você? — perguntou ela.

— Orfeu — respondi. — Visitei o Hades e tenho uma mensagem para você.

— Se o remetente se chama capitão Magnus Wallander, não haverá resposta.

— Não conheço ninguém com esse nome. A mensagem é de alguém cuja patente supera em muito a de capitão — disse, pegando-lhe a mão macia e beijando-a.

— Sua voz me é familiar. Quem é você? — perguntou ela novamente, sem soltar a minha mão.

— Já disse, Orfeu, e vim aqui para livrá-la da danação. — Suas mãos estavam mornas e seus dedos encontraram uma maneira de tocar a palma da minha mão. — O maléfico manteve a menina cinza do lado de fora e tem intenção de empurrar você para o inferno no lugar dela. Há tempo para escapar, se vier comigo. — Anna Maria sorriu e seus lábios estavam rosados em contraste com o branco de seus dentes. Ela enroscou o braço no meu e eu o encostei na lateral de meu corpo quando senti uma mão áspera em meu ombro.

— O príncipe já tem acompanhante — disse Lars.

Hesitei por um décimo de segundo.

— Então vocês deviam colocar suas máscaras e dançar para longe daqui. — Soltei-a com alguma relutância. — Para bem longe e sem demora.

Anna Maria fitou-me com firmeza e, então, fez um gesto para me desmascarar, mas Lars segurou-lhe a mão.

— Muita falta de esportividade da sua parte, meu docinho. Venha. A música já começou.

— Peça-me por favor — disse ela. — Estou cansada de receber ordens, como se fosse um cachorro.

Lars beijou-a ternamente.

— Por favor, meu querido e delicioso docinho, me dê a honra de uma dança.

— Assim está melhor — respondeu ela. Lars fez uma curta mesura e acompanhou-a até o salão. Anna Maria olhou para trás diversas vezes, procurando-me, e um igual número de vezes na direção da Uzanne. Em seguida, desapareceu em meio à dança.

Voltei minhas atenções para o rei. Gustav postava-se em frente à orquestra, observando os dançarinos, feliz em meio à simpatia e à atenção de seus súditos e pela alegria do último baile de máscaras. Alguém abriu uma janela, o que fez com que um sopro gélido invadisse o salão, provocando gritos de protesto. Partituras voaram, mas a orquestra continuou. Havia uma multidão de dominós aglomerados ao redor de Gustav, e a Uzanne agora avançava novamente em sua direção. Ela precisava aproximar-se o suficiente para que Gustav pudesse vê-la. Gustav jamais a ignoraria. Ele afastaria os dominós de modo que pudessem conversar *tête-à-tête*. A Uzanne estava agora bem próxima, golpeando as proteções do Cassiopeia com o polegar, traçando um círculo ao redor do rebite. Fui até ela. Um grito e uma gargalhada de um grupo ao redor do rei fizeram com que a Uzanne parasse. Ela abriu o Cassiopeia com muito cuidado e sussurrou para a face do leque: "Agora." Seu rosto estava iluminado de felicidade e expectativa; logo ela seria a heroína a serviço de sua posição social. De seu país. Do mundo. Ela começou a dar lentas e graciosas viradas com o leque, escutando cuidadosamente as palavras e as sensações que trouxera, enviando correntes de ar que desarmariam aqueles em seu caminho. Mas ela ouvia apenas a música, e a multidão não prestava nenhuma atenção. Gustav deu-lhe as costas. "Há algo errado", murmurou ela, segurando o leque absolutamente parado. A carruagem preta vazia estava escura e morta no centro, a silenciosa herdade atrás, o céu com o exato pôr do sol alaranjado desaparecendo no azul. As lantejoulas do verso cintilando. Ela sentiu o rêmige, tomando cuidado com o conteúdo. Tudo estava como deveria estar. A Uzanne abanou o leque mais uma vez na direção do rei, com a intenção de fazer com que ele erguesse os olhos e a visse. Era um movimento que ela dominava tão bem quanto o ato de respirar.

— Srta. Plomgren! Aqui! — chamou, com firmeza, virando a cabeça. Gustav olhou, mas a Uzanne não reparou que ele olhara.

— A srta. Plomgren está dançando — falei, suavemente.

— Acredito que não tenhamos sido apresentados — retrucou a Uzanne, fechando o Cassiopeia.

— Oh, fomos sim, mas jamais conseguimos nos tornar amigos. — Eu tomava cuidado para não me aproximar demais, ciente de seu alcance e do que continha o leque. — Estou aqui com uma mensagem da Vidente: ela afirma que as estrelas não estão alinhadas a seu favor. Seu destino foi alterado.

— Quem é você? — A Uzanne tentou tirar-me a máscara, mas afastei-lhe a mão. Ela abriu o leque, posicionando-o no nível de meu rosto, o verso voltado para cima.

— Como o amor, a senhora não pode me ver, mas pode me sentir — eu disse, desesperado para distraí-la, esperando que o rei saísse dali, rezando para que ela não começasse a soprar ao longo da haste central. A Igreja de Jakob badalou 11:45. Quase meia-noite.

Ela mirou o leque, seu verso em tom azul intenso absorvendo a luz. Uma pequena conta de cristal reluziu para ela do alto da haste central, a Estrela do Norte ascendente, Cassiopeia pendendo abaixo. Ela tocou a seda, os dedos traçando os rastros da agulha onde o *W* da constelação havia estado antes. Em seguida, ela ergueu os olhos para mim, mas não em alarme.

— Ele *foi* alterado! Você imagina que eu esteja com medo de segurá-lo? — sussurrou ela, serpeando para longe do meu alcance, misturando-se à multidão. Eu a ouvi chamando: — Sua Majestade, Sua Majestade, aqui! Aqui! — O rei finalmente a viu, o rosto iluminado de surpresa e prazer. Ele virou-se para Fredrik Pollet, seu *aide-de-camp*, e sussurrou algo. Em seguida, levantou a mão para a Uzanne em saudação.

Eu a segui, acotovelando-me por entre a multidão, meus gritos perdidos no alarido de conversas, música e gargalhadas.

— A Uzanne! Detenham-na! Detenham-na! — Avancei, ficando naquele momento a um braço esticado de distância. Mas Ribbing estava na trilha da Uzanne, na condição de seu guardião, e empurrou-me rudemente ao chão. Um bumbo soou bem alto. Levantei-me exatamente no momento em que a nuvem escura de dominós ao redor do rei evaporava, como se seguindo uma deixa. O regente olhou para cima, zangado, e rabiscou uma anotação em sua partitura, mas a orquestra continuou tocando enquanto os dançarinos rodopiavam em círculos dentro de círculos pelo palco. Vi Gustav segurar o braço de Von Essen, e ambos seguiram até um banquinho encostado à parede. A Uzanne estava a apenas alguns passos de distância deles quando um grupo de soldados formou um círculo apertado ao redor do rei. Um deles sacou a espada e gritou:

— Fechem todas as portas e não deixem ninguém sair! O rei foi alvejado!

Houve um barulho de címbalos e metais à medida que as estantes de partituras caíam e músicos fugiam. Gritos e berros preencheram o ar. Criaturas fantásticas corriam em todas as direções. Uma Cleópatra desmaiou e foi arrastada até os bastidores. O comandante de brigada Gedda puxou a peruca e correu em meio à multidão com o vestido que estava usando, espada na mão. Um homem gritou *Fogo!*, mas ninguém reparou; o pânico já havia se instalado.

Eu estava agora perto da Uzanne; seu olhar aterrorizado era genuíno e seus lábios se mexiam, mas nenhuma palavra podia ser ouvida com o alarido. Aproximei-me ainda mais.

— Pechlin! — uivou ela. A Uzanne fechou o Cassiopeia em um único golpe e agarrou as proteções. Suas lágrimas formavam uma trilha pelo pó de arroz em seu rosto. — Oh, Henrik, eu falhei com você. — A guarda do rei desceu a escada num tropel, e mais chamados para trancar as portas foram ouvidos. Ninguém tinha permissão para sair. Cada convidado seria revistado e interrogado. Ser pega fecharia a porta para tudo. A Uzanne fechou os olhos e levou o leque até os lábios; depois baixou o braço, abriu o Cassiopeia e arremessou-o no chão do palco. Ouvi um estalo de hastes sob meus pés e observei quando a face do leque foi rasgada por um afiado salto vermelho. A Uzanne avançou em meio à multidão para oferecer um falso conforto a Gustav, e eu corri para encontrar Johanna.

## Capítulo Sessenta e Um

## DETIDOS PARA INTERROGATÓRIO

*Fontes: E.L., M.F.L.*

A CONFUSÃO E o pânico que sacudiram a Casa de Ópera diminuíram, substituídos por uma ansiosa espera. Ninguém tinha permissão para deixar o prédio sem antes ser interrogado pela polícia.

— Johanna está morta. E Gustav foi alvejado. — Sentei-me nos bastidores do palco em uma delicada cadeira de ouro deixada vaga por um músico. — Meu Octavo está terminado, e eu fracassei, Mestre Fredrik.

Mestre Fredrik retirou a marquinha de beleza do rosto e esfregou o hematoma roxo que se formanva em sua têmpora.

— Não tenho certeza se esse é o fim.

Olhei para o palco. As luzes da ribalta haviam sido deixadas acesas e, vez por outra, um folião paramentado atravessava de um lado para outro e vice-versa, como o personagem perdido de um pesadelo. Partituras e máscaras arrebentadas espalhavam-se por todos os lados. As estantes de partituras e as cadeiras da orquestra estavam igualmente espalhadas, como se uma tempestade houvesse atingido o palco. Um sapato de fivela perdido, um cachecol verde-esmeralda e um leque pisoteado haviam sido abandonados. Mestre Fredrik começou a cantarolar, num melancólico tom menor:

*A vida passa rápido na Terra,*
*Os anos felizes só fazem fenecer,*
*Mal nascemos e a alegria se encerra,*
*Antes do trago na boca descer...*

Eu me levantei e caminhei até as luzes da ribalta para pegar o leque quebrado e esvaziado de qualquer traço de pó. Enrolei o Cassiopeia no manto de Orfeu.

*Capítulo Sessenta e Dois*

## CAMAROTE DA ÓPERA NÚMERO 3 — CENA 2

*Fonte: Nenhuma*

ANNA MARIA ENCOSTOU-SE à balaustrada do camarote número 3 da Ópera e avaliou a multidão embolada abaixo. Um burburinho de vozes ergueu-se em direção ao lustre pendurado na escuridão acima.

— Estão dizendo que se trata apenas de um ferimento. Seu irmão ajudou a carregar o rei até o apartamento do andar de cima — contou ela, os olhos brilhantes de entusiasmo. Diversas pessoas nos camarotes próximos viraram-se para olhar para ela, os rostos fantasmagóricos exibindo temor.
— O assassino estava em pé à direita do rei. Será possível que alguém tenha uma pontaria tão ruim? — sussurrou Anna Maria.

Christian levantou os olhos, seu rosto molhado de lágrimas.

— Era seu desejo que esse assassino desumano tivesse obtido êxito?

— Só quis dizer que, quando você está assim tão perto do sucesso, parece uma pena deixá-lo escapar.

— Acredita mesmo nisso? — O tom de censura na voz de Christian era nítido.

Anna Maria virou-se para ele.

— Acredito que suas lágrimas não sejam apenas pelo rei. A perfeição de seus leques teria feito uma fortuna para os Nordén se eles pudessem ter sido vistos, se pudessem ser copiados.

— Se eles pudessem ter sido pagos, srta. Plomgren. — Christian pôs o rosto entre as mãos. — Investi muito neles. Perderemos a loja.

Anna Maria sentou-se a seu lado, colocando a mão em seu braço.

— Talvez haja uma maneira de manter a loja na família. Talvez deseje vendê-la para mim e para seu irmão.

— Você não tem alma para isso, nem ele — respondeu Christian tristemente. — E realmente acredita que ele tenha todo esse dinheiro?

— Oh, tem sim. Lars teve muita sorte nas mesas de jogo — respondeu Anna Maria suavemente. — Mas ele nunca lhe contou; tinha medo de que o dinheiro desaparecesse em sua arte perfeita, esplêndida, mas que ninguém estava disposto a pagar.

Christian recusava-se a olhar para ela.

— É assim que o mundo acaba, srta. Plomgren. Já testemunhei isso antes.

— Essa é a sua escolha, Christian. — Anna Maria tirou a mão e puxou o grande leque cinza de pele do saquinho de seda preta em sua cintura, abrindo-o silenciosamente. Alguém bateu numa porta do corredor. A polícia logo chegaria para interrogá-los.

— Estou cansado deste mundo — disse Christian, recostando-se, os olhos fechados.

— Sim, é claro que está, querido futuro cunhado. — Anna Maria pôs a mão livre em seu rosto, com a mesma delicadeza que teria ao acariciar seu bebê adoentado. O leque cinza estava aberto e imóvel em sua mão, as faixas de prata brilhando no camarote sombrio. — Uma boa noite de sono lhe fará bem.

— Margot saberá o que fazer — falou Christian.

— Com certeza ela saberá. — Anna Maria curvou-se sobre seu rosto. — Agora, Christian, abra os olhos por um instante e veja o futuro — sussurrou. — Anna Maria segurou o leque e, então, seguindo os movimentos precisos que aprendera com a Uzanne, soprou ao longo da haste central, o rêmige oculto preenchido com um fino pó saturado de cogumelos direcionados ao rei. — O *Ancien Régime* acabou, irmão. Eu sou o futuro.

## *Capítulo Sessenta e Três*

# A VELHA PONTE DO NORTE

*Fonte: J. Bloom*

JOHANNA AGACHOU-SE PERTO de um poste da Velha Ponte do Norte, sua respiração congelando entre os fios obstinados de seus cabelos. O sobretudo do cocheiro não representava proteção alguma contra a gélida temperatura. Ela enfiou a borda da gola na boca para impedir que os dentes batessem, lã e lanolina em contato com sua língua. A quietude era tão densa e profunda quanto o gelo ao longo da extremidade da Norrströmmen. Ninguém entrava ou saía da Casa de Ópera. Quatro guardas militares se postavam em frente à entrada, mantendo em ordem a turba que começava a se reunir, esperando em silêncio. Um ocasional grito de alarme atravessou o ar frio: *Traição! Assassinato! Revolução!*

O gelo parecia preto e sólido ao longo da correnteza, mas, ao longe, quebrava-se em pedaços, transformando-se em água corrente e captando o brilho de luz dos tocheiros sobre a balaustrada. De vez em quando, um estalo agudo fazia com que Johanna se sobressaltasse; ainda faltavam cinco dias para o equinócio da primavera, e o gelo estava perdendo força na Cidade. O lago Mälaren sempre reclamava uma ou duas oferendas nessa época do ano, alguém tolo o bastante para pensar que o inverno podia durar. Johanna imaginava se seria esse o caminho para a salvação: caminhar por sobre o gelo quebradiço. A dor seria breve, engolida pelas águas escuras e então empurrada rapidamente para baixo da superfície vítrea, sofrendo uma instantânea parada cardíaca. Em seguida, a escuridão. O preto era a soma de todas as cores. Ela seria então mantida no interior de um prisma, um paraíso de luz.

Seus dedos estavam completamente rígidos, de modo que ela puxou as mãos para dentro do casaco e as enfiou debaixo dos braços para aquecê-las uma última vez. Sentiu o suave roçar da renda em seus pulsos, a mesma renda que emoldurava seus seios, nunca tão nus como naquela noite, nunca tão proeminentes, nem tão belos. A saia inflava e farfalhava por baixo do casaco. Se estivesse vestida em suas velhas roupas, suas roupas cinza, ela não hesitaria. Mas o vestido era como muitos dedos. Ela sentia os contornos sem costura, o produtor de cardas pressionando a calçadeira para os espartilhos, o produtor de botões curvado sobre pedacinhos de pérola e prata, o produtor de renda, o tingidor, o merceeiro, o tecelão – todas aquelas mãos a seguravam na margem do rio.

Joanna agachou-se para fazer um travesseiro de neve. Sua mãe crescera nas florestas do Norte e lhe contara histórias sobre dormir no inverno. Havia um cochilo em brasa que vinha exatamente quando o frio era insuportável demais; um calor vermelho e fulgurante inundava a pessoa do alto da cabeça até os membros, percorrendo todo o caminho até as pontinhas dos pés. Pouco importava o fato de as extremidades estarem pretas devido ao congelamento quando os corpos fossem encontrados; com mais frequência do que se imaginava, um sorriso delicado podia ser visto congelado em seus rostos. Ela deitou-se e puxou os pés com os sapatos de pele de cabrito e as pernas com meias brancas para dentro do vestido. A Estrela do Norte e o Cassiopeia estavam pendurados acima. Tremendo de frio, Johanna fechou os olhos. Tentou imaginar seu banho na *officin*, fumegando no ar fresco do outono quando o sol surgia em meio às garrafas de elixir e produzia faixas coloridas na parede, a toalha de linho nova em cima da cadeira perto da banheira, o chá de rosas que ela tomaria quando estivesse limpa. Seu pai. Sua mãe. Seus irmãos, doces e bem. Os clientes berrando no boticário. Suas vozes cada vez mais altas, até que o véu preto do sono congelado estivesse sobre o seu rosto como uma sombra. Não era sonho, mas um barulho se formando acima.

As pernas desprovidas de qualquer firmeza, ela rastejou em direção à estrada acima. Uma dúzia de tochas acesas iluminava uma multidão que seguia na direção da Velha Ponte do Norte. Havia quatro oficiais a cavalo, seguidos por um desfile bizarro: pierrôs e colombinas, arlequins, pastorinhas, anjos, paxás e citadinos com roupas comuns que haviam sido despertados pela agitação. Um grupo de dominós venezianos caminhou para um lado, carregando instrumentos de cordas e de sopro, uma orquestra em marcha esperando pela ordem para tocar. No centro dessa multidão, havia uma esplêndida carruagem e, em seu interior, uma poltrona de couro onde estava sentado um homem, tombado para o lado. Apenas o ruído dos cascos dos cavalos e o crepitar das tochas podiam ser ouvidos distintamente. Os suaves sussurros da multidão soavam como as águas de março, neve derretida que levava o inverno para o mar.

A cena reconduziu o sangue às pernas e braços de Johanna, e ela subiu e juntou-se à multidão. Quando tropeçou, uma raposa tomou-lhe o braço e ajudou-a a subir o escorregadio leito da estrada até o palácio. Na entrada de colunatas, cinco homens ergueram o homem da poltrona e o tiraram da carruagem. Em seguida, levaram-no para a porta do palácio. O homem ferido curvou-se e dirigiu-se à multidão:

— Sou como o papa! Estou sendo carregado em procissão!

Johanna virou-se para uma mulher vestida de odalisca que chorava efusivamente.

— Quem é ele? O que aconteceu? – perguntou.

A odalisca respondeu por trás do véu escarlate, os olhos manchados com o pó oriental que escorria por seu rosto com as lágrimas.

— Sua Majestade! Ele foi alvejado, mas acreditam que sobreviverá.

— Alvejado? — Johanna ficou absolutamente imóvel enquanto a multidão avançava, seguindo o rei até o interior do palácio. A cena ao redor de Johanna começou a girar e, sugada pela escuridão, ela desmaiou.

## *Capítulo Sessenta e Quatro*

# RETORNO AO NINHO

*Fontes: E.J., M.F.L., sra. Murbeck,* sekretaire *K.L\*\*\*, sra. Sparrow, Katarina E., diversos convidados*

MESTRE FREDRIK E eu ficamos sentados por duas horas até sermos interrogados e liberados. Ele foi para casa ter com a sra. Lind e seus filhos. Eu corri para a praça de Jakob para procurar Johanna, caso ela ainda estivesse presa dentro da carruagem. Mas todas as carruagens elegantes haviam ido embora. A caminho da rua Baggens, rezei para que o lacaio tivesse entregue minha mensagem a Johanna e para que ela estivesse na casa laranja, mas as portas de titia Von Platen estavam bem trancadas, e ninguém atendeu as minhas batidas. Corri até a praça do Mercador para a eventualidade de Johanna ter se dirigido à casa de Lind, mas uma chorosa sra. Lind disse que Mestre Fredrik havia partido e que Johanna não estava lá. Àquela altura, eu quase congelava em meu traje leve de linho, então fui para a alameda do Alfaiate vestir roupas mais quentes e colocar minha mais elegante casaca vermelha. Acordei a sra. Murbeck e dei-lhe as trágicas notícias. Em seguida, percorri ruelas e praças escuras na direção da única luz e do único som existente na Cidade, que vinha do pátio externo do palácio. Talvez Johanna tivesse sido levada até lá com a multidão. Ela não estava visível em lugar nenhum.

— Quais são as notícias? — perguntei a um outro *sekretaire*. Minha atenção se voltava para a entrada dos apartamentos reais, onde uma massa de gente lutava para ter acesso ao local.

— Gustav está deitado na câmara cerimonial. Ele não dorme lá desde a noite de seu casamento, há mais de vinte anos. — O *sekretaire* parou para dar uma fungada no rapé. — Aquela noite também não foi nada feliz. Mas ele sobreviveu.

Entrei abruptamente, afirmando ter alguma missão absurda relacionada ao meu escritório e descobri uma confusão de cidadãos, bem-nascidos e malnascidos acotovelando-se no interior: oficiais e ministros, misturados a pajens, costureiras, alfaiates e cervejeiros. Nenhum sinal de Johanna ou da Uzanne. A sala quente cheirava a lã molhada e suor. E a medo. Gustav estava deitado, reconfortando os visitantes com palavras de estímulo, segurando as mãos trêmulas de inquietação. Quando me aproximei o bastante, seus olhos encontraram-se com os meus por um instante. "O pássaro do rei manda saudações", falei. Não sei se Gustav me ouviu; ele se virou para cumprimentar o duque Karl e seu irmãozinho Fredrik Adolph, ambos abalados e pálidos. Nesse momento, o bom doutor Af Acrel esvaziou a sala, pois o ar tornara-se insuportável, e todos, com exceção dos mais próximos ao rei, foram forçados a vagar pelo frio e pelas ruas soturnas. Eram quase três da manhã.

Eu me vi percorrendo o caminho familiar até a alameda dos Frades Grisalhos com uma pontinha de esperança de que, se todas as outras opções falhassem, Johanna saberia chegar ali. Vendo a tira de luz entre as frestas das cortinas espessas, apressei-me escada acima e me preparei para encontrar a acabada sra. Sparrow que eu deixara aos cuidados da sra. Murbeck. Mas foi Katarina quem abriu a porta, e a entrada brilhou com a luz de uma vela. O chão havia sido envernizado e os fogareiros haviam aquecido o ambiente o bastante para que as damas presentes pudessem ficar de ombros à mostra. Recuei na escadaria diante da cena.

— Você voltou, Katarina! — exclamei, surpreso com a transformação. — E os salões...

— A sra. Sparrow chamou-me em casa há uma semana. Nosso pássaro recuperou-se.

— E há carteado numa noite como essa?

Katarina saiu e apertou as minhas mãos nas suas.

— Oh, ela vai ficar feliz em vê-lo, sr. Larsson. Ela está num tal estado, e as cartas são seu único conforto.

Entreguei-lhe meu capote.

— Obrigado, sra... Ekblad. Agora é assim?

Katarina assentiu com a cabeça, um sorriso vincando seus olhos.

— Espere aqui. Ela irá até o senhor quando estiver pronta. — Katarina fez um gesto na direção das mesas.

Pelo menos uma dúzia de jogadores reuniam-se no esfumaçado salão principal, tomando chá e café. Não havia apostas, apenas o tranquilo movimento das cartas. Toda a conversa entre, e até mesmo durante as mãos, era sobre a tentativa de assassinato. Dois jogadores que haviam estado presentes ao baile de máscaras espalharam suas histórias tanto de ouvir dizer quanto as que tinham na memória. Não me preocupei em corrigi-los nem acrescentei minhas observações. Simplesmente me sentei e escutei. Especulações acerca do assassino ou dos assassinos centravam-se em La Perriére, ator e conhecido jacobino, e nos aristocráticos Patriotas, sob a liderança do general Pechlin. Os espectros da revolução e da repressão ergueram-se ao redor de todos nós, até que, por fim, voltamos nossas atenções completamente para as cartas, no intuito de calá-los.

Depois de uma hora, senti a força de um olhar em minha nuca. Ainda magra, mas já lembrando sua antiga presença, a sra. Sparrow balançou a cabeça em saudação. Eu me levantei e tomei-lhe a mão, que estava morna e macia.

— A senhora parece estar... bem — falei.

— Estou mudada — disse ela, beijando-me o rosto. — Tudo está mudado. Venha conversar comigo, Emil.

Segui-a até o salão superior e nós nos sentamos em duas cadeiras ao lado do fogareiro.

— Estou surpresa em vê-la aqui — comentei.

— Tentei ir até ele assim que ouvi a notícia, mas os homens do duque estavam na porta e não permitiram que eu entrasse. Tentarei novamente amanhã. — Ela se balançou um pouco na cadeira, como se quisesse correr para lá naquele instante. — Quando voltei para casa, havia vários clientes regulares reunidos, de modo que abri os salões. Há um certo conforto em compartilhar os pesares, até mesmo num cenário como esse que estamos vivenciando. — Ela pegou um baralho no bolso, embaralhou, a sensação e o som das cartas parecendo um bálsamo para mim. — Mas você esteve lá. Conte-me.

Contei-lhe tudo: os eventos no baile de máscaras, como os oito entraram no jogo, a confusão que senti, a sensação de o mundo estar acabando e, mais do que qualquer outra coisa, meu absoluto fracasso.

— Aqui está tudo o que tenho a mostrar-lhe por meus esforços. — Entreguei-lhe o Cassiopeia destroçado que havia recolhido do palco. — Ele está desarmado.

Ela pegou o leque e estudou as proteções de marfim. Então, curvou-se e colocou sua mão sobre a minha.

— Esse é um belo troféu. É a história alterada por um pequeno gesto. — Eu não respondi; não conseguia ver como a troca do veneno por uma bala era uma melhor opção.

A sra. Sparrow levantou-se e dirigiu-se à janela, puxando a cortina. As ruas estavam agitadas para uma hora como aquela, as pessoas da Cidade encaminhando-se para o palácio com a intenção de acompanhar o que se desenrolava com o rei.

— A esperança agora permanece em diversas frentes. Chegou uma notícia dois dias atrás de Bruxelas; Von Fersen conseguiu chegar nas Tulherias e passou a noite com o rei e a rainha franceses. Luís recusou-se a vir sozinho com Von Fersen, afirmando seu amor pela família, mas concordou em se encontrar com as tropas que avançavam. É possível que Gustav se recupere e reúna os exércitos da Europa na primavera. Essa tentativa de tirar-lhe a vida galvanizará até o soberano mais relutante. — A sra. Sparrow voltou e postou-se atrás de mim. — Esta noite, você enfrentou Hades por amor, Orfeu.

Eu me contorci na cadeira.

— Como a senhora sabe qual era o meu traje?

— Ora, a sra. Murbeck me disse. Ela é a minha Tagarela. Ela e seu filho, posicionados ao lado da fonte no quatro de copas. Talvez ela própria seja a fonte, tão excelente fonte ela é. Enviou-me meu Mensageiro também. — Ela pousou uma das mãos levemente em meu ombro. — E me contou a respeito da srta. Bloom.

Agora, o peso daquela longa noite dobrava-me em dois e as pontas de meus dedos estavam frias quando as encostei sobre as pálpebras.

— Da mesma maneira que Orfeu, eu fracassei.

— Não. Você mudou as posições do Octavo de Estocolmo; ele simplesmente não está completo. — Ela contornou a cadeira e tirou minhas mãos da frente de meus olhos. — Olhe para mim, Emil. Tenha fé, e tenha em mente que sua Companheira não gosta de perder. Você precisa continuar até o fim. Você fez um juramento em relação a isso.

## Capítulo Sessenta e Cinco

## TITIA VON PLATEN ACOLHE UMA EXTRAVIADA

*Fontes: Capitão H., titia Von Platen*

ELES OLHARAM PARA a menina desmaiada no chão, branca como giz, os lábios ainda azulados. Seu belo vestido estava rasgado no corpete e na barra, e faltava-lhe um sapato branco de pele de cabrito e salto rosa-coral.

— Ela desmaiou na rua em frente ao palácio. Houve pânico e ela quase foi pisoteada, ou quase morreu congelada. — O homem vestido de raposa olhou de esguelha para titia Von Platen. — Ela voltou a si em determinado momento, depois que a puxei para dentro de casa para que ela pudesse se aquecer. Ela me disse para levá-la para a casa laranja da rua Baggens.

— Você planejava foder a menina ou trazê-la para mim? — Titia Von Platen ajustou modestamente o robe de seda chinesa em tons de azul-pavão que vestira apressadamente.

A raposa retirou as orelhas.

— Sou cristão e não participo do comércio de corpos.

— Pensei que essa fosse a moeda de troca escolhida pelos cristãos.

— A jovem disse um nome: Hinken.

Titia abriu a porta central oculta no saguão e berrou para o alto da escada:

— Capitão, tem alguém aqui querendo falar com o senhor!

As passadas pesadas de Hinken podiam ser ouvidas nos degraus, sua cantoria ecoando pela escadaria estreita. Ele parou quando viu Johanna deitada no chão.

— Deus do céu, não me venham com outro corpo para enterrar.

— Não, não. Apenas desmaiada. Não dê ideias erradas ao cavalheiro — ralhou titia, curvando-se sobre Johanna para inspecionar os brincos. — Ela mencionou o seu nome, capitão. O senhor estava esperando alguém esta noite?

— Estava, titia, realmente estava, mas não uma *menina* — disse Hinken. — Menos ainda uma necessitada de cuidados. — Hinken cofiou a barba no queixo, amaldiçoando e murmurando consigo mesmo. Em seguida, voltou-se para titia. — Você sabe que é muito boa em cuidar de pessoas extraviadas que necessitam de cuidados.

— Não sou nenhuma madame de casa de convalescença — bufou titia. Hinken meteu a mão no bolso e puxou uma pesada moeda de ouro. Ela sorriu e deu um tapinha brincalhão em Hinken. — Bajulador! Mas nem um dia além de uma semana. Ela vai ocupar espaço. — A raposa virou-se para partir, seu resgate concluído. — O quê? Você vai mesmo embora sem fazer uma visita às damas? Afinal de contas, decidimos abrir as portas esta noite. — A raposa colocou a máscara novamente e sacudiu a cabeça em negativa. — Bom, pelo menos ajude-me a carregar a menina lá para cima — pediu titia. — E não deixe ninguém vê-lo. Vai estragar o clima.

— Sabia que o rei recebeu um tiro, titia? Que espécie de clima poderia haver? — perguntou Hinken.

A madame deu de ombros.

— Isso parece bom para os negócios.

## *Capítulo Sessenta e Seis*

### ARTE OU GUERRA

*Fontes: M.F.L.*

MESTRE FREDRIK ESTAVA parado na janela da frente de sua loja, observando as pessoas que corriam desordenadamente pela praça do Mercador. A notícia se espalhara na Cidade como fagulha num pedaço de madeira – para cima e para baixo, alimentada pelo ar de mil bocas chorosas e arfantes. Os Lundgren, que alugavam os salões do terceiro andar, afirmavam estar de partida para Gotemburgo assim que as viagens fossem permitidas, como se o fim do mundo tivesse uma fronteira geográfica.

Ele tirou um copo de vidro do armário e abriu a garrafa de Porto que guardara para uma ocasião importante. Suas mãos trêmulas, apesar da calma que ele impusera sobre si mesmo, fizeram o vinho respingar sobre a borda do copo, deixando pontinhos de tom vermelho profundo em cima dos quarenta envelopes brancos que ele acabara de endereçar. A Uzanne exigira que eles fossem enviados na manhã seguinte ao baile de máscaras; ela estava dando uma festa em comemoração. As manchas pareciam meteoros, como a destruição do céu e da Terra. A segunda vinda. Os convites deviam ser consumidos pelo fogo. Ele riu de sua piedade recém-descoberta, mas o riso foi breve. Tratava-se, de fato, do fim.

Mestre Fredrik jogou o trabalho na lareira e observou-o escurecer e consumir-se. Em seguida, chamou a sra. Lind, mas não houve resposta. Ela partira em busca dos filhos e ainda não voltara. Ele caminhou calmamente até o armário do corredor, tirou o casaco revestido com pelo de coelho e a bengala com empunhadura de marfim, mas deixou suas elegantes luvas de pele de cabrito. Partiu para Castleback, onde a multidão estava reunida, mas, quando alcançou a alameda do Corvo, virou-se para o leste, seguindo para o mar e depois para o sul. Do outro lado da represa, encontravam-se o bairro sul e a taverna do Lince.

— Aqueles respingos de vinho não eram meteoros, mas música. Preciso encontrar Bellman.

*Capítulo Sessenta e Sete*

## A SUÍTE REAL

*Fontes: E.L., capitão H., J. Bloom*

AO VOLTAR DA sra. Sparrow para a alameda do Alfaiate em busca de algumas horas de sono, passei novamente pela casa de titia Von Platen. Havia um grupo de cavalheiros animados do lado de fora, um grupo grande para aquela hora. Hinken barrava a entrada, trocando pilhérias, um maléfico implemento de ferro de prontidão para a eventualidade de as coisas saírem do controle. Troquei olhares com ele, e ele balançou a cabeça indicando que eu devia contornar a casa e entrar pelos fundos.

— Meu quarto — indicou ele.

— Tem fila aqui! — bradou um homem, visivelmente irritado.

— Conheço seus hábitos, magistrado. O senhor não ia querer o que está no meu quarto — disse Hinken, olhando de soslaio para o homem, que se afastou silenciosamente.

Passei por duas meninas na entrada da cozinha — enroladas em espessos cobertores e fumando cachimbos de barro — e perguntei-lhes qual era o caminho mais rápido para o quarto de Hinken. Elas apontaram para a passagem que se conectava com a escadaria central. Passei correndo pelo fétido túnel cheirando a água de rosas, jasmim e urina, e subi os três lances de escada escuros até a suíte real, dois degraus de cada vez. Bati suavemente na porta de Hinken, e então bati novamente, já que não recebera resposta. O piso do sótão estava silencioso e escuro, mais quente devido ao calor que subia através do restante da casa. Temi que ela estivesse profundamente adormecida, ou bastante contundida, e não acordasse. Então, ouvi sua voz.

— Esse quarto está ocupado durante toda a noite.

Encostei o corpo na porta, como se pudesse me derreter pelas tábuas de madeira e entrar.

— Era o que eu esperava, Johanna Bloom. — O clique da tranca e o rangido da maçaneta foram como as notas de abertura de uma canção e, então, ela surgiu diante de mim, a tênue chama de uma lamparina iluminando seu rosto. Os cabelos estavam desgrenhados e úmidos, um longo talho marcava sua face pálida e suja, e suas formas haviam sido engolidas por desmazelados trajes masculinos, sem dúvida nenhuma pertencentes ao guarda-roupa de Hinken. Mas o olhar que caiu sobre mim era desprovido de qualquer defeito, abertamente azul. Entrei e ela fechou a porta, trancando-a em seguida. A aurora emprestava um tom cinza ao quarto, frio e não muito promissor. Uma gaivota grasnou uma saudação aos padeiros a caminho do trabalho para produzir as primeiras fornadas do dia.

— Então, ela acabou tendo sucesso — comentou Johanna.

— Não. Ela fracassou, e um atirador tentou. Mas Gustav superou a todos — falei. — Ele está vivo.

Johanna colocou a lamparina em cima da mesinha de cabeceira e ficou rígida, as mãos juntas.

— Ela vai tentar de novo.

— Estive no leito de convalescença de Gustav esta noite, Johanna. Havia uma multidão de admiradores e amigos. Ela não ousaria.

— Sou protegida dela. Sei muito bem o que ela ousaria. — Ela baixou os olhos, sacudindo a cabeça, e então voltou a olhar para mim. — Eu também vou tentar de novo.

— Johanna, abandone essa ideia. Ela não tem como chegar até Gustav, mas tem como chegar até você. — Desuni suas mãos e tomei-as entre as minhas. — Fique aqui escondida até Hinken zarpar.

— E para onde você vai? — perguntou ela. — Você acha realmente que consegue fugir da teia dela?

Por um momento, não respondi. Jamais havia pensado em ir a parte alguma.

— Sou um homem da Cidade — disse, por fim. — Não existe nenhum outro lugar.

As mãos dela deslizaram das minhas e eu as senti cálidas em meu rosto, as palmas macias sobre a minha barba por fazer.

— Existe o mundo, Emil. — E no beijo que ela me deu havia um vislumbre disso.

## *Capítulo Sessenta e Oito*

### RECEBENDO OS VIVOS E OS MORTOS

*Fontes: E.L., capitão H., M.F.L., L. Nordén, M. Nordén, sra. S., sra. Lind, Brita Ruiva, diversas pessoas no velório e vizinhos*

CHEGUEI BEM ANTES da hora combinada e me sentei nos fundos de O Porco, que estava quase vazio. Quando Hinken entrou, eu me levantei com tanta rapidez que o banquinho tombou para trás.

— Acalme-se, Emil. Sua encomenda está bem segura — falou Hinken baixinho, endireitando o banquinho e sentando-se a meu lado. — Você poderia ter me dito que ele na verdade era ela.

O estalajadeiro apareceu, pedimos cerveja e o prato do dia. Quando o homem ficou a uma distância segura, Hinken curvou-se sobre a mesa e disse:

— Está tendo uma boa retribuição do favor que me fez, *sekretaire*. Incluirei os custos adicionais que fui obrigado a despender. Gosto da menina. — Ele riu ao ver o olhar pesaroso em meu rosto. As canecas de cerveja chegaram e também enguias fumegantes no molho de limão, com pães pretos para limpar as tigelas.

— Preciso vê-la — falei.

— Ela contou-me sobre o apuro em que se encontrava. E do seu. — Ele levantou o copo para mim. — Fique afastado da rua Baggens; você provavelmente está sendo vigiado. — Afirmei com ardor que isso parecia improvável: a Cidade estava concentrada apenas em Gustav. Hinken balançou a cabeça diante da minha ingenuidade. — *Sekretaire*, minha vida é um constante jogo de caça, captura e fuga. Conheço bem as regras. — Sua experiência jogou pelos ares minhas conjecturas. — Fique de olho em suas cartas que eu fico de olho nas mercadorias. — Ele garfou um grande naco branco de enguia, enfiando-o na boca. — E recomece o jogo. Isso afastará a sua mente da srta. Bloom.

ACEITEI SEU CONSELHO, por mais doloroso que fosse, e me mantive afastado da casa laranja. Aquela noite, joguei cartas na casa da sra. Sparrow, e na manhã seguinte voltei à minha vigília em Castleback, do lado de fora do palácio. A cena havia assumido um ar cautelosamente festivo, à medida que as notícias do leito de convalescença indicavam que Gustav estava melhorando. Vendedores de rua assavam castanhas e grelhavam espetinhos de carne em braseiros, enquanto ambulantes de quinquilharias deixaram o cais para fazer animados negócios, vendendo flâmulas com as três coroas e retratos do rei. Guardas uniformizados posicionavam-se à medida que carruagens passavam pelo pátio externo, proteção para a nobreza em seu interior. Desde o tiro, haviam ocorrido diversos atos de violência contra a aristocracia. Os cidadãos colocavam a culpa do tiro na Casa dos Nobres.

Jamais voltei a estar próximo do leito real depois do dia 16, mas aqueles que entravam e saíam eram generosos em seus relatos: visitantes extravagantemente vestidos apareciam carregando presentes extravagantes; inimigos de longa data vinham em busca de reconciliação e saíam com lágrimas nos olhos diante da insensatez que os havia guiado no passado; os três melhores cirurgiões da Suécia permaneciam de prontidão a qualquer hora do dia ou da noite; a bala não havia sido extraída, mas Gustav estava alerta; Gustav estava sentado numa poltrona e sentia-se muito melhor; Gustav ria com o embaixador russo; Gustav comia um jantar revigorante, seguido de sorvetes como sobremesa; o duque Karl era um visitante constante, mas a rainha raramente era vista. Quando perguntei pela Uzanne, ninguém sabia dizer.

A temperatura tornava-se mais suave agora, uma dádiva para aqueles que permaneciam de vigília. Foi num dia ensolarado, de vento forte, que Mestre Fredrik correu até onde eu estava, sua aparência absolutamente inquieta.

— Será possível que não tenha ouvido a notícia?

Olhei ao redor, mas a multidão parecia calma.

— O que houve? — perguntei. — A bala foi retirada?

— Não, Emil, trata-se de Christian Nordén. Ele faleceu. — Precisei de alguns instantes para digerir aquela dura notícia e, então, meus joelhos fraquejaram. Mestre Fredrik segurou o meu braço e me puxou para cima. Caminhamos juntos até a relativa privacidade da vasta colunata. — A srta. Plomgren afirma que Christian desmaiou na noite do baile de máscaras, atordoado diante da possibilidade de ser duramente interrogado após o tiro. Ou pelo choque, quem sabe, do brutal atentado à vida do rei.

— Esses golpes não são fatais, Mestre Fredrik — ponderei, agradecido por ter como me apoiar em seu braço, lamentando profundamente ter sido tão negligente com o inquieto Christian.

Mestre Fredrik saiu do sol e baixou a voz:

— A srta. Plomgren afirma estar abalada pela perda, e incapaz de lembrar detalhes específicos. — Ele fez uma pausa, a testa franzida de preocupação. — Dizem que foi como se ele tivesse adormecido e não acordasse mais.

Aquela sentença não me passou despercebida.

— A Uzanne — sussurrei.

— Confesso ter chegado a uma conclusão similar. — Mestre Fredrik parou e olhou para algo esmagado sobre os paralelepípedos. — Sinto-me em parte responsável pelo ocorrido.

— Todos somos — respondi.

— Sabia que a srta. Plomgren é agora a sra. Nordén? — contou. Balancei a cabeça, os olhos arregalados. — Ela assumirá o comando do ateliê Nordén, junto com o novo marido, Lars. Ela promete que a loja prosperará. — Mestre Fredrik abaixou-se e pegou uma luva feminina pisada. — Mas temo que isso se dará de acordo com premissas dificilmente adequadas à viúva e ao filho que espera.

Margot.

AS JANELAS DO ateliê Nordén estavam cobertas por tecido preto, uma única vela iluminando a exposição de leques pretos. Vizinhos aglomeravam-se em grupos do lado de fora, sussurrando. Uma grinalda de buxo fora pendurada na porta, mas Margot recusara os galhos de pinheiro cortados que Anna Maria sugerira, chamando de prática bárbara. A sala de frente estava desprovida de toda sua elegância e charme, o caixão de pinho repousando em cima de duas escrivaninhas finas. Meia dúzia de pessoas presentes ao velório sentavam-se em cadeiras douradas de orquestra, tomadas emprestadas da Ópera, cortesia da família Plomgren. Margot parecia ter encolhido em tamanho e perdido toda a cor, apesar de sua avançada gravidez. O sr. Plomgren olhava para a filha, com indisfarçada felicidade no rosto. O olhar de mamãe Plomgren fazia um inventário da sala, os pés batendo incessantemente. Mestre Fredrik bebericava seu café com a sra. Lind, enquanto a vizinha, Brita Ruiva, vagava para o interior da sala dos fundos e voltava com um *pretzel* de açafrão. Anna Maria, de véu e os olhos cheios de lágrimas, grudava-se ao irmão pesaroso, Lars. Mas então ela ergueu a cabeça e olhou para mim, e eu li o pânico por trás da rede preta de seu chapéu.

Margot era católica, e Christian luterano, de modo que nenhum padre ou ministro de qualquer das duas Igrejas faria oração alguma. Mestre Fredrik concordou em ler o Salmo 23, e os homens seguiram o carro fúnebre até a represa. Não atravessamos até o bairro sul, mas retornamos para o almoço do funeral; o solo, apenas começando a amaciar, não estava preparado para receber o caixão, de modo que ele seria colocado junto com os outros mortos do inverno, esperando pela primavera.

Só depois que a maior parte das pessoas foi embora, consegui finalmente me sentar ao lado de Margot. Ela mirava um ponto distante e invisível, sacudindo a cabeça.

— Acabado. Tudo acabado. Meu marido. Nossa loja. Meu país. Meu novo rei. Meu futuro. Só tenho de pensar em meu filho, e não sei o que pensar — disse ela. Eu não tinha palavras, de maneira que me sentei a seu lado em silêncio. Olhei para os pés de Margot, cruzados na altura dos tornozelos; seus sapatos estavam polidos e limpos, as pontas viradas e apontadas para cima. Eu podia ver que os saltos haviam sido reparados e recebido recentemente uma camada de tinta azul. Não eram sapatos de uma mulher que se pudesse deixar sozinha. Por fim, ela voltou o foco para a sala e disse: — Perdi todo e qualquer contato com este lugar.

Curvei-me e pude sentir o cheiro de verbena de limão que era a marca registrada do ateliê. Olhei para seu rosto, desgastado e pálido, os lábios com uma linha vermelho-escura, rachados e mordidos, o vinco entre as sobrancelhas profundo e denotando preocupação. Prendi a respiração e tomei-lhe a mão, virando a palma para cima e traçando uma linha com o dedo.

— Existe um contato entre nós dois, Margot. Você faz parte dos meus oito. — Ela me olhou fixamente, perplexa. — Eu a ajudarei. Isso é tudo o que você precisa saber por enquanto.

Ela me olhou com o mais tênue dos sorrisos e virou a cabeça para entrelaçar os dedos nos meus.

— Obrigada, Emil, vou precisar de amigos.

*Capítulo Sessenta e Nove*

## LARANJAS DE SANGUE

*Fontes: E.L., dr. Af Acrel, convidados da sala dos doentes, capitão Jo.C\*\*\**

NO DIA SEGUINTE, voltei a vigiar o palácio. Lá encontrei o superior, que compartilhava a minha afeição por Gustav e minha aparência desleixada; nenhum dos dois dormira bem desde o ataque ou se preocupara com a arrumação pessoal. Nossos dias foram dedicados a vigiar e a nos preocuparmos. As noites dele eram dedicadas às orações. As minhas noites eram dedicadas às cartas e às longas caminhadas pela rua do Homem Preto até a esquina com a Baggens, onde eu me curvava para dar uma olhadinha na casa laranja. O superior e eu compartilhávamos as últimas notícias do leito de convalescença de Gustav quando eu a vi na extremidade da colunata. Na verdade, o que percebi em primeiro lugar foi a cesta, cheia de frutas, brilhante em contraste com a multidão acinzentada. A cesta era carregada por uma jovem de talvez 7 anos de idade, com cabelos tão louros que eram quase brancos, vestida com um casaco de veludo da cor da madrugada. A criança carregava sua cesta como se ela contivesse as joias da Coroa, seu rosto uma mistura de orgulho e temor. Alguém estava mandando um tesouro de laranjas espanholas vermelho-sangue para o rei ferido. Era a Uzanne.

A multidão abriu caminho para a criança. A Uzanne seguia atrás, um leque cinza com enfeites de prata fechado em uma das mãos, a outra esticada logo acima do ombro da menina, sem tocá-lo, como se a estivesse orientando para que avançasse por simples magnetismo. A Uzanne também tinha um sorriso radiante. Eu a chamei e acotovelei-me multidão adentro para confrontá-la, para arrancar as laranjas daquela cesta e impedi-la de entrar, mas notando a minha aparência desleixada e os meus selvagens olhos vermelhos, os guardas me mantiveram afastado. Chamei novamente a Uzanne e ela virou a cabeça. Seu olhar de irritação mal podia ser disfarçado.

— *Sekretaire?* — disse ela.

— *Sekretaire* Larsson, madame. Nós nos conhecemos em uma de suas palestras.

Seus olhos arregalaram-se ligeiramente.

— O senhor está... bem?

— Fui salvo, madame, salvo por... — parei antes de dizer o nome de Johanna ou de lançar uma acusação que eu não poderia jamais provar. As pessoas ao meu redor agora estavam quietas, escutando. — Acredito que fui salvo por sua generosidade. Quis agradecer-lhe pessoalmente, mas minha convalescença foi longa e o contágio era mortal.

Ela virou-se para me encarar, dando dois passos em minha direção. A criança loura foi deixada sozinha com a cesta de frutas.

— Quer dizer então que o senhor achou os remédios benéficos?

— O que eu consegui engolir. A outra garrafa quebrou, o que... foi uma pena... Sua menina prometeu um descanso incomparável... — Sacudi a cabeça com tristeza debochada. — Tenho certeza de que ela devolveu seu leque. Estou certo? Tinha esperanças de ter eu mesmo o prazer de fazê-lo.

A Uzanne curvou-se para a frente.

— Acho que nos encontramos mais de uma vez.

— Sou frequentemente confundido com outras pessoas — retruquei, avançando em meio à multidão para me aproximar.

— Isso pode ser útil. — A Uzanne levantou o leque, como se para abri-lo, mas deteve-se. — O senhor já esteve a meu serviço antes, *sekretaire*. Talvez, quando tudo isso estiver terminado, o senhor me auxilie mais uma vez. Uma outra coisa minha desapareceu.

— Quando o que exatamente estiver terminado? — perguntei, avançando em sua direção. Um guarda agarrou o meu braço e apertou-o até dar a impressão de que o osso se partiria. — Quando o que estiver terminado? Quando a senhora tiver assassinado o rei? — gritei. A Uzanne virou-se e abraçou a criança, acompanhando-a até o interior do palácio. Continuei gritando enquanto elas desapareciam no corredor repleto de gente diante dos aposentos de Gustav. Em seguida, fui expulso do pátio externo com uma desagradável botinada por ter berrado como um lunático.

Esperei até muito depois do escurecer, mas não a vi sair. Quando perguntei a alguns visitantes que haviam estado junto ao leito de convalescença, eles relataram que a Uzanne havia passado pelo menos um quarto de hora com Sua Majestade, exaltando seu amor pela Suécia e refrescando-o com o leque. Ela prometeu ajudá-lo a repousar, um favor que ele necessitava muito naquele período de sofrimento. As testemunhas disseram que ela evocou alguma espécie de magia, já que Sua Majestade não conseguia repousar tão bem em muitos anos.

## *Capítulo Setenta*

## EQUINÓCIO

*Fontes: E.L., sra. S., capitão H.*

OS DIAS QUE se seguiram tornaram-se um borrão. A combinação de medo e expectativas esperançosas causou um constante zumbido em meus ouvidos e um nervoso estremecimento em meus membros. Somente quando segurava uma mão de cartas sentia-me tranquilo. A jogatina na alameda dos Frades Grisalhos fora retomada por completo, e mesmo os Buscadores começavam a aparecer com seus questionamentos. A polícia fora instruída a proteger a sra. Sparrow, sob ordens do governador militar da Cidade, o duque Karl. Ele não esquecera a sibila que vira suas duas coroas, e uma delas estava ao alcance de sua mão.

— Estamos no equinócio da primavera. — Ouvi a voz de Hinken atrás de mim. Era meia-noite, 21 de março. — Vou ficar triste por perder a primeira fura-neve.

— E por quê? — perguntei, distraído por um jogador que parecia ver as minhas cartas antes mesmo de eu jogá-las.

— Estaremos no mar, *sekretaire*. Vim me despedir.

— Trunfo — disse meu nêmese.

Espalhei minhas cartas sobre a mesa, voltadas para cima, e virei-me para Hinken.

— Quando? — indaguei.

— Quando a maré subir. Daqui a cinco horas. — Ele levava um prato com linguado ao molho de vinho branco e mexilhões, e segurando-o à altura do nariz, inalou embevecido. — A última ceia — disse. — Você vai?

Senti o sangue latejando em meus ouvidos e o olhar de esfinge da sra. Sparrow sobre mim, do outro lado do salão. Meu oponente na mesa recolheu minhas moedas e as colocou em sua pilha de conquistas.

— Vai para onde?

— Despedir-se, *sekretaire*. Você cedeu sua cabina, lembre-se disso, e o *Henry* está totalmente lotado. Nossa passageira aparecerá mais tarde, por volta das quatro e meia. — Ele balançou o garfo vazio para mim. — Não tente tampouco aparecer na titia. Ela vai me cortar os colhões se houver problemas.


A PRIMEIRA MANHÃ OFICIAL de primavera mal daria ensejo a arroubos poéticos. A umidade penetrante era visível nas faixas de névoa no ar e a escuridão no leste estava tão densa que fazia com que se duvidasse da existência do sol. Mas tochas crepitavam ao vento cortante e as vozes abafadas dos marinheiros carregavam consigo um tom celebratório, excitadas por se verem finalmente livres das garras do inverno. Havia quatro barcos zarpando, de modo que o cais Skeppsbron estava apinhado com os membros das tripulações acomodando as últimas provisões a bordo. Eu a encontrei perto da proa do *Henry*, sentada próxima a um engradado de galinhas cacarejantes e mirando o mar Salgado. Ela não me abraçou, se levantou, ou mesmo sorriu, mas apertou sua capa cinza ainda com mais firmeza ao corpo.

— Por que está sentada com os bichos, Johanna? Há um abrigo aquecido aqui perto — falei.

— As galinhas são uma boa lembrança do que me tornei e do motivo pelo qual estou partindo. — Finalmente, ela se virou para mim, seu rosto indecifrável. — Ela já o procurou?

Eu lhe contei acerca das laranjas vermelho-sangue, da criança de cabelos quase brancos, do leque cinza-prateado.

— Eu só a vi uma vez, mas ela tem ido lá todos os dias.

— Então, no final, ela terá tudo o que quer — disse Johanna.

— Não. Não terá. — Segurei sua mão pálida, querendo insistir para que ela ficasse, querendo dizer que tinha certeza de que precisávamos apenas encontrar os oito dela; que poderíamos deter a Uzanne e tudo ficaria bem.

Mas eu não tinha mais certeza de coisa alguma, exceto que a Uzanne não poderia ter Johanna Bloom. Minha garganta ficou seca, impedindo-me de falar, e eu tirei do bolso a caixa do leque e pressionei-a contra a sua mão. Johanna abriu-a cuidadosamente, como se alguma víbora pudesse saltar de dentro da caixa. Então, olhou para o leque que repousava sobre o tecido de veludo azul. Ela o abriu, e o branco da seda cintilou à luz da tocha, as borboletas azuis e amarelas animadas pelo jogo de luz e sombra. Então, Johanna o fechou, prega por prega, uma *expertise* que era o resultado de horas de prática, e o colocou dentro da caixa.

— Não, Emil. O Borboleta era para sua noiva. — Ela recolocou a tampa na caixa e a devolveu para mim. — Eu jamais o manteria cativo a uma vida que você não deseja ter. — Dois membros da tripulação vieram pegar as galinhas, deixando um rastro de penas e de penetrantes e histéricos cacarejos. Então, ela me abraçou e a capa cinza caiu-lhe de um dos ombros. Ela estava usando um vestido da cor do céu de junho.

Não há nenhuma outra história desse dia específico.

*Capítulo Setenta e Um*

## UM MOMENTO DE REPOUSO

*Fontes: E.L., guardas e pessoal do palácio*

A VIGÍLIA EM frente ao palácio de Gustav continuou por mais oito dias, mas não voltei a ver a Uzanne; talvez ela tivesse tido permissão para usar uma entrada privativa, já que testemunhas afirmaram que ela estava lá todas as manhãs, atendendo Sua Majestade a pedido do próprio duque Karl. Eu importunava os guardas constantemente, implorando para falar com Gustaf Armfeldt, ou com Elis Schroderheim, ou com algum outro amigo leal de Sua Majestade, para contar-lhes o que sabia: que a Uzanne pretendia causar a morte do rei. Mas era repelido por todos e acusado de dizer loucuras: Gustav ficava comovido de alegria, a ponto de chorar, quando ela voltava para seu lado. Ela sempre trazia algum presente raro: um abacaxi por pouco não provocou tumulto no quarto do convalescente. E ela sempre mantinha o mesmo leque cinza-prateado grudado à sua belíssima mão enluvada.

— Além do mais, *sekretaire* — falou-me um dos guardas —, o assassino já foi pego: um ex-pajem de Sua Majestade, o capitão Jacob Johan Anckarström.

— Como pode Anckarström ser o assassino se Sua Majestade não está morta? — perguntei.

O guarda olhou-me nos olhos.

— Estive no quarto. Não vai demorar muito. — Ele disse que havia muitos que jamais saíam de lá, que dormiam em colchões espalhados pelo chão, não comiam, choravam silenciosamente, sussurravam. Uma tela foi colocada ao redor da cama do rei; em uma mesinha em frente a ela, havia uma lamparina a óleo com um quebra-luz de papel, a única luz permitida no quarto à noite, lançando estranhas sombras e iluminando com luz fantasmagórica as figuras pintadas que assistiam a tudo do teto. Um relógio noturno estava pendurado em uma coluna. O rei perguntava seguidamente as horas. E tossia incessantemente. Seu ferimento começou a putrefazer, e o fedor impregnou o ar.

No dia 29 de março de 1792, Sua Majestade, o rei Gustav III da Suécia, morreu. Suas últimas palavras foram as seguintes:

— Sinto-me sonolento; um momento de repouso me faria muito bem.

*Capítulo Setenta e Dois*

## A MISERICÓRDIA DO REI

*Fontes: E.L., sra. S., correio de Estocolmo, testemunhas da execução, espião da polícia, pastor Roos, L. Gjörwell*

TUDO NA CIDADE definhava à medida que as árvores começavam a desfolhar. Eu caminhava em meio ao início de primavera como um inválido, bem como muitos outros, cujo mundo estava acabando lentamente diante de seus próprios olhos. Era agora possível estudar a calamidade em vez de simplesmente suportá-la e, à medida que os detalhes emergiam, a escuridão triunfava. Somente um dia após a morte do rei Gustav, a investigação do assassinato estava encerrada, por ordem do duque Karl. Dos duzentos nomes que o inspetor-chefe Liljensparre ligara ao assassinato, apenas quarenta foram detidos para interrogatório. Dos quarenta, apenas 14 foram presos e mantidos sob custódia. Aqueles que foram aprisionados viram sua sentença de prisão tornar-se mais uma visita a uma casa de campo, com festas e jantares oferecidos a familiares e amigos. Esses 14 acusados de conspiração deveriam ser submetidos a julgamento e encarariam o patíbulo depois que o homem que dera o tiro fosse publicamente decapitado e desentranhado.

Mas o rei Gustav estendeu sua lendária clemência até mesmo do túmulo. O duque Karl afirmou que fizera um juramento sagrado diante da insistência de seu moribundo irmão Gustav: ninguém além de Jakob Anckarström deveria ser executado pelo crime. Surpreendentemente, ninguém no apinhado leito de morte do rei ouvira esse misericordioso decreto, exceto o duque Karl. Treze dos conspiradores acusados foram mandados para o exílio; o décimo quarto, general Pechlin, foi condenado à pena perpétua na prisão Varberg, onde o duque Karl poderia mantê-lo em segurança.

O sangrento espetáculo público representado pela morte de Jakob Anckarström teve lugar em Skanstull, num belo dia do final de abril – dia 27 para ser exato. Eu não assisti, mas ouvi os detalhes na casa da sra. Sparrow, onde passei aquele dia e grande parte da noite. O assassino foi decapitado e sua mão direita cortada, então o corpo foi deixado até que o sangue escorresse. Sua cabeça e mão foram pregadas no alto de um poste, nas proximidades do patíbulo. Seu corpo foi desentranhado e esquartejado, preso a uma roda, e seus restos deixados apodrecer.

Em um mês, os ossos não tinham mais nenhum resquício de carne. O filho de 13 anos de idade de Gustav foi colocado no trono, e o duque Karl declarado regente. Os Realistas foram sistematicamente exilados ou desonrados. Os Patriotas e a aristocracia retornaram ao poder, e a Uzanne preparou-se para se tornar, finalmente, a Primeira Amante.

## Capítulo Setenta e Três

# PÓ E CORRUPÇÃO

*Fontes: Louisa G., nova cozinheira*

APESAR DA ÂNSIA por estar presente na tribuna atrás do duque Karl, a Uzanne "retirou-se" para Gullenborg durante o julgamento e a execução de Anckarström. Ela planejava manter distância e esperar pela dança política, sempre áspera e desajeitada depois de um evento como aquele, para entrar num ritmo que lhe era familiar. A Uzanne esperou ser chamada a comparecer ao palácio, mas o duque Karl jamais a convocou. Ninguém a convocou. Numa noite chuvosa de maio, pouco antes da quinta-feira da Ascensão, a Uzanne estava sentada em seu silencioso estúdio em Gullenborg mirando o único estojo de vidro que permanecia vazio. Olhar para aquele ponto vazio ainda a deixava com raiva; era a única coisa que ela agora sentia além da ocasional necessidade de comer e dormir. O relógio em cima da lareira badalou sete horas por sobre um leve bater na porta.

– O que é? – perguntou ela, com voz alta e estridente.

A nova cozinheira mordeu o lábio, ainda insegura de seu lugar em Gullenborg.

– Uma ceia quente seria reconfortante, madame, e o jovem cavalariço trouxe-me dois coelhos gordos alguns dias atrás. Eles estão bem pendurados e vão dar um saboroso ragu. – A nova cozinheira respirou bem fundo e continuou: – Se a senhora me permite, madame, a senhora está magra demais.

– Você está certa, cozinheira – retrucou a Uzanne, vendo seu reflexo no vidro escuro da janela. – E como soube que eu gostava de coelho?

— É meu trabalho saber, madame. — A nova cozinheira fez uma mesura, emocionada com aquela troca de palavras, e correu escada abaixo em direção à cozinha. — Hoje é o dia em que finalmente enterraremos a Velha Cozinheira — disse ela para os coelhos esfolados, pendurados nos ganchos na despensa. — O que foi mesmo que aquele cavalheiro disse que ela mais gostava, meninos? Tirinhas de cenoura finas, como palitos de fósforo. Cebolas peroladas, mas não tantas a ponto de serem excessivas. Um molho denso com alecrim e um pouco de vinho Borgonha. E onde está isso tudo agora? — murmurou, olhando em meio às latas e jarras. A nova cozinheira pegou o banquinho da fornalha e subiu nele, alcançando a parte dos fundos da prateleira mais alta até que sua mão sentiu a curvatura fria e lisa de uma lata encostada à parede. Ela desatarraxou a tampa e enfiou um dedo, levando-o até a pontinha da língua rosada, sem provar o conteúdo. — Aqui está! Exatamente como o *sekretaire* disse: a madame gosta imensamente de um determinado cogumelo seco moído até ficar um pozinho bem fino. Perfeito para um rei, ele disse.

Os dois coelhos foram transformados no mais suculento dos pratos, pedaços tenros banhados em molho rico e escuro. A Uzanne solicitou uma segunda porção, um elogio quase inédito.

— Era exatamente o que eu estava esperando — disse a Uzanne, baixando a faca.

— Estou aprendendo os segredos da velha cozinheira, madame. — A nova cozinheira enrubesceu de prazer. — Achei o pó de cogumelo seco numa prateleira bem no alto, exatamente como me contaram.

Os olhos da Uzanne estavam fechados e seu rosto imóvel, mas ela agarrou a borda da escrivaninha como se estivesse caindo de um penhasco.

— Quem contou?

— Um *sekretaire*. Ele disse que a senhora lhe havia dito que sentia falta de algo e queria a ajuda dele para encontrar. — A nova cozinheira tremia de entusiasmo diante de seu êxito. — A madame vai querer algo doce agora?

— Não, cozinheira — respondeu a Uzanne, virando-se para o estojo vazio na parede. — Estou me sentindo um pouco sonolenta e um momento de repouso me faria bem.

## *Capítulo Setenta e Quatro*

## ESTOCOLMO, DEPOIS

*Fontes: E.L., diversas*

ASSIM TERMINOU A era gustavina, e uma outra era – a minha era – começou. Passei muito tempo, no ano seguinte ao assassinato, examinando as vidas de meus oito. Pescando informações em salões de jogos, cozinhas, lojas, tavernas, herdades, arquivos, igrejas e escritórios governamentais. Reuni, remendei e ornamentei as vidas de meu Octavo, formando um traje que eu vestia quando sentia que a minha vida era inconsequente, o que teria sido, sem a estrutura dos outros.

Além da sra. Sparrow, inspirada visionária e vigarista ocasional, meu Octavo consistia de uma dama da aristocracia, uma menina do campo que usava apenas roupas cinza, um calígrafo, um contrabandista, um almofadinha, uma megera e um artesão de leques com uma esposa francesa. Alguns desses números tinham laços no comércio, alguns tinham contatos mais íntimos, para outros a conexão era do tipo mais superficial – um nome que tinham ouvido, um rosto na multidão. No entanto, todos eles, por fim, estavam ligados através de mim e para mim, e acarretaram o meu renascimento.

### A COMPANHEIRA
#### *Kristina Elizabet Louisa Uzanne*

– Na Igreja de Jakob – disse Louisa, pegando mais um *petit fours* da bandeja –, e ela tem sorte de contar com um pedaço de terra, já que o lugar é tão popular. – Ela enfiou o doce lilás e branco na boca, continuando a falar: – É um cemitério muito bom; o solo fica coberto rapidamente e os ossos dela descansarão próximos aos melhores de todos. Diversos bispos esperam ali a ressurreição. – Louisa limpou a garganta e deu um gole ruidoso em seu chá. – O duque Karl mandou uma coroa muito bonita; não grandiosa, porém adequada. Incapaz de assistir à cerimônia, disse ele. Membros da corte tampouco. Mas a irmã dela compareceu, vinda lá da Pomerânia. E um primo da Finlândia. Eles não podiam estar mais felizes.

Estávamos sentados numa pequena sala em Gullenborg, o único cômodo do andar de baixo que não estava sendo reformado. Os novos proprietários da casa estavam ausentes, e Louisa tirou ampla vantagem do fato, mandando a nova cozinheira enviar um lauto chá assim que eu cheguei.

– E para onde você vai agora? – perguntei, limpando as migalhas que ela cuspira na minha direção.

– Para onde eu vou? – Ela esfregou a boca com um guardanapo de linho engomado, deliciada. – Para lugar nenhum, *sekretaire*. A irmã vendeu o lugar, com móveis e tudo; fui contratada pela nova ama. Ela acabou de casar, é doce e gorducha como um bolo de mel. E também tão plebeia quanto. Seu pai é mercador de vinho, mas ela agarrou um lorde finlandês em Abo e quis muito ter Gullenborg para si. Aparentemente, ela passou algum tempo aqui, treinando com a madame. – Louisa suspirou e mordeu o lábio. – Eu fingi me lembrar dela, mas muitas meninas passaram por aqui. O estranho foi que Lady Carlotta destruiu o estúdio e vendeu todos os leques para um homem de São Petersburgo. – Ela deu uma piscadela para mim do jeito mais sinistro possível. – Dizem que para a imperatriz Catarina, a Grande.

A PRISIONEIRA

## *Johanna Bloom*

A carta estava diante de mim em cima da mesa de pinho de O Porco, dobrada com uma face branca e selada com cera azul, sem timbre. Hinken virou-se para o outro lado, como se estivesse respeitando a privacidade de uma reunião física. Forcei a mim mesmo a me mover lentamente, tocando o papel e colocando-o na altura do rosto, cheirando a cera queimada e sentindo a borda picotada pinicar meu lábio superior. Beijei a frente da carta, com meu nome na caligrafia dela e deslizei o dedo indicador por baixo da aba para quebrar o selo. O papel macio cedeu e sua aba abriu-se para mostrar uma letra nítida e arredondada em seu interior.

Johanna afirmava estar bem e descrevia Charleston como uma cidade de beleza inenarrável, de cidadãos simpáticos e encantadores. Mas a carta era como a face de um leque, escondendo o rosto humano atrás. Esse rosto eu conseguia decifrar.

— Ela está infeliz — falei, olhando para Hinken. — Ela diz que não consegue tolerar o comércio.

Ele notou meu olhar confuso.

— O comércio de escravos, *sekretaire*. Ela falou em seguir para o norte.

Havia, na boca de meu estômago, uma crisálida que deu um leve tapinha na parede do casulo. Dobrei a carta novamente e a coloquei no bolso da jaqueta.

— A Cidade fica no norte — falei.

O PROFESSOR

*Mestre Fredrik Lind*

— A Casa Lind, na praça do Mercador, não parece ter sofrido nenhuma mudança por causa do evento — eu disse a Mestre Fredrik.

Ele ergueu os olhos da escrivaninha, a pena parada no ar.

— Você se importaria de não falar comigo até que eu termine essa linha? — Naquele dia, ele estava vestido como um oficial militar; mantivera seu posto de calígrafo preeminente na Cidade, servindo como a mão de cada cidadão digno de nota, salvo os do círculo íntimo do duque Karl. Quando terminou, Mestre Fredrik limpou o bico e desceu de seu banquinho.

— Tudo mudou — disse simplesmente. Isso incluía seu exagerado vocabulário e o constante uso de luvas, que desapareceram um dia após o assassinato; ele proclamou que sua própria pele era boa o suficiente e estava precisando ser arejada depois de tantos anos coberta. — Mas agora tenho uma surpresa para você! — exclamou. — Tenho estudado o Octavo. — Fredrik tirou diversos rolos de papel de um cubículo em sua escrivaninha e levou-os até uma mesa próxima à janela, onde a luz achatada do norte entrava melhor. – O trabalho de Nordén e Sparrow me abriu um novo mundo; tinta em papel é como eu o mapeio. – Ele desenrolou um dos papéis e achatou-o com as mãos.

"Se escolhermos olhar para os padrões, então os oito podem ser considerados um mecanismo interligado, assim. E nós podemos expandi-lo, como o fez a sra. Sparrow.

"Esse padrão do Octavo expande-se indefinidamente para fora, como um piso de ladrilhos num salão interminável. Comecei a fazer o tal diagrama, Emil, começando com o seu Octavo de Estocolmo. E como o evento central já ocorreu e ondulou para fora daqui, tomei a liberdade de acrescentar nomes. Talvez você possa me ajudar a preenchê-lo ainda mais."

– A sra. Sparrow devia participar, Mestre Fredrik – disse. – Trata-se, de fato, de uma invenção dela.

Nós, então, levamos o diagrama para a alameda dos Frades Grisalhos e pedimos para vê-la no salão superior.

– Sra. Sparrow – chamou Mestre Fredrik, desenrolando o papel com um floreio extravagante –, a senhora revelou uma chave do Mestre Construtor. Tivesse a senhora nascido homem, seria chamada de Grande Mestre da Loja Maçônica.

A sra. Sparrow chorou quando viu aquilo e disse que a Cifra Eterna estava mais real do que nunca para ela; por fim, o alcance do Octavo havia sido mapeado em papel para que qualquer pessoa visse e compreendesse.

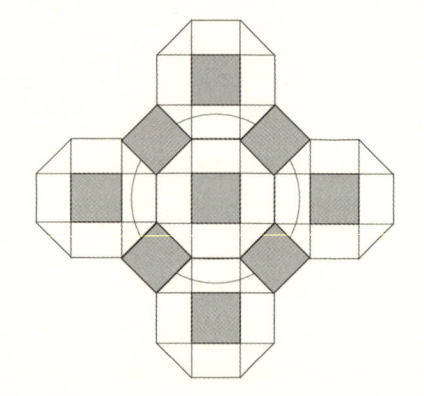

O MENSAGEIRO

## *Capitão Hinken*

— A América é um continente escuro, *sekretaire* — disse Hinken, acenando para a criada. — No entanto, bastante interessante de se visitar. E lucrativo! — Ele deu um assovio longo e baixo. — Há excelentes fortunas a serem feitas por lá. Excelentes fortunas. Levei para a Dinamarca uma encomenda de tabaco da Virgínia e fiz em três meses o que faria em nove, trabalhando duro no Báltico. Vou zarpar novamente essa primavera. Há um beliche livre.

Eu brincava com um prato de feijões marrons, e ele esperava que eu saltasse a bordo. Mas a tempestade de outono gritou em meio às rachaduras da janela, e eu não consegui imaginar uma viagem de oceano tão árdua e com um porto tão incerto.

O TAGARELA E A VIGARISTA

## *Lars Nordén e Anna Maria Plomgren Nordén*

— Eu gostava muito, muito, muito, muito dela — confessou-me Lars numa noite de bebedeira no Pavão. Ele não estava preparado para ir para casa, muito embora a taverna estivesse fechando as portas e ele logo, logo fosse estar na rua, sob a chuva, de traseiro no chão. — A srta. Bloooooom. — Nesse momento, ele já estava quase caindo da cadeira. — Uma flor simples, mas ainda assim uma flor, não é? Ao que parece, ela ainda tinha a flor dela.

Se ele não estivesse num estado tão patético, talvez eu pudesse ter feito mais do que levantá-lo com força excessiva.

— Mas você ganhou a mão daquele adorável docinho — falei. — Metade dos homens da Cidade faria uma viagem de ida e volta até Kiruna por um simples olhar dela.

Ele reclamou e golpeou o ar esfumaçado com uma das mãos.

— Tenho uma mesa inteira de doces podres. A mãe e o pai dela se mudaram para a nossa casa e trabalham na loja, agora que a Casa de Ópera está escura metade do tempo.

— Você ainda está fazendo leques?

— Não, não. Bem, não *Leques* com a porra de uma letra *L* afrescalhada. Vendemos diversos leques baratos, feitos na Inglaterra, que enfeitamos com renda e penas. E fazemos um bom comércio com quinquilharias, xales, fitas e badulaques. Os docinhos não querem que a loja seja francesa demais. – Ele curvou-se sobre mim. – Você conhece alguém que compraria a fachada? Vamos arrancá-la semana que vem.

A tristeza que senti diante daquele *finale* foi grande demais, e eu me levantei para ir embora.

— Lars – disse, puxando o casaco –, Anna Maria ainda está de posse do leque cinza-prateado? Aquele que ela levou para o baile de máscaras.

— Nãããão, ela vendeu esse e todos os outros leques que conseguiu pegar. Por uma fortuna, sr. Larsson. Lembranças do assassinato – disse, orgulhosamente. Então, tentou concentrar-se mais claramente em meu rosto. – Você estava lá? Eu não o vi.

O PRÊMIO

## *Christian Nordén/Margot Nordén*

Margot e seu filho recém-nascido mudaram-se para o último andar do número 35 da alameda dos Frades Grisalhos com o baú da sra. Sparrow cheio de dinheiro a tiracolo. A sra. Sparrow provou-se uma esplêndida tia e mimou-os como se eles fossem de sua família.

— A sala de cima está viva, finalmente animada com o tipo mais perfeito de espírito – entusiasmou-se a sra. Sparrow, embora batesse no teto com a vassoura quando o choro do bebê ficava alto demais para seus buscadores. Eu visitava os Nordén com frequência e tentava ser o que jamais fora em minha vida antes do Octavo: um amigo consistente e atencioso.

Na véspera do Dia de Todos os Santos de 1792, apareci para um jantar cujo prato principal era pato assado com ameixas e batatas crocantes. Bebemos grande parte de uma garrafa de Sancerre e conversamos sobre as notícias da França. Era como se as ondas de choque em função do assassinato de Gustav tivessem tomado o rumo sul e aportado na França com tamanha força que a civilização fora solapada naquele país, ao passo que a Suécia permanecia calma. Havia histórias bizarras e empapadas de sangue envolvendo pessoas que saíam do teatro e tropeçavam em pedaços de corpos espalhados pela rua. O Massacre de Setembro, o rei e a rainha humilhados na torre do Templo – seu filho pequeno recebendo ensinamentos no sentido de ultrajar os pais e chamar a mãe de puta, a dança lunática de "La Carmagnole", as cabeças cortadas desfilando pelas ruas em estacas de madeira, o novo instrumento para uma execução eficiente: *La Guillotine*. O rei Luís XVI seria julgado.

– Estou muito feliz por você estar aqui e não lá – admiti.

– Obrigada, Emil. Também estou feliz por estar aqui – disse Margot. – Berrei e chorei contra a ideia de voltar para a Cidade. Eu não queria ser salva se não pudesse viver em Paris. Mas o que eu sabia do amor naquela época?

– Amor – ecoei. Contei a Margot sobre minha admiração por Christian, e sobre como ele fora o Prêmio de meu Octavo, dando-me o conhecimento da Geometria Divina e a oportunidade de observar o que significava ser um artista. – Ele me mostrou o que significa amar os mais ínfimos detalhes. E o que significa amar uma mulher.

Ela franziu o cenho e fez aquele maravilhoso beicinho.

– Mas você possui as mesmas qualidades, Emil. Falta apenas misturá-las com atenção. – Ela baixou um pouco a cabeça, mas agora estava sorrindo. – Eu me refiro à atenção de alguém que o ama.

A sala estava silenciosa, mas ouvi o sangue batendo em meus ouvidos e minhas mãos ficaram úmidas e quentes à medida que eu as juntava com sofreguidão. Pensara muitas vezes como Margot se viraria sozinha e a imaginava de um modo que não ousava dizer.

– Talvez você... – comecei, virando o corpo em sua direção. – Talvez *nós* formássemos um...

Ela olhou para mim, olhos azuis e nariz afilado por sobre um malicioso sorriso. Mas quando ela viu o meu rosto, seu sorriso evanesceu.

– *Non, non, non.* – Ela sacudiu a cabeça e grudou as mãos no colo, fechando bem os olhos. Então, seu sorriso retornou, mas temperado com tristeza dessa vez. – Você é muito gentil, Emil, cavalheiresco e generoso. Mas a peça que falta em seu coração não sou eu. Nós somos amigos. Farei tudo o que estiver a meu alcance para ajudá-lo a encontrar um meio de chegar até ela.

A CHAVE
## Sra. Sparrow

— Sempre serei o pássaro do rei – disse ela –, e você o valete. — Isso foi perto do fim de março de 1793. Estávamos sentados na sala de cima jogando piquete, nosso novo jogo favorito. O caixilho da janela estava aberto ao ar noturno, levando para dentro do recinto o aroma de jacintos. A sra. Sparrow vestia o traje matutino que usava no dia 16 de cada mês, permanecendo com ele até o dia 20.

— Um valete desgarrado — falei, embaralhando as cartas —, utilizado como trunfo por uma rainha traiçoeira.

— Mas pense em como a vida poderia ser bem pior, caso a Uzanne tivesse tido êxito no baile de máscaras. Ou o que poderia ter acontecido se ela tivesse permanecido viva. Você, por um lado, não teria vida. O duque Karl teria uma ambiciosa e maléfica conselheira e, muito possivelmente, um herdeiro. — Ela tirou o cachimbo da boca e apontou-o para mim. — Você desempenhou um grande serviço para a nação.

Olhei fixamente para ela.

— O que exatamente a senhora quer dizer com isso? — Eu não comentara com ninguém as instruções que dera à nova cozinheira.

Ela levantou uma carta com a face perfeita.

— Quero dizer exatamente o que disse.

— Mas por acaso isso importa agora? Gustav foi-se — retruquei, entristecido.

— Sim. Isso importa. Ele colocou várias coisas em movimento que não podem ser interrompidas. — Ela juntou as mãos e fechou os olhos. — Ainda vejo Gustav como um jovem príncipe em Paris, prestes a pisar no palco do mundo, cheio de vida, charme e intelecto. Oh, o que ele ainda poderia ter feito. E Luís XVI também está perdido.

— Um terrível começo para esse novo ano — falei.

A sra. Sparrow suspirou.

— Dizem que as ruas de Paris estavam em completo silêncio quando a carreta o conduziu à guilhotina. Era como se as pessoas soubessem que haviam escolhido a insanidade e que sua escolha traria uma forma de governar diferente que fora colocada em prática por aquele suave e adorável rei.

— Como o que vimos também aqui na Cidade, sra. Sparrow. — Logo depois da morte do rei Gustav, Estocolmo perdera muito de seu charme e estava mergulhando numa espécie de mal-estar provinciano. O novo governo, sob a tutela do regente, duque Karl, inclinava-se muito mais na direção da guerra do que da arte. Karl descobrira um novo conselheiro ainda mais sombrio no místico barão Reuterholm. O filho de Gustav, o rei Gustav Adolf, era uma criança estranha e instável, desprovida do intelecto e do charme de seu pai. — Poderíamos ter um rei francês aqui — disse, apenas parcialmente a título de galhofa, finalmente pegando as minhas cartas.

Ela deixou as cartas em cima da mesa com as faces voltadas para baixo.

— Devo lhe contar algo. Uma visão.

— Não, por favor, não, sra. Sparrow.

— Essa visão era para mim, embora possa ser, na realidade, para muita gente. — Ela deu uma cachimbada e o cheiro de tabaco curado em maçã impregnou a sala. — Na noite anterior ao término do Parlamento, em Gefle, Gustav abraçou-me como sua amiga mais dileta e enviou uma mensagem a Von Fersen para que ele fizesse aquela corajosa tentativa de resgate em Paris. — Ela absorveu uma boa quantidade de fumaça e soltou um perfeito "O". — Foi então que ela veio, a visão de um escudo da cor de uma noite de verão, quando o domo do céu é quase violeta e desaparece em direção a um horizonte de um azul mais leve. No escudo, havia as três coroas e as três *fleur-de-lis*, os símbolos da Suécia e da França. Elas se dissolveram juntas e desapareceram, deixando uma paz branca e vazia, como a manhã após uma tempestade de neve. Eu dormi a noite toda pela primeira vez em meses. A visão não me visitou mais desde então.

— O que isso significa? — perguntei.

— Significa que o Octavo estende-se muito além do que imaginávamos. Um rei francês virá — sussurrou ela.

O BUSCADOR

*Emil Larsson*

Diversas mãos depois, eu havia perdido uma grande soma de dinheiro e me levantei para tomar um pouco de ar junto à janela. A alameda dos Frades Grisalhos estava quieta e uma leve chuva sibilava em meio à escuridão.

– Sra. Sparrow, o que aconteceu com o Cassiopeia?
– Você o quer? – perguntou a sra. Sparrow.
Eu não tinha como saber se ela estava brincando, mas balancei a cabeça.
– Não, já chega de leques para mim; são perigosos demais.
A sra. Sparrow se levantou e foi até o aparador, afastando-o cuidadosamente da parede. Abriu uma fina gaveta escondida embaixo do rebordo e tirou de lá uma caixa de leque azul. Dentro encontrava-se o Cassiopeia. Ela o abriu cuidadosamente, guiando as hastes quebradas, e espiou a cena da mansão vazia já toda desgastada. Ela foi até a janela e entregou-o para mim.
– Duvido que consiga vendê-lo agora – disse. Virei o Cassiopeia com o lado estrelado voltado para cima, traçando a linha do *W* pendurado de cabeça para baixo, abaixo da Estrela do Norte. – Mas não tenho certeza se ele perdeu a magia que antes possuía – acrescentou, estendendo a mão para pegá-lo.
– A era da magia está acabando, sra. Sparrow.
A sra. Sparrow pegou o Cassiopeia e fechou-o lentamente, tomando cuidado com as dobras, alisando as ondulações e os talhos até deixá-lo seguro atrás das proteções de marfim.
– Sinceramente, espero que não. Nós precisamos não só do dia, como também da noite, Emil. Onde estaríamos sem a renovação proporcionada pelo sono, a inspiração dos sonhos, a surpresa do despertar? Eu não gostaria de viver num mundo onde os mágicos foram substituídos por burocratas, cujo único truque é fazer o tempo e o dinheiro desaparecerem. Prefiro o jeito antigo; pelo menos ele nos fornece uma pausa para a imaginação.
– A senhora realmente imaginou que a Uzanne seria detida pela troca de algumas lantejoulas? – perguntei.
– Mas ela *foi* detida, pelo menos por tempo suficiente para que você impulsionasse o evento. Essa é a natureza de tais objetos poderosos.
– Mas eu não detive ninguém! – objetei, batendo com o punho na parede. – O Ocatvo não salvou Gustav e certamente não me salvou.
Ela se sentou à mesa novamente e balançou as cartas como se fossem um leque, num gesto rápido e elegante.
– Talvez o Octavo de Estocolmo tenha uma temporalidade toda própria e o verdadeiro evento no centro se manifeste daqui a anos. Ou talvez o padrão maior do diagrama esteja à sua espera.

— Como assim? — perguntei.

— Você nunca o concluiu. A trilha dourada, Emil. Amor e contatos.

Sentei-me e peguei mais uma mão de cartas. Elas prometiam um excelente jogo, mas eu não conseguia me concentrar, sentindo o calor subir até o meu rosto.

— Amor e contatos? Conheço o amor e tenho contatos, mas o caminho que eles percorrem é traiçoeiro e cheio de tristeza. Perdi muito mais do que ganhei. Perdi tudo.

Ela dobrou as cartas e estudou-me.

— Você ainda é *sekretaire*, ainda ganha dinheiro nas mesas de jogo. A ameaça do casamento foi retirada, agora que o superior mudou-se para o Escritório Lotérico. Você possui amigos e colegas na Cidade e é bem-vindo em muitas casas, como se fosse da família. Ainda é um homem jovem e livre para fazer exatamente o que deseja. O que você perdeu?

Arranjei as cartas, trocando os naipes para combinar, então as coloquei em cima da mesa, com a face voltada para cima, sinal de que eu havia perdido o jogo.

— Perdi a minha trilha — disse.

A sra. Sparrow pensou por um momento, então pôs suas cartas também.

— Você não perdeu sua trilha, você perdeu seu impulso. Ou alguém o roubou de você. — As mãos dela eram rápidas, de modo que eu não percebi quando ela o pegou. Ela caminhou até o canto e abriu o Cassiopeia. Eu me levantei da cadeira e gritei de surpresa e, então, surpreendentemente, pesarosamente, observei a sra. Sparrow abrir o fogareiro e jogar o leque sobre as brasas ardentes. Observamos as proteções de marfim empretecerem e ondularem devido ao calor. Sua face pipocou em fagulhas, que voaram brilhantes com o sopro do ar. A sra. Sparrow esfregou as mãos na saia como se tivesse acabado de realizar um trabalho sujo. — Renascimento é um movimento para a frente — disse ela. — Agora, vá terminá-lo, Emil. Vá.

## Capítulo Último

## O FIM DO SÉCULO

*Fontes: E.L., Hinken*

— ENTÃO, VOCÊ concorda que o século morreu alguns anos antes do prazo? – perguntei.

Hinken assentiu com a cabeça solenemente, os lábios franzidos.

— Eu concordaria: está morto.

Estávamos debruçados sobre uma mesa de tábuas escovadas, com um prato de biscoitos e duas canecas de café puro e doce. Uma vela, irradiando através do vidro grosso e cheio de bolhas de uma lanterna, produzia um retângulo inchado de luz amarela em frente ao rosto de Hinken. As ondas balouçantes e as linhas desconjuntadas eram um alívio das fortes tempestades que havíamos suportado pelo que me parecera uma eternidade. Era a minha primeira visita à cozinha do barco em quase dez dias e eu estava fraco devido à provação, mas feliz por estar entre os vivos.

— Para ser preciso, o certificado de morte teria a data de março de 1792 – acrescentei.

— Talvez na Suécia. Mas tendo em vista a posição dominante da França, eu diria janeiro último. 1793. – Hinken emitiu um som etéreo de assobio, cuja intenção era fazer lembrar uma lâmina afiada cortando o frio do inverno para encontrar o pescoço de Luís XVI. – Ou, então, voltemos a 1789, quando Versalhes foi atacada e a Bastilha tomada. Talvez aquele tenha sido o fim.

Eu me levantei e abri uma fresta na pequena janela, o ar fresco do mar no espaço apertado que cheirava a bacon, suor e piche. Era a primeira vez em dez dias que o cheiro de alguma coisa não me deixava enjoado.

— 1789 foi o *começo* do fim — falei. — Foi o ano em que conheci a sra. Sparrow. Todos os Octavos de todos os assassinos foram colocados em movimento naquele ano. Na época, eu não consegui ver, da mesma maneira que o rei Gustav também não conseguiu ver a bala, ou o rei Luís, a lâmina.

Hinken tomou um gole de café.

— Você me parece apenas parcialmente morto.

— Essa viagem ainda pode acabar comigo — retruquei.

Ele bateu a caneca com força na mesa.

— E se acabar, o que acontece? Você poderia estar verdadeiramente morto a uma hora dessas, ou na prisão, ou sozinho em seus miseráveis aposentos, um burocrata amedrontado e envelhecido, observando a lenta passagem do século moê-lo e também a Cidade, até que ambos virassem pó.

— Eu não tenho nem 30 anos, Hinken — disse.

Hinken bufou, as linhas ao redor de seus olhos vincando mais profundamente seu sorriso.

— Então, você tem algum tempo para terminar esse seu Octavo. — Ele pegou o cachimbo branco de cerâmica e encheu-o, e esse simples gesto fez com que eu sentisse saudades da Cidade e da sra. Sparrow, de Mestre Fredrik e da sra. Lind, de Margot e do bebê, da sra. Murbeck e até mesmo de Lars Nordén. — Se é que tal coisa existe mesmo — acrescentou Hinken.

— Ah, existe, sim — falei, sentindo a brisa entrando através da portinhola. — Se você aprender as cartas e prestar atenção, vai poder ver a coisa tomando forma ao seu redor. Mestre Fredrik mapeou tudo. A sra. Sparrow afirma que, se você viveu o bastante, pode percorrê-lo de trás para a frente no tempo. Eu acho que o Octavo existe numa dimensão toda própria: definindo o aqui e o agora, voltando ao passado e influenciando o futuro, como se fosse um grande edifício crescendo eternamente. Se você decide entrar, você realmente renasce. O Octavo é a arquitetura dos relacionamentos que construímos para nós mesmos, e com os quais construímos o mundo. — Passei o dedo na caixa do leque de Nordén que sempre mantinha comigo, sentindo a pedra dura e lisa da Estrela do Norte disposta sobre as formas arredondadas, representando nuvens distantes. Dentro encontrava-se o Borboleta, à espera. — Através do Octavo, fiz uma razoável dose de boas ações. Eu tenho contatos. Eu amo.

Ficamos sentados em silêncio por algum tempo, nossas pernas e pés imersos em profundas sombras azuladas. O movimento do barco para a frente empurrava a água para ambos os lados do casco, produzindo ondas sibilantes que quebravam como se numa praia. Era uma elevação rítmica, lembrando-me de que, dentro de mais algum tempo, sairíamos daquele círculo vazio e infinito de oceano e fecharíamos por fim a forma de meus oito. Hinken levantou-se e pegou o cachimbo.

— Suba aqui e veja a lua, *sekretaire*. É uma visão que fará a viagem valer muito mais a pena.

— Oh, eu estou bastante contente em ficar aqui — falei, temeroso de que o simples vislumbre do oceano batendo trouxesse novamente a minha miséria.

— Venha, Emil, agora estamos em águas mais quentes e calmas, e você já ficou trancado em sua cabina por tempo suficiente.

Subimos a íngreme escadinha de madeira até o deque. Tudo estava quieto, com exceção do sino do barco soando oito badaladas: o vigia da meia-noite. O céu azul-índigo era suave e profundo; as estrelas, um espalhar de lantejoulas de tirar o fôlego; a água, uma seda além da espumante esteira do barco. As montanhas de nuvens atrás de nós, negras com as tempestades que haviam assolado nossa jornada durante quase todo o percurso da Dinamarca até ali, foram engolidas pela noite. Então, virei-me para a direção em que estávamos viajando. Uma lua cheia e protuberante surgira das profundezas e lançava um reflexo cintilante que se estendia para oeste, diante do barco. Meus pulmões encheram-se do ar fresco de um novo século e eu finalmente me pus a viajar em minha trilha dourada.

∞

## A visão da sra. Sparrow

O DUQUE KARL serviu como regente por quatro anos, mas a Suécia era de fato governada por seu conselheiro, o barão Reuterholm — uma figura bizarra, frequentemente chamada de Robespierre sueco. Em 1796, o filho de Gustav III, Gustav IV Adolf, tornou-se rei ao alcançar a maioridade, e o duque Karl afastou-se. Governante estranho e isolado, Gustav IV Adolf foi forçado a abdicar em 1809, depois que desastrosas guerras com a França e com a Rússia levaram a nação à beira da ruína. Por fim, o duque Karl tornou-se rei da Suécia e assumiu o nome de Charles XIII.

Decrépito e sem herdeiros, o duque Karl/rei Charles precisava de um sucessor. O Parlamento nomeou um príncipe dinamarquês como herdeiro aparente, mas ele morreu inesperadamente (incitando o assassinato de Axel von Fersen, mas essa é uma outra história). Então, o tenente Carl Mörner apresentou outro candidato, sem o consenso do Parlamento. Seu nome era Jean Baptiste Bernadotte, nascido em Pau, e *grand* marechal no exército de Napoleão. Mörner ofereceu a Bernadotte a posição de herdeiro do trono da Suécia. Bernadotte aceitou. Vendo os benefícios de uma nova aliança com a França (tendo em vista o incessante avanço napoleônico na Europa), o governo por fim concordou. Em 1810, Bernadotte chegou a Estocolmo e com o tempo começou a administrar o país com grande habilidade.

Em 1814, o duque Karl recebeu sua segunda coroa ao tornar-se rei da Noruega. Ele morreu em 1818, e Bernadotte tornou-se o rei Charles XIV Johan, da Suécia. Os Bernadotte governam a Suécia até os dias de hoje, e a voz da sra. Sparrow ecoa através das eras: *Vive le roi!*

| | | | | | | | | |
|---|---|---|---|---|---|---|---|---|
| Bispo Celsius | | Uma adorável Ninfa | | Conde N*** | | Hans, o Alto | | |
| | Sra. P. Do Pavão | | Hans do Gato Preto | | Per Hilleström | | Anna Maria Lenngren | |
| Parteira Olin | | Sekretaire Palsson | | Sekretaire Sandell | | Sekretaire Walldov | | |
| | C. F. Adelcrantz | | Annalisa Lidberg | | Porteiro Ekblad | | Katarina Ekblad | |
| Uma solista de corpo de baile ciumenta | | Sophie Hagman | | Anna Lena Pilo | | Dr. Pilo | | |
| | G. C. von Döbeln | | Barão Kallingbad | | Papai Berg | | Jovem Per | |
| Elis Schröderheim | | Duque Fredrik | | Louisa G*** | | Carlotta Vingström | | |
| | Uma dama dinamarquesa | | Sophia Magdalena | | Adolph Munck | | A Pequena Duquesa | |
| Ulla von Höpken | | Sofia Albertina | | Gustaf A. Reuterholm | | Sra. Beech | | |
| | Gustaf Armfeldt | | Conde Brahe | | Carl Pontus Liljehorn | | Clas Horn | |
| Um carteiro italiano | | Madeleine Rudenschöld | | Petter Bark | | Inspetor Chefe Liljensparre | | |
| | Nisse Aberg | | Um cocheiro descuidado | | Charles DeGeer | | H. H. von Essen | |
| Uma cafetina de barco | | Gustafva Anckarström | | Berthold Runeberg | | Niclas Lafrensen | | |

| | Proprietário da taverna Lince | | Joseph Kraus | | Srta. Löf | | Clewberg-Edelcranz |
|---|---|---|---|---|---|---|---|
| Johan Kjellgren | | Maja Stina Winblad | | H. H. Björkman | | Regente Kluth | |
| | Carl Michael Bellman | | Atendente de O Porco | | Olof Örnberg | | Uma aia maldosa |
| Titia Von Platen | | Capitão Hinken | | Mamãe Plomgren | | Brita Ruiva | |
| | Mestre Fredrik | | Anna Maria Plomgren | | Papai Plomgren | | Mestre de Dança Sagnier |
| Johanna Bloom | | **Emil Larsson** | | Lars Nordén | | Um apostador triste | |
| | A Uzanne | | C. & M. Nordén | | Sra. Von Hälsen | | Monsieur Tellier |
| Duque Karl | | **Sofia Sparrow** | | Sra. Murbeck | | Mikael Murbeck | |
| | Rei Gustav III | | Rei Luís XVI | | Staël von Holstein | | Louis Jean Deprez |
| Jacob Johan Anckarström | | Axel von Fersen | | Maria Antonieta | | Madame Elizabeth | |
| | Adolph Ribbing | | General De Bouillé | | Germaine Necker | | Maximilien Robespierre |
| Charlotte DeGeer | | Sofie von Fersen | | Valentin Esterházy | | Conde de Provence | |
| | Julie Clary | | Napoleão Bonaparte | | Désirée Clary | | Jean Baptiste Bernadotte |

# AGRADECIMENTOS

*Qualquer evento que possa advir ao Buscador —*
*qualquer evento — pode estar conectado a um conjunto de oito pessoas.*
*E o oito deve estar no lugar para que o evento ocorra.*
— SRA. SPARROW

Aos meus oito:
- ◊ Agente Amy Williams
- ◊ Editor Lee Boudreaux
- ◊ Editora Associada Abigail Holstein
- ◊ Professoras e conselheiras Nicola Morris e Jeanne Mackin
- ◊ *"Bokhandlare" med mera* Lars Walldov e Lars Sandell
- ◊ Minha Chave, Erik Ulfers

Como o mapa do Mestre Fredrik, os oito expandem-se para fora, nem por isso menos influentes.

Muitos agradecimentos:
- ◊ À brilhante equipe da Ecco.
- ◊ À extraordinária agente de direitos internacionais Susan Hobson.
- ◊ Às primeiras leitoras, Margaret S. Hall, Snezjana Opacic, Kina Paulsson, Mindy Farkas, Audrey Sackner-Bernstein, Robin Jacobs, Gia Young, Dan Nemteanu, Christof Dannenberg, Martha Letterman, Michele Carroll, Carolyn Bloom, Christie LaVigne, Anilla Cherian, Rick Engelmann, Sally Boyle, Aileen Engelmann, Lynn Grant, Brian Grant, Teri Goodman, Therese Sabine, Char Hawks, Carm Bush e Rita Engelmann. Obrigada por lutarem bravamente por aqueles intermináveis rascunhos (às vezes mais de uma vez) e por me incentivarem a não desistir jamais.

◊ A todos os autores/escritores da ilha Decatur: Lynn Grant, Carla Norton, Rachel Goldstein e Marisa Silver.
◊ À comunidade Goddard College, com uma menção especial à falecida Cynthia Wilson.
◊ Aos escritores Lynn Schmeidler e Wild Geese.
◊ À Sociedade Americano-Escandinava de Nova York por seu apoio e reconhecimento.
◊ À ajudante de labirintos Ann Van den Berghe.
◊ A Agneta Lindelöf por aquela visita a *Kulturen* em Lund tantos anos atrás.
◊ À colecionadora de leques Donna Thompson.
◊ À companheira de viagem Martha Letterman.
◊ A minha mãe, Rita, cujos leques dobráveis foram intrigantes pontos de graciosidade e refinamento na minha fase de crescimento.
◊ A Lilly e Nia Engelmann Ulfers, provas positivas de que a vida é bela.

*Este livro foi composto na
tipografia Fournier MT e impresso pela
Gráfica Stamppa em maio de 2013.*